VLADIMIR

# NABOKOV

## Der schwere Rauch
## Gesammelte Erzählungen

Herausgegeben
und mit einem Nachwort von
Dieter E. Zimmer

ROWOHLT

Diese Sammlung erschien zuerst 1966
unter dem Titel
«Frühling in Fialta»
Quellen- und Übersetzernachweis
sowie ausführliche bibliographische Hinweise
siehe Seite 345–351
Schutzumschlag- und Einbandgestaltung
von Erich Wonder

27.–30. Tausend März 1983

Gesamtherstellung Clausen & Bosse, Leck
Printed in Germany
ISBN 3 498 09299 5

# INHALT

# FRÜHLING IN FIALTA

Der Frühling in Fialta ist wolkig und trüb. Alles ist feucht: die scheckigen Stämme der Platanen, die Wacholdersträucher, die Geländer, der Kies. Weit entfernt erblickt man zwischen den gezackten Kanten bläulich-fahler Häuser, die sich wankend von den Knien erheben, um den Hang zu erklimmen (eine Zypresse weist ihnen den Weg), verschwommen den wässerig-verschleierten Mt. Sankt Georg, der seinem Abbild auf jenen Ansichtskarten unähnlicher denn je sieht, die seit etwa 1910 (diese Strohhüte, diese jugendlichen Droschkenkutscher!) den Touristen von ihrem traurigen Ständerkarussell aus umwerben, umgeben von Steinbrocken mit Amethystzähnen und den Konsolenträumen von Seemuscheln. Ein schwacher Geruch nach Verbranntem hängt in der Luft, die windstill ist und warm. Das Meer, dessen Salz von einer Regenlösung überspült wird, ist eher grau als bläulich-grün, und seine Wellen sind zu schwerfällig, um schäumend zu brechen.

An einem solchen Tag in den frühen dreißiger Jahren fand ich mich, alle meine Sinne weit geöffnet, in einer der steilen kleinen Straßen Fialtas und nahm alles gleichzeitig in mich auf – das maritime Rokoko in der Bude, die Korallenkruzifixe in einem Schaufenster, den verzagten Anschlag eines Wanderzirkus (eine Ecke des durchnäßten Papiers hatte sich von der Mauer gelöst) und ein gelbes Stück unreifer Apfelsinenschale auf dem alten, schieferblauen Gehsteig, der sich hier und da eine schwindende Erinnerung an ein uraltes Mosaikmuster bewahrt hatte. Ich liebe Fialta; ich liebe es, weil ich in der Höhlung dieser veilchenblauen Silben die süße, dunkle Feuchtigkeit der krumpeligsten aller kleinen Blumen spüre und weil seine Viola den Alt des Namens einer wunderschönen Stadt auf der Krim nachbildet; und auch darum liebe ich es, weil gerade in der Schlaftrunkenheit seiner feuchten Vorosterzeit etwas liegt, das der Seele besonders wohltut. So war ich denn glücklich, wieder dort zu sein, dem kleinen Bach im Rinnstein entgegen bergan zu steigen, ohne Hut, mit nassem Kopf, die Haut schon von Wärme durchtränkt, obwohl ich über dem Hemd nur einen leichten Regenmantel trug.

Ich war mit dem Capparabella-Expreß gekommen, der mit jenem leichtfertigen Schwung, welcher Eisenbahnzügen in gebirgiger Gegend eigen ist, sich donnernd Mühe gegeben hatte, während der Nacht so viele Tunnel wie möglich zu bewältigen. Einen oder zwei Tage, gerade so lange, wie es mir eine Atempause während einer Geschäftsreise erlaubte – länger gedachte ich nicht zu bleiben. Frau und Kinder hatte ich zu Hause gelassen, und sie bildeten eine Insel des Glücks, die im klaren Norden meines Wesens immerfort gegenwärtig war, die mich ständig begleitete, ja die, möchte ich sagen, durch mich hindurchtrieb, sich aber dennoch meist an der Außenseite meiner selbst hielt.

Ein Kind männlichen Geschlechts, ohne Hosen und mit einem prallen, schlammgrauen kleinen Bauch, trat unsicher von einer Türstufe und tappelte O-beinig davon; es versuchte, drei Apfelsinen auf einmal zu tragen, doch dauernd ließ es die jeweils andere dritte fallen, bis es selber hinfiel, worauf ein etwa zwölfjähriges Mädchen mit einer schweren Perlenkette um den dunklen Hals und einem Rock, der so lang war wie der einer Zigeunerin, prompt alle drei mit ihren geschickteren und zahlreicheren Händen fortnahm. In der Nähe, auf der nassen Terrasse eines Cafés, wischte ein Kellner die Tischplatten ab; ein melancholischer Brigant, der die Bonbon-Spezialitäten des Ortes feilbot, kunstvoll aussehende Dinger mit mondartigem Glanz, hatte einen hoffnungslos vollen Korb auf die geborstene Balustrade gestellt, über die hinweg sich die beiden unterhielten. Der Nieselregen hatte entweder aufgehört, oder Fialta hatte sich so daran gewöhnt, daß es selber nicht mehr wußte, ob es feuchte Luft oder warmen Regen atmete. Ein Engländer in Knickerbockern, einer von der soliden, exportfähigen Sorte, der sich im Gehen aus einem Gummibeutel mit dem Daumen die Pfeife stopfte, kam unter einem Bogen hervor und betrat eine Apotheke, wo große bleiche Schwämme in einem blauen Gefäß hinter dem Glas verdursteten. Wie köstlich das Wohlgefühl, das ich durch meine Adern rieseln spürte, wie dankbar antwortete alles in mir auf die Vibrationen und Emanationen dieses grauen Tages, der mit einer Frühlingsessenz gesättigt war, welcher er selber anscheinend nur langsam gewahr wurde! Meine Nerven waren nach einer schlaflosen Nacht ungewöhnlich empfänglich; ich sog alles in mich ein: den Gesang einer Drossel in den Mandelbäumen jenseits der Kapelle, den Frieden der verfallenden Häuser, den Puls der entfernten See, die im Nebel keuchte, all das und dazu das eifersüchtige Grün des Flaschenglases, welches eine Mauerkrone stachelig bewehrte, und die haltbaren Farben eines Zirkusplakats, auf dem ein federgeschmückter Indianer auf dem Rücken eines aufgebäumten Pferdes zu sehen war, der mit seinem Lasso gerade ein kühnermaßen endemisches Zebra einfing, während einige gründlich genarrte Elefanten brütend auf ihren sternenübersäten Thronen saßen.

Nach kurzer Zeit überholte mich derselbe Engländer. Während ich ihn mit dem übrigen zusammen in mich aufnahm, bemerkte ich zufällig, wie sich sein großes blaues Auge plötzlich seitwärts bewegte, den geröteten Lidwinkel zu verziehen suchte und wie er schnell die Lippen befeuchtete – wegen der Trokkenheit jener Schwämme, nahm ich an; doch dann folgte ich der Richtung seines Blickes und sah Nina.

Jedesmal, wenn ich ihr im Laufe der fünfzehn Jahre unserer – nun, das genaue Wort für unsere Art der Beziehung will mir nicht einfallen – begegnet war, hatte sie mich offenbar nicht sogleich erkannt; und auch dieses Mal verharrte sie auf dem Gehsteig gegenüber einen Augenblick lang ganz still, in sympathischer Ungewißheit, in die sich Neugier mischte, halb mir zugewandt, und nur ihr gelber Schal hatte sich schon in Bewegung gesetzt, wie jene Hunde, die einen noch vor ihren Herren erkennen – und dann stieß sie einen Schrei aus, ihre Hände flogen hoch, alle ihre zehn Finger vollführten einen Tanz, und mitten auf der Straße küßte sie mich dreimal mit mehr Mund als Gefühl, allein dank der freimütigen Impulsivität alter

Freundschaft (genau wie sie jedesmal, wenn wir uns trennten, schnell ein Kreuz über mir schlug), und dann ging sie neben mir her, hängte sich ein, paßte ihren Schritt dem meinen an, von ihrem engen braunen, unten an der Seite sportlich geschlitzten Rock behindert.

«Aber ja, Ferdie ist auch hier», erwiderte sie und erkundigte sich ihrerseits sofort höflich nach Elena.

«Er muß mit Segur irgendwo herumbummeln», fuhr sie fort und meinte wieder ihren Mann. «Und ich muß noch etwas einkaufen; wir fahren nach dem Mittagessen. Warte mal, wo bringst du mich eigentlich hin, Victor, mein Guter?»

Zurück in die Vergangenheit, zurück in die Vergangenheit, wie jedesmal, wenn ich sie traf und alles wiederholte, was sich an Handlung angesammelt hatte, von den Anfängen an bis zu dem letzten Zuwachs – genau wie in russischen Märchen das bereits Erzählte bei jeder neuen Wendung der Geschichte noch einmal zusammengefaßt wird. Dieses Mal hatten wir uns im warmen und nebligen Fialta getroffen, und ich hätte die Gelegenheit nicht mit größerer Kunst feiern, hätte die Liste der früheren Dienste des Schicksals nicht mit leuchtenderen Vignetten ausschmücken können, selbst wenn ich gewußt hätte, daß dies sein letzter Dienst war; doch, der letzte – denn ich kann mir kein himmlisches Vermittlungsbüro vorstellen, das bereit wäre, dafür zu sorgen, daß ich ihr jenseits des Grabes noch einmal begegne.

Meine Eingangsszene mit Nina hatte sich vor ziemlich langer Zeit in Rußland abgespielt, um 1917, würde ich sagen, nach gewissem linken Theatergepolter hinter der Bühne zu urteilen. Es war während einer Geburtstagsfeier auf dem Landsitz meiner Tante bei Luga, in den tiefsten Falten des Winters (wie gut erinnere ich mich an das erste Anzeichen dafür, daß wir uns dem Ort näherten: eine rote Scheune in einer weißen Wildnis). Ich hatte soeben die Abschlußprüfung am Kaiserlichen Lyzeum bestanden; Nina war bereits verlobt: Obwohl sie genauso alt war wie ich und das Jahrhundert, sah sie mindestens wie zwanzig aus, und das trotz oder gerade wegen ihrer zierlichen, schlanken Figur, während sie dank eben dieser Zierlichkeit mit zweiunddreißig jünger wirkte. Ihr Verlobter war bei der Garde und hatte gerade Fronturlaub – ein gutaussehender, schwerer Mensch, unglaublich wohlerzogen und phlegmatisch, der jedes Wort auf die Waagschale des allergenauesten gesunden Menschenverstands legte und in einem samtenen Bariton sprach, der noch weicher wurde, wenn sich seine Worte an sie richteten; seine Anständigkeit und Ergebenheit gingen ihr schließlich wohl auf die Nerven; und heute ist er ein erfolgreicher, wenngleich etwas einsamer Ingenieur in einem weit entlegenen tropischen Land.

Fenster werden hell und strecken ihre leuchtende Länge über den dunklen, buckligen Schnee; zwischen ihnen bleibt Raum für den Widerschein des fächerartigen Lichtes über der Haustür. Jede der beiden Säulen zur Seite ist mit einem flaumigen Weiß überzogen, was die Linien des Bildes einigermaßen verdirbt, das sonst ein vollkommenes Exlibris für das Buch unserer beider Lebensläufe abgegeben hätte. Ich kann mich nicht entsinnen, warum wir alle aus dem hallenden Flur in die stille Dunkelheit hinausgetreten waren, die von Tannen bevölkert war, welche der Schnee zu ihrer doppelten Größe hatte anwachsen lassen; hatte der Wächter uns nahegelegt, einen düsteren roten Schein am Himmel zu besichtigen, ein schlimmes Vorzeichen kommender Brandstiftung? Möglich. Waren wir hinausgegangen, um einer Pferdestatue aus Eis Bewunderung zu zollen, die der Schweizer Hauslehrer meiner Cousins in der Nähe des Teiches geschaffen hatte? Auch das ist möglich. Mein Gedächtnis erwacht erst auf dem Rückweg zum symmetrisch erleuchteten Herrenhaus wieder zum Leben: Wir gingen im Gänsemarsch eine enge Furche zwischen Schneebänken entlang, und nur das Knirschen unserer Schritte war zu hören – der einzige Kommentar, den eine schweigsame Winternacht über menschliche Wesen abgibt. Ich war der letzte; drei knirschende Schritte vor mir ging eine kleine, gebeugte Gestalt; ernst wiesen die Tannen ihre beladenen Pfoten. Ich rutschte aus und ließ die tote Taschenlampe fallen, die mir jemand aufgezwungen hatte; sie wiederzufinden, erwies sich als verteufelt schwer; und von meinem Geschimpf sogleich angelockt, drehte sich Nina, eines Spaßes gewärtig, mit einem begierigen, tiefen Lachen undeutlich nach mir um. Ich nenne sie Nina, aber noch konnte ich ihren Namen kaum wissen, noch hatten wir beide keine Zeit für irgendwelche Präliminarien gehabt. «Wer ist denn das?» fragte sie interessiert – und schon küßte ich ihren Hals, der glatt war und brennend heiß von dem langen Fuchspelz ihres Mantelkragens, welcher mir in den Weg kam, bis sie mir die Hand auf die Schulter legte und mit der ihr eigenen Freimütigkeit sanft ihre großzügigen, pflichteifrigen Lippen auf die meinen preßte.

Doch als plötzlich wie mit einer Heiterkeitsexplosion im Dunkel das Thema «Schneeballschlacht» seinen Anfang nahm, trennten wir uns, und jemand klomm – fliehend, fallend, knirschend, lachend und keuchend – auf eine Schneewehe, versuchte zu rennen und stöhnte schrecklich auf: Tiefer Schnee hatte die Amputation eines Filzstiefels bewirkt. Und bald darauf trennten wir uns alle, und jeder fuhr nach Hause, ohne daß ich mit Nina gesprochen oder irgendwelche Zukunftspläne gemacht hätte, Pläne für jene fünfzehn Jahre der Wanderschaft, die bereits auf den trüben Horizont zu gezogen waren, beladen mit den Einzelteilen unserer niemals zusammengefügten Wiedersehen. Während ich sie in dem Durcheinander der Gebärden und der Schatten von Gebärden beobachtete, aus dem der Rest des Abends bestand (wahrscheinlich Gesellschaftsspiele – und Nina beharrlich auf der gegnerischen Seite), staunte ich, wie ich mich entsinne, nicht so sehr darüber, daß sie mir nach jener Wärme im Schnee keinerlei Aufmerksamkeit schenkte, sondern vielmehr über die naive Natürlichkeit dieser Unaufmerksamkeit, denn ich wußte noch nicht, daß es nur eines Wortes von mir bedurft hätte, und schon hätte sich ihre Gleichgültigkeit in eine wundervoll aufleuchtende Freundlichkeit verwandelt, wäre sie munter und anteilnehmend zu jeglicher Mitwirkung aufgelegt gewesen, ganz als wäre die Liebe einer Frau ein Quellwasser voller gesunder Salze, von dem sie jedermann auf den leisesten Wink bereitwilligst zu trinken gab.

«Warte, wo haben wir uns zuletzt gesehen?» begann ich (zu Ninas Fialta-Version gewandt), um auf ihr kleines Gesicht mit den vorstehenden Backenknochen und den dunkelroten Lippen einen bestimmten, wohlbekannten Ausdruck zurückkehren zu sehen; und wirklich, wie sie den Kopf schüttelte und die Stirn runzelte, das schien nicht so sehr auf Vergeßlichkeit zu deuten, wie die Plattheit eines alten Scherzes zu beklagen; oder um genauer zu sein, so war es, als seien all die Städte, in denen das Schicksal unsere verschiedenen Rendezvous arrangiert hatte, ohne ihnen jemals persönlich beizuwohnen, als seien all die Bahnsteige und Treppen und dreiwändigen Zimmer und dunklen Seitenstraßen banale Szenerien, Überbleibsel irgendwelcher anderen, längst abgeschlossenen Lebensläufe, und als hätten sie so wenig mit der weiteren Darstellung unseres eigenen, ziellosen Schicksals zu tun, daß es fast schlechter Geschmack war, sie überhaupt zu erwähnen.

Ich begleitete sie in einen Laden unter den Arkaden; dort, im Zwielicht hinter einem Perlenvorhang, betastete sie ein paar Geldbeutel aus rotem Leder, die mit Seidenpapier ausgestopft waren, und spähte auf die Preisschilder, als wolle sie ihre Museumsnamen lernen. Sie wünsche, sagte sie, genau diese Form, aber in rehbraun, und als der alte Dalmatiner nach zehn Minuten fieberhafter Raschelei durch ein Wunder, das mir immer noch ein Rätsel ist, eben solch eine Rarität ausfindig gemacht hatte, da besann sich Nina, die schon drauf und dran gewesen war, mir etwas Geld aus der Hand zu nehmen, eines anderen und verließ den Laden durch die wehenden Perlen, ohne etwas gekauft zu haben.

Draußen war es so milchig trübe wie zuvor; der gleiche Geruch nach Verbranntem, der tatarische Erinnerungen weckte, kam aus den bloßen Fenstern der bleichen Häuser; ein kleiner Mückenschwarm war damit beschäftigt, über einer Mimose, die lustlos blühte und ihre Ärmel bis auf den Boden sinken ließ, die Luft zu stopfen; zwei Arbeiter mit breitkrempigen Hüten aßen Käse und Knoblauch zu Mittag; ihre Rücken ruhten an einem Zirkusplakat, auf dem ein roter Husar und eine Art orangefarbener Tiger abgebildet waren; komisch – in der Absicht, das Tier so wild wie möglich zu machen, war der Künstler so weit gegangen, daß er schließlich von der anderen Seite zurückkam, denn das Gesicht des Tigers hatte geradezu menschliche Züge.

«*Au fond* wollte ich einen Kamm», sagte Nina in verspäteter Reue.

Wie vertraut waren mir ihr Zögern, ihre Nachgedanken, ihre Nachgedanken zu den Nachgedanken, die die frühesten widerspiegelten, ihre kurzlebigen Kümmernisse zwischen zwei Zügen. Immer war sie gerade eingetroffen oder im Aufbruch, und es fällt mir schwer, daran zu denken, ohne daß mich die Vielzahl komplizierter Reiserouten demütigt, denen man fieberhaft folgt, nur um jene abschließende Verabredung einzuhalten, um deren Unvermeidbarkeit selbst der eingeschworenste Weltenbummler weiß. Wäre ich gezwungen, Richtern unseres irdischen Daseins ein Musterbeispiel ihrer durchschnittlichen Haltung zu unterbreiten, so würde ich sie sich vielleicht auf einen Ladentisch in Cook's Reisebüro lehnen lassen, die linke Wade über dem rechten Schienbein, während der linke Zeh auf den Fußboden trommelt, ihre spitz angewinkelten Ellbogen zusammen mit einer Handtasche, aus der die Geldstücke quellen, auf dem Ladentisch ruhen und der Angestellte, einen Bleistift in der Hand, mit ihr über den Plan eines ewigen Schlafwagens berät.

Nach dem Exodus aus Rußland sah ich sie – und das war das zweite Mal – im Haus einiger Bekannter in Berlin. Es war kurz vor meiner Hochzeit; sie hatte sich gerade von ihrem Verlobten getrennt. Als ich das Zimmer betrat, erblickte ich sie sofort, und nach einem Blick auf die anderen Gäste war mir instinktiv klar, welche der anwesenden Männer mehr von ihr wußten als ich. Sie saß in der Ecke einer Couch, die Füße angezogen, den kleinen Körper bequem zu einem Z gefaltet; neben ihren Absätzen stand schräg auf der Couch ein Aschenbecher; sie schielte zu mir herüber, hörte sich meinen Namen an, dann nahm sie ihre langstielige Zigarettenspitze aus dem Mund und sagte langsam und voller Freude: «Also daß ich gerade dich treffe ...» – und sofort wurde es allen klar, bei ihr angefangen, daß wir seit langem innig miteinander befreundet waren: Zweifellos hatte sie den tatsächlichen Kuß völlig vergessen, doch dank jenem trivialen Vorkommnis erinnerte sie sich undeutlich an ein Stück warmer, wohltuender Freundschaft, die es in Wahrheit zwischen uns niemals gegeben hatte. So beruhte die ganze Form unserer Beziehung fälschlich auf einer eingebildeten Freundschaft – die nichts mit ihrem blindlings bewiesenen guten Willen zu tun hatte. Was die Worte anbetraf, die wir einander sagten, so erwies sich unsere Wiederbegegnung als völlig bedeutungslos; aber es gab keine Schranken mehr zwischen uns; und als ich an jenem Abend beim Essen zufällig neben sie zu sitzen kam, erprobte ich schamlos das Ausmaß ihrer geheimen Geduld.

Dann verschwand sie wieder; und als meine Frau und ich ein Jahr darauf meinen Bruder an den Zug nach Posen gebracht hatten und auf der anderen Seite des Bahnsteigs dem Ausgang zustrebten, erblickte ich neben einem Wagen des D-Zugs nach Paris plötzlich Nina, das Gesicht in einen Blumenstrauß gesteckt, den sie in der Hand hielt; im Kreis um sie herum stand eine Gruppe von Menschen, mit denen sie sich ohne mein Wissen angefreundet hatte und die sie anstarrten wie müßige Passanten eine Rauferei auf der Straße, ein Kind, das sich verlaufen hat, oder das Opfer eines Verkehrsunfalls. Strahlend winkte sie mir mit ihren Blumen zu; ich stellte sie Elena vor, und in der belebenden Atmosphäre eines großen Bahnhofs, wo alles bebend am Rand einer Veränderung steht und daher festgehalten und mit Liebe umgeben werden muß, genügten ein paar Worte, um zwei völlig verschiedene Frauen dahin zu bringen, sich bei ihrem nächsten Zusammentreffen bei ihren Kosenamen zu nennen. An jenem Tage wurde im blauen Schatten des Wagens nach Paris Ferdinand zum ersten Mal erwähnt: Es verursachte mir einen lächerlichen Schmerz, zu erfahren, daß sie im Begriff stand, ihn zu heiraten. Schon wurden die Türen zugeschlagen; hastig, aber andächtig küßte sie ihre Freunde, kletterte in den Gang, verschwand; und dann sah ich durch das Glas, wie sie sich in ihrem Abteil einrichtete – wir waren plötzlich vergessen, oder sie war in eine andere Welt eingegangen –, und wir alle, die Hände in den Taschen, schienen ein völlig ahnungsloses Leben zu bespitzeln, das sich dort in jenem Aquariumsdämmer bewegte, bis sie unserer gewahr wurde, erst an die Fensterscheibe trommelte, dann die Augen hob und sich an dem Fensterrahmen zu schaffen machte, als wolle sie ein Bild aufhängen; doch nichts geschah; ein Mitreisender half ihr, und sie lehnte sich heraus, hörbar und wirklich, strahlend vor Freude; neben dem unmerklich anfahrenden Wagen einherlaufend, reichte ihr einer von uns eine Zeitschrift und einen Tauchnitz-Band (sie las nur auf Reisen englische Bücher); alles entglitt mit wunderschöner Leichtigkeit, und ich hielt eine bis zur Unkenntlichkeit zerknüllte Bahnsteigkarte in der Hand, während ein Lied aus dem vergangenen Jahrhundert (wie Gerüchte behaupten, hing es mit irgendeinem Pariser Liebesdrama zusammen) mir unablässig durch den Kopf ging, Gott weiß warum aus der Musikbox des Gedächtnisses aufgetaucht, eine rührselige Romanze, die eine alte, unverheiratete Tante von mir einstmals zu singen pflegte, eine Frau mit einem Gesicht so gelb wie russisches Kirchenwachs, der die Natur indessen eine so mächtige, so hinreißend volle Stimme gegeben hatte, daß sie in der Pracht einer feurigen Wolke aufzugehen schien, sobald sie anhob:

*On dit que tu te maries,*
*tu sais que j'en vais mourir,*

und diese Melodie, der Schmerz, das Unrecht, die vom Rhythmus hergestellte Verbindung zwischen Hymen und Tod und die Stimme der toten Sängerin selbst, welche als alleinige Eigentümerin des Liedes die Erinnerung begleitete, ließen mich für einige Stunden nach Ninas Abreise nicht zur Ruhe kommen und stiegen sogar später noch in immer größer werdenden Abständen in mir auf, wie die letzten niedrigen kleinen Wellen, die ein vorüberfahrendes Schiff an den Strand schickt und deren Anschlag immer seltener und verträumter wird, oder wie die bronzene Agonie eines vibrierenden Glockenstuhls, nachdem sich der Glöckner bereits wieder im frohen Kreis seiner Familie niedergesetzt hat. Und wiederum nach ein oder zwei Jahren hielt ich mich geschäftlich in Paris auf; und eines Morgens, auf dem Treppenabsatz eines Hotels, in dem ich einen Filmschauspieler aufgesucht hatte, sah ich sie wieder – sie trug ein graues Kostüm, wartete auf den Fahrstuhl, der sie hinunterbringen sollte, ein Schlüssel hing an ihrer Hand. «Ferdinand ist fechten gegangen», sagte sie gesprächsweise; ihr Blick ruhte auf der unteren Hälfte meines Gesichts, als wollte sie mir etwas von den Lippen ablesen, und nach kurzem Nachdenken (ihr erotisches Verständnis hatte nicht seinesgleichen) drehte sie sich um und führte mich wiegenden Ganges auf schmalen Fußgelenken schnell den mit meerblauen Teppichen ausgelegten Flur entlang. Ein Stuhl an der Tür ihres Zimmers trug ein Tablett mit den Überresten des Frühstücks – ein honigbeschmiertes Messer, Krümel auf grauem Porzellan; doch das Zimmer war bereits aufgeräumt, und in dem plötzlichen Luftzug, den wir verursachten, wurde eine Welle mit weißen Dahlien bestickten Musselins flatternd und knatternd zwischen die empfindlichen Hälften eines französischen Fensters gesaugt, und erst, als die Tür verriegelt war, ließen sie mit einer Art wollüstigem Seufzer den Vorhang wieder los; eine Weile später trat ich auf den winzigen Gußeisenbalkon jenseits des Vorhangs hinaus und atmete einen aus welkem Ahornlaub und Benzin gemischten Geruch – der Abhub der dunstigen, blauen, morgendlichen Straße; und da ich von der wachsenden krankhaften Rührung, die meine folgenden Begegnungen mit Nina so vergällen sollte, noch nichts merkte, war ich wahrscheinlich ebenso gefaßt und unbekümmert wie sie, als ich sie vom Hotel zu irgendeinem Büro begleitete, um einen Koffer, der ihr abhanden gekommen war, wiederzufinden, und von dort aus zu dem Café, wo ihr Mann eine Sitzung mit seinem augenblicklichen Hofstaat abhielt.

Ich werde den Namen dieses Mannes, dieses französisch-ungarischen Schriftstellers nicht nennen (und die Bestandteile, die ich hier dennoch preisgebe, erscheinen in geziemender Verkleidung) ... Lieber wäre es mir, mich gar nicht mit ihm zu befassen, aber ich kann nicht anders – mit Gewalt bringt er sich unter meinem Federhalter zur Geltung. Heutzutage macht er nicht mehr viel von sich reden; und das ist gut so, denn es beweist, daß ich recht tat, seinem bösen Zauber zu widerstehen, ein Frösteln mein Rückgrat entlangkriechen zu spüren, wenn dieses oder jenes neue Buch von ihm meine Hand berührte. Der Ruhm von seinesgleichen breitet sich geschwind aus, doch bald wirkt er schwer und abgestanden; und was die Literaturhistorie angeht, so wird dieser Umstand seinen Lebenslauf auf den Bindestrich zwischen zwei Daten beschränken. Hager und arrogant, jederzeit bereit, mit einem giftigen Wortspiel nach einem zu züngeln, und einen seltsam erwartungsvollen Blick in seinen mattbraunen verschleierten Augen, hatte dieser falsche Witzbold allerdings eine unwiderstehliche Wirkung auf kleine Nagetiere. Da er es in der Kunst verbaler Erfindung zur Meisterschaft gebracht hatte, war es sein besonderer Stolz, ein Wörterdrechsler zu sein, ein Titel, der ihm mehr galt als der eines Schriftstellers; ich für mein Teil konnte niemals einsehen, wozu es gut sein sollte, sich Bücher auszudenken und Dinge niederzuschreiben, die sich nicht in der einen oder anderen Form tatsächlich ereignet haben; und ich entsinne mich, wie ich einmal dem Hohn seines ermutigenden Nickens die Stirn bot und ihm sagte, daß ich, wäre ich ein Schriftsteller, allein meinem Herzen Phantasie zubilligen und mich für alles übrige auf mein Gedächtnis verlassen würde, diesen langen Sonnenuntergangsschatten der ureigenen Wahrheit.

Ich kannte seine Bücher, bevor ich ihn selbst kennenlernte; ein leichter Ekel trat bereits an die Stelle des ästhetischen Vergnügens, das ich mir noch von seinem ersten Roman bereiten ließ. Zu Beginn seiner Laufbahn war es vielleicht noch möglich gewesen, durch die Glasfenster seiner erstaunlichen Prosa irgendeine menschliche Landschaft, einen alten Garten, eine wie aus einem Traum her vertraute Baumgruppe zu erkennen... doch mit jedem neuen Buch wurden die Farben noch dichter, das Rot und das Purpur noch unheildrohender; heute kann man durch dieses heraldisch bemalte, gräßlich bunte Glas überhaupt nichts mehr sehen, und es hat den Anschein, als müßte sich die schaudernde Seele einer völligen schwarzen Leere gegenüber finden, wenn man es zerschlüge. Indessen, wie gefährlich war er in seinen besten Jahren, was verspritzte er für Gift, was für Peitschenschläge teilte er aus, sobald er provoziert wurde! Der Tornado seines vorüberziehenden Spottes ließ kahle Verwüstung zurück, eine Reihe gefällter Eichen – noch wirbelte der Staub, und der unglückselige Verfasser irgendeiner unfreundlichen Besprechung drehte sich brüllend vor Schmerz wie ein Kreisel im Sand.

Zu der Zeit, als wir uns kennenlernten, erregte sein «Passage à niveau» gerade in Paris Aufsehen; er hatte, wie man so sagt, ein Gefolge, und Nina (deren Anpassungsfähigkeit ein erstaunlicher Ersatz für die Bildung war, die ihr abging) hatte bereits die Rolle wenn nicht einer Muse, so doch wenigstens einer Seelengefährtin und klugen und feinfühligen Ratgeberin übernommen, die Ferdinands schöpferischen Konvolutionen folgte und seinen künstlerischen Geschmack getreulich teilte; denn obwohl es mehr als unwahrscheinlich ist, daß sie sich auch nur durch ein einziges seiner Bücher hindurchgequält hatte, so besaß sie doch ein übernatürliches Geschick dafür, sich die besten Stellen aus der Fachsimpelei seiner literarischen Freunde zusammenzustoppeln.

Eine Damenkapelle spielte, als wir das Café betraten; als erstes bemerkte ich in einer der Spiegelsäulen die Straußenkeule einer Harfe, dann sah ich den zusammengesetzten Tisch (bestehend aus mehreren kleinen Tischen, die man aneinandergeschoben hatte, um einen langen zu bilden), an dem, den Rükken zur Plüschwand, Ferdinand den Vorsitz führte; und seine ganze Haltung, die Stellung seiner ausgebreiteten Hände, die sämtlich ihm zugewandten Gesichter seiner Tischgenossen erinnerten mich einen Augenblick lang auf groteske, albtraumhafte Art an etwas, das mir nicht sogleich ganz klarwurde, aber als es mir nachträglich einfiel, schien mir der angedeutete Vergleich kaum weniger blasphemisch als das Wesen seiner Kunst. Er trug einen weißen Rollkragenpullover unter einer Tweedjacke; sein glänzendes Haar war von den Schläfen aus zurückgekämmt, und darüber hing Zigarettenrauch wie ein Heiligenschein; sein knochiges, pharaohaftes Gesicht verzog sich nicht: Nur die Augen wanderten bald hier-, bald dorthin, voll von trüber Genugtuung. Die zwei oder drei wahrscheinlichsten Lokale, wo naive Liebhaber montparnassischen Lebens ihn anzutreffen erwartet hätten, hatte er aufgegeben und dafür dieses durch und durch bürgerliche Etablissement zu frequentieren begonnen, seinem eigenartigen Sinn für Humor zuliebe, aufgrund dessen er auch der erbärmlichen *spécialité de la maison* ein teuflisches Vergnügen abgewann – dieser Kapelle aus einem halben Dutzend müde wirkender, verlegener Damen, die auf einem überfüllten Podium milde Harmonien ineinander verwoben und (wie er sagte) nicht wußten, wohin mit ihren mütterlichen Busen, welche in der Welt der Musik durchaus überflüssig waren. Nach jeder Nummer schüttelte ihn ein Anfall von epileptischem Applaus, von dem die Damen keine Notiz mehr nahmen und der, glaubte ich, bereits einige Zweifel bei dem Inhaber und den Stammkunden des Cafés wachgerufen hatte, Ferdinands Freunden indessen höchst amüsant vorkam. Unter diesen erinnere ich mich an einen Maler mit einem makellos kahlen, obwohl leicht abgeplatzt aussehenden Schädel, den er unter den verschiedensten Vorwänden immer wieder in seine Augen-und-Gitarre-Bilder hineinmalte; an einen Dichter, dessen besonderer Gag in seiner Fähigkeit bestand, auf Verlangen mit Hilfe von fünf Streichhölzern Adams Sündenfall darzustellen; an einen bescheidenen Geschäftsmann, der surrealistische Veröffentlichungen finanzierte (und die Apéritifs bezahlte), wenn ihm gestattet wurde, in einer Ecke Elogen auf die von ihm ausgehaltene Schauspielerin anzubringen; an einen Pianisten, der, was sein Gesicht anging, ganz präsentabel war, dessen Finger jedoch einen gräßlichen Ausdruck hatten; an einen forschen, aber sprachlich impotenten sowjetischen Schriftsteller frisch aus Moskau mit einer alten Pfeife und einer neuen Armbanduhr, der lächerlicherweise nicht die mindeste Ahnung hatte, in was für einer Gesellschaft er sich da befand; es waren noch mehrere andere Herren anwesend, die in meiner Erinnerung durcheinandergeraten sind, und zwei oder drei aus der Schar hatten ohne Zweifel intime Beziehungen zu Nina gehabt. Sie war die einzige Frau am Tisch; gebückt saß sie da, saugte eifrig an einem Strohhalm, der Spiegel ihrer Limonade sank mit einer Art kindlicher Schnelligkeit, und erst, als der letzte Tropfen gurgelnd und glucksend verschwunden war und sie den Halm mit der Zunge fortgeschoben hatte, erst dann fing ich ihren Blick auf, den ich beharrlich gesucht hatte, immer noch dem Umstand nicht ganz gewachsen, daß sie Zeit gehabt hatte, zu vergessen, was am Morgen geschehen war – es so gründlich zu vergessen, daß sie meinen Blick mit einem ausdruckslosen, fragenden Lächeln erwiderte und sich erst nach genauerem Hinsehen plötzlich besann, was für ein Lächeln ich zur Antwort erwartete. Da die Damen ihre Instrumente wie gleichgültige Möbelstücke beiseite geschoben und das Podium zeitweise verlassen hatten, machte Ferdinand inzwischen seine Kumpane hämisch auf einen ältlichen Esser in einer entfernten Ecke des Lokals aufmerksam, der an seinem Revers wie viele Franzosen aus irgendeinem

Grund ein kleines rotes Band oder etwas Ähnliches trug und dessen grauer Vollbart zusammen mit einem schmatzenden Mund ein gemütliches gelbliches Nest bildete. Die Attribute des Alters pflegten Ferdie zu erheitern.

Ich blieb nicht lange in Paris, doch diese eine Woche reichte, um zwischen ihm und mir jene falsche Vertraulichkeit einreißen zu lassen, die er einem mit soviel Talent aufzudrängen wußte. In der Folge erwies ich mich ihm sogar nützlich: Meine Firma erwarb die Filmrechte an einer seiner verständlicheren Geschichten, und er hatte seinen Spaß daran, mich mit Telegrammen zu behelligen. Die Jahre vergingen, und hin und wieder ergab es sich, daß wir uns irgendwo anstrahlten, doch ich fühlte mich nie wohl in seiner Gegenwart, und auch an jenem Tag in Fialta empfand ich dasselbe wohlbekannte Mißvergnügen, als ich erfuhr, daß er in der Nähe herumstrich; etwas jedoch heiterte mich beträchtlich auf: der Durchfall seines neuen Stückes.

Und da kam er uns auch schon entgegen, in einem absolut wasserdichten Mantel mit Gürtel und Taschenklappen, einen Fotoapparat über der Schulter, doppelte Gummisohlen an seinen Schuhen, und mit einer Unerschütterlichkeit, die komisch wirken sollte, lutschte er an einer langen Stange zuckrigen Mondgesteins, dieser Spezialität von Fialta. Neben ihm ging der schmucke, puppenhafte, rosige Segur, ein Kunstfreund und ein Dummkopf obendrein; ich habe niemals herausbekommen, wozu Ferdinand ihn benötigte; und immer noch höre ich Nina mit einer stöhnenden Zärtlichkeit, die sie auf nichts festlegte, ausrufen: «Ach, Segur, der ist so ein lieber Kerl!» Sie kamen näher; Ferdinand und ich begrüßten uns herzlich, indem wir versuchten, in unser Händeschütteln und Auf-den-Rücken-Klopfen soviel Wärme wie möglich zu legen – aus Erfahrung wußten wir, daß dies alles war, doch wir taten, als sei es nur der Auftakt; und so war es jedesmal: Nach jeder Trennung wurden beim Wiedersehen in geschäftiger Herzlichkeit und einem Durcheinander Platz nehmender Gefühle aufgeregt die Saiten gestimmt; doch dann schlossen die Platzanweiser die Türen, und niemand wurde eingelassen.

Segur beklagte sich bei mir über das Wetter, und zuerst verstand ich gar nicht, wovon er eigentlich redete; selbst wenn das feuchte, graue Gewächshausklima Fialtas «Wetter» genannt werden konnte, so lag es allem, was uns als Gesprächsgegenstand dienen konnte, ebenso fern wie etwa Ninas schlanker Ellbogen, den ich zwischen Zeigefinger und Daumen hielt, oder ein Stückchen Stanniolpapier, das jemand fallengelassen hatte und das in einiger Entfernung in der Mitte der kopfsteingepflasterten Straße glitzerte.

Zu viert gingen wir weiter, vage Einkäufe vor uns. «Meine Güte, was für ein Indianer!» rief Ferdinand plötzlich mit stürmischer Befriedigung, indem er mir einen kräftigen Rippenstoß versetzte und auf ein Plakat deutete. Ein Stück weiter, an einem Brunnen, gab er seine Zuckerstange einem einheimischen Kind, einem dunkelhäutigen Mädchen mit Perlen um den hübschen Hals; wir blieben stehen, um auf ihn zu warten: Er hatte sich hingekauert und redete auf ihre rußschwarzen gesenkten Wimpern hinab, dann holte er uns grinsend ein und machte eine jener Bemerkungen, mit denen er seine Reden zu würzen liebte. Darauf zog ein unglückseliger Gegenstand in einem Andenkenladen seine Aufmerksamkeit auf sich: eine fürchterliche Marmorimitation des Mt. Sankt Georg mit einem schwarzen Tunnel in seinem Fuß, der sich als die Öffnung eines Tintenfasses erwies, und mit einer Rinne für Federhalter, die Geleise vorstellen sollte. Mit offenem Mund, bereit herauszuprusten und ganz aus dem Häuschen vor höhnischem Triumph wendete er das staubige, hinderliche und völlig schuldlose Ding in den Händen hin und her, bezahlte ohne zu feilschen und kam immer noch offenen Munds mit dem Monstrum in der Hand heraus. Wie ein Herrscher, der sich mit Buckligen und Zwergen umgibt, wandte er seine Zuneigung diesem oder jenem greulichen Gegenstand zu; seine Huld währte von fünf Minuten bis zu mehreren Tagen, oder sogar noch länger, wenn das Ding zufällig lebendig war.

Nina deutete sehnsüchtig an, daß es Mittagsessenszeit sei, und als Ferdinand und Segur in ein Postamt gingen, ergriff ich die Gelegenheit und führte sie eilig hinweg. Immer noch frage ich mich, was sie mir eigentlich bedeutete, diese kleine dunkle Frau mit den schmalen Schultern und den «lyrischen Gliedmaßen» (um den Ausdruck zu gebrauchen, den ein gezierter Emigrantendichter geprägt hatte, einer der wenigen Männer, die ihr platonisch nachgeseufzt hatten), und noch weniger verstehe ich, welchen Zweck das Schicksal damit verfolgte, daß es uns immer wieder zusammenführte. Nach meinem Aufenthalt in Paris hatte ich sie eine ganze Zeitlang nicht gesehen, und als ich eines Tages aus dem Büro nach Hause kam, saß sie da, trank Tee mit meiner Frau und prüfte auf ihrer seidenbespannten Hand – der Ehering glänzte durch die Seide hindurch – das Gewebe irgendwelcher auf der Tauentzienstraße billig erstandenen Strümpfe. Einmal zeigte man mir ihr Bild in einer Modezeitschrift voller Herbstblätter und Handschuhe und windiger Golfplätze. An einem bestimmten Weihnachtsfest schickte sie mir eine Ansichtskarte mit Schnee und Sternen. An einem Rivierastrand entging sie hinter ihrer Sonnenbrille und ihrem Terracotta-Teint beinahe meiner Aufmerksamkeit. Als mich ein andermal eine Besorgung zur Unzeit in das Haus unbekannter Leute führte, wo gerade eine Gesellschaft gegeben wurde, erblickte ich ihren Schal und ihren Pelzmantel unter fremden Vogelscheuchen auf einem Garderobenständer. In einem Buchladen nickte sie mir aus einer Seite in einer der Geschichten ihres Mannes entgegen, aus einer Seite, auf der von einem episodischen Dienstmädchen die Rede ist und Nina gegen den Willen des Verfassers hereingeschmuggelt wird: «Ihr Gesicht», schrieb er, «war eher ein Schnappschuß der Natur als ein genaues Porträt, so daß... als er es sich vorzustellen versuchte, nur flüchtige Eindrücke zusammenhangloser Gesichtszüge vor Augen hatte: den flaumigen Umriß ihrer *pommettes* in der Sonne, die bernsteinbraune Dunkelheit munterer Augen, ihre Lippen, zu einem freundlichen Lächeln verzogen, das immer bereit war, sich in einen feurigen Kuß zu verwandeln.»

Immer wieder tauchte sie flüchtig am Rand meines Lebens auf, ohne seinen eigentlichen Text auch nur im mindesten zu beeinflussen. An einem Sommermorgen (einem Freitag – denn die Dienstmädchen klopften im sonnenstaubigen Hof Teppiche), meine Familie war auf dem Land, döste und rauchte ich im Bett, als es wie wild klingelte – und dann stand sie in der Diele, ein unerwarteter Besuch, der (nebenbei) eine Haarnadel und (hauptsächlich) einen großen, mit Hotelschildern illustrierten Reisekoffer zurückließ, den ein netter österreichischer Junge vierzehn Tage später für sie abholte – nach ungreifbaren, aber sicheren Symptomen zu schließen, gehörte er zu der gleichen, recht kosmopolitischen Genossenschaft wie ich. Gelegentlich fiel mitten in einer Unterhaltung ihr Name, und ohne den Kopf zu wenden, lief sie die Stufen eines zufälligen Satzes hinab. Auf einer Reise in die Pyrenäen verbrachte ich eine Woche in einem Château, das Leuten gehörte, bei denen sie und Ferdinand sich gerade aufhielten, und nie werde ich meine erste Nacht dort vergessen: wie ich wartete, wie ich sicher war, daß sie aus eigenem Antrieb in mein Zimmer schleichen würde, wie sie nicht kam, und den Lärm, den Tausende von Grillen in der delirierenden Tiefe des felsigen, von Mondschein triefenden Gartens vollführten, die tollen murmelnden Bäche und meinen Kampf zwischen wohltuender südlicher Müdigkeit nach einem langen Tag der Jagd auf den Geröllhängen und dem wilden Verlangen nach ihrem heimlichen Kommen, ihrem tiefen Lachen, ihren rosa Fußgelenken über dem Schwanendaunenbesatz hochhackiger Pantoffeln; die Nacht indessen tobte weiter, ohne daß sie kam, und als ich ihr am Tag darauf im Laufe einer gemeinschaftlichen Bergwanderung von meinem Warten erzählte, faltete sie bestürzt die Hände – und taxierte sofort mit schnellem Blick, ob die Rücken Ferdinands (er gestikulierte) und seines Freundes weit genug entfernt waren. Ich erinnere mich, über halb Europa hinweg (in einer geschäftlichen Angelegenheit ihres Mannes) mit ihr telefoniert und ihre eifrige, bellende Stimme anfangs gar nicht erkannt zu haben; und ich erinnere mich, wie ich einmal von ihr träumte: Ich träumte, meine älteste Tochter käme hereingelaufen, um mir zu sagen, daß der Hausmeister in arger Bedrängnis sei – und als ich zu ihm hinunterging, sah ich Nina in tiefem Schlaf auf einem Koffer liegen, eine Rolle grober Leinwand unter dem Kopf, mit bleichen Lippen und in ein wollenes Tuch gehüllt, so wie elende Flüchtlinge auf gottverlassenen Bahnhöfen schlafen. Und was mir oder ihr in der Zwischenzeit auch zustieß, es kam nie zu irgendwelchen Aussprachen zwischen uns, da wir in den Pausen unseres Schicksals niemals aneinander dachten, so daß sich bei jedem Wiedersehen das Tempo des Lebens auf der Stelle änderte, alle seine Atome neu kombiniert wurden und wir in einem anderen, leichteren Zeitmedium lebten, dessen Maß nicht die langwierigen Trennungen, sondern die wenigen Begegnungen waren, aus denen auf diese Weise künstlich ein kurzes, vermeintlich leichtfertiges Leben entstand. Und mit jeder neuen Begegnung wurde ich besorgter; nein, meine Gefühle wurden nicht aus der Bahn geworfen, nicht geisterte der Schatten der Tragödie durch unsere Freuden, meine Ehe wurde nicht in Mitleidenschaft gezogen, während auf der anderen Seite ihr in erotischer Hinsicht eklektischer Ehegatte ihre beiläufigen Affären übersah, obwohl er aus ihnen einigen Vorteil in Form angenehmer und nützlicher Beziehungen schlug. Ich wurde besorgt, weil etwas Wunderschönes, Zartes und Unwiederholbares vergeudet wurde: etwas, das ich mißbrauchte, wenn ich mir in großer Eile armselige helle Stückchen davon abbrach und dabei den bescheidenen, aber wahren Kern verschmähte, den es mir möglicherweise in einem Mitleid heischenden Wispern darbot. Ich war besorgt, weil ich schließlich Ninas Leben irgendwie doch akzeptierte, die Lügen, die Vergeblichkeit, das Kauderwelsch dieses Lebens. Obwohl es keinerlei Gefühlsdissonanz gab, fühlte ich mich verpflichtet, nach einer vernünftigen, wenn schon nicht moralischen Erklärung meines Daseins zu suchen, und das hieß, zwischen der Welt zu wählen, in der ich Modell saß für mein Porträt, mit meiner Frau, meinen kleinen Töchtern, dem Dobermannpinscher (idyllische Girlanden, ein Siegelring, ein dünner Spazierstock), zwischen dieser glücklichen, weisen und guten Welt... und was? Bestand irgendeine praktische Chance, ein Leben gemeinsam mit Nina zu führen, ein Leben, das ich mir schwer auch nur vorzustellen vermochte, denn ich wußte, es wäre mit einer leidenschaftlichen, unerträglichen Bitterkeit durchtränkt und jeder seiner Augenblicke wäre sich einer Vergangenheit bewußt, in der es von proteischen Partnern wimmelte. Nein, das Ganze war absurd. Und war sie darüber hinaus nicht durch etwas Stärkeres als Liebe an ihren Gatten gekettet – die unerschütterliche Freundschaft zwischen zwei Strafgefangenen? Absurd! Doch was denn hätte ich mit dir anfangen sollen, Nina, wie hätte ich mich dieser aufgespeicherten Traurigkeit entledigen können, die sich als Ergebnis unserer scheinbar unbekümmerten, in Wahrheit jedoch hoffnungslosen Begegnungen angesammelt hatte?

Fialta besteht aus einer Alt- und einer Neustadt; hier und da sind Vergangenheit und Gegenwart miteinander verflochten und liegen im Kampf, um sich entweder voneinander freizumachen oder gegenseitig vollends auszustoßen; jede hat ihre eigenen Methoden: Die Neue liefert einen ehrlichen Kampf – sie importiert Palmen, richtet schmucke Reisebüros ein und bemalt die rote Fläche der Tennisplätze mit hellgelben Linien; wohingegen die heimtückische Stadt von dazumal hinter einer Ecke in Gestalt einer auf Krücken gehenden Gasse hervorkommt oder in der von Treppenstufen, die nirgendwo hinführen. Auf unserem Weg zum Hotel kamen wir an einer halbfertigen, weißen, innen mit Abfällen übersäten Villa vorbei, an deren einer Wand wieder die gleichen Elefanten auf gewaltigen, buntbemalten Trommeln saßen, ihre ungetümen Babyknie weit gespreizt; eine (bereits mit einem Bleistiftschnurrbart versehene) Kunstreiterin in ätherischem Ballettröckchen ruhte auf der breiten Kruppe eines Pferdes; und ein Clown mit Tomatennase lief über ein Drahtseil, einen Schirm balancierend, der mit jenen immer wiederkehrenden Sternen geschmückt war – eine auf vage Weise sinnbildhafte Erinnerung an die himmlische Heimat der Zirkuskünstler. Hier, in Fialtas Rivierateil, knirschte der nasse Kies luxuriöser, deutlicher war das träge Aufseufzen der See zu vernehmen. Im Hinterhof des Hotels jagte ein mit einem Messer bewaffneter Küchenjunge hinter einem Huhn her, das wild gluckend um sein Leben lief. Ein Schuhputzer bot mir mit zahnlosem Lächeln seinen uralten Thron. Unter den Platanen standen ein Motorrad deutscher Herkunft, eine schlammbespritzte Limousine und ein gelber, langrumpfiger Icarus, der wie ein gigantischer Skarabäus aussah («Das ist unser – Segurs, meine ich», sagte Nina und fügte hinzu: «Warum kommst du nicht mit, Victor?» – obwohl sie sehr wohl wußte, daß ich nicht mitkommen konnte). In den Lack seiner Flügeldecken war ein Guaschbild mit Himmel und Gezweig versenkt; das Metall eines seiner bombenförmigen Scheinwerfer spiegelte einen Augenblick lang uns selbst, hagere Fußgänger aus dem Land des Films, die über die konvexe Oberfläche glitten; und dann, nach einigen Schritten, warf ich einen Blick zurück und sah sozusagen beinahe optisch voraus, was in Wirklichkeit erst etwa eine Stunde später geschah: wie die drei in Sturzhelmen einstiegen, lächelten und mir zuwinkten, durchsichtig für mich wie Gespenster, durch welche die Farbe der Welt hindurchleuchtet, und sich dann in Bewegung setzten, sich entfernten, kleiner wurden (Ninas letzter zehnfingriger Abschied); in Wirklichkeit jedoch rührte sich das Automobil, glatt und heil wie ein Ei, noch nicht von der Stelle, und Nina schritt unter meinem ausgestreckten Arm durch einen von Lorbeer flankierten Eingang, und als wir uns setzten, konnten wir durch das Fenster Ferdinand und Segur, die einen anderen Weg genommen hatten, langsam näher kommen sehen.

Auf der Veranda, wo wir unsere Mittagsmahlzeit einnahmen, befand sich niemand außer dem Engländer, der mir unlängst aufgefallen war; vor ihm warf ein hohes Glas mit einem knallroten Drink ein ovales Lichtmuster auf das Tischtuch. In seinen Augen nahm ich das gleiche blutunterlaufene Verlangen wahr, aber jetzt stand es mit Nina in keinem Zusammenhang; der gierige Blick galt nicht ihr, er war unverwandt auf die obere rechte Ecke des breiten Fensters gerichtet, neben dem er saß.

Nina hatte die Handschuhe von den kleinen, dünnen Händen gestreift und aß zum letzten Mal in ihrem Leben jene Krustentiere, für die sie eine solche Vorliebe hatte. Auch Ferdinand beschäftigte sich mit dem Essen, und ich nutzte seinen Hunger aus, ein Gespräch anzufangen, das mir einen Anschein von Macht über ihn gab: Genauer gesagt, ich erwähnte den Mißerfolg seines neuen Stückes. Nach einer kurzen Periode religiösen Umgangs, wie er gerade in Mode war, in deren Verlauf er der Gnade teilhaftig wurde und mehrere reichlich zweideutige Pilgerfahrten unternahm, die in einem entschieden skandalösen Abenteuer endeten, hatte er seinen matten Blick gen Moskau gewandt, das barbarische Moskau. Nun habe ich mich, offen gesagt, immer über die selbstgefällige Überzeugung geärgert, daß ein kleines Wellchen Bewußtseinsstrom, ein paar gesunde Obszönitäten und eine Prise Kommunismus in irgendeinem alten Spüleimer auf alchimistische Weise und ganz von allein ultramoderne Literatur ergäben; und bis man mich erschießt, werde ich darauf beharren, daß Kunst, sobald sie mit Politik in Berührung gebracht wird, unvermeidlich auf das Niveau beliebigen ideologischen Plunders herabsinkt. In Ferdinands Fall allerdings war all dies unerheblich: Die Muskeln seiner Muse waren außergewöhnlich kräftig, ganz zu schweigen von dem Umstand, daß ihm das Elend der Unterdrückten völlig egal war; doch wegen gewisser, auf dunkle Weise bösartiger Unterströmungen dieser Art war seine Kunst noch widerwärtiger geworden. Bis auf ein paar Snobs hatte kein Mensch das Stück verstanden; selber hatte ich es nicht gesehen, aber jene komplizierte kremleske Nacht, an deren unmöglichen Spiralen entlang er verschiedene Räder zerstückelter Symbole kreisen ließ, konnte ich mir gut vorstellen; und jetzt fragte ich ihn nicht ohne Schadenfreude, ob er kürzlich eine bestimmte kleine Kritik gelesen hätte.

«Kritik!» rief er. «Schöne Kritik! Jeder geleckte Affe hält es für angebracht, mir Lehren zu erteilen. Keine Ahnung zu haben von meinem Werk, ist ihr Stolz. Meine Bücher werden behutsam angefaßt, wie etwas, das in die Luft gehen könnte. Kritik! Man untersucht sie unter jedem Aspekt, nur unter dem wesentlichen nicht. Es ist, als ob ein Naturforscher, der das *genus equus* beschreiben will, anfinge, über Sättel oder Mme de V. zu quasseln (er nannte eine bekannte literarische Salondame, die in der Tat große Ähnlichkeit mit einem grinsenden Pferd hatte). Ich möchte auch etwas von diesem Taubenblut», fuhr er im gleichen scharfen Ton fort, jetzt an den Kellner gewandt, der seinen Wunsch erst begriff, als er in die Richtung des Fingers mit dem langen Nagel blickte, der unmanierlich auf das Glas des Engländers deutete. Aus irgendeinem Grund erwähnte Segur Ruby Rose, die Dame, die Blumen auf ihren Busen malte, und die Unterhaltung nahm einen weniger beleidigenden Charakter an. Inzwischen kam der große Engländer plötzlich zu einem Entschluß, stieg auf einen Stuhl, trat von da auf das Fensterbrett und reckte sich, bis er die erstrebte Ecke des Fensterrahmens erreichte, wo ein kompakter, pelziger Nachtfalter saß, den er behende in eine kleine Schachtel steckte.

«... etwa wie Wouwermans Schimmel», sagte Ferdinand in Zusammenhang mit dem, worüber er gerade mit Segur sprach.

*«Tu es très hippique ce matin»*, bemerkte letzterer.

Bald gingen sie beide telefonieren. Ferdinand hatte eine besondere Vorliebe für Ferngespräche und dazu ein besonderes Geschick, sie – egal, über welche Entfernung hin – mit freundlicher Wärme auszustatten, wenn es galt, wie zum Beispiel jetzt, eine kostenlose Übernachtung zu ergattern.

Von weit her kamen Musikgeräusche – eine Trompete, eine Zither. Nina und ich begaben uns wieder nach draußen und bummelten durch die Straßen. Offenbar hatte der Zirkus auf seinem Weg nach Fialta eine Vorausabteilung vorgeschickt: Eine Reklameprozession zog vorüber. Ihr Anfang allerdings entging uns, da sie bergauf in eine Nebenallee abgebogen war: Die vergoldete Rückwand irgendeines Gefährts entschwand, ein Mann im Burnus führte ein Kamel, vier hintereinander gehende mittelmäßige Indianer trugen an Stangen Plakate, und hinter ihnen saß dank einer Sondererlaubnis der kleine Sohn eines Touristen im Matrosenanzug andächtig auf einem winzigen Pony.

Wir kamen an einem Café vorbei, wo die Tische jetzt fast trocken, aber immer noch leer waren; der Kellner begutachtete einen gräßlichen Findling (hoffentlich adoptierte er ihn später), das absurde Tintenfaßungeheuer, das Ferdinand im Vorübergehen auf der Balustrade ausgesetzt hatte. An der nächsten Ecke zog uns eine alte steinerne Treppe an, wir stiegen hinauf, und ich blickte unverwandt auf den spitzen Winkel, den Ninas Schritt beim Hinaufsteigen bildete – sie hob ihren Rock, und seine Enge erforderte die gleiche Geste wie früher die Rocklänge; eine mir vertraute Wärme ging von ihr aus, und während ich neben ihr hinaufstieg, kam mir unser letztes Wiedersehen in den Sinn. Es war in einem Haus in Paris gewesen, viele Leute waren anwesend, und mein guter Freund Jules Darboux, im Wunsch, mir einen erlesenen ästhetischen Gefallen zu erweisen, hatte mich am Ärmel berührt und gesagt: «Darf ich dich vorstellen . . .» und mich dann zu Nina geführt, die in der Ecke einer Couch saß, ihre Gestalt zu einem Z gefaltet, einen Aschenbecher neben dem Schuhabsatz; sie hatte eine lange Türkiszigarettenspitze von den Lippen genommen und freudig und langsam gerufen: «Also daß ich gerade dich treffe . . .» – und dann, den ganzen Abend lang, war mir, als wolle mir das Herz zerspringen, während ich mit einem klebrigen Glas in der Faust von Gruppe zu Gruppe ging, hin und wieder aus der Ferne nach ihr Ausschau hielt (ihre Augen suchten mich nicht), einzelne Gesprächsbrocken erhaschte und mithörte, wie ein Mann zu einem anderen sagte: «Komisch, daß sie alle gleich riechen, durch jedes Parfum hindurch nach verbranntem Laub, diese dunkelhaarigen Mädchen mit den scharfen Gelenken», und wie es oft geschieht, klammerte sich eine triviale Bemerkung über irgendeinen unbekannten Gegenstand an die eigene vertraute Erinnerung, hielt sich daran fest und krümmte sich, ein Parasit ihrer Traurigkeit.

Oben auf der Treppe angekommen, fanden wir uns auf einer Art Terrasse. Von hier aus war der zarte Umriß des taubengrauen Mt. Sankt Georg mit einem Haufen knochenweißer Flekken (irgendein kleines Dorf) auf einem seiner Hänge zu sehen; der Rauch eines unsichtbaren Zuges wellte sich um seinen runden Fuß – und verschwand plötzlich; noch weiter unten, über dem Dächergewirr, konnte man eine einsame Zypresse erkennen, die Ähnlichkeit hatte mit der feuchten, gezwirbelten schwarzen Spitze eines Tuschpinsels; zur Rechten sah man einen kleinen Teil des Meeres, das grau war und silbrige Falten warf. Zu unseren Füßen lag ein rostiger alter Schlüssel, und an der Wand des halbverfallenen Hauses neben der Terrasse hingen immer noch irgendwelche Drahtenden... Es kam mir in den Sinn, daß es hier einst Leben gegeben, eine Familie die Kühle der Abenddämmerung genossen hätte, daß ungeschickte Kinder im Licht einer Lampe mit Malbüchern beschäftigt gewesen wären... Wir verweilten dort oben, als horchten wir auf irgend etwas; Nina, die höher stand als ich, legte mir eine Hand auf die Schulter und lächelte, und mit Sorgfalt, auf daß ihr Lächeln nicht knitterte, küßte sie mich. Mit unerträglicher Heftigkeit erlebte ich noch einmal (so scheint es mir wenigstens) alles, was, angefangen mit einem ähnlichen Kuß, je zwischen uns gewesen war; und ich sagte (anstelle unseres billigen, förmlichen «Du» jenes seltsam volle und bedeutungsschwere «Sie» verwendend, zu dem der Weltumsegler in jeder Hinsicht bereichert zurückkehrt): «Schauen Sie – was wäre, wenn ich Sie liebe?» Nina sah mich kurz an, ich wiederholte die Worte, ich wollte hinzusetzen ... aber etwas wie eine Fledermaus strich kurz über ihr Gesicht, ein schneller, sonderbarer, fast häßlicher Ausdruck, und sie, die in völliger Unschuld grobe Worte in den Mund nehmen konnte, wurde verlegen; auch ich war verlegen ... «Keine Sorge, ich habe nur Spaß gemacht», sagte ich rasch und legte leicht den Arm um ihre Taille. Von irgendwoher erschien ein fester Strauß kleiner, dunkler, selbstlos duftender Veilchen in ihren Händen, und bevor sie zu ihrem Gatten und Auto zurückkehrte, standen wir noch eine kurze Weile an der Steinbrüstung, und unsere Affäre war hoffnungsloser denn je. Doch der Stein war warm wie Menschenhaut, und plötzlich verstand ich etwas, das ich gesehen hatte, ohne es zu begreifen – warum ein Stückchen Stanniolpapier auf dem Pflaster so geglitzert, warum auf einem Tischtuch der Abglanz eines Glases gezittert hatte, warum die See ein einziger Lichtschimmer war: Irgendwie hatte sich allmählich der weiße Himmel über Fialta unmerklich mit Sonnenschein gesättigt, und nun war er ganz und gar von Sonne durchdrungen, und das überströmende weiße Leuchten wurde weiter und weiter, alles löste sich darin auf, alles verschwand, alles verging, und ich stand auf dem Bahnsteig von Mlech, in der Hand eine soeben gekaufte Zeitung, aus der ich erfuhr, daß der gelbe Wagen, den ich unter den Platanen gesehen hatte, hinter Fialta einen Unfall gehabt hatte, als er in voller Geschwindigkeit in den Lastwagen eines Wanderzirkus auf dem Weg in die Stadt gerast war, einen Unfall, aus dem Ferdinand und sein Freund, diese unverwundbaren Schurken, diese Salamander des Schicksals, die glücklichen Basilisken, mit örtlichen und heilbaren Verletzungen ihrer Schuppenhaut hervorgegangen waren, während Nina trotz ihrer anhaltenden und getreulichen Versuche, es ihnen gleichzutun, sich am Ende doch als sterblich erwiesen hatte. *(1936)*

# «...DASS IN ALEPPO EINST...»

Lieber V. – Dieser Brief soll Dich unter anderem wissen lassen, daß ich endlich hier bin, in dem Land, wohin so viele Sonnenuntergänge führten. Einer der ersten Menschen, denen ich begegnete, war unser guter alter Gleb Alexandrowitsch Gekko, der finster die Columbus Avenue überquerte, auf der Suche nach dem *petit café du coin*, in das keiner von uns dreien je wieder den Fuß setzen wird. Er schien der Meinung, daß Du dabei seist, auf die eine oder andere Weise Verrat an unserer Nationalliteratur zu begehen, und als er mir Deine Adresse gab, schüttelte er sein graues Haupt so mißbilligend, als hättest Du das Vergnügen nicht verdient, von mir zu hören.

Ich habe eine Geschichte für Dich. Was mich an die Zeiten erinnert – oder daß ich es so ausdrücke, erinnert mich vielmehr daran –, als wir unsere ersten euterwarmen schäumenden Verse schrieben und alles, eine Rose, eine Pfütze, ein erleuchtetes Fenster, uns zurief: «Ich bin ein Reim!» Doch, es ist dies ein höchst brauchbares Universum. Wir spielen, wir sterben: *igreim, umi-reim*. Und die klangvollen Seelen russischer Verben verleihen sowohl der wilden Gestik der Bäume Bedeutung wie einer weggeworfenen Zeitung, die mit erfolglosem Flattern und flügellosen Rucken eine endlose windige Kaimauer entlanggleitet, liegenbleibt und dann weiterschleift. Im Augenblick jedoch bin ich kein Dichter. Ich komme wie jene überschwengliche Dame bei Tschechow zu Dir, die sich so furchtbar gerne beschrieben sehen wollte.

Ich heiratete, warte, etwa einen Monat nachdem Du Frankreich verlassen hattest und ein paar Wochen bevor diese huldreichen Deutschen tobend in Paris einfielen. Obschon ich urkundliche Zeugnisse meiner Eheschließung vorweisen kann, bin ich heute sicher, daß meine Frau nie existiert hat. Möglich, daß Du ihren Namen aus anderer Quelle weißt, aber das ist gleichgültig: Es ist der Name einer Sinnestäuschung. Darum kann ich von ihr mit ebensoviel Abstand sprechen wie von der Figur einer Erzählung (einer Deiner Erzählungen, genau gesagt).

Es war Liebe nicht so sehr auf den ersten Blick wie auf die erste Berührung, denn ich war ihr vorher schon mehrere Male begegnet, ohne daß ich dabei irgendwelche besonderen Gefühle empfunden hätte; aber als ich sie eines Abends nach Hause begleitete, veranlaßte mich eine eigentümliche Bemerkung ihrerseits, mich hinabzubeugen und leicht ihr Haar zu küssen – und wir alle wissen ja von jener blendenden Explosion, die dadurch ausgelöst wird, daß man eine kleine Puppe vom Fußboden eines sorgsam verlassenen Hauses aufhebt: Der betreffende Soldat hört nichts; für ihn ist es nur eine ekstatische, geräusch- und grenzenlose Ausdehnung dessen, was zeit seines Lebens eine stecknadelkopfgroße Helligkeit im Zentrum seines Wesens gewesen war. Und wirklich, wenn wir an den Tod in himmlischen Kategorien denken, so darum, weil das sichtbare Firmament besonders zur Nachtzeit (über unserem verdunkelten Paris mit den düsteren Bögen seines Exelmans-Boulevards und dem unablässigen alpinen Rauschen seiner verödeten Latrinen) das angemessenste und immerdar vorhandene Symbol dieser ungeheuren geräuschlosen Explosion darstellt.

Aber ich vermag sie nicht genau zu erkennen. Sie bleibt so nebelhaft wie mein bestes Gedicht – jenes, das Du in den *Literaturnyje Sapiski* so grausig verspottet hast. Wenn ich sie mir vorstellen will, habe ich mich im Geist an ein winziges Muttermal auf ihrem flaumigen Unterarm zu halten, wie man sich in einem unleserlichen Satz auf die Satzzeichen konzentriert. Hätte sie stärker und regelmäßiger Make-up benutzt, ich könnte mir heute ihr Gesicht möglicherweise vorstellen oder zumindest die zarten Querfurchen auf trockenen, heißen, geschminkten Lippen; aber es will und will mir nicht gelingen – obwohl ich im Blindekuhspiel meiner Sinne von Zeit zu Zeit immer noch ihre flüchtige Berührung spüre, in jenem wehmütigen Traum, in dem wir uns durch einen herzzerreißenden Nebel hindurch unbeholfen aneinanderklammern und ich wegen des leeren Glanzes quellender Tränen, die ihre Iris überfluten, die Farbe ihrer Augen nicht erkennen kann.

Sie war viel jünger als ich – nicht soviel jünger wie Natalie mit ihren reizenden bloßen Schultern und langen Ohrringen im Verhältnis zum dunkelhäutigen Puschkin; dennoch war genügend Spielraum da für jenen retrospektiven Romantizismus, der sich darin gefällt, dem Schicksal eines unvergleichlichen Genies nachzustreben (eingeschlossen die Eifersucht, den Schmutz, den stechenden Schmerz, den es verursacht, ihre mandelförmigen Augen hinter dem Fächer aus Pfauenfedern zu ihrem blonden Cassio schweifen zu sehen), selbst wenn man seine Verse nicht nachzuahmen vermag. Meine allerdings gefielen ihr, und sie hätte kaum gegähnt wie jene andere, sobald ein Gedicht ihres Mannes länger war als ein Sonett. Wenn sie für mich ein Phantom blieb, so mag auch ich für sie eines gewesen sein: Ich vermute, daß es ihr lediglich die Dunkelheit meiner Gedichte angetan hatte; und daß sie dann ein Loch in deren Schleier riß und das reizlose Gesicht eines Fremden erblickte.

Wie Du weißt, trug ich mich seit einiger Zeit schon mit dem Plan, dem Beispiel Deiner glücklichen Flucht zu folgen. Sie beschrieb mir einen ihrer Onkel, der, wie sie sagte, in New York lebte: Er hatte an einem College in den Südstaaten Reitunterricht gegeben und schließlich eine reiche Amerikanerin geheiratet; sie hatten eine kleine, taubgeborene Tochter. Sie sagte, daß ihr seine Adresse vor langem abhanden gekommen sei, aber ein paar Tage später fand sie sich wie durch ein Wunder wieder, und wir verfaßten einen dramatischen Brief, auf den wir nie eine Antwort erhielten. Das machte nichts, denn inzwischen hatte ich bereits eine tadellose Bürgschaftserklärung von Professor Lomchenko in Chicago erhalten; aber als die deutsche Invasion begann, war sonst noch wenig unternommen worden, die nötigen Papiere zu beschaffen, während ich doch voraussah, daß, falls wir in Paris blieben, irgendein hilfsbereiter Landsmann von mir die interessierte Seite früher oder später auf etliche Stellen in einem meiner Bücher aufmerksam machen würde, in denen ich zu beweisen suchte, daß Deutschland allen seinen finsteren Sünden zum Trotz in den Augen der Welt für alle Zeiten der Gegenstand des Gelächters bleiben würde.

So begannen wir unsere unglückseligen Flitterwochen. Zerdrückt und geschüttelt inmitten des apokalyptischen Exodus, warteten wir auf unfahrplanmäßige Züge zu unbekannten Zielbahnhöfen, gingen wir durch die ausgedienten Kulissen abstrakter Städte, lebten wir in dem ständigen Zwielicht körperlicher Erschöpfung – solches war unsere Flucht; und je weiter sie uns führte, desto klarer wurde es, daß uns mehr als ein Schwachkopf mit Stiefeln und Koppelschloß und seiner Kollektion verschieden angetriebenen militärischen Trödelkrams vor sich her jagte – etwas, wofür er nur das Symbol war, etwas Ungeheuerliches und Unfaßbares, eine zeit- und gesichtslose Masse unvordenklichen Grauens, das selbst hier, im grünen Vakuum des Central Park, immer noch von hinten auf mich zukommt.

Doch, sie ertrug das alles beherzt genug – mit einer Art benommener Heiterkeit. Einmal jedoch begann sie in einem mitfühlenden Eisenbahnwaggon plötzlich zu schluchzen. «Der Hund», sagte sie, «der Hund, den wir zurückgelassen haben. Ich kann den armen Hund nicht vergessen.» Die Aufrichtigkeit ihres Kummers verblüffte mich, denn wir hatten niemals einen Hund gehabt. «Ich weiß», sagte sie, «aber ich habe mir vorzustellen versucht, wir hätten diesen Setter tatsächlich gekauft. Und denke nur, jetzt würde er hinter verschlossener Tür winseln.» Es war niemals davon die Rede gewesen, einen Setter zu kaufen.

Ebensowenig möchte ich ein gewisses Stück Landstraße und den Anblick einer Flüchtlingsfamilie (zwei Frauen, ein Kind) vergessen, deren alter Vater oder Großvater unterwegs gestorben war. Der Himmel war ein Chaos schwarzer und fleischfarbener Wolken, die Sonne brach häßlich hinter einem verkappten Berg hervor, und der Tote lag auf dem Rücken unter einer staubigen Platane. Mit den Händen und einem Stock hatten die Frauen am Straßenrand ein Grab auszuheben versucht, aber die Erde war zu hart; sie hatten es aufgegeben und saßen jetzt Seite an Seite zwischen den anämischen Mohnblumen, in einiger Entfernung von der Leiche mit ihrem aufgerichteten Bart. Der kleine Junge jedoch kratzte und scharrte und mühte sich immer noch, bis er einen flachen Stein umwälzte und den

Zweck seiner ernsthaften Anstrengungen vergaß – er hockte da, sein schmaler, beredter Hals wies dem Scharfrichter alle Wirbel, und überrascht und voller Freude beobachtete er Tausende winziger brauner Ameisen, die aufgeregt im Zickzack hin und her und auf und davon liefen, hin zu sicheren Orten im Gard, im Aude, in der Drôme, im Var und in den Basses-Pyrénées – wir beide machten erst in Pau halt.

Spanien erwies sich als zu schwierig, und wir beschlossen, nach Nizza weiterzufahren. In einem Ort namen Faugères (ein zehnminütiger Aufenthalt) zwängte ich mich aus dem Zug, um etwas zu essen zu kaufen. Als ich ein paar Minuten später zurückkam, war der Zug weg, und der wirre Alte, der schuld war an der haarsträubenden Leere vor mir (Kohlenstaub, der zwischen bloßen, gleichgültigen Schienen in der Hitze glitzerte, und ein einsames Stückchen Apfelsinenschale), teilte mir schroff mit, daß ich überhaupt nicht hätte aussteigen dürfen.

In einer besseren Welt hätte ich meine Frau ausfindig machen lassen und ihr Instruktionen geben können (ich hatte beide Fahrkarten und den größten Teil des Geldes); wie die Dinge lagen, erwies sich jedoch mein albtraumhafter Kampf mit dem Telefon als vergeblich, so daß ich es aufgab, mich von einer ganzen Reihe diminutiver Stimmen aus der Ferne anbläffen zu lassen, zwei oder drei Telegramme abschickte, die wahrscheinlich erst jetzt unterwegs sind, und am späten Abend den nächsten Personenzug nach Montpellier nahm – weiter würde ihr Bummelzug nicht kommen. Da ich sie dort nicht fand, hatte ich die Wahl zwischen zwei Möglichkeiten: weiterzufahren, weil sie den Zug nach Marseille genommen haben konnte, den ich um ein Haar verpaßt hatte, oder zurückzufahren, weil sie möglicherweise nach Faugères zurückgekehrt war. Ich habe vergessen, welches Knäuel von Überlegungen mich nach Marseille und Nizza führte.

Die Polizei, die nichts weiter unternahm, als falsche Angaben an ein paar unwahrscheinliche Orte weiterzuleiten, war keine Hilfe: Ein Polizist brüllte, ich gehe ihm auf die Nerven; ein zweiter lenkte von der Frage ab, indem er die Echtheit meiner Heiratsurkunde in Zweifel zog, weil sie, wie er behauptete, auf der falschen Seite gestempelt wäre; ein dritter, ein dicker *commissaire* mit feuchten braunen Augen, gestand, daß er in seiner Freizeit Gedichte schriebe. Ich suchte verschiedene Bekannte unter den zahlreichen Russen auf, die in Nizza wohnten oder hier gestrandet waren. Ich hörte jene, die jüdisches Blut hatten, von ihren todgeweihten Angehörigen sprechen, gepfercht in Züge, deren Bestimmungsort die Hölle war; und meine eigene Misere nahm sich vergleichsweise alltäglich und irreal aus, wenn ich in einem überfüllten Café saß, die milchige blaue See vor mir und im Rücken ein Gemurmel wie aus dem Innern einer Muschel, das immer aufs neue von Massenmord und Elend erzählte, von dem grauen Paradies jenseits des Ozeans und den Eigenheiten und Launen herzloser Konsuln.

Eine Woche nach meiner Ankunft suchte mich ein träger Geheimpolizist auf und ging mit mir in eine krumme und übelriechende Straße zu einem Haus mit schwarzen Flecken und der Aufschrift «Hotel», die fast ausgelöscht war von dem Schmutz und der Zeit; dort, sagte er, hätte sich meine Frau gefunden. Das Mädchen, mit dem er aufzuwarten hatte, war mir natürlich völlig unbekannt; aber mein Freund Holmes versuchte eine ganze Zeitlang, ihr und mir das Geständnis abzugewinnen, daß wir verheiratet seien, während ihr schweigsamer und muskulöser Bettgenosse, die nackten Arme über seiner gestreiften Brust verschränkt, danebenstand und zuhörte.

Als ich diese Leute endlich los und in mein Viertel zurückgegangen war, kam ich zufällig an einer dichten Menschenschlange vorbei, die vor einem Lebensmittelgeschäft wartete; und da stand auch meine Frau, ganz am Ende, auf Zehenspitzen gereckt, um erkennen zu können, was es eigentlich zu kaufen gab. Ich glaube, als allererstes sagte sie mir, daß es hoffentlich Apfelsinen seien.

Ihre Geschichte kam mir zwar ein bißchen verschwommen, aber völlig trivial vor. Sie war nach Faugères zurückgefahren und gleich zum Kommissariat gegangen, statt auf dem Bahnhof nachzufragen, wo ich eine Nachricht für sie hinterlassen hatte. Eine Gruppe von Flüchtlingen schlug ihr vor, sich ihnen anzuschließen; die Nacht verbrachte sie auf dem Fußboden eines Fahrradladens ohne Fahrräder, zusammen mit drei älteren Frauen, die, wie sie sagte, wie drei Holzklötze hintereinander lagen. Am folgenden Tag wurde ihr klar, daß sie nicht genug Geld hatte für die Fahrt nach Nizza. So borgte sie sich schließlich welches von einer der Klotzfrauen. Jedoch nahm sie den falschen Zug und kam in eine Stadt, an deren Namen sie sich nicht erinnern konnte. In Nizza war sie vor zwei Tagen eingetroffen und hatte in der russischen Kirche ein paar Bekannte gefunden. Sie hatten ihr gesagt, daß ich irgendwo in der Nähe sei, nach ihr forschte und bestimmt bald auftauchen würde.

Etwas später, als ich auf der Kante des einzigen Stuhls in meiner Dachkammer saß und sie an ihren schmalen jungen Hüften hielt (sie kämmte ihr weiches Haar und warf mit jeder Bewegung des Kammes den Kopf zurück), verwandelte sich ihr mattes Lächeln plötzlich in ein seltsames Zittern, und sie legte mir eine Hand auf die Schulter und starrte zu mir herab, als wäre ich eine Spiegelung in einem Teich, deren sie zum ersten Mal gewahr wurde.

«Ich habe dich belogen, Liebling», sagte sie. *«Ja lgunja.* Ich habe ein paar Nächte mit einem Vieh von einem Mann in Montpellier verbracht, den ich in der Eisenbahn kennengelernt hatte. Ich wollte es gar nicht. Er hat mit Haarwasser gehandelt.»

*Die Zeit, der Ort, die Marter. Ihr Fächer, Maske, Handschuh.* Diese Nacht und viele andere brachte ich damit zu, es aus ihr Stück für Stück herauszubekommen, aber ganz gelang es mir nicht. Ich stand unter dem seltsamen Wahn, daß ich zunächst jede Einzelheit erfahren, jeden Augenblick rekonstruieren müsse, ehe ich entscheiden konnte, ob es zu ertragen war. Doch meine Wißbegier hatte keine erreichbare Grenze, noch konnte ich je voraussagen, an welchem Punkt ungefähr ich mich gesättigt fühlen würde, da natürlich der Nenner jedes Wissensbruchteils potentiell genauso unendlich groß war wie die Zahl der Abstände von Bruchteil zu Bruchteil.

Ach, das erste Mal war sie zu müde gewesen, um etwas dagegen zu haben, und das nächste Mal hatte sie nichts dagegen, weil sie sicher war, daß ich sie verlassen hätte; und offenbar war sie der Meinung, daß dergleichen Erklärungen eine Art Trostpreis für mich wären und nicht der Unfug und die Qual, die sie tatsächlich darstellten. So ging es ewig weiter – hin und wieder brach sie zusammen, raffte sich aber bald wieder auf und flüsterte atemlose Antworten auf meine undruckbaren Fragen oder versuchte sich mit einem jämmerlichen Lächeln in die halbe Sicherheit nebensächlicher Erläuterungen zu entwinden, während ich den wahnwitzigen Backenzahn preßte und preßte, bis mein Kiefer fast zerbarst vor Schmerz, einem brennenden Schmerz, der mir irgendwie noch lieber war als die dumpfe, brummende Pein demütigen Duldens.

Und Du mußt wissen, daß wir während dieser Untersuchung zwischendurch von widerstrebenden Behörden bestimmte Bescheinigungen zu erhalten suchten, die uns wiederum berechtigen sollten, eine dritte Sorte von Papieren zu beantragen, welche als Sprungbrett zu einer Genehmigung dienen würden, die ihren Inhaber in die Lage versetzte, wiederum andere Papiere zu beantragen, die ihrerseits es ihm vielleicht, vielleicht aber auch nicht, ermöglichten, herauszufinden, wie und warum es passiert war. Denn selbst wenn ich mir die verwünschte, immer wiederkehrende Szene vorstellen konnte, so gelang es mir doch nicht, ihre spitzwinkligen grotesken Schatten mit den matten Gliedmaßen meiner Frau in Verbindung zu bringen, wenn sie unter meinem gewaltsamen Griff zitterte und klapperte und verging.

So blieb nichts anderes übrig, als sich gegenseitig zu foltern, endlose Stunden auf der *préfecture* zu warten, Formulare auszufüllen, sich mit Bekannten zu beraten, die bereits in die innersten Viscera aller Visa eingedrungen waren, Beamte anzuflehen und von neuem Formulare auszufüllen, mit dem Ergebnis, daß sich ihr lüsterner und vielseitiger Handelsreisender auf greuliche Weise mit rattenbärtigen, knurrenden Beamten vermengte, mit schimmelnden Bündeln überholter Akten, dem Geruch violetter Tinte, den Bestechungsgeldern, die unter brandiges Löschpapier geschoben wurden, den fetten Fliegen, die mit ihren schnellen, kalten, gepolsterten Füßen feuchte Hälse kitzelten, den frischen, plumpen, konkaven Fotos der sechs untermenschlichen eigenen Doppelgänger, den tragischen Augen und der geduldigen Höflichkeit von Antragstellern, die in Sluzk, Starodub oder Bobruisk geboren waren, den Trichtern und Folterbänken der Heiligen Inquisition, dem schrecklichen Lächeln des Mannes mit der Glatze und der Brille, dem eröffnet worden war, daß sein Paß nicht zu finden sei.

Ich gestehe, daß ich eines Abends nach einem besonders scheußlichen Tag auf eine steinerne Bank niedersank, weinte und eine lächerliche Scheinwelt verfluchte, in der die klammen Hände von Konsularbeamten und *commissaires* mit Millionen von Menschenleben jonglierten. Ich bemerkte, daß auch sie weinte, und da sagte ich ihr, daß alles andere jetzt nicht weiter wichtig wäre, wenn nur sie das eine nicht getan hätte.

«Du wirst mich für verrückt halten», sagte sie mit einer Heftigkeit, die sie für mich einen Augenblick lang fast zu einem richtigen Menschen machte, «aber ich habe es nicht getan – ich schwöre es. Vielleicht führe ich mehrere Leben auf einmal. Vielleicht wollte ich dich prüfen. Vielleicht ist diese Bank ein Traum, und wir sind in Saratow oder auf irgendeinem Stern.»

Es wäre langweilig, umständlich die verschiedenen Phasen darzulegen, die ich durchmachte, bis ich schließlich doch die erste Version ihrer Abwesenheit akzeptierte. Ich sprach nicht mit ihr und war viel allein. Sie flackerte und erlosch und erschien wieder mit irgendeiner Kleinigkeit, von der sie annahm, daß mir daran gelegen sein könnte – einer Handvoll Kirschen, drei kostbaren Zigaretten oder ähnlichem –, und behandelte mich mit der ungebrochenen stummen Zuvorkommenheit einer Krankenschwester, die immer wieder zu einem barschen Patienten kommt. Ich hörte auf, die meisten unserer gemeinsamen Bekannten zu besuchen, da sie jedes Interesse für meine Paßangelegenheiten verloren und anscheinend eine undeutliche Feindseligkeit entwickelt hatten. Ich schrieb mehrere Gedichte. Ich trank so viel Wein, wie ich bekommen konnte. Ich drückte sie eines Tages an meine stöhnende Brust, und wir fuhren für eine Woche nach Caboule und lagen auf den runden rosa Kieseln des schmalen Strandes. Seltsam, je glücklicher sich unser neues Verhältnis ausnahm, um so stärker spürte ich eine Unterströmung stechender Trauer, doch ich sagte mir immer wieder, daß dies ein Merkmal jedes wahren Glückes sei.

Inzwischen hatte sich in dem beweglichen Muster unseres Schicksals etwas geändert, und endlich trat ich mit einem Paar frisch ausgeschlüpfter Ausreisevisa in der zitternden hohlen Hand aus einem dunklen und heißen Büro. In diese wurde prompt und ordnungsgemäß das Serum der Vereinigten Staaten injiziert, und ich jagte nach Marseille und erhielt tatsächlich zwei Schiffstickets für den nächsten Dampfer. Ich kehrte zurück und stieg mit schwerem Schritt die Treppe hinauf. In einem Glas auf dem Tisch erblickte ich eine Rose – das süßliche Rosa ihrer augenfälligen Schönheit, die schmarotzenden Luftbläschen, die sich an ihren Stiel klammerten. Ihre beiden anderen Kleider waren fort, fort war ihr Kamm, fort ihr karierter Mantel und ebenso das blaßlila Haarband mit der blaßlila Schleife, das ihr Hut gewesen war. Kein Zettel war ans Kissen geheftet, nichts im ganzen Zimmer gab mir irgendeine Aufklärung, denn die Rose war natürlich nur, was französische Reimschmiede *une cheville* nennen.

Ich ging zu den Weretennikows, die mir nichts sagen konnten; den Hellmans, die sich weigerten, mir etwas zu sagen; und zu den Elagins, die sich nicht sicher waren, ob sie es mir sagen sollten oder nicht. Schließlich verlangte die alte Dame – und Du weißt, wie Anna Wladimirowna in kritischen Augenblicken ist – ihren Krückstock mit der Gummispitze, hob ihre Masse schwerfällig, aber energisch aus ihrem Lieblingssessel und nahm mich mit in den Garten. Dort teilte sie mir mit, daß sie, doppelt so alt wie ich, das Recht habe, mir zu sagen, daß ich ein Tyrann und ein Grobian sei.

Du mußt Dir die Szene vorstellen: den winzigen Garten mit seinen Kieswegen, der einsamen Zypresse und dem blauen Krug wie aus Tausendundeiner Nacht; die rissige Terrasse, wo der Vater der alten Dame mit einer Wolldecke auf den Knien vor sich hin döste, als er sein Gouverneursamt in Nowgorod aufgegeben hatte, um ein paar letzte Abende in Nizza zu verbringen; den blaßgrünen Himmel; einen Hauch von Vanille in der sinkenden Dämmerung; die Grillen, die ihren metallischen Triller hören ließen, der zwei Oktaven über dem eingestrichenen C liegt; und Anna Wladimirowna, deren hängende, faltige Wangen zuckten, als sie mir eine mütterliche, aber unverdiente Beleidigung an den Kopf warf.

Während mehrerer voraufgegangener Wochen, mein lieber V., hatte meine geisterhafte Frau jedesmal, wenn sie allein die drei oder vier Familien besuchte, die wir beide kannten, die begierigen Ohren aller jener netten Leute mit einer ungewöhnlichen Geschichte versorgt. Nämlich: sie hätte sich über beide

Ohren in einen jungen Franzosen verliebt, der ihr ein betürmtes Heim und einen adligen Namen bieten konnte; sie hätte mich inständig um die Scheidung gebeten, ich aber hätte sie ihr abgeschlagen; ja, ich hätte erklärt, ich würde sie und mich eher erschießen, als allein nach New York zu fahren; sie hätte gesagt, ihr Vater habe sich in einem ähnlichen Fall wie ein Kavalier verhalten; und ich hätte geantwortet, ihr *cocu de père* sei mir schnurzegal.

Es gab eine Menge anderer alberner Einzelheiten dieser Art – aber sie paßten alle so gut zusammen, daß es kein Wunder war, wenn die alte Dame mich schwören ließ, daß ich keinen Versuch machen würde, die beiden Liebenden mit gespanntem Pistolenabzug zu verfolgen. Sie hätten sich, sagte sie, auf ein Schloß in der Lozère zurückgezogen. Ich erkundigte mich, ob sie den Mann je zu Gesicht bekommen habe. Nein, aber sein Bild habe sie gesehen. Als ich gehen wollte, flammte Anna Wladimirowna, die sich schon ein wenig beruhigt und mir sogar ihre fünf Finger zu einem Kuß gereicht hatte, von neuem auf, stampfte mit ihrem Stock auf den Kies und sagte mit ihrer tiefen, kräftigen Stimme: «Aber eins verzeihe ich Ihnen nie – ihren Hund, das arme Tier, das Sie eigenhändig erhängt haben, bevor Sie Paris verließen.»

Ob der Herr von Stand sich in einen Handelsreisenden verwandelt hatte oder umgekehrt, ob er weder der eine noch der andere war, sondern der schäbige Russe, der ihr vor unserer Heirat den Hof gemacht hatte – all das war ohne jede Bedeutung. Sie war fort. Das war das Ende. Ich wäre ein Narr gewesen, hätte ich mich von neuem auf das albtraumhafte Geschäft der Suche und des Wartens eingelassen.

Am vierten Morgen einer langen und trostlosen Schiffsreise traf ich an Deck einen ernsten, aber angenehmen alten Arzt, mit dem ich in Paris zuweilen Schach gespielt hatte. Er fragte mich, ob der rauhe Seegang meiner Frau viel ausmache. Ich antwortete, daß ich die Reise alleine mache; worauf er verblüfft dreinschaute und sagte, er hätte sie doch einige Tage vor der Abreise gesehen, und zwar in Marseille, wo sie – eher ziellos, meinte er – die Kaimauer entlanggegangen sei. Sie sagte, ich hätte Koffer und Karten und wäre bald bei ihr.

Dies, vermute ich, ist die Pointe der ganzen Geschichte – obwohl Du ihn, wenn Du sie schreibst, besser keinen Arzt sein läßt, da dergleichen zu oft gemacht wurde. In eben jenem Augenblick begriff ich mit einem Mal, daß sie niemals existiert hatte. Ich will Dir noch etwas sagen. Nach meiner Ankunft beeilte ich mich, eine gewisse krankhafte Neugier zu befriedigen: Ich suchte die Adresse auf, die sie mir einst gegeben hatte – sie erwies sich als eine anonyme Lücke zwischen zwei Bürogebäuden; ich suchte im Telefonbuch den Namen ihres Onkels; er war nicht verzeichnet; ich zog Erkundigungen ein, und Gekko, der alles weiß, teilte mir mit, daß der Mann und seine pferdefreundliche Frau zwar existierten, aber nach dem Tod ihrer tauben kleinen Tochter nach San Francisco gezogen waren.

Wenn ich mir die Vergangenheit grafisch vorstelle, sehe ich unsere verstümmelte Liebe tief unten in einem nebeligen Tal zwischen den Zacken zweier realer, nüchterner Berge: Das Leben war bis dahin wirklich gewesen, das Leben wird von jetzt an wieder wirklich sein, hoffe ich. Nicht morgen allerdings. Vielleicht übermorgen. Daß Du, glücklicher Sterblicher, mit Deiner reizenden Familie (wie geht's Ines? wie den Zwillingen?) und Deiner abwechslungsreichen Arbeit (wie geht's den Flechten?) mir mein Unglück vermittels menschlicher Anteilnahme enträtselst, wäre sicher zuviel verlangt, doch vielleicht kannst Du die Sache für mich durch das Prisma Deiner Kunst klarer machen.

*Doch welch ein Jammer ist's.* Zum Teufel mit Deiner Kunst, ich leide furchtbar. Immer noch geht sie dort auf und ab, wo die braunen Netze zum Trocknen auf den heißen Steinplatten ausgebreitet sind und das scheckige Licht des Wassers an der Seite eines festgemachten Fischerbootes spielt. Irgendwo, irgendwie habe ich einen verhängnisvollen Fehler gemacht. In den braunen Maschen glänzen hier und da winzige blasse Stückchen kaputter Fischschuppen. Wenn ich nicht achtgebe, könnte alles noch in *Aleppo* enden. Schone mich, V.: Du beschwertest Deine Würfel mit einer unerträglichen Bedeutung, wenn Du das als Titel nähmest. *(1943)*

# MUSIK

Das Vorzimmer war voll von Mänteln; auf fast allen Möbeln lagen sie herum: schwere, schlaffe Sachen, welche die Seele aufgegeben hatten und lotterig hingebreitet darauf warteten, daß sie ihnen zurückkehre. Aus dem Salon vernahm man die Stimme eines Klaviers, einer tönenden, sich schnell entfaltenden Einsamkeit gleich.

Viktor Iwanowitschs Spiegelbild ordnete mit zwei Fingern das Spiegelbild seiner Krawatte.

Darauf ging er auf Zehenspitzen zur Salontür und öffnete sie. Sogleich nahm die Musik einen männlicheren Ton an. Wolff war es, der spielte, ein begehrter Pianist, den man in diesem Haus selten antraf. Etwa dreißig Gäste hörten ihm zu, jeder auf seine Art, das Kinn in die Hand gestützt der eine, der andere den Rauch einer Zigarette zur Decke sendend, und die ungewisse Beleuchtung des Zimmers verlieh der Erstarrung all dieser Leute etwas unverhofft Pittoreskes.

Der Dame des Hauses, die ihn mit einem ausdrucksvollen Lächeln auf einen freien Platz hinwies (den kleinen blauen Sessel, der dort unten fast im Schatten des Flügels kauerte), antwortete Viktor Iwanowitsch mit einigen Handbewegungen, die besagen sollten: «Lassen Sie nur... danke... ich kann ebensogut stehen bleiben...» Aber gleich darauf bewegte er sich doch in die angedeutete Richtung, ließ sich sacht nieder und verschränkte vorsichtig Arme und Beine.

Mit halb offenem Mund und einem raschen Blinzeln bereitete sich die Frau des Pianisten darauf vor, das Blatt zu wenden – und jetzt wendete sie es: ein schwarzes Notendickicht, das auf dem Weiß in die Höhe klomm, dann ein großer, sich überschlagender Sturz. Auch konnte man Wolffs lange helle Wimpern und den durchscheinenden Purpur seiner Ohren erkennen. Er schlug die Tasten mit überraschender Behendigkeit und Kraft an. Seine Hände, die sich im schwarzen und tiefen Lack des geöffneten Deckels spiegelten, schienen mit einem geisterhaften, komplizierten, ja grotesken Gebärdenspiel beschäftigt.

Jede ihm unbekannte Musik (und er kannte nicht mehr als ein Dutzend banaler Melodien) war für Viktor Iwanowitsch wie eine schnell gesprochene fremde Sprache: Man versucht vergebens, wenn schon nicht den Sinn, so doch wenigstens die Umrisse der Worte zu erkennen; alles verschwimmt, alles gerät durcheinander, und das ungeschulte Gehör wird langsam müde. Viktor Iwanowitsch bemühte sich, gewissenhaft zuzuhören, doch bald ertappte er sich selbst dabei, wie er statt dessen dem Auf und Ab der Geisterhände auf dem Klavier folgte.

Als die eigensinnigen Töne in Donnergeroll umschlugen, schwoll der Hals des Pianisten; eine gewaltige Anstrengung ließ jedes seiner Fingerglieder starr werden, und er keuchte verstohlen. Da seine Frau die Seite ein wenig zu früh gewendet hatte, hielt er diese mit einem mächtigen Hieb der flachen Hand auf; dann blätterte er sie mit unfaßlicher Geschwindigkeit selber um, anscheinend ohne aufzuhören, die fügsame Klaviatur mit beiden Händen wütig zu kneten.

Viktor Iwanowitsch beobachtete ihn derweil weiter: spitze Nase, schwere Lider, blonden Flaum auf dem Kopf, eine schwarze Jacke, deren Schnitt den Schultern eine falsche Breite verlieh... Für einen Augenblick gab er sich abermals Mühe, der Musik zuzuhören, doch seine Aufmerksamkeit hatte sich kaum darauf konzentriert, als sie sich auch schon wieder zerstreute, und indem er in aller Gemächlichkeit sein Zigarettenetui aus der Tasche holte, wandte er sich halb um und musterte die Gäste.

Unter vielen unbekannten erblickte er ein paar vertraute Gesichter; da war Kotscharowsky, ein gutmütiger, rundlicher, netter Mensch... Man müßte ihm ein Zeichen geben (Viktor Iwanowitsch neigte sich vor, verfehlte jedoch sein Ziel – der Pfeil seines Lächelns flog zu weit, und ein anderer antwortete darauf). Zwischen zwei alten, schwarzgekleideten Frauen thronte auf dem Diwan die dicke Anna Samuelowna mit den Aprikosenhaaren, den Blick in unbestimmte Fernen gerichtet, außer sich vor Wohlbehagen... Ihr Gatte, ein bekannter Kehlkopfspezialist, drehte, auf die Lehne seines Sessels gestützt, einen glänzenden Gegenstand zwischen den Fingern hin und her, ein Pincenez an einer schwarzen Schnur, wie Tschechow eins trug, auch er Arzt. Noch weiter weg, in einer finsteren Ecke, einen Rest von Licht auf seiner Schläfe und seinen schwarzen Bart andächtig gesenkt, lauschte ein musikhungriger Buckliger. Wie hieß er doch? (Es war einer von jenen Namen, die man immer wieder vergißt, weil sie sich zwischen anderen, ähnlichen einnisten.) Weitere Gesichter waren zu erkennen, viele. «Ob auch die Karusins da sind – ach ja, da sind sie, sie sehen nicht zu mir herüber.» Einen Augenblick später bemerkte Viktor Iwanowitsch ganz in ihrer Nähe jene, die seine Frau gewesen war.

Sofort senkte er die Augen und schüttelte automatisch seine Zigarette ab, obwohl sich noch gar keine Asche an ihr gebildet hatte. Wie ein Boxerhaken schlug sein Herz zu... zog sich zurück, stieß – rumm! – von neuem zu und schlug von da an sehr schnell und unregelmäßig, der Musik entgegen, die sein Klopfen übertönte. Da er nicht wußte, wohin er die Augen wenden sollte, blickte Viktor Iwanowitsch zum Pianisten hinüber, jedoch schien kein Ton von ihm zu kommen, als bearbeite Wolff eine stumme Klaviatur; da überkam eine solche Beklemmung Viktor Iwanowitsch, daß er sich aufrichten mußte, um stärker zu atmen... und aufs neue, von weit her und eilig erreichten ihn die Töne des wiederbelebten Klaviers, die gierig nach der ihnen fehlenden Luft schnappten.

Sie hatten sich zwei Jahre zuvor getrennt, seine Frau und er, in einer ganz anderen Stadt (dieses Rauschen des Meeres in der Nacht...), in der sie seit ihrer Hochzeit gewohnt hatten. Die Augen immer noch gesenkt, gab er sich jetzt Mühe, sich mit Hilfe alberner Gedanken gegen den grollenden Strom der Vergangenheit zu verteidigen; zum Beispiel erinnerte er sich daran, wie er einige Augenblicke vorher diesen Salon mit langen, lautlosen Schritten auf Zehenspitzen durchquert hatte, vornüberwippend, bis zu diesem Sessel: Gewiß hatte sie ihn vorbeigehen sehen – und das war, als wäre er unvorbereitet nackt wie ein Wurm oder bei irgendeiner lächerlichen Beschäftigung ertappt worden; und während er noch an diese Tauchübungen dachte, an diesen wogenden Gang, mit dem er sich ahnungslos ihrem Blick preisgegeben hatte (was für einem Blick? kalt? ironisch? neugierig?), fragte er sich, ob die Dame des Hauses oder irgendeiner von den Gästen Bescheid wußte ... und eine Vielzahl von Fragen bedrängte ihn: Wie kam es, daß sie hier war? War sie allein gekommen oder mit einem neuen Ehemann? Und er selber, was sollte er jetzt tun: sitzen bleiben wie bisher oder sie ansehen? Aber noch konnte er sie nicht ansehen; er hatte sich zunächst mit dem Gedanken abzufinden, daß sie sich in diesem zugleich so weiten und so engen Salon befand; denn es war, als hätte die Musik sie beide mit Wänden umgeben und wäre zu einem Gefängnis geworden, in dem sie mit Gewalt gefangengehalten wurden, bis das Klavier aufhörte, die Eisgewölbe mächtiger Harmonien zu errichten und aufrechtzuerhalten.

Was war ihm aufgefallen, eben, in der Zeit, als er sie gesehen hatte? So wenig: ihre dunklen Lider, ihre blasse Wange, die Krümmung einer schwarzen Locke und, an Einzelheiten, ein Halsband oder etwas Ähnliches. So wenig! Aber bereits diese oberflächliche Skizze, dieses unvollendete Bild war seine Frau, und auf der ganzen Erde durfte einzig diese Mischung aus Hell und Dunkel ihren Namen tragen.

Wie war das alles lange her! An einem feuchten, drückenden Abend hatte er sich auf der Terrasse eines Tennisklubs besinnungslos in sie verliebt, und einen Monat später, während der Hochzeitsnacht, übertönte der strömende Regen das Geräusch der See. Wie glücklich wir sind! «Glücklich» – ein hohles und feuchtes Wort ... «Glück» – ein kleines, lebendiges, zahmes Wort, das alleine tanzt und weint. Am Morgen funkelten die Blätter des Gartens, und man konnte mit Mühe das Murmeln des trägen, milchigen, unbestimmt silbrigen Meeres unterscheiden.

Jetzt handelte es sich darum, diesen Zigarettenstummel irgendwohin zu tun. Er wandte den Kopf, und wieder setzte sein Herz für einen Schlag aus. Einer der Gäste, der die Haltung wechselte, um ein Taschentuch herauszuziehen, das so weiß war wie der Tod, versperrte ihm die Sicht auf jene, die gleichwohl immer noch da war: Die Schulter, welche sie jetzt verdeckte, würde zurückfallen, und wieder käme sie zum Vorschein. Nein, es war unmöglich, hinzublicken. Der Aschenbecher? Auf dem Flügel.

Die Mauer, welche die Musik errichtete, war immer noch gleich undurchdringlich; die irrealen Hände ereiferten sich nach wie vor in den Tiefen des Lacks. «Wir werden unser Leben lang glücklich sein» – wie das vibrierte, was für eine Spiegelung einer Seele in der anderen! Sie schien ganz aus Samt zu bestehen, diese junge Frau. Man war versucht, sie zu nehmen und ihre Gliedmaßen an den Körper zu biegen (wie langbeinige Fohlen es tun), sie ganz zu biegen – und dann? Was tun, um sie ganz zu besitzen? Man führte ein Leben ohne Aufregungen, weder reich noch arm. Das ganze Jahr über konnte man im Meer schwimmen. Das Gelee der auf den flachen Kieseln des Strandes liegengebliebenen Seequallen zitterte leicht im Wind. Die nassen Felsen leuchteten. Einmal begegnete man Fischern, die einen Ertrunkenen trugen: Seine nackten Zehen, die unter der Decke hervorsahen, in die man ihn geschlagen hatte, schienen höchstes Erstaunen auszudrücken. Abends machte sie Kakao.

Von neuem blickte er hinüber: Jetzt hielt sie die Stirn gesenkt, die Hand über den Augen (ja, sie war Musikerin). Wolff mußte also irgendein sehr berühmtes, sehr schönes Stück spielen. «Damit fertig zu werden, wird mich ein paar schlaflose Nächte kosten», sagte sich Viktor Iwanowitsch, indem er von weitem diesen weißen Hals, die weich übereinandergeschlagenen Beine (und dieses schwarze, leichte, unbekannte Kleid und den Glanz des Halsbandes ...) betrachtete. «Nein, ich werde lange nicht schlafen können, und in diesem Haus darf ich auch nicht länger verkehren – und alle meine Arbeit wird umsonst gewesen sein: diese zwei Jahre der Anstrengungen, diese Wissenschaft des Vergessens, die ich mir fast zu eigen gemacht habe. Jetzt muß ich wieder von vorne anfangen, und nicht nur die Vergangenheit ist dabei zu berücksichtigen, sondern auch der heutige Abend, der ihr all ihre Macht zurückgegeben hat.» Plötzlich kam es ihm vor, als blicke sie zwischen den Fingern hindurch zu ihm herüber, und er wandte den Kopf.

Die Musik näherte sich dem Ende. Wenn jene stürmischen, atemlosen Akkorde erscheinen, bedeutet es immer, daß das Ende nahe ist. «Schluß», wieder so ein komisches Wort; spitz zugeschliffen. Eine feine, tödliche Silbe. Es war Frühling, die Mandelbäume blühten wie ein Gebäusch rosigen Rauches im blauen Himmel. Eine seltsame Erschlaffung war damals über sie gekommen. Sie sprach, fast ohne die Lippen zu bewegen. «Was hast du?» fragte er. «Nichts, es ist nichts.» Zuweilen beobachtete sie ihn durch ihre Wimpern hindurch mit einem undefinierbaren Gesichtsausdruck. «Was hast du?» «Nichts, es ist nichts.» Gegen Abend erstarb sie vollends. Es war nichts mehr mit ihr zu machen, und so klein und schlank sie war, sie schien zu einer schweren Granitstatue zu werden, schlecht aufgestellt, jedoch unerschütterlich. «Was hast du nur? Sag mir doch.» So ging es mehrere Wochen lang. Eines Morgens dann, an seinem Geburtstag, sagte sie ganz einfach, als handele es sich um etwas Nebensächliches: «Wir wollen uns für einige Zeit trennen. So kann das nicht weitergehen.» In diesem Augenblick war die kleine Tochter der Nachbarsleute hereingelaufen gekommen, um ein Kätzchen zu zeigen – die anderen hatte man ersäuft. «Geh, geh ... später.» Das Mädchen war hinausgegangen; ein langes Schweigen trat ein. «Geh, nimm deine Mieze mit, hindere uns nicht, zu schweigen.»

Dann hatte er begonnen, ihr langsam und ohne ein Wort den Arm zu verdrehen. Es überfiel ihn die Lust, sie zu zerbrechen, ihr alle Knochen mit einem langen Knacken zu zermalmen. Sie brach in Tränen aus. Er setzte sich an einen Tisch und tat, als läse er eine Zeitung. Sie ging hinaus in den Garten, kam aber nach einigen Minuten zurück. «Ich kann nicht mehr», sagte sie, «ich muß dir alles sagen.» Und dann erzählte sie, mit einem Ausdruck der Verwunderung, als spräche sie über das, was eine andere getan hatte und was sie selber gleichsam bestürzte, ja als bäte sie ihn, ihr Erstaunen zu teilen – erzählte sie alles. Es handelte sich um einen großen, stattlich gebauten, sehr beherrschten Kerl mit bescheidenen Umgangsformen, der manchmal zum Kartenspielen kam und mit manchen Details von der Energie sprach, die man aus den Gezeiten gewinnen könne. Zuerst in einem Winkel des Parks, dann bei ihm zu Hause ...

Sonderbar ausgelöschte Erinnerung: Bis zum Abend ging ich an der Küste entlang. Ach, wie lange diese Musik braucht, bis sie ihre Küste erreicht... Als ich diesen Mann auf dem Kai ohrfeigte, sagte er: «Das wird Sie teuer zu stehen kommen!» Dann hob er seine Mütze auf und machte sich aus dem Staub. Dumm, was für ein Gedanke mir zunächst kam – diese Frau umzubringen. O nein, du sollst leben! Du sollst leben, wie du in eben diesem Augenblick lebst; bleib sitzen, wie du jetzt sitzt, für alle Zeiten; komm, sieh mich an, ich bitte dich – ein einziger Blick – und ich verzeihe dir alles. Denk doch daran, eines Tages sterben wir und wissen alles, und alles wird vergeben sein; warum es also auf später verschieben; sieh mich an, sieh mich an, wende doch deinen Blick zu mir... Meine Augen, meine geliebten Augen. Nein. Das ist zu Ende.

Groß und robust gingen die letzten Töne, kamen wieder... nur für ein einziges Mal noch blieb Atem, und dennoch, nach diesem äußersten Akkord, der alles verschenkt zu haben schien, was es an Musik auf der Welt gibt, zielte der Pianist mit dem Zeigefinger und schlug mit der Genauigkeit einer springenden Katze einen kleinen, goldenen, einzelnen und klaren Ton an.

Die Mauern der Musik stürzten; man applaudierte ihrem Fall.

Wolff sagte: «Es ist lange her, daß ich das gespielt habe.»

Wolffs Frau sagte: «Sie müssen wissen, mein Mann hat das seit langem nicht gespielt.»

Der Arzt ging keuchend auf den Pianisten zu, und sein dicker Wanst erdrückte ihn fast:

«Großartig», rief er. «Ich finde, das ist das Beste, was er je komponiert hat. Vielleicht modernisieren Sie die Harmonien ein wenig, Herr Wolff; ich weiß nicht, ob ich mich verständlich mache, aber sehen Sie...»

Viktor Iwanowitsch blickte zur Tür hinüber. Dort verabschiedete sich eine kleine Frau mit schwarzem Haar und einem verstörten Lächeln von der Gastgeberin. Diese rief völlig überrascht: «Aber nicht doch, bleiben Sie, alle bleiben, wir essen etwas, und danach gibt es ein Trio.» Aber die andere bewegte sich mit ihrem verstörten Lächeln auf die Tür zu; und da wurde es Viktor Iwanowitsch klar, daß diese Musik, die ihm anfangs wie ein enges Gefängnis vorgekommen war (in dem sie beide, durch die Kette der gleichen Harmonie miteinander verbunden, einige Schritte voneinander entfernt bleiben mußten), in Wahrheit ein unglaubliches Glück gewesen war, eine Art verzauberter kristallener Kuppel, die sie beide umgeben und eingeschlossen hatte und ihn die gleiche Luft wie sie atmen ließ, während jetzt alles zerstört und zerstreut war, sie hinter der Tür verschwand, Wolff den Flügel schloß und es kein Mittel gab, jene unirdische Gefangenschaft wiederherzustellen.

Sie ging. Offenbar hatte niemand bemerkt, was sich abgespielt hatte. Ein Herr Bock trat auf ihn zu und sprach ihn freundlich an.

«Ich habe Sie beobachtet», sagte er. «Meine Güte, Sie schienen sich so zu langweilen, daß ich Mitleid mit Ihnen bekam. Ist es möglich, daß Musik Sie derartig gleichgültig läßt?»

«Aber nein, ich habe mich kaum gelangweilt», erwiderte Viktor Iwanowitsch, und seine Gefaßtheit verließ ihn, «nur bin ich kein Musiker, das Zuhören verwirrt mich. Was war es übrigens?»

«Was Sie wollen», zischelte Bock mit jenem Ausdruck feiger Verschworenheit, den der Laie anzunehmen pflegt, «‹Das Gebet einer Jungfrau› oder die ‹Kreutzersonate›, was Sie wollen.»

*(1932)*

# DIE NADEL DER ADMIRALITÄT

Sie entschuldigen, meine Gnädigste, ich bin ein grober und geradliniger Mensch, und deshalb platze ich gleich damit heraus: geben Sie sich bitte keiner Täuschung hin – dieser Brief stammt durchaus nicht von einem Verehrer Ihres Talentes. Er ist, wie Sie gleich sehen werden, etwas eigenartig, und es kann sein, daß er nicht nur Ihnen, sondern auch anderen leichtfertigen Romantikerinnen eine Lehre erteilen wird. Zunächst eile ich, mich Ihnen vorzustellen, damit meine wahrnehmbare Erscheinung durchschimmert wie, sagen wir, ein Wasserzeichen – was viel ehrlicher ist, als durch Schweigen jenen falschen Vorstellungen Vorschub zu leisten, welche das Auge unwillkürlich aus den geschriebenen Zeilen folgert. Nein – ungeachtet meiner engbäuchigen Schrift und des jugendlichen Galopps der Kommata bin ich fett und schon ziemlich alt. Freilich, meine Fülle ist nicht träge, sie enthält eine gewisse Würze, ist boshaft und funkelnd. Das, meine Gnädigste, sind nicht die Umlegekragen des Poeten Apuchtin. Übrigens genug davon: Sie als Schriftstellerin haben sich nach diesen Andeutungen bestimmt schon ein Bild von mir gemacht. Guten Tag. Und nun zur Sache!

Kürzlich wurden mir in der russischen Leihbibliothek, die von dem analphabetischen Fatum in eine dunkle Berliner Gasse verbannt worden ist, drei oder vier Neuerscheinungen vorgelegt, darunter Ihr Roman «Die Nadel der Admiralität». Ein gescheiter Titel, sei es auch nur, weil es im Russischen ein jambischer Vierheber ist, nicht wahr – und zudem auch berühmt. Aber eben dieser gescheite Titel verhieß nichts Gutes. Außerdem ist mir überhaupt etwas bange vor Büchern, die in den baltischen Staaten erscheinen. Aber ich nahm Ihren Roman trotzdem mit.

Ach, meine Gnädigste, ach, Madame Sergej Solnzew, wie leicht war zu erraten, daß der Name des Autors ein Pseudonym und der Autor kein Mann ist! Alle Ihre Sätze werden nach links übereinandergeknöpft. Die Vorliebe für Redewendungen wie «die Zeit verging» oder «sie hüllte sich fröstelnd in Mamas Umschlagtuch», das unvermeidliche Auftauchen des episodischen Fähnrichs, der das «R» wie ein «G» ausspricht, und schließlich die Fußnoten mit der Übersetzung französischer Wörtchen, die allen bekannt sind, geben hinreichend Aufschluß über den Grad Ihrer literarischen Erfahrung. Aber das alles ist nur halb so schlimm.

Stellen Sie sich bitte vor: ich sei, nehmen wir an, einst in einer herrlichen Gegend spazierengegangen, wo ungestüme Wasser dahinbrausen und Winden die Säulen verwilderter Ruinen ersticken – und nun, nach vielen Jahren, sehe ich in einem fremden Hause eine Fotografie: Ich stehe als stolzer Geck neben einer Säule, die ganz offensichtlich aus einer Requisitenkammer stammt, im Hintergrund der schmutzigweiße Strich eines hingepinselten Wasserfalls, und jemand hat mir mit Tinte einen Schnurrbart angemalt. Wo kommt das her? Fort mit diesem scheußlichen Kitsch! Dort rauschten richtige Gewässer, und vor allem – ich habe mich dort niemals fotografieren lassen.

Soll ich Ihnen das Gleichnis erklären? Soll ich Ihnen sagen, daß ich das gleiche Gefühl, jedoch noch weit dümmer und widerlicher, beim Lesen Ihrer schrecklichen, Ihrer hurtigen «Nadel» hatte? Mein Zeigefinger riß die Seiten auf, die Augen jagten über die Zeilen, ich las und blinzelte nur – so überrascht war ich!

Sie wollen wissen, was geschehen ist? Bitte sehr. Während Sie schwer in der Hängematte lagen und sorglos den Füllfederhalter führten, haben Sie, Gnädigste, die Geschichte meiner ersten Liebe geschrieben. Ich bin in der Tat erstaunt, und da ich ebenfalls schwer bin, ist das Staunen mit Kurzatmigkeit verbunden. So schnaufen wir also beide, weil auch Sie zweifellos der Umstand verblüfft, daß der von Ihnen erfundene Held plötzlich aufgetaucht ist. Nein, da habe ich mich versprochen... Die Garnierung stammt von Ihnen, die Füllung und die Soße ebenfalls, aber das Wild (ein schlechter Witz!), das Wild, Gnädigste, ist meins, mit meinem Schrot im Flügel, nicht Ihres. Ich staune – wo und wie ist es einer mir unbekannten Dame gelungen, meine Vergangenheit zu stehlen? Muß man etwa annehmen, daß Sie Katja kennen, mehr noch, mit ihr befreundet sind? Und daß sie Ihnen, der gefräßigen Romantikerin, in einem trauten Dämmerstündchen unter baltischen Kiefern alles ausgeplaudert hat? Doch wie konnten Sie sich unterstehen, nicht nur Katjas Geschichte zu verwenden, sondern diese auch noch so schamlos und irreparabel zu entstellen?

Seit dem letzten Rendezvous sind über sechzehn Jahre vergangen – das Lebensalter einer Braut, eines alten Köters oder der Sowjetrepublik. Übrigens, vermerken wir den ersten, aber durchaus nicht den schlimmsten Ihrer zahllosen und konfusen Fehler: Ich bin kein Altersgenosse von Katja. Ich war siebzehn, sie neunzehn. Im Vertrauen auf eine erprobte Methode lassen Sie die Heldin sich vor dem Spiegel entkleiden und beschreiben dann ihr aufgelöstes, (natürlich!) aschblondes Haar und ihre jugendlichen Formen. Nach Ihrer Meinung wurden ihre kornblumenblauen Augen in Minuten der Nachdenklichkeit veilchenfarben: ein botanisches Wunder! Sie beschatteten sie mit einem schwarzen Wimpernflor, der, ich füge es von mir aus hinzu, sich zu den äußeren Winkeln hin verlängerte und den Augen einen besonderen, jedoch imaginären Schnitt verlieh. Katja war gut gewachsen, ging aber etwas krumm – sie hob die Schultern, wenn sie ins Zimmer trat. In Ihrem Roman ist sie ein stattliches Mädchen mit tiefer Stimme.

Es ist eine Qual! Ich hatte vor, Ihre Bilder, die alle falsch sind, zu notieren und ihnen meine eigenen unfehlbaren Beobachtungen sarkastisch gegenüberzustellen, aber dabei kommt «riesiger Unsinn» heraus, wie die wirkliche Katja gesagt hätte – nämlich: der Logos, der mir zur Verfügung steht, besitzt nicht genügend Genauigkeit und Gewalt, um mich von Ihnen loszumachen; im Gegenteil, ich bleibe selbst in den klebrigen Spinnenfäden Ihrer konventionellen Darstellungsweise hängen. Und es fehlt mir bereits die Kraft, Katja vor Ihrer Feder zu retten. Und dennoch werde ich wie Hamlet streiten – und die Oberhand gewinnen.

Das Thema Ihres Werkes ist die Liebe, ein wenig dekadent, auf dem Hintergrund der beginnenden Revolution. Katja haben Sie Olga und mich Leonid genannt. Na schön. Unsere erste Bekanntschaft – Weihnachten bei gemeinsamen Freunden, die Begegnungen auf der Jusupowschen Eisbahn, Olgas Zimmer mit dunkelblauer Tapete, Mahagonimöbeln und dem einzigen Schmuckstück, der Ballerina aus Porzellan, die das Bein schwingt – alles ist richtig, alles ist Tatsache, aber Sie haben es fertiggebracht, den Hauch einer merkwürdig kitschigen Lüge darüber zu legen. Beim Einnehmen seines Platzes im Kino «Parisiana» legt Leonid die Handschuhe in seinen Dreispitz, doch zwei, drei Seiten weiter ist er schon in Zivil – nimmt die Melone ab, und vor dem Leser steht ein eleganter Jüngling mit einem Scheitel genau in der Mitte des kleinen, wie lackierten Kopfes und einem violetten Tüchlein, das ihm aus der Brusttasche heraushängt. In der Tat, ich erinnere mich, daß ich in meiner Kleidung Max Lindner nachahmte, und ich weiß noch, wie das reichlich gespritzte Vegetal den Schädel kühlte und wie mir Monsieur Pierre, den Kamm über meinem Kopf anvisierend, mit der Bewegung einer Druckpresse das Haar herumwarf, dann das Tuch von meinen Schultern riß und dem ältlichen, schnurrbärtigen Gehilfen in gebrochenem Russisch zurief: «Junge, abbürsten!» An das damalige Tüchlein und die weißen Gamaschen erinnere ich mich heute mit Ironie – aber meine Erinnerung kann die Tortur der zu frühen Rasur nicht mit der matten, gleichmäßigen Blässe vereinbaren, von der Sie schreiben. Und ich überlasse Ihrem Gewissen meine romantisch glanzlosen Augen und das rassige Profil, weil wegen meiner Verfettung jetzt davon sowieso nichts mehr zu erkennen ist.

Mein Gott, laß mich nicht in der Prosa dieser schreibenden Dame versinken, die ich nicht kenne und nicht kennenlernen will, die aber mit erstaunlicher Frechheit einen Anschlag auf eine fremde Vergangenheit verübt hat! Wie wagen Sie es, zu schreiben, daß «der schöne Christbaum, von Lichtern glitzernd, ihnen eine Freude, eine jauchzende, zu verheißen schien»? Sie haben alles mit Ihrem Atem ausgelöscht – weil nämlich ein Adjektiv, des Effektes wegen hinter das Substantiv gesetzt, genügt, um die beste Erinnerung zu vernichten. Bis zu dem Unglück, das heißt, bis zum Erscheinen Ihres Buches war eine solche Erinnerung für mich das flackernde Leuchten in Katjas Augen und der rote Widerschein auf ihrer Wange, der von einem herabhängenden Knusperhäuschen herrührte, als sie, die Zweige auseinanderschiebend, sich emporreckte, um einer verrückt gewordenen Kerze mit den Fingerspitzen das Lebenslicht auszudrücken. Was ist mir nun davon geblieben? Nichts – nur der Übelkeit erregende Geruch literarischen Qualms.

Nach Ihren Ausführungen sieht es aus, als hätten Katja und ich in einem ausgesucht kultivierten *beau monde* verkehrt. Ein parallaktischer Fehler, meine Gnädigste. In dem Milieu – schön, nennen wir es mondän –, zu dem Katja gehörte, war der Geschmack zumindest rückständig. Tschechow wurde für dekadent gehalten, Konstantin Romanow galt als großer Dichter, Blok als schädlicher Jude, der futuristische Sonette über sterbende Schwäne und lila Liköre schrieb. Gewisse französische und englische Gedichte gingen von Hand zu Hand und wurden immer wieder aufs neue, nicht ohne Entstellungen, abgeschrieben, wobei der Name des Autors unmerklich verschwand, so daß sie schließlich – rein zufällig – eine verführerische Anonymität erlangten. Überhaupt konnte man ihre Wanderungen mit dem heimlichen Abschreiben verbotener aufrührerischer Verschen vergleichen, das in manchen anderen Kreisen praktiziert wurde. Wie unverdient diese Frauen- und Männermonologe über die Liebe als Muster der neuesten ausländischen Lyrik galten, kann man daraus ersehen, daß das Schoßkind unter ihnen ein Gedicht des armen Louis Bouilhet war, der sich Mitte des vorigen Jahrhunderts dichterisch betätigte. Katja deklamierte es hingerissen von seiner Klangfülle und wurde wütend, wenn ich an der allerklangvollsten Strophe, in der der Autor seine Liebe einen Bogen nennt und seine Freundin mit einer Gitarre vergleicht, herumzumäkeln begann. Übrigens die Gitarre. Sie schreiben, Madame, daß «sich an den Abenden die Jugend versammelte und Olga, auf die Ellbogen gestützt, mit ihrer prachtvollen Altstimme sang». Noch ein Tod, noch ein Opfer Ihrer üppigen Prosa! Und wie hatte ich den Abglanz jenes Zigeunertums gehegt, der Katja zum Singen und mich zum Dichten inspirierte... Ich weiß, es war nicht mehr das wirkliche Zigeunertum, nicht das, welches Puschkin so bezauberte, nicht einmal die Grigorjewsche Muse, sondern ein an Atemnot leidendes, dem Tode geweihtes Zigeunertum, wobei alles zu seinem Untergang beitrug – das Grammofon, der Krieg und allerlei «Liedchen». Nicht umsonst hatte Blok einmal in einer Anwandlung von Hellsicht alle Texte von Romanzen, an die er sich erinnern konnte, aufgeschrieben, als wolle er schnell wenigstens etwas noch retten, ehe es zu spät war.

Soll ich Ihnen sagen, was dieses Murmeln und dieses Klagen für uns bedeutete? Soll ich den Vorhang vor jener fernen, eigenartigen Welt lüften, wo, über den Teich geneigt, die Trauerweiden schlummern und in den Fliederbüschen die Nachtigall schluchzt und der Mond aufgeht und die Erinnerung, dieser böse Beherrscher falscher Zigeunerromantik, alle Gefühle beherrscht? Katja und ich wollten auch Erinnerungen haben, doch da es nichts gab, woran man sich erinnern konnte, verfälschten wir die Ferne und schoben unsere glückliche Gegenwart dorthin ab. Wir verwandelten alles Sichtbare in Denkmäler, die unserem – noch nicht gewesenen – Vergangenen geweiht waren, und blickten den Pfad, den Mond, die Weiden so an, wie wir heute – in vollem Bewußtsein der Unersetzlichkeit der Verluste – das alte morsche Floß auf dem Teich, den Mond über dem Kuhstalldach anblicken würden. Ich vermute sogar, daß wir uns instinktiv auf irgend etwas vorbereiteten – wir lernten zurückdenken und übten uns in der Sehnsucht nach dem Vergangenen, um später, wenn wir dieses Vergangene besäßen, zu wissen, wie man damit umgeht, und um unter seiner Bürde nicht zusammenzubrechen.

Aber was geht Sie das alles an? Sie schildern, wie ich den Sommer in Glinskoje verbrachte; dabei jagen Sie mich in den Wald und zwingen mich, dort Gedichte zu schreiben, die von Jugend und von Glauben an das Leben erfüllt sind. Das entspricht nicht ganz der Wahrheit. Während die anderen Tennis spielten – mit einem einzigen roten Ball und bleischweren zerfledderten Schlägern, die man irgendwo auf dem Dachboden gefunden hatte – oder Krocket auf dem runden, völlig verunkrauteten Platz mit Löwenzahn vor jedem Tor, verdrückten wir uns, Katja und ich, in den Gemüsegarten, hockten uns zwischen die Beete und taten uns an den Erdbeeren gütlich: Es gab dort dunkelrote Viktoria, grünlich-weiße und wunderbar süße Ananas, und es gab Moschuserdbeeren, die die Frösche so gerne mögen. Ohne uns aufzurichten, bewegten wir uns ächzend zwischen den Beeten, und die Sehnen an den Füßen schmerzten, und der Magen füllte sich mit dunkler roter Schwere. Heiß brütete die Sonne – und diese Sonne und die Erdbeeren und Katjas Schantungseidenkleid, das sich in den Achselhöhlen dunkel gefärbt hatte, und die leichte Bräune auf ihrem Nacken – zu welch gewichtigem Genuß vereinigte sich das alles, welche Wonne war es – ohne sich zu erheben und immer weiterpflükkend –, die Hand auf Katjas warme Schulter zu legen und zu lauschen, wie sie seufzend zwischen den Blättern wühlte, kicherte und wie ihre Gelenke leise knackten! Verzeihen Sie, wenn ich von diesem Gemüsegarten, der im blendenden Glanz der Warmbeete und dem Wogen zottiger Mohnblüten an mir vorüberzieht, direkt zu jener Kammer übergehe, in der ich, den Kopf noch heiß von der Sonne, in der Pose des Rodinschen Denkers sitze und Gedichte mache. Sie waren in jeder Beziehung furchtbar traurig, diese Gedichte – in ihnen klangen sowohl die Nachtigallen der Romanzen als auch einiges von unseren Symbolisten sowie die hilflosen Echos des unlängst gelesenen *«Souvenir, souvenir, que me veux-tu? L'automne ...»* – obwohl der Herbst noch weit war und mein Glück mit herrlicher Stimme in der Nähe rief, irgendwo hinter der Kegelbahn, hinter den alten Fliederbüschen vielleicht, wo die Küchenabfälle ausgeschüttet wurden und die Hühner herumliefen. Und abends drang aus dem Rachen des Grammofons, der rot war wie das Futter einer Generalsuniform, auf der Veranda mühsam zurückgehaltene Zigeunerleidenschaft oder erklang nach dem Motiv «Birgt sich der Mond in den Wolken» Wilhelms des Zweiten drohende Stimme: «Mein Ultimatum ist fertig / Reichen Sie mir meine Feder!»; auf dem Gartenplatz zielte Katjas Vater mit geöffnetem Hemdkragen, den Fuß im weichen Schaftstiefel vorgestreckt, mit dem Schlagholz wie mit einem Gewehr auf die *Rjucha*-Klötzchen und schlug zu, aber daneben; die untergehende Sonne strich mit der Spitze ihres letzten Strahls über die Kiefernstämme und hinterließ auf jedem einen Feuerstreifen. Und wenn es endlich Nacht wurde und alles im Hause schlief, schauten wir noch von der Allee her zu dem dunklen Hause hinüber und saßen auf der kalten, unsichtbaren Bank, bis uns die Glieder zu reißen begannen – und alles erschien uns als etwas längst Vergangenes, die Umrisse des Hauses am grünen Hügel, das schläfrige Wiegen des Laubes und unsere langen blinden Küsse...

Sehr schön, mit einer Menge von Gedankenpunkten schildern Sie diesen Sommer und vergessen natürlich keine Minute lang – wie wir es vergaßen –, daß vom Februar an «das Land von der Provisorischen Regierung gelenkt wurde». Sie lassen Katja und mich mit allen Sinnen die Unruhen erleben, das heißt (auf Dutzenden von Seiten) politische und mystische Gespräche führen, die wir – ich versichere es Ihnen – niemals geführt haben. Erstens würde ich mich genieren, mit einem solchen tugendhaften Pathos über das Schicksal Rußlands zu sprechen, und zweitens waren wir zu sehr voneinander in Anspruch genommen, um die Blicke unverwandt auf die Revolution zu richten. Es genügt, wenn ich sage, daß mein markantester Eindruck auf diesem Gebiet an sich eine Bagatelle war: Einmal, in der Millionnaja, sah ich, wie ein mit revolutionären Spaßvögeln vollgepfropfter Lastwagen ungeschickt, aber immerhin ziemlich zielsicher in die nötige Richtung schwenkte und eine Katze überfuhr, die gerade über die Straße lief. Was liegen blieb, war ein vollkommen platter, ausgebügelter schwarzer Flicken, nur der Schwanz war noch katzenartig – er stand aufrecht, und die Spitze bewegte sich noch. Damals glaubte ich irgendeinen verborgenen Sinn darin zu erblicken, doch als ich später einmal in einem friedlichen spanischen Dorf Zeuge wurde, wie ein Autobus auf die gleiche Weise eine ebensolche Katze zerquetschte, halte ich nichts mehr vom verborgenen Sinn. Sie aber haben nicht nur meine dichterische Gabe bis zur Unkenntlichkeit aufgebläht, sondern auch einen Propheten aus mir gemacht, weil nur ein Prophet im Herbst 1917 von der grünen Brühe des Leninschen Gehirns oder einer inneren Emigration hätte reden können.

Nein, in jenem Herbst, in jenem Winter hatten wir über etwas ganz anderes gesprochen. Ich verzweifelte. Mit unserer

Liebe ging es drunter und drüber. Sie erklären es ganz einfach so: «Olga begann zu begreifen, daß sie im Gegensatz zu Leonid eher sinnlich als leidenschaftlich veranlagt war. Verfängliche Zärtlichkeiten machten sie selbstverständlich trunken, doch in der Tiefe blieb immer ein ungeschmolzenes Stückchen zurück», und so fort im gleichen prätentiös-banalen Geiste. Was haben Sie von unserer Liebe begriffen? Bewußt habe ich bisher vermieden, von ihr zu sprechen; müßte ich nicht befürchten, mich an Ihrem Stil anzustecken, so schilderte ich indessen jetzt sowohl ihre fröhliche Glut wie ihre grundlegende Schwermut. Ja, es gab Sonne, das volle Rauschen des Laubes, die wahnsinnigen Fahrradjagden über die gewundenen Wege des Parkes – wer schneller aus verschiedenen Richtungen das Mittelrondell erreichte, dessen roter Kies von den geschlängelten Spuren unserer steinhart aufgepumpten Schläuche völlig durchfurcht war –, und jede lebendige Alltagskleinigkeit dieses letzten russischen Sommers rief uns lautstark entgegen: «Da bin ich – die Wirklichkeit, da bin ich – die Gegenwart!» Und solange sich all dieses Sonnige an der Oberfläche hielt, ging die angeborene Trauer unserer Liebe nicht über jene Hingegebenheit an das nichtgewesene Vergangene hinaus, von der ich bereits sprach. Doch als wir beide wieder in Petersburg waren und es schon öfter als einmal geschneit hatte und das Holzpflaster mit jener gelblichen Schicht, einer Mischung von Schnee und Pferdemist, bedeckt war, ohne die ich mir keine russische Stadt vorstellen kann, da offenbarte sich die Schadhaftigkeit, und uns blieb nichts als Leiden.

Ich sehe sie im Sealpelz, mit dem großen flachen Muff, in grauen fellbesetzten Überschuhen auf schlanken Beinen wie auf Stelzen über den schlüpfrigen Bürgersteig gehen oder in dunklem, hochgeschlossenem Kleid auf dem blauen Sofa sitzen, das Gesicht flaumig von Puder nach den vielen Tränen. Abends auf dem Weg zu ihr und nach Mitternacht auf dem Heimweg erkannte ich inmitten der steinernen, frostigen, von den Sternen blaugrauen Nacht die unerschütterlichen und unwandelbaren Begleiter meines Weges – immer dieselben riesigen Petersburger Objekte –, einsame Bauten aus legendären Zeiten, die jetzt eine Wüste zierten und sich dem Wanderer halb abgewandt zeigten, wie sich alles zeigt, was schön ist: Es sieht uns nicht, ist nachdenklich und zerstreut, ist abwesend. Ich führte Selbstgespräche, beschwor das Schicksal, Katja, die Sterne, die Säulen der stummen, mächtigen, abwesenden Kathedrale, und wenn in der Dunkelheit plötzlich die Gewehre losknatterten, kam mir oft der flüchtige, aber nicht ganz unangenehme Gedanke, wie ich, falls mich eine verirrte Kugel treffen sollte, mit schwindenden Sinnen im Schnee sitzen würde – in meinem eleganten Pelzmantel, die Melone schief auf dem Ohr, neben mir, im Schnee kaum sichtbar, die aus der Hand geglittenen weißen Vershefte. Mitunter aber versuchte ich mir, stöhnend und aufschluchzend, einzureden, daß ich Katja nicht mehr liebte. Ich rief mir ihre Unaufrichtigkeit, ihr Selbstvertrauen ins Gedächtnis, ihre Leere, das Schminkpflästerchen, das einen Pikkel verdeckte, ihre Schwäche für adlige Dichter und vor allem die schnarrende Aussprache, wenn sie ohne jeden Anlaß ins Französische überwechselte, sowie den bösen, stumpfen Ausdruck in ihren Augen, wenn ich sie zum hundertsten Male fragte, mit wem sie den vergangenen Abend verbracht habe ... Und sobald dies alles zusammengetragen und abgewogen war, fühlte ich mit tiefer Niedergeschlagenheit, daß meine Liebe, mit diesem ganzen Plunder belastet, noch tiefer eingesunken und steckengeblieben war und daß kein Lastgaul mit eisernen Sehnen mehr imstande wäre, sie jemals wieder aus dem Morast herauszuziehen. Und am nächsten Abend, nachdem ich mich durch die Matrosenkontrolle an den Straßenecken durchgeschlagen hatte, die meine Ausweise verlangte – welche mir sowieso nur bis zur Schwelle von Katjas Seele Durchlaß gewährten und dann wirkungslos blieben –, kam ich wieder, um mir Katja anzuschauen, die sich bei meinem ersten kläglichen Wort sofort in eine große steife Puppe verwandelte, die gewölbten Lider senkte und mit einer Porzellanstimme antwortete. Und als ich in jener denkwürdigen Nacht schließlich die letzte, die ganz und gar aufrichtige Antwort verlangte, sagte Katja einfach überhaupt nichts – sie blieb regungslos auf der Couch liegen. Das Licht der Kerze (Strom gab es nicht in jener Nacht) spiegelte sich in ihren glänzenden Augen, und ich, ich hörte mir die Stille bis zum Schluß an, stand auf und ging. Drei Tage später schickte ich ihr durch einen Diener einen Brief – ich schrieb, ich würde mir das Leben nehmen, wenn ich sie nicht wenigstens einmal noch sähe. Und eines Morgens dann – ich erinnere mich ganz genau: die Sonne ging rosa auf und der Schnee knirschte – trafen wir uns in der Potschtamtskaja. Ich küßte stumm ihre Hand, und etwa eine Viertelstunde lang gingen wir auf und ab, ohne auch nur mit einem einzigen Wort das Schweigen zu brechen. Und an der Ecke des Boulevards stand ein sehr korrekt aussehender Herr mit Persianermütze und rauchte mit gespielter Gelassenheit eine Zigarette. Wir schritten auf und ab; ein Junge mit einem Schlitten, dessen Fransenverzierung zerfetzt war, ging vorbei, ein plötzlich aufdröhnendes Abflußrohr spie einen Eisklumpen aus, und der Herr an der Ecke rauchte ... Und an genau der gleichen Stelle, an der wir uns getroffen hatten, küßte ich ihr ebenso wortlos die Hand, die für immer in den Muff zurückschlüpfte. Dann ging ich davon – diesmal in vollem Ernst. «Als wir voneinander schieden, / rannen meine heißen Tränen, / küßte ich dich immer wieder, / flüsterte Lebwohl mein Mädchen. / Lebewohl für alle Zeiten / meine Sehnsucht du, mein Leben. / Niemals wieder gehn wir beide / dieses wilden Gartens Wege ...» Jaja, lebwohl ... Und trotz allem warst Du schön, undurchdringlich schön und bis zu Tränen bezaubernd – trotz der Kurzsichtigkeit Deiner Seele, der Müßigkeit Deiner vorgefaßten Meinungen, trotz Deiner tausend kleinen Verrätereien, während ich mit meiner anmaßenden Poesie, meiner schweren, nebelhaften Gefühlswelt, meinem zögernden, stotternden Sprechen, trotz meiner ganzen Liebe zu Dir sicher kläglich und abstoßend wirkte. Es ist nicht nötig, Dir zu erzählen, wie ich mich später gegrämt, wie ich stundenlang Dein Bild betrachtet habe, auf dem Du, einen Lichtfleck auf der Lippe und ein Leuchten im Haar, an mir vorbeiblickst. Katja, warum hast Du jetzt diese Gemeinheit begangen?

Laß uns ruhig und offen miteinander reden. Mit traurigem Pfeifen weicht die Luft aus dem dicken Gummibauch des Grobians, der stramm aufgeblasen am Anfang dieses Briefes den Hanswurst gespielt hat. Aber auch Du bist ja gar nicht die füllige Romantikerin in der Hängematte, sondern immer noch dieselbe Katja – mit der berechnenden Abruptheit Deiner Bewegungen und den schmalen Schultern, eine anmutige, spärlich geschminkte Dame, die aus dummer Koketterie einen völlig talentlosen Roman geschrieben hat. Sieh mal, Du hast nicht einmal unseren Abschied verschont: Leonids Brief, in dem er droht, Olga zu erschießen, und über den sie sich mit ihrem zukünftigen Mann berät; dieser zukünftige Mann in der Rolle eines heimlichen Beobachters, der an der Ecke steht, bereit, einzugreifen, wenn Leonid den Revolver zücken sollte, den er in der Manteltasche krampfhaft umklammert; und Leonid, der Olga anfleht, ihn doch nicht zu verlassen, wobei er schluchzend ihre besonnenen, wohlabgewogenen Reden unterbricht – was für ein widerwärtiges, blödes Geschwätz! Und am Schluß läßt Du mich bei einem Spähtruppunternehmen den Roten in die Hände fallen und mit den Namen zweier Verräterinnen – Rußlands, Olgas – auf den Lippen von der Kugel eines schwarzgelockten Kommissars den Heldentod sterben. Meine Liebe zu Dir muß wirklich groß gewesen sein, wenn ich Dich noch so sehe, wie Du vor sechzehn Jahren warst, und mich qualvoll bemühe, unsere Vergangenheit aus der erniedrigenden Gefangenschaft zu befreien, Deine Gestalt vor der Schande Deiner eigenen Feder zu retten. Aber ich weiß nicht recht, ob mir das gelingt. Mein Brief erinnert merkwürdigerweise an jene Botschaften in Versen, die Du, erinnerst Du Dich, so flott auswendig deklamiertest. «Sie werden sicher mit Erstaunen / die Züge meiner Schrift erblicken ...» Aber ich halte mich zurück, ich werde nicht mit dem Ruf schließen: «Das Meer, weit wie die Leidenschaft / und Leidenschaft, weit wie das Meer / erwartet dich ...» – weil es erstens hier kein Meer gibt und weil ich zweitens gar nicht erpicht bin, Dich zu sehen. Weil ich nach der Lektüre Deines Buches Angst vor Dir habe, Katja. Wahrhaftig, es hat nicht gelohnt, sich so zu freuen und zu leiden, wie wir beide uns gefreut und gelitten haben, um unsere bespiene Vergangenheit in einem Frauenroman wiederzufinden. Höre auf mich – schreib nicht mehr! Laß Dir dies zumindest eine Lehre sein. Zumindest – weil ich das Recht habe, zu wünschen, daß Dir vor Entsetzen der Atem stockt, wenn Du begreifst, was Du angerichtet hast. Und noch etwas: Weißt Du, was ich noch hoffe? Vielleicht, vielleicht (es ist ein kleines und schwaches «Vielleicht», aber ich klammere mich daran und signiere deshalb den Brief nicht) ist das alles nur ein seltsames Zusammentreffen, und Du hast diesen Schund gar nicht geschrieben, und Deine zweifelhafte, aber liebreizende Erscheinung ist nicht entstellt. Wenn es so ist, bitte ich vielmals um Verzeihung, Kollege Solnzew. *(1933)*

# EIN VERGESSENER DICHTER

I

Im Jahre 1899 beschloß eine führende kulturelle Organisation im wuchtigen, behaglichen, gepolsterten St. Petersburg jener Tage, die Gesellschaft zur Förderung der russischen Literatur, in großem Stil das Gedächtnis des Dichters Konstantin Perow zu ehren, der fünfzig Jahre vorher im feurigen Alter von vierundzwanzig Jahren dahingeschieden war. Man hatte ihn den russischen Rimbaud genannt, und obwohl der junge Franzose ihm an Genie überlegen war, ist ein solcher Vergleich nicht völlig abwegig. Er war nicht älter als achtzehn, als er seine bemerkenswerten «Georgischen Nächte» schrieb, ein langes, wildwucherndes «Traumepos», das in einzelnen Passagen den Schleier seiner traditionellen orientalischen Szenerie zerreißt, um jenen himmlischen Luftzug zu erzeugen, der einen plötzlich genau zwischen den Schulterblättern die Wirkung wahrer Poesie spüren läßt.

Drei Jahre später folgte ihm ein Band Gedichte: Er hatte sich irgendeines deutschen Philosophen bemächtigt, und manche dieser Stücke sind darum so unbefriedigend, weil sie den grotesken Versuch machen, echte lyrische Ergriffenheit und eine metaphysische Erklärung des Universums miteinander zu verbinden; doch der Rest war noch ebenso lebendig und ungewöhnlich wie zu der Zeit, als jener seltsame Jüngling den russischen Wortschatz verrenkte und abgegriffenen Epitheta den Hals umdrehte, um eine bis dahin zwitschernde Dichtung stammeln und schreien zu machen. Den meisten Lesern gefallen jene Gedichte am besten, in denen die Freiheitsideen, die so charakteristisch waren für die russischen fünfziger Jahre, in einem großartigen Sturm dunkler Beredsamkeit ihren Ausdruck finden, einem

Sturm, der, wie ein Kritiker sagte, «einem zwar den Feind nicht zeigt, einen aber bis zum Bersten mit dem Wunsch erfüllt, sich zu schlagen». Persönlich ziehe ich seine reineren und zugleich holprigeren Gedichte wie «Der Zigeuner» oder «Die Fledermaus» vor.

Perow war der Sohn eines kleinen Landbesitzers, von dem einzig und allein bekannt ist, daß er auf seinem Gut in der Nähe von Luga Tee anzupflanzen versucht hatte. Seine jungen Jahre (um einmal in den Stil eines Biographen zu verfallen) verbrachte Konstantin zumeist in St. Petersburg, wo er wohl – Genaueres weiß man nicht – die Universität besuchte und sich dann nach einer Büroarbeit umsah; über jene Trivialitäten hinaus, die sich aufgrund der üblichen Neigungen von seinesgleichen vermuten lassen, ist in der Tat wenig bekannt von seinem Tun und Lassen. Eine Stelle im Briefwechsel des berühmten Dichters Nekrassow, der ihm zufällig einmal in einer Buchhandlung begegnet war, überliefert das Bild eines düsteren, unausgeglichenen, «unbeholfenen und heftigen» jungen Mannes mit «den Augen eines Kindes und den Schultern eines Möbelpackers».

Auch in einem Polizeibericht ist er erwähnt, und zwar hatte er sich in einem Café auf dem Newskij-Prospekt angeblich «im Flüsterton mit zwei anderen Studenten unterhalten». Und seine Schwester, die einen Kaufmann aus Riga ehelichte, soll des Dichters romantische Abenteuer mit Näherinnen und Waschfrauen beklagt haben. Im Herbst 1849 stattete er seinem Vater einen Besuch ab, um Geld für eine Reise nach Spanien zu erhalten. Der Vater, ein Mann einfacher Reaktionen, gab ihm eine Ohrfeige; und ein paar Tage später ertrank der arme Junge beim Baden im benachbarten Fluß. Unter einer Birke entdeckte man seine Kleidung und einen angebissenen Apfel, doch seine Leiche fand sich nie.

Sein Ruhm war schwerfällig: eine Passage aus den «Georgischen Nächten», immer dieselbe, in allen Anthologien; im Jahre 1859 ein vehementer Artikel des radikalen Kritikers Dobrolubow, der die revolutionären Anspielungen seiner schwächsten Gedichte pries; in den achtziger Jahren ein allgemeines Gefühl, daß eine reaktionäre Atmosphäre ein beachtliches, wenngleich etwas unartikuliertes Talent gelähmt und schließlich zuschanden gemacht habe – das war so ungefähr alles.

Dank einem gesunderen Interesse für Dichtung, das wie des öfteren mit einer derben und langweiligen politischen Periode einherging, begann man Perows Verse in den neunziger Jahren aufgeregt und geschäftig wiederzuentdecken, während andererseits die liberal Gesinnten nicht abgeneigt waren, Dobrolubows Wink zu folgen. Die Geldsammlung für ein Denkmal in einem der öffentlichen Parks erwies sich als vollauf erfolgreich. Ein führender Verleger kratzte alles zusammen, was über Perows Leben herauszubekommen war, und veröffentlichte seine sämtlichen Werke in einem einigermaßen dicken Band. Die Monatsschriften steuerten einige gelehrte Abhandlungen bei. Zur Gedächtnisfeier in einem der besten Säle der Hauptstadt fanden sich eine Menge Menschen ein.

2

Ein paar Minuten vor Beginn, während die Redner noch in einem Beratungszimmer hinter der Bühne versammelt waren, wurde die Tür aufgestoßen, und ein rüstiger alter Herr trat ein, mit einem Gehrock angetan, der – auf seinen oder eines anderen Mannes Schultern – bessere Tage gesehen hatte. Ohne die Ermahnungen einiger Studenten mit Stoffbändern am Revers, die ihn in ihrer Eigenschaft als Saalordner zurückzuhalten versuchten, auch nur im geringsten zu beachten, schritt er würdevoll auf das Komitee zu, verneigte sich und sprach: «Ich bin Perow.»

Ein Freund von mir, doppelt so alt wie ich und heute der einzige noch lebende Zeuge des Vorfalls, berichtete mir, daß der Vorsitzende (der als Zeitungsredakteur eine Menge Erfahrung mit ungewöhnlichen Störenfrieden hatte), ohne auch nur den Blick zu heben, sagte: «Schmeißt ihn raus.» Niemand leistete ihm Folge – vielleicht, weil man dazu neigt, einem alten, vermutlich sehr betrunkenen Herrn mit einer gewissen Höflichkeit zu begegnen. Er setzte sich mit an den Tisch, suchte sich den am zugänglichsten aussehenden Mann heraus, Slawskij, einen Übersetzer Longfellows, Heines und Sully-Prudhommes (der später unter die Terroristen gehen sollte), und fragte diesen ganz sachlich, ob das «Denkmalsgeld» bereits beisammen sei und, wenn ja, wann er es haben könne.

Alle Berichte stimmen darin überein, daß er seine Forderung in ungemein ruhiger Weise vorbrachte. Er versah sie mit keinerlei Nachdruck, vielmehr trug er sie vor, als käme ihm die Möglichkeit, daß man ihm etwa keinen Glauben schenken könnte, gar nicht in den Sinn. Was beeindruckte, war, daß dieser Mann mit dem Patriarchenbart, den verblaßten braunen Augen und der Kartoffelnase sich ganz am Anfang jener sonderbaren Angelegenheit, in jenem abgelegenen Zimmer, unter jenen verdienten Herren nach dem Ertrag der Aktion erkundigte, ohne auch nur irgendwelche Beweisstücke vorzulegen, wie sie ein gewöhnlicher Hochstapler gefälscht hätte.

«Sind Sie ein Verwandter?» fragte jemand.

«Mein Name ist Konstantin Konstantinowitsch Perow», sagte der alte Mann geduldig. «Man hat mir zu verstehen gegeben, daß sich ein Nachkomme meiner Familie im Saal befindet, doch das tut nichts zur Sache.»

«Wie alt sind Sie?» fragte Slawskij.

«Ich bin vierundsiebzig», erwiderte er, «und das Opfer mehrerer aufeinanderfolgender Mißernten.»

«Es ist Ihnen sicherlich bekannt», bemerkte der Schauspieler Jermakow, «daß der Dichter, dessen Gedächtnis wir heute abend feiern, vor genau fünfzig Jahren im Oredesh-Fluß ertrunken ist.»

«*Wsdor* – Unsinn», gab der alte Mann zur Antwort. «Diese Geschichte damals habe ich aus ganz privaten Gründen veranstaltet.»

«Und jetzt, mein Lieber», sagte der Vorsitzende, «jetzt müssen Sie, glaube ich, wirklich gehen.»

Sie entließen ihn aus ihren Gedanken und strömten auf das schonungslos erleuchtete Podium hinaus, wo ein anderer, mit feierlichem roten Tuch gedeckter Konferenztisch, hinter dem die nötige Anzahl von Stühlen stand, das Publikum seit geraumer Zeit mit dem Gefunkel seiner traditionellen Wasserkaraffe hypnotisiert hatte. Zur Linken konnte man ein Ölbild bewundern, eine Leihgabe der Kunstgalerie Scheremetewskij: Es stellte Perow im Alter von zweiundzwanzig Jahren dar, einen dunklen jungen Mann mit romantischem Haar und offenem Hemdkragen. Das Gestell, auf dem das Bild stand, war mit Laubwerk und Blumen ehrfürchtig getarnt. Vorne erhob sich ein Lesepult mit einer weiteren Karaffe, und seitlich der Bühne wartete ein Konzertflügel darauf, später, für den musikalischen Teil des Programms, hereingerollt zu werden.

Der Saal war voll von Literaten, aufgeklärten Rechtsanwälten, Lehrern, Gelehrten, eifrigen Studenten beiderlei Geschlechts und so fort. Auch ein paar bescheidene Geheimpolizisten waren entsandt worden, der Veranstaltung unauffällig beizuwohnen, denn die Regierung wußte aus Erfahrung, daß die gesetztesten kulturellen Veranstaltungen die merkwürdige Neigung hatten, in eine Orgie revolutionärer Propaganda umzuschlagen. Der Umstand, daß eins von Perows ersten Gedichten eine zwar verschleierte, aber sympathisierende Anspielung auf den Aufstand von 1825 enthielt, legte gewisse Vorsichtsmaßnahmen nahe: Man konnte niemals im voraus wissen, was nach einer öffentlichen Rezitation solcher Verse wie «sibirischer Lärchen düsteres Rauschen verständigt sich mit dem Untergrunderz» geschehen würde – *«sibirskich picht ugrjumyj schoroch s podsemnoj snosizja rudoj»*.

Wie in einem der Berichte zu lesen ist, «wurde einem bald klar, daß aufgrund einer Art Dostojewskijschen Krawalls (der Autor denkt an ein berühmtes *slapstick*-Kapitel in den ‹Dämonen›) eine peinliche und gespannte Atmosphäre herrschte». Sie war darauf zurückzuführen, daß der alte Herr den sieben Mitgliedern des Jubiläumskomitees bedächtig auf das Podium folgte und dann versuchte, sich mit ihnen an den Tisch zu setzen. Der Vorsitzende, dem vor allem daran lag, ein Handgemenge vor den Augen des Publikums zu vermeiden, tat sein Bestes, ihn davon abzubringen. Hinter einem der Öffentlichkeit zugedachten höflichen Lächeln flüsterte er dem Patriarchen zu, daß er ihn aus dem Saal hinauswerfen lassen würde, falls er nicht sofort die Lehne des Stuhls losließe, den Slawskij mit unbekümmertem Gesicht, aber eisernem Griff heimlich der knorrigen Hand des Alten zu entwinden suchte. Der Alte sträubte sich, aber verlor seinen Halt und blieb ohne Sitzgelegenheit. Er warf einen Blick in die Runde, bemerkte den Klavierstuhl neben der Bühne und schleppte ihn kaltblütig auf das Podium, nur den Bruchteil einer Sekunde, bevor die Hände eines verborgenen Saalordners einen Versuch machten, ihn zurückzureißen. In einiger Entfernung vom Tisch setzte er sich und wurde sogleich Ausstellungsstück Nummer eins.

Hier machten die Komiteemitglieder den fatalen Fehler, seine Gegenwart erneut aus dem Sinn zu verlieren: Sie waren, das sei nochmals gesagt, vor allem darauf bedacht, eine Szene zu vermeiden; außerdem verdeckte die blaue Hortensie neben dem Bildgestell ihnen das lästige Individuum zur Hälfte. Unglückseligerweise war der alte Herr für das Publikum nur allzu deutlich sichtbar: Da saß er auf seinem unziemlichen Schemel (an dessen Rotationsfähigkeiten ein gelegentliches Quietschen erinnerte), öffnete sein Brillenetui, hauchte mit einem Fischmund seine Brillengläser an, alles das völlig ruhig und gemütlich, und sein ehrwürdiger Kopf, seine schäbige schwarze Kleidung und seine Zugstiefel erinnerten gleichzeitig an einen ärmlichen russischen Professor und einen wohlhabenden russischen Leichenbestatter.

Der Vorsitzende schritt zum Pult und machte sich an seine Eröffnungsansprache. Überall im Publikum regte sich Getuschel, denn die Leute waren natürlich neugierig, zu erfahren, wer der Alte war. Fest bebrillt, die Hände auf den Knien, spähte er seitwärts zu dem Porträt hinüber, wandte sich dann ab und musterte die vorderste Reihe. Die Blicke, die die seinen erwiderten, konnten nicht umhin, zwischen der glänzenden Kuppel seines Kopfes und dem lockigen Schopf des Porträts hin- und herzuwandern, denn während der langen Rede des Vorsitzenden sprachen sich die näheren Umstände der Störung herum, und die Phantasie einiger Leute begann mit dem Gedanken zu spielen, daß ein einer nahezu legendären Epoche angehörender Dichter, den die Lehrbücher so bequem und genau in sie einzufügen gewußt hatten, ein anachronistisches Wesen, ein lebendes Fossil in den Netzen eines unwissenden Fischers, eine Art Rip Van Winkle, als heruntergekommener Greis tatsächlich einer Versammlung beiwohnte, die seiner glorreichen Jugend gewidmet war.

«...möge das denkende Rußland», sagte der Vorsitzende

und beschloß damit seine Rede, «Perows Namen nimmer vergessen. Tjuttschew hat gesagt, unser Vaterland werde Puschkins immerdar als seiner ersten Liebe gedenken. Was Perow anlangt, können wir sagen, daß er Rußlands erste Erfahrung der Freiheit war. Einem oberflächlichen Beobachter mag diese Freiheit auf Perows verschwenderischen Umgang mit poetischen Bildern beschränkt dünken, die dem Künstler mehr als dem Staatsbürger bedeuten. Wir hingegen, Angehörige einer nüchterneren Generation, wir sind geneigt, aus Versen wie den folgenden einen tieferen, wesentlicheren, menschlicheren und der Gesellschaft gegenüber verantwortungsvolleren Sinn herauszulesen:

Wenn der letzte Schnee sich im Schatten der
 Friedhofsmauer versteckt
und das Fell des Rappen meines Nachbarn
in der flüchtigen Aprilsonne einen flüchtigen blauen
 Schimmer bekommt
und die Pfützen so viele Himmel sind in den hohlen
 Negerhänden der Erde,
dann zieht es aus, mein Herz, in seinem zerschlissenen
 Mantel,
aus zu den Armen, den Blinden, den Schwachen im Geist,
den runden Rücken, die sich für runde Bäuche plagen,
zu allen, deren Augen, abgestumpft von Sorge oder Laster,
die Löcher im Schnee, das blaue Pferd, das Wunder der
 Pfütze nicht sehn.

Die Stelle wurde mit Beifall aufgenommen, doch plötzlich stockte das Klatschen, und hier und da wurde unpassend gelacht; denn als der Vorsitzende, immer noch vibrierend von den gerade gesprochenen Worten, zum Tisch zurückging, erhob sich der bärtige Fremde und dankte mit ruckartigem Kopfnicken und unbeholfenen schlenkernden Handbewegungen für den Applaus, indes sich in seinem Gesicht förmliche Dankbarkeit und eine gewisse Ungeduld mischten. Slawskij und einige Saalordner unternahmen einen verzweifelten Versuch, ihn fortzuschaffen, aber aus den Tiefen des Publikums kamen Rufe wie «pfui, pfui!» und «*astawte starika* – laßt den Alten in Ruhe!»

In einem der Berichte finde ich die Vermutung, daß sich Komplicen im Publikum befunden hätten, doch ich meine, das Mitleid der Menge, das ebenso unerwartet aufkommen kann wie ihre Rachsucht, reicht aus, die Wendung zu erklären, die die Dinge jetzt nahmen. Obwohl er mit drei Männern fertig zu werden hatte, gelang es dem *starik*, eine bemerkenswerte Würde zu wahren, und als sich seine kleinmütigen Angreifer zurückzogen und er den Klavierstuhl zurückeroberte, der während des Kampfes umgefallen war, erhob sich ein befriedigtes Gemurmel. Jedoch blieb die bedauernswerte Tatsache bestehen, daß die Atmosphäre der Veranstaltung hoffnungslos gestört war. Den jüngeren und rüpelhafteren Leuten im Publikum begann das Ganze großen Spaß zu machen. Der Vorsitzende goß sich mit bebenden Nasenflügeln ein Glas voll Wasser. Von verschiedenen Stellen des Saales aus wechselten zwei Geheimagenten vorsichtige Blicke.

## 3

Auf die Rede des Vorsitzenden folgte der Bericht des Schatzmeisters über die Geldbeträge, die von verschiedenen Institutionen und Privatpersonen aufgebracht worden waren, um in einem Park der Außenbezirke ein Perow-Denkmal zu errichten. Der Alte zog bedächtig ein Stück Papier und einen Bleistiftstumpf hervor und machte sich daran, das Knie als Unterlage benutzend, die Zahlen, die genannt wurden, nachzurechnen. Dann erschien für einen Augenblick die Enkelin von Perows Schwester auf der Bühne. Die Veranstalter hatten einige Schwierigkeit mit diesem Programmpunkt gehabt, da die fragliche Person, eine dicke, wachsbleiche junge Frau mit vorstehenden Augen, an Melancholie litt und in einer Nervenklinik untergebracht war. Mit verzogenem Mund und ganz in rührendes Rosa gekleidet wurde sie dem Auditorium einen Augenblick lang vorgeführt und dann schleunigst wieder den festen Händen einer drallen Frau übergeben, welche die Anstalt mitgeschickt hatte.

Als Jermakow, in jenen Tagen der Liebling des Theaterpublikums, eine Art schöner Tenor des Dramas, mit seiner Schokoladenpuddingstimme die Rede des Prinzen aus den «Georgischen Nächten» zu deklamieren begann, wurde es klar, daß sich selbst seine enthusiastischsten Anhänger mehr für die Reaktionen des alten Mannes interessierten als für die Schönheit der Rezitation. Bei den Versen

> Metalle sind unsterblich? Irgendwo
> liegt ein brünierter Knopf, den ich verlor
> am siebenten Geburtstag in dem Garten.
> Bring mir den Knopf, und meine Seele weiß:
> jegliche Seele ist bewahrt, gerettet

kam seine Gemütsruhe zum ersten Mal ins Wanken, und langsam entfaltete er ein großes Taschentuch und schneuzte sich kräftig die Nase – ein Geräusch, das Jermakows dunkel geschminktes, diamanten glitzerndes Auge wie das eines furchtsamen Pferdes argwöhnisch zur Seite schweifen ließ.

Das Taschentuch wurde in die Falten des Rocks zurückgesteckt, und erst einige Sekunden später wurden die Leute in der ersten Reihe gewahr, daß unter seiner Brille hervor Tränen rannen. Er machte keinen Versuch, sie wegzuwischen, obwohl sich seine Hand mit klauenartig gespreizten Fingern ein- oder zweimal der Brille näherte; doch jedesmal ließ er sie wieder sinken, als fürchte er (und das war der Höhepunkt des ganzen meisterlichen Kunststücks), die Aufmerksamkeit auf seine Tränen zu lenken. Der gewaltige Beifall, der auf die Rezitation folgte, galt gewiß mehr der Darbietung des Alten als dem Gedicht in Jermakows Wiedergabe. Sobald der Applaus versickert war, stand er auf und trat vor zum Rand des Podiums.

Seitens des Komitees wurde kein Versuch gemacht, ihn aufzuhalten, und zwar aus zweierlei Gründen. Erstens war der Vorsitzende, zur Verzweiflung getrieben von dem aufsehenerregenden Gebaren des Alten, für einen Moment hinausgegangen und hatte eine bestimmte Anweisung erteilt. Zweitens begann ein Durcheinander seltsamer Zweifel an den Nerven der Veranstalter zu nagen, so daß vollkommene Stille herrschte, als der Alte seine Ellbogen auf das Lesepult legte.

«Und dies ist Ruhm», sagte er mit so belegter Stimme, daß von den hinteren Reihen «*gromtsche, gromtsche* – lauter, lauter!» gerufen wurde.

«Ich sage, das ist Ruhm», wiederholte er und spähte über seine Brille hinweg wütend auf das Publikum. «Keine zwei Dutzend wertloser Gedichte, etwas Wortgeschüttel und Wortgeklingel, und der Name bleibt im Gedächtnis, als sei der Mann der Menschheit irgend von Nutzen gewesen! Nein, Herrschaften, machen Sie sich nichts vor. Unser Reich und der Thron unseres Vaters, des Zaren, werden nicht wanken, wie sie auch bisher nicht gewankt haben, in ihrer unerschütterlichen Macht sind sie gefrorenem Donner verwandt, und der irregeleitete Jüngling, der vor einem halben Jahrhundert aufrührerische Verschen hingekritzelt hat, ist heute ein gesetzesfürchtiger alter Mann, dem anständige Bürger mit Respekt begegnen. Ein alter Mann, lassen Sie mich hinzusetzen, der auf Ihren Schutz angewiesen ist. Ich bin ein Opfer der Elemente: Das Land, das ich mit meinem Schweiß pflügte, die Lämmer, die ich persönlich gesäugt hatte, der Weizen, den ich mit seinen goldenen Armen winken sah ...»

In diesem Augenblick führten zwei gewaltige Polizisten den Alten schnell und schmerzlos ab. Das Publikum sah mit an, wie er eilends hinausgeschafft wurde, der Hemdeinsatz stand in die eine Richtung, der Bart in die andere, eine Manschette schlenkerte am Handgelenk, doch in seinen Augen lagen noch der gleiche Ernst und Stolz.

In ihren Berichten von der Feierlichkeit erwähnten die führenden Tageszeitungen den «bedauerlichen Vorfall», der sie beeinträchtigt hatte, nur beiläufig. Doch der übel beleumdete *St. Petersburger Anzeiger*, ein greuliches und reaktionäres Revolverblatt, das die Brüder Cherstow zu Nutz und Frommen des unteren Mittelstandes und einer in seligem Halbanalphabetentum dahinlebenden Unterschicht von Arbeitern herausgaben, kam groß mit einer Artikelserie heraus, in der behauptet wurde, daß es sich bei dem «bedauerlichen Vorfall» um nicht weniger als das Wiederauftauchen des echten Perow gehandelt habe.

## 4

Inzwischen war der Alte von dem sehr reichen und auf vulgäre Weise exzentrischen Kaufmann Gromow aufgelesen worden, dessen Haus voll war von vagabundierenden Mönchen, Quacksalbern und «Pogromystikern», Der *Anzeiger* druckte Interviews mit dem Hochstapler. Darin äußerte dieser Schreckliches über die «Lakaien der revolutionären Partei», die ihn um seine Identität betrogen und seines Geldes beraubt hätten. Dieses Geld gedachte er auf rechtlichem Wege von den Verlegern der sämtlichen Werke Perows zu erhalten. Ein betrunkener Scholast, der zu Gromows Haushalt gehörte, wies auf die (unglücklicherweise sehr auffällige) Ähnlichkeit zwischen den Gesichtszügen des Alten und denen des Porträts hin.

Es erschien ein eingehender, aber höchst unglaubwürdiger Bericht, in dem geschildert wurde, wie er einen Selbstmord vorgetäuscht habe, um am Busen des heiligen Rußland ein christliches Leben zu führen. Alles war er gewesen: Hausierer, Vogelfänger, Fährmann auf der Wolga, und zu guter Letzt hatte er in einer entlegenen Provinz ein Stück Land erworben. Ich habe ein Exemplar eines schmuddelig aussehenden Büchleins gesehen, «Tod und Auferstehung des Konstantin Perow», das zusammen mit den «Abenteuern des Marquis de Sade» und den «Memoiren einer Amazone» von bibbernden Bettlern auf der Straße verhökert wurde.

Mein bester Fund jedoch bei der Durchsicht alter Akten ist eine schmierige Fotografie des bärtigen Betrügers, die ihn in einem kahlen Park auf dem Marmorsockel des unvollendeten Perow-Denkmals zeigt. Kerzengerade steht er da, die Arme verschränkt; er trägt eine runde Pelzmütze und ein neues Paar Gummiüberschuhe, aber keinen Mantel; eine kleine Schar seiner Anhänger ist zu seinen Füßen versammelt, und ihre kleinen weißen Gesichter starren mit jenem eigentümlichen, nabeläugigen, selbstgefälligen Ausdruck in die Kamera, der alten Bildern von Lyncher-Rotten eigentümlich ist.

In Anbetracht dieser Atmosphäre blühenden Rowdytums und reaktionärer Selbstzufriedenheit (die in Rußland so eng mit allen Einfällen der Regierung verbunden ist, ob der Zar nun Alexander, Nikolaus oder Joseph heißt), fanden die Intellektuellen es schwer erträglich, sich mit der Katastrophe abzufinden, die es bedeutet hätte, den reinen, feurigen, revolutionär gesinnten Perow, wie er sich in seinen Gedichten dargestellt hatte, mit einem vulgären Greis zu identifizieren, der sich in einem übertünchten Schweinekoben suhlte. Die tragische Seite war, daß zwar weder Gromow noch die Brüder Cherstow ihren Lustigmacher für den wahren Perow hielten, aber viele anständige, kultivierte Leute von dem unmöglichen Gedanken geplagt waren. Wahrheit und Gerechtigkeit von sich gewiesen zu haben.

Ein unlängst veröffentlichter Brief von Slawskij an Korolenko drückt es so aus: «Man schaudert, daran zu denken, daß ein Geschenk des Schicksals, wie es in der Geschichte nicht seinesgleichen hat, die lazarusgleiche Auferstehung eines großen Dichters der Vergangenheit, undankbar übersehen – nein, mehr noch, für das bübische Gaunerstück eines Mannes erachtet werden könnte, dessen einziges Verbrechen darin bestand, ein halbes Jahrhundert lang geschwiegen und ein paar Minuten unbeherrscht dahergeredet zu haben.» Die Formulierung ist wirr, aber worauf sie hinauslief, das ist klar: Das intellektuelle Rußland fürchtete weniger, auf einen Schwindel hereinzufallen, als einem schrecklichen Versehen Vorschub zu leisten. Aber vor einem fürchtete es sich noch mehr, und das war die Zerstörung eines Ideals; denn ein Radikaler ist bereit, alles in der Welt umzustürzen, nur die läppische Nippfigur nicht, und sei sie noch so fragwürdig und verstaubt, die der Radikalismus einst aus welchem Grund auch immer zur Reliquie erklärt hat.

Angeblich sollen bei einer bestimmten Geheimsitzung der Gesellschaft zur Förderung der russischen Literatur die zahlreichen beleidigenden Briefe, die der Greis in einem fort schickte, von Experten sehr sorgfältig mit einem sehr alten Brief verglichen worden sein, den der Dichter in jungen Jahren geschrieben hatte. Er war in einem Privatarchiv aufgefunden worden, galt als das einzige Muster von Perows Handschrift, und außer den Gelehrten, die sich über seine verblaßte Tinte beugten, wußte niemand von seiner Existenz. Noch wissen wir, zu welchem Ergebnis sie kamen.

Ein weiteres Gerücht besagt, daß ein ansehnlicher Geldbetrag aufgebracht wurde und man dem Alten ohne das Wissen seiner nichtswürdigen Kumpane einen Vorschlag unterbreitete. Anscheinend sollte ihm eine beträchtliche monatliche Rente gewährt werden, unter der Bedingung, daß er unverzüglich auf seinen Bauernhof zurückkehre und dort bleibe – in Vergessenheit und geziemendem Schweigen. Es scheint, daß das Angebot auch angenommen wurde, denn er verschwand so unvermittelt, wie er aufgetaucht war, während sich Gromow über den Verlust seines Favoriten damit hinwegtröstete, daß er einen zweifelhaften Hypnotiseur französischer Abstammung adoptierte, der ein oder zwei Jahre später am Hof einigen Erfolg ernten sollte.

Das Denkmal, planmäßig enthüllt, wurde zu einem Liebling der dortigen Tauben. Der Verkauf der gesammelten Werke kam in der Mitte einer vierten Auflage taktvoll zum Stillstand. Ein paar Jahre später schließlich berichtete der älteste, aber nicht notwendig gescheiteste Einwohner der Gegend, wo Perow geboren worden war, einer Journalistin, er entsinne sich, daß sein Vater ihm erzählt habe, wie er im schilfigen Teil des Flusses einmal ein Skelett fand.

## 5

Das wäre alles gewesen, wäre nicht die Revolution gekommen und hätte zusammen mit den fetten Erdschollen auch die feinen weißen Wurzeln kleiner Pflanzen und dicke malvenfarbige Würmer nach oben gekehrt, die sonst unter der Erde geblieben wären. Als in den frühen zwanziger Jahren in der dunklen, hungrigen, aber krankhaft betriebsamen Stadt verschiedene seltsame kulturelle Unternehmungen aufkeimten (etwa Buchhandlungen, in denen berühmte, aber notleidende Schriftsteller ihre eigenen Werke verkauften), verdiente sich irgend jemand einige Monate lang den Lebensunterhalt damit, daß er ein kleines Perow-Museum einrichtete – und das führte zu noch einer Wiederauferstehung.

Die Ausstellungsstücke? Alles, eins ausgenommen (der Brief). Eine Vergangenheit aus zweiter Hand in einem schäbigen Saal. Die ovalen Augen und braunen Locken des kostbaren Scheremetewskij-Porträts (mit einer Craquelure in der Gegend des offenen Kragens, die an eine versuchte Enthauptung denken ließ);

ein zerschlissenes Exemplar der «Georgischen Nächte», von dem angenommen wurde, daß es einst Nekrassow gehört habe; die nicht weiter hervorragende Fotografie der Dorfschule, die an der Stelle errichtet worden war, wo der Vater des Dichters einst ein Haus und einen Obstgarten besessen hatte. Ein alter Handschuh, den irgendein Besucher des Museums vergessen hatte. Mehrere Ausgaben der Perowschen Werke, so verteilt, daß sie den größtmöglichen Raum einnahmen.

Und da sich diese armseligen Relikte immer noch weigerten, eine glückliche Familie zu bilden, waren ihnen einige zeitgeschichtliche Objekte beigesellt worden, etwa der Morgenrock und die Ketten eines berühmten radikalen Kritikers – jenen hatte er in seinem Rokoko-Arbeitszimmer, diese in seinem hölzernen sibirischen Gefängnis getragen. Aber da selbst weder diese Gegenstände noch die Porträts verschiedener zeitgenössischer Schriftsteller sperrig genug waren, war ein Modell des ersten Eisenbahnzuges, der in Rußland (und zwar in den vierziger Jahren zwischen St. Petersburg und Zarskoje Selo) verkehrt hatte, in der Mitte jenes trübseligen Raumes aufgestellt worden.

Der Alte, jetzt weit über neunzig, aber immer noch der Rede mächtig und einigermaßen ungebeugt, führte einen herum, als wäre er nicht der Hausmeister, sondern der Gastgeber. Man hatte den sonderbaren Eindruck, daß er einen sogleich zum Abendessen in das (nicht vorhandene) Nebenzimmer führen würde. Sein ganzer Besitz indessen war ein Ofen hinter einem Wandschirm und die Bank, auf der er schlief; doch erwarb man eines der im Eingang zum Verkauf ausgestellten Bücher, so signierte er es mit großer Selbstverständlichkeit.

Eines Morgens dann fand ihn die Frau, die ihm sein Essen brachte, tot auf seiner Bank. Drei zänkische Familien hausten eine Zeitlang in dem Museum, und bald war nichts von seinem Inhalt mehr übrig. Und als hätte eine große Hand mit lautem Ratschen einen ganzen Packen Seiten aus einigen Büchern gerissen, als hätte irgendein leichtfertiger Geschichtenschreiber einen Lügenkobold in das Gefäß der Wahrheit gesperrt oder als ...

Doch egal. Irgendwie verlor Rußland im Laufe der folgenden zwanzig Jahre jeden Kontakt mit Perows Dichtung. Junge Sowjetbürger wissen von seinen Werken ebensowenig wie von meinen. Ohne Zweifel wird eine Zeit kommen, da man ihn wieder verlegt und wieder bewundert; dennoch kann man sich des Gefühls nicht erwehren, daß den Leuten, wie die Dinge heute liegen, eine Menge entgeht. Auch fragt man sich, was künftige Historiker mit dem Alten und seiner ungewöhnlichen Behauptung anfangen werden. Aber natürlich ist das eine Sache von zweitrangiger Bedeutung. *(1944)*

# DER SCHUFT

## I

Der verfluchte Tag, an dem Anton Petrowitsch die Bekanntschaft Bergs gemacht hatte, existierte nur theoretisch: Das Gedächtnis hatte seinerzeit kein Datumsetikett daran befestigt, und nun war es unmöglich, ihn zu identifizieren, ihn ausfindig zu machen. Kurz, es hatte sich im letzten Winter zugetragen: Berg hatte sich aus dem Nichtsein erhoben, hatte gegrüßt und war wieder versunken – aber nicht in dem früheren Nichtsein, sondern in einem Sessel. Es war bei den Kudrjumows gewesen, sie wohnten in der Sankt-Markus-Straße, der Teufel mochte wissen, in welchem Stadtteil, wahrscheinlich in Moabit. Die Kudrjumows waren arme Schlucker geblieben, Bergs und Anton Petrowitschs Verhältnisse dagegen hatten sich seitdem etwas gebessert. Jetzt, da im Schaufenster des Herrenartikelgeschäfts rauchfarbene Schlipse – etwa in der Tönung eines Wölkchens bei Sonnenuntergang und gleich in einem Dutzend von Exemplaren – und Taschentücher in den gleichen Farben ausgestellt waren, ebenfalls in einem Dutzend von Exemplaren, war auch Anton Petrowitsch in der Lage, einen dieser modischen Schlipse und das modische Tüchlein zu erstehen und hatte jeden Morgen auf dem Wege zur Bank das Vergnügen, dem gleichen Schlips und dem gleichen Tüchlein bei zwei, drei Herren zu begegnen, die genau wie er zum Dienst eilten. Eine Zeitlang hatte er mit Berg geschäftlich zu tun, Berg war unentbehrlich. Berg rief ihn ungefähr fünfmal am Tag an, er begann ihn in seiner Wohnung zu besuchen und erzählte Witze, einen nach dem anderen – du lieber Himmel, woher er sie nur alle haben mochte! Bei seinem ersten Besuch meinte Tanja, Anton Petrowitschs Frau, er sähe wie ein Engländer aus und sei sehr amüsant.

«Guten Tag, Anton!» schrie Berg, spreizte die Finger und stieß nach russischem Brauch wie ein Geier von oben auf Anton Petrowitschs Hand herab und drückte sie kräftig. Er war breitschultrig, schlank, glatt rasiert und sagte von sich selbst, er gleiche einem muskulösen Engel. Einmal zeigte er Anton Petrowitsch ein altes schwarzes Notizbuch: Die Seiten waren über und über mit kleinen Kreuzen bedeckt, und es waren genau fünfhundertdreiundzwanzig. «Aus der Zeit Denikins und der Eroberung der Krim», bemerkte er lächelnd und fügte ruhig hinzu: «Ich habe natürlich nur die gezählt, die ich tödlich getroffen habe.» Auch daß Berg früher Offizier gewesen war, machte Anton Petrowitsch neidisch, und er konnte es nicht ausstehen, wenn Berg in Tanjas Gegenwart von nächtlichen Spähtruppunternehmen und Reiterattacken erzählte. Er selbst war kurzbeinig, rundlich und trug ein Monokel, das in Mußestunden, wenn es nicht in der Augenhöhle steckte, an einem schwarzen Bändchen herabhing und wie ein falsches Auge auf Anton Petrowitschs Bäuchlein glänzte, wenn er in einem bequemen Sessel saß. Ein vor zwei Jahren herausgeschnittener Furunkel hatte an der linken Wange eine Narbe hinterlassen, und die Narbe und der gestutzte borstige Schnurrbart und die breite Russennase bewegten sich angestrengt, wenn Anton Petrowitsch das Glas unter die Augenbraue klemmte. «Blas dich nicht so auf», sagte Berg, «du wirst ja doch nicht schöner.» In den Gläsern kräuselte sich leichter Dampf über der Teeoberfläche; das fette Schokoladeneclair, vom Löffel zerdrückt, ließ sein cremiges Eingeweide herausquellen; Tanja, die nackten Ellbogen auf den Tisch gestemmt, das Kinn in die Hände gestützt, schaute dem Rauch ihrer Zigarette nach, während Berg ihr zu beweisen suchte, daß sie sich die Haare abschneiden lassen müsse, daß die Frauen schon in grauer Vorzeit ihre Haare hatten schneiden lassen, daß die Venus von Milo ebenfalls das Haar kurz getragen habe. Und Anton Petrowitsch widersprach leidenschaftlich und gründlich, und Tanja zuckte nur die Achsel und schnippte die Asche von ihrer Zigarette.

Nun war alles vorbei. Ende Juli, an einem Mittwoch, mußte Anton Petrowitsch geschäftlich nach Kassel verreisen. Von dort schickte er seiner Frau ein Telegramm, er werde spätestens am

Freitag wieder zurück sein. Doch am Freitag stellte sich heraus, daß er mindestens eine Woche länger bleiben müsse, und er telegrafierte abermals. Aber am Vormittag des nächsten Tages war das Geschäft geplatzt, und Anton Petrowitsch fuhr, nun ohne seine Frau nochmals zu benachrichtigen, nach Berlin zurück. Müde und in gereizter Stimmung kam er gegen zehn Uhr zu Hause an. Von der Straße aus sah er, daß die Schlafzimmerfenster erleuchtet waren. «Angenehm, daß meine Frau zu Hause ist», dachte er. Er stieg zum fünften Stock hinauf, drehte mit gewohnter Bewegung den Schlüssel in den drei Schlössern herum und trat ein. Im Flur hörte er das gleichmäßige Rauschen des Wassers im Badezimmer. «Tanja badet», dachte er liebevoll und ging ins Schlafzimmer. Im Schlafzimmer stand Berg vor dem Spiegel und band sich den Schlips.

Mechanisch, ohne den Blick von Berg zu wenden, stellte Anton Petrowitsch sein Köfferchen ab. Mit gelassener Miene, das Kinn hochgereckt, warf Berg unterdessen das bunte Schlipsende herum und zog es durch den Knoten.

«Hauptsache, du regst dich nicht auf», sagte er, den Knoten sorgfältig festziehend. «Bitte, reg dich nicht auf. Ruhig Blut!»

Was tun? Schnell... Ein Zittern geht durch die Beine. Die Beine sind nicht mehr da, nur noch ein kaltes, quälendes Zittern. Schnell... Anton Petrowitsch begann den Handschuh abzustreifen. Die Handschuhe waren neu und saßen straff, sein Kopf zuckte, und er merkte nicht, wie er murmelte: «Gehen Sie sofort. So eine Gemeinheit! Gehen Sie...»

«Ich gehe schon, Anton, ich gehe», sagte Berg und zog sich mit ungezwungenen und ruhigen Schulterbewegungen das Jakkett an.

Wenn ich ihn schlage, schlägt er zurück, fuhr es Anton Petrowitsch durch den Kopf. Mit einem letzten Ruck zog er den Handschuh aus und schleuderte ihn ungeschickt in Bergs Richtung. Der Handschuh klatschte gegen die Wand und fiel in den halbvollen Wasserkrug.

«Gut gezielt», sagte Berg. Er griff nach dem Hut, nahm den Spazierstock und steuerte an Anton Petrowitsch vorbei zur Tür. «Du wirst mich allerdings hinauslassen müssen», sagte er und wandte sich im Gehen um. «Die Haustür ist abgeschlossen.»

Anton Petrowitsch, der kaum noch wußte, was er tat, folgte ihm. Als sie die Treppe hinunterstiegen, lachte Berg, der vorausging, plötzlich auf. «Verzeih», sagte er, ohne sich umzuwenden, «aber es ist doch furchtbar komisch: Man wird in aller Höflichkeit hinausgeworfen.» Einige Stufen tiefer lachte er wieder und beschleunigte den Schritt. Anton Petrowitsch ging ebenfalls schneller. Gräßlich, diese Eile! Berg zwingt ihn mit voller Absicht, hinter ihm her zu hüpfen. Welche Qual... dritter Stock... zweiter... Wann endlich nimmt diese Treppe ein Ende? Mit ein paar Sprüngen setzte Berg über die letzten Stufen und wartete, mit dem Stock auf den Fußboden klopfend, auf Anton Petrowitsch. Es dauerte lange, bis Anton Petrowitsch das Schlüsselloch fand: Er atmete schwer, seine Hände zitterten. Endlich sprang die Tür auf.

«Denk nicht allzu schlecht von mir», sagte Berg, bereits im Freien stehend. «Wärst du an meiner Stelle...»

Anton Petrowitsch knallte die Tür zu. Von Anfang an hatte er das Bedürfnis gehabt, eine Tür zuzuknallen. Das laute Geräusch gellte ihm in den Ohren. Erst jetzt, als er wieder hinaufstieg, merkte er, daß sein Gesicht naß war von Tränen und er sie absolut nicht zurückhalten konnte. Doch Eile tat not. Er lief in seine Wohnung hinauf, und als er durch den Flur ging, hörte er wieder das Rauschen des Wassers, in das sich jetzt Tanjas Stimme mischte. Sie sang laut im Badezimmer. Sie wußte noch nichts. Anton Petrowitsch atmete geräuschvoll aus und betrat das Schlafzimmer. Beide Betten waren aufgedeckt. Auf dem seiner Frau lag ihr rosa Nachthemd, auf dem Diwan waren das Abendkleid und die Seidenstrümpfe ausgebreitet – offenbar hatte sie mit Berg tanzen gehen wollen. Anton Petrowitsch zog seinen kostbaren Füllfederhalter aus der Brusttasche. Ich kann Dich nicht mehr sehen. Wenn ich Dich sehe, kann ich für nichts garantieren. Er schrieb im Stehen, unbequem über den Toilettentisch gebeugt. Das Monokel trübte sich von einer großen Träne, die Buchstaben tanzten... Geh bitte. Vorläufig lasse ich Dir hundert Mark hier. Morgen spreche ich mit Natascha. Übernachte heute bei ihr oder in einem Hotel – auf keinen Fall aber bleibe hier, bitte. Er beendete das Schreiben und stellte es gut sichtbar vor den Spiegel. Daneben legte er einen Hundertmarkschein. Und als er durch den Flur ging, hörte er wieder die Stimme seiner Frau. Sie sang im Badezimmer – ihre Stimme hatte etwas Zigeunerhaftes, eine liebe Stimme. Glück, Sommerabend, Gitarre ... Sie singt, die Augen zusammengekniffen, auf einem Kissen mitten im Zimmer ... Und Anton Petrowitsch ist seit gestern verlobt, Glück, Sommerabend, ein Nachtfalter an der Decke, ohne End' ist meine Liebe, mein Leben gäb' ich hin für dich ... «Wie scheußlich, wie scheußlich das alles!» murmelte er, während er die Straße entlangschritt. Es war sehr warm und sternklar. Egal, wohin er ging. Jetzt hatte sie wohl das Badezimmer verlassen und alles begriffen. Anton Petrowitsch zuckte zusammen: Der Handschuh! Der neue Handschuh schwamm als krauses braunes Klümpchen im Wasserkrug! Er stöhnte so laut auf, daß ein ihm entgegenkommender Passant erschrocken zusammenfuhr, und ging schneller. Als er die Umrisse riesiger Pappeln und ein Rondell vor sich sah, dachte er: Hier irgendwo wohnt Mitjuschin. Er rief ihn von einer Kneipe aus an, die ihn wie ein Traum umfing und sich allmählich wieder entfernte wie das Schlußlicht eines Zuges. Mitjuschin ließ ihn herein, doch da er stark angetrunken war, schenkte er Anton Petrowitschs entstelltem Gesicht zunächst weiter keine Beachtung. In dem dunstigen Zimmer sah Anton Petrowitsch einen ihm unbekannten Herrn, auf dem Sofa lag, den Rücken dem Tisch zugekehrt, eine schwarzhaarige Dame in rotem Kleid und schlief offenbar, auf dem Tisch blinkten Flaschen. Anton Petrowitsch war in eine Namenstagsfeier hineingeraten, doch er konnte niemals in Erfahrung bringen, wessen Namenstag eigentlich gefeiert wurde – ob Mitjuschins, der der schlafenden Dame oder des unbekannten Herrn, der den merkwürdigen Namen Gnuschke führte und, wie es sich später herausstellte, Deutschrusse war. Ein strahlendes Lächeln auf dem ungewöhnlich rosigen Gesicht, machte ihn Mitjuschin mit Gnuschke bekannt, wies mit einem Nicken auf den molligen Rücken der schlafenden Dame und sagte, zu niemandem im besonderen gewandt: «Gestatten Sie, Anna Nikanorowna, daß ich Ihnen meinen guten Freund vorstelle.» Die Dame rührte sich nicht, worüber sich Mitjuschin übrigens keineswegs zu wundern schien, als erwarte er auch gar nicht, daß sie erwache. Überhaupt war alles ein wenig absurd, wie es zuweilen im Traum ist. Eine leere Wodkaflasche mit einer Rose im Hals, eine angefangene Schachpartie, die schlafende Dame, der betrunkene Mitjuschin, der ebenfalls betrunkene, aber ganz ruhige Gnuschke...

«Trink», sagte Mitjuschin und hob plötzlich die Augenbrauen. «Was ist mit dir? Deine Visage ist ja kreideweiß.»

«Ja, trinken Sie», bekräftigte Gnuschke mit stumpfsinnigem Ernst. Er war ein Mann mit langem schmalen Gesicht und hohem Stehkragen – seine ganze Erscheinung erinnerte an einen schwarzen Dackel.

Anton Petrowitsch leerte in einem Zug eine halbe Tasse Wodka und setzte sich.

«Und jetzt erzähl mal, was passiert ist. Vor Heinrich brauchst du dich nicht zu genieren. Er ist der anständigste Mensch der Welt. Ich bin am Zuge, Heinrich, und laß dir gesagt sein, wenn du meinen Läufer schlägst, bist du in drei Zügen matt. Na, schieß los, Anton Petrowitsch.»

«Das werden wir gleich sehen», sagte Gnuschke und schob seine Manschette zurecht. «Du hast den Bauern auf h 5 vergessen.»

«Du bist selbst eine Hafünf», sagte Mitjuschin. «Jetzt erzählt Anton Petrowitsch.»

Der Wodka machte sich bemerkbar – alles geriet in Bewegung: Das Schachbrett kroch langsam auf die Flaschen zu, die Flaschen mitsamt dem Tisch bewegten sich zum Sofa hin, das Sofa mit der schlafenden Dame rückte zum Fenster, das Fenster begann ebenfalls zu gleiten. Und diese verdammte Bewegung stand irgendwie mit Berg in Zusammenhang, und man mußte dem ein Ende bereiten, Schluß machen mit dieser scheußlichen Geschichte, den Schuft zertreten, zermalmen, kaltmachen.

«Ich bin gekommen, damit... damit du meinen Sekundanten abgibst», begann Anton Petrowitsch und fühlte instinktiv, daß seine Worte ungeschickt und unpassend gewählt waren. Doch nun war daran nichts mehr zu ändern.

«Verstehe», sagte Mitjuschin und schielte auf das Schachbrett, über dem, mit den Fingern schnippend, Gnuschkes Hand hing.

«Nein, höre mir doch zu», rief Anton Petrowitsch in tiefster Betrübnis. «Höre mir zu! Wir wollen nicht mehr trinken. Es handelt sich um eine ernste, sehr ernste Sache.»

Mitjuschin starrte ihn mit seinen glänzenden blauen Augen an. «Lassen wir die Partie, Heinrich», sagte er, ohne Gnuschke anzusehen. «Es handelt sich hier um ein ernstes Gespräch.»

«Ich habe die Absicht, mich zu duellieren», flüsterte Anton Petrowitsch, bemüht, mit dem Blick den Tisch festzuhalten, der unablässig zur Seite schwamm. «Ich will jemanden töten. Er heißt Berg, du hast ihn, glaube ich, schon bei mir gesehen. Ich möchte nicht die Gründe darlegen...»

«Einem Sekundanten gegenüber ist es erlaubt», unterbrach Mitjuschin.

«Verzeihen Sie, daß ich mich einmische», ergriff Gnuschke plötzlich das Wort und hob den Zeigefinger. «Vergessen Sie nicht, was geschrieben steht: Du sollst nicht töten!»

«Dieser Mensch heißt Berg», fuhr Anton Petrowitsch fort. «Ich glaube, du kennst ihn. Und nun brauche ich zwei Sekundanten.»

«Ein Duell», sagte Gnuschke.

Mitjuschin stieß ihn mit dem Ellbogen an. «Red nicht dazwischen, Heinrich.»

«Das ist alles», schloß Anton Petrowitsch im Flüsterton, senkte den Blick und nestelte verlegen an seinem Monokelbändchen.

Schweigen. Die Dame auf dem Sofa schnarchte leise und gleichmäßig. Das Hupen eines Autos jagte die Straße entlang.

«Ich bin betrunken und Heinrich auch», murmelte Mitjuschin. «Aber anscheinend ist etwas Ernstes passiert.» Er biß sich in die Handknöchel und sah Gnuschke fragend an. «Und was meinst du, Heinrich?»

Gnuschke seufzte.

«Ihr geht also morgen zu ihm», fing Anton Petrowitsch wieder an. «Macht den Ort mit ihm aus und so weiter. Den Vorschriften gemäß hätte er mir seine Karte geben müssen. Er hat es nicht getan. Ich habe ihm meinen Handschuh hingeworfen.»

«Sie handeln wie ein edler und tapferer Mann.» Gnuschke wurde plötzlich lebhaft. «Dank einem seltsamen Zusammentreffen bin ich in dieser Sache nicht ganz unbewandert. Einer meiner Vettern ist auch bei einem Duell ums Leben gekommen.»

«Warum auch?» dachte Anton Petrowitsch schwermütig. «Ist das etwa ein böses Omen?»

Mitjuschin trank einen Schluck aus seiner Tasse und sagte munter:

«Einem Freund kann man es nicht abschlagen. Morgen früh gehen wir zu Herrn Berg.»

«Was die deutschen Gesetze anbetrifft», sagte Gnuschke, «wenn Sie ihn töten, kommen Sie für ein paar Jahre ins Gefängnis. Wenn Sie auf der Strecke bleiben, haben Sie nichts zu befürchten.»

«Ich habe das alles in Erwägung gezogen.» Anton Petrowitsch nickte. Und dann kam wieder der herrliche Füllfederhalter zum Vorschein, der schwarze glänzende Halter mit der zarten goldenen Feder, die zu gewöhnlichen Zeiten samten übers Papier glitt. Jetzt aber zitterte Anton Petrowitschs Hand, der Tisch schaukelte wie das Deck eines Schiffes... Auf einem Bogen Schreibpapier, den er von Mitjuschin erhalten hatte, schrieb er einen Brief an Berg, nannte ihn dreimal einen Schuft und schloß mit dem kraftlosen Satz: Einer von uns wird sterben müssen.

Und dann brach er in Tränen aus, und Gnuschke wischte ihm, leise mit der Zunge schnalzend, mit seinem großen rotkarierten Taschentuch das Gesicht ab, während Mitjuschin auf das Schachbrett zeigte und tiefsinnig wiederholte: «Mach ihn fertig, Anton Petrowitsch, wie ich diesen König da – matt in drei Zügen und basta.» Und Anton Petrowitsch schluchzte und wehrte schwach Gnuschkes Freundeshände ab und wiederholte in kindlichem Tonfall: «Ich habe sie so geliebt, so geliebt...»

Inzwischen hatte der Morgen zu grauen begonnen.

«Also, um neun seid ihr bei ihm», sagte Anton Petrowitsch und erhob sich wankend vom Stuhl.

«In fünf Stunden sind wir bei ihm», echote Gnuschke.

«Zum Ausschlafen haben wir noch genügend Zeit», sagte Mitjuschin.

Anton Petrowitsch glättete seinen Hut, auf dem er die ganze Zeit gesessen hatte, griff sich Mitjuschins Hand, hielt sie eine Weile fest und preßte sie dann aus irgendeinem Grund an seine Wange.

«Aber nicht doch, nicht doch», murmelte Mitjuschin und

wandte sich wie zuvor an die schlafende Dame: «Unser Freund verläßt uns, Anna Nikanorowna.»

Diesmal regte sie sich, wachte erschrocken auf und drehte sich schwerfällig um. Sie hatte ein volles, vom Schlaf faltiges Gesicht mit schrägen, stark untermalten Augen. «Sie sollten lieber nicht mehr trinken, meine Herren», sagte sie ruhig und drehte sich wieder zur Wand.

An der Ecke fand Anton Petrowitsch ein schlummerndes Taxi, das ihn wie ein Geist durch die Wüsten der dämmernden Stadt trug und vor seiner Tür einschlief. Im Flur begegnete er dem Dienstmädchen Elsbeth. Mit offenem Mund starrte sie ihn böse an, wollte anscheinend etwas sagen, besann sich jedoch eines anderen und schlurfte mit ihren Pantoffeln in die Küche.

«Warten Sie», rief Anton Petrowitsch ihr nach, «ist meine Frau fort?»

«Eine Schande», sagte das Mädchen mit Nachdruck. «Ein richtiges Irrenhaus! Nachts Koffer schleppen, alles auf den Kopf stellen ...»

«Ich frage Sie, ob meine Frau fort ist!» rief Anton Petrowitsch mit hoher Stimme.

«Ja», sagte Elsbeth mürrisch.

Anton Petrowitsch ging ins Wohnzimmer. Er hatte beschlossen, dort zu schlafen. Im Schlafzimmer ging es natürlich nicht. Er knipste das Licht an, legte sich auf die Couch und deckte sich mit dem Mantel zu. Etwas störte ihn am linken Handgelenk. Ach, natürlich, die Uhr! Er nahm sie ab, zog sie auf und dachte dabei: «Erstaunlich! Bei alledem bewahrt der Mensch noch seine Ruhe, vergißt nicht einmal, die Uhr aufzuziehen. Das ist gut.» Und sofort begannen ihn riesige Wogen gleichmäßig auf und ab zu schaukeln, denn er war noch betrunken. Er fiel, wurde emporgehoben, fiel wieder, und plötzlich wurde ihm speiübel. Er richtete sich auf ... Der große kupferne Aschenbecher ... schnell ... Und so heftig erbrach er sich, daß er ein Stechen in der Leistengegend spürte; und alles ging daneben, daneben. Er schlief sofort ein: Sein Fuß in der grauen Gamasche hing von der Couch herab, und das Licht, das auszuschalten er völlig vergessen hatte, breitete einen blassen Schein über seine schweißnasse Stirn.

## 2

Mitjuschin war ein Radaubruder und Säufer. Weiß der Teufel, was er alles anstellen konnte – so holterdiepolter. Er schreckte vor nichts zurück. Und Anton Petrowitsch erinnerte sich, daß man von einem Freund Mitjuschins erzählte, er werfe, um die Post zu ärgern, brennende Streichhölzer in die Briefkästen. Und man erzählte auch, dieser Freund habe einen gnutschigen Namen. Also war es durchaus möglich, daß das Gnuschke war. Und eigentlich hatte Anton Petrowitsch Mitjuschin nur einen kurzen Besuch abstatten wollen, um einen ruhigen Augenblick zu haben, vielleicht sogar bei ihm zu übernachten, weil es zu Hause zu unerträglich war. Und nun – mir nichts, dir nichts... Gewiß, Berg mußte umgebracht werden, aber man hätte zuerst alles richtig überlegen sollen, und wenn es schon um die Wahl der Sekundanten ging, sollte man auf alle Fälle ordentliche Leute auffordern. Alles in allem eine scheußliche Geschichte. Alles war scheußlich. Vom Handschuh bis zum Aschenbecher. Doch jetzt war natürlich nichts mehr zu machen, man mußte diesen Kelch bis zur Neige leeren...

Er fingerte nach seiner Uhr, die unter die Couch gefallen war. Es war elf. Mitjuschin und Gnuschke waren wohl schon bei Berg gewesen. Plötzlich blitzte ein angenehmer Gedanke auf, drängte die anderen, unangenehmen, beiseite und entschwand wieder. Was war es denn gleich? Ach so, natürlich! Sie waren ja gestern betrunken, und auch er war betrunken gewesen. Sie hatten bestimmt verschlafen, sich dann aufgerappelt und gedacht: Unsinn, er hat im Rausch so dahergeredet. Doch der angenehme Gedanke kam und entschwand. Gleichgültig, die Sache hatte ihren Anfang genommen, und er würde ihnen wiederholen müssen, was er am Vortag gesagt hatte. Immerhin merkwürdig, daß sie sich bis jetzt nicht hatten sehen lassen. Ein Duell. Wie eindrucksvoll das klingt: ein Duell. Ich habe ein Duell. Ich schieße mich. Ein Zweikampf? Nein, «Duell» ist besser. Er stand auf und merkte, daß seine Hosen schauderhaft zerknittert waren. Der Aschenbecher war nicht mehr da. Offenbar hatte ihn Elsbeth hinausgetragen, während er schlief. Wie peinlich! Man müßte mal schauen, wie es im Schlafzimmer aussieht. An seine Frau dachte er nicht mehr, durfte er nicht denken. Sie existierte nicht. Sie hatte niemals existiert. Das war vorbei. Anton Petrowitsch seufzte tief und öffnete die Schlafzimmertür. In der Ecke stand das Dienstmädchen und steckte zerknitterte Zeitungen in den Papierkorb.

«Bringen Sie mir bitte Kaffee», sagte er und trat an die Frisierkommode. Darauf lag ein Briefumschlag: sein Name, Tanjas Handschrift. Daneben seine Bürste, sein Kamm, der Rasierpinsel, der schmutzigbraune, steife Handschuh. Anton Petrowitsch öffnete den Umschlag. Ein Hundertmarkschein, nichts weiter. Er drehte den Schein in der Hand, er wußte nicht, was er damit anfangen sollte.

«Elsbeth ...»

Das Dienstmädchen näherte sich mit mißtrauischem Blick.

«Hier, nehmen Sie. Sie sind in der Nacht so gestört worden und hatten dann allerlei andere Unannehmlichkeiten ... Nehmen Sie schon ...»

«Hundert Mark?» flüsterte das Mädchen und lief plötzlich rot an. Gott mochte wissen, was ihr durch den Sinn fuhr. Sie stieß den Papierkorb auf den Fußboden und schrie: «Nein! Ich lasse mich nicht kaufen, ich bin ein anständiges Mädchen! Warten Sie nur, ich sage es allen Leuten, daß Sie mich bestechen wollten! Nein! In diesem Irrenhaus ...» Sie lief hinaus und warf die Tür zu.

«Was hat sie denn? Mein Gott, was hat sie denn?» stammelte Anton Petrowitsch verwirrt, schritt rasch zur Tür und brüllte: «Machen Sie, daß Sie fortkommen! Hinaus mit Ihnen!»

«Das ist nun der dritte Mensch, den ich hinausjage», dachte er, am ganzen Körper zitternd. «Und Kaffee wird mir jetzt niemand bringen.»

Dann wusch er sich lange, zog sich um, saß lange in dem Café gegenüber am Fenster und schaute auf die Straße, ob Mitjuschin und Gnuschke doch noch kämen. Er hatte eine Menge in der Stadt zu erledigen, doch Geschäftliches konnte ihn jetzt nicht mehr stören. Ein Duell. Ein schönes Wort.

Gegen vier Uhr nachmittags kam Natascha, Tanjas Schwester. Sie konnte vor Aufregung kaum sprechen, und Anton Petrowitsch ging im Zimmer auf und ab und strich mit der Hand über die Möbel. In der Nacht sei Tanja in einer fürchterlichen

Verfassung zu ihr gekommen. In einer unvorstellbaren Verfassung. Anton Petrowitsch kam es plötzlich komisch vor, daß er Natascha mit Du anredete. Er war ja mit ihrer Schwester nicht mehr verheiratet. «Ich werde ihr so und so viel zahlen», sagte er, bemüht, seiner Stimme einen festen Klang zu geben. «Es handelt sich nicht um Geld», antwortete Natascha; sie saß im Sessel und wippte mit dem seidenbestrumpften Bein. «Es handelt sich darum, daß alles entsetzlich ist. Das ist ja die Hölle!» «Danke für den Besuch, wir sprechen ein andermal darüber, ich habe jetzt viel zu tun», sagte Anton Petrowitsch. Als er sie zur Tür begleitete, bemerkte er wie nebenbei – jedenfalls schien es ihm so –: «Ich habe ein Duell mit ihm.» Nataschas Lippen bebten, sie gab ihm rasch einen Kuß auf die Wange und ging. Merkwürdig, daß sie ihn nicht angefleht hatte, auf das Duell zu verzichten. Eigentlich hätte sie es tun müssen. Heutzutage duelliert man sich nicht. Sie hat das gleiche Parfum wie... Wer? Nein, nein, er war niemals verheiratet gewesen.

Und noch einige Zeit später, so gegen sieben, erschienen Mitjuschin und Gnuschke. Ihre Gesichter waren finster. Gnuschke verneigte sich reserviert und überreichte Anton Petrowitsch einen Brief in einem Firmenkuvert, der sich in nichts von einem Geschäftsbrief unterschied. Ich habe Deine Botschaft erhalten, dümmer und gröber kann man sie sich nicht vorstellen... Anton Petrowitsch fiel das Monokel aus der Augenhöhle, er klemmte es wieder ein. Du tust mir leid, doch wenn Du schon einen solchen Ton anschlägst, kann ich nicht umhin, Deine Herausforderung anzunehmen. Deine Sekundanten sehen ziemlich schäbig aus. Berg.

Anton Petrowitsch hatte ein unangenehm trockenes Gefühl im Mund – und wieder dieses idiotische Zittern in den Beinen.

«Ach, nehmen Sie doch bitte Platz», sagte er und setzte sich als erster.

Gnuschke versank im Sessel, besann sich aber sofort und rutschte auf den Sesselrand.

«Dieser Herr ist ein Flegel», sagte Mitjuschin mit Nachdruck. «Stell dir vor, er hat die ganze Zeit gelacht. Am liebsten hätte ich ihm eine Ohrfeige gehauen.»

Gnuschke räusperte sich und sagte:

«Ich kann Ihnen nur eins raten! Zielen Sie gut, denn er wird auch gut zielen.»

Anton Petrowitsch fiel das Notizbuch mit den vielen kleinen Kreuzen ein und die Figur aus Pappe, die einer anderen Pappfigur einen Zahn ausreißt.

«Er ist ein gefährlicher Bursche», sagte Gnuschke, lehnte sich zurück, sank ein und setzte sich wieder auf die Sesselkante.

«Wer soll Bericht erstatten, Heinrich, du oder ich?» fragte Mitjuschin, an seiner Zigarette kauend und mit dem Daumen am Rädchen seines Feuerzeuges reißend.

«Besser du», sagte Gnuschke.

«Wir haben einen sehr lebhaften Tag hinter uns», begann Mitjuschin und glotzte Anton Petrowitsch mit seinen blauen Augen an. «Punkt halb neun gingen wir, Heinrich, der noch sternhagelblau war, und ich ...»

«Ich protestiere», sagte Gnuschke.

«... gingen wir zu Herrn Berg. Er trank gerade Kaffee. Wir gaben ihm also dein Briefchen. Er las es durch. Und was tat er, Heinrich? Ach ja, er lachte. Wir warteten, bis er ausgewiehert hatte, und Heinrich fragte, was er für Pläne habe ...»

«Nein, nicht Pläne, sondern wie er zu reagieren gedenke», verbesserte Gnuschke.

«... reagieren. Darauf antwortete Herr Berg, er sei gewillt, sich zu duellieren, und wähle Pistolen. Die weiteren Bedingungen: zwanzig Schritt, keinerlei Barrieren, und es wird einfach nach dem Kommando geschossen: eins, zwei, drei. Danach ... Was war es noch, Heinrich?»

«Wenn man keine Duellpistolen beschaffen kann, wird mit Brownings geschossen», sagte Gnuschke.

«Mit Brownings. Als wir das geklärt hatten, fragten wir Herrn Berg, wie wir mit seinen Sekundanten in Verbindung treten können. Er ging hinaus, um zu telefonieren. Dann schrieb er diesen Brief hier. Im übrigen witzelte er die ganze Zeit. Danach geschah folgendes: Wir gingen in ein Café, um uns mit den Herren zu treffen. Ich kaufte Gnuschke eine Nelke, die er sich ins Knopfloch steckte. An der Nelke erkannten sie uns. Sie stellten sich vor. Mit einem Wort, alles wie sich's gehört. Sie heißen Marx und Engels.»

«Stimmt nicht ganz», wandte Gnuschke ein. «Markow und Oberst Archangelski.»

«Das ist unwichtig», sagte Mitjuschin und fuhr fort: «Jetzt beginnt die Epopöe. Mit diesen Herren fuhren wir hinaus, um eine geeignete Stelle ausfindig zu machen. Kennst du Weißdorf – es liegt hinter Wannsee. Wir gingen eine Weile im Wald spazieren und fanden eine Lichtung, auf der, wie sich herausstellte, diese Herren ein paar Tage vorher mit ihren Damen ein kleines Picknick veranstaltet hatten. Die Lichtung ist nicht sehr groß, ringsum dichter Wald. Kurz, eine ideale Stelle. Sieh mal, wie meine Schuhe aussehen – ganz weiß von Staub.»

«Meine auch», sagte Gnuschke. «Überhaupt war der Spaziergang ziemlich anstrengend.»

«Heute war es heiß», sagte Mitjuschin. «Noch heißer als gestern.»

«Bedeutend heißer», sagte Gnuschke.

Mitjuschin drückte mit übermäßiger Gründlichkeit seine Zigarette im Aschenbecher aus. Schweigen. Anton Petrowitsch klopfte das Herz in der Speiseröhre. Er versuchte es hinunterzuschlucken, aber es klopfte noch heftiger. Wann war das Duell? Morgen? Warum sagten sie es nicht? Vielleicht übermorgen? Besser wäre übermorgen...

Mitjuschin und Gnuschke blickten sich an und standen auf.

«Morgen um halb sieben sind wir bei dir», sagte Mitjuschin. «Früher zu fahren, hat keinen Sinn. Ist sowieso kein Hund dort weit und breit.»

Anton Petrowitsch erhob sich ebenfalls. Was mußte er jetzt tun? Sich bedanken?

«Also vielen Dank, meine Herren. Vielen Dank... Alles in Ordnung. Es bleibt also dabei...»

Mitjuschin und Gnuschke verbeugten sich.

«Wir müssen noch einen Arzt ausfindig machen und die Pistolen besorgen», sagte Gnuschke.

Im Flur ergriff Anton Petrowitsch Mitjuschins Ellbogen und murmelte: «Es ist furchtbar dumm, weißt du – aber ich kann eigentlich gar nicht schießen. Das heißt, ich kann schon, aber sehr schlecht...»

«Tja», machte Mitjuschin bedauernd. «Du hast eben Pech.

Heute ist Sonntag, sonst hättest du noch eine Unterrichtsstunde nehmen können. Du hast eben Pech.»

«Oberst Archangelski gibt Privatstunden im Schießen», warf Gnuschke ein.

«Ja», sagte Mitjuschin. «Du bist ein kluger Mann, Heinrich. Aber was ist da zu machen, Anton Petrowitsch? Weißt du was – Anfänger haben Glück. Vertrau auf den Herrgott und drück ab.»

Sie gingen. Es begann zu dunkeln. Niemand ließ die Vorhänge herunter. Im Büfett war wohl noch Käse und Grahambrot. Es war still und leer in den Zimmern, aber es hatte eine Zeit gegeben, da sich alle Möbel gleichsam bewegten und atmeten. Jetzt waren sie starr und stumm. Der Pappzahnarzt mit dem Gesicht eines Raubtieres beugte sich über den wie irrsinnig dreinschauenden Patienten: Es war vor so kurzer Zeit gewesen, an einem blauen, bunten, feuerwerksprühenden Abend im Luna-Park. Berg hatte lange gezielt, das Luftgewehr knallte, die Kugel traf ins Ziel, löste den Mechanismus aus, und der Pappdentist zog einen riesigen Zahn mit vier Wurzeln. Tanja klatschte in die Hände. Anton Petrowitsch lächelte, und Berg schoß von neuem. Ratternd drehten sich die Pappscheiben, Tonpfeifen zersprangen, die Glaskugel verschwand, die auf einem dünnen Wasserstrahl tanzte. Furchtbar... Und am furchtbarsten war, daß Tanja damals aus Spaß gesagt hatte: «Es wäre sehr unangenehm, sich mit Ihnen zu duellieren.» Dieses Duell wird ohne Barriere stattfinden. Anton Petrowitsch war fest überzeugt, die Barriere sei ein Zaun, ein Bretterzaun vielleicht, hinter dem stehend der Duellant schießt. Und nun würde keine Barriere da sein – es würde keinen Schutz geben. Zwanzig Schritt. Anton Petrowitsch schritt die Entfernung zwischen Tür und Fenster ab. Elf. Er klemmte das Monokel ein und schätzte die Entfernung: zwei dieser nicht sehr großen Zimmer. Ach, wenn es gelänge, auf Anhieb abzudrücken, Berg auf Anhieb niederzustrekken. Aber er konnte ja gar nicht zielen. Ein Fehlschuß war unvermeidlich. Hier zum Beispiel der Brieföffner. Oder nein, nehmen wir lieber den Briefbeschwerer. Man muß ihn so halten und zielen. Oder vielleicht so, dicht an der Wange, so kann man anscheinend besser sehen. Und als er gerade den Briefbeschwerer, der die Form eines Papageis hatte, vor sich hielt, und ihn ein paarmal hin- und herführte, wurde ihm klar, daß er sterben würde.

Gegen zehn Uhr beschloß er, sich hinzulegen. Aber das Schlafzimmer war tabu. Nach langem Suchen fand er in der Kommode saubere Bettwäsche, bezog das Kissen und legte ein Laken über das Ledersofa im Wohnzimmer. Als er sich auszog, dachte er: Ich lege mich zum letzten Mal im Leben schlafen. Unsinn! piepste schwach ein gewisser kleiner Teil seiner Seele, jener Teil, der ihn dazu getrieben hatte, den Handschuh zu werfen, die Tür zuzuknallen und Berg einen Schuft zu nennen. «Unsinn», sagte Anton Petrowitsch mit dünner Stimme und besann sich sogleich: «Ich darf nicht so reden. Wenn ich denke, mir passiert nichts, dann passiert gerade das Schlimmste. Im Leben kommt es immer umgekehrt. Es wäre vielleicht gut, vor dem Einschlafen etwas zu lesen – zum letzten Mal.»

«Schon wieder!» stöhnte er in Gedanken. «Warum zum letzten Mal? Ich bin in einer schrecklichen Verfassung. Ich muß mich zusammenreißen. Ach, wenn es doch irgendwelche Vorzeichen gäbe! Karten.»

Auf dem Tischchen neben der Couch lag ein Spiel Karten. Anton Petrowitsch nahm die oberste. Karo-Drei. Was mochte Karo-Drei bedeuten? Keine Ahnung. Er hob weiter der Reihe nach ab: Karo-Dame, Kreuz-Acht, Pik-As! Ah! Das war schlecht. Pik-As, das bedeutete Tod. Ach was, dummer Aberglaube... Mitternacht. Fünf Minuten nach zwölf. Das Morgen wurde zum Heute. Heute habe ich ein Duell.

Wieder, immer wieder versuchte er, sich zu beruhigen. Aber es geschahen merkwürdige Dinge: Das Buch, das er in den Händen hielt, hatte den Titel: «Der Zauberberg», und Berg hieß sein Gegner. Er nahm sich vor, bis drei zu zählen, und wenn bei drei eine Straßenbahn vorbeiführe, würde er getötet werden. Und tatsächlich, bei drei fuhr eine Straßenbahn vorbei. Und dann tat Anton Petrowitsch das Schlimmste, was ein Mensch in seiner Lage tun konnte: Er beschloß, sich klarzumachen, was der Tod bedeutete. Nach einer Minute derartiger Überlegungen hatte alles seinen Sinn verloren. Er bekam keine Luft. Er stand auf, wanderte ein paarmal auf und ab, schaute durchs Fenster zu dem klaren, schrecklichen Nachthimmel empor. «Ich muß ein Testament machen», dachte er. Doch ein Testament zu machen war sozusagen ein Spiel mit dem Feuer; es bedeutete, sich in Gedanken sein eigenes Grab zu schaufeln. «Am besten erst einmal richtig ausschlafen», sagte er laut. Doch sobald er die Lider schloß, tauchte Bergs böses, fröhliches Gesicht vor ihm auf und kniff ein Auge zu. Dann knipste er das Licht wieder an, versuchte zu lesen, rauchte, obwohl er das sonst selten tat. Zuweilen kamen ihm belanglose Einzelheiten aus seinem (vergangenen) Leben in den Sinn – eine Spielzeugpistole, ein Pfad im Park und dergleichen. Sofort verjagte er die Erinnerungen, indem er dachte: Sterbende erinnern sich immer an Einzelheiten aus ihrem Leben. Das darf ich nicht tun. Dann wiederum erschrak er: Er bemerkte, daß er gar nicht an Tanja gedacht hatte, daß er, wie durch ein Narkotikum betäubt, ihre Abwesenheit nicht empfand. Und von selbst drängte sich der Gedanke auf: Ich habe schon unbewußt Abschied vom Leben genommen, mir ist alles gleich, wenn ich doch sterben muß ... Und die Nacht begann zu weichen.

Gegen vier schlurfte er ins Speisezimmer und trank ein Glas Selterwasser. Als er am Spiegel vorbeikam, warf er einen Blick auf seinen gestreiften Pyjama, auf sein schütteres, wirres Haar. «Ich werde schrecklich aussehen, ich sollte mich schämen», dachte er. «Aber wie kann ich denn schlafen, wie?»

Er wickelte sich in eine Wolldecke, weil er merkte, daß seine Zähne aufeinanderschlugen, und setzte sich in einen Sessel in der Mitte des dämmerigen Zimmers, das sich langsam seiner selbst vergewisserte. Wie wird das alles vor sich gehen? Er mußte etwas Nüchtern-Schlichtes, aber Elegantes anziehen. Vielleicht den Smoking? Nein, das ist zu albern. Dann den schwarzen Anzug ... Und vielleicht ... den schwarzen Schlips. Der schwarze Anzug ist ganz neu. Doch wenn es eine Wunde gibt, beispielsweise eine Schulterwunde? Der Anzug wäre dahin ... Blut, ein Loch, vielleicht wird man sogar den Ärmel aufschneiden müssen. Ach was, nichts wird sein. Er wird den neuen schwarzen Anzug anziehen. Und wenn das Duell beginnt, wird er den Kragen hochschlagen. So ist es wahrscheinlich üblich, damit das Weiß des Hemdes nicht hervorsticht, oder einfach deshalb, weil es frühmorgens noch feucht ist. So hatte er es in einem Film gesehen. Dann muß man völlige Ruhe bewahren, höflich und beherrscht mit allen Beteiligten sprechen. Danke, ich habe schon geschossen, jetzt sind Sie an der Reihe. Wenn Sie die Zigarette nicht aus dem Mund nehmen, schieße ich nicht. Ich bin bereit, weiterzumachen. Danke, ich habe bereits geschossen. «Danke, ich habe bereits gelacht» – es ist doch ein Witz, kompletter Unsinn... Also, wie wird es denn wirklich sein? Mitjuschin, Gnuschke und er kommen in einem Taxi an, lassen das Taxi an der Chaussee stehen und gehen in den Wald. Dort werden sie von Berg und dessen Sekundanten erwartet. Und jetzt ist es ungewiß, ob man grüßen muß oder nicht. Vielleicht wird es gut aussehen, wenn man so aus der Ferne, zurückhaltend, leicht den Hut lüftet. Dann werden die Sekundanten wahrscheinlich die Distanz abschreiten und die Pistolen laden – wie in «Eugen Onegin». Was tut er indessen? Ja, natürlich, er stellt den Fuß auf einen Baumstumpf und bleibt so – ungezwungen – etwas abseits in abwartender Haltung stehen. Was aber, wenn Berg sich ebenfalls so hinstellt – den Fuß auf einem Baumstumpf? Berg wäre fähig dazu – ihn nachzuäffen. Eine scheußliche Situation! Man kann sich auch an einen Baum lehnen oder sich einfach ins Gras setzen. Na, man wird ja sehen. Etwas Würde und Ungezwungenheit. Nun weiter: Sie stellen sich beide auf die bezeichneten Plätze, und da schlägt er den Kragen hoch. Er nähme die Pistole, so. Die Sekundanten beginnen zu zählen. Und dann geschieht plötzlich das Furchtbarste, das Absurdeste, das, was man sich nicht vorstellen kann, und wenn man ganze Nächte darüber nachgrübelte und dabei hundert Jahre alt würde... Was ist das für ein Gefühl, wenn die Kugel ins Herz oder in die Stirn dringt? Schmerz? Übelkeit? Oder einfach – peng! und völliges Dunkel? Was aber, wenn der Schuß ins Auge oder in den Bauch geht? Wenn es eine scheußliche Wunde wird? Nein, Berg wird ihn auf der Stelle töten. Hier sind natürlich nur die verzeichnet, die ich tödlich getroffen habe. Noch ein Kreuz im Notizbuch. Unvorstellbar...

Die Uhr im Eßzimmer schlug fünfmal. Zitternd, die karierte Wolldecke über den Schultern, erhob sich Anton Petrowitsch mühsam aus dem Sessel, blieb gedankenversunken stehen und stampfte plötzlich mit dem Fuß auf, wie es König Ludwig tat, als man ihm sagte, daß es Zeit sei, zum Richtplatz zu fahren. Nichts zu machen, die Hinrichtung ist unvermeidlich. Er mußte sich waschen und anziehen. Saubere Wäsche und den neuen schwarzen Anzug. Und als er die Manschettenknöpfe ins Oberhemd einsetzte, dachte er, daß zwei, drei Stunden später dieses Hemd blutbesudelt wäre; und an dieser Stelle hier wäre ein Loch. Er strich sich über die glänzenden Härchen, die wie ein Pfad über seine warme Brust hinunterliefen, und bekam eine solche Angst, daß er die Hand vor die Augen hielt. Mit rührender Selbständigkeit bewegte sich jetzt alles in ihm, pulsierte das Herz, blähten sich die Lungen, rann das Blut durch die Adern, zog sich die Peristaltik zusammen ... Und dieses weiche, schutzlose innere Wesen, das so blind, so zutraulich sein Dasein führte, dieses zarte anatomische Wesen sollte er zum Schlachten führen ... Zum Schlachten! Er grunzte, als er in die kalte weiße Finsternis des Hemdes kroch. Danach gab er sich Mühe, an nichts mehr zu denken, wählte Socken aus, den Schlips, putzte ungeschickt mit einem Lederlappen seine Schuhe. Während er nach einem Taschentuch suchte, fiel ihm ein Lippenstift in die Hände. Er warf einen Blick in den Spiegel, auf sein entstelltes bleiches Gesicht, und strich mit dem klebrigen Stift behutsam über die Wange. Zunächst wurde das Gesicht davon noch kränklicher. Er befeuchtete mit der Zungenspitze den Finger, rieb sich die Wange und bedauerte, daß er niemals darauf geachtet hatte, wie sich die Frauen schminkten. Die Wangen bedeckten sich mit leichtem ziegelroten Hauch. Er glaubte, es sei gut so ... «Nun bin ich fertig», sagte er, zum Spiegel gewandt, und gähnte gequält: Der Spiegel zerfloß in Tränen. Mit hastigen Bewegungen parfümierte er sich, verteilte seine Papiere, das Taschentuch, die Schlüssel, den Füllfederhalter in den Taschen und hängte sich das Monokel um. Schade, daß ihm gute Handschuhe fehlten, er hatte doch ein so schönes neues Paar gehabt, aber der linke war jetzt verwitwet. Dann setzte er sich im Wohnzimmer an den Schreibtisch, legte den Ellbogen auf die Platte und schaute wartend bald aufs Fenster, bald auf den Reisewecker im Lederetui.

Der Morgen war wundervoll. In der hohen Linde vor dem Fenster zwitscherten wie besessen die Spatzen. Blauer samtener Schatten lag über der Straße, und hier und da schimmerten die Dächer wie Silber. Anton Petrowitsch fröstelte. Er hatte unerträgliche Kopfschmerzen. Ein Schluck Kognak würde ihm guttun. Aber Kognak gab es im Hause nicht. Das Haus war nicht mehr bewohnbar, der Hausherr verließ es für immer. Ach was! Wir fordern Ruhe. Gleich wird die Klingel im Flur ertönen. Er muß ganz ruhig bleiben. Gleich, gleich wird die Klingel rasseln. Sie haben sich schon um drei Minuten verspätet. Vielleicht kommen sie gar nicht? Welch ein herrlicher Sommermorgen. Ja, sie kommen nicht. Das ist gut. Er wird noch eine halbe Stunde warten und dann schlafen gehen. Anton Petrowitsch riß den Mund weit auf, bereit, ein herzhaftes Gähnen herauszudrücken – es knackte in den Ohren, blähte sich unter dem Gaumen –, und in diesem Augenblick schrillte die Klingel. Anton Petrowitsch schluckte krampfhaft das unvollendete Gähnen hinunter, ging in den Flur und schloß die Tür auf. Mitjuschin und Gnuschke traten über die Schwelle.

«Es ist Zeit», sagte Mitjuschin, Anton Petrowitsch fest in die Augen blickend. Er hatte seinen graugrünen Alltagsanzug an, während Gnuschke einen Gehrock trug.

«Ja, ich bin fertig», sagte Anton Petrowitsch. «Ich komme sofort...»

Er ließ sie im Flur stehen, eilte ins Schlafzimmer und begann, um Zeit zu gewinnen, sich die Hände zu waschen. «Mein Gott, mein Gott!» wiederholte er. Vor fünf Minuten noch hatte er Hoffnung, ein Erdbeben würde stattfinden, Berg würde plötzlich einem Herzschlag erliegen, das Schicksal würde sich einmischen, Einhalt gebieten, ihn retten.

«Anton Petrowitsch, beeile dich», rief Mitjuschin aus dem Flur. Rasch trocknete er sich die Hände und ging hinaus.

«Ja, ja, ich bin fertig, kommen Sie.»

«Wir werden den Zug nehmen müssen», sagte Mitjuschin, als sie auf der Straße waren. «Wenn wir mit einem Taxi im Wald ankommen und noch dazu so früh, schöpft der Fahrer womöglich Verdacht und erstattet Anzeige. Anton Petrowitsch, bitte, sei kein Angsthase.»

«Ich habe keine Angst. Albernheit...» antwortete Anton Petrowitsch und lächelte hilflos.

Gnuschke, der bis dahin geschwiegen hatte, putzte sich geräuschvoll die Nase und sagte in geschäftigem Ton:

«Einen Arzt wird unser Gegner mitbringen. Duellpistolen konnten wir nicht auftreiben, dafür haben wir zwei gleiche Brownings beschafft.»

Im Taxi, das sie zum Bahnhof bringen sollte, nahmen sie wie folgt Platz: Anton Petrowitsch und Mitjuschin im Fond, während sich Gnuschke, die Beine verschränkt, ihnen gegenüber auf den Klappsitz niederließ. Anton Petrowitsch mußte immer wieder gegen ein nervöses Gähnen ankämpfen, offenbar rächte sich das Gähnen, das er zuvor verschluckt hatte. Jetzt wieder – fast kamen ihm die Tränen! Mitjuschin und Gnuschke hatten ernste Gesichter, schienen aber zugleich außerordentlich zufrieden mit sich selbst.

«Ich fühle mich wunderbar ausgeschlafen», sagte Anton Petrowitsch unvermittelt, biß die Zähne zusammen und gähnte nur durch die Nase. Er überlegte, was er noch sagen könnte – etwas Ungezwungenes, so im Plauderton...

«Auf den Straßen ist schon viel Betrieb», begann er und fügte hinzu: «Obwohl es noch so früh ist.» Mitjuschin und Gnuschke schwiegen. Weiter dieses Gähnen. Mein Gott...

Den Bahnhof erreichten sie sehr schnell. Anton Petrowitsch kam es vor, als sei er niemals so schnell gefahren. Gnuschke löste die Fahrkarten und ging, sie wie einen Fächer haltend, voraus. Plötzlich wandte er sich um, sah Mitjuschin an und räusperte sich vielsagend. Am Erfrischungskiosk stand Berg. Er holte gerade Kleingeld aus der Hosentasche, indem er mit der Linken tief hineingriff und mit der Rechten die Tasche stützte, wie es die Engländer häufig tun. Auf der Handfläche suchte er die passende Münze aus, reichte sie der Verkäuferin und sagte etwas, worüber das Mädchen laut auflachte. Berg lachte ebenfalls. Er stand da, die Beine ein wenig gespreizt, und schaukelte auf den Schuhsohlen langsam auf und ab. Er trug einen grauen Flanellanzug.

«Wir wollen vorbeigehen», sagte Mitjuschin. «Peinlich, so nebenher zu laufen.»

Starre befiel Anton Petrowitsch. Wie im Traum stieg er in das Abteil, setzte sich ans Fenster, nahm den Hut ab, setzte ihn wieder auf. Erst als der Zug anruckte, kam er zu sich, und sogleich überkam ihn ein Gefühl wie zuweilen in einem Albtraum: Man sitzt im dahinrasenden Zug und bemerkt plötzlich, daß man nur in Unterwäsche weggefahren ist.

«Sie sind in den nächsten Wagen gestiegen», sagte Mitjuschin und zog sein Zigarettenetui hervor. «Aber was gähnst du denn immer, Anton Petrowitsch? Man kann das ja kaum noch mit ansehen.»

«Frühmorgens geht es mir immer so», erwiderte Anton Petrowitsch mechanisch.

Kiefern, Kiefern, Kiefern. Ein sandiger Abhang. Wieder Kiefern. Was für ein herrlicher Morgen...

«Der Gehrock steht dir gar nicht, Heinrich», begann Mitjuschin von neuem. «Ehrenwort, er paßt nicht zu dir.»

«Das ist meine Angelegenheit», sagte Gnuschke.

Wunderschöne Kiefern. Wasser blitzte auf. Wieder Wald. Wie rührend, diese Welt, wie verletzlich! Nur nicht wieder gähnen, die Kiefer tun weh. Wenn man das Gähnen unterdrückt, treten Tränen in die Augen. Anton Petrowitsch saß mit dem Gesicht zum Fenster und lauschte dem Rattern der Räder: zur Schlachtbank, zur Schlachtbank, zur Schlachtbank...

«Wenn ich Ihnen einen Rat geben darf», wandte sich Gnuschke plötzlich an ihn. «Schießen Sie sofort. Zielen Sie am besten auf seine Körpermitte, dann haben Sie mehr Chancen.»

«Alles hängt vom Glück ab», sagte Mitjuschin. «Trifft man – ist es gut, trifft man nicht, schadet es auch nichts, er kann ja auch danebenschießen. Ein richtiges Duell beginnt eigentlich nach dem ersten Schußwechsel. Dann wird es erst interessant.»

Ein Bahnhof. Der Zug fährt wieder an. Warum quälen sie ihn so? Undenkbar, heute zu sterben. Ganz undenkbar. Wie, wenn man in Ohnmacht fiele? Dazu muß man aber ein guter Schauspieler sein... Was tun? Was unternehmen? So ein herrlicher Morgen...

«Anton Petrowitsch, entschuldige bitte, daß ich frage», sagte Mitjuschin, «aber es ist wichtig. Hast du etwas, was du uns übergeben möchtest? Papiere zum Beispiel? Briefe, ein Testament? So wird es immer gemacht.»

Anton Petrowitsch schüttelte den Kopf.

«Unüberlegt von dir», sagte Mitjuschin. «Man kann nie wissen, was passiert. Heinrich und ich, zum Beispiel, wir haben uns schon darauf eingerichtet, eine Zeitlang im Gefängnis zuzubringen. Hast du deine Angelegenheiten geordnet?»

Anton Petrowitsch nickte. Er konnte nicht mehr sprechen. Das einzige Mittel, einen Schrei zu unterdrücken, war, auf die vorüberfliegenden Kiefern zu schauen.

«Wir müssen gleich aussteigen», sagte Gnuschke und stand auf. Mitjuschin stand ebenfalls auf. Anton Petrowitsch biß die Zähne zusammen, erhob sich halb von seinem Platz, fiel aber bei dem scharfen Bremsen des Zuges wieder auf die Bank zurück.

«Aussteigen», sagte Mitjuschin und faßte nach dem Türgriff.

Erst jetzt gelang es Anton Petrowitsch, sich von der Bank zu trennen. Er drückte das Monokel in die Augenhöhle und stieg vorsichtig auf den Bahnsteig. Sonne, Wärme ...

«Sie gehen hinter uns», sagte Gnuschke.

Anton Petrowitsch beugte sich nach vorn, als wälze sich etwas auf seinen Rücken. Nein, das war ganz unmöglich, man mußte endlich aufwachen.

Sie verließen den Bahnhof und gingen die Straße entlang, an winzigen Backsteinhäusern vorbei, vor deren Fenstern Petunien blühten. An der Ecke der Chaussee und eines weichen, weißen Weges, der in den Wald führte, war ein Wirtshaus. Anton Petrowitsch blieb plötzlich stehen.

«Ich habe furchtbaren Durst», sagte er dumpf. «Ich hätte gern etwas getrunken.»

«Ja, das wäre nicht verkehrt», sagte Mitjuschin gedehnt. Gnuschke blickte sich um und sagte:

«Sie sind schon in den Wald abgebogen.»

«Wir kommen immer noch zurecht», sagte Mitjuschin.

Zu dritt gingen sie in das Wirtshaus. Eine dicke Frau wischte den Schanktisch mit einem Lappen sauber. Sie sah sie mürrisch an und füllte jedem ein Seidel Bier ein.

Anton Petrowitsch trank einen Schluck, würgte leicht und sagte: «Warte einen Augenblick, ich komme gleich wieder.»

«Beeile dich», sagte Mitjuschin und stellte sein Seidel auf die Theke zurück.

Anton Petrowitsch durchschritt den Flur in Pfeilrichtung, ging rasch an der Toilette, an der Küche vorbei, zuckte zusammen, als ihm eine Katze vor die Füße lief, ging schneller, kam zum Ende des Flurs, stieß die Tür auf und wurde plötzlich von strahlendem Sonnenlicht geblendet. Er befand sich auf einem grasbewachsenen Hof, wo Hühner stolzierten und ein kleiner Junge in ausgeblichenem Badeanzug auf einem Holzkloben saß. Anton Petrowitsch eilte an ihm vorbei, vorbei an den Holundersträuchern, lief irgendwelche Holzstufen hinunter, geriet wieder in Sträucher und glitt plötzlich aus, weil das Gelände stark abzufallen begann. Die Zweige peitschten sein Gesicht, er schob sie ungeschickt auseinander, tauchte, rutschte – der Hang, dicht mit Holunder bewachsen, wurde immer abschüssiger. Schließlich wurde seine Abwärtsbewegung unaufhaltsam. Er fuhr mit krampfhaft gespreizten Beinen hinunter, wehrte die biegsamen Zweige ab, umarmte in voller Fahrt einen plötzlich auftauchenden Baumstamm und hastete schräg abwärts weiter. Die Sträucher lichteten sich. Vor ihm ein hoher Zaun. Sofort entdeckte er ein Schlupfloch, rauschte durch Brennesseln und sah sich in einem Kiefernwäldchen, wo zwischen Baumstämmen schattenbunte Wäsche aufgehängt war und ein paar Baracken standen. Entschlossen durchquerte er das Wäldchen und merkte, daß er wieder ins Rutschen geriet. Vor ihm blinkte Wasser zwischen den Bäumen. Er stolperte, fiel beinahe hin. Rechter Hand erblickte er einen Pfad, der ihn zum See führte.

Ein alter Angler mit Strohhut und einem Gesicht, das in seiner Bräune einer geräucherten Flunder glich, zeigte ihm den Weg zum Bahnhof Wannsee. Anfangs führte der Weg am See entlang und bog dann in den Wald ein. Ungefähr zwei Stunden irrte er im Walde herum, bis er endlich auf den Bahndamm stieß. Mühsam schleppte er sich bis zur nächsten Station, wo gerade ein Zug einfuhr. Ängstlich stieg er ein, drängte sich zwischen zwei Fahrgästen hindurch, die diesen seltsamen, anscheinend geschminkten, staubbedeckten Mann, der an seinem Monokelbändchen zupfte, erstaunt musterten.

Und erst in Berlin, auf dem Bahnhofsplatz, machte er halt: Er hatte ein Gefühl, als wäre er ununterbrochen gelaufen und jetzt erst zum Stehen gekommen, hätte Atem geschöpft und um sich geschaut. Neben ihm verkaufte eine alte Blumenfrau mit riesigem Wollbusen Nelken. Ein Mann im Zeitungspanzer rief den Namen eines Berliner Blattes aus, ein Schuhputzer sah unterwürfig zu Anton Petrowitsch auf. Mit einem Seufzer der Erleichterung stellte Anton Petrowitsch den Fuß fest auf den Schemel, und der Schuhputzer begann die Ellbogen blitzschnell hin und her zu schwenken.

«Es ist alles furchtbar», dachte Anton Petrowitsch, während er zusah, wie die Schuhspitze allmählich zu glänzen begann. «Aber ich lebe, und das ist vorerst die Hauptsache.» Mitjuschin und Gnuschke lauerten gewiß vor seiner Haustür. Er mußte unbedingt eine gewisse Zeit verstreichen lassen, auf keinen Fall durfte er ihnen in die Hände laufen. In der Nacht würde er seine Sachen holen und in der gleichen Nacht noch Berlin verlassen. Wie das zu machen sei, würde er sich noch überlegen...

«Guten Tag, Anton Petrowitsch», erklang eine weiche Stimme dicht an seinem Ohr.

Er fuhr derart zusammen, daß sein Fuß vom Schemel glitt. Nein, es war nichts, falscher Alarm! Ein gewisser Leontjew, ein Mann, dem er drei-, viermal begegnet war. Soviel er wußte, war er Journalist oder etwas Ähnliches. Ein geschwätziger, aber harmloser Mensch. Man munkelte, daß ihn seine Frau mit jedem x-beliebigen betrog.

«Gehen Sie spazieren?» fragte Leontjew und drückte Anton Petrowitsch melancholisch die Hand.

«Ja. Nein, ich bin geschäftlich unterwegs», erwiderte Anton Petrowitsch und dachte: «Wenn er sich jetzt nicht gleich verabschiedet, dann wird es scheußlich...»

Leontjew blickte nach links, dann nach rechts, und sagte strahlend, als hätte er eine unverhoffte Entdeckung gemacht:

«Wunderschönes Wetter heute.»

Im allgemeinen war er sonst Pessimist und wie jeder Pessimist ein Mensch ohne jede Beobachtungsgabe. Er war schlecht rasiert, hatte ein langes, gelbliches Gesicht, auch seine ganze Gestalt war irgendwie ungelenk, dürr und traurig, als hätte die Natur bei seiner Erschaffung Zahnschmerzen gehabt.

Der Schuhputzer legte mit forschem Klopfen die Bürsten zusammen. Anton Petrowitsch blickte auf seine lustig blinkenden Schuhe.

«Welche Richtung gehen Sie?» fragte Leontjew.

«Und Sie?» fragte Anton Petrowitsch.

«Mir ist es ganz gleich. Ich bin jetzt frei. Ich kann Sie ein wenig begleiten.» Er räusperte sich und fügte einschmeichelnd hinzu: «Natürlich nur, wenn Sie erlauben.»

«Aber gewiß doch, bitte sehr», knurrte Anton Petrowitsch. Eine Klette! Er mußte in irgendeine andere Straße einbiegen, sonst fänden sich womöglich noch mehr Bekannte ein. Nur um Himmels willen nicht jenen beiden begegnen!

«Nun, wie geht es Ihnen?» erkundigte sich Leontjew. Er war einer jener Menschen, die nur deshalb fragen, wie es einem geht, um ausführlich von ihrem eigenen Befinden erzählen zu können.

«Hm ... So ... Ganz gut!» erwiderte Anton Petrowitsch undeutlich. Später wird er natürlich alles erfahren, dachte er. Mein Gott, was für ein Blödsinn. «Ich muß nach rechts», sagte er laut und bog jäh um die Straßenecke.

Leontjew, den eigenen Gedanken traurig zulächelnd, lief mit seinen langen Beinen fast in Anton Petrowitsch hinein und wich betroffen zurück. «Meinetwegen nach rechts, mir ist es gleich.»

«Was tun?» dachte Anton Petrowitsch. «Ich kann doch nicht einfach mit ihm spazierengehen. Ich habe soviel zu überlegen, muß Entschlüsse fassen ... Und dann bin ich schrecklich müde, die Hühneraugen tun mir weh.»

Doch Leontjew erzählte bereits. Er erzählte lang und breit, wieviel Miete er für das Zimmer zahle, wie schwer es sei, das Geld dafür aufzubringen, wie schwer das Leben überhaupt sei, wie selten man das Glück habe, eine gute Zimmerwirtin zu finden, und daß er mit der jetzigen Wirtin gerade so auskomme.

«Meine Frau, Anna Nikanorowna, steht mit ihr nicht gerade auf gutem Fuß», erzählte er und lächelte diskret.

Sie gingen eine unbekannte Straße entlang, wo zwei schwitzende Arbeiter, einer mit tätowierter Brust, das Pflaster ausbesserten. Anton Petrowitsch wischte mit dem Taschentuch über die Stirn und sagte:

«Ich habe hier in der Nähe etwas zu erledigen. Ich werde erwartet. Eine geschäftliche Verabredung.»

«Ich begleite Sie.» Leontjew lächelte traurig.

Anton Petrowitsch überflog die Straße mit einem verzweifelten Blick. Ein Schild: Hotel. Ein schäbiges Hotel. Das Haus schwarz, flach. «Hier muß ich rein», sagte er. «Ja, in dieses Hotel. Eine geschäftliche Verabredung.»

Leontjew zog den zerrissenen Handschuh aus und drückte Anton Petrowitsch weich die Hand. «Wissen Sie was, ich werde hier auf Sie warten. Sie bleiben sicherlich nicht lange?»

«Doch. Es wird lange dauern», sagte Anton Petrowitsch.

«Schade. Und ich wollte etwas mit Ihnen besprechen, Sie um Rat fragen. Na dann alles Gute. Auf jeden Fall werde ich hier noch ein wenig auf und ab gehen. Vielleicht werden Sie doch noch eher fertig.»

Anton Petrowitsch ging in das Hotel. Was hätte er anderes tun können? Es war leer und dunkel. Hinter einer Art Theke tauchte ein zerzauster Mann auf und fragte, was er wünsche. «Ein Zimmer», sagte Anton Petrowitsch leise. Der Mann überlegte, kratzte sich hinter dem Ohr und verlangte eine Anzahlung. Anton Petrowitsch gab ihm zehn Mark. Ein rothaariges Zimmermädchen führte ihn, schnell die Hüften wiegend, einen langen Korridor entlang und schloß eine Tür auf. Anton Petrowitsch betrat das Zimmer, seufzte tief und setzte sich in einen niedrigen Plüschsessel. Er war allein. Die Möbel, das Bett, die Waschtoilette wachten auf, blickten ihn mürrisch an und fielen wieder in ihren Schlummer zurück. In diesem schläfrigen, in nichts bemerkenswertem Zimmer war Anton Petrowitsch endlich allein.

Gebeugt, die Augen mit der Hand bedeckend, saß er tief in Gedanken versunken da. Etwas Grünes oder Gelbes begann vor ihm auf und ab zu hüpfen. Der kleine Junge auf dem Holzkloben, der Angler, Leontjew, Berg, Tanja. Und als er an Tanja dachte, stöhnte er auf, und sein Rücken krümmte sich noch mehr. Ihre Stimme, ihre liebe Stimme. Leichtfüßig, mit flinken Augen, sprang sie auf die Couch und landete mit angewinkelten Beinen auf dem weichen Polster, und der Rock blähte sich zu einer seidenen Kuppel auf, um sogleich in sich zusammenzufallen. Oder sie saß unbeweglich am Tisch, blinzelte nur ab und zu und stieß mit aufwärts gewandtem Gesicht Zigarettenrauch aus. Sinnlos ... Warum hast du gelogen? Du hast doch gelogen. Was werde ich ohne dich machen? Tanjka! ... Verstehst du, du hast gelogen. Du meine Freude, warum bloß? Warum? Tanjka!

Leise stöhnend und mit den Fingern knackend schritt er im Zimmer auf und ab, stieß gegen die Möbel und merkte es nicht. Zufällig blieb er am Fenster stehen und warf einen Blick auf die Straße. Durch den Flor in seinen Augen konnte er zunächst nichts erkennen. Doch der Nebel wich, die Straße tauchte wieder auf. Irgendein Lieferwagen, ein Radfahrer, eine alte Frau, die vorsichtig den Bürgersteig verließ. Auf dem Bürgersteig wanderte Leontjew, Zeitung lesend, langsam vorbei, bog um die Ecke. Bei Leontjews Anblick kam Anton Petrowitsch aus irgendeinem Grund die ganze Hoffnungslosigkeit – ein anderes Wort gab es nicht – die ganze Hoffnungslosigkeit seiner Lage zum Bewußtsein. Gestern noch war er ein ganz respektabler Mensch gewesen, geachtet von seinen Freunden, Bekannten, Kollegen. Dienst! Wer konnte jetzt noch vom Dienst reden! Jetzt hatte sich alles geändert. Er war einen schlüpfrigen Abhang hinuntergelaufen – und nun war er unten.

«Aber wie soll es denn nun weitergehen? Man muß sich doch endlich entscheiden», sagte Anton Petrowitsch mit dünner Stimme. Vielleicht gab es doch noch einen Ausweg? Man hatte ihn gequält, aber nun war es genug. Ja, man mußte eine Entscheidung treffen. Der mißtrauische Blick des zerzausten Menschen. Was sollte man ihm sagen? Na ja, klar: ich gehe meine Sachen holen, sie sind auf dem Bahnhof geblieben. So. Mit diesem Hotel hatte er für immer abgerechnet. Gott sei Dank, die Straße war frei. Leontjew hatte gewartet und war nun gegangen. Sagen Sie bitte, wo ist die nächste Straßenbahnhaltestelle? Ja, gehen Sie geradeaus, und Sie stoßen darauf. Nein, besser war ein Taxi. Die Fahrt beginnt, die Straßen werden immer bekannter. Ruhig, ganz ruhig steigt er aus dem Auto. Er ist zu Hause. Fünf Stock hoch. Ruhig, ganz ruhig betritt er den Flur. Aber etwas Angst hat er doch. Rasch öffnet er die Tür zum Wohnzimmer. Ach, welch eine Überraschung!

Im Wohnzimmer am runden Tisch sitzen Mitjuschin, Gnuschke und ... Tanja. Auf dem Tisch Flaschen, Tassen. Mitjuschins Gesicht ist rot und feucht, die Augen glänzen, er ist betrunken. Gnuschke ist ebenfalls betrunken, lächelt und reibt sich die Hände. Tanja sitzt, die nackten Ellbogen auf dem Tisch, unbeweglich da und starrt ihn an ...

Mitjuschin stößt einen Ruf des Erstaunens aus, läuft auf ihn zu und ergreift seine Hand. «Endlich!» sagt er und fügt flüsternd mit verschmitztem Augenzwinkern hinzu: «Du bist aber ein Früchtchen!»

Anton Petrowitsch setzt sich, trinkt ein Gläschen Wodka. Mitjuschin und Gnuschke blicken ihn immer noch verschmitzt und gutmütig an. Tanja sagt: «Du hast sicher Hunger. Ich bringe dir ein belegtes Brot.» Ja, ein großes Butterbrot mit Schinken, so, daß das Fette überhängt. Und als sie das Zimmer verlassen hat, stürzen Mitjuschin und Gnuschke auf ihn zu und reden, unterbrechen einander... «Du hast aber Glück gehabt, Anton Petrowitsch! Stell dir vor, der Herr Berg hat es ebenfalls mit der Angst zu tun gekriegt. Nein, nicht ebenfalls, er hat einfach Angst bekommen. Als wir im Gasthaus auf dich warteten, erschienen seine Sekundanten und teilten uns mit, er habe es sich anders überlegt. Diese breitschultrigen Rüpel sind immer feige. Wir bitten die Herren um Entschuldigung. Es tut uns leid, daß wir eingewilligt hatten, diesem Schuft zu sekundieren. Du hast wirklich unverschämtes Glück, Anton Petrowitsch! Jetzt kann es niemand mehr herauskriegen. Du hast ehrenvoll abgeschnitten, aber er ist für immer mit Schande bedeckt. Und die Hauptsache: als deine Frau das erfuhr, hat sie sofort mit Berg Schluß gemacht und ist zu dir zurückgekehrt. Und du mußt ihr verzeihen.»

Anton Petrowitsch lächelte breit, stand auf und spielte an dem Monokelbändchen. Und langsam schwand das Lächeln. So geht es im wirklichen Leben nicht zu.

Er betrachtete den Plüschsessel, das pralle Bett, den Waschtisch, und es schien ihm, als müsse er von nun an für alle Zeiten in diesem dürftigen Zimmer dieses dürftigen Hotels wohnen. Er setzte sich aufs Bett, zog die Schuhe aus, bewegte erleichtert die Zehen und bemerkte eine Blase an seiner Ferse und ein Loch in der linken Socke. Dann klingelte er und bestellte ein Schinkenbrot. Als das Mädchen den Teller auf den Tisch stellte, hielt er den Atem an, und sobald sich die Tür geschlossen hatte, griff er mit beiden Händen zu, schnaufte, beschmierte sich sofort die Finger und das Kinn mit Fett und begann gierig zu kauen.

*(1928/29)*

# SZENEN AUS DEM LEBEN EINES DOPPELUNGEHEUERS

Vor einigen Jahren stellte Dr. Fricke Lloyd und mir eine Frage, die ich jetzt zu beantworten suchen werde. Mit einem träumerischen Lächeln wissenschaftlichen Wohlgefallens streichelte er das fleischige Knorpelband, das uns verbindet – *omphalopagus diaphragmo-xiphodidymus*, wie Pancoast einen ähnlichen Fall bezeichnet hat –, und fragte, ob wir uns erinnern könnten, wie einem von uns oder beiden die Besonderheit unseres Zustands oder Schicksals zum allerersten Mal klarwurde. Alles, woran Lloyd sich erinnern konnte, war die Angewohnheit unseres Großvaters Ibrahim (oder Ahim oder Ahem – für das heutige Ohr verdrießliche Klumpen toter Laute!), anzufassen, was der Arzt anfaßte, und es eine goldene Brücke zu nennen. Ich sagte nichts.

Unsere Kindheit wurde auf einem fruchtbaren Hügel über dem Schwarzen Meer verbracht, auf dem Bauernhof unseres Großvaters in der Nähe von Karas. Seine jüngste Tochter, die Rose des Ostens, des grauen Ahems Perle (in diesem Fall hätte der alte Schurke besser auf sie aufpassen können), war in einem Obstgarten am Straßenrand von unserem anonymen Erzeuger vergewaltigt worden und bald nach unserer Geburt gestorben – vor lauter Grauen und Kummer, stelle ich mir vor. Eine Sorte von Gerüchten nannte einen ungarischen Hausierer; eine andere gab einem deutschen Vogelsammler den Vorzug oder irgendeinem Mitglied seiner Expedition – seinem Taxidermisten höchstwahrscheinlich. Brünette Tanten mit schweren Halsketten, deren weite Kleidung nach Rosenöl und Schaffleisch roch, widmeten sich mit ghulenhaftem Eifer den Bedürfnissen unserer monströsen Kindheit.

Bald hatte sich die erstaunliche Kunde in den kleinen Nachbardörfern herumgesprochen, und diese begannen, verschiedene neugierige Fremde auf unseren Hof zu entsenden. An Feiertagen konnte man sie sich gleich Pilgern auf bunten Bildern die Hänge unseres Berges heraufmühen sehen. Da kamen ein über zwei Meter großer Schäfer, ein kleiner Glatzkopf mit einer Brille, Soldaten und die länger werdenden Schatten der Zypressen. Auch Kinder kamen zu jeder Zeit und wurden von unseren argwöhnischen Pflegerinnen fortgejagt; aber fast jeden Tag gelang es irgendeinem kleinen Bengel mit schwarzen Augen und kurzgeschnittenem Haar in ausgeblichenen, dunkel geflickten blauen Hosen, durch das Gestrüpp aus Hartriegel, Heckenkirsche und verflochtenen Judasbäumen hindurch in den kopfsteingepflasterten Hof mit seinem träufelnden Springbrunnen zu kriechen, wo die beiden Kleinen, Lloyd und Floyd (wir trugen damals andere Namen voller krächzender Aspiraten – aber gleichviel), ruhig dasaßen und zu Füßen einer weißgetünchten Mauer getrocknete Aprikosen kauten. Dann plötzlich erblickte das H ein I, die römische Zwei eine Eins, die Schere ein Messer.

Natürlich läßt sich die Wucht der Erkenntnis, so beunruhigend sie auch gewesen sein mag, nicht mit dem Schock vergleichen, den meine Mutter empfing (welche saubere Freude bedeutet übrigens dieser absichtliche Gebrauch der possessiven Einzahl!). Sie muß gemerkt haben, daß sie von Zwillingen entbunden wurde; doch als sie erfuhr, daß die Zwillinge zusammengewachsen waren, wie sie es ohne Zweifel erfuhr – was empfand sie da? Bei jenen ungehemmten, unwissenden, leidenschaftlich mitteilsamen Leuten, die uns umgaben, muß der überaus redselige Haushalt jenseits ihres zerwühlten Bettes ihr gewiß auf der Stelle zu verstehen gegeben haben, daß etwas Furchtbares passiert war; und es kann kein Zweifel daran bestehen, daß ihre Schwestern, außer sich vor Furcht und Mitleid, ihr das doppelte Baby zeigten. Ich behaupte nicht, daß eine Mutter ein solches Doppelwesen nicht lieben – und über dieser Liebe den dunklen Tau seines unseligen Ursprungs vergessen könne; ich glaube nur, daß diese Mischung aus Abscheu, Mitgefühl und Mutterliebe, die sie empfand, zuviel für sie war.

Beide Komponenten des gedoppelten Produkts vor ihrem starren Blick waren gesund und hübsch, hatten einen seidigen blonden Flaum auf ihren violett-rosa Köpfen und wohlgeformte gummiartige Arme und Beine, die sich wie die vielen Gliedmaßen eines wunderbaren Seetiers bewegten. Jeder für sich war durchaus normal, doch zusammen bildeten sie ein Ungeheuer. Tatsächlich ist es sonderbar, sich zu vergegenwärtigen, daß das Vorhandensein eines bloßen Gewebebandes, eines Fleischlappens, der nicht größer ist als die Leber eines Lammes, imstande ist, Freude, Stolz, Zärtlichkeit, Bewunderung und Dankbarkeit gegenüber Gott in Entsetzen und Verzweiflung zu verwandeln.

Was uns anging, so war alles viel einfacher. Die Erwachsenen waren in jeder Hinsicht zu verschieden von uns, um irgendeinen Vergleich zuzulassen, aber unser erster gleichaltriger Besucher war für mich eine gelinde Offenbarung. Während Lloyd das vom Schrecken gepackte sieben- oder achtjährige Kind ungerührt betrachtete, das unter einem buckligen und ebenfalls spähenden Feigenbaum zu uns herüberspähte, wußte ich, wie ich mich erinnere, den wesentlichen Unterschied zwischen dem Neuankömmling und mir voll und ganz zu würdigen. Er warf einen kurzen blauen Schatten auf den Boden, ich auch; doch zusätzlich zu diesem skizzenhaften, flachen und veränderlichen Begleiter, den er und ich der Sonne verdankten und der bei trübem Wetter verschwand, besaß ich noch einen anderen Schatten, eine handgreifliche Spiegelung meines körperlichen Ichs, die ich zu meiner Linken ständig bei mir führte, wohingegen mein Besucher die seine irgendwie verloren oder losgehakt und zu Hause gelassen hatte. Lloyd und Floyd, zusammengewachsen, waren vollständig und normal; er war weder das eine noch das andere.

Doch um diese Sache so gründlich aufzuklären, wie sie es verdient, sollte ich vielleicht etwas von noch früheren Erinnerungen sagen. Wenn nicht die heutigen Gefühle jene der Vergangenheit verunreinigen, kann ich wohl für die Erinnerung an einen leichten Widerwillen bürgen. Kraft unserer Duplizität lagen wir ursprünglich einander frontal gegenüber, an unserem gemeinsamen Nabel miteinander verbunden, und in jenen ersten Jahren meines Lebens wurde mein Gesicht fortgesetzt von der harten Nase und den nassen Lippen meines Zwillingsbruders gestreift. Die Neigung, unsere Köpfe zurückzuwerfen und unsere Gesichter möglichst abzuwenden, war die natürliche Reaktion auf jene unangenehmen Berührungen. Die große Dehnbarkeit des Bandes, das uns zusammenhielt, erlaubte es, zueinander eine mehr seitliche Position einzunehmen, und als wir laufen lernten, watschelten wir in dieser Art Seite an Seite einher – es muß mühsamer erschienen sein, als es tatsächlich war, da wir wohl aussahen wie ein Paar betrunkener Zwerge, die sich gegenseitig stützten. Lange Zeit kehrten wir im Schlaf zu unserer embryonalen Haltung zurück; doch jedesmal, wenn die Unannehmlichkeit, die sie mit sich brachte, uns weckte, rissen wir in wachem Abscheu und mit einem doppelten Klagelaut unsere Gesichter weg.

Ich bin entschieden der Ansicht, daß mit drei oder vier Jahren unsere Körper an ihrer plumpen Verbindung Anstoß nahmen, während unser Geist ihre Normalität nicht in Frage stellte. Und bevor wir noch geistig ihrer Nachteile gewahr wurden, fand die körperliche Intuition Mittel und Wege, sie zu mildern, und danach verwandten wir kaum noch einen Gedanken darauf. Alle unsere Bewegungen wurden zu einem überlegten Kompromiß zwischen dem Allgemeinen und dem Besonderen. Das Handlungsmuster, das von diesem oder jenem gemeinsamen Bedürfnis eingegeben wurde, bildete eine Art grauen, gleichmäßig gewebten, einhelligen Hintergrund, vor dem der besondere Impuls, seiner wie meiner, eine hellere und schärfere Bahn beschrieb; doch da er von den Kettfäden des Hintergrundmusters gelenkt wurde, verstieß er nie gegen die allgemeine Webart oder die Launen des Zwillingsbruders.

Ich rede im Augenblick lediglich von unserer Kindheit, als es sich die Natur noch nicht leisten konnte, unsere schwer errungene Lebenskraft durch irgendeinen Konflikt zwischen uns zu untergraben. In späteren Jahren hatte ich Anlaß, zu bedauern, daß wir nicht umgekommen oder durch einen chirurgischen Eingriff getrennt worden waren, ehe wir über jenes anfängliche Stadium hinaus waren, in dem allein ein allgegenwärtiger Rhythmus, der wie ein ferner Tamtam im Dschungel unseres

Nervensystems trommelte, verantwortlich war für die Regulierung unserer Bewegungen. Wenn sich zum Beispiel der eine von uns gerade nach einem hübschen Gänseblümchen bücken wollte und der andere sich im selben Augenblick emporreckte, um eine reife Feige zu pflücken, so hing der individuelle Erfolg davon ab, wessen Bewegung zufällig mit dem jeweiligen Iktus unseres gemeinsamen und stetigen Rhythmus übereinstimmte, während die unterbrochene Geste des einen Zwillingsbruders mit einem kurzen, veitstanzartigen Zittern in der bereicherten Welle der vollendeten Handlung des anderen aufging. Ich sage «bereichert», weil der Geist der ungepflückten Blume auch noch irgendwie dazusein und zwischen den Fingern zu pulsieren schien, die sich um die Frucht schlossen.

Es konnte Zeiträume von Wochen und sogar Monaten geben, während deren der dominierende Takt häufiger auf Lloyds Seite war als auf meiner, und dann konnte eine Periode folgen, in der ich oben auf der Woge war; doch ich kann mich an keine Zeit unserer Kindheit erinnern, da Mißerfolg oder Erfolg in solchen Dingen in einem von uns entweder Unwillen oder Stolz hervorgerufen hätten.

Irgendwo in meinem Innern jedoch muß es eine sensible Zelle gegeben haben, die Staunen empfand über die seltsame Tatsache einer Gewalt, die mich unversehens von dem Gegenstand eines beiläufigen Wunsches fortriß und hinschleppte zu anderen, gar nicht begehrten Dingen, die in den Bereich meines Willens gestoßen wurden, statt daß dieser bewußt seine Fangarme nach ihnen ausstreckte und sie ergriff. Wenn ich dieses oder jenes zufällig anwesende Kind beobachtete, das seinerseits Lloyd und mich anschaute, dachte ich also, wie ich mich erinnere, über eine zweifache Frage nach: erstens, ob vielleicht eine einfache Körperlichkeit vorteilhafter war als die unsere; und zweitens, ob *alle* anderen Kinder einfach waren. Es fällt mir jetzt auf, daß die Probleme, die mich beschäftigten, recht oft zwiefacher Art waren: Möglicherweise drang ein Rinnsal von Lloyds Gehirntätigkeit in mein Denken ein, und eine der beiden verknüpften Fragen war seine.

Als unser habsüchtiger Großvater Ahem beschloß, uns gegen Entgelt Besuchern zu zeigen, war unter den Scharen, die sich einfanden, immer ein Halunke, der begierig war, uns miteinander sprechen zu hören. Wie viele primitive Gemüter verlangte er, daß ihm seine Ohren bestätigten, was seine Augen sahen. Unsere Angehörigen tyrannisierten uns so, daß wir solchen Wünschen willfährig waren, und konnten nicht begreifen, was daran so qualvoll war. Wir hätten uns auf unsere Schüchternheit berufen können; aber die Wahrheit war, daß wir nie wirklich miteinander *sprachen*, selbst wenn wir alleine waren, denn die knappen, abgehackten Grunzlaute seltenen Protests, die wir bisweilen wechselten (wenn einer sich zum Beispiel gerade den Fuß aufgerissen hatte und verbunden worden war und der andere im Bach herumplanschen wollte), konnten schwerlich als Dialog gelten. Die Verständigung über einfache wesentliche Empfindungen zwischen uns vollzog sich wortlos: lose Blätter, die der Strom unseres gemeinsamen Blutes mit sich führte. Auch dünnen Gedanken gelang es, durchzuschlüpfen und vom einen zum anderen zu gelangen. Bedeutungsvollere behielt jeder für sich, aber selbst da kam es zu seltsamen Phänomenen. Darum habe ich den Verdacht, daß Lloyd seinem ruhigeren Temperament zum Trotz sich mit den gleichen neuen Wirklichkeiten auseinandersetzte, die mich verwirrten. Er vergaß viel, als er erwachsen wurde. Ich habe nichts vergessen.

Unser Publikum erwartete von uns nicht nur, daß wir miteinander sprachen, wir sollten auch zusammen spielen. Dummköpfe! Sie hatten ihren Spaß daran, daß wir unseren Verstand im Dame- oder *musla*-Spiel miteinander maßen. Wären wir zufällig verschiedenen Geschlechts gewesen, sie hätten uns vermutlich veranlaßt, in ihrer Gegenwart Inzest zu begehen. Doch da gemeinsame Spiele zwischen uns nicht üblicher waren als Gespräche, litten wir subtile Qualen, wenn wir gezwungen waren, einen Ball irgendwo zwischen unseren Brustbeinen mit verkrampften Bewegungen hin- und herzuschleudern oder so zu tun, als wollte einer dem anderen einen Stock entreißen. Es trug uns stürmischen Beifall ein, wenn wir, die Arme einander um die Schultern gelegt, im Hof umherrannten. Wir konnten springen und herumwirbeln.

Ein Mann, der Patentmedizin verkaufte, ein kahlköpfiger kleiner Kerl in einer schmuddelig weißen russischen Bluse, der etwas Türkisch und Englisch konnte, brachte uns Sätze in diesen Sprachen bei; dann mußten wir unsere Kenntnisse einem faszinierten Publikum vorführen. Die glühenden Gesichter verfolgen mich immer noch in meinen Albträumen, denn sie erscheinen immer, wenn ein Traumregisseur Komparsen braucht. Ich sehe den riesigen, bronzegesichtigen Schäfer in den bunten Lumpen wieder, die Soldaten aus Karas, den einäugigen, buckligen armenischen Schneider (er selber in seiner Art ein Ungeheuer), die kichernden Mädchen, die seufzenden alten Frauen, die Kinder, die jungen Leute in westlicher Kleidung – brennende Augen, weiße Zähne, schwarz klaffende Münder; und natürlich Großvater Ahem mit seiner Nase aus gelbem Elfenbein und seinem Bart aus grauer Wolle, der das Treiben beaufsichtigte oder das schmutzige Papiergeld zählte und seinen dikken Daumen befeuchtete. Der Linguist, der mit der bestickten Bluse und der Glatze, machte einer meiner Tanten den Hof, ließ jedoch nicht ab, Ahem durch seine Stahlbrille neidisch zu beobachten.

Mit neun Jahren war mir völlig klar, daß Lloyd und ich die seltenste aller Mißgeburten vorstellten. Dieses Wissen rief in mir weder besondere Begeisterung noch besondere Scham hervor; doch einmal verkündete eine hysterische Köchin, eine Frau mit einem Schnurrbart, die uns in ihr Herz geschlossen hatte und unser Los bedauerte, mit einem fürchterlichen Fluch, sie werde uns auf der Stelle mit einem blitzenden Messer, welches sie plötzlich schwang, auseinandersäbeln (sie wurde sofort von unserem Großvater und einem unserer neuerworbenen Onkel überwältigt); und nach diesem Vorfall spielte ich oft mit einem müßigen Wachtraum – und zwar malte ich mir aus, ich wäre von dem armen Lloyd getrennt, dem seine Monstrosität irgendwie verblieben war.

Für jene Säbelei hatte ich nichts übrig, und die Art und Weise der Trennung blieb auf jeden Fall sehr unbestimmt; doch deutlich stellte ich mir vor, daß meine Fesseln plötzlich wegschmolzen und ich mich leicht fühlte und nackt. Ich stellte mir vor, wie ich über den Zaun kletterte – einen Zaun, auf dessen Latten die gebleichten Schädel von Haustieren steckten – und zum Strand hinunterging. Ich sah mich von Felsblock zu Felsblock springen und in die glitzernde See tauchen und wieder ans Ufer klettern und mit anderen nackten Kindern toben. Des Nachts träumte ich davon – ich sah mich vor meinem Großvater fliehen und ein Spielzeug, eine junge Katze oder eine kleine Krabbe mitnehmen, die ich links an meinen Leib drückte. Ich sah, wie ich dem armen humpelnden Lloyd begegnete, der hoffnungslos an einen humpelnden Zwillingsbruder gefesselt war, während ich selber frei war, um sie herumzutanzen und sie auf ihre demütigen Rücken zu klopfen.

Ich frage mich, ob Lloyd etwa ähnliche Vorstellungen hatte. Ärzte haben die Vermutung geäußert, daß wir in unseren Träumen unseren Geist gelegentlich vereinten. Eines graublauen Morgens hob er einen Zweig auf und zeichnete ein Schiff mit drei Masten in den Staub. Die Nacht zuvor hatte ich mich selbst das gleiche Schiff in den Staub meines Traumes zeichnen sehen.

Ein weiter Schäfermantel bedeckte unsere Schultern, und da wir auf dem Boden hockten, war bis auf unsere Köpfe und Lloyds Hand alles unter seinen fallenden Falten versteckt. Gerade war die Sonne aufgegangen, und die scharfe Märzluft war wie Schicht auf Schicht halbdurchsichtigen Eises, durch welches hindurch die krummen, in rauher Blüte stehenden Judasbäume verwischte purpur-rosa Flecken machten. Das lange, niedrige weiße Haus hinter uns, voll von fetten Frauen und ihren stinkenden Männern, lag noch in festem Schlaf. Wir sagten nichts; wir sahen uns nicht einmal an; aber Lloyd warf seinen Zweig fort und legte mir den rechten Arm um die Schulter, wie immer, wenn er wünschte, daß wir schnell gingen; und während der Saum unseres gemeinsamen Umhangs über welkes Unkraut schleifte und Kiesel unter unseren Füßen wegsprangen, liefen wir auf die Zypressenallee zu, die hinunter zur Küste führte.

Es war unser erster Versuch, an das Meer zu gelangen, das wir von unserer Hügelkuppe aus sanft glitzern sehen konnten, fern und träge und lautlos an schimmernden Felsen brechend. Ich brauche mein Gedächtnis nicht anzustrengen, um unsere stolpernde Flucht zeitlich an einem entscheidenden Wendepunkt unseres Schicksals zu lokalisieren. Einige Wochen davor an unserem zwölften Geburtstag, hatte Großvater Ibrahim angefangen mit dem Gedanken zu spielen, uns in Gesellschaft unseres neuesten Onkels auf eine sechsmonatige Tournee durch das Land zu schicken. Sie feilschten lange um die Bedingungen, zankten und prügelten sich sogar, und Ahem hatte die Oberhand behalten.

Wir fürchteten unseren Großvater und verabscheuten Onkel Novus. Vermutlich fühlten wir dumpf und hilflos (denn wir wußten nichts vom Leben, merkten aber dunkel, daß Onkel Novus darauf aus war, Großvater zu betrügen), daß wir einen Versuch machen sollten, etwas zu unternehmen, damit wir nicht von einem Schausteller wie Affen oder Adler in einem fahrbaren Käfig herumgeführt würden; oder vielleicht bestimmte uns nur der Gedanke, daß dies unsere letzte Gelegenheit wäre, unser bißchen Freiheit selber zu genießen und zu tun, was uns absolut verboten war: weiter zu gehen als bis zu einem bestimmten Lattenzaun, ein bestimmtes Tor zu öffnen.

Jenes wackelige Tor zu öffnen, fiel uns nicht schwer, doch es gelang uns nicht, es in seine frühere Stellung zurückzuschwingen. Ein schmutzigweißes Lamm mit bernsteinfarbenen Augen und einem auf seine harte flache Stirn gemalten karminroten Zeichen folgte uns eine Weile, ehe es sich im Eichengestrüpp verlor. Etwas tiefer, aber dennoch hoch über dem Tal, mußten wir eine Straße überqueren, welche um den Hügel herumlief und unseren Hof mit der Landstraße verband, die der Küste folgte. Hufgeklapper und Räderscharren kamen von oben her näher; und wir ließen uns mitsamt Umhang hinter einen Busch fallen. Als das Rumpeln verklang, überquerten wir die Straße und gingen auf einem unkrautbewachsenen Hang weiter. Die silbrige See verbarg sich allmählich hinter Zypressen und den Resten alter Steinmauern. Unsere schwarze Pelerine begann sich heiß und schwer anzufühlen, dennoch harrten wir unter ihrem Schutz aus, da wir fürchteten, daß sonst irgendein Vorübergehender unser Gebrechen bemerken würde.

Wir erreichten die Landstraße, waren nur ein paar Schritte von der hörbaren See entfernt – und dort stand ein uns wohlbekannter Wagen und wartete auf uns, ein karrenähnliches Gefährt auf hohen Rädern, und Onkel Novus stieg gerade vom Kutschbock. Der verschlagene, dunkle, ehrgeizige, skrupellose Mann! Ein paar Minuten vorher hatte er uns von einer der

Terrassen des großväterlichen Hauses aus erblickt und der Versuchung nicht widerstehen können, sich diese Eskapade zunutze zu machen, die ihm wunderbarerweise ermöglichte, uns ohne Zank oder Geschrei in seine Gewalt zu bekommen. Er fluchte auf die beiden furchtsamen Pferde und half uns barsch in den Karren. Dann duckte er unsere Köpfe und drohte, uns weh zu tun, falls wir versuchten, unter unserem Umhang hervorzuspähen. Lloyds Arm lag noch um meine Schulter, doch ein Stuckern des Karrens schüttelte ihn ab. Jetzt knirschten und rollten die Räder. Es dauerte eine Weile, bis uns klarwurde, daß unser Kutscher uns nicht nach Hause brachte.

Zwanzig Jahre sind seit jenem grauen Frühlingsmorgen verstrichen, doch mein Gedächtnis hat ihn viel besser bewahrt als manches spätere Ereignis. Immer von neuem lasse ich ihn wie einen Filmstreifen vor meinen Augen ablaufen, wie ich es bei großen Jongleuren gesehen habe, wenn sie ihren Auftritt überprüfen. So überprüfe ich alle Phasen und Umstände und beiläufigen Einzelheiten unserer mißlungenen Flucht – die Erregung am Anfang, das Tor, das Lamm, den schlüpfrigen Hang unter unseren täppischen Füßen. Den Drosseln, die wir aufscheuchten, müssen wir mit jenem schwarzen Umhang, aus dem auf dünnen Hälsen unsere beiden kahlgeschorenen Köpfe herausragten, einen höchst ungewöhnlichen Anblick geboten haben. Die Köpfe wandten sich mißtrauisch hierhin und dorthin, als die Küstenstraße endlich erreicht war. Wäre in diesem Augenblick ein unternehmender Fremder von seinem Boot in der Bucht an Land gestiegen, es hätte ihm gewißlich einen Schauer archaischen Entzückens versetzt, sich in einer Landschaft von Zypressen und weißen Steinen einem gutartigen mythologischen Ungetüm gegenüberzusehen. Er hätte es angebetet, hätte Tränen der Wehmut vergossen. Aber ach, niemand war da, uns zu begrüßen, niemand außer jenem ängstlichen Gauner, unserem nervösen Entführer, einem Mann von kleinem Wuchs mit einem Puppengesicht und einer billigen Brille, deren eines Glas von einem Stückchen Heftpflaster zusammengehalten wurde.

*(1950)*

# PILGRAM

## I

Die Straße begann an der Ecke eines von Menschen wimmelnden Boulevards, von dem sie eine der Straßenbahnlinien fortlockte. Ohne Schaufenster oder ähnliche Freuden zog sie sich lange unauffällig hin. Dann kam ein kleiner Platz (vier Bänke, ein Stiefmütterchenbeet), den die Elektrische mit gellender Mißbilligung umfuhr. Hier wechselte die Straße den Namen, und ein neues Leben hob an. Zur Rechten erschienen Läden: ein Obstgeschäft mit leuchtenden Apfelsinenpyramiden; ein Tabakladen mit dem Bild eines lüsternen Türken; ein Feinkostgeschäft mit fetten braunen und grauen Wurstringen; und dann unvermutet eine Schmetterlingshandlung. Abends – und besonders an regnerischen Abenden, wenn der Asphalt wie ein Seehundsrücken glänzte – blieben die Fußgänger einen Augenblick lang vor diesem Sinnbild sonnigen Wetters stehen. Gewaltige und prachtvolle Insekten waren ausgestellt. Die Leute sagten sich: «Was für Farben – erstaunlich!» und stapften weiter durch den Nieselregen. Flügel mit vor Staunen weit geöffneten Augen, schimmernde blaue Seide, schwarze Magie – das blieb einem eine Weile noch vor den Augen, bis man in die Straßenbahn stieg oder eine Zeitung kaufte. Und nur, weil sie mit den Schmetterlingen zusammen waren, hafteten auch ein paar andere Dinge im Gedächtnis: ein Globus, Bleistifte und ein Affenschädel auf einem Stapel von Schulheften.

Blinkend setzte sich die Straße mit einer Reihe wiederum gewöhnlicher Läden fort – Seife, Kohlen, Brot –, um an der Ecke, wo sich eine kleine Gastwirtschaft befand, von neuem eine Pause einzulegen. Der Mann hinter der Theke, ein schneidiger Kerl mit steifem Kragen und grünem Pullover, verstand es, den

Schaum auf dem Glas unter dem Bierhahn geschickt mit einer einzigen Bewegung abzustreichen; auch hatte er den wohlverdienten Ruf, ein Witzbold zu sein. Allabendlich spielten hier der Obsthändler, der Bäcker, ein Arbeitsloser und der Vetter des Kneipwirts an einem runden Tisch nahe beim Fenster mit großer Hingebung Karten. Wer die Partie gewann, bestellte sofort eine neue Runde, so daß keiner der Spieler je reich werden konnte.

Sonnabends pflegte an einem der Nebentische ein abgekämpfter älterer Mann mit gerötetem Gesicht, glatt anliegendem Haar und einem nachlässig gestutzten, angegrauten Schnurrbart zu sitzen. Wenn er erschien, begrüßten ihn die Spieler geräuschvoll, ohne von ihren Karten aufzusehen. Unweigerlich bestellte er Rum, stopfte seine Pfeife und sah dem Spiel mit rötlich gerandeten, wässerigen Augen zu. Das linke Augenlid hing leicht herab.

Gelegentlich wandte sich jemand an ihn und erkundigte sich, wie sein Laden ginge; er ließ sich mit der Antwort Zeit, und oft antwortete er gar nicht. Wenn die Wirtstochter, ein hübsches, sommersprossiges Mädchen in einem getupften Kleid, zufällig dicht genug vorbeikam, versuchte er, ihre schwer faßbare Hüfte zu erwischen, aber ob sein Hieb sie erreichte oder nicht, sein düsteres Aussehen änderte sich nie, obwohl die Adern auf seiner Schläfe purpurn anliefen. Der Wirt nannte ihn sehr witzig «Herr Professor». «Na, wie geht's dem Herrn Professor heute abend?» fragte er, indem er zu ihm herüberkam; der Mann dachte eine Zeitlang schweigend nach, und mit einer nassen Unterlippe, die sich wie bei einem fressenden Elefanten unter der Pfeife hervorschob, entgegnete er etwas, das weder komisch noch höflich war. Schlagfertig konterte der Bierwirt, und die Spieler, obwohl anscheinend in ihre Karten vertieft, bogen sich vor Schadenfreude.

Der Mann trug einen geräumigen grauen Anzug mit einer beträchtlichen Übertreibung des Westenmotivs, und sobald der Kuckuck zum Vorschein kam, zog er umständlich eine dicke silberne Taschenuhr hervor und schaute schräg auf sie herab – er hielt sie in der flachen Hand und kniff des Qualms wegen die Augen zusammen. Pünktlich um elf klopfte er seine Pfeife aus, bezahlte seinen Rum, reichte jedem, der sie etwa zu schütteln wünschen mochte, seine schlaffe Hand und verließ schweigend das Lokal.

Sein Gang war ungeschickt, er hinkte leicht. Seine Beine schienen für den Körper zu dünn. Kurz vor seinem Schaufenster bog er in einen Torweg, wo sich rechterhand eine Tür mit einem Messingschild befand: PAUL PILGRAM. Diese Tür führte in seine winzige, muffige Wohnung, die durch einen Korridor auch mit dem rückwärtigen Teil des Ladens verbunden war. Für gewöhnlich schlief Eleonore schon, wenn er an diesen festlichen Abenden heimkam. Über dem Doppelbett hingen in schwarzen Rahmen ein halbes Dutzend verblaßter Fotografien ein und desselben plumpen Schiffes sowie einer tristen Palme, die aussah, als stünde sie auf Helgoland. Vor sich hinbrabbelnd humpelte Pilgram mit einer brennenden Kerze fort in die birnenlose Dunkelheit, kam mit herabhängenden Hosenträgern zurück und murmelte weiter vor sich hin, als er auf der Bettkante saß und langsam und mühevoll seine Schuhe auszog. Seine Frau wurde halb wach, stöhnte in ihr Kissen hinein und bot ihm ihre Hilfe an; mit drohendem Groll in der Stimme gebot er ihr, gefälligst still zu sein, und wiederholte dieses kehlige «Ruhe!» mehrere Male mit wachsender Wut.

Nach dem Schlaganfall, der ihn einige Zeit zuvor fast das Leben gekostet hätte (er war wie ein Berg von hinten auf ihn herabgestürzt, als er sich gerade zu seinen Schnürsenkeln hinabbeugte), zog er sich jetzt widerwillig aus; er grummelte vor sich hin, bis er sicher im Bett war, und grummelte weiter, wenn zufällig der Wasserhahn in der Küche nebenan tropfte. Dann wälzte sich Eleonore aus dem Bett, wankte in die Küche und mit einem benommenen Seufzen zurück, ihr kleines Gesicht wachsbleich und glänzend, und unter ihrem gräßlich langen Nachthemd schauten die bepflasterten Hühneraugen hervor. Sie hatten 1905 geheiratet, vor fast einem Vierteljahrhundert, und sie hatten keine Kinder, weil Pilgram immer der Ansicht gewesen war, daß Kinder doch nur behindern würden, was in seiner Jugend ein angenehm erregender Plan gewesen war und sich allmählich zu einer dunklen, leidenschaftlichen Besessenheit ausgewachsen hatte.

Er schlief auf dem Rücken, eine altmodische Nachtmütze in die Stirn gezogen; allem Anschein nach war es der feste und geräuschvolle Schlaf, der von einem ältlichen deutschen Ladenbesitzer zu erwarten war, und ohne weiteres konnte man annehmen, daß seine Steppdeckenstarre völlig frei war von Traumvisionen; doch in Wahrheit träumte dieser ungeschliffene, schwere Mann, der sich hauptsächlich von Erbswurst und Pellkartoffeln nährte, der unerschütterlich an seine Zeitung glaubte und nichts von der Welt wußte (sofern seine geheime Leidenschaft nicht betroffen war), träumte von Dingen, die seine Frau und seine Nachbarn völlig unbegreiflich gefunden hätten; denn Pilgram gehörte zu einer besonderen Gattung von Träumern, oder vielmehr war er bestimmt, zu ihnen zu gehören (aber etwas – der Ort, die Zeit, der Mann – war schlecht gewählt worden), zu jenen nämlich, die im Englischen einstmals *aurelians* genannt wurden – vielleicht um der Chrysaliden willen, jener «Kleinode der Natur», die sie so gern an Zäunen über den staubigen Nesseln von Feldwegen hängend fanden.

Sonntags setzte er sich mehrmals, um seinen Morgenkaffee zu schlürfen, und ging dann mit seiner Frau spazieren – es war ein langsamer und schweigender Spaziergang, auf den sich Eleonore die ganze Woche lang freute. Werktags öffnete er der Kinder wegen, die auf dem Schulweg vorbeikamen, seinen Laden so früh wie möglich; denn seit einiger Zeit führte er neben seiner eigentlichen Ware auch Schulbedarf. Irgendein kleiner Junge trottete, seine Mappe schwingend und an einer Stulle kauend, an dem Tabakladen vorbei (wo eine bestimmte Zigarettenmarke Bilder von Flugzeugen zu bieten hatte), an dem Feinkostgeschäft (das einem Vorwürfe machte, weil man das Frühstücksbrot viel zu früh gegessen hatte), erinnerte sich, daß er einen Radiergummi brauchte, und trat in den nächsten Laden. Pilgram murmelte etwas, wobei er die Unterlippe unter dem Pfeifenstiel vorschob, und nach einer lustlosen Suche knallte er einen offenen Karton auf den Ladentisch. Der Junge befühlte und drückte den fabrikneu bleichen Gummi, fand seine Lieblingssorte nicht und ging wieder, ohne von der Hauptware des Ladens auch nur Notiz genommen zu haben.

«Diese heutige Jugend!» dachte Pilgram mit Abscheu und

erinnerte sich seiner eigenen Knabenjahre. Sein Vater – ein Matrose, ein Herumtreiber, ein bißchen ein Strolch – hatte spät im Leben ein bläßliches, helläugiges holländisches Mädchen geheiratet, die er aus Java nach Berlin holte, und einen Laden mit exotischen Kuriositäten eröffnet. Pilgram konnte sich jetzt nicht mehr genau entsinnen, wann die Schmetterlinge begonnen hatten, die ausgestopften Paradiesvögel, die abgegriffenen und unwirksamen Talismane, die mit Drachen bemalten Fächer und alles dieses Zeug zu verdrängen; aber schon als Junge hatte er mit Sammlern fieberhaft Falter getauscht, und nach dem Tode seiner Eltern traten die Schmetterlinge die Alleinherrschaft in dem düsteren kleinen Laden an. Bis 1914 hatte es genug Amateure und Fachleute gegeben, das Geschäft bescheiden, sehr bescheiden in Gang zu halten; später jedoch wurden Zugeständnisse notwendig; ein Schaukasten mit dem Werdegang des Seidenwurms bildete den Übergang zu Schulbedarfsartikeln, genau wie einstmals Bilder, die schändlicherweise aus funkelnden Flügeln zusammengesetzt waren, der erste Schritt zur Lepidopterologie gewesen waren.

Jetzt barg das Fenster neben den Federhaltern vor allem protzige Insekten, beliebte Stars unter den Faltern, einige von ihnen auf Gips und gerahmt – diese waren hauptsächlich als Zimmerschmuck gedacht. Im Laden selbst, der geschwängert war mit dem scharfen Geruch eines Desinfektionsmittels, befanden sich die wirklichen, die kostbaren Sammlungen. Überall im Raum standen die verschiedenen Schachteln, Kartons und Zigarrenkisten herum. Hohe Schränke enthielten zahlreiche glasüberdeckte Schubfächer mit geordneten Serien vollkommener Exemplare, die tadellos gespannt und beschriftet waren. In einer dunklen Ecke stand ein verstaubter alter Schild (das letzte Relikt des ursprünglichen Angebots). Ab und an tauchte lebende Ware auf: volle braune Puppen, auf deren Thorax zarte Linien und Furchen symmetrisch zusammenströmten und so erkennen ließen, wie die rudimentären Flügel, Beine, Fühler und Rüssel gelagert waren. Berührte man eine solche auf ihrem Moosbett liegende Puppe, so begann das spitz zulaufende Ende des segmentierten Hinterleibs hin und her zu zucken wie die gewindelten Beine eines Säuglings. Die Puppen kosteten eine

Reichsmark das Stück, und mit der Zeit entschlüpfte ihnen ein kraftloser, feuchter, sich wunderbar dehnender Nachtfalter. Und zeitweilig standen hin und wieder auch andere Lebewesen zum Verkauf: damals zufällig gerade ein Dutzend Eidechsen, auf Mallorca zu Hause, kalte, schwarze, blaubäuchige Dinger, denen Pilgram als Hauptgericht Mehlwürmer und zum Nachtisch Weintrauben zu fressen gab.

2

Er hatte sein ganzes Leben in Berlin und seinen Vororten verbracht; weiter als bis zur Pfaueninsel in einem See der Umgebung war er nie gekommen. Er war ein Insektenforscher ersten Ranges. Dr. Rebel in Wien hatte einen bestimmten seltenen Nachtfalter *Agrotis pilgrami* genannt; und Pilgram selber hatte mehrere Beschreibungen publiziert. Seine Kästen enthielten die meisten Länder der Welt, aber alles, was er von dieser je zu Gesicht bekommen hatte, war die öde Sand- und Kiefernszenerie eines gelegentlichen Sonntagsausflugs; und immer wieder erinnerte er sich der Funde, die ihm in seinen Jugendjahren so herrlich vorgekommen waren, wenn er sich jetzt diese wohlbekannte Fauna ringsumher betrachtete, die eingeengt war von einer wohlbekannten Landschaft, welcher sie ebenso hoffnungslos entsprach wie er seiner Straße. Von einem Gesträuch am Straßenrand las er eine große, türkisfarbene Raupe mit einem porzellanblauen Hörnchen oben auf dem letzten Segment auf; erstarrt lag sie auf seiner Handfläche, und als wäre sie ein lebloses Schmuckstück, setzte er sie dann seufzend auf ihren Zweig zurück.

Obwohl er ein- oder zweimal die Gelegenheit gehabt hätte, sich auf einen einträglicheren Handel zu verlegen – etwa Tuch anstelle der Falter zu verkaufen –, klammerte er sich hartnäckig an seinen Laden, der das symbolische Bindeglied zwischen seiner kümmerlichen Existenz und dem Phantom vollkommenen Glücks darstellte. Wonach er sich mit wilder, fast krankhafter Macht sehnte, das war, selber die seltensten Schmetterlinge ferner Länder in seinem Netz zu fangen, mit eigenen Augen ihren Flug zu beobachten, bis zur Hüfte im üppigen Gras zu stehen, das Durchschwingen seines sausenden Netzes und darauf, durch eine umklammerte Falte des Tülls hindurch, das wilde Schlagen der Flügel zu spüren.

Von Jahr zu Jahr erschien es ihm sonderbarer, daß es ihm im Vorjahr nicht irgendwie gelungen war, genügend Geld für wenigstens eine vierzehntägige Sammelreise ins Ausland zurückzulegen, aber sparsam war er nie gewesen, das Geschäft war immer schlechtgegangen, und selbst wenn ihm das Glück hin und wieder günstig war, ging im letzten Augenblick mit Sicherheit etwas schief. Bei seiner Heirat hatte er fest mit einer Beteiligung am Geschäft seines Schwiegervaters gerechnet, aber einen Monat später war der Mann tot und hatte nichts als Schulden hinterlassen. Kurz vor dem Ersten Weltkrieg schien eine Reise nach Algerien dank einem unverhofften Geschäft so nahe, daß er sich sogar schon einen Tropenhelm beschafft hatte. Als dann alles Reisen unmöglich wurde, tröstete er sich immer noch mit der Hoffnung, daß man ihn als Soldaten an irgendeinen aufregenden Ort schicken würde; aber er war schwerfällig, kränklich und auch der Jüngste nicht mehr, und so sah er weder Frontdienst noch exotische Lepidopteren. Nach dem Kriege dann, als er es fertiggebracht hatte, wieder ein wenig Geld zurückzulegen (diesmal für eine Woche in Zermatt), verwandelte die Inflation mit einem Male seine mageren Ersparnisse in weniger als den Gegenwert eines Straßenbahnfahrscheins.

Danach gab er seine Versuche auf. Immer bedrückter wurde er, indes seine Leidenschaft wuchs. Wenn irgendein entomologischer Bekannter zufällig vorüberkam, war Pilgram nur verärgert. «Dieser Kerl», so dachte er, «mag zwar ebensoviel wissen, wie der Dr. Staudinger wußte, aber er hat nicht mehr Phantasie als ein Briefmarkensammler.» Die Sammelkästen mit den Glasdeckeln, über die sie sich gemeinsam beugten, bedeckten nach und nach den ganzen Ladentisch, und die Pfeife zwischen Pilgrams saugenden Lippen gab immer wieder einen sinnend-sehnsüchtigen piepsenden Laut von sich. Nachdenklich starrte er auf die engen Reihen zarter Insekten, die unsereinem alle gleich vorkommen, und dann und wann klopfte er mit einem kurzen und dicken Zeigefinger gegen das Glas, um auf eine besondere Seltenheit hinzuweisen. «Das da ist eine seltsam dunkle Abweichung», sagte der kundige Besucher etwa. «Eisner hat so einen bei einer Auktion in London erworben, aber er war nicht so dunkel und hat ihn vierzehn Pfund gekostet.» Schmerzlich an seiner erloschenen Pfeife saugend, hob Pilgram den Kasten ans Licht, so daß die Schatten der Falter unter ihnen hervor und über den mit Papier ausgelegten Boden schlüpften; dann setzte er ihn wieder hin, zwängte seine Fingernägel unter den enganliegenden Rand des Deckels, lockerte ihn mit einem Ruck und nahm ihn vorsichtig und geschickt ab. «Und Eisners Weibchen war nicht so frisch», fügte der Besucher hinzu, und ein zufälliger Zeuge, eines Schulheftes oder einer Briefmarke wegen gekommen, mochte sich wohl fragen, worüber sich die beiden unterhielten.

Grunzend zog Pilgram an dem vergoldeten Kopf der schwarzen Stecknadel, auf der das seidige kleine Lebewesen gekreuzigt war, und nahm das Objekt aus dem Kasten. Es hin und her wendend, betrachtete er das Etikett, das unter dem Leib steckte. «Ja – Tatsienlu, Osttibet», las er, «gefangen von den eingeborenen Sammlern Pater Dejeans» – und steckte den Falter genau in das gleiche Stecknadelloch zurück. Seine Bewegungen schienen lässig, ja unbekümmert, aber das war die unfehlbare Nonchalance des Fachmanns: Die Nadel mit dem kostbaren Insekt und Pilgrams dicke Finger waren die aufeinander eingearbeiteten Teile ein und derselben fehlerlosen Maschine. Es konnte jedoch geschehen, daß ein offener Kasten, von dem Ellbogen eines Besuchers gestreift, unbemerkt vom Ladentisch zu gleiten begann – um im letzten Moment von Pilgram aufgehalten zu werden, der dann ruhig seine Pfeife weiter anzündete; erst viel später, wenn er schon anderswo beschäftigt war, stöhnte er plötzlich in erinnertem Erschrecken.

Aber es waren nicht nur verhinderte Scherben, was ihn stöhnen ließ. Pater Dejean, unerschrockener Missionar hoch zwischen den Rhododendronbüschen und im Schnee, wie beneidenswert war dein Los! Und Pilgram starrte auf seine Kästen und paffte und brütete und überlegte, daß er so weit gar nicht zu reisen brauchte: daß es überall in Europa Tausende von Jagdgründen gab. Aus den Orten, die in entomologischen Werken erwähnt waren, hatte er sich eine eigene Welt zurechtgemacht, zu der seine Wissenschaft einen höchst detaillierten Reiseführer bildete. Es gab keine Kasinos in dieser Welt, keine alten Kirchen, nichts, was einen gewöhnlichen Touristen verlockt hätte. Digne in Südfrankreich, Ragusa in Dalmatien, Sarepta an der Wolga, Abisko in Lappland – das waren die berühmten Orte, die den Schmetterlingssammlern teuer waren und wo sie seit den fünfziger Jahren des vergangenen Jahrhunderts ab und zu (immer zur Verwunderung der Einheimischen) herumgestöbert hatten. Und so deutlich, als wäre es eine eigene Erinnerung, sah sich Pilgram die Nachtruhe eines kleinen Hotels stören, indem er in einem Zimmer herumstapfte und -sprang, durch dessen weitgeöffnetes Fenster ein weißlicher Nachtfalter aus der schwarzen, freigebigen Nacht hereingeschwirrt war und in einem geräuschvollen wirbelnden Tanz seinen Schatten an der Zimmerdecke küßte.

In diesen seinen unmöglichen Träumen hatte er die Inseln der Seligen besucht, wo in den heißen Barrankas, welche die unteren Hänge der mit Kastanien und Lorbeer bedeckten Berge zerschneiden, eine merkwürdige lokale Rasse des Kohlweißlings vorkommt; und auch jene andere Insel, jene Bahndämme bei Vizzavona und die Kiefernwälder weiter oben, die das Revier des gedrungenen und dunklen korsischen Schwalbenschwanzes sind. Er hatte den hohen Norden besucht, die arktischen Moore, die so zarte, flaumige Falter hervorbringen. Er kannte die hochgelegenen Alpenwiesen, wo im schlüpfrigen, verfilzten Gras verstreut flache Steine liegen; denn es gibt keine größere Freude, als einen solchen Stein anzuheben und an seiner Unterseite einen dicken, schläfrigen, einer noch von niemandem beschriebenen Art angehörenden Nachtfalter zu finden. Er sah glasige Apollofalter mit roten Augenflecken im Hangwind über einen Maultierpfad treiben, der sich zwischen einer steilen Felswand und einem Abgrund wilden weißschäumenden Wassers hinzog. In italienischen Gärten knirschte an Sommerabenden einladend der Kies unter den Füßen, und durch die zunehmende Dunkelheit spähte Pilgram auf Büschel von Blüten, vor denen plötzlich ein Oleanderschwärmer erschien, der von Blume zu Blume schwebte, unverwandt summte und an den Kelchen verweilte, während seine Flügel so schnell schwirrten, daß nichts als ein geisterhafter Strahlenkranz um seinen stromlinienförmigen Leib wahrnehmbar war. Und das Allerbeste waren vielleicht die mit weißem Heidekraut bewachsenen Hügel bei Madrid, die Täler Andalusiens, die fruchtbare und waldige Sierra de Albarracín, wo ein kleiner, vom Bruder des Försters gesteuerter Bus eine gewundene Straße hinaufkeuchte.

Schwerer fiel es ihm, sich die Tropen vorzustellen, aber wenn er es tat, verspürte er einen noch heftigeren Schmerz, denn niemals würde er die hoch oben mit den Flügeln schlagenden brasilianischen Morphofalter fangen, die so groß und glänzend sind, daß sie einen azurblauen Widerschein auf die Hand werfen, niemals würde er auf jene Schwärme afrikanischer Schmetterlinge stoßen, die dicht beieinander wie ungezählte phantastische Fahnen im fetten schwarzen Schlamm steckten und sich in einer bunten Wolke erhoben, wenn sein Schatten sich näherte – ein langer, sehr langer Schatten.

3

«Ja, ja, ja», murmelte er, nickte mit dem schweren Kopf und hielt den Kasten vor sich, als wäre er ein ihm teures Bildnis. Die Klingel über der Ladentür bimmelte, seine Frau kam mit einem nassen Regenschirm und einer Einkaufstasche herein, und er drehte ihr langsam den Rücken zu, um den Kasten zurück in den Schrank zu schieben. So ging das weiter, diese Besessenheit und diese Verzweiflung und diese nachtmahrische Unmöglichkeit, das Schicksal zu hintergehen, bis zu einem Apriltag, ausgerechnet einem ersten April. Über ein Jahr lang hatte er einen Schrank in Verwahrung, der einzig der Familie jener kleinen Glasflügler gewidmet war, die Wespen oder Mücken nachahmen. Die Witwe eines bedeutenden Kenners dieser Gruppe hatte Pilgram die Sammlung ihres Mannes in Kommission gegeben. Er beeilte sich, dem törichten Frauenzimmer zu versichern, daß er dafür nicht mehr als fünfundsiebzig Mark bekommen würde, obwohl er sehr wohl wußte, daß sie nach den Katalogpreisen fünfzigmal soviel wert war, so daß der Amateur, dem er sie für tausend Mark verkaufte, das für ein günstiges Geschäft halten würde. Dieser Amateur allerdings erschien nicht, obwohl Pilgram die reichsten Sammler angeschrieben hatte. So hatte er den Schrank weggeschlossen und die Gedanken daran aufgegeben.

An jenem Aprilmorgen kam ein sonnenverbrannter, bebrillter Mann in einem alten Regenmantel und ohne Hut auf seinem braunen kahlen Kopf hereingeschlendert und verlangte Kohlepapier. Pilgram steckte die kleinen Geldstücke, die er für das klebrige violette Zeug bekam, dessen Berührung ihm so verhaßt war, in den Schlitz einer kleinen tönernen Sparbüchse, saugte an seiner Pfeife und starrte ins Leere. Der Mann blickte sich schnell im Laden um und machte eine Bemerkung über die ungemeine Leuchtkraft eines schillernd grünen Insekts mit vielen Schwanzfortsätzen an den Flügeln. Pilgram murmelte etwas von Madagaskar. «Und das da ist doch kein Schmetterling, nicht?» sagte der Mann und wies auf ein anderes Stück. Pilgram erwiderte langsam, daß er eine ganze Sammlung jener Gattung habe. «Ach was!» sagte der Mann. Pilgram kratzte sein stoppliges Kinn und humpelte in den Hintergrund des Ladens. Er zog einen Kasten mit Glasdeckel hervor und stellte ihn auf den Ladentisch. Der Mann beugte sich über diese winzigen, glasigen Wesen mit den orangefarbenen Füßen und den umgürteten Körpern. Pilgram zeigte mit dem Pfeifenstiel auf eine der Reihen, und im selben Augenblick rief der Mann: «Meine Güte – *uralensis!*» – und das verriet ihn. Kasten auf Kasten stapelte Pilgram auf den Ladentisch, als ihm aufging, daß der Besucher ganz genau von dem Vorhandensein der Sammlung wußte, daß er um ihretwillen gekommen war, ja daß er der reiche Sammler Sommer war, an den er geschrieben hatte und der gerade von einer Reise nach Venezuela zurückgekehrt war; und als endlich beiläufig die Frage gestellt wurde: «Nun, und wieviel würde das kosten?» – da lächelte Pilgram.

Er wußte, daß es Wahnsinn war; er wußte, er würde Eleonore hilflos zurücklassen, Schulden, unbezahlte Steuern, einen Laden, in dem nur Kleinkram verkauft wurde; er wußte, daß er mit den neunhundertfünfzig Mark, die er möglicherweise bekäme, nur ein paar Monate lang verreisen könnte; und doch nahm er alles das auf sich, denn er war ein Mann, der spürte, daß nur das öde Alter vor ihm lag und daß das Glück, das ihm jetzt winkte, seine Einladung niemals wiederholen würde.

Als Sommer schließlich sagte, daß er ihn am vierten seine Entscheidung wissen lassen würde, da wurde Pilgram klar, daß der Traum seines Lebens im Begriffe stand, endlich aus seinem alten, zerkrumpelten Kokon zu schlüpfen. Mehrere Stunden verwendete er auf das Studium einer Landkarte, legte sich eine Reiseroute zurecht, bedachte, zu welcher Zeit diese Art oder jene vorkommen würde, und plötzlich flimmerte es schwarz und blendend vor seinen Augen, und er stolperte eine ganze Weile in seinem Laden herum, ehe er sich wieder besser fühlte. Der vierte kam, aber Sommer ließ sich nicht sehen, und nachdem er den ganzen Tag gewartet hatte, zog sich Pilgram in sein Schlafzimmer zurück und legte sich wortlos nieder. Er lehnte sein Abendbrot ab und schimpfte ein paar Minuten lang mit geschlossenen Augen auf seine Frau, im Glauben, daß sie noch neben ihm stünde; dann hörte er sie leise in der Küche weinen und spielte mit dem Gedanken, sich eine Axt zu nehmen und ihr den Schädel mit dem fahlen Haar einzuschlagen. Am nächsten Tag blieb er im Bett, und Eleonore sorgte an seiner Statt für den Laden und verkaufte einen Tuschkasten. Und noch einen Tag später, als das Ganze ihm nur noch wie ein Fiebertraum vorkam, betrat Sommer den Laden, eine Nelke im Knopfloch und den Regenmantel über dem Arm. Als er ein Bündel Papiergeld hervorholte und die Banknoten raschelten, begann Pilgrams Nase heftig zu bluten.

Die Ablieferung des Schrankes und ein Besuch bei der leichtgläubigen alten Frau, der er widerwillig fünfzig Mark gab, waren das letzte, was er in der Stadt zu tun hatte. Der viel kostspieligere Gang zum Reisebüro bezog sich schon auf sein neues Leben, in dem nur noch Schmetterlinge von Bedeutung waren. Obwohl Eleonore nichts von den Transaktionen ihres Mannes wußte, sah sie glücklich aus, denn sie hatte das Gefühl, daß er ein einträgliches Geschäft gemacht hatte, fürchtete sich aber, zu fragen, wieviel dabei abgefallen war. Diesen Nachmittag kam ein Nachbar vorbei, um daran zu erinnern, daß seine Tochter am Tag darauf heiraten würde. So machte sich Eleonore am anderen Morgen damit zu schaffen, ihr Seidenkleid in Ordnung zu bringen und den besten Anzug ihres Mannes zu bügeln. Sie würde etwa um fünf hingehen, überlegte sie, und er könnte später kommen, nach Ladenschluß. Als er sie mit verdutztem Stirnrunzeln anschaute und sich rundheraus weigerte, mitzugehen, überraschte es sie nicht, denn seit langem war sie Enttäuschungen aller Art gewohnt. «Vielleicht gibt es Sekt», sagte sie, als sie bereits in der Ladentür stand. Keine Antwort – nur das Hin- und Herschieben der Kästen. Nachdenklich sah sie auf die hübschen sauberen Handschuhe, die sie angezogen hatte, und ging.

Nachdem Pilgram die wertvolleren Sammlungen in Ordnung gebracht hatte, sah er auf die Uhr und stellte fest, daß es Zeit war, zu packen: Sein Zug fuhr um 8.29 Uhr. Er schloß den Laden ab, schleppte den alten, karierten Koffer seines Vaters aus dem Korridor und packte zu allererst die Fanggeräte: ein zusammenlegbares Netz, Tötungsgläser, Sammelschachteln, eine Handlampe für den Nachtfang auf den Sierras und ein paar Päckchen mit Nadeln. Dann fiel ihm ein, auch noch ein paar Spannbretter und einen Kasten mit Korkboden mitzunehmen, obwohl er die Absicht hatte, seine Funde im allgemeinen in kleinen dreieckigen Papiertüten aufzubewahren, wie es auf Reisen von Ort zu Ort üblich ist. Darauf trug er den Koffer ins Schlafzimmer und warf einige Paar dicke Socken und etwas Unterwäsche hinein. Er fügte zwei oder drei Sachen hinzu, die im Notfall verkauft werden konnten – etwa einen Silberbecher und eine Bronzemedaille in einer Samtschachtel, die seinem Schwiegervater gehört hatten.

Wieder schaute er auf die Uhr und kam zu dem Schluß, daß es Zeit war, sich auf den Weg zum Bahnhof zu machen. «Eleonore!» rief er laut, während er sich den Mantel anzog. Da sie nicht antwortete, blickte er in die Küche. Nein, sie war nicht da; und dann erinnerte er sich undeutlich, daß von irgendeiner Hochzeit die Rede gewesen war. Eilig nahm er einen Fetzen Papier und kritzelte mit einem Bleistift ein paar Worte. Den Zettel und die Schlüssel legte er an einen auffälligen Ort, und vor Aufregung fröstelnd und mit einem Ziehen in der Magengrube versicherte er sich zum letzten Mal, daß das Geld und die Fahrkarten in seiner Brieftasche waren. «Also los!» sagte Pilgram und nahm den Koffer.

Doch da dies seine erste Reise war, überlegte er immer noch nervös, ob er wohl irgend etwas vergessen hätte; dann fiel ihm ein, daß er kein Kleingeld bei sich hatte, und er erinnerte sich an die tönerne Sparbüchse, in der sich ein paar Geldstücke befinden mochten. Ächzend und mit dem schweren Koffer überall aneckend, ging er zurück zum Ladentisch. Im Dämmerlicht des sonderbar stillen Ladens starrten ihn von allen Seiten die Augenflecken der Schmetterlingsflügel an, und Pilgram empfand fast etwas Unheimliches in dem Überfluß des ungeheuren Glücks, das sich wie ein Berg zu ihm herüberneigte. Er versuchte, die wissenden Blicke dieser zahllosen Augen zu vermeiden, holte tief Atem, erblickte verschwommen die Sparbüchse, die in der Luft zu schweben schien, und streckte schnell die Hand danach aus. Die Büchse entglitt seinen feuchten Händen, zerschellte auf dem Fußboden, und schwindelig rollten die funkelnden Münzen umher; Pilgram bückte sich tief, um sie aufzuheben.

4

Es wurde Nacht; ein schlüpfriger, polierter Mond glitt reibungslos zwischen Chinchillawolken dahin, und Eleonore, die, immer noch erregt vom Wein und den saftigen Witzen, ohne Eile vom Hochzeitsessen heimkehrte, dachte an ihre eigene Hochzeit. Alle Gedanken, die ihr jetzt durch den Kopf gingen, drehten und wendeten sich irgendwie so, daß sie ihr ihre mondhelle, erfreuliche Seite zukehrten; fast war sie heiter, als sie in den Torweg bog und die Tür öffnete, und sie ertappte sich bei dem Gedanken, daß es gewiß etwas Großartiges sei, eine eigene Wohnung zu haben, mochte sie auch muffig und dunkel sein. Lächelnd knipste sie das Licht im Schlafzimmer an und bemerkte sofort, daß alle Schubladen offenstanden: Aber es blieb ihr kaum Zeit, an Einbrecher zu denken, denn auf dem Nachttisch lagen die Schlüssel, und am Wecker lehnte ein Zettel. Sein Inhalt war lakonisch: «Bin nach Spanien gefahren. Faß nichts an, bis ich schreibe. Borg Dir was von Sch. oder W. Füttre die Eidechsen.»

In der Küche tropfte der Wasserhahn. Automatisch hob sie die silberne Handtasche auf, die ihr entfallen war, und blieb aufrecht und still auf der Bettkante sitzen, die Hände im Schoß, als würde sie fotografiert. Etwas später stand jemand auf, ging durch das Zimmer, sah nach dem verriegelten Fenster, kam zurück, während sie teilnahmslos zuschaute, ohne zu begreifen, daß sie selber es war, die sich von der Stelle rührte. Langsam fielen die Tropfen, und plötzlich machte es ihr Angst, so allein in der Wohnung zu sein. Der Mann, den sie seiner stummen Allwissenheit, seiner unerschütterlichen Derbheit, seiner finsteren Arbeitswut wegen geliebt hatte, er hatte sich davongemacht... Es war ihr zumute, als müßte sie heulen, zur Polizei laufen, ihren Trauschein vorweisen, fordern, flehen; aber sie blieb sitzen, das Haar leicht zerrauft, die Hände in den weißen Handschuhen.

Ja, Pilgram war weit, sehr weit. Höchstwahrscheinlich war er in Granada gewesen und in Murcia und in der Sierra de Albarracín und war noch weiter gereist, nach Surinam oder Taprobane; und kaum kann man bezweifeln, daß er alle die herrlichen Insekten seiner Sehnsucht gesehen hatte – samtene schwarze Schmetterlinge, die hoch über dem Urwald fliegen, einen winzigen tasmanischen Nachtfalter, jenen chinesischen Dickkopffalter, der lebend nach zerdrückten Rosen riechen soll, und den schönen Falter mit den kurzen Fühlern, den ein Mr. Baron gerade in Mexiko entdeckt hatte. So ist es in gewissem Sinne ohne Bedeutung, daß Eleonore, als sie einige Zeit später in den Laden ging, den karierten Koffer erblickte und dann ihren Mann, der inmitten verstreuter Geldstücke mit dem Rükken zum Ladentisch ausgestreckt auf dem Fußboden lag, das aschgraue Gesicht vom Tode gewaltsam verunstaltet. *(1930)*

# DER SCHWERE RAUCH

Als die über den Straßen hängenden Laternen bis hin zum Bayerischen Platz fast gleichzeitig aufleuchteten, nahm alles in dem dämmrigen Zimmer andere Formen an: Die Linien der Gegenstände verschoben sich, und unter der Einwirkung des Lichtes entstand an der Wand eine naturgetreue Kopie des Gardinenmusters. Fast drei Stunden schon, das kurze Abendessen nicht eingerechnet (kurz und völlig schweigend, da Vater und Schwester zum Glück wieder einmal auf Kriegsfuß standen und bei Tisch gelesen hatten), lag er, der lange zweidimensionale Jüngling mit einem Kneifer, dessen Gläser im Halbdunkel ab und zu aufblinkten, regungslos auf der Chaiselongue. Betäubt von dem ihm so gut bekannten wehmütigen, sich dehnenden Gefühl lag er da und schaute und kniff die Augen zu, und jede waagerechte Linie, ein Sims, der Schatten eines Simses verwandelten sich vor seinen Augen in einen Meereshorizont oder den Saum eines fernen Strandes. Sobald das Auge gelernt hatte, den Mechanismus dieser Metamorphosen zu beherrschen, vollzogen sie sich von selbst, so wie die Steinchen hinter dem Rücken eines dahinschreitenden Wundertäters nutzlos zum Leben erwachen. Und nun gestaltete und vertiefte sich bald an der einen, bald an der anderen Stelle des Zimmerkosmos die scheinbare Perspektive, eine grafische Fata Morgana, bezaubernd in ihrer Transparenz und ihrer Öde; ein Streifen Wasser und ein schwarzes Kap mit der kleinen Silhouette einer Araukarie.

Durch die mattgeriffelten Scheiben der Schiebetür, die zum Wohnzimmer führte, drang das zerstreute, in der Riffelung glitzernde Licht der Lampe, und weiter unten zeichneten sich wie in tiefem Wasser die verschwommenen Umrisse eines Stuhls ab, der an die Tür gerückt worden war, weil sie immer wieder versuchte, sich langsam und ruckend zu öffnen. Von Zeit zu Zeit hörte man Bruchstücke einsilbigen Gesprächs. Nebenan – sicherlich auf der Ottomane an der gegenüberliegenden Wand – saßen die Schwester und ihr Bekannter, und nach den geheimnisvollen Pausen zu urteilen, die durch ein Räuspern oder ein zärtlich fragendes Lachen unterbrochen wurden, küßten sie sich. Man hörte noch andere Laute – die von der Straße: das Geräusch eines vorbeifahrenden Kraftwagens, das sich wie eine leichte Säule emporschraubte und mit einem Hupen an der Straßenecke ausklang; oder es fing mit Hupen an und jagte mit lautem Geknatter vorüber, an dem das Klirren der Türflügel nach Kräften teilnahm.

Und wie das Licht durch die Meduse dringt und sich jede Bewegung des Wassers auf sie überträgt, so drang auch alles durch ihn hindurch, und das Empfinden dieses Flutens transformierte sich in eine Art Hellsehen: Flach auf der Chaiselongue liegend, die vom Fluß der Schatten abseits getragen wurde, war er zugleich Begleiter der Straßenpassanten dort draußen; bald sah er in größter Genauigkeit den Bürgersteig dicht vor seinen Augen, so deutlich, wie ihn ein Hund sieht, bald das Muster kahler Zweige an dem noch nicht ganz farblosen Himmel, bald die Schaufenster in ihrer Reihenfolge: die Puppe des Friseurs, anatomisch nicht besser entwickelt als die Herz-Dame; den Bilderrahmenladen mit den Heidelandschaften und der unvermeidlichen «Inconnue de la Seine» (so populär in Berlin) inmitten zahlreicher Porträts des Staatsoberhauptes; das Lampengeschäft, in dem sämtliche Lampen brannten, so daß sich unwillkürlich die Frage aufdrängte, welche davon denn die eigentliche Raumleuchte war.

So lag er wie eine Mumie im Dunkeln, und plötzlich fiel ihm ein, daß es doch peinlich wäre, wenn die Schwester annähme, er sei nicht zu Hause. Aber es war unglaublich schwer, sich zu bewegen. Schwer, weil die Form seines Seins jetzt ihre spezifischen Merkmale und festen Grenzen vollkommen eingebüßt hatte. Sein Arm konnte beispielsweise die enge Gasse schräg gegenüber sein, seine Wirbelsäule der Wolkengrat, der sich über den ganzen Himmel mit seinen kalten Sternen im Osten zog. Weder das gestreifte Dunkel im Zimmer noch das goldglitzernde Nachtmeer, in das sich das Glas der Schiebetür verwandelt hatte, ermöglichte ihm, sich abzumessen und abzugrenzen. Das gelang ihm erst, als er mit dem behenden Tastsinn seiner sich plötzlich im Mund bewegenden Zunge (die, noch schlaftrunken, eilig daranging, zu kontrollieren, ob noch alles in Ordnung war) die fremdartige Weichheit einer zwischen den Zähnen steckengebliebenen Fleischfaser aufspürte. Zugleich mußte er daran denken, wie viele Male in seinem zwanzigjährigen Leben sich dieses unsichtbare, aber fühlbare Mundmobiliar schon geändert hatte, an das sich die Zunge gewöhnt hatte, bis eine Plombe herausfiel und einen Abgrund hinterließ, der sich mit der Zeit wieder füllte.

Angetrieben nicht so sehr durch die offenherzige Stille hinter der Tür als durch den Wunsch, etwas Spitzes zur Unterstützung des einsamen blinden Arbeiters zu finden, streckte er sich, richtete sich halb auf und stellte, nachdem er die Tischlampe angeknipst hatte, seinen körperlichen Zustand völlig wieder her. Er nahm sich (Kneifer, schwarzes Schnurrbärtchen, unreine Haut auf der Stirn) mit einem Ekel wahr, den er stets empfand, wenn er für einen Augenblick zu sich und in sich hinein zurückkehrte aus dem sehnsuchtsvollen Nebel, der etwas ahnen ließ ... aber was? Welche Form mochte die quälende Kraft, welche die Seele reizte, annehmen? Woher war es gekommen, dieses Wachsende in ihm? Sein Tag war so wie immer, Universität, Bibliothek ... Doch als er heute im Auftrag des Vaters widerwillig zu den Ossipows gehen mußte, sah er, wie aus dem Schornstein einer Kneipe am Rande des Ödgeländes feuchtschwerer, satter Rauch quoll und sich schläfrig über das nasse Dach breitete. Er wollte sich nicht heben, der Rauch, wollte sich nicht vom lieben Irdischen trennen ... Und da war es über ihn gekommen.

Auf dem Tisch glänzte ein in Wachstuch gebundenes Heft, daneben, auf der tintenbekleckten Schreibunterlage, lag eine Rasierklinge mit rostumsäumten Löchern. Außerdem beleuchtete die Lampe eine Sicherheitsnadel. Er bog sie auf und holte mit der Spitze, den etwas hastigen Weisungen der Zunge folgend, die Fleischfaser heraus – sie schmeckte besser als alle anderen Speisen... Und dann legte sich die Zunge zufrieden zur Ruhe.

Plötzlich tauchte hinter der halbdurchsichtigen Glasscheibe eine schemenhafte Nixenhand auf, die beiden Türhälften schoben sich ruckartig auseinander, und der zerzauste Kopf der Schwester erschien im Spalt.

«Grischenka», sagte sie, «sei ein Engel, hol bitte von Papa Zigaretten.»

Er gab keine Antwort. Sie kniff die leuchtenden Augen mit den dichten Wimpern zu schmalen Schlitzen zusammen – ohne ihre Hornbrille sah sie schlecht –, bemüht, zu erkennen, ob er schlafe.

«Bitte, Grischenka», wiederholte sie in schmeichelndem Ton. «Tu es doch. Ich möchte nach dem, was gestern war, nicht zu ihm gehen.»

«Vielleicht möchte ich auch nicht», sagte er.

«Na, mach schon», sagte sie zärtlich, «ja, Grischenka?»

«Gut, laß mich zufrieden», sagte er endlich, und sie fügte behutsam die beiden Türhälften aneinander und löste sich in der Glasscheibe auf.

Er wandte sich hoffnungsvoll wieder dem hell beleuchteten Tisch zu; es war ihm eingefallen, daß er eine Schachtel Zigaretten, die einmal sein Freund bei ihm hatte liegenlassen, irgendwo hingesteckt hatte. Jetzt war die Sicherheitsnadel nicht mehr da, und das Heft mit dem Wachstuchumschlag lag bereits anders, halbgeöffnet (wie ein Mensch, der im Schlaf seine Lage ändert). Höchstwahrscheinlich steckte die Schachtel zwischen den Büchern. Die Regale befanden sich unmittelbar über dem Tisch, das Lampenlicht gelangte bis zu den Buchrücken. Es war meist zufälliger Schund, aber es gab auch Lehrbücher über politische Ökonomie (er hatte etwas ganz anderes gewollt, aber der Vater hatte auf seinem Willen beharrt), Lieblingsbücher, die zu verschiedenen Zeiten die Seele erquickten: «Das Zelt», «Meine Schwester – das Leben», «Abend bei Claire» und «Bal du Comte d'Orgel», «Lushins Verteidigung» und «Zwölf Stühle», Hoffmann und Hölderlin, Boratynskij und einen alten russischen Baedeker. Er fühlte – nicht zum ersten Mal – einen leisen geheimnisvollen Stoß in der Seele und hielt den Atem an, um zu lauschen, ob sich der Stoß wiederholen würde. Seine Seele war bis zum äußersten gespannt, die Gedanken setzten zuweilen aus. Wieder zu sich gekommen, erinnerte er sich nicht sofort, weshalb er am Tisch stand und nach den Büchern faßte. Die blauweiße Schachtel, die zwischen Sombart und Dostojewskij steckte, war leer. Anscheinend kam er doch nicht darum herum, zum Vater zu gehen. Übrigens gab es noch eine Möglichkeit.

Mit rutschenden Hosen, die Füße in den alten Pantoffeln träge nachschleppend, verfügte er sich aus seinem Zimmer in den Flur und ertastete den Lichtschalter. Auf dem Spiegelbrett neben der modischen beigefarbenen Mütze des Gastes lag ein zerknitterter Bogen Seidenpapier – die Hülle befreiter Rosen. Er durchsuchte die Manteltasche seines Vaters – mit angewiderten Fingern drang er in die gefühllose Welt einer fremden Tasche ein. Er fand jedoch jene Reservezigaretten nicht, die er sich in genauer Kenntnis der etwas schwerfälligen väterlichen Vorsorge zu verschaffen gedachte. Nichts zu machen, er mußte zu ihm...

Doch an einer unbestimmten Stelle seiner nachtwandlerischen Marschroute geriet er erneut in einen Nebelstreifen, und diesmal waren die Stöße in seiner Seele so machtvoll und um so vieles lebhafter als alle äußeren Wahrnehmungen, daß er in dem krummen Jüngling mit der bleichen unrasierten Wange und dem roten Ohr, der lautlos im Spiegel vorüberglitt, nicht sofort und nicht ganz sich selbst erkannte, seine Umgrenzung und seine Gestalt. Als er sich eingeholt hatte, ging er ins Speisezimmer.

Am Tisch, den das inzwischen schlafen gegangene Dienstmädchen schon längst zum Abendtee gedeckt hatte, saß der Vater; mit dem Finger der einen Hand kraulte er sich den graumelierten Bart, in der anderen hielt er ausgestreckt den Kneifer an der federnden Klemmvorrichtung und studierte einen alten, in den Falzen bereits eingerissenen Berliner Stadtplan. Vor einigen Tagen hatte es bei Bekannten einen leidenschaftlichen, echt russischen Streit gegeben, wie eine gewisse Straße auf dem kürzesten Wege zu erreichen sei, obwohl es übrigens niemand von den Streitenden je versucht hatte. Und jetzt ließ der erstaunt unzufriedene Ausdruck in seinem gesenkten Gesicht mit den beiden rötlichen Achten an beiden Seiten der Nase erkennen, daß er damals unrecht gehabt hatte.

«Was möchtest du?» fragte er und blickte auf zu seinem Sohn, in der heimlichen Hoffnung vielleicht, ich würde Platz nehmen, den Teewärmer abheben und ihm und mir einschenken. «Zigaretten?» fuhr er im gleichen fragenden Ton fort, nachdem er die Blickrichtung des Sohnes aufgefangen hatte; dieser war hinter seinen Rücken getreten, um nach der Schachtel zu greifen, die neben seinem Gedeck lag. Doch der Vater reichte sie ihm bereits von der anderen Seite, so daß eine kleine Verwirrung entstand.

«Ist er weg?» stellte er die dritte Frage.

«Nein», sagte der Sohn und nahm sich eine Handvoll seidiger Zigaretten.

Beim Verlassen des Eßzimmers bemerkte er noch, wie sich der Vater mit dem ganzen Körper auf dem Stuhl herumdrehte und den Blick auf die Wanduhr richtete, mit einer Miene, als hätte die Uhr etwas gesagt. Dann begann er sich langsam wieder zurückzudrehen, doch da hatte sich die Tür schon geschlossen, und ich konnte das weitere nicht mehr verfolgen. Ich konnte es nicht, mir war auch nicht danach zumute. Doch dies und die Meeresweiten von vorhin und das kleine glühende Gesicht der Schwester und der gedämpfte Lärm der runden, durchsichtigen Nacht – all das hatte das Entstehen dessen begünstigt, was jetzt endlich feste Formen annahm. Unheimlich deutlich, als sei die Seele von einer lautlosen Explosion erhellt worden, schoß die künftige Erinnerung durch den Kopf, der Gedanke, daß man sich einst wird erinnern müssen, genau wie man sich jetzt zuweilen an die Art der seligen Mutter erinnert, bei zu lauten Streitigkeiten am Tisch ein weinerliches Gesicht zu machen und sich an die Schläfen zu fassen. Man wird sich mit unbarmherziger, nicht wiedergutzumachender Schärfe erinnern müssen an die gekränkten Schultern des Vaters in seiner dicken, mit Tabakasche und Schuppen übersäten Hausjacke, der sich düster über einen zerrissenen Stadtplan beugt. Und das alles vermischte sich erquickend mit dem heutigen Eindruck von dem blaugrauen Rauch, der sich an die gelben Blätter auf dem nassen Dach schmiegte.

Durch den Türspalt nahmen ihm unsichtbare gierige Finger ab, was er in der Hand hielt. Und nun lag er wieder auf der Chaiselongue, aber die frühere Sehnsucht war verschwunden. Riesengroß, lebendig dehnte sich eine Verszeile und bog sich hinüber in die nächste; an der Wende entzündete sich süß und heiß der Reim, und dann entstand wie an der Wand, wenn man mit einer brennenden Kerze die Treppe hinaufsteigt, der bebende Schatten weiterer Zeilen.

Trunken von der italienischen Musik der Alliterationen, von Lebensdurst, von den neuen Versuchungen alter Wörter, «Lenz», «Gefilde», «Auen», waren es im Grunde nichtige, vergängliche Verse, die, bis die nächsten erschienen, bestimmt verdorrten, wie auch alle anderen, ins schwarze Heft geschriebenen, verdorrt sind. Aber gleichviel: Heute wenigstens glaube ich an die entzückenden Versprechungen des noch nicht erkalteten, noch rotierenden Verses. Das Gesicht ist tränenfeucht, die Seele birst vor Glück, und ich weiß, daß dieses Glück das höchste ist, das die Welt zu bieten vermag. *(1935)*

## DEM ANDENKEN L. I. SCHIGAJEWS

Leonid Iwanowitsch Schigajew ist gestorben ... Die bei Nekrologen allgemein üblichen Gedankenpunkte stellen wahrscheinlich die Spuren der Wörter dar, die auf Zehenspitzen entschwunden sind – und auf dem Marmor Fußspuren hinterlassen haben – ehrfurchtsvoll, im Gänsemarsch ... Ich möchte diese Grabesstille jedoch stören ... Erlauben Sie mir also ... Nur einige fragmentarische, wirre, eigentlich unerbetene ... Aber immerhin. Vor ungefähr elf Jahren machte ich seine Bekanntschaft, in einer Zeit, die für mich fürchterlich war. Ich ging damals förmlich zugrunde. Stellen Sie sich einen jungen, noch sehr jungen Menschen vor ... einen hilflosen, einsamen, mit ewig gereizter Seele – die man nicht berühren durfte – empfindlich wie eine offene Wunde ... der überdies mit den Qualen einer unglücklichen Liebe noch nicht fertig geworden war ... Ich erlaube mir, auf dieses Moment näher einzugehen.

Es war gar nichts Besonderes an diesem schmalen deutschen Mädchen mit kurzem Haar, aber wenn ich es zuweilen so anschaute, die sonnenverbrannten Wangen, das tiefgoldene Haar, das sich vom Scheitel bis zum Nacken in solcher Rundung legte, in einem Gemisch von glänzenden gelben und olivfarbenen Strähnen, so hätte ich aufheulen können vor Zärtlichkeit, einer Zärtlichkeit, die bei mir gar nicht so einfach und so mühelos Platz finden konnte, sondern, gleichsam sperrig und mit zerbrechlichen Kanten, im Eingang, weder hü noch halt wissend, steckenblieb – einer Zärtlichkeit, die niemandem dienlich war, am allerwenigsten jenem dummen Mädchen. Es stellte sich, mit einem Wort, heraus, daß es mir einmal in der Woche, bei sich zu Hause, untreu war mit einem soliden Herrn, einem Familienvater, der übrigens Leisten für sein Schuhe mitbrachte – eine teuflische Akkuratesse. All dies endete mit dem zirkusartigen Laut einer ungeheuren Ohrfeige: Meine Treulose blieb, so wie sie hingestürzt war, auch liegen, wie ein Knäuel, während sie mich mit den Augen durch die Finger anblinzelte – im großen und ganzen, so schien es, sehr geschmeichelt. Mechanisch suchte ich etwas, was ich auf sie werfen konnte; ich erblickte eine Porzellan-Zuckerdose, die ich ihr zu Ostern geschenkt hatte; ich klemmte diese Zuckerdose unter den Arm, und ging hinaus und knallte die Tür zu.

Anmerkung: das war nur eine von verschiedenen möglichen Varianten des Abschieds von ihr; ich habe mir viele von diesen unmöglichen Möglichkeiten überlegt, als ich, noch im ersten Anfall meines trunkenen Wahns, auf mancherlei sann und mir mancherlei vorstellte – bald solch einen groben Genuß der Hand, das Schießen aus einem alten Parabellum, auf sie und auf mich, auf sie und auf den Familienvater, nur auf sie, nur auf mich – oder, schließlich, die eisige Ironie, die erhabene Wehmut, das Schweigen... ach, wer weiß, wie es geschieht, längst habe ich vergessen, wie es in Wirklichkeit war.

Mein damaliger Wohnungswirt, ein hochgewachsener Berliner, hatte auf seinem furunkulösen Nacken ständig ein widerlich-rosafarbenes Pflaster mit drei diskreten Löchern, vielleicht zum Zweck der Luftzufuhr oder des Abflusses von Eiter – übrigens war ich in einem russischen Buchverlag angestellt, bei zwei träge scheinenden Herren, die in Wirklichkeit durchtrieben, die solche Gauner waren, daß unerfahrene Menschen, die sie beobachteten, einen Krampf in der Brust verspürten – wie bei einem Aufstieg in eine Höhe über den Wolken. Als ich begann, mich zu verspäten und fortzubleiben, mit dem unvermeidlichen Adverb «systematisch», oder als ich in einem Zustand erschien, daß man mich wieder nach Hause schicken mußte, wurden unsere Beziehungen unerträglich. Und schließlich warfen sie mich mit vereinten Kräften und unter heftiger Mitwirkung des Buchhalters und irgendeines Unbekannten, der mit einem Manuskript gekommen war, hinaus.

Das war meine Jugend, meine bedauernswerte Jugend! Ich sehe, als wäre es jetzt, das entsetzliche kleine Zimmer, das ich für fünfundzwanzig Mark monatlich gemietet hatte, die fürchterlichen Blumen auf den Tapeten, das fürchterliche Lämpchen an der Leitungsschnur, das zuweilen die ganze Nacht brannte mit seinem schwachsinnigen Licht... Ich war da so unglücklich, so unanständig und über die Maßen unglücklich, daß die Wände bis jetzt mit Elend und Fieberwahn imprägniert sein müssen, daß in dem Zimmer nach mir unmöglich irgendein fröhlicher, zum Pfeifen aufgelegter Mensch gewohnt haben kann. Mir scheint es vielmehr, daß auch jetzt, nach zehn Jahren, vor dem trüben Spiegel immer noch solch ein blasser Jüngling mit glänzender Stirn und schwarzem Bart sitzt, lediglich in einem kaputten Hemd, Schnaps säuft und dabei anstößt mit seinem Spiegelbild. Ach, was war das für eine Zeit! Nicht nur, daß niemand auf der Welt mich brauchte, ich konnte mir nicht einmal Umstände vorstellen, unter denen sich irgend jemand um mich kümmern würde.

Langandauerndes, beharrliches und einsames Saufen führte dazu, daß ich die abgeschmacktesten Bilder vor mir sah, nämlich die ganz besonders typischen russischen Halluzinationen: Ich begann, Teufel zu sehen. Ich sah sie jeden Abend, sobald ich die Schläfrigkeit des Tages überwunden hatte und mit dem Licht meiner armseligen Lampe die Dämmerung verscheuchte, die uns schon zu umhüllen begann. Ja, genauer, als ich jetzt meine eigene, ewig zitternde Hand sehe, sah ich die berüchtigten Ankömmlinge, und schließlich gewöhnte ich mich sogar an ihre Gegenwart, zumal da sie nicht sehr aufdringlich waren. Groß waren sie nicht, aber ziemlich fett, von den Maßen einer dicken Kröte, sie waren friedlich, träge, schwarzhäutig, mit Pickeln. Sie krochen mehr als daß sie gingen, aber trotz all ihrer scheinbaren Plumpheit konnte man sie nicht fangen. Ich erinnere mich, daß ich eine Hundepeitsche kaufte, und sobald ihrer genügend auf meinem Tisch versammelt waren, versuchte ich, sie kräftig zu schlagen – aber erstaunlicherweise wichen sie dem Hieb aus; und wieder schlug ich mit der Peitsche... Einer von ihnen, der mir am nächsten war, blinzelte mir lediglich zu, kniff seine Augen schräg zusammen wie ein geduckter Hund, den man mit einer Drohung von irgendeinem verführerischen Unrat fortreißen will; andere wiederum krochen auseinander und zogen dabei die Hinterbeine nach ... Aber sie alle drängten sich nach und nach wieder auf einen Haufen zusammen, während ich die ausgelaufene Tinte vom Tisch wischte und ein heruntergefallenes Porträt wieder aufhob. Sie tummelten sich, allgemein gesagt, am lebhaftesten in der Nähe meines Tisches; sie tauchten irgendwo von unten auf, und ohne sich zu beeilen, kletterten sie, mit ihren zähen Bäuchen raschelnd und schmatzend – mit irgendwelchen Matrosen karikierenden Griffen –, an den Tischbeinen hoch, die ich mit Vaselin einzuschmieren versuchte. Aber das half nicht im geringsten, und nur wenn ich einmal solch ein appetitliches Ekel, das eifrig emporkraxelte, aussuchte und es mit der Peitsche oder mit dem Stiefel schnappte, patschte es mit einem angeschwollenen Krötenlaut auf den Boden; aber, siehe da, schon nach einer Minute kam es aus einer anderen Ecke herangekrochen und streckte voller Eifer seine violette Zunge heraus – und schon wälzte es sich hinüber und stieß zu seinen Kameraden. Viele waren es, und zunächst schienen sie mir alle gleich auszusehen: Schwarz, mit aufgedunsenen, übrigens ziemlich gutmütigen Mäulern, so saßen sie in Gruppen zu fünft oder zu sechst auf dem Tisch, auf Papieren, auf einem Bande Puschkin – und sahen mich seelenruhig an; manchmal kratzte sich eines mit dem Fuß hinter dem Ohr, indem es rauh mit seiner langen Kralle schabte, dann aber, seinen Fuß vergessend, erstarrte; zuweilen duselte eines, das einem Nachbarn unglücklich auf die Pelle gerückt war; der Nachbar blieb ihm übrigens nichts schuldig: Das ist die gegenseitige Rücksichtslosigkeit der Kriechtiere, die fähig sind, in verzwickten Stellungen zu erstarren. So allmählich begann ich sie zu unterscheiden, und ich glaube, ich gab ihnen sogar Namen, entsprechend ihrer Ähnlichkeit mit meinen Bekannten oder mit verschiedenen Tieren. Manche waren größer, manche kleiner (obwohl alle durchaus handlich), manche widerlicher, manche schicklicher, mit Warzen, mit Geschwulsten, und auch ganz glatte ... manche spuckten sich gegenseitig an ... Einmal brachten sie einen Neuling mit, einen Albino, das heißt einen aschblonden, mit Augen wie Lachskaviar; er war sehr schläfrig, sauertöpfisch und kroch nach und nach fort.

Mit Willensanstrengung gelang es mir, auf eine Minute Herr

der Sinnestäuschung zu werden; das war eine qualvolle Anstrengung, galt es doch, eine entsetzliche bleierne Schwere fortzustoßen und sich vom Leibe zu halten, für die mein ganzes Wesen ein Magnet war – wenn ich nur ein wenig schwächer wurde, nur ein bißchen nachgab, dann erstand wieder das Trugbild, wurde differenzierter und stereoskopisch – und ich fühlte eine trügerische Erleichterung, o weh, eine Erleichterung der Verzweiflung, als ich mich erneut dem Traumbild überließ, und wieder saß vor mir auf dem Tisch ein kalter Haufen der dickhäutigen Plumpsäcke, und sie sahen schläfrig zu mir her – und doch so, als ob sie etwas erwarteten. Ich probierte nicht nur die Peitsche aus, ich versuchte eine alte berühmte Methode, über die mich auszulassen mir im Augenblick peinlich ist, um so mehr, als ich sie offensichtlich nicht ganz richtig anwandte. Das erste Mal tat sie übrigens ihre Wirkung: Eine bestimmte Handbewegung, zu einem religiösen Kult gehörig, ohne Hast einen halben Meter über dem dichten Haufen des Bösen vollführt, ging wie ein glühendes Bügeleisen über ihn weg – mit solch einem angenehmen und doch zugleich auch widerlichen saftigen Zischen, und meine Schufte stoben, sich krümmend vor Brandschmerzen, auseinander und fielen schwer plumpsend zu Boden ... aber schon als ich mein Experiment an ihnen wiederholte, als sie sich erneut sammelten, erwies sich die Wirkung als schwächer, dann aber hörten sie ganz auf zu reagieren, das heißt, bei ihnen bildete sich sehr schnell eine gewisse Immunität – doch genug davon ... Ich brach – was blieb mir schon übrig? – in Gelächter aus, und laut sagte ich *«Tjfu»* (übrigens das einzige Lehnwort, das die russische Sprache aus dem Teufelslexikon übernommen hat; man betrachte gleichfalls das deutsche Wort «Teufel») und legte mich, ohne mich auszuziehen, schlafen – natürlich auf die Bettdecke, da ich vielleicht fürchtete, mit unerwünschten Besuchern zusammenzustoßen. So vergingen die Tage, wenn man überhaupt von Tagen reden kann – das waren nicht Tage, sondern ein Dämmer außerhalb der Zeit, und als ich erwachte, da stellte sich heraus, daß ich mich auf dem Boden wälzte und daß ich mit meinem mächtigen Wohnungswirt in die Haare geraten war, mitten in einem Wirrwarr von Möbeln. Mit einem verzweifelten Ruck befreite ich mich und stürzte aus dem Zimmer, und von dort zur Treppe – und schon ging ich auf der Straße, zitternd, gemartert, mit irgendeinem gräßlichen Stück fremden Pflasters, das mir noch an den Fingern klebte, mit Gliederschmerzen und Kopfsausen – aber fast völlig nüchtern.

Das war der Augenblick, als L. I. so freundlich zu mir war: «Mein Lieber, was ist denn mit Ihnen?» (Wir waren schon flüchtig miteinander bekannt, er kam zuweilen in den Verlag, er stellte irgendein kleines russisch-deutsches technisches Taschenwörterbuch zusammen.) «Warten Sie, mein Lieber, sehen Sie sich doch an ...» Dort an der Ecke (er kam von einem Schlachter, mit dem Abendbrot in der Aktentasche) schluchzte ich los, und dann nahm mich L. I. ohne ein Wort zu sich mit, legte mich auf den Diwan, gab mir Leberwurst und mit Maggiwürfeln bereitete Bouillon, deckte mich mit einem wattierten Mantel zu, der einen abgetragenen Schafspelzkragen hatte, ich zitterte und schluchzte, und bald darauf schlief ich ein.

Mit einem Wort, ich blieb bei ihm, verbrachte dort ungefähr zwei Wochen, wonach ich nebenan ein Zimmer mietete, und wir sahen uns auch weiterhin täglich. Man konnte sich fragen: was gab es eigentlich zwischen uns Gemeinsames? In allem waren wir verschieden! Er war fast doppelt so alt wie ich, entschieden, von gutem Aussehen, korpulent, gewöhnlich im Cutaway, sauber und häuslich – wie die meisten unserer häuslichen Junggesellen: Man mußte es sehen, vor allem hören, mit welcher Sorgfalt er morgens seine Beinkleider reinigte – dieses Geräusch der Bürste ist eng mit ihm verbunden, in der Erinnerung an ihn nimmt es die erste Stelle ein – besonders der Rhythmus des Reinigens, besonders auch die Pausen zwischen den Ausbrüchen von Gescharre, wenn er einhielt und eine verdächtige Stelle betrachtete, über sie mit dem Fingernagel hinwegkratzte oder gar ans Licht hielt ... oh, diese seine Unaussprechlichen (wie er sie nannte), die an den Knien das Blau des Himmels hindurchließen, diese seine Unaussprechlichen, durch diese Erhebung unaussprechlich vergeistigten!

In seinem Zimmer herrschte die naive Sauberkeit der Armut. Auf Briefe setzte er mit einem Stempel (einem Stempel!) seine Adresse und Telefonnummer. Er verstand es, eine Botwinja zu bereiten. Stundenlang konnte er eine nach seinen Worten geniale kleine Sache demonstrieren, besonders einen Kragenknopf oder ein Feuerzeug, das ihm ein Straßenhändler aufgeschwatzt hatte (wobei L. I. selber nicht einmal rauchte), oder seine Zöglinge, drei kleine Schildkröten mit widerlich greisenhaften Hälsen; eine von ihnen kam in meiner Anwesenheit um: Sie hatte sich arg gestoßen, als sie vom Tisch fiel, über den sie mit dem Ausdruck eines hastenden Krüppels zu laufen liebte – an der Kante immer in die Runde, in der Vorstellung, daß sie, geradeausgehend, sich weit, weit entfernte. Und noch dies – ich erinnere mich eben ganz deutlich: An der Wand, über seinem Bett, das so glatt war wie die Schlafstelle eines Arrestanten, hängen zwei Gravüren (eine Ansicht der Newa, von einer der Schiffsschnabelsäulen aus gesehen, und das Porträt Alexanders I.), die er zufällig erworben hatte im Augenblick der Sehnsucht nach dem Russischen Reich – einer Sehnsucht, die er von der Sehnsucht nach der Heimaterde wohl unterschied.

Es fehlte L. I. gänzlich der Humor, ihm waren Kunst, Literatur und das, was man Natur zu nennen pflegt, völlig gleichgültig. Wenn man, sagen wir, auf Dichtung zu sprechen kam, so zog er sich mit Sätzen solcher Art aus der Affäre: «Nein, was man auch sagen mag, Lermontow ist uns irgendwie näher als Puschkin»; wenn ich nun in ihn drang, daß er von Lermontow sei es auch nur eine einzige Zeile anführte, dann strengte er seinen Kopf offensichtlich an, damit ihm irgend etwas aus Rubinsteins Oper einfiele, oder er antwortete: «Hab ich schon lange nicht mehr gelesen, das gehört alles schon zu längst entschwundenen Tagen, ach, überhaupt, lassen Sie mich damit in Ruhe, Viktor, mein Lieber.» Im Sommer ging er sonntags immer ins Grüne, wobei er die Umgebung von Berlin verblüffend gut kannte und sich dessen rühmte, daß er von «wundervollen Stellen» wußte, welche anderen verborgen geblieben waren – das war für ihn ein reines, in sich ruhendes Vergnügen, vielleicht verwandt den Entzückungen der Sammler, den orgiastischen Freuden der Liebhaber von Katalogen, sonst wäre es unverständlich, warum all dies sein mußte: diese mühselige Zusammenstellung der Marschroute, dieses Jonglieren mit den Transportmöglichkeiten – hin mit dem Zuge, zurück mit dem Dampfer bis zu einem bestimmten Punkt, dann mit dem Autobus, und das kostet soundso viel, und niemand weiß, daß es so billig ist, selbst die Deutschen nicht. Wenn ich mit ihm aber schließlich im Wald war, stellte sich heraus, daß er eine Biene nicht von einer Hummel unterscheiden konnte, eine Erle nicht von einem Haselnußstrauch – und daß er seine ganze Umgebung völlig konventionell und ganz allgemein auffaßte: das Grüne, das Wetter (so nannte er besonders das gute Wetter), die gefiederte Welt, verschiedene Käfer – und er war sogar beleidigt, wenn ich, der ich auf dem Lande aufgewachsen bin, spaßeshalber bemerkte, wodurch die umgebende Natur sich von der Natur Mittelrußlands unterscheidet: Er fand, daß es keinen wesentlichen Unterschied gibt, sondern alles nur aus sentimentalen Assoziationen besteht.

Er liebte es, sich im Schatten auf dem Grase auszustrecken, sich auf den rechten Ellbogen zu stützen und lange Zeit die internationale Lage zu erörtern oder von seinem Bruder Wassilij zu erzählen – der offensichtlich ein Teufelskerl, ein Schürzenjäger, ein Musiker, ein Raufbold gewesen und schon in vorgeschichtlicher Zeit in einer Sommernacht im Dnjepr ertrunken war, das war ein sehr schicker Tod ... Aber all das wirkte im Bericht des lieben L. I. so langweilig, so gediegen, so glatt, daß, wenn er, was zuweilen vorkam, während einer Rast im Walde plötzlich mit gutmütigem Lächeln fragte: «Habe ich Ihnen nie erzählt, wie Wasjuk auf der Ziege eines Popen geritten ist?» – daß man dann hätte schreien mögen: «Haben Sie erzählt, haben Sie erzählt, um Gottes willen, lassen Sie das!»

Was gäbe ich nicht darum, wenn ich jetzt wieder einmal seine langweiligen Gespräche hören, seine lieben geistesabwesenden Augen sehen könnte, die von der Hitze rosarot gewordene Glatze und die graumelierten Schläfen ... Worin bestand das Geheimnis seines Charmes, da alles so langweilig war? Warum liebten ihn alle so sehr, warum hingen sie so sehr an ihm? Was stellte er an, um so liebenswert zu sein? Ich weiß es nicht. Ich weiß nicht, was ich antworten soll. Ich weiß nur, daß mir nicht wohl zumut war, wenn er morgens fortging in sein Wissenschaftliches Institut (wo er seine Zeit verbrachte mit der Lektüre des «Ökonomischen Lebens», woraus er mit zierlicher Schrift solche

Stellen herausschrieb, die seiner Meinung nach in höchstem Grade aufklärend und charakteristisch waren) oder zu einer der russischen Privatstunden, die er schon seit ewiger Zeit einem hochbetagten Ehepaar und ihrem Schwiegersohn gab: Im Umgang mit ihnen machte er zahlreiche falsche Schlüsse in bezug auf deutsche Sitten und Gebräuche, unsere Intellektuellen (die am schlechtesten beobachtenden Leute der ganzen Welt) halten sich für Kenner dieser Sitten. Ja, mir war damals manchmal ungut zumute, als ob ich vorausfühlte, daß passieren würde, was mit ihm jetzt in Prag tatsächlich passiert ist: Herzschlag auf der Straße. Und wie glücklich war er gewesen, in diesem Prag eine Stelle zu bekommen, wie hatte er gestrahlt... Ungewöhnlich lebhaft erinnere ich mich daran, wie wir ihn begleiteten. Bedenken Sie doch – der Mensch erhielt die Möglichkeit, Vorlesungen über den von ihm geliebten Gegenstand zu halten! Er hinterließ mir einen Haufen alter Zeitschriften (nichts veraltet und verstaubt so sehr wie eine sowjetische Zeitschrift), Schuhleisten (es war das Los der Leisten, mich zu verfolgen) und einen ganz neuen Füllfederhalter (als Andenken). Er sorgte sich sehr um mich, als er fortfuhr – und ich weiß, daß nachher, als unsere Korrespondenz träge wurde und schließlich einschlief und mein Leben wieder im Dunkeln untertauchte – in einem Dunkel, das erfüllt ist von tausend brüllenden Stimmen und von dem ich mich wohl kaum werde losreißen können – ich weiß, sage ich, daß L. I. viel über mich nachdachte, manchen ausfragte und sich bemühte, mir indirekt zu helfen...

Es war ein herrlicher Sommertag, als er fortfuhr; einige Menschen, die ihn begleiteten, konnten sich nicht dagegen wehren, daß ihre Augen feucht wurden; ein kurzsichtiges jüdisches Fräulein mit weißen Handschuhen und einer Lorgnette hatte ein ganzes Bündel Mohn- und Kornblumen mitgebracht; L. I. beroch die Blumen ungeschickt und lächelte. Dachte ich wohl, daß ich ihn zum letzten Mal sähe?

Natürlich dachte ich das. Gerade das dachte ich: Da sehe ich dich nun zum letzten Mal, denn so denke ich immer, und über alles, über alle. Mein Leben ist ein ständiges Abschiednehmen von Dingen und Menschen, die oft gar nicht achtgeben auf meinen bitteren, irrsinnigen, flüchtigen Gruß. *(1934)*

# ZEICHEN UND SYMBOLE

## 1

Zum viertenmal in ebenso vielen Jahren standen sie vor dem Problem, was sie einem jungen Mann, dessen Geist unheilbar verwirrt war, zum Geburtstag schenken sollten. Er hatte keine Wünsche. Von Menschenhand geschaffene Gegenstände waren für ihn entweder Bienenstöcke des Bösen, vibrierend von einer gehässigen, nur ihm wahrnehmbaren Geschäftigkeit, oder plumpe Annehmlichkeiten, für die er in seiner abstrakten Welt keine Verwendung wußte. Nachdem sie eine Anzahl von Gegenständen ausgeschlossen hatten, die ihn kränken oder erschrecken konnten (alle technischen Geräte zum Beispiel waren tabu), wählten seine Eltern eine hübsche und harmlose Kleinigkeit: ein Körbchen mit zehn verschiedenen Fruchtgelees in zehn kleinen Gläsern.

Als er geboren wurde, waren sie schon lange Zeit verheiratet; zwei Jahrzehnte verstrichen, und nun waren sie ziemlich alt. Ihr stumpfes graues Haar war nachlässig frisiert. Sie trug billige schwarze Kleider. Im Gegensatz zu anderen Frauen ihres Alters (wie etwa Mrs. Sol von nebenan, deren Gesicht von Schminke ganz rosig und mauve und deren Hut ein Büschel Wiesenblümchen war) bot sie dem kritischen Licht der Frühlingstage ein nacktes weißes Angesicht. Ihr Mann, in der alten Heimat ein einigermaßen erfolgreicher Geschäftsmann, war nun ganz von seinem Bruder Isaac abhängig, einem echten Amerikaner, der schon fast vierzig Jahre hier drüben war. Sie sahen ihn selten und hatten ihm den Spitznamen «der Fürst» gegeben.

An diesem Freitag schlug alles fehl. Der Untergrundbahn ging zwischen zwei Stationen der Lebensstrom aus, und eine Viertelstunde lang hörte man nur das pflichtgetreue Schlagen des eigenen Herzens und das Rascheln von Zeitungen. Der Bus, mit dem sie anschließend fahren mußten, ließ eine Ewigkeit auf sich warten; und als er endlich kam, war er mit laut schnatternden Schulkindern vollgestopft. Es goß in Strömen, als sie den braunen Pfad zum Sanatorium hinaufgingen. Dort warteten sie wieder; und statt ihres Jungen, der gewöhnlich ins Zimmer geschlurft kam (das arme Gesicht voller Pusteln, schlecht rasiert, mürrisch und verwirrt), erschien endlich eine Krankenschwester, die sie kannten, aber nicht besonders mochten, und erklärte unbekümmert, daß er wieder versucht habe, sich das Leben zu nehmen. Es ginge ihm ganz gut, sagte sie, aber ein Besuch könnte ihn aufregen. Das Haus war so unzulänglich mit Personal versehen, und Gegenstände wurden so leicht verlegt oder verwechselt, daß sie beschlossen, ihr Geburtstagsgeschenk nicht im Büro zu hinterlassen, sondern es ihm besser das nächste Mal mitzubringen.

Sie wartete, bis ihr Mann den Schirm aufgespannt hatte, und nahm dann seinen Arm. Er räusperte sich ständig auf eine besonders geräuschvolle Weise, wie immer, wenn er erregt war. Sie erreichten das Wartehäuschen der Bushaltestelle auf der anderen Straßenseite, und er schloß den Regenschirm. Ein paar Meter weiter, unter einem windgeschüttelten, tropfenden Baum, zuckte ein winziger, halbtoter, noch nicht flügger Vogel hilflos in einer Pfütze.

Während der langen Fahrt zur U-Bahnstation wechselten sie und ihr Mann kein Wort; und jedesmal, wenn sie einen Blick auf seine alten Hände warf (geschwollene Adern, braunfleckige Haut), die zuckend den Griff des Schirmes umschlossen hielten, fühlte sie den Druck aufsteigender Tränen. Als sie um sich blickte und versuchte, ihre Gedanken an irgendeinen Gegenstand zu heften, nahm sie mit leichter Erschütterung – einer Mischung von Mitleid und Verwunderung – wahr, daß eine der Mitfahrenden, ein Mädchen mit dunklem Haar und ungepflegten roten Zehennägeln, an der Schulter einer älteren Frau weinte. Wem sah diese Frau bloß ähnlich? Sie ähnelte Rebecca Borisowna, deren Tochter einen Solowejtschik geheiratet hatte – in Minsk, viele Jahre war es her.

Als er es das letzte Mal versucht hatte, war sein Verfahren

nach den Worten des Arztes ein erfinderisches Meisterstück gewesen; es wäre ihm gelungen, hätte nicht ein neidischer Mitpatient geglaubt, er wolle fliegen lernen, und ihn zurückgehalten. In Wirklichkeit hatte er versucht, ein Loch in seine Welt zu reißen und zu entkommen.

Das System seiner Wahnvorstellungen war Gegenstand einer umständlichen Abhandlung in einer wissenschaftlichen Monatsschrift, aber sie und ihr Mann hatten es sich schon lange vorher selber zusammengereimt. «Beziehungswahn» hatte Hermann Brink es genannt. In diesen sehr seltenen Fällen bildet sich der Patient ein, alles, was um ihn her geschieht, stehe in verschleierter Beziehung zu seiner Person und seiner Existenz. Wirkliche, lebende Personen schließt er von der Verschwörung aus, weil er sich für soviel intelligenter hält als andere. Die Welt der Naturerscheinungen beschattet ihn, wohin er auch geht. Die Wolken am starrenden Himmel übermitteln einander durch langsame Zeichen unglaublich genaue Auskünfte über ihn. Seine geheimsten Gedanken werden bei Einbruch der Nacht von dunkel gestikulierenden Bäumen in ihrem Fingeralphabet diskutiert. Kiesel oder Flecken oder Sonnenkringel bilden Muster, die auf furchterregende Weise Mitteilungen darstellen, und er muß sie abfangen. Alles ist Chiffre, und er ist der Gegenstand von allem. Einige der Spione sind kühle Beobachter, wie etwa Glasflächen und stille Teiche; andere, zum Beispiel Mäntel in Schaufenstern, sind voreingenommene Zeugen, im Herzen Lynchmörder; andere wieder (fließendes Wasser, Stürme) sind hysterisch bis zum Wahnsinn, haben eine verzerrte Vorstellung von ihm und mißdeuten seine Handlungen auf groteske Weise. Er muß ständig auf der Hut sein und jede Minute und jeden Modul seines Lebens dazu benutzen, die Schwingungen der Dinge zu entziffern. Sogar die Luft, die er ausatmet, wird klassifiziert und zu den Akten gelegt. Wenn das Interesse, das er erregt, doch wenigstens auf seine nächste Umgebung beschränkt bliebe – aber ach, das bleibt es nicht! Mit der Entfernung nehmen die Sturzbäche übler Nachrede an Lautstärke und Geschwätzigkeit zu. Die Silhouetten seiner Blutkörperchen flitzen, millionenfach vergrößert, über unermeßliche Ebenen; und in noch größerer Ferne fassen riesige Berge von unerträglicher

Massivität und Höhe die letzte Wahrheit seines Seins in Gestalt von Granit und ächzenden Tannen zusammen.

2

Als sie aus dem Donner und der verdorbenen Luft der Untergrundbahn wieder auftauchten, mischten sich letzte Reste von Tageslicht mit den Straßenlichtern. Sie wollte noch etwas Fisch zum Abendessen kaufen, darum gab sie ihm das Körbchen mit den Geleegläsern und sagte ihm, er solle heimgehen. Er stieg bis in den dritten Stock hinauf, und dann fiel ihm ein, daß er ihr im Laufe des Tages die Schlüssel gegeben hatte.

Schweigend setzte er sich auf die Stufe, und schweigend stand er wieder auf, als sie zehn Minuten später kam, sich mühsam die Treppe heraufschleppte, schwach lächelte und über ihre eigene Dummheit mißbilligend den Kopf schüttelte. Sie betraten ihre Zweizimmerwohnung, und er ging sofort zum Spiegel. Mit den Daumen zog er die Mundwinkel auseinander, nahm mit einer schrecklichen, maskenartigen Grimasse sein neues, hoffnungslos unbequemes Gebiß heraus und entfernte die langen Speichelfäden, die ihn damit verbanden. Er las seine russische Zeitung, während sie den Tisch deckte. Noch immer lesend, aß er die faden Lebensmittel, zu denen er keine Zähne brauchte. Sie kannte seine Launen und schwieg wie er.

Als er zu Bett gegangen war, blieb sie noch im Wohnzimmer sitzen, mit ihrem Stoß schmutziger Karten und ihren alten Alben. Auf der anderen Seite des engen Hofes, wo der Regen im Dunkel auf ein paar zerbeulte Mülltonnen prasselte, waren die Fenster mild erleuchtet, und durch eines von ihnen konnte man einen Mann in schwarzen Hosen mit erhobenen nackten Ellbogen ausgestreckt auf einem zerwühlten Bett liegen sehen. Sie zog das Rollo herunter und betrachtete die Fotografien. Als Säugling sah er erstaunter aus als andere Säuglinge. Aus den Seiten des Albums fiel ein deutsches Dienstmädchen, das sie in Leipzig gehabt hatten, und ihr fettgesichtiger Verlobter. Minsk, die Revolution, Leipzig, Berlin, Leipzig, die schiefe, sehr unscharfe Vorderansicht eines Hauses. Vier Jahre alt, in einem Park: schwermütig, scheu, mit gerunzelter Stirn, den Blick von einem munteren Eichhörnchen abwendend, wie er ihn von jedem Fremden abwandte. Tante Rosa, eine umständliche, ungelenke, wild dreinblickende alte Dame, die in einer angsterfüllten Welt voller schlechter Nachrichten, Bankrotte, Zugunglücke und Krebsgeschwüre gelebt hatte – bis die Deutschen sie ums Leben brachten, zusammen mit all den Menschen, um die sie sich gesorgt hatte. Sechs Jahre – das war die Zeit, als er wundersame Vögel zeichnete, mit menschlichen Händen und Füßen, und in der er an Schlaflosigkeit litt wie ein erwachsener Mann. Sein Vetter, heute ein berühmter Schachspieler. Und wieder er, etwa acht Jahre alt, schon schwer zu verstehen, voller Angst vor der Tapete im Flur, voller Angst vor einem bestimmten Bild in einem Buch, das einfach eine idyllische Landschaft darstellte, mit Felsblöcken an einem Berghang und einem alten Wagenrad, das am Ast eines kahlen Baumes hing. Zehn Jahre alt: das Jahr, in dem sie Europa verließen. Die Scham, das Mitleid, die demütigenden Schwierigkeiten, die häßlichen, gemeinen, zurückgebliebenen Kinder, mit denen er in dieser Hilfsschule war. Und dann kam eine Zeit in seinem Leben, die mit einer langen Rekonvaleszenz nach einer Lungenentzündung zusammenfiel, als diese kleinen Phobien, die seine Eltern starrsinnig als Exzentrizitäten eines außerordentlich begabten Kindes angesehen hatten, sich zu einem undurchdringlichen Gewirr von logisch aufeinander einwirkenden Wahnvorstellungen verdichteten, die ihn dem normalen Verstand völlig unzugänglich machten.

Dies und noch viel mehr nahm sie hin – denn schließlich bedeutete Leben, eine Freude nach der anderen zu verlieren, nicht einmal Freuden in ihrem Fall – sondern bloße Möglichkeiten einer Besserung. Sie dachte an die endlosen Wogen des Schmerzes, die ihr Mann und sie aus welchem Grund auch immer ertragen mußten; an die unsichtbaren Riesen, die ihren Jungen so unvorstellbar quälten; an das unabschätzbare Maß von Zärtlichkeit, das in der Welt enthalten ist; an das Schicksal dieser Zärtlichkeit, die entweder zerdrückt oder verschwendet oder in Wahnsinn verwandelt wird; an vernachlässigte Kinder, die in schmutzigen Winkeln vor sich hinsummen; an schöne wilde Pflanzen, die sich vor dem Bauern nicht verstecken können und hilflos zusehen müssen, wie sein Schatten, affenartig vornübergebeugt, verstümmelte Blumen in den Fußstapfen zurückläßt, da die ungeheuerliche Dunkelheit naht.

## 3

Es war Mitternacht vorbei, als sie vom Wohnzimmer aus ihren Mann stöhnen hörte; schon taumelte er herein, über dem Nachthemd den alten Mantel mit dem Astrachankragen, den er seinem schönen blauen Bademantel bei weitem vorzog.

«Ich kann nicht schlafen», klagte er.

«Warum?» fragte sie. «Warum kannst du nicht schlafen? Du warst so müde.»

«Ich kann nicht schlafen, weil ich sterbe», sagte er und legte sich auf die Couch.

«Ist es dein Magen? Soll ich Dr. Solov anrufen?»

«Keine Ärzte, keine Ärzte», stöhnte er. «Zum Teufel mit den Ärzten! Wir müssen ihn da schleunigst herausholen. Sonst haben wir die Verantwortung. Die Verantwortung!» wiederholte er, setzte sich mit einem Ruck auf, beide Füße auf dem Boden, und schlug sich mit der geballten Faust an die Stirn.

«Schon gut», sagte sie ruhig, «wir werden ihn morgen früh nach Hause holen.»

«Ich möchte einen Tee», sagte ihr Mann und zog sich ins Badezimmer zurück. Sie bückte sich mühsam und hob ein paar Spielkarten und eine Fotografie auf oder zwei, die von der Couch auf den Boden gefallen waren: Herz-Bube, Pik-Neun, Pik-As. Elsa und ihr bestialischer Beau.

Er kam in Hochstimmung zurück und sagte laut: «Ich habe mir schon alles zurechtgelegt. Wir geben ihm das Schlafzimmer. Jeder von uns kann einen Teil der Nacht bei ihm verbringen und den anderen Teil hier auf der Couch. Abwechselnd. Wir lassen mindestens zweimal in der Woche den Arzt kommen. Ganz gleich, was der Fürst dazu sagt. Er wird ohnehin nicht viel dagegen einzuwenden haben, weil es auf die Dauer billiger ist.»

Das Telefon läutete. Für ihr Telefon war es eine ungewöhnliche Zeit. Sein linker Hausschuh war ihm vom Fuß gerutscht, und er angelte mit Ferse und Zeh danach, während er mitten im Zimmer stand und kindisch und zahnlos seine Frau angaffte.

Da sie mehr Englisch konnte als er, nahm sie die Telefongespräche an.

«Kann ich Charlie sprechen?» fragte die matte, kleine Stimme eines Mädchens.

«Welche Nummer wollen Sie? Nein. Das ist nicht die richtige Nummer.»

Der Hörer wurde sanft aufgelegt. Ihre Hand fühlte nach ihrem alten, müden Herzen.

«Es hat mich erschreckt», sagte sie.

Er lächelte flüchtig und nahm seinen erregten Monolog sofort wieder auf. Sie würden ihn holen, sobald der Tag anbrach. Die Messer würde man in einer Schublade verschlossen halten. Selbst im schlimmsten Zustand bedeutete er keine Gefahr für andere.

Das Telefon läutete zum zweitenmal. Die gleiche tonlose, besorgte junge Stimme fragte nach Charlie.

«Sie haben die falsche Nummer. Ich werde Ihnen sagen, was Sie machen: Sie wählen den Buchstaben O statt der Null.»

Sie setzten sich zu ihrem unerwarteten, festlichen Mitternachtstee nieder. Das Geburtstagsgeschenk stand auf dem Tisch. Er schlürfte geräuschvoll; sein Gesicht war gerötet; hin und wieder hob er das Glas und machte eine Kreisbewegung, damit der Zucker sich besser auflöse. Deutlich zeichnete sich an der Seite seines kahlen Schädels, dort, wo sich ein großes Muttermal befand, eine vorspringende Ader ab, und obwohl er sich am Morgen rasiert hatte, bedeckte ein silbriger Stoppelbart sein Kinn. Während sie ihm ein zweites Glas Tee eingoß, setzte er die Brille auf und betrachtete noch einmal mit Vergnügen die leuchtenden gelben, grünen, roten kleinen Geleegläser. Seine ungeschickten feuchten Lippen buchstabierten die beredsamen Schildchen: Aprikosen, Trauben, Schlehen, Quitten. Er war bei Holzapfel, als das Telefon aufs neue läutete. *(1948)*

# LIK

Von dem bekannten französischen Autor Suire gibt es aus den zwanziger Jahren ein Stück mit dem Titel «L'Abîme» (Der Abgrund). Es ist inzwischen von der Bühne direkt in die Kleine Lethe gelangt (diejenige, die für das Theater zuständig ist – ein Fluß übrigens, der nicht ganz so hoffnungslos ist wie der Hauptstrom und eine schwächere Vergessenheitslösung enthält, so daß angelnde Regisseure auch noch Jahre später etwas herausfischen können). Dieses Stück – eine absolute, ja ideale Idiotie oder, anders ausgedrückt, eine ideale, auf die soliden Konventionen traditioneller Dramaturgie gegründete Konstruktion – handelt von der Seelenpein einer reichen und frommen Französin mittleren Alters, die plötzlich in sündiger Leidenschaft zu einem jungen Russen namens Igor entbrennt, der in ihrem *château* aufgetaucht ist und sich in ihre Tochter Angélique verliebt hat. Ein alter Freund des Hauses, ein hartnäckiger, mißmutiger Frömmler, den der Autor sich aus Mystizismus und Geilheit handlich zusammengebastelt hat, ist eifersüchtig auf das Interesse der Heldin für Igor, während diese wiederum eifersüchtig ist auf die Aufmerksamkeit, die Igor Angélique schenkt; mit einem Wort, es ist alles sehr zwingend und lebenswahr, jeder Dialog trägt das Warenzeichen einer respektablen Tradition, und es versteht sich von selbst, daß kein einziger Stoß von Talent den ordnungsgemäßen Gang der Handlung stört, die anschwillt, wo sie zu schwellen hat, und wann immer nötig von einer lyrischen Szene oder einem schamlos erklärenden Dialog zwischen zwei betagten Gefolgsleuten unterbrochen wird.

Der Apfel der Zwietracht ist gewöhnlich eine frühe, saure

Frucht und sollte gekocht werden. So droht der junge Mann des Dramas etwas farblos zu geraten, und in dem vergeblichen Bemühen, ihn ein wenig zu retuschieren, hat ihn der Autor zu einem Russen gemacht – mit all den offenkundigen Folgen solchen Schwindels. Suires optimistischen Absichten gemäß ist er ein emigrierter russischer Aristokrat, unlängst von einer alten Dame adoptiert, der russischen Gattin eines Gutsbesitzers aus der Nachbarschaft. Eines Nachts, auf dem Höhepunkt eines Gewitters, kommt Igor und pocht an unsere Pforte, tritt ein, die Reitgerte in der Hand, und tut aufgeregt kund, daß der Fichtenwald auf dem Besitz seiner Wohltäterin brenne und auch unsere Fichten in Gefahr seien. Das berührt uns weniger als der jugendliche Schick des Besuchers, und wir fühlen uns bemüßigt, auf einen Pouf niederzusinken und versonnen mit unserer Halskette zu spielen, woraufhin unser bigotter Freund bemerkt, daß die Spiegelung der Flammen zuweilen gefährlicher sei als die Feuersbrunst selbst... Eine solide Handlung von prima Qualität, wie man sieht, denn es ist sofort klar, daß der Russe ein regelmäßiger Gast des Hauses wird, und tatsächlich, der zweite Akt ist ganz schönes Wetter und helle Sommerkleidung.

Nach dem gedruckten Text des Stückes zu urteilen, drückt sich Igor (zumindest in den ersten Szenen, bevor der Autor es leid wird) nicht unkorrekt, aber sozusagen ein wenig stockend aus, indem er immer wieder ein «heißt das auch so auf französisch?» einfügt. Später indessen, wenn der turbulente Verlauf des Dramas dem Autor keine Zeit für derlei Bagatellen läßt, werden alle ausländischen Spracheigentümlichkeiten aufgegeben, und spontan macht sich der junge Russe den reichen Wortschatz eines gebürtigen Franzosen zu eigen; erst gegen Ende, während der Flaute vor der letzten Handlungsbö, erinnert sich der Stückeschreiber reumütig an Igors Herkunft, worauf dieser die folgenden Worte an den alten Diener richtet: *«J'étais trop jeune pour prendre part à la... comment dit-on... welika woina... grande, grande guerre...»* Gerechterweise muß man dem Autor zugute halten, daß er außer diesem *«welika woina»* und einem bescheidenen *«doswidanja»* seine Bekanntschaft mit der russischen Sprache nicht mißbraucht und sich mit der Regieanweisung begnügt: «Slawischer Singsang verleiht Igors Aussprache einen gewissen Charme.»

In Paris, wo das Stück großen Erfolg hatte, wurde Igor von François Coulot gespielt, und zwar nicht schlecht, doch aus irgendeinem Grund mit einem starken italienischen Akzent, den er offenbar als russischen auszugeben gedachte und der keinen einzigen Pariser Kritiker in Erstaunen setzte. Als das Stück später in die Provinz hinabrieselte, bekam zufällig ein wirklicher russischer Schauspieler die Rolle, Lik (Künstlername von Lawrentij Iwanowitsch Krushewnizyn), ein magerer, blonder Mensch mit kaffeebraunen Augen, der sich dank einem Film, in dem er hervorragend die Nebenrolle eines Stotterers verkörperte, einigen Ruhm errungen hatte.

Es war jedoch schwer zu sagen, ob Lik (das Wort bedeutet im Russischen und Mittelenglischen «Antlitz») wirkliches Bühnentalent besaß oder ein Mann vieler unbestimmter Neigungen war, der sich aufs Geratewohl für eine davon entschieden hatte, aber ebensogut Maler, Juwelier oder Rattenfänger hätte werden können. Solch ein Mensch gleicht einem Raum mit verschiedenen Türen, unter denen möglicherweise eine ist, die direkt in einen großen Garten führt, in die mondhellen Tiefen einer wundersamen menschlichen Nacht, wo die Seele den Schatz entdeckt, der ihr allein bestimmt war. Aber wie dem auch sei, diese Tür hatte Lik jedenfalls nicht geöffnet, sondern statt dessen den thespischen Weg eingeschlagen, dem er ohne Begeisterung folgte, mit der Geistesabwesenheit eines Mannes, der nach Wegweisern sucht, die es nicht gibt, aber die ihm vielleicht im Traum erschienen waren oder in der unentwickelten Fotografie einer anderen Gegend zu erkennen sind, die er niemals aufsuchen wird. Auf der konventionellen Ebene äußerer irdischer Lebensumstände war er – wie auch das Jahrhundert – in den Dreißigern. Bei älteren Leuten, die nicht nur außerhalb ihrer Heimat, sondern auch außerhalb ihres eigenen Lebens gestrandet sind, entwickelt sich das Heimweh zu einem außerordentlich komplizierten Organ, das ununterbrochen in Tätigkeit ist und dessen Sekrete alles Verlorene kompensieren; oder aber es wird zu einem tödlichen Seelentumor, der das Atmen, das Schlafen und den Umgang mit unbekümmerten Ausländern schmerzhaft macht. Bei Lik blieb diese Erinnerung an Rußland im Embryonalzustand, beschränkt auf nebelhafte Kindheitsreminiszenzen wie den harzigen Duft eines ersten Frühlingstages auf dem Land oder die eigentümliche Gestalt der Schneeflocke auf der Wolle seiner Kapuze. Seine Eltern waren tot. Er lebte allein. Alles, was ihm an Liebe und Freundschaft über den Weg kam, hatte etwas Dünnes, Substanzloses. Niemand schrieb ihm geschwätzige Briefe, niemand interessierte sich mehr für seine Sorgen als er selber, und es gab niemanden, zu dem er gehen konnte, um sich über die unverdiente Gefährdung seines Lebens zu beklagen, als er von zwei Ärzten, einem Franzosen und einem Russen, erfahren hatte, daß er (wie viele Protagonisten) ein unheilbares Herzleiden hatte – während es auf den Straßen von robusten Greisen nur so wimmelte. Zwischen dieser seiner Krankheit und seiner Vorliebe für feine, teure Dinge schien eine Beziehung zu bestehen; er konnte zum Beispiel seine letzten zweihundert Franken für einen Schal oder einen Füllfederhalter ausgeben, doch trotz der peinlichen, ja ehrfürchtigen Sorgfalt, mit der er die Sachen behandelte, wurde der Schal unweigerlich schmutzig, und der Füller ging ihm entzwei.

In seinem Verhältnis zu den anderen Mitgliedern der Theatertruppe, der er so gleichgültig beigetreten war, wie ein von einer Frau abgelegter Pelz auf diesem oder jenem anonymen Stuhl landet, blieb er der gleiche Fremde, der er bei der ersten Probe gewesen war. Er hatte sogleich das Gefühl gehabt, überflüssig zu sein oder jemandem den Platz wegzunehmen. Der Prinzipal der Truppe war gleichbleibend freundlich zu ihm, doch Liks überempfindliche Seele malte sich unablässig die Möglichkeit eines Krachs aus – als könnte man ihn jeden Augenblick entlarven und einer unerträglichen Schandtat bezichtigen. Ja, daß die Haltung des Prinzipals immer die gleiche blieb, deutete er als äußerste Gleichgültigkeit seiner Arbeit gegenüber, so als hätte sich jedermann längst mit deren Minderwertigkeit abgefunden und als duldete man ihn lediglich, weil es keinen handlichen Vorwand für seine Entlassung gab.

Es kam ihm vor – und vielleicht war es wirklich so –, als wäre er für diese lauten, wendigen französischen Schauspieler, die durch ein Netz persönlicher und beruflicher Leidenschaften miteinander verbunden waren, nicht minder ein zufälliger Gegenstand als das alte Fahrrad, das eine der Figuren im zweiten Akt geschickt auseinandernahm; wenn ihn also jemand besonders herzlich grüßte oder ihm eine Zigarette anbot, meinte er, es handele sich um ein Mißverständnis, das sich leider sogleich aufklären würde. Seiner Krankheit wegen mied er Alkohol, aber daß er an freundschaftlichen Zusammenkünften nicht teilnahm, wurde nicht etwa seinem Mangel an Geselligkeit zugeschrieben (was ihm den Vorwurf des Hochmuts eingetragen und ihn somit immerhin wenigstens mit dem Anschein einer Persönlichkeit versehen hätte), sondern einfach nicht zur Kenntnis genommen, als könnte es gar nicht anders sein; und wenn sie ihn dennoch irgendwohin einluden, geschah es immer in einer vage fragenden Weise («du kommst doch mit, oder ...?»), die für denjenigen besonders schmerzlich ist, der sich danach sehnt, zum Mitkommen überredet zu werden. Von den Witzen, Anspielungen und Spitznamen, mit denen die anderen in geheimnisvoller Ausgelassenheit um sich warfen, verstand er wenig. Fast wünschte er sich, daß einige dieser Scherze auf seine Kosten gingen, aber selbst das traf nicht zu. Gleichzeitig hatte er einige seiner Kollegen recht gern. Der Darsteller des Frömmlers war im wirklichen Leben ein angenehmer dicklicher Mann, der unlängst einen Sportwagen erworben hatte, über den er mit echter Inspiriertheit zu reden wußte. Und auch die junge Naive war überaus reizend – dunkelhaarig und schlank, mit wunderbar strahlenden, sorgfältig geschminkten Augen –, hatte am Tage jedoch hoffnungslos vergessen, welche Geständnisse sie des Abends auf der Bühne machte, in der gesprächigen Umarmung ihres russischen Verlobten, an den sie sich so freimütig klammerte. Lik sagte sich gern, daß sie nur auf der Bühne ihr wahres Leben lebte und in der übrigen Zeit periodischen Anfällen von Geistesverwirrung ausgeliefert wäre, während deren sie ihn nicht mehr erkannte und sich selber einen anderen Namen gab. Mit der Hauptdarstellerin wechselte er bis auf ihrer beider Dialogstellen nie ein Wort, und wenn diese untersetzte, intensive, schöne Frau hinter den Kulissen mit bebenden Wangen an ihm vorüberkam, hatte er das Gefühl, nur ein

Stück flaches Bühnendekor zu sein, das umkippen würde, sobald jemand es anstieß.

Tatsächlich ist es schwer zu sagen, ob alles so war, wie der arme Lik es sich dachte, oder ob diese völlig harmlosen, egozentrischen Leute ihn sich selbst überließen, weil er ihre Gesellschaft nicht suchte, und kein Gespräch mit ihm anknüpften, genau wie Reisende, die miteinander bekannt geworden sind, auch keinen Ausländer anreden, der in sein Buch vertieft in einer Ecke des Abteils sitzt. Doch selbst wenn Lik sich in seltenen Augenblicken des Selbstvertrauens von der Irrationalität seiner unbestimmten Qualen zu überzeugen suchte, war die Erinnerung an ähnliche Qualen zu frisch, und zu oft wiederholten sie sich unter neuen Umständen, als daß er imstande gewesen wäre, sie jetzt zu überwinden. Der Einsamkeit als einer Situation kann abgeholfen werden, als Geistesverfassung jedoch ist sie eine unheilbare Krankheit.

Seine Rolle spielte er gewissenhaft und, wenigstens was seinen Akzent betraf, erfolgreicher als sein Vorgänger, da er Französisch mit russischem Tonfall sprach – seine Sätze zog er weich in die Länge, ließ die Betonung vor ihrem Ende fallen und filterte mit übermäßiger Sorgfalt den Schaum überschüssiger Ausdrücke heraus, die einem Franzosen so behende und schnell von der Zunge gehen. Seine Rolle war so klein und trotz ihrer dramatischen Wirkung auf die Handlungen der anderen Figuren so unbedeutend, daß es sich nicht lohnte, Gedanken daran zu verlieren; dennoch dachte er über sie nach, vor allem zu Beginn der Tournee, und das nicht so sehr aus Liebe zu seiner Kunst, als vielmehr darum, weil das Mißverhältnis zwischen der Bedeutungslosigkeit der Rolle selbst und der Bedeutung des komplexen dramatischen Geschehens, dessen Hauptursache er war, ihm ein Paradox schien, welches ihn irgendwie persönlich demütigte. Und obwohl ihm alle Verbesserungsmöglichkeiten, die Kunst und Eitelkeit ihm nahelegten (zwei Dinge, die oft zusammenfallen), bald gleichgültig wurden, eilte er doch mit unveränderter, geheimnisvoller Freude auf die Bühne, als erhoffe er sich jedesmal eine besondere Belohnung – die natürlich nichts mit der üblichen Dosis neutralen Beifalls zu tun hätte. Sie bestand auch nicht in der inneren Befriedigung des

Darstellers. Vielmehr lauerte sie in gewissen ungewöhnlichen Furchen und Falten, die er im Leben des Stückes selbst gewahrte, so banal und hoffnungslos spießig es auch war, denn wie jedes Stück, das von lebenden Menschen dargestellt wird, erwarb es Gott weiß woher eine individuelle Seele, versuchte ein paar Stunden lang zu existieren, seine eigene Hitze und Energie zu entwickeln, hatte nichts mehr mit dem jämmerlichen Entwurf seines Autors oder der Mittelmäßigkeit der Schauspieler zu tun, sondern erwachte zum Leben, wie in einem von der Sonne erwärmten Gewässer Leben erwacht. Zum Beispiel hoffte Lik, an einem unbestimmten und herrlichen Abend mitten in der üblichen Vorstellung sozusagen auf eine Treibsandstelle zu treten; etwas würde nachgeben, und er versänke für alle Zeiten in einem neuen Element, keinem bekannten ähnlich, in dem sich die fadenscheinigen Themen des Stückes in völlig neuer Art und Weise entwickelten. Unwiderruflich wäre sein Übergang in dieses Element, er würde Angélique heiraten, über die niedrige und trockene Heide reiten, alle materiellen Güter sein eigen nennen, auf die im Stück angespielt wurde, in jenem Schloß leben und sich darüber hinaus in einer Welt unaussprechlicher Zärtlichkeit befinden – einer bläulichen, sanften Welt, in der sich wundersame Abenteuer der Sinne ereignen und unerhörte Verwandlungen des Geistes. Wenn er über alles dies nachgrübelte, stellte sich Lik aus irgendeinem Grunde vor, daß wenn sein Herz versagte – und bald sterben würde er –, ihn der Anfall gewiß auf der Bühne ereilen würde, wie bei dem armen Molière, der von Ärzten umgeben mit seinem Küchenlatein am Ende war; aber daß er seinen Tod gar nicht bemerken, sondern statt dessen in die wirkliche Welt eines zufälligen Dramas hinüberwechseln würde, welches dank seiner Ankunft neu erblühte, indes sein lächelnder Leichnam auf den Brettern läge und der Zeh eines Fußes unter den Falten des herabgelassenen Vorhangs hervorragte.

Ende des Sommers wurden «Der Abgrund» und zwei andere Stücke des Repertoires in einer Stadt am Mittelmeer gegeben. Lik trat nur im «Abgrund» auf, so daß er zwischen der ersten und der zweiten Aufführung (es waren nur zwei vorgesehen) eine Woche frei hatte, ohne zu wissen, was er mit dieser Zeit anfangen sollte. Zu allem Überfluß vertrug er das südliche Klima nicht; während der ersten Vorstellung befand er sich in den Nebelschwaden eines Treibhausdeliriums – bald hing ihm ein heißer Tropfen Bühnenschminke an der Nasenspitze, bald brannte er auf seiner Oberlippe. Während der ersten Pause trat er auf die Terrasse hinaus, die die Rückfront des Theaters von einer anglikanischen Kirche trennte. Er hatte plötzlich das Gefühl, er würde die Vorstellung nicht überstehen, sondern sich auf der Bühne auflösen, inmitten vielfarbiger Ausdünstungen, durch die im letzten Augenblick seines sterblichen Daseins der glückselige Strahl eines anderen Lebens zucken würde – ja, eines anderen Lebens. Dennoch hielt er irgendwie bis zum Ende durch, auch wenn er des Schweißes in seinen Augen wegen alles doppelt sah, während die Berührung der glatten, kühlen, bloßen Arme seiner Partnerin das Gefühl, seine Handflächen seien im Begriff zu schmelzen, nur noch erhöhte. Ziemlich zerschlagen kehrte er in seine Pension zurück, mit stechenden Schultern und widerhallenden Schmerzen im Hinterkopf. Im dunklen Garten stand alles in Blüte und roch nach Zuckerzeug, und ohne Unterlaß zirpten die Grillen, die er (wie alle Russen) fälschlicherweise für Zikaden hielt.

Sein erleuchtetes Zimmer war antiseptisch weiß im Vergleich zu der vom offenen Fenster eingerahmten südlichen Dunkelheit. Er zerdrückte eine rotbäuchige, betrunkene Mücke an der Wand und saß dann lange auf der Bettkante, denn er fürchtete sich vor dem Hinlegen, er fürchtete sich vor dem Klopfen seines Herzens. Die Nähe des Meeres, dessen Vorhandensein hinter dem Zitronenhain ihm ahnungsvoll bewußt war, bedrückte ihn, als wäre dieser weite, zähflüssig glänzende Raum, über den sich nichts als eine straffe Membrane aus Mondschein spannte, dem ebenso straffgespannten Gefäß seines klopfenden Herzens verwandt und wie dieses qualvoll entblößt, als trennte nichts es vom Himmel, von dem Geschlurre menschlicher Füße und dem unerträglichen Andringen der Musik aus einer nahen Bar. Er schaute auf seine teure Armbanduhr und stellte bedauernd fest, daß er das Glas verloren hatte; ja, er hatte mit dem Handgelenk eine Steinbrüstung gestreift, als er vor einer Weile bergan gestolpert war. Die Uhr war noch am Leben, schutzlos und nackt, wie ein lebendes Organ, welches das Messer des Chirurgen bloßgelegt hat.

Lik verbrachte seine Tage auf der Suche nach Schatten und in der Sehnsucht nach Kühle. Der Anblick der See und des Strandes, wo gebräunte Dämonen sich auf sengendem Kies sonnten, hatte für ihn etwas Höllisches. Die Sonnenseite der engen Straßen war ihm so streng verboten, daß er komplizierte Orientierungsaufgaben zu lösen gehabt hätte, hätten seine Wege Zweck und Ziel gehabt. Indessen, er wußte nicht, wohin. Planlos streifte er an den Ladenfronten entlang, wo unter anderem einige recht neckische Armbänder aus einem Material ausgestellt waren, das wie rosa Bernstein aussah, und dazu ungemein reizvolle lederne Lesezeichen sowie goldgeprägte Geldbörsen. Unter der orangeroten Markise eines Cafés sank er auf einen Stuhl nieder, dann ging er nach Hause und legte sich aufs Bett – splitternackt, schrecklich dünn und weiß – und dachte über dieselben Dinge nach wie immer, unausgesetzt.

Er überlegte, daß er verurteilt war, in den Außenbezirken des Lebens zu verweilen, daß es immer so gewesen war und immer so bleiben würde und daß er, falls der Tod ihm keinen Ausweg in die wahre Wirklichkeit eröffnete, das Leben darum einfach niemals kennenlernen würde. Er überlegte auch, daß er, wenn seine Eltern am Leben geblieben und nicht ganz zu Anfang der Emigrationsära gestorben wären, seine fünfzehn erwachsenen Jahre im warmen Schoß einer Familie zugebracht hätte; daß er, wäre sein Schicksal weniger unstet gewesen, eine der drei Oberschulen beendet hätte, die er an zufälligen Orten im mittelmäßigen Mitteleuropa besucht hatte, und jetzt einer braven, anständigen Arbeit unter braven und anständigen Leuten nachginge. Doch so sehr er seine Phantasie auch anspannte, er konnte sich weder diese Arbeit noch diese Leute vorstellen, wie er sich auch nicht zu erklären vermochte, warum er als junger Mann auf eine Filmschauspielerschule gegangen war, statt sich auf Musik oder Numismatik, Fensterputzen oder Buchhaltung zu verlegen. Und wie immer wanderten seine Gedanken von jedem Punkt ihrer Kreisbahn den Radius entlang zurück zum dunklen Mittelpunkt, zu der Vorahnung des nahenden Todes, für den er, der keine geistigen Güter aufgehäuft hatte, doch kaum eine lohnende Beute darstellte. Dennoch hatte der Tod offenbar beschlossen, ihn mit Vorrang abzufertigen.

Als er eines Abends in einem Liegestuhl auf der Veranda ruhte, belästigte ihn wieder einer der Pensionsgäste, ein redseliger alter Russe, dem es bereits zweimal gelungen war, Lik sein Leben zu erzählen, das erste Mal in der einen Richtung, aus der Gegenwart in die Vergangenheit, dann in der anderen, wider den Strich, mit dem Ergebnis zweier verschiedener Lebensläufe, von denen der eine erfolgreich war, der andere nicht. «Ein Freund von mir ist hier aufgetaucht; das heißt ‹Freund› *c'est beaucoup dire* – ich habe ihn in Brüssel ein paarmal getroffen, das ist alles. Leider ist er völlig heruntergekommen. Gestern – doch, ich glaube, es war gestern – erwähnte ich zufällig Ihren Namen, und er sagte: ‹Was, natürlich kenne ich ihn – wir sind ja sogar miteinander verwandt.›»

«Verwandt?» fragte Lik überrascht. «Ich hatte so gut wie nie irgendwelche Verwandte. Wie heißt er denn?»

«Ein gewisser Koldunow – Oleg Petrowitsch Koldunow... Petrowitsch, nicht wahr? Sie kennen ihn?»

«Das kann doch nicht sein!» rief Lik und bedeckte das Gesicht mit den Händen.

«Aber ja! Denken Sie nur!» sagte der andere.

«Das kann nicht sein!» wiederholte Lik. «Ich dachte – Sie haben ihm meine Adresse nicht gegeben, nicht wahr?»

«Doch. Ich verstehe allerdings. Es verursacht einem Abscheu und Mitleid zugleich. Überall hinausgeworfen, verbittert, mit einer Familie, und so weiter.»

«Hören Sie, tun Sie mir einen Gefallen. Sagen Sie ihm, daß ich nicht mehr hier wäre.»

«Wenn ich ihn sehe, gerne. Aber... Na ja, ich habe ihn bloß so getroffen, unten am Hafen. Meine Güte, was für schmucke Jachten sie dort haben. Das nenne ich mir glückliche Leute. Man lebt auf dem Wasser und segelt, wohin man gerade will. Champagner, Mädels, alles blankgeputzt...» Und der Alte schmatzte mit den Lippen und schüttelte den Kopf.

Wie konnte so etwas Verrücktes passieren, dachte Lik den

ganzen Abend lang. Was für eine Bescherung ... Er hatte keine Ahnung, wieso er zu der Meinung gekommen war, daß Oleg Koldunow nicht mehr unter den Lebenden weile. Es handelte sich um einen von jenen Grundsätzen, die die Vernunft nicht im aktiven Dienst beläßt, sondern in die entlegensten Tiefen des Bewußtseins versetzt, so daß er jetzt, bei Koldunows Wiederauferstehung, zugeben mußte, daß sich zwei Parallelen vielleicht doch schneiden; aber es war qualvoll schwierig, sich von der alten Vorstellung frei zu machen, die fest in seinem Kopf verankert war – als könnte die Beseitigung dieses einen Irrtums die ganze Ordnung seiner anderen Vorstellungen und Ansichten in Mitleidenschaft ziehen. Und jetzt konnte er sich einfach nicht entsinnen, welche Informationen ihn zu dem Schluß geführt hatten, daß Koldunow umgekommen wäre, und warum sich in den vergangenen zwanzig Jahren die Kette vagen ursprünglichen Wissens, aus der Koldunows Verhängnis geschmiedet worden war, derart gefestigt hatte.

Ihre Mütter waren Cousinen gewesen. Oleg Koldunow war zwei Jahre älter als er; vier Jahre lang hatten sie die gleiche Oberschule in der Provinz besucht, und die Erinnerung an diese Jahre war Lik immer so verhaßt gewesen, daß er lieber überhaupt nicht an seine Knabenjahre zurückdachte. Ja, vielleicht war sein Rußland gerade darum so dunkel umwölkt, weil er keinerlei persönliche Erinnerungen werthielt. Träume jedoch kamen ihm auch jetzt noch, denn ihnen war nicht zu gebieten. Manchmal tauchte Koldunow leibhaftig auf, ganz er selbst, in der Umgebung der Jugend, die vom Traumregisseur aus einigen Zubehörteilen – etwa einem Klassenzimmer, Pulten, einer Wandtafel nebst ihrem trockenen, gewichtlosen Schwamm – in aller Eile zusammengestellt worden war. Neben diesen nüchternen Träumen gab es auch romantische, ja dekadente – das heißt, ihnen fehlte zwar Koldunows offensichtliche Gegenwart, aber sie waren von ihm verschlüsselt, gesättigt mit seinem bedrückenden Geist oder von Gerüchten über ihn erfüllt, mit Situationen und deren Schatten, die irgendwie sein Wesen ausdrückten. Und diese peinigende Koldunowsche Bühnenausstattung, vor der sich die Handlung eines nebensächlichen Traumes abspielte, war viel schlimmer als die direkten Traumvisitationen Koldunows, wie Lik ihn im Gedächtnis hatte – ein grober, muskulöser Schüler mit kurzem Haar und einem unangenehm hübschen Gesicht. Die Regelmäßigkeit seiner kräftigen Gesichtszüge wurde durch die Augen verdorben, die zu dicht beieinanderlagen und mit schweren, lederartigen Lidern versehen waren. Kein Wunder, daß man ihm den Spitznamen «das Krokodil» gegeben hatte. (Auch hatte sein Blick etwas vom trüben, schlammigen Nil.)

Koldunow war ein hoffnungslos schlechter Schüler gewesen; seine eigentümlich russische Hoffnungslosigkeit war die des anscheinend verhexten Dummkopfs, der in aufrechter Haltung durch die transparenten Schichten verschiedener wiederholter Klassen niedersinkt, so daß die Jüngsten starr vor Furcht allmählich seine Höhe erreichen und ihn ein Jahr später erleichtert hinter sich lassen. Koldunow zeichnete sich durch seine Dreistigkeit, seine Unsauberheit und seine wilde Körperkraft aus; nach einer Prügelei mit ihm roch der Raum immer nach Menagerie. Lik andererseits war zart, sensibel, von verletzlichem Stolz und stellte darum eine ideale, unbegrenzt ergiebige Beute dar. Koldunow pflegte sich wortlos über ihn herzumachen und das eingequetschte, aber sich immer windende Opfer am Fußboden mit Fleiß zu martern. Koldunows ungeheure, gespreizte Hand vollführte eine obszöne Schöpfbewegung, wenn sie in die zukkenden, von Panik ergriffenen Tiefen drang, die sie suchte. Darauf dann ließ er Lik, dessen Rücken mit Kreide beschmiert und dessen Ohren flammend rot waren, ein oder zwei Stunden lang in Ruhe und begnügte sich damit, irgendeine Beschimpfung zu wiederholen. Wenn dann das Bedürfnis wiederkehrte, seufzte Koldunow fast widerwillig, ehe er sich wieder auf ihn türmte, seine hornartigen Fingernägel in Liks Rippen grub oder sich auf das Gesicht des Opfers setzte und dort ausruhte. Gründlich kannte er sich mit allen gemeinen Kniffen aus, um den stärksten Schmerz zuzufügen, ohne Spuren zu hinterlassen, und darum auch brachten ihm seine Schulkameraden eine untertänige Achtung entgegen. Gleichzeitig nährte er eine unbestimmt sentimentale Zuneigung zu seinem Dauerpatienten, legte Wert darauf, während der Pause dem anderen den Arm um die Schulter zu legen und so mit ihm herumzuspazieren, wobei seine schwere, zerstreute Pranke das dünne Schlüsselbein befühlte und Lik sich vergeblich bemühte, einen Anschein von Unabhängigkeit und Würde zu wahren. Liks Schulzeit war eine durch und durch absurde und unerträgliche Qual. Er schämte sich, jemandem sein Leid zu klagen, und seine nächtlichen Überlegungen, wie er Koldunow schließlich umbringen würde, brachten seinen Geist vollends um die letzte Kraft. Glücklicherweise trafen sie außerhalb der Schule fast nie zusammen, obwohl Liks Mutter gerne engere Beziehungen zu ihrer Cousine unterhalten hätte, die viel reicher war als sie und eigene Pferde besaß. Dann begann die Revolution das Mobiliar umzustellen, und Lik fand sich in einer anderen Stadt. Der fünfzehnjährige Oleg, bereits eitler Träger eines Schnurrbartes und gänzlich vertiert, verschwand im allgemeinen Durcheinander, und eine glückliche Ruhepause setzte ein. Sie war kurz, es folgten ihr andere, feinere Qualen, zugefügt von den kleinen Nachfolgern des ersten Foltermeisters.

Bei den seltenen Gelegenheiten, da Lik von seiner Vergangenheit sprach, geschah es mit jenem künstlichen Lächeln, mit dem wir eine ferne Zeit ins Auge fassen («das waren glückliche Tage»), die mit vollem Bauch in einer Ecke ihres übelriechenden Käfigs schläft. Jetzt jedoch, als sich herausstellte, daß Koldunow am Leben war, konnte Lik – welche erwachsenen Argumente er auch ins Treffen führte – sich des gleichen Gefühls der Ohnmacht nicht erwehren, welches (von der Wirklichkeit zwar verwandelt, aber darum um so offenkundiger) in den Träumen auf ihn eindrang, wenn der Herr des Traumes grinsend und an seiner Gürtelschnalle fummelnd hinter dem Vorhang hervortrat, ein dunkler, ein schrecklicher Schuljunge. Und obwohl sich Lik völlig darüber im klaren war, daß der wirkliche, lebendige Koldunow ihm jetzt nichts mehr zuleide tun würde, erschien ihm die Möglichkeit, ihm wiederzubegegnen, unheildrohend, schicksalsträchtig, undeutlich zu dem ganzen System des Bösen mit seinen Vorahnungen von Qual und Mißhandlung passend, das ihm so vertraut war.

Nach seinem Gespräch mit dem Alten beschloß Lik, so wenig wie möglich zu Hause zu bleiben. Bis zur letzten Vorstellung waren es nur noch drei Tage, so daß es die Mühe nicht lohnte, in eine andere Pension umzuziehen; aber er konnte beispielsweise den Tag über Ausflüge nach Italien hinein oder in die Berge machen, zumal es viel kühler geworden war – ein Sprühregen fiel, und es wehte ein frischer Wind. Als er früh am anderen Morgen einen schmalen Pfad zwischen blumenbehangenen Mauern entlangging, sah er einen untersetzten, stämmigen Mann auf sich zukommen, dessen Kleidung sich von der üblichen Uniform des Mittelmeerurlaubers an sich nicht unterschied – Baskenmütze, Hemd mit offenem Kragen, Espadrilles –, aber irgendwie weniger auf die Ungezwungenheit der Ferien als auf den Zwang der Armut hindeutete. Im ersten Augenblick fiel Lik vor allem der Umstand auf, daß die monströse Figur, deren Massigkeit sein Gedächtnis füllte, in Wirklichkeit kaum größer war als er selbst.

«Lawrentij, Lawruscha, erkennst du mich nicht?» fragte Koldunow dramatisch gedehnt und blieb mitten auf dem Pfad stehen.

Die großen Züge jenes fahlen Gesichts mit dem stoppligen Schatten auf den Wangen und der Oberlippe, der flüchtige Anblick schlechter Zähne, die große, dreiste Römernase, der trübe, fragende Blick – alles das war unbestreitbar koldunowisch, auch wenn die Zeit es verwischt hatte. Doch während Lik hinschaute, löste sich diese Ähnlichkeit geräuschlos auf, und vor ihm stand ein elender Fremder mit dem massiven Gesicht eines Cäsar, eines sehr heruntergekommenen allerdings.

«Küssen wir uns wie gute Russen», sagte Koldunow ingrimmig und preßte seine kalte, salzige Wange einen Augenblick lang an Liks kindliche Lippen.

«Ich habe dich gleich erkannt», babbelte Lik. «Erst gestern erzählte mir Wie-heißt-er-doch-noch von dir ... Gawriljuk ...»

«Eine zweifelhafte Type», unterbrach Koldunow. «*Méfie-toi*. Na also so was – hier ist mein Lawruscha. Doll! Ich freue mich. Ich freue mich, dich wiederzusehen. Des Schicksals Wege! Erinnerst du dich, Lawruscha, wie wir immer zusammen Gründlinge gefangen haben? So deutlich, als wäre es gestern gewesen. Eine meiner liebsten Erinnerungen. Doch.»

Als Junge hatte Lik niemals mit Koldunow Fische gefangen,

aber Verwirrung, Langeweile und Schüchternheit hinderten ihn daran, diesen Fremden zu beschuldigen, sich eine nichtexistente Vergangenheit angeeignet zu haben. Er fühlte sich plötzlich unsicher auf den Beinen und zu vornehm angezogen.

«Wie oft», fuhr Koldunow fort und nahm Liks hellgraue Hosen interessiert in Augenschein, «wie oft in den letzten Jahren... ja, doch, ich habe an dich gedacht. Bestimmt! Und wo, dachte ich, wo steckt mein Lawruscha? Ich habe meiner Frau von dir erzählt. Sie war einmal eine hübsche Person. Und was bist du von Beruf?»

«Ich bin Schauspieler», seufzte Lik.

«Wenn ich mir eine taktlose Frage gestatten darf», sagte Koldunow in vertraulichem Ton. «Ich habe gehört, daß es in den Vereinigten Staaten eine Geheimgesellschaft gibt, die das Wort ‹Geld› für unanständig hält, und wenn etwas bezahlt werden muß, wickeln sie die Dollars in Klosettpapier. Klar, nur Reiche gehören dazu – die Armen haben keine Zeit für so was. Worauf ich hinauswill, ist dies» – und die Augenbrauen fragend hochgezogen, machte Koldunow eine vulgäre Bewegung mit zwei Fingern und dem Daumen, als betaste er etwas – bares Geld.

«Ach, leider nicht!» rief Lik harmlos. «Die meiste Zeit über bin ich arbeitslos, und die Gagen sind miserabel.»

«Ich weiß, wie das ist, und verstehe vollkommen», sagte Koldunow lächelnd. «Auf jeden Fall habe ich da einen Plan, den ich mit dir bei Gelegenheit gern besprochen hätte. Du könntest ganz hübsch was dran verdienen. Hast du im Augenblick etwas vor?»

«Nun, weißt du... um die Wahrheit zu sagen, ich fahre mit dem Bus nach Bordighera, den ganzen Tag lang... Und morgen...»

«Schade, schade – wenn du mir das gesagt hättest; ich kenne hier einen russischen Chauffeur mit einem schicken Privatwagen, und ich hätte dir die ganze Riviera gezeigt. Du Schafskopf! Na ja, schon gut. Ich bringe dich zur Bushaltestelle.»

«Und außerdem fahre ich bald überhaupt», warf Lik ein.

«Sag mir, wie geht's der Familie?... Was macht Tante Natascha?» fragte Koldunow zerstreut, während sie eine von Menschen wimmelnde kleine Straße entlanggingen, die zum Meer hinunterführte. «Aha, aha», nickte er als Antwort auf Liks Auskünfte. Plötzlich huschte ein schuldbewußter, geisteskranker Ausdruck über sein boshaftes Gesicht. «Hör zu, Lawruscha», sagte er, stieß ihn unwillkürlich an und brachte auf dem schmalen Bürgersteig sein Gesicht in die Nähe von Liks. «Daß ich dich getroffen habe, ist ein gutes Omen für mich. Es ist ein Zeichen, daß noch nicht alles aus ist, und ich muß gestehen, daß ich gestern noch geglaubt habe, alles ist verloren. Verstehst du, was ich sage?»

«Ach was, jeder hat ab und zu solche Gedanken», sagte Lik.

Sie erreichten die Promenade. Das Meer war glanzlos und gerippt unter dem bedeckten Himmel, der sich neben der Brüstung in den trüben Pfützen spiegelte, wo Schaum auf das Pflaster gespritzt war. Niemand war in der Nähe außer einer einsamen Dame in Hosen, die auf einer Bank saß, ein geöffnetes Buch auf dem Schoß.

«Du, gib mir fünf Franken, und ich kaufe dir Zigaretten für die Reise», sagte Koldunow hastig. Während er das Geld in Empfang nahm, fügte er in einem anderen, gelasseneren Ton hinzu: «Sieh mal, das ist meine Ehehälfte da drüben – leiste ihr doch einen Moment Gesellschaft, ich bin gleich zurück.»

Lik ging zu der blonden Dame hinüber und sagte schauspielerhaft automatisch: «Ihr Gatte ist gleich zurück und hat vergessen, mich vorzustellen. Ich bin ein Cousin von ihm.»

Im gleichen Augenblick besprühte ihn der kühle Staub eines Brechers. Die Dame sah mit blauen, englischen Augen zu Lik auf, schloß ohne Eile ihr rotes Buch und ging wortlos davon.

«Nur ein Witz», sagte Koldunow, als er atemlos wiederauftauchte. «*Voilà.* Ich nehme mir selbst ein paar. Ja, ich fürchte, meine Teure hat keine Zeit, auf einer Bank zu sitzen und das Meer anzustarren. Ich flehe dich an, versprich mir, daß wir uns wiedersehen. Denk an das Omen. Morgen, übermorgen, wann immer du willst. Versprich's mir! Warte, ich gebe dir meine Adresse.»

Er nahm Liks nagelneues Notizbuch mit dem goldgeprägten Ledereinband, setzte sich, neigte seine schwitzende Stirn mit den geschwollenen Adern, preßte die Knie zusammen und schrieb seine Adresse auf, las sie mit peinlichster Sorgfalt durch, versah ein i mit einem neuen Punkt, unterstrich ein Wort und zeichnete zu alledem noch einen Straßenplan: so, so, dann so. Offenbar hatte er das schon mehr als einmal getan, und mehr als einmal hatten ihn die Leute sitzenlassen und die vergessene Adresse als Entschuldigung angeführt; darum schrieb er mit großer Sorgfalt und viel Nachdruck – einem Nachdruck, der fast etwas von einer Beschwörung hatte.

Der Bus kam. «Ich warte also auf dich!» rief Koldunow, während er Lik beim Einsteigen half. Dann machte er voller Energie und Hoffnung kehrt und ging entschlossen die Promenade hinunter, als hätte er etwas Dringendes und Wichtiges zu erledigen, obwohl es keine Täuschung darüber geben konnte, daß er ein Nichtstuer war, ein Säufer und ein Flegel.

Am folgenden Tag, einem Mittwoch, machte Lik einen Ausflug in die Berge, und den Donnerstag verbrachte er zum größten Teil mit starken Kopfschmerzen liegend in seinem Zimmer. Die Vorstellung fand an diesem Abend statt, die Abreise am Tag darauf. Am Abend gegen sechs verließ er das Haus, um seine Uhr vom Uhrmacher abzuholen und ein Paar hübscher weißer Schuhe zu kaufen – eine Errungenschaft, die er seit langem im zweiten Akt vorzuführen gedachte. Er teilte den Perlenvorhang, trat mit dem Schuhkarton unter dem Arm auf die Straße und lief geradewegs Koldunow in die Arme.

Dessen Gruß entbehrte der früheren Begeisterung und hatte statt dessen einen leicht spöttischen Unterton. «Oho! Diesmal windest du dich nicht heraus», sagte er und packte Lik fest am Ellbogen. «Ich will, daß du siehst, wie ich lebe und arbeite.»

«Ich habe heute Vorstellung», wandte Lik ein, «und morgen fahre ich!»

«Das ist es ja gerade, Freundchen, das ist es ja gerade. Nimm die Gelegenheit beim Schopf! Nutze sie! Sie kehrt nie wieder. Die Karte ist gestochen! Komm. Los.»

Während er unzusammenhängende Worte wiederholte und mit seinem ganzen abstoßenden Wesen die sinnlose Freude eines Mannes spielte, der die Grenze erreicht und sie vielleicht sogar schon überschritten hat (er spielt schlecht, dachte Lik vage), schritt Koldunow schnell aus und trieb auch seinen schwächlichen Begleiter an. Die ganze Schauspieltruppe saß auf der Terrasse eines Eckcafés, und als sie Lik gewahrte, grüßte sie ihn mit einem umlaufenden Lächeln, das wie ein Sonnenreflex über die Lippen eines jeden Mitglieds der Truppe huschte.

Koldunow führte Lik eine krumme kleine Straße hinauf, die hie und da von gelbsüchtigem und ebenfalls irgendwie krummem Sonnenschein gesprenkelt war. In diesem armseligen alten Viertel war Lik niemals gewesen. Die hohen, nackten Fassaden der schmalen Häuser schienen sich von beiden Seiten über die Pflaster zu neigen und oben fast zu berühren; manchmal gingen sie ganz ineinander über und bildeten einen Bogen. Abstoßende Kinder lungerten neben den Türöffnungen; schwarzes, stinkendes Wasser floß den Rinnstein am Gehsteig entlang. Indem er unversehens die Richtung änderte, schob Koldunow Lik in einen Laden und verlangte angeberisch im billigsten Argot (in der Weise vieler russischer Habenichtse) für Liks Geld zwei Flaschen Wein. Offenbar war er hier schon lange Geld schuldig, und in seinem ganzen Gebaren wie in seinem lautstarken, drohenden Gruß lag jetzt eine verzweifelte Fröhlichkeit, die beim Ladeninhaber und seiner Schwiegermutter allerdings nicht das geringste Echo auslöste, so daß es Lik noch unbehaglicher zumute wurde. Sie gingen weiter und bogen in eine Gasse ein, und obwohl es den Anschein gehabt hatte, als stellte die elende Straße, die sie gerade heraufgekommen waren, das Äußerste an Erbärmlichkeit, Dreck und Menschengewühl dar, gelang es diesem Durchgang mit seiner über den Köpfen hängenden schlaffen Wäsche, eine noch größere Verkommenheit zu verkörpern. An der Ecke eines schiefen Platzes sagte Koldunow, er würde vorgehen, ließ Lik stehen und ging auf die schwarze Höhle einer offenen Tür zu. Im gleichen Moment kam ein blonder kleiner Junge herausgestürzt, machte jedoch kehrt, als er Koldunow erblickte, und stieß dabei gegen einen Eimer, der mit einem Scheppern antwortete. «Warte, Wasjuk!» rief Koldunow und schleppte sich in seine düstere Behausung. Er war kaum eingetreten, als innen eine hysterische Frauenstimme erscholl und in anscheinend ständig überreiztem Ton etwas schrie, doch das Geschrei brach plötzlich ab, und eine Minute später linste Koldunow heraus und winkte Lik grimmig herbei.

Lik trat über die Schwelle und fand sich sofort in einem dunklen Zimmer mit niedriger Decke, dessen nackte Wände unbegreifliche Krümmungen und Ecken bildeten, als hätten sie sich unter einem entsetzlichen Druck von oben verzogen. Das Zimmer war vollgestopft mit den schäbigen Requisiten der Armut. Der Junge von eben saß auf dem eingedrückten Ehebett; eine riesige blonde Frau mit dicken bloßen Füßen tauchte aus einer Ecke auf und begrüßte Lik wortlos, ohne jedes Lächeln auf ihrem aufgedunsenen bleichen Gesicht (dessen sämtliche Züge, selbst die Augen, von Müdigkeit, Melancholie oder Gott weiß was verschmiert schienen).

«Na, nun macht euch mal miteinander bekannt», murmelte Koldunow aufmunternd und hämisch und machte sich sofort daran, den Wein zu entkorken. Seine Frau stellte etwas Brot und einen Teller Tomaten auf den Tisch. So still war sie, daß Lik Zweifel kamen, ob es diese Frau gewesen war, die gerade geschrien hatte.

Sie setzte sich hinten im Zimmer auf eine Bank und machte sich irgendwie zu schaffen, putzte etwas ... mit einem Messer auf einer ausgebreiteten Zeitung, schien es – Lik fürchtete sich, zu genau hinzusehen –, während der Junge mit glänzenden Augen zur Wand hinüberschlich und nach einem behutsamen Manöver auf die Straße entwischte. Es gab unzählige Fliegen in dem Raum, und mit manischer Unbeirrbarkeit umschwirrten sie den Tisch und ließen sich auf Liks Stirn nieder.

«Also dann, trinken wir», sagte Koldunow.

«Ich kann nicht, ich darf nicht», wollte Lik einwenden, doch dem bedrückenden Einfluß gehorchend, der ihm von seinen Albträumen her vertraut war, nahm er einen Schluck – und bekam einen Hustenanfall.

«Schon besser», sagte Koldunow seufzend und wischte sich die zitternden Lippen mit dem Handrücken ab. «Nämlich so sieht's aus», fuhr er fort und füllte Liks Glas und sein eigenes. «Das wird eine geschäftliche Unterredung! Wenn du erlaubst, erzähle ich dir kurz die ganze Geschichte. Anfang des Sommers habe ich hier ungefähr einen Monat mit ein paar anderen Russen gearbeitet, Abfälle am Strand aufgesammelt. Aber wie du genau weißt, rede ich frei von der Leber weg und liebe die Wahrheit, und wenn so ein Dreckskerl kommt, halte ich nicht hinterm Berg und sage du bist ein Dreckskerl, und wenn nötig gebe ich ihm eins in die Fresse. Also eines Tages...»

Koldunow machte sich umständlich, mit gewissenhaften Wiederholungen daran, eine langweilige, elende Episode zu erzählen, und man hatte das Gefühl, daß sein Leben seit langem aus derartigen Episoden bestanden hatte; daß Demütigung und Versagen, lastende Perioden armseliger Untätigkeit und ebenso armseliger Plackerei, in der unvermeidlichen Prügelei gipfelnd, ihm seit langem zum Beruf geworden waren. Lik begann sich derweil schon nach dem ersten Glas betrunken zu fühlen, nippte jedoch mit verhohlenem Ekel weiter. Eine Art kitzelnder Nebel breitete sich in jedem Teil seines Körpers aus, aber er wagte nicht aufzuhören, als würde die Ablehnung des Weines eine schimpfliche Strafe nach sich ziehen. Auf einen Ellbogen gestützt, redete Koldunow ohne Unterbrechung, strich mit einer Hand über die Tischkante und schlug gelegentlich darauf, um einem besonders düsteren Wort Nachdruck zu verleihen. Sein Kopf, der die Farbe gelblichen Lehms hatte (er war nahezu völlig kahl), die Säcke unter den Augen, der rätselhafte gehässige Ausdruck seiner beweglichen Nasenflügel – alles das hatte jede Beziehung zu dem Bild des kräftigen, hübschen Schülers eingebüßt, der Lik einst zu quälen pflegte; der Albtraumkoeffizient jedoch war der gleiche geblieben.

«Das wäre es, mein Lieber... Aber darauf kommt es jetzt nicht mehr an», sagte Koldunow in anderem Ton. «Eigentlich hatte ich diese kleine Geschichte schon das letzte Mal für dich in petto, als mir aufging, daß das Schicksal – ich bin ein alter Fatalist – unserem Wiedersehen eine gewisse Bedeutung gegeben hatte, daß du sozusagen als Retter gekommen warst. Aber jetzt stellt sich heraus, daß du erstens – entschuldige – so geizig bist wie ein Jude, und zweitens... Wer weiß, vielleicht bist du wirklich nicht in der Lage, mir was zu leihen... Keine Angst, keine Angst... Dieses Thema ist erledigt! Außerdem hätte es sich nur um einen kleinen Betrag gehandelt, der mir – nun, nicht wieder auf die Beine geholfen hätte, das wäre

Luxus, aber doch auf alle viere. Weil ich es nämlich satt habe, mit dem Gesicht im Dreck zu liegen. Ich habe nicht vor, dich um was zu bitten; Betteln ist nicht meine Art. Alles, was ich will, ist deine Meinung. Es ist eine philosophische Frage. Damen können weghören. Wie erklärst du das alles? Wenn es nämlich eine bestimmte Erklärung gibt, dann gut, dann will ich mich auch mit dem Dreck zufrieden geben, denn es würde bedeuten, daß alles irgendwie logisch und berechtigt ist und vielleicht mir oder anderen Nutzen bringt, was weiß ich. Also erkläre mir folgendes: Ich bin ein Mensch – das wirst du doch sicher nicht abstreiten, oder? Schön, ich bin also ein Mensch, und in meinen Adern fließt das gleiche Blut wie in deinen. Ob du es glaubst oder nicht, für meine Mutter war ich ihr Einziger und ihr Liebling. Als Junge habe ich dummes Zeug gemacht; als junger Mann bin ich in den Krieg gezogen, und die Kugel begann zu rollen – mein Gott, wie ist sie gerollt! Was ist schiefgegangen? Nein, *du* sollst es mir sagen – was ist schiefgegangen? Ich will nur wissen, was schiefgegangen ist, dann bin ich ja zufrieden. Warum hat mich das Leben systematisch so herumgehetzt? Warum ist mir die Rolle eines elenden Schurken zugefallen, den alle anspucken, drangsalieren, herumkommandieren, ins Kittchen sperren? Hier hast du ein Beispiel: Als sie mich nach einem bestimmten Vorfall in Lyon abführten – und ich könnte hinzufügen, daß ich völlig im Recht war und es heute bedauere, ihn nicht ganz erledigt zu haben –, also als die Polizei mich abführte, ohne sich um meine Proteste zu scheren, weißt du, was sie da gemacht haben? Sie haben mir einen kleinen Haken hier in das lebendige Fleisch meines Halses gestochen – geht man so mit Menschen um, frage ich dich? – und ab ging's zur Polizeiwache, und ich mit wie ein Schlafwandler, denn bei jeder zusätzlichen Bewegung wurde mir vor Schmerz schwarz vor den Augen. Also kannst du erklären, warum man das mit anderen nicht macht und dann auf einmal mit mir? Warum ist meine erste Frau mit einem Tscherkessen durchgebrannt? Warum haben mich 32 in einem kleinen Zimmer in Antwerpen sieben Leute beinahe totgeschlagen? Und dann sieh dir das alles an – was ist der Grund dafür? – diese Lumpen, diese Wände, diese Katja da drüben?... Die Geschichte meines Lebens interessiert mich, und das schon seit geraumer Zeit! Eine Jack-London- oder Dostojewskij-Geschichte für dich ist es nicht! Ich lebe in einem korrupten Land – nun gut. Ich bin bereit, mich mit den Franzosen abzufinden. Schön! Aber wir müssen eine Erklärung finden, meine Herren! Einmal rede ich mit jemand, und er fragt mich: ‹Warum gehst du nicht zurück nach Rußland?› Ja, warum eigentlich nicht? Der Unterschied ist minimal! Dort würden sie mich ganz genauso verfolgen, mir die Zähne einschlagen, mich hinter Gitter setzen und mich dann zu meiner Erschießung bitten – und wenigstens das wäre ehrlich. Du siehst, ich bin sogar bereit, ihnen Respekt zu zollen – sie sind weiß Gott ehrliche Mörder –, während sich diese Gauner hier solche Foltern für einen ausdenken, daß man fast Sehnsucht kriegt nach der guten alten russischen Kugel. He, warum guckst du mich nicht an ... du, du, du ... oder verstehst du nicht, was ich dir sage?»

«Doch, ich verstehe alles», sagte Lik. «Aber du mußt mich bitte entschuldigen. Ich fühle mich nicht wohl. Ich muß gehen. Ich muß bald im Theater sein.»

«Nichts da. Gedulde dich noch etwas. Einige Sachen kapiere ich auch. Du bist ein seltsamer Vogel ... Los, mach mir schon irgendein Angebot ... versuch's! Vielleicht überschüttest du mich am Ende doch noch mit Gold, wie? Hör zu, weißt du was? Ich verkaufe dir ein Gewehr – es wird dir auf der Bühne zupaß kommen: peng, und der Held geht zu Boden. Es ist nicht einmal hundert Franken wert, aber ich brauche mehr als hundert – ich überlasse es dir für tausend. Willst du's haben?»

«Nein», sagte Lik teilnahmslos. «Und ich habe wirklich kein Geld. Ich habe das selbst alles durchgemacht, die Hungerei und so weiter ... Nein, ich möchte nicht mehr, mir ist schlecht.»

«Trink weiter, du Miststück, dann ist dir nicht schlecht. Schon gut, ich habe es nur gemacht, um zu sehen, was du sagen würdest – ich bin sowieso nicht käuflich. Nur bitte beantworte mir meine Frage. Wer hat beschlossen, daß ich leiden soll, und mein Kind dann zum gleichen lausigen russischen Schicksal verdammt? Einen Moment mal – nimm an, auch ich will mich im Morgenrock hinsetzen und Radio hören? Was ist schiefgegangen, heh? Nimm dich zum Beispiel – was macht dich besser als mich? Du stolzierst herum, wohnst in Hotels, poussierst mit Schauspielerinnen ... Wieso? Warum? Los, erklär mir das.»

Lik sagte: «Es hat sich gezeigt, daß ich ... ich hatte nun einmal ... ach, ich weiß nicht ... ein bescheidenes schauspielerisches Talent, so könnte man wohl sagen ...»

«Talent?» rief Koldunow. «Also ich muß sagen, das ist ein guter Witz!» Koldunow begann sich in einer sehr primitiven Nachahmung zwerchfellerschütternden Gelächters zu schütteln. «Du bist ein Lumpenhund, mein Guter. Das ist dein einziges Talent. So bin ich deiner Ansicht nach der niedrigste, dreckigste Wurm und verdiene mein gemeines Ende? Wunderbar, einfach wunderbar. Alles ist erklärt - hurra, hurra! Die Karte ist gestochen, der Nagel drin, das Viech abgeschlachtet!»

«Oleg Petrowitsch ist aufgebracht - vielleicht sollten Sie jetzt lieber gehen», ließ sich plötzlich Koldunows Frau mit einem starken estländischen Akzent aus ihrer Ecke vernehmen. In ihrer Stimme war nicht die geringste Spur von Bewegung, so daß ihre Bemerkung hölzern und sinnlos klang. Koldunow drehte sich in seinem Stuhl langsam um, ohne seine Hand zu bewegen, die wie leblos auf dem Tisch lag, und starrte seine Frau mit einem hingerissenen Blick an.

«Ich halte niemand ab», sagte er sanft und fröhlich. «Und ich werde dankbar dafür sein, wenn mich auch andere nicht aufhalten. Oder wenn ich keine Ratschläge kriege, was ich zu tun und zu lassen habe. Guten Abend, Herr», fügte er hinzu, ohne Lik anzusehen, der es aus irgendeinem Grund für notwendig hielt, zu sagen: «Ich schreibe aus Paris, ganz gewiß.»

«Er schreibt also, wirklich?» sagte Koldunow sanft, scheinbar noch an seine Frau gewandt. Mit einiger Mühe befreite sich Lik aus dem Stuhl und ging auf sie zu, taumelte jedoch und stieß gegen das Bett.

«Gehen Sie, es ist schon gut», sagte sie ruhig, und mit einem höflichen Lächeln stolperte Lik aus dem Haus.

Sein erstes Gefühl war das der Erleichterung. Er war dem Umkreis jenes betrunkenen, moralisierenden Kretins entronnen. Dann stieg ein Grauen in ihm auf: Es war ihm übel im Magen, und seine Arme und Beine gehörten verschiedenen Menschen. Wie sollte er an diesem Abend auftreten? Das

Schlimmste von allem jedoch war, daß sein ganzer Körper, der aus Wellen und Punkten zu bestehen schien, einen Herzanfall nahen fühlte. Es war, als wäre ein unsichtbarer Pfahl auf ihn gerichtet, und jeden Augenblick könnte er sich aufspießen. Darum mußte er im Zickzack gehen und ab und zu sogar stehenbleiben und ein paar Schritte rückwärts machen. Dennoch blieb sein Geist einigermaßen klar, er wußte, daß nur sechsunddreißig Minuten bis zum Anfang der Vorstellung verblieben, und er wußte den Weg nach Hause ... Es wäre jedoch wohl ratsamer, hinunter zur Ufermauer zu gehen und am Meer zu sitzen, bis er sich besser fühlte. Das geht vorbei, das geht vorbei, sagte er sich, wenn ich nur nicht sterbe ... Er begriff auch den Umstand, daß die Sonne soeben untergegangen und der Himmel bereits leuchtender und zarter war als die Erde. Welch ein unnötiger, widerwärtiger Unfug. Er ging und berechnete jeden Schritt, doch manchmal irrte er sich, und Vorübergehende drehten sich nach ihm um. Glücklicherweise traf er nicht viele, da es die geheiligte Stunde des Abendessens war, und als er das Wasser erreichte, fand er das Ufer leer; auf der Pier brannten die Lichter und warfen lange Lichtreflexe auf das farbige Wasser, und diese hellen Punkte und umgedrehten Ausrufezeichen schienen durchsichtig in seinem eigenen Kopf zu schimmern. Er setzte sich auf eine Bank, stieß sich dabei schmerzhaft das Steißbein und schloß die Augen. Aber dann begann sich alles zu drehen; sein Herz zeichnete sich als eine grauenerregende Kugel auf der dunklen Innenseite seiner Augenlider ab. Es schwoll qualvoll weiter an, und um dem ein Ende zu bereiten, öffnete er die Augen und versuchte, seinen Blick auf einzelne Gegenstände zu heften – auf den Abendstern, auf diese schwarze Boje im Meer, auf einen gedunkelten Eukalyptusbaum am Ende der Promenade. Ich kenne das alles, dachte er, ich verstehe das alles, und im Zwielicht ähnelt der Eukalyptusbaum seltsam einer großen russischen Birke. Kann dies das Ende sein? Ein so idiotisches Ende ... Ich fühle mich immer schlechter ... Was geschieht mir? ... Du lieber Gott!

Etwa zehn Minuten vergingen, mehr nicht. Seine Uhr tickte weiter und versuchte taktvoll, ihn nicht anzusehen. Der Gedanke an den Tod fiel genau mit dem Gedanken zusammen, daß er in einer halben Stunde auf die erleuchtete Bühne hinaustreten und die ersten Worte seiner Rolle sprechen werde: *«Je vous prie d'excuser, Madame, cette invasion nocturne.»* Und diese Worte, die klar und elegant in sein Gedächtnis eingraviert waren, schienen weitaus wirklicher als das Platschen und Schlappen der matten Wellen, als der Klang zweier fröhlicher Frauenstimmen hinter der Steinmauer einer nahen Villa, als das, was Koldunow gerade gesagt hatte oder selbst als das Hämmern seines eigenen Herzens. Seine Übelkeit erreichte plötzlich eine so panikartige Heftigkeit, daß er aufstand und an der Brüstung entlangging, über die er betäubt die Hand streichen ließ, während er zu den farbigen Tuschen des abendlichen Meeres schaute.

«Auf jeden Fall», sagte Lik laut, «muß ich mich abkühlen. Sofortbehandlung. Entweder sterbe ich, oder sie hilft.»

Er ließ sich dort, wo das Geländer zu Ende war, die abgeböschte Kante des Gehsteigs hinuntergleiten und ging knirschend über den kieseligen Strand. Es war niemand am Ufer, mit Ausnahme eines ärmlich gekleideten Mannes, der mit weit gespreizten Beinen neben einem Felsblock auf dem Rücken lag. Etwas an den Umrissen seiner Beine und Schultern erinnerte Lik aus irgendeinem Grund an Koldunow. Schwankend und sich bereits bückend ging er verlegen bis zum Rand des Wassers und stand schon im Begriff, sich mit den Händen etwas zu schöpfen und über den Kopf zu schütten; doch das Wasser lebte, es bewegte sich und drohte ihm die Füße naß zu machen. Vielleicht bleibt mir genügend Koordinationsvermögen, meine Schuhe und Socken abzuschütteln, überlegte er und erinnerte sich im gleichen Augenblick des Kartons mit seinen neuen Schuhen. Er hatte ihn bei Koldunow vergessen!

Und sobald er sich dessen erinnerte, erwies sich das Bild als so stimulierend, daß alles sofort weniger kompliziert war, und das rettete Lik, wie zuweilen eine Situation durch ihre rationale Formulierung gerettet wird. Er mußte die Schuhe auf der Stelle zurückbekommen, es blieb gerade genug Zeit, sie zu holen, und sobald das getan wäre, würde er in ihnen auf die Bühne treten. (Alles völlig klar und logisch.)

Ohne des Drucks in seiner Brust weiter zu achten, des nebeligen Gefühls, der Übelkeit, kletterte Lik auf die Promenade zurück und rief mit sang- und klangvoller Stimme ein Taxi herbei, das gerade am Bürgersteig vor der Villa gegenüber anfuhr. Seine Bremsen antworteten mit einem zerreißenden Stöhnen. Er gab dem Fahrer die Adresse aus seinem Notizbuch, und obschon die ganze Fahrt – erst dorthin und von da zum Theater – nicht länger als fünf Minuten dauern würde, drängte er ihn, so schnell wie möglich zu fahren.

Das Taxi näherte sich Koldunows Behausung von der anderen Seite des Platzes her. Ein Menschenauflauf hatte sich angesammelt, und der Fahrer konnte sich nur vermittels unentwegter Drohungen mit seiner Hupe einen Weg bahnen. Koldunows Frau saß auf einem Stuhl neben dem Brunnen. Ihre Stirn und linke Wange glänzten von Blut, ihr Haar war verklebt, und sie saß aufrecht und reglos, umgeben von den Neugierigen, während ihr zunächst und ebenso reglos ihr Sohn stand, in einem blutbefleckten Hemd, die geschlossene Hand vor dem Gesicht – eine Art Tableau. Ein Polizist, der Lik irrtümlich für den Arzt hielt, geleitete ihn in das Zimmer. Der Tote lag zwischen zerbrochenem Tongeschirr auf dem Fußboden, das Gesicht von dem Gewehrschuß in den Mund zerschmettert, seine weit gespreizten Füße in neuen, weißen –

«Die da gehören mir», sagte Lik auf französisch. *(1938)*

# DER REGIEASSISTENT

I

Was das heißen soll? Nun ja, daß das Leben bisweilen eben nur das ist – ein Regieassistent. Wir wollen ins Kino gehen heute abend. Zu den Dreißigern zurück, abwärts an den Zwanzigern entlang und um die Ecke zum alten Filmpalast Europa. Sie war eine gefeierte Sängerin. Keine Opern, nicht einmal «Cavalleria rusticana», nichts dergleichen. «La Slavska» – so nannten die Franzosen sie. Stil: ein Zehntel Zigeuner, ein Siebentel russische Bauerndirn (das war sie ursprünglich gewesen) und fünf Neuntel leichte Unterhaltung – und mit leichter Unterhaltung meine ich einen Mischmasch aus künstlicher Folklore, militärischem Melodram und offiziellem Patriotismus. Der offen gebliebene Bruchteil scheint ausreichend für die Klangpracht ihrer erstaunlichen Stimme.

Zumindest in geographischem Sinn mitten aus dem ehemaligen Herzen Rußlands kommend, erreichte diese Stimme schließlich die großen Städte, Moskau, Sankt Petersburg und die Umgebung des Zaren, die eine Menge übrig hatte für diesen Stil. In Fedor Schaljapins Ankleidezimmer hing eine Aufnahme von ihr: perlenbesetzte russische Kopfbedeckung, die Wange in die Hand gestützt, blendende Zähne zwischen fleischigen Lippen, und quer darüber ein großes unbeholfenes Gekritzel: «Für dich, Fedjuscha.» Schneesterne, von denen jeder, bevor die Ränder dahinschmolzen, seine komplexe Symmetrie auswies, kamen sanft auf den Schultern und Ärmeln und Schnurrbärten und Mützen zur Ruhe – alle warteten sie in einer Schlange auf die Öffnung der Kasse. Bis zu ihrem Tode war ihr nichts so teuer wie eine reichverzierte Medaille und eine riesige Brosche, die sie einst von der Zarin erhalten hatte – oder wenigstens behauptete sie, nichts sei ihr teurer. Sie kamen aus jener Juweliersfirma, die einträgliche Geschäfte tätigte, indem sie das Kaiserliche Paar bei jeder festlichen Gelegenheit mit diesem oder jenem (jedes Jahr wertvolleren) Emblem massiven Zarentums bedachte: etwa einem großen Amethystbrocken, auf dem eine rubinbesetzte bronzene Troika wie eine Arche Noah auf dem Ararat gestrandet war, oder einer wassermelonengroßen Kristallkugel, die einen goldenen Adler mit viereckigen Diamantenaugen trug, denen Rasputins sehr ähnlich (viele Jahre später wurden einige der weniger symbolträchtigen Gegenstände von den Sowjets auf einer Weltausstellung als Musterbeispiele für ihre eigene blühende Kunst gezeigt).

Wären die Dinge weiter so verlaufen, wie sie zu verlaufen schienen, so sänge sie möglicherweise noch heute abend im zentralgeheizten Adelssaal oder in Zarskoje, und ich, auf Stepp-visite bei Stiefmütterchen Sibiria, schaltete in irgendeinem entlegenen Kaff ihre Radiostimme ab. Das Schicksal indessen nahm den falschen Lauf; und als die Revolution kam, gefolgt von dem Krieg der Roten und der Weißen, erwählte ihre verschmitzte Bauernseele die praktischere Seite.

Geisterhafte Scharen geisterhafter Kosaken auf Geisterpferden sieht man durch den langsam ausgeblendeten Namen des Regieassistenten hindurch stürmen. Dann erfaßt das Bild den schmucken General Golubkow, der durch ein Opernglas gelangweilt das Schlachtfeld überblickt. Als das Kino und wir jung waren, pflegte man uns den Anblick säuberlich in zwei verbundene Kreise gerahmt zu zeigen. Heute nicht mehr. Was wir als nächstes sehen, ist, wie General Golubkow, von dem plötzlich alle Trägheit abgefallen ist, in den Sattel springt, einen Augenblick lang auf seinem sich bäumenden Schlachtroß in den Himmel ragt und dann zu einem tollkühnen Angriff davonprescht.

Doch das Unerwartete ist das Infrarot im Spektrum der Kunst: Anstelle des bedingten Tack-tack-tack-Reflexes von Maschinengewehren hört man von weit her eine Frauenstimme singen. Näher, noch näher, und schließlich alles ausfüllend. Ein herrlicher Alt, der in alles hineinschwillt, was der für die Musik zuständige Mann an russischen Weisen in seinem Archiv gerade vorgefunden hat. Wer ist das an der Spitze der Infraroten? Eine Frau, der singende Schutzgeist jenes besonderen, besonders gut ausgebildeten Bataillons. Ganz vorne marschiert sie, zertrampelt die Luzerne und entströmt ihren Wolga-Wolga-Sang. *Dshigit* Golubkow, fesch und furchtlos (jetzt wissen wir, was seine Augen erspäht hatten), gelingt es, obschon er an mehreren Stellen verwundet ist, sie im Galopp zu sich heraufzureißen, und so wird sie, die sich wonniglich wehrt, davongetragen.

Sonderbar, dieses elende Drehbuch wurde von der Wirklichkeit tatsächlich verfilmt. Ich selber habe wenigstens zwei verläßliche Zeugen des Vorfalls gekannt; und die Wachposten der Geschichte haben es unangefochten durchgehen lassen. Sehr bald schon sehen wir sie die Offiziersmessen mit ihrer drallen Schönheit und ihren ach so wilden Liedern um den Verstand bringen. Sie war eine *Belle Dame* mit einer beträchtlichen Menge *Merci*, und sie besaß eine Vitalität, die Louise von Lenz oder der *Green Lady* abging. Sie war es, die den allgemeinen Rückzug der Weißen versüßte, der kurz nach ihrem märchenhaften Erscheinen in General Golubkows Lager einsetzte. Ein düsterer Anblick wird uns flüchtig gezeigt: Raben, Krähen – oder welche Vögel auch immer verfügbar waren – kreisen in der Abenddämmerung und lassen sich langsam auf eine mit Körpern übersäte Ebene irgendwo im Ventura County nieder. Die tote Hand eines Weißgardisten hält noch ein Medaillon mit dem Gesicht seiner Mutter umklammert. Ein roter Soldat nicht weit davon hat auf seiner zerschmetterten Brust einen Brief von daheim, aus dessen verschwimmenden Zeilen dieselbe alte Frau hervorschaut.

Und dann, in gewohntem Kontrast, brechen prompt und gewaltig Musik und Gesang los, Hände klatschen den Takt, gestiefelte Füße stampfen auf den Boden, und wir erblicken General Golubkows Stab mitten in einem Saufgelage – ein geschmeidiger Georgier vollführt einen Dolchtanz, der peinlich angerührte Samowar spiegelt verzerrte Gesichter, die Slavska wirft mit kehligem Lachen ihren Kopf zurück, und der Fettwanst des Korps, greulich betrunken, den betreßten Kragen geöffnet, die fettigen Lippen zu einem viehischen Kuß gespitzt, lehnt sich quer über den Tisch (Großaufnahme eines umgekippten Glases), um – ein Nichts zu umarmen, denn der drahtige und stocknüchterne General Golubkow hat sie behende entfernt und spricht jetzt, da sie beide der Bande gegenüberstehen, mit kalter, klarer Stimme: «Meine Herren, ich möchte Ihnen meine Braut vorstellen» – und in dem betäubten Schweigen, das darauf folgt, geschieht es, daß eine verirrte Kugel von draußen die dämmerungsblaue Fensterscheibe durchschlägt, und tosender Beifall umfängt das zauberhafte Paar.

Es kann wenig Zweifel daran bestehen, daß ihre Gefangennahme kein reiner Zufall gewesen war. Indeterminismus wird im Filmstudio nicht geduldet. Noch weniger Zweifel gibt es daran, daß der General und sein Eheweib schon bei Beginn des großen Exodus, als sie wie viele andere über Sirkedshi in die Motzstraße und die rue Vaugirard mäanderten, ein Gespann, ein Lied, einen Decknamen bildeten. Selbstverständlich wurde er ein tüchtiges Mitglied des W. B. (Weißgardisten-Bundes), reiste umher, organisierte militärische Lehrgänge für russische Knaben, veranstaltete Wohltätigkeitskonzerte, machte Baracken für Notleidende ausfindig, schlichtete lokale Streitigkeiten und erledigte das alles auf höchst unaufdringliche Weise. Vermutlich war er in mancher Hinsicht sogar nützlich, dieser W. B. Seinem geistigen Wohlergehen allerdings war es abträglich, daß er völlig außerstande war, sich von den monarchistischen Emigrantengruppen unabhängig zu machen, und im Gegensatz zu der Intelligenzija der Emigranten die fürchterliche Vulgarität, den Ur-Faschismus jener lächerlichen, aber bösartigen Organisationen nicht empfand. Wenn wohlmeinende Amerikaner mich fragen, ob ich nicht den charmanten Oberst Soundso oder den großartigen alten Grafen von Kickoffsky gekannt habe, bringe ich es nicht übers Herz, ihnen die traurige Wahrheit zu eröffnen.

Doch noch eine andere Menschensorte hatte mit dem W. B. zu tun. Ich meine jene abenteuerdurstigen Seelen, deren Dienst an der Sache darin bestand, daß sie in irgendeinem verschneiten Tannenwald über die Grenze gingen, um sich in den verschiedenen Verkleidungen, welche kurioserweise einst gerade von den Sozialrevolutionären entwickelt worden waren, in ihrer

Heimat umzusehen und in aller Stille in das kleine Pariser Café namens «Esch-Bubliki» oder die namenlose kleine Berliner Kneipe jene brauchbaren Bagatellauskünfte zurückzubringen, mit denen Spione ihren Auftraggebern aufzuwarten haben. Einige dieser Männer hatten sich in krause Verwicklungen mit den Spionagediensten anderer Länder eingelassen und schreckten auf amüsante Weise hoch, wenn man ihnen von hinten auf die Schultern tippte. Einige spielten Pfadfinder, weil es ihnen Spaß machte. Ein oder zwei glaubten vielleicht wirklich, daß sie in irgendeiner mystischen Weise die Auferstehung einer geheiligten, wiewohl leicht muffigen Vergangenheit vorbereiteten.

2

Nunmehr werden wir Zeugen einer höchst unheimlich monotonen Serie von Ereignissen. Der erste Vorsitzende des W. B., der starb, war der Führer der gesamten weißen Bewegung und bei weitem der Beste von allen; gewisse dunkle Symptome bei seiner plötzlichen Erkrankung deuteten auf den Schatten eines Giftmörders. Der nächste Vorsitzende, ein riesiger, kräftiger Kerl mit einer Donnerstimme und einem Kopf wie eine Kanonenkugel, wurde von Unbekanten entführt; es sprechen Gründe dafür, daß er an einer zu starken Dosis Chloroform starb. Der dritte Präsident – doch meine Spule läuft zu schnell. In Wahrheit brauchte es sieben Jahre, die ersten beiden zu beseitigen – nicht etwa, weil dergleichen nicht schneller bewerkstelligt werden könnte, sondern weil besondere Umstände vorlagen, die eine sehr genaue Wahl des Zeitpunkts nötig machten, um den eigenen stetigen Aufstieg und das gelegentliche Auftreten plötzlicher Vakanzen aufeinander abzustimmen. Wie das?

Golubkow war nicht nur ein sehr wendiger V-Mann (ein Tripelagent, genau gesagt); er war auch ein ausnehmend ehrgeiziges Bürschchen. Warum die Aussicht, einer Organisation vorzustehen, die lediglich ein Sonnenuntergang hinter einem Friedhof war, es ihm derart angetan hatte, das ist nur jenen ein Rätsel, die selber keine Steckenpferde oder Leidenschaften haben. Es gelüstete ihn sehr danach – das ist alles. Weniger begreiflich ist seine Zuversicht, daß er imstande wäre, seine zwergenhafte Existenz zwischen den beiden gewaltigen Mächten, deren gefährliches Geld und gefährliche Unterstützung er entgegennahm, nicht zerreiben zu lassen. Ich bitte um ungeteilte Aufmerksamkeit, denn es wäre schade, wenn jemandem die Feinheiten der Situation entgingen.

Die höchst unwahrscheinliche Aussicht, daß eine geisterhafte Weiße Armee je imstande wäre, die Kriegshandlungen gegen die gefestigte, massige Macht der Sowjets wiederaufzunehmen, konnte diese nicht ernstlich beunruhigen; hingegen konnte es sehr wohl ihren Unwillen erregen, daß irgendwelche zusammenhanglosen Nachrichten über Festungen und Fabriken, von zudringlichen und schwer dingfest zu machenden W. B.-Leuten gesammelt, automatisch in dankbare deutsche Hände fielen. Die Deutschen ihrerseits hatten wenig Interesse für die abstrusen Farbschattierungen russischer Emigrantenpolitik, aber was sie störte, war der ungenierte Patriotismus, mit dem hin und wieder ein W. B.-Präsident aus ethischen Gründen den glatten Fluß freundschaftlicher Kollaboration zwischen ihnen und der sowjetischen Regierung behinderte.

So war General Golubkow ein Geschenk des Himmels. Die Sowjets hofften zuversichtlich, daß ihnen unter seinem Vorsitz alle W. B.-Agenten bekannt würden – und listigerweise mit falschen Informationen für den nachrichtenhungrigen deutschen Konsum beliefert werden könnten. Die Deutschen waren nicht minder davon überzeugt, daß er ihren eigenen, absolut verläßlichen Agenten, die unter den üblichen W. B.-Leuten verteilt waren, eine reiche Ausbeute garantieren würde. Keine Seite gab sich irgendwelchen Illusionen über Golubkows Loyalität hin, aber jede nahm an, daß sie die Schwankungen seiner Betrügereien sich selbst zunutze machen könne. Die Träume einfacher russischer Menschen, schwer arbeitender Familien in entlegenen Teilen der russischen Diaspora, die ihren bescheidenen und ehrsamen Geschäften nachgingen, wie sie es in Saratow oder Twer nicht anders getan hätten, die zarte Kinder in die Welt setzten und sich in dem naiven Glauben wiegten, daß der W. B. eine Art Artussche Tafelrunde wäre, die für alles eintrat, was im Märchenrußland liebenswert, anständig und gesund gewesen war und wieder sein würde – solche Träume mögen den Leuten am Schneidetisch sehr wohl als überflüssige Auswüchse des Hauptthemas erscheinen.

Als der W. B. gegründet wurde, stand General Golubkows (da niemand mit dem Tod des Präsidenten rechnete, natürlich rein theoretische) Kandidatur sehr weit unten auf der Liste – nicht, weil seine legendäre Ritterlichkeit von den anderen Offizieren etwa nicht gebührend gewürdigt wurde, sondern weil er der jüngste General in der Armee war. Als die Wahl des nächsten Vorsitzenden fällig wurde, hatte Golubkow bereits ein so gewaltiges Organisationstalent an den Tag gelegt, daß er das Gefühl hatte, gefahrlos einige der vor ihm rangierenden Namen der Liste streichen und damit auch nebenbei das Leben ihrer Träger schonen zu können. Nachdem der zweite General beseitigt war, waren viele W. B.-Mitglieder überzeugt, daß General Fedtschenko, der nächste Anwärter, dem jüngeren und tüchtigeren Mann seine Rechte abtreten würde, die er dank seinem Alter, seinem Ruf und seiner akademischen Würde genießen durfte. Dem alten Herrn dünkte zwar der Genuß zweifelhaft – gleichwohl hielt er es für feige, einen Posten auszuschlagen, der zwei Männern das Leben gekostet hatte. So biß General Golubkow die Zähne zusammen und machte sich aufs neue an die Wühlarbeit.

Körperlich wirkte er wenig anziehend. Er hatte nichts von dem an sich, was man sich unter einem russischen General vorzustellen beliebt, nichts Treuherziges, Stämmiges, Stieläugiges, Stiernackiges. Er war mager, zart, hatte scharfe Gesichtszüge, einen gestutzten Schnurrbart und einen Haarschnitt, der von den Russen Igelfrisur genannt wird: kurz, drahtig, nach oben gesträubt und kompakt. Um sein behaartes Handgelenk trug er eine dünne Silberkette, und er bot einem säuberlich selbstgedrehte russische Zigaretten oder englische «Käppstens» (wie er es aussprach) an, fein nebeneinander in einem alten, geräumigen Zigarettenetui aus schwarzem Leder aufgereiht, welches ihn durch den mutmaßlichen Rauch ungezählter Schlachten begleitet hatte. Er war ungemein höflich und ungemein unauffällig.

Jedesmal, wenn die Slavska einen Empfang gab, was sie in den Häusern ihrer verschiedenen Mäzene zu tun pflegte (einer

Art baltischen Barons, eines Dr. Bachrach, dessen erste Frau eine berühmte Carmen gewesen war, oder eines russischen Kaufmanns alter Schule, der es sich im inflationstollen Berlin wohl sein ließ, indem er Häuserblocks für zehn englische Pfund das Stück aufkaufte), wand sich ihr schweigsamer Gatte bescheidentlich an seinen Gästen vorbei und brachte einem ein Schnittchen mit Wurst und Gürkchen oder ein winziges, frostig fahles Glas Wodka; und während die Slavska sang (bei derlei inoffiziellen Anlässen pflegte sie im Sitzen zu singen, eine Faust in die Wange gedrückt und den Ellbogen in die Fläche der anderen Hand gestützt), hielt er sich abseits, stand irgendwo angelehnt oder trippelte auf Zehenspitzen zu einem entfernten Aschenbecher, den er einem sacht auf die beleibte Lehne des Sessels stellte.

Ich bin der Meinung, daß er – künstlerisch gesehen – seine Belanglosigkeit zu stark hervorhob und sich damit unwillkürlich ein lakaienhaftes Air gab – was heute allerdings überaus passend erscheint; er jedoch versuchte, sein Dasein auf das Kontrastprinzip aufzubauen, und es verursachte ihm ein prickelndes Vergnügen, aus gewissen lieblichen Anzeichen – einem gesenkten Kopf, einer Verdrehung der Augen – mit Sicherheit schließen zu dürfen, daß Soundso am anderen Ende des Zimmers die Aufmerksamkeit eines Neuankömmlings auf den faszinierenden Umstand lenkte, daß ein so wenig markanter, ein so bescheidener Mann in einem legendären Krieg der Heros unglaublicher Großtaten gewesen war (der Mann, der eigenhändig Städte eroberte, und ähnliches mehr).

3

Deutsche Filmgesellschaften, die in jenen Tagen (kurz bevor das Kind des Lichts das Sprechen lernte) wie Giftpilze aus dem Boden schossen, fanden in jenen russischen Emigranten billige Arbeitskräfte, deren einzige Hoffnung und einziger Beruf ihre Vergangenheit war – also in einem Kreis ganz und gar unwirklicher Leute – und die in den Filmen «wirkliches» Publikum vorstellen sollten. Diese Kombination von zwei Scheinwelten erweckte bei sensiblen Menschen den Eindruck, in einem Spiegelkabinett oder vielmehr in einem Spiegelgefängnis zu sein und nicht einmal zu wissen, was Glas war und was man selber.

Und wirklich, wenn ich mir die Säle in Erinnerung rufe, wo die Slavska sang, in Berlin wie in Paris, und den Menschenschlag, den man dort zu sehen bekam, habe ich das Gefühl, als versähe ich einen uralten Film mit Technicolor und Ton, einen Film, in dem das Leben ein graues Gezitter, Beerdigungen eine Hetze und nur das Meer koloriert waren (ein kränkliches Blau), während ein Handapparat hinter der Bühne das Rauschen einer asynchronen Brandung nachmachte. Eine gewisse fragwürdige Figur, der Schrecken der Hilfsorganisationen, ein kahlköpfiger Mann mit den Augen eines Wahnsinnigen, schwebt mit wie zum Sitzen angezogenen Beinen, einem ältlichen Fetus ähnlich, langsam durch mein Blickfeld und paßt wunderbar genau auf einen Sitz in einer der hinteren Reihen. Auch unser Freund, der Graf, ist da, komplett mit hohem Kragen und schmuddeligen Schuhgamaschen. Ein ehrwürdiger, aber weltlicher Priester, dem sich das Kreuz sacht auf der breiten Brust hebt und senkt, sitzt in der ersten Reihe und starrt geradeaus.

Die einzelnen Programmnummern jener Festlichkeiten der Rechten, die der Name der Slavska in meiner Erinnerung heraufruft, hatten die gleiche unwirkliche Beschaffenheit wie ihr Publikum. Ein Varietékünstler mit einem falschen slawischen Namen, einer jener Gitarrenvirtuosen, die als billige erste Attraktion in Varietéprogrammen auftreten, war hier überaus willkommen; und die knalligen Verzierungen auf seinem glasbedeckten Instrument, seine himmelblauen Seidenhosen vertrugen sich gut mit dem Rest der Veranstaltung. Darauf nahm irgendein bärtiger alter Halunke in einem schäbigen Cutaway das Wort, ein ehemaliges Mitglied der Rußland-über-alles-Bewegung, und malte lebhaft aus, was Juden und Freimaurer dem russischen Volk Schlimmes antaten.

Und jetzt, meine Damen und Herren, haben wir das große Vergnügen und die Ehre ... Da stand sie, vor einem fürchterlichen Hintergrund aus Palmen und Nationalflaggen, befeuchtete mit blasser Zunge die dick geschminkten Lippen und verschränkte ihre in Glacéhandschuhen steckenden Hände gemächlich über ihrem eingeschnürten Leib, dieweil ihr ständiger Begleiter, der marmorgesichtige Joseph Lewinsky, der ihr, im Schatten ihres Gesangs, in den privaten Konzertsaal des Zaren, in des Genossen Lunatscharskijs Salon und in schäbige Lokale Konstantinopels gefolgt war, seine kurze einleitende Folge von Trippeltönen anschlug.

Manchmal, wenn das Haus von der rechten Art war, pflegte sie die Nationalhymne zu singen, bevor sie ihr begrenztes, aber immer willkommenes Repertoire vom Stapel ließ. Unweigerlich gab es jene «Alte Straße nach Kaluga» (mit einer vom Blitz getroffenen Fichte bei Verst 49), sowie das Lied, das in der unter dem russischen Text gedruckten deutschen Übersetzung anhebt: «Du bist im Schnee begraben, mein Rußland», und jene uralte Volksballade (in den achtziger Jahren von irgendeinem Individuum verfaßt), welche von einem Räuberhauptmann und seiner liebreizenden persischen Prinzessin handelt, die er in die Wolga warf, als seine Leute ihn der Verweichlichung ziehen.

Ihr künstlerischer Geschmack war gleich null, ihre Technik reiner Zufall, ihr allgemeiner Stil ein Graus; doch jene Leute, für die Musik und Gefühl eins sind oder die Lieder als Vehikel jener Stimmungen betrachten, unter denen sie in individueller Vergangenheit zum ersten Mal gehört wurden, fanden in der gewaltigen Klangfülle ihrer Stimme wehmütigen Trost wie vaterländische Ermutigung. Für besonders eindrucksvoll hielt man sie, sobald in ihrer Stimme ein Anflug verwegener Wildheit mitschwang. Wäre diese Entfesselung weniger offenkundig vorgetäuscht gewesen, so hätte sie sie immer noch vor völliger Vulgarität bewahren können. Das kleine, harte Ding, das ihre Seele war, ragte aus ihrem Gesang hervor, und das Äußerste, was ihr Temperament hergab, war nur ein kleiner Strudel, kein freier Sturzbach. Wenn heute in einem russischen Haushalt das Grammofon angestellt wird und ich ihren konservierten Alt höre, so erinnere ich mich mit einer Art von Schauder an ihre täuschende Nachahmung eines gesanglichen Höhepunkts; die Anatomie ihres Mundes war in einem letzten leidenschaftlichen Schrei in Gänze bloßgelegt, ihr blauschwarzes Haar wunderbar gewellt, die gekreuzten Hände waren auf die bebänderte Medaille an ihrem Busen gepreßt, während sie die Beifallsorgie entgegennahm, und ihr breiter dunkler Körper blieb steif, selbst als sie sich verneigte, denn er war in eine starke, silbrige Seide gestopft, die ihr das Aussehen einer Schneematrone oder einer Ehrennixe verlieh.

4

Als nächstes sieht man sie (falls der Zensor das folgende nicht für eine Verletzung religiösen Empfindens hält) im honigfarbenen Dunst einer vollen russischen Kirche knien und aus Herzensgrund an der Seite der Frau oder Witwe (sie wußte genau, was) des Generals schluchzen, dessen Entführung von ihrem Mann so schön eingefädelt und von jenen großen, tüchtigen, anonymen Männern, die der Chef nach Paris entsandt hatte, so geschickt bewerkstelligt worden war.

Man erblickt sie auch noch an einem anderen Tag zwei oder drei Jahre später, während sie in einem gewissen Appartement in der rue George Sand singt, von bewundernden Freunden umgeben – und sieh da, ihre Augen verengen sich leicht, ihr Gesangslächeln schwindet, als ihr Gatte, den die abschließenden Einzelheiten des bevorstehenden Geschäfts aufgehalten hatten, jetzt still hereingeschlüpft kommt und mit sanfter Handbewegung den Versuch eines grauhaarigen Obersten zurückweist, ihm seinen Platz anzubieten; durch den bewußtlosen Fluß eines zum zehntausendsten Male vorgetragenen Liedes späht sie zu ihm hinüber (wie Anna Karenina ist sie etwas kurzsichtig), um irgendein bestimmtes Zeichen wahrzunehmen, und während sie ertrinkt und die buntbemalten Boote davongleiten und sich die letzte, bedeutungsvolle, kreisförmige Welle auf der Wolga, Bezirk Samara, in trübe Ewigkeit auflöst (denn dies ist das allerletzte Lied, das sie je singen wird), tritt ihr Mann an sie heran und sagt in einer Stimme, die kein Beifallsklatschen menschlicher Hände zu übertönen vermag: «Mascha, morgen wird der Baum gefällt!»

Diese Kleinigkeit mit dem Baum war der einzige dramatische Luxus, den sich Golubkow während seiner ganzen taubengrauen Karriere erlaubte. Wir werden ihm den Ausbruch nachsehen, wenn wir uns erinnern, daß dies der letzte General war, der ihm im Weg stand, und daß die Ereignisse des nächsten Tages automatisch zu seiner Wahl führen mußten. Über den lustigen kleinen Streit, den jene beiden großen Kinder miteinander hatten, war unter ihren Freunden letztens ein bißchen gescherzt worden (denn der russische Humor ist ein kleines Vögelchen, das sich mit einem Krümchen begnügt): Sie hatte mißmutig verlangt, daß die riesige alte Pappel, die das Atelierfenster in ihrem Sommerhaus am Stadtrand verdunkelte, entfernt würde, und er hatte dem entgegengehalten, der stämmige alte Bursche sei doch ihr grünster Bewunderer (ein zwerchfellerschütternder Witz das) und verdiene darob Schonung. Man beachte auch die gutmütige Schelmerei der fetten Dame im Hermelincape, die den galanten General dafür schilt, so schnell nachgegeben zu haben, und das strahlende Lächeln sowie die ausgestreckten gallertkalten Arme der Slavska.

Am späten Nachmittag des darauffolgenden Tages begleitete General Golubkow seine Frau zu ihrer Schneiderin, blieb eine Weile dort, las im *Paris-Soir* und wurde dann zurückgeschickt, um eins der Kleider zu holen, die sie weiten lassen wollte und zu Hause vergessen hatte. In angemessenen Abständen gab sie einigermaßen glaubwürdig vor, nach Hause zu telefonieren und ihm wortreiche Hinweise für seine Suche zu geben. Die Schneiderin, eine armenische Dame, und eine Näherin, die kleine Prinzessin Tumanow, amüsierten sich im Nebenzimmer weidlich über die Vielfalt ihrer rustikalen Schimpfworte (die ihr halfen, in ihrer Rolle nicht nachzulassen, welche ihre Phantasie alleine nicht zu improvisieren vermochte). Dieses fadenscheinige Alibi war nicht dazu bestimmt, das Präteritum zurechtzuflicken, falls irgend etwas schiefgehen sollte – denn schiefgehen konnte nichts; es sollte lediglich einen Mann, den zu verdächtigen niemandem im Traum einfallen würde, mit einem Routinebericht von seinem Tun und Lassen versehen, wenn die Leute wissen wollten, wer General Fedtschenko zuletzt gesehen hätte. Nachdem genügend imaginäre Kleiderschränke durchwühlt waren, sah man Golubkow mit dem Kleid zurückkehren (das er natürlich lange vorher in dem Wagen verstaut hatte). Er fuhr fort, die Zeitung zu lesen, während seine Frau weiter Sachen anprobierte.

## 5

Die etwa fünfunddreißig Minuten seiner Abwesenheit erwiesen sich als ein durchaus genügender Zeitraum. Als sie ihre Spielereien mit dem toten Telefon begann, hatte er den General bereits an einer menschenleeren Ecke einsteigen lassen und fuhr ihn einer vermeintlichen Verabredung entgegen, deren Umstände im voraus so ausgedacht waren, daß ihre Geheimhaltung selbstverständlich und Anwesenheit eine Pflicht waren. Ein paar Minuten später hielt er, und beide stiegen aus. «Das ist nicht die richtige Straße», sagte General Fedtschenko. «Nein», sagte General Golubkow, «aber hier kann ich mein Auto besser parken. Ich möchte es nicht gerne genau vor dem Café abstellen. Wir gehen durch diese Gasse, so schneiden wir ein Stück ab. Zu Fuß ist es zwei Minuten von hier.» «Gut, dann gehen wir zu Fuß», sagte der alte Mann und räusperte sich.

In jenem Pariser Viertel heißen die Straßen nach verschiedenen Philosophen, und die Gasse, durch die sie gingen, war von einem belesenen Stadtvater rue Pierre Labime getauft worden. Sie führte einen sacht an einer dunklen Kirche und etlichen Baugerüsten vorbei in eine Gegend, wo einzelne Privathäuser mit verschlossenen Fensterläden in einiger Entfernung voneinander auf eigenem Grund und Boden standen, hinter eisernen Zäunen, auf denen todgeweihte Ahornblätter während ihres Flugs vom kahlen Zweig zum nassen Straßenpflaster auszuruhen pflegten. Auf der linken Seite der Gasse war eine lange Mauer, aus deren rauhem Grau hier und dort ein Kreuzworträtsel aus Ziegeln hervorsah; und in dieser Mauer befand sich an einer Stelle eine kleine grüne Tür.

Als sie sich ihr näherten, holte General Golubkow sein Zigarettenetui mit den Schlachtennarben hervor und blieb stehen, um sich eine Zigarette anzuzünden. Auch General Fedtschenko, ein höflicher Nichtraucher, blieb stehen. Ein böiger Wind zauste die Abenddämmerung, und das Streichholz ging aus. «Ich denke noch immer ...» sagte General Fedtschenko in bezug auf irgendeine nebensächliche Angelegenheit, über die sie kürzlich miteinander gesprochen hatten, «ich denke noch immer», sagte er (nur um irgend etwas zu sagen, während er da neben der kleinen grünen Tür stand), «wenn Vater Fjodor unbedingt die ganzen Wohnungen aus seinem eigenen Fonds bezahlen will, dann könnten wir ihm wenigstens das Heizmaterial liefern.» Auch das zweite Streichholz ging aus. Der Rücken eines Passanten, der sich undeutlich immer weiter entfernte, verschwand endlich. General Golubkow schimpfte so laut er konnte auf den Wind, und da dies das Entwarnungszeichen war, öffnete sich die grüne Tür, und unglaublich geschwind und behende entzogen drei Paar Arme den alten Herrn den Blicken. Die Tür schlug zu. General Golubkow zündete sich die Zigarette an und ging eiligen Schritts den Weg zurück, den er gekommen war.

Der alte Herr wurde nie mehr gesehen. Die ruhigen Ausländer, die ein gewisses ruhiges Haus einen ruhigen Monat lang gemietet hatten, waren unschuldige Holländer oder Dänen gewesen. Es war lediglich ein optischer Trick. Eine grüne Tür gibt es nicht, sondern nur eine graue, die keine Menschenkraft aufsprengt. Umsonst habe ich in hervorragenden Enzyklopädien gesucht: Es hat nie einen Philosophen Pierre Labime gegeben.

Doch die Kröte in ihren Augen, die habe ich gesehen. Es gibt ein russisches Sprichwort: *«Wsewo dwoje i est; smertj da sowestj»* – übersetzt etwa: «Zweierlei nur existiert wirklich – der Tod und das Gewissen.» Das Angenehme an der Menschheit ist, daß man zwar zuweilen nicht wissen mag, ob man recht tut – aber daß man unrecht tut, das merkt man immer. Ein entsetzlicher Übeltäter, dessen Frau noch schlimmer war, erzählte mir in den Tagen, als ich Priester war, daß ihn die ganze Zeit über eine innere Scham beunruhigt habe, von einer noch tieferen Scham zurückgehalten zu werden, mit ihr über dieses Rätsel zu sprechen: ob sie ihn vielleicht im Grunde ihres Herzens verachtete oder sich insgeheim fragte, ob er sie im Grunde seines Herzens verachte. Und darum weiß ich ganz genau, was für Gesichter General Golubkow und seine Frau machten, als die beiden endlich miteinander allein waren.

## 6

Lange allerdings waren sie es nicht. Etwa um zehn Uhr abends erfuhr General L., der Sekretär des W. B., von General R., daß Frau Fedtschenko sich wegen der unerklärlichen Abwesenheit ihres Gatten größte Sorgen mache. Erst dann fiel es General L.

ein, daß ihm der Präsident mittags ziemlich beiläufig (aber das war die Art des alten Herrn) gesagt hatte, er habe am späten Nachmittag in der Stadt zu tun; sollte er bis acht Uhr abends nicht zurück sein, so möge General L. doch bitte einen Zettel lesen, den er im mittleren Schubfach seines Schreibtisches hinterlasse. Die beiden Generale stürzten zum Büro, blieben stehen, stürzten zurück, um die Schlüssel zu holen, die General L. vergessen hatte, stürzten wieder los und fanden schließlich die Nachricht. Sie lautete: «Mich bedrückt ein seltsames Gefühl, dessen ich mich später vielleicht schämen mag. Um fünf Uhr dreißig bin ich in einem Café rue Descartes 45 verabredet. Ich soll mit einem Agenten der anderen Seite zusammentreffen. Ich vermute eine Falle. Das Ganze ist von General Golubkow arrangiert worden, der mich in seinem Wagen hinfährt.»

Wir wollen übergehen, was General L. sagte und was General R. erwiderte – doch offenbar waren sie langsam von Begriff und verloren noch mehr Zeit durch ein wirres Telefongespräch mit einem empörten Cafébesitzer. Es war fast Mitternacht, als die Slavska, in einen blumigen Morgenrock gehüllt und bemüht, sehr verschlafen auszusehen, sie einließ. Ihren Gatten zu wecken, der, wie sie sagte, bereits der Nachtruhe pflege, war sie nicht willens. Sie wünschte zu wissen, was eigentlich los sei und ob vielleicht General Fedtschenko etwas zugestoßen wäre. «Er ist verschwunden», sagte der ehrliche General L. Die Slavska sagte «Ach!» und brach ohnmächtig zusammen, wobei sie fast die Wohnzimmereinrichtung in Mitleidenschaft gezogen hätte. Das Theater hatte an ihr nicht gar soviel verloren, wie die meisten ihrer Bewunderer meinten.

Irgendwie gelang es den beiden Generalen, General Golubkow nichts von dem kleinen Zettel zu verraten, so daß er, als er sie ins Hauptquartier des W. B. begleitete, des Glaubens war, sie wollten mit ihm in Wirklichkeit besprechen, ob man sofort die Polizei benachrichtigen oder zunächst den achtundachtzigjährigen Admiral Gromobojew um Rat fragen solle, der aus irgendeinem unbegreiflichen Grund als Salomon des W. B. galt.

«Was hat das zu bedeuten?» sagte General L. und reichte Golubkow den verhängnisvollen Zettel. «Bitte lesen Sie.»

Golubkow las – und wußte sofort, daß alles verloren war.

Wir werden uns nicht über den Abgrund seiner Gefühle beugen. Er gab den Zettel zurück und zuckte die schmalen Achseln.

«Wenn das tatsächlich der General geschrieben hat», sagte er, «und ich muß zugeben, daß es ganz wie seine Handschrift aussieht, dann kann ich nur sagen, daß jemand sich für mich ausgegeben haben muß. Aber ich habe Gründe zu der Annahme, daß Admiral Gromobojew in der Lage sein wird, mich zu entlasten. Ich schlage vor, wir gehen gleich hin.»

«Ja», sagte General L., «es ist besser, wir gehen, obwohl es schon sehr spät ist.»

General Golubkow schlüpfte eilig in seinen Regenmantel und ging als erster hinaus. General R. half General L., seinen Schal wiederzufinden. Er war halb von einem jener Korridorstühle herabgeglitten, die dazu verdammt sind, immer nur Gegenstände aufzunehmen und niemals Menschen. General L. seufzte und setzte seinen alten Filzhut auf, eine sanfte Bewegung, zu der er beide Hände gebrauchte. Er ging auf die Tür zu. «Einen Augenblick, General», sagte General R. leise. «Ich möchte Sie etwas fragen. Unter Offizieren: sind Sie völlig sicher, daß ... nun, daß General Golubkow die Wahrheit sagt?»

«Genau das werden wir herausbekommen», antwortete General L., der zu jenen Menschen gehörte, welche der Meinung sind, daß ein Satz, solange er nur ein Satz ist, auch irgend etwas bedeuten wird.

In der Tür berührten sie zuvorkommend einer des anderen Ellbogen. Endlich nahm der etwas ältere die Vergünstigung in Anspruch und schritt forsch hinaus. Dann verhielten sie beide auf dem Treppenabsatz, denn das Treppenhaus kam ihnen sehr still vor. «General!» rief General L. nach unten. Dann blickten sie einander an. Dann stapften sie eilig und schwerfällig die häßliche Treppe hinab, traten ins Freie, blieben unter einem schwarzen Nieselregen stehen, blickten hierhin und dorthin, und dann sahen sie sich wieder an.

Sie wurde früh am nächsten Morgen verhaftet. Während der Untersuchung gab sie ihre Haltung kummerbeladener Unschuld kein einziges Mal auf. Die französische Polizei legte in ihrer Behandlung möglicher Indizien eine sonderbare Lustlosigkeit an den Tag, als nähme sie an, daß das Verschwinden russischer

Generale eine Art wunderlicher ortsüblicher Sitte war, ein orientalisches Phänomen, ein Auflösungsprozeß, der möglicherweise nicht vorkommen sollte, aber nicht zu verhindern war. Allerdings hatte man den Eindruck, daß die *Sûreté* mehr von diesem Zauberkunststück wußte, als diplomatische Weisheit zuzugeben bereit war. Ausländische Zeitungen behandelten die ganze Sache gutmütig, aber nicht ganz ernsthaft und leicht gelangweilt. Im ganzen machte die «Slavska-Affäre» keine großen Schlagzeilen – russische Emigranten standen ganz entschieden nicht im Brennpunkt. Ein erheiternder Zufall wollte, daß sowohl eine deutsche wie eine sowjetische Presseagentur lakonisch meldeten, ein Paar weißer russischer Generale habe sich in Paris mit der Kasse der Weißen Armee aus dem Staub gemacht.

## 7

Der Prozeß war seltsam ergebnislos und wirr, es glänzten keine Zeugen, und daß die Slavska am Ende wegen Menschenraubs verurteilt wurde, war ein juristisch anfechtbarer Spruch. Immer wieder verdunkelten belanglose Kleinigkeiten die Hauptfrage. Die falschen Leute erinnerten sich an die richtigen Dinge, und umgekehrt. Es gab eine Rechnung, unterschrieben von einem gewissen Gaston Coulot, Bauer, *«pour un arbre abattu»*. General L. und General R. hatten von einem sadistischen Anwalt Schlimmes auszustehen. Ein Pariser *clochard*, eins jener pittoresken, rotnasigen, unrasierten Wesen (eine leichte Rolle dies), die all ihr irdisch Hab und Gut in ihren geräumigen Taschen tragen, die ihre Füße in Schichten reißenden Zeitungspapiers wickeln, wenn die letzte Socke aufgetragen ist, und die man mit weitgespreizten Beinen und einer Flasche Wein gemütlich an der verfallenden Mauer eines niemals fertiggestellten Neubaus lehnen sehen kann, hatte einen abenteuerlichen Bericht zu bieten: Von einem bestimmten Beobachtungsposten aus hätte er mit angesehen, wie man einen alten Mann grob anpackte. Zwei Russinnen, von denen die eine einige Zeit vorher wegen akuter Hysterie behandelt worden war, sagten aus, sie hätten am Tag des Verbrechens General Golubkow und General Fedtschenko in des ersteren Wagen vorbeifahren gesehen. Ein russischer

Violinist hatte im Speisewagen eines deutschen Zuges – doch es ist zwecklos, alle diese lahmen Gerüchte nachzuerzählen.

Wir bekommen die Slavska noch einige letzte Male im Gefängnis zu sehen. Bescheiden sitzt sie in einer Ecke und strickt. Schreibt tränenverwischte Briefe an Frau Fedtschenko, in denen sie ihr mitteilt, daß sie nunmehr schwesterlich verbunden wären, wären doch ihre beiden Gatten von den Sowjets entführt worden. Bittet darum, einen Lippenstift benutzen zu dürfen. Betet und schluchzt in den Armen einer bleichen russischen Nonne, die gekommen ist, ihr von einer Vision zu erzählen, in der ihr die Unschuld General Golubkows offenbart worden wäre. Verlangt energisch das Neue Testament, das die Polizei ihr vorenthält – oder vielmehr hauptsächlich den Experten vorenthält, die so schön begonnen hatten, gewisse an den Rand des Johannes-Evangeliums gekritzelte Aufzeichnungen zu entziffern. Einige Zeit nach Ausbruch des Zweiten Weltkriegs zog sie sich ein obskures inneres Leiden zu, und als eines Sommermorgens drei deutsche Offiziere ins Gefängnislazarett kamen und sie auf der Stelle zu sehen verlangten, sagte man ihnen, sie sei tot – was möglicherweise die Wahrheit war. *(1943)*

# MÄRCHEN

Phantasie, die Erregung und der Taumel der Phantasie... Erwin war das wohlbekannt. In der Straßenbahn setzte er sich stets auf die rechte Seite, um näher am Bürgersteig zu sein; zweimal täglich schaute er in dieser Straßenbahn, die ihn zum Dienst und wieder nach Hause brachte, zum Fenster hinaus und sammelte sich einen Harem.

Morgens, wenn er zum Dienst fuhr, bearbeitete er den einen Bürgersteig, am späten Nachmittag, bei der Rückfahrt, den anderen. Und der eine wie der andere badeten im Sonnenschein, weil die Sonne mitfuhr und mit heimkehrte. Es muß gesagt werden, daß Erwin nur einmal in seinem Leben eine Frau auf der Straße angesprochen hatte, und diese Frau hatte leise gesagt: «Sie sollten sich schämen... gehen Sie.» Seitdem wich er jedem Gespräch mit Frauen aus. Dafür aber schaute er, durch die Scheibe vom Bürgersteig getrennt, die schwarze Aktentasche an die Rippen gepreßt, das Bein in der abgetragenen gestreiften Hose unter die gegenüberliegende Bank geschoben, mutig und frei zu den vorübergehenden Frauen hin – und biß sich plötzlich auf die Unterlippe; das bedeutete – wieder eine Gefangene. Und sogleich ließ er sie laufen, denn sein schneller Blick, der wie eine Kompaßnadel hin- und hersprang, suchte bereits nach der nächsten. Sie waren weit weg von ihm, und so mischte sich seine finstere Schüchternheit nicht in den Genuß der Wahl. Wenn es jedoch passierte, daß eine hübsche Frau ihm gegenüber Platz nahm, zog er mit allen Zeichen des Ärgers – sehr unnatürlich übrigens für seine jungen Jahre – das Bein an und konnte sich keineswegs entschließen, der Frau ins Gesicht zu sehen. Jawohl, dort im Stirnbein über den Augenbrauen tat es richtig weh von dieser Schüchternheit, als würde sein Kopf von einem Stahlhelm zusammengepreßt, und er konnte nicht hochblicken. Und wie erleichtert atmete er auf, wenn die Frau sich erhob und zum Ausgang ging. Dann drehte er sich scheinbar zerstreut nach ihr um, verschlang ihren zarten Nacken und ihre seidenbestrumpften Waden mit den Blicken – und nahm sie auf in seinen imaginären Harem. Und dann glitt von neuem der sonnige Bürgersteig am Fenster vorbei; und Erwin streckte das Bein wieder aus, wandte die schmale blasse Nase mit einer deutlich sichtbaren Vertiefung an der Spitze der Scheibe zu und wählte sich Sklavinnen aus. Tja, das war Phantasie, die Erregung und der Taumel der Phantasie! An einem hellen Abend im Mai – es war ein Samstag – saß Erwin in einem Straßencafé und blickte, sich ab und zu auf die Unterlippe beißend, zu den abendlichen Passanten hinüber, die an ihm vorbeiflanierten. Der ganze Himmel war rosarot, in der Dämmerung mutete das Licht der Straßenlaternen und der Reklameschilder irgendwie unirdisch an. Eine hochgewachsene ältere Dame in dunkelgrauem Kostüm schritt mit wiegendem Gang zwischen den Tischen entlang und legte schließlich, als sie keinen freien Platz fand, die Hand in dem glänzenden schwarzen Handschuh auf die Lehne eines Erwin gegenüberstehenden leeren Stuhles.

«Ja, bitte», sagte Erwin mit leichter Verbeugung. Vor diesen hochgewachsenen älteren Damen hatte er keine allzu große Scheu.

Sie setzte sich schweigend, stellte ihre rechteckige schwarze Handtasche, die eher einem kleinen Koffer glich, auf den Tisch und bestellte sich ein Kännchen Kaffee und ein Stück Apfelkuchen. Sie hatte eine tiefe und etwas heisere, aber angenehme Stimme.

Der riesige, von rötlichem Dunst überzogene Himmel wurde dunkel, Lichter blinkten, der paradiesische Glanz einer kummervoll schluchzenden Straßenbahn löste sich im Asphalt auf. Und Frauen gingen vorüber.

«Die da. Das wäre schön», dachte Erwin und biß sich auf die Lippe. Und einige Minuten später: «Und die dort.»

«Nun, das läßt sich arrangieren», sagte die Dame mit der

gleichen ruhigen, etwas umflorten Stimme, mit der sie den Kellner angeredet hatte.

Erwin wäre vor Staunen beinahe aufgesprungen. Die Dame schaute ihm fest in die Augen, knöpfte langsam den Handschuh auf und streifte ihn ab. Ihre untermalten Augen glänzten hart und gleichgültig wie imitierte Edelsteine, darunter blähten sich dunkle Tränensäckchen, und unter dem Handschuh kam eine große faltige Hand mit mandelförmigen, gewölbten, sehr spitzen Fingernägeln zum Vorschein.

«Wundern Sie sich nicht», die Dame lächelte und fügte mit dumpfem Gähnen hinzu: «Wissen Sie, ich bin nämlich der Teufel.»

Erschreckt dachte Erwin zunächst, sie rede in Allegorien, doch sie fuhr mit gedämpfter Stimme fort:

«Ganz ohne Grund stellt man sich mich als einen Mann mit Hörnern und Schwanz vor. Ich bin nur ein einziges Mal in dieser Gestalt erschienen und weiß wirklich nicht, womit sie sich einen so langanhaltenden Erfolg verdient hat. Ich komme dreimal in zwei Jahrhunderten auf die Welt. Das letzte Mal war ich König in einem afrikanischen Kaff. Es war eine Erholung von den anderen, allzu verantwortungsvollen Verkörperungen. Und jetzt bin ich Frau Ott, war dreimal verheiratet, habe mehrere junge Leute zum Selbstmord getrieben, zwang einen berühmten Maler, die Westminsterabtei von einer Pfundnote abzuzeichnen, verführte einen braven Familienvater ... ich will übrigens nicht prahlen. Wie dem auch sei, von meiner jetzigen Verkörperung habe ich vollauf genug.»

Erwin murmelte etwas Unverständliches und streckte die Hand nach dem Hut aus, der unter den Tisch gefallen war.

«Nein, warten Sie», sagte Frau Ott und schraubte eine dicke Zigarette in die Emaillespitze. «Ich biete Ihnen einen Harem an. Und wenn Sie noch nicht an meine Macht glauben ... Sehen Sie, dort kommt gerade ein Herr mit Hornbrille über die Straße. Die Straßenbahn soll ihn anfahren.»

Erwin schaute blinzelnd auf die Straße. Dicht vor den Schienen blieb ein Herr mit Brille stehen, zog das Taschentuch, wollte gerade hineinniesen – und in diesem Augenblick zuckte ein Blitz, und eine Straßenbahn donnerte vorbei. Die Menschen im

Café schrien auf und sprangen von ihren Stühlen hoch. Einige liefen auf die Straße. Der Herr, nun ohne Brille, saß auf dem Asphalt. Man half ihm auf die Beine, er schüttelte den Kopf, rieb sich die Hand und blickte schuldbewußt um sich.

«Ich sagte: anfahren, hätte aber auch ‹überfahren› sagen können», bemerkte Frau Ott kühl. «Jedenfalls ist es ein Beispiel.»

Sie stieß zwei graue Fangzähne aus Rauch durch die Nüstern und heftete den Blick erneut auf Erwin.

«Sie haben mir sofort gefallen», fuhr sie fort. «Diese Schüchternheit, diese kühne Einbildungskraft... Heute ist mein vorletzter Abend. Ich habe es reichlich satt, eine alternde Frau zu spielen. Außerdem habe ich in den letzten Tagen solche Dinger gedreht, daß es besser ist, so schnell wie möglich aus dem Leben zu scheiden. Im Morgengrauen des kommenden Montags beabsichtige ich an einem anderen Ort zur Welt zu kommen...»

«Also, lieber Erwin», sprach Frau Ott weiter, während sie sich über den Apfelkuchen hermachte, «ich habe beschlossen, mich noch harmlos ein bißchen zu amüsieren, und nun schlage ich Ihnen folgendes vor: morgen von Mittag bis Mitternacht können Sie sich die Frauen merken, die Ihnen gefallen, und genau um Mitternacht versammle ich sie alle und stelle sie Ihnen zur Verfügung. Was meinen Sie dazu?»

Erwin senkte den Blick und sagte leise:

«Wenn das wahr ist, wäre es ein großes Glück für mich...»

«Dann ist ja alles in Ordnung», sagte Frau Ott. «Allerdings muß ich Ihnen eine Bedingung stellen», fuhr sie fort und leckte den Löffel ab. «Nein, nicht das, was Sie denken. Ich habe mir seinerzeit bereits eine reizende Seele für meine nächste Verkörperung reserviert. Ihre Seele brauche ich nicht. Also die Bedingung ist folgende: die Zahl Ihrer Auserwählten muß eine ungerade sein. Das ist unerläßlich. Anderenfalls kann ich Ihnen nicht dienen.»

Erwin räusperte sich und fragte fast im Flüsterton:

«Aber... wie soll ich denn wissen... Nun, beispielsweise, ich habe mir eine gemerkt. Was weiter?»

«Wird sich alles finden», sagte Frau Ott. «Ihr Gefühl, Ihr Wunsch ist schon Befehl. Übrigens, damit Sie wissen, daß der Vertrag zustande gekommen ist, daß ich mit dieser oder jener

Wahl einverstanden bin, werde ich Ihnen jedesmal ein Zeichen geben: ein zufälliges Lächeln der Erwählten oder einfach ein Wort aus der Menge – Sie werden schon verstehen.»

«Noch eins», sagte Erwin, mit den Schuhsohlen unter dem Tisch scharrend, «wo wird es denn sein... nun, stattfinden. Mein Zimmer ist klein.»

«Darüber brauchen Sie sich keine Gedanken zu machen.» Frau Ott stand auf, ihr Korsett knarrte. «Und jetzt müssen Sie nach Hause. Sie sollten sich gut ausschlafen. Ich werde Sie heimbringen.»

In dem offenen Taxi, in den heranströmenden Wellen dunklen Windes, zwischen dem Sternenhimmel und dem sternflimmernden Asphalt fühlte sich Erwin außerordentlich glücklich. Frau Ott saß neben ihm, sehr gerade, die Beine eng übereinandergeschlagen, und in ihren kalt blitzenden Augen blinkten die nächtlichen Lichter der Stadt.

Der Wind hielt ein.

«Da ist Ihre Wohnung», sagte sie und berührte Erwins Ellbogen. «Auf Wiedersehen.»

Was kann ein Glas dicken schwarzen Bockbiers mit einem Schuß Kognak einem Menschen nicht alles vorgaukeln. Als Erwin am nächsten Morgen erwachte, dachte er, er sei betrunken gewesen und hätte sich das Gespräch mit der merkwürdigen älteren Dame im Café selber ausgedacht. Doch allmählich kamen ihm alle Einzelheiten der gestrigen Begegnung in Erinnerung, und er sah ein, daß man nicht alles als Einbildung abtun könne.

Gegen halb eins trat er auf die Straße. Und weil es Sonntag war und rings um die Bedürfnisanstalt an der Ecke der persische Flieder in einem lila Sturm wogte, fühlte Erwin eine wunderbare Leichtigkeit in sich – und Leichtigkeit ist fast Flug. In der Anlage modellierten Kinder, ihre Flanellpopochen hochgereckt, in einem Buddelkasten Wunder aus Sand. Die glänzenden Blätter der Linden zitterten, ihre dunklen, herzförmigen Schatten spielten auf den Kieswegen, erhoben sich in leichtem Schwarm an den Hosen und Röcken der Spaziergänger, zerstreuten sich über Gesichter und Schultern, glitten dann plötzlich wieder zusammen zu Boden und warteten, kaum merklich bebend, auf den nächsten Spaziergänger. Als Erwin durch die Anlage ging, sah er ein junges Mädchen in weißem Kleid, das am Weg hockte und ein dickes, zottiges Hündchen mit drolligen Warzen auf dem Bauch mit zwei Fingern kraulte. Sie hielt den Kopf gesenkt – man sah den Nacken mit dem hellen Flaum, den Ansatz der Wirbelsäule, die Rundung der Schultern, die zarte Vertiefung dazwischen, und die Sonne ließ einzelne goldene Strähnen in ihrem kastanienbraunen Haar aufschimmern. Immer noch im Spiel mit dem Hund, erhob sie sich aus der Kniebeuge, sah den Hund von oben an, klatschte in die Hände – und der Hund wälzte sich herum, lief seitwärts und ließ sich weich auf die Seite fallen. Erwin setzte sich auf eine Bank und überflog mit schnellem, schüchternem und gierigem Blick ihr Gesicht. Er sah es so deutlich, so durchdringend, mit einem so vollkommenen Wahrnehmungsvermögen, daß selbst lange Jahre ihrer Nähe ihm kaum etwas Neues in diesen Zügen hätten offenbaren können. Ihre etwas blassen Lippen zuckten kaum merklich, als wiederholten sie all die weichen Bewegungen des jungen Hundes, es zuckten ihre Wimpern – sie schimmerten, als wären es dünne Strahlen, die von ihren lebhaften Augen ausgingen. Doch vielleicht am allerschönsten war die Rundung ihrer Wange – im Halbprofil gesehen; diese Rundung war mit Worten natürlich nicht wiederzugeben. Sie lief los, ihre glatten Beine flogen vorbei, und der Hund rollte wie eine zottige Kugel hinter ihr her. Und plötzlich fiel Erwin ein, welche Macht ihm gegeben war. Er hielt den Atem an und wartete auf das Zeichen. Im selben Augenblick wandte sich das Mädchen immer noch rennend um und lächelte das lebendige Bällchen an, das kaum mitkam.

«Die erste», sagte Erwin in Gedanken und stand von der Bank auf...

In seinen hellen, fast orangefarbenen Schuhen über den Kies schlurfend, verließ er die Anlage. Sein Blick schoß nach allen Seiten. Aber wohl deshalb, weil das Mädchen mit dem zottigen Hündchen eine sonnige Vertiefung in seiner Seele hinterlassen hatte, konnte er lange kein Frauengesicht finden, das ihm gefiel. Bald jedoch zog sich der sonnige Spalt zusammen, und Erwin bemerkte an einer Straßenbahnhaltestelle zwei junge Damen – der Ähnlichkeit nach zu urteilen zwei Schwestern –, die am Fahrplankasten standen und lebhaft berieten, welche Straßenbahn sie nehmen sollten. Beide waren schlank, in schwarzer Seide, leicht geschminkt und hatten lebhafte Augen.

«Du mußt diese hier nehmen, nur diese», sagte die eine.

«Beide, bitte», bat Erwin rasch.

«Du hast recht, anders geht es ja nicht...» antwortete die andere.

Erwin überquerte den Platz. Er kannte die Straßen, in denen die elegante Welt verkehrte und wo es mehr Möglichkeiten gab.

«Drei», sagte er zu sich. «Eine ungerade Zahl. Vorläufig ist also alles in Ordnung. Und wenn jetzt Mitternacht wäre...»

Mit der Handtasche schlenkernd, stieg eine Dame die Freitreppe hinunter. Ihr folgte ein hochgewachsener Herr mit blaurasierten Wangen und festem, vorspringenden Kinn, der sich eine Zigarre ansteckte. Die Dame war ohne Hut, ihre dunkle Pagenfrisur säumte in gerader Linie die Stirn. Auf dem Revers ihrer Kostümjacke leuchtete eine künstliche rote Rose. Als sie vorbeigegangen war, bemerkte Erwin links vom Eingang das Reklameplakat einer Zigarettenfirma – ein Türke mit hellem Schnurrbart und Fes und das großbuchstabige Wort: Ja! und darunter in kleineren Lettern: Ich kaufe nur «Rose des Orients».

Erwin fühlte einen angenehmen Schauer über den Rücken rieseln, ging in ein billiges Restaurant, nahm abseits, in der Nähe des Telefonapparats, Platz und ließ den Blick umherschweifen. Keine von den speisenden Damen machte Eindruck auf ihn. Vielleicht die da? dachte er, und als sie sich umdrehte: Nein, zu alt... Man soll niemals nach dem Rücken urteilen...

Der Ober brachte das Essen. Ein Mann mit steifem Hut trat ans Telefon, ließ sich verbinden und begann erregt in den Trichter zu bellen wie ein Hund, der auf eine frische Hasenfährte gestoßen ist. Erwins suchender Blick kroch zum Schanktisch und entdeckte dort ein geschäftiges Mädchen, das frischgespülte Biergläser auf ein Tablett stellte. Er glitt über ihre bloßen Arme, das blasse, ein wenig sommersprossige, aber sehr hübsche Gesicht und dachte: «Nun, was tut's – diese auch.»

«Ja! Ja! Ja!» brüllte der Mann in den Telefontrichter.

Nach dem Essen wurde Erwin müde und dachte, daß es gut wäre, ein Stündchen zu schlafen. Um die Wahrheit zu sagen: seine orangeroten Schuhe drückten sehr schmerzhaft. Es war ziemlich schwül; riesige Wolken schwollen zu weißen Kuppeln an und bedrängten einander. Auf den Straßen sah man nur noch wenige Menschen, doch dafür fühlte man geradezu, daß die Häuser bis zum Rand mit sattem mittäglichen Schnarchen gefüllt waren. Erwin stieg in die Straßenbahn.

Der Straßenbahnwagen ruckte an und setzte sich ächzend in Bewegung. Erwin wandte die blasse, verschwitzte Nase der Scheibe zu und begann, mit dem Blick die vorbeihuschenden Frauengesichter einzufangen. Beim Lösen des Fahrscheins entdeckte er links vom Durchgang eine Dame in schwarzem Samthut und leichtem Kleid mit gelben Blumen auf halbdurchsichtigem lila Grund, unter dem sich deutlich die hellen Träger des Büstenhalters abzeichneten. Sie kehrte ihm den Rücken zu, und ihre Figur – sie war groß und gutgewachsen – weckte den Wunsch in ihm, auch ihr Gesicht zu sehen. Als sich ihr Hut neigte und wie ein schwarzes Schiff eine Wende auf ihn zu machte, blickte er nach seiner Gewohnheit zur Seite und schaute mit gespieltem Gleichmut einen gegenüberstizenden Jungen an, dann einen rotbäckigen Alten, der auf seinem Sitz vor sich hin träumte. Und nachdem er somit einen Stützpunkt, eine Rechtfertigung für weiteres Nachforschen erlangt hatte – ich blicke mich ja nur ein bißchen um –, wandte er ebenso nonchalant den Blick der Dame zu. Es war Frau Ott. Die Hitze hatte ziegelrote Flecke auf ihr welkes Gesicht gemalt, die dichten schwarzen Brauen bewegten sich über den hellen, scharfen Augen, ein Lächeln hob die Winkel ihrer zusammengepreßten Lippen.

«Guten Tag», sagte Frau Ott mit ihrer weichen, etwas heiseren Stimme. «Setzen Sie sich zu mir. So ist es recht. Jetzt können wir uns unterhalten. Wie steht's mit Ihrer Sache?»

«Bis jetzt nur fünf», antwortete Erwin verlegen.

«Ausgezeichnet! Eine ungerade Zahl. Ich würde Ihnen raten, sich damit zu begnügen. Und um Mitternacht – ach ja, ich glaube, ich habe es Ihnen noch nicht gesagt – um Mitternacht kommen Sie in die Hoffmannstraße – wissen Sie, wo die ist? Nummer dreizehn. Eine kleine Villa mit Vorgarten. Dort werden Ihre Auserwählten auf Sie warten. Ich empfange Sie an der Gartentür. Aber es versteht sich», fügte sie mit feinem Lächeln hinzu, «daß ich Sie nicht stören werde ... können Sie sich die Adresse merken?»

«Noch eins», sagte Erwin, Mut fassend, «bitte, alle sollen in den gleichen Kleidern kommen, in denen ich sie gesehen habe, und sofort sehr lustig, sehr zärtlich sein ...»

«Aber gewiß», erwiderte Frau Ott. «Alles wird so sein, wie Sie es wünschen. Sonst hätte es sich auch nicht gelohnt, die ganze Geschichte anzufangen, nicht wahr? Aber geben Sie zu, mein lieber Erwin, beinahe hätten Sie auch mich Ihrem Harem einverleibt, oder etwa nicht? Aber haben Sie keine Angst, ich weiß genau ... Ich mache nur Spaß ... Sie müssen jetzt aussteigen? Nach Hause? Ja, das ist richtig. Fünf ist eine ungerade Zahl. Sie sollten dabei bleiben. Also dann bis Mitternacht.»

Ohne sich umzusehen, ging Erwin nach Hause, zog die Schuhe aus und streckte sich mit einem Seufzer der Erleichterung auf dem Bett aus. Er erwachte gegen Abend. Das Licht draußen war gleichmäßiger geworden. In der Nachbarschaft sang ein Grammofon mit Honigtenor.

«Die erste ist das Mädchen mit dem Hund», begann sich Erwin zu erinnern. «Das ist die einfachste. Da war ich wohl zu voreilig. Na ja, nicht so schlimm. Dann die beiden Schwestern an der Straßenbahnhaltestelle. Lustig, geschminkt. Mit ihnen wird es ganz nett werden. Dann die vierte mit der Rose, die wie ein Junge aussieht. Das ist ausgezeichnet. Und schließlich das Mädchen im Restaurant. Auch nicht übel. Aber im ganzen nur fünf – ein bißchen wenig.»

Er lag noch eine Weile, die Hände unter dem Kopf verschränkt, und hörte dem Grammofontenor zu.

«Fünf ... nein, das ist etwas wenig. Ach, was es für verschiedene gibt ... erstaunliche ...»

Und plötzlich hielt er es nicht mehr aus. Eilig brachte er seine Kleidung in Ordnung, kämmte sein Haar und ging erregt auf die Straße.

Gegen neun Uhr hatte er noch zwei gefunden. Eine sah er in

einem Café: Sie unterhielt sich mit ihrem Begleiter in einer fremden Sprache – polnisch oder russisch – und hatte graue, etwas schräge Augen; die schmale gebogene Nase rümpfte sich, wenn sie lachte, die eleganten schlanken Beine waren bis zu den Knien zu sehen. Während Erwin sie von der Seite anschielte, fügte sie in ihre lispelnde Sprache einen zufälligen deutschen Satz ein, und er begriff, daß dies ein Zeichen war. Die andere Frau, die siebente, traf er am chinesischen Eingangstor eines Vergnügungsparkes. Sie hatte eine rote Bluse und einen grünen Rock an, und ihr Hals blähte sich vor neckischem Kreischen. Zwei grobe, übermütige Burschen griffen ihr in die Seiten, und sie wehrte sich mit den Ellbogen.

«Gut, ich komme mit», rief sie schließlich.

Im Vergnügungspark schimmerten bunte Lampions. Heulend und quietschend sauste ein Wägelchen über eine gewundene Schiene abwärts, verschwand zwischen schiefen mittelalterlichen Kulissen und stürzte mit ebendemselben erschöpften Gekreisch von neuem in die Tiefe. In einer kleinen Schaubude saßen auf vier Fahrradsätteln – Räder waren nicht vorhanden, nur die Rahmen, die Pedalen und die Lenkstangen – vier Frauen in kurzen Hosen – eine rote, eine blaue, eine grüne und eine gelbe – und strampelten aus Leibeskräften mit ihren nackten Beinen. Über ihnen hing ein großes Zifferblatt mit vier Zeigern, einem roten, einem blauen, einem grünen, einem gelben. Anfangs bewegten sich die Zeiger in einem dichten bunten Bündel, dann schnellte einer vor, der zweite überholte den ersten, der dritte kämpfte sich mit ein paar zähen Sprüngen an den beiden vorbei. Daneben stand ein Mann mit Trillerpfeife.

Erwin blickte auf die kräftigen nackten Beine der Frauen, auf ihre geschmeidig gebogenen Rücken, auf die erhitzten Gesichter mit den knallroten Lippen und den schwarzblau getuschten Wimpern. Einer von den Zeigern hatte seinen Kreis fast schon beendet, noch ein Ruck ... noch einer ...

«Sie können bestimmt gut tanzen», dachte Erwin und biß sich auf die Unterlippe. «Ich hätte gern alle vier ...»

«Gut!» rief der Mann mit der Trillerpfeife, die Frauen richteten sich auf und schauten auf das Zifferblatt, auf den Zeiger, der als erster das Ziel erreicht hatte.

In einem bunten Pavillon trank Erwin ein Glas Bier, warf einen Blick auf die Uhr und schlenderte zum Ausgang.

«Elf Uhr und elf Frauen», dachte er. «Es wird Zeit, Schluß zu machen.»

Er kniff die Augen zusammen, als er sich den bevorstehenden Genuß vorstellte, und erinnerte sich befriedigt, daß er heute saubere Wäsche anhatte.

«Die verehrte Frau Ott wird wohl durchs Schlüsselloch gukken –» er lächelte vor sich hin – «nun, was macht das schon. Das wird, sozusagen, die Würze sein ...»

Er ging weiter, sah vor sich hin und registrierte nur ab und zu die Straßenschilder. Er wußte, daß die Hoffmannstraße sehr weit entfernt lag, hinter dem Kaiserdamm, aber er hatte fast eine Stunde Zeit und brauchte sich nicht zu beeilen. Wie gestern wimmelte der Himmel von Sternen, und der Asphalt glänzte wie eine glatte Wasserfläche; langgezogen, zerfließend spiegelten sich die zauberhaften Lichter der Stadt darin. An der Ecke, wo das Leuchtschild eines Kinos den Bürgersteig in Licht tauchte, hörte Erwin ein kurzes kindliches Auflachen. Er blickte auf und sah einen hochgewachsenen alten Herrn im Smoking vor sich und an seiner Seite ein etwa vierzehn Jahre altes Mädchen in dunklem, elegantem, sehr tief ausgeschnittenem Kleid. Von Abbildungen her kannte die ganze Stadt den alten Herrn. Er war ein berühmter Dichter, ein greiser Schwan, der einsam in der Villengegend lebte. Er schritt mit seltsam schwerer Grazie daher, unter dem weichen Hut fiel ihm sein Haar in der Farbe schmutziger Watte bis über die Ohren, in der Mitte des gestärkten Dreiecks auf seiner Brust funkelte etwas, und über die schmalen Lippen hatte sich schräg der Schatten der langen knochigen Nase gelegt. Jäh richtete Erwin den Blick auf das Mädchen, das neben dem alten Herrn trippelte. Etwas Eigenartiges lag in diesem Gesicht, eigenartig war der Blick der leuchtenden Augen – und wenn es nicht fast noch ein Kind gewesen wäre, sicherlich die Enkelin des alten Herrn, hätte man annehmen können, ihre Lippen seien leicht geschminkt. Sie ging trippelnden Schritts, kaum merklich die Hüften wiegend, und stellte mit heller Stimme ihrem Begleiter eine Frage. Erwin hatte bewußt nichts befohlen, fühlte jedoch, wie sein augenblicklicher geheimer Wunsch unwillkürlich in Erfüllung gegangen war.

«Aber natürlich, natürlich», antwortete der alte Herr zärtlich und neigte sich zu dem Mädchen. Sie gingen vorüber, leichter Parfumduft wehte ihnen nach. Erwin schaute sich nach ihnen um und setzte seinen Weg fort.

«Aber, aber ...» fiel ihm plötzlich ein. «Zwölf – das ist doch eine gerade Zahl. Ich muß noch eine haben, und zwar noch vor Mitternacht ...»

Es war ärgerlich, noch einmal suchen zu müssen, und zugleich angenehm, daß sich ihm noch eine Möglichkeit bot.

«Unterwegs werde ich schon noch eine finden», redete er sich beruhigend zu. «Bestimmt finde ich eine ...»

«Vielleicht wird es die beste von allen sein», sagte er laut und begann scharf in das leuchtende Dunkel zu spähen.

Und bald spürte er den bekannten süßen Druck in der Herzgrube. Vor ihm ging schnell und leichten Schrittes eine junge Frau. Er sah nur ihren Rücken, er hätte sich nicht erklären können, was ihn eigentlich so erregte, weshalb er den unwiderstehlichen Wunsch verspürt, sie zu überholen, einen Blick in ihr Gesicht zu werfen. Man könnte natürlich mit zufälligen Worten ihren Gang, die Bewegung der Schultern, die Umrisse ihres Hutes beschreiben – aber würde es sich lohnen? Etwas außerhalb sichtbarer Grenzen, ein irgendwie besonderer Hauch, eine erregende Luftbewegung zog Erwin mit sich fort. Er schritt rasch aus, vermochte jedoch die Frau nicht einzuholen. In den Augen flimmerte der feuchte Glanz nächtlicher Widerspiegelungen, der Schritt der Frau war leicht und gleichmäßig, und wenn sie in den Bereich einer Laterne kam, schoß ihr schwarzer Schatten plötzlich empor, glitt an einer Hausmauer entlang, knickte an Hausvorsprüngen um und verschwand an der Straßenkreuzung.

«Mein Gott, ich muß doch ihr Gesicht sehen», dachte Erwin. «Die Zeit vergeht ...»

Doch dann vergaß er die Zeit. Diese merkwürdige schweigende Jagd in den nächtlichen Straßen machte ihn trunken. Er beschleunigte den Schritt, holte die Frau ein, überholte sie, wagte aus Scheu jedoch nicht, sich umzusehen, sondern ging nur etwas langsamer. Nun überholte sie ihn, so schnell, daß er keine Zeit fand, ihr ins Gesicht zu schauen. Wieder ging er in zehn Schritten Entfernung hinter ihr, wußte aber schon, obwohl er ihr Gesicht nicht gesehen hatte, daß sie die beste aller seiner Auserwählten war. Die Straße leuchtete, wurde vom Dunkel unterbrochen, leuchtete wieder auf, ergoß sich in einen blinkenden schwarzen Platz – und wieder betrat die Frau mit einem leichten Stoß ihres Absatzes den Bürgersteig, und Erwin hastete ihr nach, verwirrt, körperlos, trunken von dem Nebel der Lichter, von der Nachtkühle und der Jagd ...

Und wieder überholte er sie und wagte vor Schüchternheit nicht, sich umzusehen. Sie ging weiter, er löste sich von einer Hausmauer und eilte hinterher, den Hut in der Linken und nervös mit dem rechten Arm schlenkernd.

Nicht ihr Gang, nicht ihre Gestalt ... etwas anderes, etwas Berückendes und Gebieterisches, ein gleichsam spannungsgeladenes Flimmern der Luft um sie herum – vielleicht nur Phantasie, die Erregung und der Taumel der Phantasie, vielleicht aber auch etwas, was mit einem einzigen göttlichen Schlage das ganze Leben eines Menschen umkrempelt, hatte Erwin so fasziniert – er wußte es nicht; er lief den Bürgersteig entlang, der in dem leuchtenden nächtlichen Dunkel ebenfalls irgendwie körperlos geworden war, und schaute nur auf die Frau, die rasch, leicht und gleichmäßig vor ihm herging.

Und plötzlich gesellten sich auch die im Frühlingslaub stehenden Linden zu der Jagd – sie liefen mit ihm und flüsterten, zu beiden Seiten, von oben, überall; die schwarzen Schatten ihrer Laubherzen verflochten sich am Fuße der Straßenlaternen, ihr zarter klebriger Geruch ermunterte ihn, trieb ihn weiter.

Zum dritten Mal erreichte Erwin sie fast. Noch ein Schritt, und noch einer. Gleich hat er sie eingeholt. Er war schon ganz nahe, als die Frau plötzlich vor einer gußeisernen Gartenpforte stehenblieb und mit einem Schlüsselbund klirrte. In der Hast wäre Erwin beinahe mit ihr zusammengeprallt. Sie wandte ihm ihr Gesicht zu, und im Laternenlicht erkannte er jenes Mädchen, das am Morgen in der sonnenüberfluteten Anlage mit dem jungen Hund gespielt hatte. Und sofort fiel ihm ihre ganze Anmut, die Wärme und das Leuchten ihrer Erscheinung wieder ein.

Er stand da und schaute sie mit einem Märtyrerlächeln an.

«Sie sollten sich schämen», sagte sie leise. «Gehen Sie!»

Die Pforte öffnete sich und fiel mit einem lauten Knall ins Schloß. Erwin blieb allein unter den verstummten Linden zurück. Er stand eine Weile da, setzte dann den Hut auf und ging langsam fort. Nach ein paar Schritten sah er zwei feurige Blasen vor sich – ein offenes Auto, das an der Bordkante hielt. Er trat heran und tippte den unbeweglich am Steuer sitzenden Chauffeur an die Schulter.

«Sagen Sie bitte, wie heißt die Straße – ich habe mich verirrt.»

«Hoffmannstraße», antwortete der Chauffeur unwirsch.

In diesem Augenblick sagte im Fond des Wagens eine bekannte weiche, etwas heisere Stimme:

«Guten Abend, ich bin's.»

Erwin stützte sich mit der Hand auf die Tür und erwiderte tonlos:

«Guten Abend.»

«Ich langweile mich», sagte die Stimme. «Ich warte hier auf meinen Freund. Im Morgengrauen müssen wir uns vergiften. Wie geht es Ihnen?»

«Eine gerade Zahl.» Erwin lächelte schief und strich mit dem Finger über den staubigen Wagenschlag.

«Ich weiß, ich weiß», sagte Frau Ott gleichgültig, «die dreizehnte war die erste. Ja, Sie haben's nicht geschafft.»

«Schade», sagte Erwin.

«Schade», antwortete Frau Ott.

«Ist ja auch egal», sagte Erwin.

«Ja, Sie haben recht», bestätigte Frau Ott und gähnte.

Erwin verneigte sich, küßte ihren großen, mit fünf gespreizten Fingern vollgestopften Handschuh, räusperte sich und wandte sich zum Gehen. Sein Schritt war schwer, die müden Füße schmerzten, und bekümmert dachte er, daß Montag sei und ihm das Aufstehen bestimmt nicht leichtfallen würde.

*(1926)*

# DER NEUE NACHBAR

Langsam rücken die aus verschiedenen Orten herbeizitierten Gegenstände heran, und manche müssen dabei nicht nur die Ferne, sondern auch das Alter überwinden. Mit wem hat man mehr Mühe, mit diesem Nomaden oder mit jenem – mit der jungen Pappel beispielsweise, die irgendwo in der Nähe stand, jetzt aber schon lange abgeschlagen ist, oder mit jenem Hof, der noch heute existiert, jedoch in weiter Ferne? Bitte, beeilt euch doch!

Die ovale Pappel mit ihrem pointillistischen Aprilgrün ist schon da und hat sich aufgestellt, wo ihr befohlen – an einer hohen, ganz aus einer anderen Stadt entnommenen Ziegelmauer. Gegenüber wächst ein Haus empor, groß, düster, schmutzig, daraus schieben sich wie Kommodenkästen einer nach dem anderen winzige, schäbige Balkons. Auf dem Hof postieren sich: eine Tonne, noch eine Tonne, leichter Laubschatten, eine Urne, ein an der Mauer lehnendes Steinkreuz. Und obwohl alles nur angedeutet ist und vieles noch zu ergänzen und fertigzustellen bleibt, treten schon Menschen auf einen Balkon heraus – die Brüder Gustav und Anton, und den Hof betritt, einen mit Büchern und einem Koffer beladenen Handwagen hinter sich herziehend, der neue Mieter – Romantowski.

Vom Hof aus gesehen, besonders wenn der Tag sonnig ist und die Fenster weit offenstehen, scheint es, als seien die Zimmer mit dichtem Schwarz gefüllt (irgendwo ist immer Nacht, bald innen, bald außen). Romantowski warf einen Blick auf die schwarzen Fensteröffnungen, auf die beiden glotzäugigen Männer, die ihn vom Balkon aus beobachten, hob schwankend den Koffer auf die Schulter und taumelte ins Haus hinein, als hätte ihm jemand einen Stoß in den Nacken versetzt. Im Sonnenglanz blieben der mit Büchern beladene Handwagen zurück, die beiden Tonnen, die blinzelnde Pappel und die Teerschrift auf der Ziegelmauer: Wählt Liste Nummer soundso! Wahrscheinlich hatten es die beiden Brüder vor den Wahlen hingepinselt.

So werden wir die Welt einrichten: Jeder schwitzt, und jeder wird satt. Es gibt Arbeit, es gibt was zu fressen, es wird ein sauberes, warmes, helles ...

(Romantowski etablierte sich in dem nebenan. Es war noch schlechter als das der beiden Brüder. Aber unter dem Bett fand er eine Guttaperchapuppe: Wahrscheinlich hatte vorher eine Familie hier gewohnt.)

Doch ungeachtet dessen, daß die Welt noch nicht vollständig und endgültig zu Materie geworden war, sondern hier und da noch unerkennbare und unangetastete Gebiete barg, fühlten sich die Brüder im Leben fest und sicher. Der ältere, Gustav, arbeitete in einem Möbellager; der jüngere war zur Zeit ohne Beschäftigung, ließ aber deshalb den Kopf nicht hängen. Gustav: ein Gesicht ganz in Rosa, mit struppigen, flachsblonden Augenbrauen, ein Brustkorb, breit wie ein Schrank, immer derselbe grobwollene Pullover und Elastikhalter an den dicken Armen – Schludrigkeit wurde nicht geduldet. Anton: ein pokkennarbiges Gesicht mit trapezförmigen schwarzen Schnurrbärtchen, rote Strickjacke, sehnige Hagerkeit. Doch wenn sich die beiden Brüder über das eiserne Balkongitter beugten, waren ihre Hintern völlig gleich – groß, triumphierend, an den Rundungen von dem gleichen karierten Stoff straff umspannt.

Noch einmal: die Welt wird verschwitzt und satt sein. Nichtstuern, Parasiten und Musikanten ist der Zutritt verboten. Solange das Herz Blut pumpt, muß man leben, hol's der Teufel! Gustav sparte schon zwei Jahre lang, um Anna heiraten, um ein Büfett, einen Teppich kaufen zu können ...

Sie kam an zwei oder drei Abenden in der Woche – wohlgenährt, runde Arme, breite Sattelnase mit Sommersprossen, bleierne Schatten unter den Augen, zwischen den auseinanderstehenden Zähnen eine Lücke. Zu dritt soffen sie Bier. Sie hob rekelnd die nackten Arme, daß, sich das schimmernde rote Gefieder in den Achselhöhlen sträubte, warf den Kopf zurück und riß den Mund so weit auf, daß man den ganzen Gaumen und das Rachenzäpfchen sah, das dem Sterz eines gekochten Huhnes glich. Den Brüdern gefiel ihr anatomisches Lachen, sie kitzelten sie eifrig.

Tagsüber, wenn Gustav zur Arbeit war, saß Anton in der Kneipe oder lag zwischen weißen Pusteblumen in dem kühlen, noch frischen Gras am Kanalufer und sah neidisch zu, wie kräftige Burschen lärmend einen Kahn mit Kohle beluden. Oder er schaute sinnlos zum müßigen blauen Himmel empor, der schläfrig machte. Doch da geschah etwas, was das geordnete Leben der Brüder stocken ließ.

Schon als Romantowski mit dem Handwagen im Hof erschien, regte sich in ihnen sowohl Ärger als auch Neugier. Ihr unfehlbarer Spürsinn sagte ihnen: der ist nicht wie die anderen. Ein gewöhnlicher Sterblicher hätte es auf den ersten Blick gar nicht erkennen können, aber die Brüder hatten es bemerkt. Schon sein Gang war ungewöhnlich: Bei jedem Schritt federte er hoch, als gelte es, über die Durchschnittsköpfe seiner Mitmenschen hinwegzublicken und etwas Außergewöhnliches zu erspähen. Er war, wie man so sagt, ein langer Laban mit blassem spitznasigen Gesicht und schrecklich unruhigen Augen. Aus den zu kurzen Ärmeln seines zweireihigen Jacketts schauten mit aufdringlicher, unnützer Offensichtlichkeit (hier sind wir, was sollen wir tun?) die langen Hände hervor. Er kam und ging zu den verschiedensten Zeiten. Gleich an einem der ersten Tage sah ihn Anton vor einem Bücherstand stehen; er fragte anscheinend nach den Preisen, vielleicht hatte er auch schon gekauft, denn der Händler schlug behende zwei Bücher gegeneinander – sie waren staubig – und ging damit hinter den Tisch. Es stellten sich auch andere sonderbare Dinge heraus: Fast die ganze Nacht brannte in seiner Stube Licht. Und außerdem war er auch noch ungesellig.

«Ein eingebildeter Fatzke! Man müßte ihn sich einmal etwas näher ansehen.»

«Ich werde ihm die Pfeife verkaufen», sagte Gustav.

Wo die Pfeife herkam, war unklar. Anna hatte sie eines Tages mitgebracht, aber die Brüder rauchten nur Zigarillos. Sie war noch ungebraucht und sicher ziemlich teuer; sie hatte ein herausnehmbares Röhrchen im Mundstück; zu ihr gehörte ein kleiner Wildlederbeutel.

«Wer ist da? Was wünschen Sie?» fragte Romantowski hinter der Tür.

«Nachbarn, Nachbarn», rief Gustav mit Baßstimme.

Und die Nachbarn traten ein und blickten sich gierig um. Auf dem Tisch ein Stück Wurst auf einem Fetzen Papier und ein schiefer Bücherstapel; das oberste Buch war aufgeschlagen, auf der Seite ein Bild: mehrmastige Schiffe mit vollen Segeln, und in der oberen Ecke ein schwebendes Kind mit aufgeblasenen Backen.

«Wir möchten uns mit Ihnen bekannt machen», sagten die Brüder. «Wir wohnen sozusagen Seite an Seite und sind immer noch irgendwie ...»

Auf der Kommode ein Spirituskocher und zwei Apfelsinen.

«Sehr erfreut, Sie kennenzulernen», sagte Romantowski leise. Er setzte sich auf die Bettkante, bückte sich, wobei ihm die Stirnader schwoll, und begann seine Schuhe zuzuschnüren.

«Sie haben wohl gerade ein bißchen geruht?» fragte Gustav mit grimmiger Höflichkeit. «Sicher kommen wir ungelegen.»

Romantowski gab keinerlei Antwort. Plötzlich richtete er sich auf, blickte zum Fenster, hob den Zeigefinger und verharrte regungslos.

Die Brüder schauten hin: ein Fenster wie jedes andere, eine Wolke, die Spitze der Pappel, im Hintergrund die Mauer.

«Sehen Sie's denn nicht?» fragte Romantowski.

Sie traten, rot und grau, ans Fenster, lehnten sich sogar hinaus. Und wieder glichen sie einander vollkommen. Nichts. Und plötzlich spürten sie, daß etwas nicht stimmte. Sie wandten sich um. Romantowski stand in unnatürlicher Haltung neben der Kommode.

«Bestimmt habe ich mich geirrt», sagte er mit abgewandtem Blick. «Mir war, als sei etwas vorbeigeflogen ... Ich habe einmal ein Flugzeug abstürzen sehen ...»

«So etwas passiert manchmal», stimmte Gustav zu. «Wissen Sie, wir sind nicht nur einfach so zu Ihnen gekommen. Wollen Sie die nicht kaufen? ... Ganz neu ... Ein Futteral gehört auch dazu ...»

«Ein Futteral? So, so. Ich rauche selten, wissen Sie.»

«Dann werden Sie es jetzt öfter tun. Wir lassen sie Ihnen ganz billig. Drei fünfzig.»

«Drei fünfzig. So, so.»

Er drehte die Pfeife in den Händen, nagte an der Unterlippe und schien etwas zu überlegen. Seine Pupillen blickten nicht auf die Pfeife, sondern irrten wie Pendel hin und her.

Währenddessen begannen sich die Brüder aufzublähen, wurden immer größer, füllten das ganze Zimmer, das ganze Haus und wuchsen schließlich darüber hinaus. Im Vergleich zu ihnen war die kleine Pappel kaum größer als jene wackligen Spielzeugbäumchen aus gefärbter Watte auf runden grünen Untersätzen. Das Haus aus staubiger Pappe mit den kleinen Glimmerfenstern reichte den Brüdern jetzt bis an die Knie. Riesig, siegreich nach Schweiß und Bier riechend, mit stumpfsinnigen Rinderstimmen und einer Latrine statt eines Gehirns, flößen sie entwürdigende, zitternde Angst ein. Ich weiß nicht, warum sie mir so zusetzen. Ich flehe euch an, laßt mich in Ruhe, ich tue euch nichts, tut mir auch nichts – ich gebe ja nach – laßt mich bloß in Ruhe.

«Ich habe nicht soviel Kleingeld», sagte Romantowski leise. «Es sei denn, Sie könnten einen Zehner wechseln.»

Sie wechselten und zogen grinsend ab. Gustav hielt den Schein prüfend gegen das Licht und schob ihn in die eiserne Sparbüchse.

Aber sie ließen ihren Nachbarn nicht in Ruhe. Es machte sie einfach wild, daß dieser Mensch trotz der zustande gekommenen Bekanntschaft nach wie vor unzugänglich blieb. Er wich ihnen aus, man mußte ihm auflauern, um den Blick seiner ausweichenden Pupillen einzufangen. Nachdem Anton festgestellt hatte, daß die Lampe des Nachbarn ein nächtliches Leben führte, hielt er es nicht mehr aus, schlich sich barfuß zur Tür, unter der ein straff gespannter Lichtfaden schimmerte, und klopfte.

Romantowski meldete sich nicht.

«Schlafen, schlafen!» rief Anton und schlug mit der flachen Hand gegen die Tür.

Das Licht blickte schweigend durch die Ritze. Anton rüttelte an der Klinke. Der goldene Faden riß plötzlich ab.

Von nun an wurde die Schlaflosigkeit des Nachbarn von den Brüdern, besonders von Anton, der ja zum Glück nicht arbeitete, einer genauen Beobachtung unterzogen. Aber der Feind war schlau und mit feinem Gehör begabt. So leise man sich der Tür auch nähern mochte, das Licht dahinter erlosch augenblicks, als sei es überhaupt nicht dagewesen, und nur wenn man sehr lange mit angehaltenem Atem in dem kalten Korridor stand, konnte man die Wiederkehr des hellhörigen Strahls erleben. So fallen Käfer in Ohnmacht.

Die Bespitzelung erwies sich als sehr anstrengend. Endlich erwischten ihn die Brüder auf der Treppe und drängten sich an ihn heran.

«Angenommen, ich bin es gewöhnt, nachts zu lesen, was geht Sie das an? Lassen Sie mich bitte durch.»

Als er sich abwandte, schlug ihm Gustav wie aus Spaß den Hut vom Kopf. Romantowski hob ihn wortlos auf.

Ein paar Tage später paßten die beiden Brüder einen günstigen Augenblick ab – er kam gerade von der Toilette und wollte in sein Zimmer schlüpfen – und rotteten sich um ihn zusammen. Sie waren nur zwei, aber sie brachten es trotzdem fertig, sich um ihn zusammenzurotten – und luden ihn ein, mit auf ihr Zimmer zu kommen.

«Wir haben Bier», sagte Gustav augenzwinkernd.

Romantowski versuchte abzulehnen.

«Ach was, gehen wir», riefen die Brüder, faßten ihn unter die Arme und schleppten ihn mit. (Dabei fühlten sie, wie mager er war, was für dünne Arme er hatte. Eine unerträgliche Versuchung! Ach, wenn man ihn ordentlich zusammendrücken könnte, daß es knackte, ihn wenigstens betasten könnte, so ganz sachte, im Gehen – ach, es fällt schwer, sich zurückzuhalten!...)

«Sie tun mir weh», sagte Romantowski. «Lassen Sie mich los, ich bitte Sie. Ich kann auch allein gehen.»

Bier, Gustavs breitmäulige Braut, stickige Luft. Man versuchte, Romantowski betrunken zu machen. Ohne Kragen, den Messingknopf unter dem großen schutzlosen Adamsapfel, mit langem blassen Gesicht und zitternden Wimpern, saß er in komplizierter Pose auf dem Stuhl, einiges verhakt, einiges herausgebogen, und als er aufstand, schraubte er sich hoch wie eine Spirale. Man zwang ihn übrigens, sich wieder zusammenzuwinden, und Anna setzte sich, dem Rat der Brüder folgend, auf seine Knie. Und er schielte auf den geschwollenen Spann in dem zu engen Joch ihres Schuhs, unterdrückte seinen Ennui, so gut es ging, und wagte nicht, das träge fuchsrote Frauenzimmer abzuschütteln.

Einen Augenblick glaubten sie, sein Stolz sei gebrochen, er sei schon vollkommen der ihre, und Gustav sagte sogar:

«Na, siehst du. Es war gar nicht nötig, uns links liegen zu lassen. Erzähl mal was. Es ist eine Beleidigung für uns, daß du immer so schweigsam bist. Was liest du nachts?»

«Alte, uralte Märchen», sagte Romantowski mit einer Stimme, daß die Brüder plötzlich eine unerträgliche Langeweile befiel. Die Langeweile war drohend, dumpf, aber der Rausch verhinderte, daß sich das Gewitter entlud, im Gegenteil, er wirkte einschläfernd. Anna rutschte von Romantowskis Knien herunter und stieß mit der bereits eingeschlafenen Hüfte gegen die Tischkante. Die leeren Flaschen wankten wie Kegel, und eine fiel um. Die Brüder neigten die Köpfe, fielen in sich zusammen, gähnten und sahen den Gast mit schläfrigen, tränenden Augen an. Von einem zitternden Strahlenhof umgeben, wurde er allmählich länger und schmaler und löste sich schließlich in nichts auf.

So geht es nicht weiter. Er vergiftet anständigen Leuten das Leben. Zieht vielleicht Ende des Monats sogar aus, heil und ohne daß man ihn auseinandergenommen hat, die Nase stolz abgewandt. Nicht genug damit, daß er sich nicht so bewegt und atmet wie andere, es gelingt uns einfach nicht, den Unterschied zu erfassen, den rechten Zipfel des Ohrs zu erwischen, um ihn herauszuziehen. Alles, was man nicht berühren, abwiegen, berechnen kann, wird gehaßt.

Man verlegte sich auf Schikanen. Am Montag gelang es, ihm Kartoffelmehl ins Bett zu schütten, das einen nachts bekanntlich wahnsinnig machen kann. Am Dienstag wurde er auf der Straße gestellt – er trug Bücher unter dem Arm – und so sorgfältig in die Zange genommen, daß die Bücher genau in die dazu bestimmte Pfütze fielen. Am Mittwoch beschmierten sie die Toilettenbrille mit Tischlerleim. Am Donnerstag war die Phantasie der Brüder versiegt.

Er schwieg, er schwieg. Und am Freitag steckte er Anton, als er ihn mit seinem fliegenden Gang unter dem Hoftor einholte, eine Illustrierte zu – er möchte doch mal hineinschauen. Diese unerwartete Höflichkeit machte die Brüder stutzig und reizte sie noch mehr.

Gustav befahl seiner Braut, mit Romantowski anzubändeln, um einen Grund zu haben, ihm eins auszuwischen. Man versucht unwillkürlich, den Ball ins Rollen zu bringen, ehe man ihn mit dem Fuß tritt. Spielerisch veranlagte Tiere bevorzugen ebenfalls bewegliche Gegenstände. Und obwohl Anna mit ihrer milchweißen, mit wanzenfarbenen Sommersprossen getüpfelten Haut, ihren leeren hellen Augen und den kleinen Zacken nassen Zahnfleisches zwischen den Zähnen Romantowski höchst zuwider war, hielt er es für ratsam, seinen Widerwillen zu verbergen, weil er befürchtete, durch eine zu offen gezeigte Verachtung den Verlobten noch mehr zu erzürnen.

Da er sowieso jede Woche einmal ins Kino ging, nahm er sie am Samstag mit, in der Hoffnung, sich damit loskaufen zu können. Unbemerkt, in angemessener Entfernung, folgten ihnen die Brüder, beide mit neuen Mützen und roten Schuhen. Und auf diesen zweifelhaften Straßen, in dieser staubigen Abenddämmerung waren Hunderte von Menschen wie sie unterwegs, aber nur ein Romantowski.

In dem länglichen Saal flimmerte schon die Nacht – eine Mondnacht eigener Produktion –, als die Brüder, verstohlen und geduckt, in der hintersten Reihe Platz nahmen. Irgendwo vorn war Romantowskis schmachtend-süße Gegenwart zu spüren. Anna war es unterwegs nicht gelungen, aus dem unangenehmen Begleiter etwas herauszulocken, auch begriff sie nicht ganz, was Gustav eigentlich von ihm wollte. Schon unterwegs war ihr beim Anblick seiner Magerkeit und Melancholie das Gähnen angekommen. Aber im Kino vergaß sie ihn und lehnte sich mit gleichgültiger Schulter an ihn. Schemen unterhielten sich mit Trompetenstimmen. Der Baron nippte am Weinglas und stellte es vorsichtig auf den Tisch – mit dem Geräusch einer aufschlagenden Kanonenkugel.

Und dann wurde der Baron gejagt. Wer hätte in ihm den Hauptschurken vermuten können? Man jagte ihn leidenschaftlich, rasend. Mit donnerndem Getöse sauste ein Auto die Straße entlang. In einer Spelunke prügelte man sich mit Flaschen, Stühlen, Tischen. Eine Mutter legte ihr entzückendes Kind schlafen.

Als alles vorbei war und Romantowski stolpernd in das kühle Dunkel hinaustrat, rief Anna: «Ach, das war wunderbar!»

Er räusperte sich und sagte nach einer Weile:

«Wir wollen nicht übertreiben. Alles das ist in Wirklichkeit viel langweiliger.»

«Du bist selber langweilig», sagte sie böse, lachte dann aber leise auf, als ihr das herzige Kind einfiel.

Hinter ihnen, immer im gleichen Abstand, gingen die Brüder. Ihre Gesichter waren finster. Sie pumpten sich mit finsterer Energie auf. Anton sagte finster:

«Immerhin, es gehört sich nicht, mit einer fremden Braut spazierzugehen.»

«Besonders am Samstagabend», sagte Gustav.

Ein Passant, der im Vorbeigehen zufällig einen Blick in ihre Gesichter warf, beschleunigte unwillkürlich den Schritt.

Der Nachtwind fegte raschelnd den Kehricht die Zäune entlang. Eine öde Gegend und finster. Links, über dem Kanal, blinzelten spärliche Lichter. Rechts kehrten die flüchtig skizzierten Häuser dem Ödland ihre schwarzen Rücken zu. Nach kurzer Zeit beschleunigten die Brüder den Schritt.

«Meine Mutter und meine Schwester wohnen auf dem Land», sprach Anna leise und gemütlich in die blinde Nacht hinein. «Wenn wir heiraten, fahren wir vielleicht einmal hin. Im vorigen Sommer hat meine Schwester ...»

Romantowski drehte sich plötzlich um.

«... hat meine Schwester in der Lotterie gewonnen», fuhr Anna fort und drehte sich ebenfalls mechanisch um.

Gustav stieß einen lauten Pfiff aus.

«Ach, sie sind es!» Anna lachte erfreut. «Das sind mir zwei Kavaliere!»

«Guten Abend, guten Abend», sagte Gustav hastig. «Was machst du hier mit meiner Braut, du Esel?»

«Nichts, wir waren ...»

«Na, na», sagte Anton, holte aus und schlug Romantowski in die Rippen.

«Bitte, nicht schlagen, Sie wissen ganz genau ...»

«Laßt ihn, Kinder», sagte Anna kichernd.

«Er muß einen ordentlichen Denkzettel bekommen», sagte Gustav. Er kam immer mehr in Rage und genoß es schon im voraus, gleich, dem Beispiel seines Bruders folgend, diese Knorpel, diese knirschende Wirbelsäule zu berühren.

«Übrigens, mir ist da neulich eine komische Geschichte passiert», sprudelte Romantowski hervor, doch da begann Gustav auch schon, ihm alle fünf Höcker seiner riesigen Faust in die Rippen zu schrauben, und das war ganz unbeschreiblich schmerzhaft. Romantowski schwankte, glitt aus, fiel beinahe hin. Nur nicht hinfallen, sonst war er verloren.

«Er soll sich zum Teufel scheren», sagte Anna.

Er machte kehrt und ging, die Hand in die Seite gepreßt, an dunklen, raschelnden Zäunen entlang. Die Brüder folgten ihm, traten ihm fast auf die Hacken. Gustav stieß schmachtend-knurrende Laute aus, und dieses Knurren konnte sich jeden Augenblick in einen Sprung verwandeln.

Weit vorne schimmerte rettendes Licht – dort war die erleuchtete Straße. Und obwohl dort vielleicht nur eine einzige Laterne brannte, schien dieses Loch in der Nacht eine herrliche Illumination, eine glückliche strahlende Gegend voll von Geretteten. Er wußte, wenn er jetzt losliefe, wäre alles aus, denn es war unmöglich, die Straße im Laufschritt zu erreichen. Er mußte ruhig und gleichmäßig weitergehen und schweigen und durfte die Hand nicht an die schmerzende Seite pressen. So konnte man es vielleicht schaffen. Er ging vorwärts, flog bei jedem Schritt in die Höhe wie gewöhnlich, und es sah aus, als tue er es absichtlich, um sich über die Brüder lustig zu machen – am Ende würde er ihnen noch entfliegen.

Annas Stimme: «Gustav, laß ihn laufen. Nachher kannst du dich nicht mehr beherrschen, du weißt ja selbst – es war schon einmal so, weißt du noch, als du mit dem Maurer ...»

«Halt den Mund, du Aas, er weiß, was er zu tun hat!» Das ist Antons Stimme.

Jetzt, jetzt war es nicht mehr so weit bis zu dieser Lichtinsel, diesem erstarrten flehenden Licht. Er konnte bereits das Laub der Kastanie, die Litfaßsäule und dort links die Brücke erkennen ... Dennoch durfte er nicht loslaufen; und obwohl er wußte, daß es verkehrt, verderbenbringend war, stürmte er wider Willen mit einem jähen Satz aufschluchzend davon.

Er lief und schien dabei zu lachen. Mit zwei Sprüngen hatte ihn Gustav eingeholt. Beide fielen zu Boden, und in das wütende Rascheln und Knirschen mischte sich ein besonderer Laut, glitschig, einmal und noch einmal – bis ans Heft –, und Anna rannte augenblicklich ins Dunkel, ihren Hut in der Hand.

Gustav stand auf. Romantowski lag am Boden, hustete und stammelte polnische Worte. Dann brach alles ab.

«Jetzt aber los», sagte Gustav. «Den habe ich fertiggemacht.»

«Zieh raus», sagte Anton. «Zieh raus aus ihm.»

«Hab schon. Mensch, wie hab ich den fertiggemacht!»

Sie liefen, aber nicht dem Licht zu, sondern quer über das dunkle Gelände. Und als sie um den Friedhof gebogen waren und die Gasse erreicht hatten, sahen sie einander an und gingen in ihrem gewohnten Schritt weiter.

Zu Hause angekommen, hauten sie sich sofort ins Bett. Anton träumte, er sitze im Gras und ein Lastkahn ziehe an ihm vorbei. Gustav träumte gar nichts.

Frühmorgens kamen Polizisten. Sie durchsuchten das Zimmer des Ermordeten. Anton kam heraus, und sie stellten ihm einige Fragen. Gustav blieb im Bett – satt, schläfrig, rot wie westfälischer Schinken, mit borstigen weißen Augenbrauen.

Nach einiger Zeit entfernte sich die Polizei, und Anton kehrte ins Zimmer zurück. Er befand sich in einem außergewöhnlichen Zustand. Er schüttelte sich vor Lachen, ging in die Hocke und stieß immer wieder die Faust in die linke Handfläche.

«Ist ja zum Totlachen! Weißt du, was das für ein Vogel war?» Und Anton erzählte, was er in Erfahrung gebracht hatte: Mitglied einer Bande, erst vor kurzem aus dem Gefängnis entlassen, zuvor soll er Banknoten nachgemacht haben, und wahrscheinlich sei er von einem Komplicen erstochen worden.

Gustav bekam ebenfalls einen Lachkrampf, doch plötzlich änderte sich sein Gesichtsausdruck.

«Hat uns einen Falschen angedreht, der Gauner!» rief er und lief, nackt wie er war, zum Schrank, wo er die Sparbüchse aufbewahrte.

«Macht nichts, wir werden ihn schon loswerden», sagte Anton. «Wer's nicht weiß, wird's nicht merken!»

«Nein, nein, so ein Gauner!» wiederholte Gustav.

Mein armer Romantowski! Und ich glaubte ebenso wie die Brüder, du seist wirklich ein besonderer Mensch gewesen. Ich glaubte, ich muß es gestehen, du seist ein bemerkenswerter Dichter, den seine Armut zwang, in diesem düsteren Viertel zu wohnen. Ich glaubte, nach manchen Anzeichen zu urteilen, daß du jede Nacht an einem Verse arbeitetest oder einem wachsenden Gedanken nachhingst und so einen unanfechtbaren Sieg über die Brüder feiertest. Mein armer Romantowski! Jetzt ist alles zu Ende. Die gesammelten Gegenstände gehen leider wieder auseinander. Die kleine Pappel verblaßt, trennt sich von ihrem Platz und kehrt dorthin zurück, von wo sie genommen wurde. Die Ziegelmauer löst sich auf. Die Balkone schieben sich einer nach dem anderen ins Mauerwerk, das Haus macht kehrt und entschwindet. Alles entschwindet. Sinn und Harmonie zerfallen. Wieder lastet die Welt auf mir mit ihrer bunten Leere.

*(1933)*

# WOLKE, BURG, SEE

Einer meiner Vertreter – ein bescheidener, freundlicher Junggeselle, sehr tüchtig – gewann auf einem von russischen Flüchtlingen veranstalteten Wohltätigkeitsball eine Vergnügungsreise. Es war 1936 oder 1937. Der Berliner Sommer stand in vollen Fluten (es war die zweite Woche kalten und feuchten Wetters und ein Jammer zu sehen, was alles umsonst grün geworden war, und nur die Spatzen blieben guter Dinge); er hatte keine Lust, irgendwohin zu fahren, aber als er versuchte, im Büro für Vergnügungsreisen seine Fahrkarte zu verkaufen, erfuhr er, daß es dazu einer besonderen Genehmigung des Verkehrsministeriums bedürfe; als er es dort versuchte, stellte sich heraus, daß er zuvor bei einem Notariat einen komplizierten vorgedruckten Antrag einreichen müsse; und außerdem habe er sich bei der Polizei eine sogenannte «Nichtabwesenheitsbescheinigung für die Sommermonate» zu beschaffen.

Also seufzte er ein wenig und beschloß, zu reisen. Er lieh sich von Freunden eine Aluminiumflasche, ließ seine Schuhe besohlen, kaufte einen Gürtel und ein modisches Flanellhemd – eines jener feigen Biester, die sich schon in der ersten Wäsche ganz klein machen. Übrigens war es zu weit für diesen liebenswerten kleinen Mann mit dem immer sorgfältig geschnittenen Haar und den klugen und gütigen Augen. Ich kann mich im Augenblick nicht an seinen Namen erinnern; ich glaube, er hieß Wassilij Iwanowitsch.

Er schlief schlecht in der Nacht vor der Abreise. Und warum? Weil er ungewöhnlich früh aufstehen mußte und daher das feine, zerbrechliche Gesicht der Uhr, die auf dem Nachttisch tickte, mit in seine Träume nahm; hauptsächlich aber, weil er ausgerechnet in dieser Nacht und ohne jeden Grund anfing, sich einzubilden, daß diese Reise, die ihm von einem weiblichen Fatum in tief ausgeschnittenem Ballkleid gewaltsam aufgedrängt worden war, diese Reise, die er so widerstrebend angenommen hatte, ihm ein wunderbares bebendes Glück bescheren würde. Dieses Glück würde etwas mit seiner Kindheit gemein haben und mit der Erregung, in die ihn russische Lyrik versetzte, und mit einem Abendhorizont, wie er ihn einmal im Traum gesehen hatte, und mit jener Dame, der Frau eines anderen Mannes, die er sieben Jahre hindurch hoffnungslos geliebt hatte – aber es würde erfüllter und bedeutungsvoller sein als alles andere. Und außerdem hatte er das Gefühl, daß das wirklich lebenswerte Leben auf etwas oder jemanden gerichtet sein müsse.

Der Morgen war trübe, aber dampfend warm und schwül, mit einem inneren Licht, und es war nicht unangenehm, in einer Straßenbahn zum entfernten Bahnhof zu rattern, der zum Treffpunkt bestimmt war: Es sollten – leider – mehrere Personen an dieser Reise teilnehmen. Wer würden sie sein, diese schläfrigen Geschöpfe, so schläfrig, wie uns alle noch unbekannten Wesen erscheinen? Am Schalter 6, um 7 Uhr früh, wie in der Anweisung angegeben, die an die Fahrkarte geheftet war, sah er sie (sie warteten schon; es war ihm gelungen, ungefähr drei Minuten zu spät zu kommen).

Ein hochaufgeschossener blonder junger Mann in Tirolertracht fiel sogleich auf. Er war rotgebrannt wie ein Hahnenkamm, hatte ziegelrote Knie mit goldenen Härchen darauf, und seine Nase sah aus wie lackiert. Er war der Führer, den das Reisebüro stellte, und sobald der Neuankömmling die Gruppe erreicht hatte (die aus vier Frauen und ebenso vielen Männern bestand), führte er alle an einen Zug, der hinter anderen Zügen verborgen stand, trug dabei seinen monströsen Rucksack mit erschreckender Leichtigkeit und stampfte mit seinen Nagelschuhen fest auf.

In einem leeren Wagen, eindeutig dritter Klasse, fand jeder Platz, und Wassilij Iwanowitsch, der sich abseits gesetzt und einen Pfefferminzbonbon in den Mund gesteckt hatte, öffnete einen kleinen Band Tjuttschew, den er schon lange wieder einmal lesen wollte; aber er wurde ersucht, das Buch zur Seite zu legen und sich der Gruppe anzuschließen. Ein älterer, bebrillter Postbeamter, dessen Schädel, Kinn und Oberlippe stachelig blau waren, als hätte er speziell für diese Reise einen außerordentlich üppigen und harten Bartwuchs abrasiert, verkündete sofort, daß er in Rußland gewesen sei und etwas Russisch könne – zum Beispiel *pozelyj* –, und begann in Erinnerungen an irgendwelche Techtelmechtel in Zarizyn so mit den Augen zu zwinkern, daß seine beleibte Frau in der Luft mit dem Handrücken eine Ohrfeige beschrieb. Die Gesellschaft begann laut zu werden. Vier Angestellte der gleichen Baufirma warfen einander schwere Scherze zu: ein Mann mittleren Alters, Schultz; ein jüngerer Mann, auch Schultz, und zwei zappelige Frauen mit großem Mund und großem Hinterteil. Die rothaarige, ziemlich burleske Witwe im Sportrock kannte Rußland auch ein wenig (den Strand von Riga). Außerdem gab es noch einen dunkelhaarigen jungen Mann namens Schramm mit glanzlosen Augen und einer vagen, samtweichen Niedertracht in Wesen und Manieren, der ständig die Unterhaltung auf diesen oder jenen Vorzug der Reise lenkte und das erste Signal zu entzücktem Lob gab; er war, wie sich später herausstellte, ein vom Büro für Vergnügungsreisen mitgeschickter Stimmungsmacher.

Die Lokomotive eilte mit fuchtelnden Ellbogen durch einen Kiefernwald, dann – gelassener – zwischen Feldern hindurch. Während er vorläufig die ganze Absurdität und Schrecklichkeit der Situation nur dunkel ahnte und sich vielleicht einzureden versuchte, daß dies alles doch sehr nett sei, brachte Wassilij Iwanowitsch es fertig, die schnell dahinfliegenden Gaben der Straße zu genießen. Und wahrhaftig, wie verlockend doch alles ist, welchen Charme die Welt gewinnt, wenn sie aufgezogen wird und sich dann wie ein Karussell bewegt! Die Sonne kroch auf eine Ecke des Fensters zu und ergoß sich plötzlich über die gelbe Bank. Der schlecht gebügelte Schatten des Wagens raste wie verrückt an der grasbewachsenen Böschung entlang, wo Blumen zu Farbstreifen verschmolzen. Ein Bahnübergang: ein Radfahrer wartete, einen Fuß auf dem Boden. Bäume tauchten auf, einzeln und in Gruppen, drehten sich kühl und gefällig und führten die neuesten Moden vor. Die blaue Feuchte eines Hohlweges. Eine Liebeserinnerung, als Wiese verkleidet. Wuschelige Wolken – Windspiele des Himmels.

Uns beide, Wassilij Iwanowitsch und mich, hat die Anonymität aller Teile einer Landschaft, die der Seele so gefährlich ist, immer beeindruckt, die Unmöglichkeit, jemals herauszufinden, wohin der Pfad, den man gerade sieht, führt – und schau, was für ein verführerisches Dickicht! Es geschah hie und da, daß an einem entfernten Hang oder in einer Lücke zwischen den Bäumen für einen Augenblick ein bezaubernder Fleck auftauchte, einen Augenblick verhielt, wie in den Lungen angehaltene Luft, ein Rasen, eine Terrasse – ein so vollkommener Ausdruck zarter, wohlmeinender Schönheit –, daß es schien, wenn es gelänge, den Zug anzuhalten und dorthin zu wandeln, auf immer zu dir, Geliebte ... Aber schon jagten tausend Buchenstämme wild vorüber, wirbelten in einem siedenden Sonnentümpel, und schon war die Gelegenheit, glücklich zu sein, vorüber.

An den Stationen betrachtete Wassilij Iwanowitsch die Formen irgendwelcher völlig bedeutungsloser Gegenstände – eines Schmutzflecks auf dem Bahnsteig, eines Kirschkerns, eines Zigarettenstummels – und sagte sich, daß er sich nie, nie wieder an diese drei kleinen Dinge hier in dieser besonderen Beziehung zueinander erinnern würde, an dieses Muster, das er jetzt in so unsterblicher Genauigkeit sehen konnte; oder wenn er eine Gruppe Kinder sah, die auf einen Zug warteten, versuchte er mit aller Macht, wenigstens einen bemerkenswerten Lebenslauf herauszufinden – in Form einer Violine oder einer Krone, eines Propellers oder einer Leier –, und schaute so lange, bis die Gruppe Dorfschuljungen aussah wie auf einer alten, nunmehr abgebildeten Fotografie mit einem kleinen weißen Kreuz über dem Gesicht des letzten Jungen ganz rechts: des Helden Kindheit.

Aber man konnte immer nur kurze Zeit aus dem Fenster sehen. Es waren an alle vom Reisebüro Noten mit Versen verteilt worden:

Spinne nicht, sei unverdrossen,
Nimm den Knotenstock zur Hand,
Such dir muntre Weggenossen
Und durchstreife Feld und Land.

Gras und Stoppeln untern Sohlen,
Muntre Burschen um dich her:
Sorgen soll der Teufel holen.
Sei kein Eigenbrötler mehr!

Es marschiert und schwitzt ein jeder,
Und die Feldmaus stirbt und schreit.
Kerle ganz aus Stahl und Leder
In der Heideeinsamkeit.

Das sollte gemeinsam gesungen werden: Wassilij Iwanowitsch, der nicht nur nicht singen, sondern nicht einmal die deutschen Worte klar aussprechen konnte, nutzte den ohrenbetäubenden Lärm dazu, einfach nur den Mund weit aufzureißen und sich leise hin und her zu wiegen, als ob er wirklich sänge – aber auf ein Zeichen des heimtückischen Schramm stoppte der Führer plötzlich den allgemeinen Gesang und forderte Wassilij Iwanowitsch mit einem seitlichen Blick auf, allein zu singen. Wassilij Iwanowitsch räusperte sich, begann zaghaft, und nach einer Minute einsamer Qual stimmten alle ein; danach wagte er es nicht mehr, auszusetzen.

Er hatte sich seine Lieblingsgurke aus dem russischen Laden mitgenommen, einen Laib Brot und drei Eier. Als es Abend wurde und die niedere rote Sonne voll in den verschmutzten, seekranken, vom eigenen Lärm betäubten Wagen schien, wurden alle aufgefordert, ihren Reiseproviant abzugeben, damit er redlich geteilt werde – das war besonders einfach, weil alle außer Wassilij Iwanowitsch dasselbe mit hatten. Die Gurke belustigte alle, wurde für ungenießbar erklärt und aus dem Fenster geworfen. In Anbetracht seines unzureichenden Beitrags zur Mahlzeit bekam Wassilij Iwanowitsch eine kleinere Portion Wurst.

Er mußte Karten spielen. Sie zerrten ihn herum, fragten ihn aus, prüften, ob er die Reiseroute auf der Karte zeigen könne – mit einem Wort, alle befaßten sich mit ihm, zuerst gutmütig, dann voller Bosheit, die mit dem Herannahen der Nacht zunahm. Beide Mädchen hießen Greta; die rothaarige Witwe sah irgendwie dem hahnenhaften Führer ähnlich; Schramm, Schultz und der andere Schultz, der Postbeamte und seine Frau, alle wuchsen sie nach und nach zusammen, verschmolzen miteinander, bildeten ein kollektives, wabbelndes, vielhändiges Wesen, dem man nicht entfliehen konnte. Es drang von allen Seiten auf ihn ein. Aber plötzlich stiegen an irgendeiner Station alle aus, und es war schon dunkel, obwohl im Westen noch immer eine sehr lange, sehr rosarote Wolke hing, und ein Stück weiter das Gleis entlang zitterte der Stern einer Lampe mit herzzerreißendem Licht durch den schwerfälligen Rauch der Lokomotive, und Grillen zirpten im Dunkeln, und von irgendwoher kam der Duft von Jasmin und Heu, Geliebte.

Sie verbrachten die Nacht in einem baufälligen Gasthof. Eine ausgewachsene Wanze ist schauderhaft, aber es liegt eine gewisse Grazie in den Bewegungen eines seidigen Silberfischchens. Der Postbeamte wurde von seiner Frau getrennt, die mit der Witwe untergebracht wurde; er wurde für die Nacht Wassilij Iwanowitsch zugeteilt. Die beiden Betten nahmen den ganzen Raum ein. Steppdecke obendrauf, Nachttopf untendrunter. Der Postmensch sagte, daß er irgendwie gar nicht müde sei, und fing an, von seinen russischen Abenteuern zu erzählen, weit ausführlicher als im Zug. Er war ein tyrannischer Kerl, gründlich und hartnäckig, in langen baumwollenen Unterhosen, mit perlmutternen Krallen an den schmutzigen Zehen und Bärenfell zwischen den fetten Brüsten. Ein Nachtfalter stieß flatternd an die Decke und spielte mit seinem Schatten. «In Zarizyn», sagte er, «gibt es jetzt drei Schulen, eine deutsche, eine tschechische und eine chinesische. Jedenfalls erzählte mir das mein Schwager; er war dort in einer Traktorenfabrik.»

Am nächsten Tag wirbelten sie vom frühen Morgen bis fünf Uhr nachmittags den Staub entlang einer Landstraße auf, die sich von Hügel zu Hügel wellte; dann schlugen sie einen grünen Weg durch dichten Tannenwald ein. Wassilij Iwanowitsch, der am wenigsten zu tragen hatte, mußte ein riesiges rundes Brot unter den Arm nehmen. Wie ich dich hasse, du unser tägliches! Aber noch immer bemerkten seine kostbaren, erfahrenen Augen alles Notwendige. Vor dem Hintergrund des Tannendunkels hing vertikal eine dürre Nadel an einem unsichtbaren Faden. Wieder drängelten sie sich mit Sack und Pack in einen

Zug, und wieder war der kleine, abteillose Wagen leer. Der andere Schultz versuchte, Wassilij Iwanowitsch das Mandolinespielen beizubringen. Es wurde viel gelacht. Als sie dessen müde wurden, dachten sie sich ein großartiges Spiel aus, das von Schramm überwacht wurde. Es ging so: Die Frauen legten sich auf die Bänke, die sie sich auszusuchen hatten und unter denen schon die Männer versteckt waren, und wenn unter einer solchen Bank hervor dann ein rotes Gesicht mit Ohren oder eine große gespreizte Hand auftauchte, mit gekrümmten Fingern den Rock anhob (was viel Kreischen verursachte), dann kam heraus, welche Pärchen sich ergeben hatten. Dreimal legte sich Wassilij Iwanowitsch in die schmutzige Finsternis nieder, und dreimal stellte sich heraus, daß niemand auf der Bank lag, als er wieder hervorkroch. Er wurde als Verlierer ausgerufen und gezwungen, einen Zigarettenstummel zu essen.

Sie verbrachten die Nacht auf Strohsäcken in einer Scheune und brachen am frühen Morgen wieder zu Fuß auf. Tannen, tiefe Schluchten, schäumende Flüsse. Von der Hitze, von den Liedern, die man ständig grölen mußte, war Wassilij Iwanowitsch so erschöpft, daß er zur Mittagsrast sofort einschlief und erst wieder erwachte, als sie anfingen, nach Pferdebremsen zu schlagen, die angeblich auf ihm saßen. Aber nach einer weiteren Stunde Marsches ward plötzlich jenes Glücksgefühl entdeckt, von dem er einst halb geträumt hatte.

Es war ein klarer blauer See mit einem ungewöhnlichen Ausdruck des Wassers. In der Mitte spiegelte sich eine große Wolke in ihrer ganzen Größe. Auf der anderen Seite, auf einem dicht mit Grün bedeckten Hügel (und je dunkler das Grün, desto poetischer ist es), stand eine alte und schwärzliche Burg, die von Daktylus anstieg zu Daktylus. Gewiß, es gab viele solcher Ansichten in Mitteleuropa, aber gerade diese – in der unbeschreiblichen und einzigartigen Harmonie ihrer drei wesentlichen Teile, in ihrem Lächeln, in einer ihr eigenen geheimnisvollen Unschuld, Geliebte! Gehorsame! – war etwas so Einzigartiges und so Vertrautes und so lang Verheißenes, und sie *verstand* ihren Betrachter so gut, daß Wassilij Iwanowitsch sogar die Hand aufs Herz preßte, als wolle er sehen, ob sein Herz noch da sei, damit er es hergeben könne.

In einiger Entfernung machte Schramm, indem er mit dem Alpenstock des Führers in die Luft stach, die Ausflügler auf dieses oder jenes aufmerksam; sie hatten sich im Gras niedergelassen, in Posen, wie man sie auf Amateurschnappschüssen sieht, während der Führer auf einem Baumstumpf saß, das Hinterteil dem See zugekehrt, und ein Vesper einnahm. Ganz still, sich im eigenen Schatten verbergend, folgte Wassilij Iwanowitsch dem Ufer und kam an eine Art Gasthaus. Ein noch recht junger Hund begrüßte ihn; er kroch auf dem Bauch, mit lachenden Lefzen, während der Schwanz heftig den Boden schlug. Wassilij Iwanowitsch begleitete den Hund ins Haus, ein buntscheckiges, zweistöckiges Gebäude mit einem blitzenden Fenster unter einem Augenlid aus konvexen Ziegeln; und er fand den Eigentümer, einen großen alten Mann, der fast wie ein russischer Kriegsveteran aussah und so schlecht mit einem so weichen schleppenden Akzent Deutsch sprach, daß Wassilij Iwanowitsch zu seiner Muttersprache überwechselte, aber wie in einem Traum verstand ihn der Mann und sprach selbst in der Sprache seiner Umgebung, seiner Familie weiter.

Oben war ein Zimmer für Feriengäste. «Wissen Sie, ich werde es für den Rest meines Lebens mieten», soll Wassilij Iwanowitsch gesagt haben, sobald er es betreten hatte. Das Zimmer selbst hatte nichts Bemerkenswertes. Im Gegenteil, es war ein ganz gewöhnliches Zimmer mit rotem Fußboden, Gänseblümchen waren an die weißen Wände gekleckst, und ein kleiner Spiegel war halb voll mit der gelben Infusion der reflektierten Blumen – aber vom Fenster aus konnte man deutlich den See mit seiner Wolke und seiner Burg sehen, in einer reglosen und vollkommenen Wechselbeziehung des Glücks. Ohne zu überlegen, ohne nachzudenken ergab er sich völlig einer Neigung, deren Wahrheit in ihrer Kraft lag, einer Kraft, die er nie zuvor erfahren hatte, und in einer strahlenden Sekunde erkannte Wassilij Iwanowitsch, daß hier, in diesem kleinen Zimmer mit diesem Ausblick, der bis an den Rand der Tränen schön war, das Leben endlich sein würde, wie er es sich immer gewünscht hatte. Wie es genau sein würde, was hier geschehen würde, das natürlich wußte er nicht, aber alles um ihn her war Hilfe, Verheißung und Trost – so daß es keinen Zweifel darüber geben konnte, daß er hier leben mußte. In einem Augenblick hatte er sich überlegt, wie es anzufangen sei, daß er nicht wieder nach Berlin zurückzukehren hätte, wie er sein weniges Hab und Gut hierher bekommen konnte – Bücher, den blauen Anzug, ihre Fotografie. Wie einfach sich alles ergab! Als mein Vertreter verdiente er genug für das bescheidene Leben eines russischen Flüchtlings.

«Freunde!» rief er, als er wieder zur Wiese am Seeufer hinabgerannt war. «Freunde, auf Wiedersehen! Ich bleibe für immer in dem Haus da drüben. Wir können nicht zusammen weiterreisen. Ich gehe nicht weiter. Ich gehe nirgends mehr hin. Auf Wiedersehen.»

«Was soll das heißen?» sagte der Führer mit sonderbarer Stimme nach einer kurzen Pause, während deren das Lächeln auf den Lippen Wassilij Iwanowitschs langsam verlosch und die Leute, die im Gras gesessen hatten, sich halb aufrichteten und ihn mit versteinertem Blick anstarrten.

«Aber was denn?» stammelte er. «Erst hier habe ich ...»

«Ruhe!» brüllte plötzlich der Postbeamte mit aller Kraft. «Komm zur Besinnung, du besoffenes Schwein!»

«Moment mal, meine Herren», sagte der Führer, und nachdem er sich mit der Zunge über die Lippen gefahren war, wandte er sich Wassilij Iwanowitsch zu.

«Sie haben wahrscheinlich getrunken», sagte er ganz ruhig. «Oder Sie haben den Verstand verloren. Sie machen mit uns eine Vergnügungsreise. Morgen – sehen Sie auf Ihre Fahrkarte – werden Sie laut festgelegter Reiseroute mit uns nach Berlin zurückfahren. Es kommt gar nicht in Frage, daß jemand – in diesem Falle Sie – sich weigert, an dieser gemeinsamen Reise weiter teilzunehmen. Wir haben heute ein gewisses Lied gesungen – versuchen Sie sich an seinen Text zu erinnern. So, das wäre alles. Kommt, Kinder, es geht weiter.»

«In Ewald gibt es Bier», sagte Schramm mit schmeichelnder Stimme. «Fünf Stunden mit der Bahn. Wanderungen. Eine Jagdhütte. Kohlenbergwerke. Viele interessante Dinge.»

«Ich werde mich beschweren», jammerte Wassilij Iwanowitsch. «Geben Sie mir meine Tasche wieder. Ich habe das Recht, zu bleiben, wo ich will. Was, dies ist ja geradezu eine

Einladung zur Hinrichtung» – so schrie er, wie er mir erzählte, als sie ihn an den Armen packten.

«Wenn nötig, tragen wir Sie», sagte der Führer grimmig, «aber das wird nicht sehr vergnüglich sein. Ich bin für jeden von euch verantwortlich und werde jeden einzelnen von euch wieder zurückbringen, tot oder lebendig.»

Wassilij Iwanowitsch, wie in einem gräßlichen Märchen über einen Waldweg geschleift, gequetscht und gezerrt, konnte sich nicht einmal mehr umsehen und spürte nur, wie das Strahlen in seinem Rücken langsam nachließ, von Bäumen gebrochen wurde – und dann war es verschwunden und die dunklen Tannen ringsum erbosten sich, aber sie konnten nicht eingreifen. Sobald alle in den Wagen gestiegen waren und der Zug sich in Bewegung gesetzt hatte, fingen sie an, ihn zu schlagen – sie schlugen ihn lange und mit großer Erfindungsgabe. Es fiel ihnen unter anderem ein, einen Korkenzieher an seinen Handflächen zu probieren; dann an seinen Füßen. Der Postbeamte, der in Rußland gewesen war, machte aus einem Stock und einem Gürtel eine russische Knute und gebrauchte sie mit teuflischer Geschicklichkeit. Gut so, gib's ihm! Die anderen Männer verließen sich mehr auf ihre eisenbeschlagenen Absätze, während die Frauen sich damit begnügten, zu kneifen und zu schlagen. Alle hatten einen Heidenspaß.

Als er nach Berlin zurückgekehrt war, suchte er mich auf, war sehr verändert, setzte sich still nieder, legte die Hände auf die Knie, erzählte seine Geschichte; wiederholte ständig, daß er seinen Posten aufgeben müsse, bat mich, ihn gehen zu lassen, bestand darauf, daß er nicht weitermachen könne, daß er nicht die Kraft habe, länger der Menschheit anzugehören. Natürlich ließ ich ihn gehen. *(1937)*

## GENREBILD 1945

Der Zufall will es, daß ich einen nichtswürdigen Namensvetter habe, vollständig vom Spitznamen bis zum Nachnamen, einen Mann, dem ich leibhaftig nie begegnet bin, auf dessen vulgäres Wesen jedoch ich aus seinem mehrmaligen Eindringen in die Burg meines Lebens schließen konnte. Die Verwicklungen begannen in Prag, wohin es mich Mitte der zwanziger Jahre verschlagen hatte. Dort erreichte mich ein Brief von einer kleinen Bibliothek, welche offenbar zu irgendeiner Organisation der Weißen Armee gehörte, die wie ich Rußland verlassen hatte. In gereiztem Ton forderte er mich auf, unverzüglich ein Exemplar der «Protokolle der Weisen von Zion» zurückzugeben. Dieses Buch, dem ehemals der Zar eine sehnsüchtige Vorliebe entgegengebracht hatte, war eine gefälschte Denkschrift, die ein von der Geheimpolizei bezahlter halbanalphabetischer Gauner aufgesetzt hatte; ihr einziger Zweck war es, Pogromen Vorschub zu leisten. Der Bibliothekar, der «Sinepusow» unterschrieb (ein Familienname, der soviel wie «Blauer Bauch» bedeutet und auf die Vorstellung eines Russen etwa so wirkt wie «Fröstling» auf die eines Deutschen), setzte mir mit Nachdruck auseinander, daß ich «dieses populäre und wertvolle Werk», wie er sich auszudrücken beliebte, über ein Jahr lang behalten hätte. Er bezog sich auf frühere Aufforderungen, die er mir nach Belgrad, Berlin und Brüssel geschickt hatte, Städte, durch die es meinen Namensvetter offenbar geführt hatte.

Ich stellte mir den Kerl als einen jungen, sehr weißen Emigranten von der automatisch reaktionären Sorte vor, dessen Erziehung die Revolution unterbrochen hatte und der die verlorene Zeit nach herkömmlicher Weise wettmachte. Dem Anschein nach war er viel unterwegs; ich war es auch – das einzige, was wir gemein hatten. In Straßburg erkundigte sich eine Russin, ob der Mann, der ihre Nichte in Lüttich geheiratet hatte, mein Bruder wäre. In Nizza suchte mich in meinem Hotel eines schönen Frühlingstages ein Mädchen mit undurchdringlichem Gesicht und langen Ohrringen auf, verlangte mich zu sehen, warf mir einen Blick zu, entschuldigte sich und ging wieder fort. In Paris erhielt ich ein Telegramm folgenden – sprunghaften – Wortlauts: «NE VIENS PAS ALPHONSE DE RETOUR SOUPCONNE SOIS PRUDENT JE T'ADORE ANGOISEE», und ich gebe zu, die Vorstellung, daß mein leichtlebiger Doppelgänger nun unvermeidlich mit Blumen in der Hand bei Alphonse und seiner Frau hereingeschneit käme, verschaffte mir eine gewisse grimmige Genugtuung. Ein paar Jahre später, als ich in Zürich Vorlesungen hielt, wurde ich plötzlich festgenommen, weil ich drei Spiegel in einem Restaurant zerschlagen haben sollte – eine Art Triptychon, das meinen Namensvetter betrunken (erster Spiegel), sehr betrunken (zweiter Spiegel) und sternhagelvoll zeigte (der dritte). Schließlich weigerte sich im Jahre 1938 ein französischer Konsul grob, meinen zerschlissenen, meergrünen Nansen-Paß zu stempeln, da ich, wie er sagte, schon einmal ohne Erlaubnis in das Land eingereist sei. In dem dicken Aktenbündel, das endlich hervorgeholt wurde, konnte ich einen Blick auf das Gesicht meines Namensvetters werfen. Er hatte einen gestutzten Schnurrbart und einen Bürstenhaarschnitt, der Halunke.

Als ich bald darauf in die Vereinigten Staaten übersiedelte und mich in Boston niederließ, war ich sicher, meinen absurden Schatten abgeschüttelt zu haben. Dann – letzten Monat, um genau zu sein – erhielt ich einen Telefonanruf.

Eine harte und glitzernde Frauenstimme sagte, sie sei Mrs. Sybill Hall, eine nahe Bekannte von Mrs. Sharp, die ihr geschrieben habe, sie solle sich mit mir in Verbindung setzen. Ich kannte eine Mrs. Sharp, und es kam mir nicht in den Sinn, daß sowohl meine Mrs. Sharp als auch ich nicht die Richtigen sein könnten. Mrs. Hall sagte mit ihrer goldenen Stimme, Freitag abend fände in ihrer Wohnung eine kleine Versammlung statt, ob ich nicht kommen wolle, denn nach allem, was sie von mir gehört hätte, wäre sie sicher, daß mich die Diskussion bestimmt sehr interessieren würde. Obschon mir alle Arten von Versammlungen ein Greuel sind, lehnte ich nicht ab, geleitet von dem Gedanken, daß eine Ablehnung Mrs. Sharp irgendwie enttäuschen würde, eine nette, alte Dame mit kastanienbraunen langen Hosen und kurzem Haar, die ich am Kap Cod kennengelernt hatte, wo sie mit einer jüngeren Frau ein Ferienhaus teilte; beide Damen sind mittelmäßige Künstlerinnen mit linken Sympathien, vermögend genug, um ein unabhängiges Leben zu führen, und beide sind sie absolut gutartig.

Eines Mißgeschicks wegen, das nichts mit dem Gegenstand dieses Berichtes zu tun hat, fand ich mich viel später als beabsichtigt in Mrs. Halls Haus ein. Ein uralter Fahrstuhlführer, der eine sonderbare Ähnlichkeit mit Richard Wagner hatte, brachte mich finster hinauf, und Mrs. Halls Dienstmädchen wartete ohne eine Spur von Lächeln mit lose herabhängenden langen Armen, während ich in der Diele meinen Mantel und meine Gummiüberschuhe ablegte. Den innenarchitektonischen Hauptakzent setzte hier eine von jenen möglicherweise sehr alten, bemalten chinesischen Vasen – in diesem Fall ein hohes, gräßliches Unding von kränklicher Farbe –, die mich regelmäßig elend unglücklich machen.

Als ich ein unbehagliches kleines Zimmer durchschritt, das bis zum Rand voll war von Symbolen der «Wohnkultur», wie Reklametexter das nennen, und – theoretisch, denn die Hausgehilfin hatte sich verzogen – in einen großen, freundlichen, bürgerlichen Salon geführt wurde, dämmerte mir langsam, daß dies genau der Ort war, an dem man darauf gefaßt sein mußte, einem alten Esel, der im Kreml Kaviar gespeist hatte, oder einem hölzernen Sowjetrussen vorgestellt zu werden, und daß meine Bekannte, Mrs. Sharp, die arme Seele, der aus irgendeinem Grund immer meine Verachtung für die Parteilinie sowie für den Kommunisten und die Stimme seines Herrn wider den Strich gegangen waren, zu dem Schluß gekommen sein mußte, ein solches Erlebnis würde einen wohltätigen Einfluß auf meinen frevlerischen Geist haben.

Aus einer Gruppe von etwa zwölf Leuten löste sich meine Gastgeberin in Form einer langgliedrigen, flachbrüstigen Frau mit Lippenstift auf ihren vorstehenden Zähnen. Sie stellte mich eilig dem Ehrengast und ihren anderen Gästen vor, und die Diskussion, die meine Ankunft unterbrochen hatte, wurde sofort wiederaufgenommen. Der Ehrengast beantwortete Fragen. Er war ein zerbrechlich aussehender Mann mit glattem dunklen Haar und glänzender Stirn, und die langstielige Lampe neben ihm beleuchtete ihn so hell, daß man die Haarschuppen auf dem Kragen seiner Smokingjacke erkennen und das Weiß seiner verschränkten Hände bewundern konnte, von denen ich die eine unglaublich schlaff und feucht gefunden hatte. Er gehörte zu jenen Männern, deren schwaches Kinn, hohle Wangen und unglücklicher Adamsapfel ein paar Stunden nach dem Rasieren, wenn der bescheidene Puder dünn geworden ist, ein komplexes, von einem blaugrauen Getüpfel überlagertes System von rosa Flecken aufweisen. Er trug einen Siegelring, und aus irgendeinem seltsamen Grund fiel mir eine dunkelhäutige, junge Russin in New York ein, die von der Möglichkeit, für das gehalten zu werden, was sie sich unter einer Jüdin vorstellte, so beunruhigt war, daß sie regelmäßig ein Kreuz um den Hals trug, obwohl sie so wenig Frömmigkeit wie Geist besaß. Der Sprecher sprach ein bemerkenswert fließendes Englisch, doch das harte «dschär» in seiner Aussprache von *«Germany»* und das unablässig wiederkehrende Epitheton *«wonderful»* mit einer verräterisch ausgesprochenen ersten Silbe gaben seine teutonische Herkunft preis. Er war Professor für Deutsch oder Musik oder beides irgendwo im Mittelwesten – oder war es gewesen oder sollte es werden –, aber ich hatte seinen Namen nicht verstanden und werde ihn hier darum Doktor Shoe nennen.

«*Natürlich* war er wahnsinnig!» rief Dr. Shoe als Antwort auf etwas, das ihn eine der Damen gefragt hatte. «Sehen Sie, nur ein Wahnsinniger konnte den Krieg so verpfuschen wie er. Und genau wie Sie hoffe ich, daß er, falls er noch lebend auftaucht, in irgendeinem neutralen Land wohlbehalten in ein Sanatorium gesteckt wird. Er hat es verdient. Es war Wahnsinn, statt einer Invasion Englands Rußland anzugreifen. Es war Wahnsinn, zu glauben, daß der Krieg mit Japan Roosevelt daran hindern würde, sich energisch in die europäischen Angelegenheiten einzuschalten. Der schlimmste Wahnsinnige ist derjenige, der nicht in Betracht zieht, daß auch jemand anders wahnsinnig sein könnte.»

«Man kann sich des Gefühls nicht erwehren», sagte eine dicke kleine Dame, die, glaube ich, Mrs. Mulberry hieß, «daß Tausende von unseren Jungs, die im Pazifik gefallen sind, immer noch am Leben wären, wenn alle die Flugzeuge und Panzer, die wir England und Rußland geliefert haben, zur Vernichtung Japans eingesetzt worden wären.»

«Genau», sagte Dr. Shoe. «Und das war Adolf Hitlers Fehler. Da er wahnsinnig war, hat er es versäumt, mit den Ränken verantwortungsloser Politiker zu rechnen. Da er wahnsinnig war, glaubte er, daß andere Regierungen sich an die Grundsätze der Barmherzigkeit und des gesunden Menschenverstandes halten würden.»

«Ich denke immer an Prometheus», sagte Mrs. Hall, «Prometheus, der das Feuer stahl und dafür von den erzürnten Göttern geblendet wurde.»

Eine alte Dame in hellblauem Kleid, die in einer Ecke saß und strickte, bat Dr. Shoe, zu erklären, warum die Deutschen nicht gegen Hitler rebelliert hätten.

Dr. Shoe senkte einen Augenblick die Lider. «Die Antwort ist eine schreckliche», sagte er mit Anstrengung. «Wie Sie wissen, bin ich selber Deutscher, von reiner bayrischer Abstammung, obwohl ein loyaler Bürger dieses Landes. Dessenungeachtet werde ich etwas ganz Schreckliches über meine früheren Landsleute sagen. Die Deutschen –» wieder waren seine Augen mit den sanften Wimpern halb geschlossen – «die Deutschen sind Träumer.»

Inzwischen war mir natürlich völlig klargeworden, daß Mrs. Halls Mrs. Sharp von meiner Mrs. Sharp ebenso verschieden war wie ich von meinem Namensvetter. Der Albtraum, in den ich geraten war, wäre für ihn vermutlich ein gemütlicher Abend mit verwandten Seelen gewesen und Dr. Shoe ein höchst intelligenter und brillanter *causeur*. Schüchternheit und vielleicht auch eine krankhafte Neugier hinderten mich, das Zimmer zu verlassen. Außerdem stottere ich so sehr, wenn ich mich aufrege, daß jeder Versuch meinerseits, Dr. Shoe zu sagen, was ich von ihm hielt, sich angehört hätte wie die Detonationen eines Motorrads, das sich während einer frostigen Nacht in einer unduldsamen Villenstraße anzuspringen weigert. Ich blickte mich um, in einem Versuch, mich zu überzeugen, daß dies wirkliche Menschen waren und keine Kasperlefiguren.

Keine der Frauen war hübsch; alle hatten die fünfzig erreicht oder überschritten. Alle, dessen durfte man sicher sein, gehörten Buchklubs, Bridgeklubs, Klatschklubs an und der großen, kalten Schwesternschaft eines unentrinnbaren Todes. Alle sahen sie wohlig steril aus. Möglicherweise hatten einige von ihnen Kinder gehabt, aber wie sie dazu gekommen waren, das war jetzt ein vergessenes Geheimnis; viele hatten einen Ersatz für ihre Schöpferkraft in verschiedenen künstlerischen Betätigungen gefunden, zum Beispiel in der Verschönerung von Klubräumen. Als ich einen Blick auf diejenige warf, die mir am nächsten saß, eine angespannt aussehende Dame mit einem Hals voller Sommersprossen, wußte ich, daß sie sich, während sie in Abständen Dr. Shoe ein Ohr lieh, höchstwahrscheinlich Sorgen machte über irgendein Stück Schmuckwerk, welches mit einem gesellschaftlichen Ereignis oder einem Kriegsfest zu tun hatte, dessen genaue Natur ich nicht auszumachen vermochte. Doch ich wußte, wie dringend sie jene zusätzliche Note brauchte. «Irgendwas in der Mitte des Tisches», dachte sie. «Ich brauche etwas, worüber die andern staunen – vielleicht eine große, riesige, gewaltige Schale mit künstlichen Früchten. Nichts aus Wachs natürlich. Irgendwas schön Glattes und Geädertes.»

Es ist äußerst bedauerlich, daß ich mir die Namen der Damen nicht eingeprägt hatte, als ich ihnen vorgestellt wurde. Zwei gertenschlanke, auswechselbare alte Jungfern auf harten Stühlen trugen Namen, die mit W anfingen, und von den andern hieß eine bestimmt Miss Bissing. Das hatte ich deutlich gehört, auch wenn ich den Namen später mit keinem bestimmten Gesicht oder gesichtsähnlichen Gegenstand in Verbindung bringen konnte. Außer mir und Dr. Shoe war nur noch ein einziger Mann anwesend. Er war, wie sich herausstellte, ein Landsmann von mir, ein Oberst Malikow oder Melnikow; in Mrs. Halls Aussprache hatte es mehr wie Milwaukee geklungen. Während einige alkoholfreie, bläßliche Drinks herumgereicht wurden, beugte er sich mit einem ledern knirschenden Geräusch vor, als trüge er einen Harnisch unter seinem schäbigen blauen Anzug, und teilte mir in einem heiseren russischen Flüstern mit, er habe die Ehre gehabt, meinen geschätzten Onkel zu kennen, den ich mir sogleich als einen rotwangigen, aber ungenießbaren Apfel am Stammbaum meines Namensvetters vorstellte. Dr. Shoe jedoch wurde von neuem beredt, und der Oberst richtete sich auf, entblößte in seinem dahinschwindenden Lächeln einen lädierten gelben Fangzahn und versprach mir mit Hilfe diskreter Handbewegungen, daß wir uns später richtig unterhalten würden.

«Die Tragödie Deutschlands», sagte Dr. Shoe, indes er die Papierserviette, mit der er seine schmalen Lippen abgewischt hatte, sorgsam faltete, «ist auch die Tragödie des gebildeten Amerikas. Ich habe vor zahlreichen Frauenklubs und anderen Kulturzentren gesprochen und überall festgestellt, wie sehr dieser Krieg in Europa, der jetzt gnädig zu Ende gegangen ist, allen kultivierten, sensiblen Seelen zuwider war. Desgleichen habe ich festgestellt, wie gern sich kultivierte Amerikaner in ihrer Erinnerung glücklicheren Tagen zuwenden, ihren Reiseerlebnissen im Ausland, einem unvergeßlichen Monat oder noch unvergeßlicheren Jahr, dereinst zugebracht in dem Land der Kunst, der Musik, der Philosophie und der Gemütlichkeit. Sie gedenken der teuren Freunde, die sie dort hatten, der lehrreichen und lauschigen Tage am Busen einer adligen deutschen Familie, der unübertrefflichen Sauberkeit allerorten, der Lieder zur Abendstunde, mit denen ein herrlicher Tag zur Neige ging, der wundersamen Städtchen und jener ganzen freundlichen und romantischen Welt, die sie in München oder Dresden vorgefunden hatten.»

«Mein Dresden ist nicht mehr», sagte Mrs. Mulberry. «Unsere Bomben haben es zerstört und alles, was es bedeutete.»

«Britische Bomben in diesem Fall», sagte Dr. Shoe milde. «Doch natürlich, Krieg ist Krieg, obschon ich gestehe, daß es schwerfällt, sich vorzustellen, wie deutsche Bomber sich mutwillig eine geheiligte historische Stätte in Pennsylvania oder Virginia als Ziel aussuchen. O ja, Krieg ist etwas Schreckliches. Er wird sogar fast unerträglich schrecklich, wenn er zwei Völkern aufgezwungen wird, die so viel gemein haben. Es mag

Ihnen paradox erscheinen, aber wirklich, wenn man der in Europa hingemordeten Soldaten gedenkt, so sagt man sich, daß ihnen zumindest die schrecklichen Skrupel erspart geblieben sind, die wir Zivilisten schweigend erdulden müssen.»

«Ich finde das sehr richtig», bemerkte Mrs. Hall und nickte bedächtig.

«Was ist mit diesen Geschichten?» fragte eine strickende alte Dame. «Diese Geschichten über deutsche Greueltaten, die immer wieder in den Zeitungen stehen. Ich nehme an, es handelt sich meist um Propaganda?»

Ein müdes Lächeln ging über Dr. Shoes Gesicht. «Auf diese Frage war ich gefaßt», sagte er mit einem Anflug von Trauer in seiner Stimme. «Unglückseligerweise gehören Propaganda, Übertreibung, gefälschte Fotos und so weiter zu den Mitteln moderner Kriegführung. Ich wäre gar nicht erstaunt, wenn die Deutschen selber Geschichten über Greueltaten erfunden hätten, die amerikanische Truppen an der unschuldigen Zivilbevölkerung begangen haben sollen. Denken Sie nur an den ganzen Unsinn, der im Ersten Weltkrieg über die sogenannten deutschen Kriegsgreuel in die Welt gesetzt wurde – diese furchtbaren Märchen von verführten belgischen Frauen und so weiter. Nun denn, gleich nach Kriegsschluß, im Sommer 1920, wenn ich nicht irre, stellte ein Sonderausschuß deutscher Demokraten eine gründliche Untersuchung der ganzen Sache an, und wir wissen alle, wie pedantisch gründlich und genau deutsche Fachleute sein können. Sie fanden aber auch nicht den allergeringsten Beweis dafür, daß sich die Deutschen nicht wie Soldaten und Gentlemen aufgeführt hätten.»

Eine Miss G. bemerkte ironisch, Auslandskorrespondenten müßten sich eben ihre Brötchen verdienen. Ihre Bemerkung war witzig. Allen gefiel diese ihre ironische und witzige Bemerkung.

«Andererseits», fuhr Dr. Shoe fort, als sich die kleinen Gelächterwellchen gelegt hatten, «wollen wir einen Augenblick die Propaganda vergessen und uns den langweiligen Tatsachen zuwenden. Gestatten Sie mir, daß ich Ihnen ein kleines Bild der Vergangenheit entwerfe, eine recht traurige Miniatur, aber vielleicht eine notwendige. Ich möchte Sie bitten, sich vorzustellen, wie deutsche Jungen stolz in eine von ihnen eroberte polnische oder russische Stadt einmarschieren. Singend und im gleichen Tritt. Sie wußten nicht, daß ihr Führer wahnsinnig war; unschuldigen Herzens glaubten sie, daß sie der gefallenen Stadt Hoffnung und Glück und wunderbare Ordnung brachten. Sie konnten nicht ahnen, daß ihre Eroberung dank der folgenden Irrtümer und Fehleinschätzungen Adolf Hitlers dazu führen würde, daß der Feind ein brennendes Schlachtfeld aus eben jenen Städten machte, denen sie, diese deutschen Jungs, den ewigen Frieden zu bringen glaubten. Während sie in ihrem prächtigen Staat, mit all ihrem wunderbaren Kriegsgerät und ihren Bannern durch die Straßen marschierten, lächelten sie allem und jedem zu, denn sie waren rührend gutgesinnt und wohlmeinend. In der Unschuld ihres Herzens erwarteten sie die gleiche freundliche Haltung von der Bevölkerung. Dann allmählich wurde ihnen klar, daß die Straßen, durch die sie so knabenhaft, so vertrauensvoll marschierten, gesäumt waren von schweigenden und reglosen jüdischen Massen, die sie voller Haß anstierten und jeden vorbeigehenden Soldaten beleidigten, nicht etwa durch Worte – dazu waren die zu klug –, sondern durch finstere Blicke und schlechtverhehlten Hohn.»

«Ich kenne diesen Blick», sprach Mrs. Hall ingrimmig.

«Aber *sie* kannten sie nicht», sagte Dr. Shoe wehmütig. «Das war der springende Punkt. Sie standen vor einem Rätsel. Sie begriffen nicht, und sie fühlten sich verletzt. Was machten sie also? Zunächst versuchten sie, gegen diesen Haß mit geduldigen Erklärungen und kleinen Zeichen der Freundschaft anzukämpfen. Aber die Mauer des Hasses, die sie umgab, wurde nur noch stärker. Schließlich sahen sie sich gezwungen, die Anführer jenes bösartigen und arroganten Bundes in Haft zu nehmen. Was sonst hätten sie tun können?»

«Ich kenne einen alten russischen Juden», sagte Mrs. Mulberry. «Na, bloß ein Geschäftsfreund von meinem Mann. Also der gestand mir einmal, daß er mit Vergnügen den ersten besten deutschen Soldaten mit eigenen Händen erwürgen würde, der ihm in den Weg käme. Ich war so schockiert, daß ich nur dastand und nicht wußte, was ich ihm antworten sollte.»

«Ich hätte es gewußt», sagte eine korpulente Frau, die mit

weit gespreizten Knien dasaß. «Wirklich, es ist viel zu oft die Rede davon, daß die Deutschen gestraft werden müßten. Auch sie sind schließlich Menschen. Und jeder fühlende Mensch wird mit Ihnen darin einig sein, daß sie nicht für diese sogenannten Greuel verantwortlich waren, von denen die meisten wohl sowieso von den Juden erfunden wurden. Ich werde jedesmal wütend, wenn ich die Leute immer noch von Verbrennungsöfen und Folterkammern quasseln höre, welche, wenn es sie überhaupt gab, höchstens von ein paar Leuten in Gang gehalten wurden, die genauso wahnsinnig waren wie Hitler.»

«Tja, ich glaube, man muß Verständnis aufbringen», sagte Dr. Shoe mit seinem unmöglichen Lächeln, «und die Ausgeburten der lebhaften semitischen Phantasie in Rechnung stellen, welche die amerikanische Presse beherrscht. Und man muß auch im Gedächtnis behalten, daß es viele rein sanitäre Maßnahmen gab, die die ordnungsliebenden deutschen Truppen ergreifen mußten, um mit den Leichen der Alten fertig zu werden, die im Lager verstorben waren, und um in manchen Fällen die Opfer der Typhusepidemien zu beseitigen. Ich selber bin ganz frei von Rassevorurteilen, und ich kann nicht einsehen, was diese uralten Rasseprobleme mit der Haltung zu tun haben sollen, die wir Deutschland gegenüber einzunehmen haben, jetzt, wo es kapituliert hat. Besonders, wenn ich daran denke, wie die Briten in ihren Kolonien die Eingeborenen behandeln.»

«Oder wie die jüdischen Bolschewiken das russische Volk behandelt haben – eijeijei!» bemerkte Oberst Melnikow.

«Was heute nicht mehr der Fall ist, nicht wahr?» fragte Mrs. Hall.

«Nein, nein», sagte der Oberst. «Das große russische Volk ist erwacht, und mein Land hat seine alte Größe zurück. Wir hatten drei große Führer. Wir hatten Iwan, den seine Feinde den Schrecklichen nannten, dann hatten wir Peter den Großen, und jetzt haben wir Josef Stalin. Ich bin ein weißer Russe und habe in der Kaiserlichen Garde gedient, aber ich bin auch ein russischer Patriot und ein russischer Christ. In jedem Wort, das heute aus Rußland herausdringt, verspüre ich die Macht, verspüre ich die Pracht des alten Mütterchens Rußland. Es ist wieder ein Land der Soldaten, der Religion und der echten Slawen.

Ich weiß auch, daß keinem Deutschen ein Härchen gespalten wurde, als die Rote Armee deutsche Städte besetzte.»

«Gespalten?» fragte Mrs. Hall.

«Ja», sagte der Oberst. «Keinem Deutschen wurde der Schädel gespalten.»

«Alle bewundern wir Ihre Landsleute», sagte Mrs. Mulberry. «Aber was, wenn sich der Kommunismus nach Deutschland ausbreitet?»

«Wenn mir hier ein Einwurf erlaubt ist», sagte Dr. Shoe, «dann möchte ich darauf aufmerksam machen, daß es kein Deutschland geben wird, wenn wir nicht Obacht geben. Das Hauptproblem, dem sich unser Volk gegenüber sehen wird, ist, die Sieger daran zu hindern, die Deutschen zu versklaven und die Jungen und Gesunden, die Lahmen und Alten – Intellektuelle wie Zivilpersonen – wie Zuchthäusler zur Zwangsarbeit in die unermeßlichen Weiten des Ostens zu deportieren. Das verstieße gegen sämtliche Grundsätze der Demokratie und des Krieges. Wenn Sie mir erwidern, die Deutschen hätten es ja genauso mit den von ihnen besiegten Völkern gemacht, so möchte ich Ihnen dreierlei ins Gedächtnis rufen: erstens, daß der deutsche Staat keine Demokratie war und man von ihm darum auch kein demokratisches Verhalten erwarten konnte; zweitens, daß die meisten, wenn nicht alle sogenannten ‹Sklaven› freiwillig gekommen sind; und drittens – und das ist das Wichtigste –, daß sie reichlich Essen und Kleidung bekamen und in einer zivilisierten Umgebung lebten, wie sie die Deutschen, bei all unserer natürlich vorhandenen Begeisterung für die ungeheure Bevölkerung und Geographie Rußlands, im Land der Sowjets kaum finden würden.»

«Auch dürfen wir nicht vergessen», fuhr Dr. Shoe mit einer dramatischen Hebung der Stimme fort, «daß der Nationalsozialismus in Wirklichkeit keine deutsche, sondern eine ausländische Organisation war, die das deutsche Volk tyrannisierte. Adolf Hitler war Österreicher, Ley Jude, Rosenberg halb Franzose, halb Tatar. Die deutsche Nation hat ebenso unter diesem fremden Joch gelitten wie andere europäische Länder unter den Auswirkungen des Krieges, der auf ihrem Boden ausgetragen wurde. Den Zivilisten, die nicht nur verstümmelt und getötet wurden, sondern deren teures Hab und Gut und herrliche Wohnungen von Bomben ausgelöscht wurden – ihnen ist es egal, ob diese Bomben von einem deutschen oder alliierten Flugzeug abgeworfen wurden. Deutsche, Österreicher, Italiener, Rumänen, Griechen und alle anderen Völker Europas sind heute Angehörige einer einzigen tragischen Bruderschaft, Elend und Hoffnung haben sie gleich gemacht, alle sollten sie gleich behandelt werden, und die Aufgabe, die Schuldigen zu finden und zu richten, die sollten wir künftigen Historikern überlassen, unvoreingenommenen alten Gelehrten in den unvergänglichen Zentren europäischer Kultur, an den erhabenen Universitäten Heidelberg, Bonn, Jena, Leipzig und München. Der europäische Phönix möge seine Adlerfittiche wieder ausbreiten, und *God bless America.*»

Eine ehrerbietige Pause trat ein, während deren Dr. Shoe bebend eine Zigarette entzündete, und darauf bat ihn Mrs. Hall, die Handflächen in einer reizenden, mädchenhaften Geste gegeneinandergelegt, die Zusammenkunft mit etwas schöner Musik zu krönen. Er seufzte, stand auf, trat mir im Vorbeigehen auf den Fuß, berührte mein Knie entschuldigend mit den Fingerspitzen, setzte sich vor das Klavier, senkte den Kopf und verharrte mehrere hörbar stille Sekunden lang reglos. Dann legte er langsam und sehr behutsam seine Zigarette auf einen Aschenbecher, nahm den Aschenbecher vom Klavier, legte ihn in Mrs. Halls hilfreiche Hände und senkte wiederum den Kopf. Schließlich sagte er leicht gerührt: «Zuerst spiele ich die amerikanische Nationalhymne.»

In dem Bewußtsein, daß dies mehr war, als ich ertragen konnte – ja, an einem Punkt angelangt, wo ich Brechreiz zu fühlen begann –, stand ich auf und verließ eilends den Raum. Als ich mich dem Schrank näherte, in dem ich das Dienstmädchen meine Sachen verstauen gesehen hatte, holte mich Mrs. Hall zusammen mit einer Woge Musik ein.

«Müssen Sie gehen?» fragte sie. «Wirklich schon?»

Ich fand meinen Mantel, ließ den Bügel fallen und stampfte in meine Überschuhe.

«Entweder sind Sie Mörder oder Schwachköpfe», sagte ich, «oder beides, und dieser Kerl ist ein dreckiger deutscher Agent.»

Wie schon erwähnt, leide ich in entscheidenden Augenblikken an einem schlimmen Stottern, und darum kam der Satz nicht so glatt heraus wie auf dem Papier. Aber er tat seine Wirkung. Bevor sie sich fassen und mir antworten konnte, hatte ich die Tür hinter mir zugeschlagen und trug meinen Mantel nach unten, wie man ein Kind aus einem brennenden Haus trägt. Ich war auf der Straße, als ich merkte, daß der Hut, den ich aufzusetzen im Begriffe stand, mir nicht gehörte.

Es war ein abgetragener weicher Filzhut von einem dunkleren Grau als meiner und mit einer schmaleren Krempe. Er war für einen kleineren Kopf bestimmt. Innen fand sich ein Etikett mit der Aufschrift «Werner Bros. Chicago», und es roch nach der Haarbürste und dem Haarwasser eines Fremden. Oberst Melnikow, der kahl war wie eine Kegelkugel, konnte der Eigentümer nicht sein, und ich nahm an, daß Mrs. Halls Ehemann entweder tot war oder seine Hüte an einem anderen Ort aufbewahrte. Es war widerwärtig, dieses Ding mit mir herumzutragen, doch die Nacht war regnerisch und kalt, und so benutzte ich es als eine Art rudimentären Regenschirm. Kaum zu Hause, machte ich mich daran, einen Brief an das F. B. I. zu schreiben, kam aber nicht sehr weit. Meine Unfähigkeit, Namen zu verstehen und zu behalten, beeinträchtigte erheblich die Qualität dessen, was ich mitzuteilen wünschte, und da ich meine Anwesenheit bei der Versammlung zu erklären hatte, mußten eine Menge diffuse und unbestimmt verdächtige Dinge über meinen Namensvetter mit hineingebracht werden. Am schlimmsten war, daß die ganze Angelegenheit ein traumhaftes, groteskes Aussehen annahm, sobald sie in allen Einzelheiten geschildert wurde, während ich doch tatsächlich nur zu sagen hatte, daß jemand aus dem Mittelwesten, von dem ich noch nicht einmal Namen und Anschrift wußte, vor einer Gruppe alberner alter Frauen in einer Privatwohnung mit Sympathie vom deutschen Volk gesprochen hatte. Ja, wenn ich berücksichtigte, daß gewisse bekannte Kolumnisten in ihren Artikeln ständig die gleiche Sympathie zum Ausdruck brachten, konnte die ganze Sache schließlich durchaus legal sein.

Früh am nächsten Morgen klingelte es, und als ich die Tür öffnete, stand Dr. Shoe da, barhaupt, in einem Regenmantel, und bot mir mit einem vorsichtigen halben Lächeln auf seinem blauen und rosa Gesicht meinen Hut dar. Ich nahm ihn und murmelte ein Dankeschön. Er hielt es für eine Aufforderung, näherzutreten. Ich konnte mich nicht entsinnen, wo ich seinen Filzhut hingelegt hatte, und die fieberhafte Suche, die ich mehr oder weniger in seiner Gegenwart veranstalten mußte, wurde bald lächerlich.

«Also hören Sie», sagte ich, «ich schicke, ich sende, ich liefere Ihnen diesen Hut, wenn ich ihn finde, oder sonst kriegen Sie einen Scheck.»

«Aber ich reise heute nachmittag ab», sagte er sanft, «und außerdem wäre es mir lieb, wenn Sie mir die sonderbare Bemerkung erklären könnten, die Sie gestern meiner lieben Freundin Mrs. Hall gegenüber gemacht haben.»

Er wartete geduldig, während ich ihm so säuberlich wie möglich zu sagen versuchte, daß die Polizei, die Behörden ihr das auseinandersetzen würden.

«Sie scheinen nicht zu begreifen», sagte er endlich. «Mrs. Hall ist eine sehr bekannte Dame der Gesellschaft und hat viele Beziehungen zu offiziellen Kreisen. Gott sei Dank leben wir in einem großen Land, wo jeder seine private Meinung sagen kann, ohne dafür beleidigt zu werden.»

Ich sagte, er solle machen, daß er fortkomme.

Als mein Gestotter ganz zu Ende gegangen war, sagte er: «Ich gehe, aber bitte denken Sie daran, in diesem Land ...» – und er drohte mir, nach deutscher Art, scherzhaft von der Seite her mit dem gekrümmten Zeigefinger.

Bevor ich mich noch entscheiden konnte, wo mein Schlag ihn treffen sollte, war er hinausgeschlüpft. Ich zitterte am ganzen Körper. Mein Gebrechen, das ich zeitweilig als spaßig und auf subtile Art sogar als angenehm empfunden hatte, kam mir jetzt entsetzlich und gemein vor. Plötzlich erblickte ich Dr. Shoes Hut auf einem Stapel alter Zeitschriften unter einem Telefontischchen im Flur. Ich stürzte zu einem der Vorderfenster, öffnete es, und als Dr. Shoe vier Etagen tiefer heraustrat, schleuderte ich den Hut in seine Richtung. Er beschrieb eine Parabel und machte in der Mitte der Straße eine Bauchlandung. Dann schlug er einen Purzelbaum, verfehlte eine Pfütze um ein paar

Zentimeter und blieb erstaunt liegen, die falsche Seite nach oben gekehrt. Ohne heraufzublicken, dankte Dr. Shoe mit einer Handbewegung, hob den Hut auf, überzeugte sich, daß er nicht zu schmutzig war, setzte ihn auf und schritt mit forsch wackelndem Hinterteil davon. Ich habe mich oft gefragt, wie ein dünner Deutscher es immer fertigbringt, in einem Regenmantel so gesäßlastig auszusehen.

Es bleibt nur zu berichten, daß ich eine Woche später einen Brief erhielt, dessen eigentümliches Russisch in der Übersetzung kaum gebührend gewürdigt werden kann.

«Geschätzter Herr», lautete er. «Sie haben mich mein Leben lang verfolgt. Gute Freunde haben sich von mir abgewandt, nachdem sie Ihre Bücher gelesen hatten, da sie mich für den Urheber jener entarteten, dekadenten Schriften hielten. 1941 und noch einmal 1943 nahmen mich die Deutschen in Frankreich für Dinge fest, die ich weder geäußert noch gedacht hatte. Nicht damit zufrieden, mir in anderen Ländern alle möglichen Scherereien bereitet zu haben, bringen Sie jetzt in Amerika die Arroganz auf, sich für mich auszugeben und angetrunken im Haus einer weithin geachteten Persönlichkeit in Erscheinung zu treten. Solches gedenke ich nicht zu dulden. Ich könnte Sie als Hochstapler einsperren und brandmarken lassen, aber ich nehme an, das wäre Ihnen wenig angenehm, und so schlage ich vor, daß Sie mir als Entschädigung ...»

Der Betrag, den er verlangte, war in der Tat sehr bescheiden.

*(1945)*

# STADTFÜHRER DURCH BERLIN

Am Vormittag war ich im Zoo, und jetzt gehe ich mit einem Freund, meinem ständigen Trinkgenossen, in eine Bierstube. Über dem Eingang ist ein blaues Schild mit den großen weißen Buchstaben «Löwenbräu» angebracht, und von der Seite zwinkert mich das Bild eines Löwen an, der ein Bierseidel in der Tatze hält. Wir setzen uns, und ich erzähle meinem Freund von Röhren, Straßenbahnen und anderen ebenso wichtigen Dingen.

## Röhren

Vor dem Haus, in dem ich wohne, liegt an der Bordkante eine gewaltige schwarze Röhre, dahinter, etwa in einem halben Meter Abstand, eine zweite, noch weiter – eine dritte, vierte: die eisernen Eingeweide der Straße, noch müßig, noch nicht in die Erdtiefen unter den Asphalt versenkt. In den ersten Tagen, nachdem sie mit lautem Gedröhn von den Lastwagen abgeladen worden waren, liefen die Jungen auf ihnen herum, krochen auf allen vieren durch diese runden Tunnel, doch eine Woche später spielte schon niemand mehr darauf – es fiel nur Schnee. Und jetzt, da ich im matten Halbdunkel des frühen Morgens aus dem Haus trete, schimmert auf jeder schwarzen Röhre ein gleichmäßiger weißer Streifen, und an der Mündung der ersten, vor der die Straßenbahnschienen abbiegen, sausen die Lichtreflexe der noch erhellten Wagen über die innere Wölbung wie orangefarbenes Wetterleuchten empor. Heute hatte jemand mit dem Finger «Otto» in den Schneestreifen geschrieben, und ich fand, daß dieser Name mit den beiden «O» am Anfang und am Ende und dem Paar stiller Konsonanten dazwischen erstaunlich gut zu der stillen Schneeschicht, zu dieser Röhre mit ihren beiden Öffnungen und der geheimnisvollen Höhlung passe.

## Die Straßenbahn

Die Straßenbahn wird nach zwanzig, dreißig Jahren verschwinden, wie auch die Pferdebahn verschwunden ist. Ich sehe in ihr bereits etwas Überlebtes, sie hat für mich einen eigenartigen altmodischen Reiz. Alles an ihr ist ein wenig ungefüg, wackelig – und wenn bei einer zu schnellen Kurve der Stromabnehmer von der Leitung springt, beugt sich der Schaffner, mitunter auch einer von den Fahrgästen, rücklings über die hintere Plattformwand und zerrt an der Leine, um die Rolle wieder in die richtige Lage zu bringen. Dann muß ich immer daran denken, daß seinerzeit der Postkutscher, wenn die Kutsche über das Kopfsteinpflaster eines Dorfes holperte, wohl auch manchmal die Peitsche verlor, sein Viergespann zügelte und den Burschen in langschößiger Livree, der neben ihm auf dem Bock saß und laut ins Horn blies, ausschickte, sie zu holen.

Der Straßenbahnschaffner hat ganz besondere Hände. Sie arbeiten genauso flink wie die eines Pianisten; doch sie sind nicht knochenlos, feucht, haben keine weichen Nägel, sie sind vielmehr so hart, daß mich zuweilen, wenn ich ihm Kleingeld in die Hand schütte und zufällig seine wie mit derbem, trockenen Chitin überzogene Handfläche berühre, Übelkeit überkommt. Außerordentlich flinke, tüchtige Hände, ungeachtet ihrer Derbheit und der dicken Finger. Neugierig beobachte ich, wie er mit dem schwarzen viereckigen Fingernagel den Fahrschein festklemmt und an zwei Stellen knipst, wie er in die Ledertasche greift und mit allen fünf Fingern nach Wechselgeld wühlt und sogleich die Tasche zuklappt, dann an der Klingelleine zieht oder mit einer Daumenbewegung den Schieber an der Vordertür öffnet, um den Leuten auf der Plattform Fahrscheine zu geben. Und dabei schaukelt der Wagen, die Menschen im Gang greifen nach den Halteriemen, pendeln bei jedem Stoß hin und her – er aber läßt kein einziges Geldstück fallen, keinen einzigen vom Block abgerissenen Fahrschein. Jetzt im Winter ist die Vordertür mit grünem Stoff verhängt, die Fenster sind von der Kälte trübe, vor der Haltestelle, dicht an der Bordschwelle, drängen sich Weihnachtsbäume – und den Fahrgästen frieren die Füße, und die Hand des Schaffners steckt in einem grauen, an den Fingerspitzen offenen Wollhandschuh. An der Endstation wird der Triebwagen abgekoppelt, fährt auf das Nebengleis und kommt dann von der anderen Seite an den Anhänger heran – und es liegt etwas von der Ergebenheit eines Weibchens darin, wie der Anhänger auf den männlichen Triebwagen wartet, der, knisternde Funken sprühend, heranrollt, um sich bei ihm wieder einzuhaken. Und ich erinnere mich, wie man vor etwa achtzehn Jahren in Petersburg die Pferde ausspannte und sie um das dicke blaue Wägelchen führte.

Die Pferdebahn ist verschwunden, die Straßenbahn wird auch verschwinden – und irgendein kauziger Berliner Schriftsteller der zwanziger Jahre des einundzwanzigsten Jahrhunderts, der unsere Zeit schildern möchte, wird im Museum für alte Technik einen hundertjährigen gelben, etwas klobigen Straßenbahnwagen mit altmodisch gebogenen Sitzen finden und im Trachtenmuseum einen schwarzen Schaffnerrock mit blanken Knöpfen sehen. Nach Hause zurückgekehrt, wird er darangehen, die einstigen Berliner Straßen zu beschreiben. Dann wird alles, jede Einzelheit, Wert und Gewicht haben: die Geldtasche des Schaffners, das Reklameplakat über dem Fenster und das besondere Schütteln im Wagen, das sich unsere Urenkel vielleicht vorstellen können – alles wird geadelt und gerechtfertigt sein durch das Alter.

Mir scheint, daß der Sinn der schöpferischen Tätigkeit eines Schriftstellers darin besteht, alltägliche Dinge so zu schildern, wie sie sich in den freundlichen Spiegeln künftiger Zeiten zeigen werden, in ihnen die duftige Zartheit aufzuspüren, die erst unsere Nachkommen in jenen fernen Tagen empfinden werden, wenn jede Kleinigkeit unseres gegenwärtigen Alltags schon an sich schön und festlich sein wird, in jenen Tagen, wenn einer, der das einfachste heutige Jackett anzieht, bereits für den feinsten Kostümball herausgeputzt ist.

## Arbeiten

Durchs Fenster der Straßenbahn kann ich mancherlei Arbeiten beobachten.

An der Kreuzung ist die Asphaltdecke längs der Straßenbahnschienen aufgerissen. Vier Arbeiter treiben mit Vorschlaghämmern einen dicken Meißel in den Grund; der erste hat zugeschlagen, der zweite läßt mit schwungvoller, genauer Bewegung bereits den Hammer sinken; der Hammer hat zugehauen und erhebt sich von neuem hoch in die Luft, während der dritte, der vierte in gleichmäßigen Abständen niedersausen. Ich lausche ihrem gemächlichen Klang, eisernes Glockenspiel, vier sich wiederholende Noten.

Ein weißer Bäckerjunge mit hoher Mütze flitzt auf einem Dreirad vorbei: Ein mehlbestäubter Mensch hat etwas Engelhaftes. Ein Wagen mit Kisten auf dem Dach rasselt daher, in den Kästen blinken smaragdgrün gleichmäßige Reihen leerer Flaschen, die in den Kneipen eingesammelt worden sind... Geheimnisvoll wird eine lange schwarze Lärche auf einem Fuhrwerk vorbeigefahren. Sie liegt flach auf dem Wagen, ihre Spitze schwankt elastisch hin und her, während der Wurzelballen, mit einer festen Bastmatte umwickelt, am Stammende eine gewaltige gelbbraune Bombe bildet. Ein Briefträger hat einen Sack unter den kobaltblauen Briefkasten geschoben, und heimlich, unsichtbar, mit eiligem Rascheln, leert sich der Briefkasten, worauf der Briefträger das viereckige Maul des prallgewordenen Sackes zuklappt. Doch vielleicht am schönsten sind die weißlichen, rosa angelaufenen und geäderten Rinderkörper auf dem Lastwagen und der Mann mit Schurz und hinten verlängerter Lederkapuze, der sich ein halbes Rind auf den Buckel wuchtet und es gekrümmt über den Bürgersteig in den rotwangigen Laden des Fleischers trägt.

## Eden

Jede große Stadt besitzt ihr irdisches Paradies, vom Menschen geschaffen.

Wenn uns die Kirchen vom Evangelium erzählen, so erinnern uns die zoologischen Gärten an den feierlichen und zarten Anfang des Alten Testaments. Schade nur, daß dieses künstliche

Paradies aus lauter Gittern besteht; doch freilich – gäbe es keine Gitter, so hätte der Löwe das Lamm gefressen. Immerhin ist es natürlich ein Paradies, sofern der Mensch überhaupt imstande ist, ein Paradies wiederherzustellen. Und nicht umsonst trägt ein großes Hotel gegenüber dem Berliner Zoologischen Garten den Namen «Eden».

Jetzt im Winter, da man die tropischen Tiere versteckt hat, rate ich, das Haus für Reptilien, Insekten und Fische zu besuchen. In einem halbdunklen Saal sind zu beiden Seiten mehrere Reihen erleuchteter Vitrinen angebracht; sie ähneln jenen Fenstern, durch die Kapitän Nemo aus seinem Unterseeboot auf die Meeresgeschöpfe schaute, die sich durch die Ruinen von Atlantis wanden. In diesen gläsernen Schaukästen gleiten durchsichtige Fische mit blitzenden Flossen durch leuchtende Nischen, atmen Seeblumen, liegt auch ein lebendiger purpurner fünfzackiger Stern auf dem Sand. Von daher also rührt dieses berüchtigte Emblem – vom Grunde des Ozeans ist es gekommen, aus dem Dunkel der versunkenen Atlantis, die längst jegliche Wirren – Versuche dümmlicher Utopien – und all das, was uns beunruhigt, ausgestanden hat.

Und man muß natürlich sehen, wie die Schildkröten gefüttert werden. Diese schweren uralten Hornkuppeln stammen von den Galapagos-Inseln. Langsam wie in Zeitlupe streckt sich mit greisenhafter Zagheit ein flacher runzliger Kopf unter der anderthalb Zentner schweren Kuppel hervor, und ein Paar zu nichts zu gebrauchender Füße kommen zum Vorschein. Und mit ihrer dicken, mürben Zunge, die irgendwie an die eines stammelnden Kretins erinnert, der haltlos unsinnige Laute erbricht, kaut die Schildkröte, in einen Haufen feuchten Gemüses gedrückt, liederlich an den Blättern.

Doch diese Kuppel über ihr, ach, diese Kuppel – Jahrhunderte alt, abgeschabt, matte Bronze, prachtvolle Last der Zeitläufe...

## Die Kneipe

«Das ist ein schlechter Stadtführer», sagt düster mein ständiger Trinkgenosse. «Wen wird es schon interessieren, wie Sie in die Straßenbahn gestiegen und zum Berliner Aquarium gefahren sind?» Die Kneipe, in der wir sitzen, besteht aus zwei Räumen, einem größeren und einem kleineren. In der Mitte des größeren steht ein Billard, in den Ecken einige Tische, gegenüber der Eingangstür der Schanktisch, dahinter Regale mit Flaschen. An der Zwischenwand hängen wie Papierfahnen Zeitungen und Zeitschriften an kurzen Holzgriffen. Im Hintergrund ein breiter Durchgang, jenseits ist ein enges Zimmerchen mit grünem Sofa zu sehen, darüber ein Spiegel, aus dem ein halbrunder Tisch mit karierter Wachstuchdecke herausfällt und sich fest vor dem Sofa aufstellt. Dieses Zimmerchen gehört zu der ärmlichen Wohnung des Gastwirts. Am Tisch sitzt seine welke vollbusige Frau und füttert ein hellblondes Kind mit Suppe.

«Uninteressant», wehrt mein Freund mit trostlosem Gähnen. «Was sollen schon Straßenbahnen und Schildkröten. Und überhaupt... das alles ist furchtbar langweilig. Eine langweilige fremde Stadt. Und das Leben hier ist sehr teuer...»

Aus unserer Ecke neben dem Schanktisch sehe ich sehr deutlich das Sofa, den Spiegel, den Tisch. Die Hausfrau räumt den Tisch ab. Das Kind, auf die Ellbogen gestützt, schaut sich aufmerksam eine in einen Zeitungshalter geklemmte Illustrierte an.

«Was haben Sie dort gesehen?» fragt mein Trinkgenosse und dreht sich mit einem Seufzer langsam auf seinem knarrenden Stuhl um.

Dort im Zimmer ist das Kind allein auf dem Sofa zurückgeblieben. Von da aus kann es den ganzen Schankraum sehen – die samtene Insel des Billards, die weiße Hornkugel, die man nicht berühren darf, den metallischen Glanz der Theke, zwei dicke Taxifahrer an einem Tisch und uns beide an dem anderen.

Es hat sich längst an all das gewöhnt, unsere Nähe macht es nicht verwirrt – doch eines weiß ich: was ihm im Leben auch widerfahren mag, dieses Bild, das es in seiner Kindheit täglich aus dem Zimmerchen sah, wo man es mit Suppe fütterte, wird sich für immer in sein Gedächtnis prägen – es wird sich an das Billard erinnern, an den abendlichen Gast ohne Jakkett, an den weißen Winkel seines Ellbogens, der mit der Queue nach der Kugel zielt, an den blaugrauen Rauch der Zigarren, das Stimmengewirr und den Vater hinter der Theke, der aus dem Zapfhahn die Bierseidel füllt.

«Ich begreife nicht, was Sie da gesehen haben», sagt mein Freund und wendet sich mir von neuem zu.

Doch wie soll ich ihm klarmachen, daß ich heimlich in die künftige Erinnerungswelt eines Kindes geschaut habe?

*(1925)*

# TERRA INCOGNITA

Das Geräusch des Wasserfalls wurde immer gedämpfter, bis es sich endlich ganz verlor, während wir uns durch den Urwald eines bislang unerforschten Gebietes vorwärtsarbeiteten. Lange schon waren wir gegangen, lange gingen wir – vorne Gregson und ich; dahinter unsere acht eingeborenen Lastträger, einer hinter dem anderen; den Schluß machte Cook, der bei jedem Schritt jammerte und protestierte. Ich wußte, Gregson hatte ihn auf den Rat eines ortsansässigen Jägers angeworben. Cook hatte beteuert, er sei zu allem bereit, wenn er nur aus Sonraki herauskäme, wo sie das halbe Jahr damit verbringen, ihren *vongho* zu brauen, und die andere Hälfte, ihn zu trinken. Jedoch blieb unklar – oder ich begann bereits, vieles zu vergessen, während wir weiter und weiter marschierten – wer dieser Cook eigentlich war. (Vielleicht ein weggelaufener Matrose?)

Gregson ging neben mir, sehnig, schlaksig, mit bloßen, knochigen Knien. In der Hand hielt er wie ein Banner ein langstieliges, grünes Schmetterlingsnetz. Die Träger, große, glänzend braune Badonier mit dicken Haarmähnen und kobaltblauen Arabesken zwischen den Augen, die wir ebenfalls in Sonraki in Dienst genommen hatten, schritten federnd und gleichmäßig aus. Hinter ihnen her schleppte sich Cook, aufgedunsen, rothaarig, mit herabhängender Unterlippe, die Hände in den Taschen; er trug nichts. Undeutlich erinnerte ich mich, daß er am Anfang der Expedition eine Menge geschwätzt und dunkle Witze gerissen hatte, in jener ihm eigenen Art, die eine Mischung aus Frechheit und Unterwürfigkeit war und an einen Shakespeareschen Clown denken ließ; doch bald schon hatte ihn sein Übermut verlassen, er wurde mürrisch und fing an, seine Pflichten zu vernachlässigen, zu denen das Dolmetschen gehörte, da Gregson den badonischen Dialekt noch immer nur schlecht verstand.

Die Hitze hatte etwas Träges und Samtenes. Ein erstickender Duft ging von den perlmuttfarbenen und wie Trauben von Seifenblasen aussehenden Blüten der *Vallieria mirifica* aus, die sich über das schmale, trockene Flußbett spannten, welchem wir mit raschelndem Schritt folgten. Ineinander verschlungen bildete das Gezweig der porphyrhaltigen Bäume und der schwarzblättrigen Limia einen Tunnel, den ab und an ein Strahl matten Lichtes durchdrang. Oben, in der dichten Vegetationsmasse, zwischen leuchtenden hängenden Blütentrauben und irgendwelchen seltsamen dunklen Gewirren, schnappten und schnatterten silbergraue Affen, während ein kometartiger Vogel mit dünnen, schrillen Schreien wie bengalisches Feuer vorüberzuckte. Immer wieder sagte ich mir, daß mein Kopf schwer wäre von dem langen Fußmarsch, der Hitze, dem Durcheinander der Farben und dem Getöse des Waldes, insgeheim aber wußte ich, daß ich krank war, krank vermutlich an dem ortsüblichen Fieber. Ich hatte indessen beschlossen, meinen Zustand vor Gregson geheimzuhalten, und mir ein munteres, ja sogar lustiges Aussehen gegeben, als das Unglück geschah.

«Es ist meine Schuld», sagte Gregson. «Ich hätte mich nie mit ihm einlassen dürfen.»

Wir waren jetzt allein. Cook und alle acht Eingeborenen hatten sich samt Zelt, Faltboot, Vorräten und Sammlungen davongemacht, waren geräuschlos verschwunden, während wir im dichten Busch damit beschäftigt waren, faszinierende Insekten zu sammeln. Ich glaube, wir versuchten, die Flüchtigen einzuholen; genau weiß ich es nicht mehr, aber jedenfalls gelang es uns nicht. Wir mußten entscheiden, ob wir nach Sonraki zurückkehren oder unsere Reise wie geplant durch bislang unbekanntes Gelände fortsetzen wollten, auf die Gurano-Berge zu. Das Unbekannte siegte. Es ging weiter. Ich zitterte bereits am ganzen Körper und war betäubt vom Chinin, fuhr jedoch fort, namenlose Pflanzen zu sammeln, während Gregson, obwohl er sich keinen Täuschungen über die Gefährlichkeit unserer Lage hingab, weiterhin so eifrig wie je Falter und Zweiflügler fing.

Wir waren kaum weiter als einen halben Kilometer gegangen, als uns Cook plötzlich einholte. Sein Hemd war zerfetzt – offenbar hatte er es absichtlich selber getan –, und er keuchte und schnaufte. Ohne ein Wort zog Gregson seinen Revolver und schickte sich an, den Halunken zu erschießen, aber Cook warf sich ihm zu Füßen und begann, beide Arme schützend über den Kopf gelegt, zu schwören, die Eingeborenen hätten ihn gewaltsam entführt und auffressen wollen (eine Lüge, denn die Badonier sind keine Kannibalen). Ich nehme an, daß er sie, dumm und furchtsam wie sie waren, leicht dazu überredet hatte, die fragwürdige Reise aufzugeben, freilich ohne dabei zu berücksichtigen, daß er mit ihnen nicht Schritt halten konnte; so muß er zurückgeblieben und daraufhin wieder hinter uns hergelaufen sein. Seinetwegen waren unschätzbare Sammlungen verlorengegangen. Er mußte sterben. Aber Gregson steckte den Revolver weg, und wir setzten den Weg fort. Cook keuchte und stolperte hinter uns drein.

Allmählich lichtete sich der Wald. Seltsame Halluzinationen quälten mich. Ich starrte die unheimlichen Baumstämme an, um die hier und dort dicke, fleischfarbene Schlangen geringelt waren; plötzlich meinte ich zwischen den Stämmen wie zwischen den Fingern meiner Hand den mit undeutlichen Reflexionen angefüllten Spiegel eines halbgeöffneten Kleiderschrankes zu erkennen, doch dann bekam ich mich wieder in Gewalt, sah genauer hin und stellte fest, daß es sich nur um den trügerischen Schimmer eines Acreana-Busches handelte (einer rankigen Pflanze mit großen Beeren, die dicklichen Pflaumen ähnlich sehen). Nach einer Weile hörten die Bäume ganz auf, und vor uns erhob sich der Himmel wie eine feste Wand aus Blau. Wir waren auf der Höhe eines steilen Hanges. Zu unseren Füßen schimmerte und dampfte ein gewaltiger Sumpf, und jenseits war in weiter Ferne die zitternde Silhouette einer violetten Bergkette zu erkennen.

«Ich schwöre bei Gott, wir müssen umkehren», schluchzte Cook. «Ich schwöre bei Gott, wir kommen in diesem Schlamm noch um – ich habe sieben Töchter zu Hause und einen Hund. Kehren wir doch bloß um – den Weg kennen wir ...» Er rang die Hände, und von seinem fetten Gesicht mit den roten Augenbrauen rann der Schweiß. «Nach Hause, nach Hause», sagte er immer wieder. «Ihr habt genug Käfer gefangen. Wir wollen nach Hause!»

Gregson und ich machten uns daran, die steinige Anhöhe hinabzusteigen. Erst blieb Cook oben stehen, eine kleine weiße Gestalt vor dem ungeheuerlich grünen Hintergrund des Waldes; doch plötzlich warf er die Hände hoch, stieß einen Schrei aus und begann, hinter uns her zu schlittern.

Der Hang wurde schmaler, zu einem felsigen Kamm, der sich wie ein langes Vorgebirge in das Sumpfland hineinstreckte; dieses funkelte durch den dampfigen Dunst. Der Mittagshimmel, von seinen Blätterschleiern nunmehr befreit, hing bedrükkend über uns in seiner blendenden Dunkelheit – ja, in seiner blendenden Dunkelheit, anders läßt er sich nicht beschreiben. Ich versuchte, nicht hinaufzublicken; doch an diesem Himmel, dicht am oberen Rande meines Blickfeldes, schwebten weißliche Gipsphantome, Stuckschnörkel und -rosetten, wie jene, die europäische Zimmerdecken schmücken; sie hielten Schritt mit mir, aber ich brauchte sie nur direkt anzusehen, und sie verschwanden, fielen auf der Stelle irgendwohin, und von neuem donnerte der tropische Himmel in seiner steten, dichten Bläue. Wir bewegten uns immer noch auf dem felsigen Vorgebirge, aber es wurde immer schmaler und ließ uns immer häufiger im Stich. Zu seinen Seiten wuchs goldenes Riedgras, wie eine Million bloßer, in der Sonne blitzender Schwerter. Hier und da funkelten langgestreckte Tümpel, über denen dunkle Mückenschwärme hingen. Eine große Sumpfblume, ein Orchideengewächs, streckte mir ihre herabhängende, flaumige Lippe entgegen, die wie mit Eigelb beschmiert schien. Gregson schwang sein Netz und versank bis zu den Hüften im brokatenen Morast, während ein riesiger Schmetterling mit einem einzigen Schlag seiner seidigen Flügel von ihm fort und über das Schilf segelte, dem Schimmer bläßlicher Dünste entgegen, die dort wie die undeutlich sichtbaren Falten eines Fenstervorhangs zu hängen schienen. «Ich darf nicht», sagte ich zu mir, «ich darf nicht...»

Ich blickte woandershin und ging an Gregsons Seite weiter, bald über Fels, bald über suppenden und schmatzenden Boden. Trotz der Gewächshaushitze fröstelte ich. Ich sah voraus, daß ich in Kürze zusammenbrechen würde, daß die Muster und Ausbuchtungen des Deliriums, die sich am Himmel und an den goldenen Schilfrohren zeigten, vollkommen Gewalt über mein Bewußtsein erlangen würden. Hin und wieder schienen Gregson und Cook durchsichtig zu werden, und ich glaubte durch sie hindurch eine Tapete mit endlos sich wiederholendem Schilfmuster zu erkennen. Ich beherrschte mich, bemühte mich, die Augen offenzuhalten, und ging weiter. Cook kroch jetzt auf allen vieren, er brüllte und faßte nach Gregsons Beinen, aber dieser schüttelte ihn ab, ohne stehenzubleiben. Ich sah Gregson an, sein starrsinniges Profil, und zu meinem Schrecken wurde mir klar, daß ich vergaß, wer Gregson war und was ich in seiner Gesellschaft zu suchen hatte.

Inzwischen versanken wir immer häufiger, immer tiefer im Morast; das unersättliche Moor saugte an uns, und wir wanden uns wieder frei. Immer wieder stürzte und kroch Cook, am ganzen Leib von Insekten zerstochen, geschwollen und naß, und mein Gott, wie kreischte er, wenn ekelhafte Scharen winziger, hellgrüner Wasserschlangen, angezogen von unserem Schweiß, sich an unsere Verfolgung machten, sich anspannend und dann losschnellend zu jeweils etwa zwei Meter weitem Flug. Mir jedoch flößte etwas anderes weit mehr Angst ein: Zu meiner Linken (aus irgendeinem Grund immer zu meiner Linken) tauchte schräg zwischen den gleichbleibenden Gräsern aus dem Moor bisweilen etwas auf, das wie ein großer Sessel aussah, in Wahrheit jedoch eine seltsame, plumpe Amphibie war, deren Namen mir Gregson nicht verraten wollte.

«Eine Rast», sagte Gregson mit einemmal. «Wir wollen eine Rast einlegen.»

Glücklicherweise gelang es uns, auf eine kleine, von der Sumpfvegetation umgebene Felseninsel zu klettern. Gregson nahm seinen Rucksack ab und teilte uns einige nach Ipecacuanha riechende Eingeborenenfladen und ein Dutzend Acreana-Früchte aus. Wie durstig war ich, und wie wenig vermochte der spärliche, adstringierende Saft der Acreana dagegen ...

«Sieh mal, wie merkwürdig», sagte Gregson zu mir, nicht auf englisch, sondern in irgendeiner anderen Sprache, damit Cook ihn nicht verstehen könnte. «Wir müssen uns bis zu den Bergen durchschlagen, aber sieh mal, wie merkwürdig – können die Berge eine Luftspiegelung gewesen sein? Sie sind nicht mehr zu sehen.»

Ich erhob mich von meinem Kissen und lehnte den Ellbogen auf die elastische Felsoberfläche. Ja, es stimmte, die Berge waren nicht sichtbar; es gab nichts außer dem bebenden Dampf, der über dem Moor hing. Von neuem nahm alles um mich her eine zweideutige Durchsichtigkeit an. Ich lehnte mich zurück und sagte leise zu Gregson: «Du kannst das sicher nicht sehen, aber etwas versucht durchzukommen.»

«Wovon redest du?» fragte Gregson.

Mir wurde klar, daß ich Unsinn sprach, und ich schwieg still. Mein Kopf drehte sich, und meine Ohren sausten; Gregson ließ sich auf ein Knie nieder und kramte in seinem Rucksack, aber er fand kein Medikament, und mein Vorrat war verbraucht. Cook saß schweigend da und riß verdrießlich an einem Felsbrocken. Durch einen Schlitz in seinem Hemdärmel war eine sonderbare Tätowierung auf seinem Arm zu sehen: ein kristallenes Trinkglas mit einem Teelöffel, beides sehr anschaulich dargestellt.

«Vallier ist krank – hast du ein paar Tabletten?» fragte ihn Gregson. Genau verstand ich die Worte nicht, aber ich erriet ungefähr den Sinn ihres Gesprächs, das absurd und irgendwie sphärisch wurde, wenn ich versuchte, genauer hinzuhören.

Cook wandte sich langsam um, und die glasige Tätowierung löste sich von seiner Haut, rutschte zur Seite und blieb mitten in der Luft hängen; dann trieb sie davon, immer weiter, und ich folgte ihr mit angstvollem Blick, aber als ich mich wegwandte, verlor sie sich mit einem letzten schwachen Glänzen im Dunst über dem Sumpf.

«Geschieht dir recht», murmelte Cook. «Da hast du die Bescherung. Dir und mir wird es genauso ergehen. Da hast du's ...»

Im Laufe der letzten Minuten – das heißt, seit wir angehalten hatten, um auf der Felseninsel zu rasten – schien er größer geworden, angeschwollen zu sein, und er hatte jetzt etwas Höhnisches und Gefährliches. Gregson nahm seinen Tropenhelm ab, zog ein schmutziges Taschentuch hervor und wischte sich die Stirn ab, die über den Augenbrauen rötlich gelb war und darüber weiß. Dann setzte er den Helm wieder auf, beugte sich zu mir herüber und sagte: «Nimm dich bitte zusammen» (oder etwas des gleichen Inhalts). «Wir werden versuchen, weiterzukommen. Die Berge sind im Dunst verborgen, aber da sind sie. Ich bin sicher, wir haben etwa den halben Sumpf hinter uns.» (Dies ist alles nur annäherungsweise wiedergegeben.)

«Mörder», flüsterte Cook. Auf seinem Unterarm befand sich jetzt wieder die Tätowierung; nicht das ganze Glas allerdings, sondern nur eine Seite – für den Rest war nicht genug Raum da; er zitterte in der Luft und streute Lichtreflexe umher. «Mörder», wiederholte Cook mit Genugtuung und hob die entzündeten Augen. «Ich habe dir ja gesagt, daß wir hier steckenbleiben würden. Schwarze Hunde fressen zuviel Aas. Mi, re, fa, sol.»

«Er ist ein Clown», teilte ich Gregson leise mit, «ein Shakespearescher Clown.»

«Klau, klau, klau», antwortete Gregson, «klau, klau – kla, kla, kla ... Hörst du», schrie er mir ins Ohr, «du mußt aufstehen. Wir müssen weiter.»

Der Stein war weiß und weich wie ein Bett. Ich erhob mich ein wenig, fiel aber sogleich auf mein Kissen zurück.

«Wir müssen ihn tragen», sagte Gregsons entfernte Stimme. «Faß mit an.»

«Larifari», erwiderte Cook (oder glaubte ich zu hören). «Ich schlage vor, wir gönnen uns etwas frisches Fleisch, bevor er vertrocknet. Fa, sol, mi, re.»

«Er ist krank, er ist auch krank», rief ich Gregson zu. «Du bist hier mit zwei Wahnsinnigen zusammen. Geh allein weiter. Du schaffst es ... geh ...»

«So siehst du aus – ihn gehen lassen», sagte Cook.

Inzwischen nutzten Wahnvorstellungen die allgemeine Verwirrung und richteten sich ruhig und beharrlich ein. Die Linien einer undeutlichen Decke zogen und kreuzten sich am Himmel. Ein großer Sessel hob sich aus dem Moor, als werde er von unten gehalten. Glänzende Vögel flogen durch den Dunst über dem Moder, und als sie sich niederließen, verwandelte sich der eine in den hölzernen Knauf eines Bettpfostens, der andere in eine Karaffe. Meine ganze Willenskraft zusammennehmend, schärfte ich meinen Blick und vertrieb diesen gefährlichen Spuk. Über dem Riedgras flogen richtige Vögel mit langen feuerfarbenen Schwänzen. Die Luft summte von Insekten. Gregson verscheuchte eine bunte Fliege und versuchte gleichzeitig, ihre Art zu bestimmen. Endlich konnte er nicht mehr an sich halten und fing sie in seinem Netz. Seine Bewegungen machten seltsame Veränderungen durch, als mische jemand sie wie ein Kartenspiel. Ich sah ihn in verschiedenen Stellungen zugleich; er löste sich von sich selbst, so als bestünde er aus verschiedenen gläsernen Gregsons, deren Umrisse nicht übereinander lagen. Dann zog er sich wieder zusammen und stand entschlossen auf. Er schüttelte Cook an der Schulter.

«Du wirst mir helfen, ihn zu tragen», sagte Gregson deutlich. «Wenn du uns nicht verraten hättest, säßen wir jetzt nicht in der Patsche.»

Cook blieb still, lief aber langsam purpurrot an.

«Hör mal, Cook, das wirst du bereuen», sagte Gregson. «Ich sage dir zum letzten Mal ...»

An diesem Punkt geschah etwas, das lange Zeit hindurch herangewachsen und gereift war. Cook bohrte seinen Kopf wie ein Bulle in Gregsons Magen. Beide fielen sie hin; Gregson hatte Zeit, seinen Revolver zu ziehen, aber es gelang Cook, ihn ihm aus der Hand zu schlagen. Dann umklammerten sie sich und begannen sich unter betäubendem Keuchen ineinander verschränkt zu wälzen. Ich blickte hilflos zu ihnen hinüber. Wenn sich Cooks breiter Rücken anspannte, sah man durch sein Hemd die Wirbel; aber plötzlich erschien anstelle des Rückens ein Bein, auch seins, das mit roten Haaren bedeckt war und auf dem eine blaue Ader das Schienbein entlanglief, und Gregson wälzte sich auf ihn. Gregsons Helm flog vom Kopf und taumelte wie die Hälfte eines gewaltigen Pappeies davon. Irgendwoher aus dem Labyrinth ihrer Körper wanden sich Cooks Finger, die ein rostiges, aber scharfes Messer umklammert hielten; das Messer drang in Gregsons Rücken, als wäre er aus Lehm, aber Gregson grunzte nur einmal, und beide rollten mehrere Male übereinander. Als ich den Rücken meines Freundes das nächste Mal sah, ragten noch der Griff und die obere Hälfte der Klinge heraus, während sich seine Hände um Cooks dicken Hals geschlossen hatten; der knirschte, und Cooks Beine zuckten, als Gregson zudrückte. Noch einmal drehten sie sich ganz um sich selbst, und jetzt war nur noch ein Viertel der Klinge zu sehen, nein, ein Fünftel – nein, nicht einmal soviel: Sie war ganz eingedrungen. Gregson wurde ruhig, nachdem er sich auf Cook gewälzt hatte, der sich ebenfalls nicht mehr regte.

Ich sah zu, und es schien mir (in meinen vom Fieber umnebelten Wahrnehmungen), als wäre das alles ein harmloses Spiel, als würden sie gleich aufstehen, Atem schöpfen und mich friedlich über den Sumpf zu den kühlen blauen Bergen tragen, an einen schattigen Ort mit murmelndem Wasser. Doch plötzlich, in diesem letzten Stadium meiner tödlichen Krankheit – denn ich wußte, daß ich in wenigen Minuten sterben würde –, in diesen letzten Minuten wurde alles vollkommen deutlich; mir wurde klar, daß alles, was sich um mich her abspielte, nicht der Wahn einer entzündeten Phantasie war, nicht der Schleier des Deliriums, durch den hindurch sich flüchtige, unwillkommene Bilder meines vermeintlich wahren Lebens in einer fernen europäischen Großstadt zu zeigen versuchten (die Tapete, der Sessel, das Glas Limonade). Mir wurde klar, daß die aufdringliche Stube eine Erfindung war, wie alles jenseits des Todes im besten Fall eine Erfindung ist: eine hastig zusammengebaute Imitation des Lebens, die möblierten Zimmer der Nichtexistenz. Mir wurde klar, daß dies hier die Wirklichkeit war, hier, unter diesem wunderbaren, furchterregenden tropischen Himmel, zwischen diesem glänzenden, schwertartigen Röhricht, in diesem Dunst, der über ihm hing, und in den wulstlippigen Blumen, die sich an die Insel krallten, wo neben mir zwei ineinander verklammerte Tote lagen. Und als mir alles dies klar war, fand ich in mir die Kraft, zu ihnen hinüberzukriechen und Gregson, meinem Führer, meinem guten Freund, das Messer aus dem Rücken zu ziehen. Er war tot, ganz tot, und all die Fläschchen in seinen Taschen waren zerbrochen und zerdrückt. Auch Cook war tot, und seine tintenschwarze Zunge hing ihm aus dem Mund. Mit Gewalt öffnete ich Gregsons Hände und drehte seinen Körper um. Seine Lippen waren halb offen und blutig; sein Gesicht, das bereits härter geworden schien, sah schlecht rasiert aus; zwischen den Lidern war das bläuliche Weiß seiner Augen sichtbar. Zum letzten Mal sah ich all dies deutlich, mit Bewußtsein, mit dem Siegel der Echtheit auf allem – ihre abgeschürften Knie, die hellen Fliegen, die über ihnen kreisten, die Weibchen dieser Fliegen, die schon nach einer Stelle für ihre Eiablage suchten. Mit meinen entkräfteten Händen tastete ich nach einem dicken Notizheft in meiner Hemdtasche, aber hier übermannte mich die Schwäche; ich setzte mich, und mein Kopf sank herab. Und doch besiegte ich diesen ungeduldigen Todesnebel und ich sah mich um. Blaue Luft, Hitze, Einsamkeit... Und wie bedauerte ich Gregson, der nun nie heimkehren würde! Ich erinnerte mich sogar an seine Frau und seine alte Köchin, seine Papageien und an vielerlei anderes. Dann dachte ich an unsere Entdeckungen, unsere kostbaren Funde, die seltenen, noch nicht beschriebenen Pflanzen und Tiere, die von uns nun niemals Namen erhalten würden. Ich war allein. Undeutlicher blinkte das Riedgras, trüber flammte der Himmel. Meine Augen folgten einem herrlichen Käfer, der über einen Stein kroch, aber es blieb mir keine Kraft, ihn zu fangen. Alles um mich her verblaßte und ließ die Szenerie des Todes kahl – einige realistische Möbel und vier Wände. Meine letzte Bewegung war, das Heft zu öffnen, das feucht war von meinem Schweiß, denn unbedingt mußte ich noch etwas eintragen; aber ach, es entglitt meiner Hand. Ich tastete die ganze Decke ab, aber das Heft war nicht mehr da. *(1931)*

# DER MUSEUMSBESUCH

Als vor ein paar Jahren einer meiner Pariser Bekannten – milde gesagt: ein etwas wunderlicher Mann – erfuhr, daß ich zwei oder drei Tage in Montisert verbringen würde, bat er mich, das dortige Museum aufzusuchen, wo, wie er gehört hatte, ein Porträt von Leroy hängen sollte, das seinen Großvater darstellte. Lächelnd und mit ausgebreiteten Händen erzählte er eine ziemlich vage Geschichte, der ich, offen gesagt, wenig Aufmerksamkeit schenkte, einesteils, weil ich an anderer Leute aufdringlichen Affären keinerlei Gefallen finde, hauptsächlich aber, weil ich immer schon Zweifel an der Fähigkeit meines Bekannten hatte, diesseits der Phantasterei zu bleiben. Ungefähr lautete sie folgendermaßen: Nachdem zur Zeit des Russisch-Japanischen Krieges der Großvater in dem Petersburger Haus der Familie gestorben war, wurde das Inventar seiner Pariser Wohnung versteigert. Das Porträt wurde nach einiger Zeit dunkler Wanderschaft von dem Museum in Leroys Geburtsstadt erworben. Mein Bekannter wollte wissen, ob das Bild wirklich dort war; wenn ja, ob man es käuflich erwerben könne; und gegebenenfalls zu welchem Preis. Als ich ihn fragte, warum er sich nicht selber mit dem Museum in Verbindung setze, antwortete er, daß er wohl mehrere Male geschrieben, indessen nie eine Antwort erhalten habe.

Ganz für mich faßte ich den Entschluß, seine Bitte nicht zu erfüllen – ich konnte mich immer damit herausreden, ich sei krank geworden oder hätte meine Reiseroute geändert. Schon die Vorstellung, Sehenswürdigkeiten zu besichtigen, ob es sich nun um Museen oder alte Gebäude handelt, ist mir ein Greuel; außerdem schien mir der Auftrag dieses harmlosen Kauzes reiner Unfug. Während ich jedoch auf der Suche nach einer Schreibwarenhandlung durch die leeren Straßen Montiserts ging und den immer gleichen Turm einer langhalsigen Kathedrale verwünschte, der am Ende jeder Straße von neuem auftauchte, traf es sich, daß ein heftiger Regenguß mich überraschte, der sogleich den Fall der Ahornblätter beschleunigte – das freundliche Wetter eines südlichen Oktobers hing nämlich nur noch an einem einzigen Faden. Ich suchte mir schnell einen Unterstand und fand mich auf der Treppe des Museums.

Es war ein Gebäude von bescheidenen Ausmaßen – die Mauern aus vielfarbigem Stein, Säulen, eine güldene Inschrift über den Giebelfresken, eine steinerne Bank auf Löwenfüßen beiderseits der Bronzetür. Einer ihrer Flügel stand offen, und gegen den Schimmer des Schauers schien das Innere dunkel. Eine Weile stand ich auf den Stufen, doch trotz des vorspringenden Daches sprenkelten sie sich allmählich. Ich sah, daß der Regen so schnell nicht wieder nachlassen würde, und da ich nichts Besseres zu tun hatte, entschloß ich mich, hineinzugehen. Kaum hatte ich meinen Fuß auf die glatten, hallenden Fliesen des Vestibüls gesetzt, als aus einer fernen Ecke das Geräusch eines gerückten Stuhles zu mir drang und der Wärter – wie üblich ein Veteran mit einem leeren Ärmel – seine Zeitung weglegte, mich über seine Brille hinweg ins Auge faßte, aufstand und mir entgegenkam. Ich zahlte meinen Franken, versuchte, die paar Statuen nahe dem Eingang zu übersehen (sie waren so konventionell und belanglos wie die erste Nummer eines Zirkusprogramms) und ging weiter in den Hauptsaal.

Alles war, wie es sein soll: graue Farbtöne, der Schlaf der Substanz, dematerialisierte Materie. Die übliche Vitrine mit alten, abgegriffenen Münzen, die im schrägen Samt ihrer Fächer ruhten. Oben auf der Vitrine ein Eulenpaar, ein Uhu und eine Waldohreule, deren französische Namen übersetzt «Großherzog» und «Mittelherzog» ergaben. Ehrwürdige Mineralien lagen in ihren offenen Gräbern aus staubigem Pappmaché; die Fotografie eines verwunderten spitzbärtigen Herrn wachte über einer Sammlung verschieden großer, seltsamer schwarzer Klumpen. Sie hatten Ähnlichkeit mit gefrorenem Larvenkot, und ich blieb unwillkürlich vor ihnen stehen, denn es wollte mir nicht gelingen, ihre Natur, Zusammensetzung und Bestimmung zu erraten. Der Pedell war mir mit filzgedämpften Schritten nachgegangen, immer in respektvollem Abstand; jetzt jedoch kam er heran, eine Hand auf dem Rücken, den Geist der anderen in der Tasche; nach seinem Adamsapfel zu urteilen, mußte er schlukken.

«Was ist das?» fragte ich.

«Die Wissenschaft hat es bislang noch nicht geklärt», erwiderte er; ohne Zweifel hatte er den Satz auswendig gelernt. Im gleichen gekünstelten Ton fuhr er fort: «Sie wurden 1895 von dem Stadtrat und Ritter der Ehrenlegion Louis Pradier aufgefunden», und sein zitternder Finger wies auf die Fotografie.

«Schön und gut», sagte ich, «aber wer hat entschieden, und warum, daß sie einen Platz im Museum verdienen?»

«Und jetzt darf ich Ihre Aufmerksamkeit auf diesen Schädel lenken!» rief der Alte energisch; offenbar wünschte er das Thema zu wechseln.

«Ich würde wenigstens gern wissen, woraus sie bestehen», unterbrach ich ihn.

«Die Wissenschaft ...» begann er von vorn, hielt dann aber inne und betrachtete mürrisch seine Finger, die sich an dem Staub auf dem Glas schmutzig gemacht hatten.

Ich ging daran, eine chinesische Vase in Augenschein zu nehmen, die vermutlich ein Schiffsoffizier mit zurückgebracht hatte; eine Gruppe poröser Fossilien; einen bleichen Wurm in wolkigem Alkohol; eine rote und grüne Karte Montiserts aus dem siebzehnten Jahrhundert; sowie ein Trio rostiger, mit einer Trauerschleife zusammengehaltener Werkzeuge – einen Spaten, eine Queraxt, eine Spitzhacke. «Um in der Vergangenheit zu graben», dachte ich geistesabwesend, doch diesmal ersuchte ich den Wärter, der mir geräuschlos und demütig zwischen den Vitrinen hin und her folgte, nicht um Aufklärung. Hinter dem ersten Saal war ein zweiter, augenscheinlich der letzte, und in seiner Mitte stand wie eine schmutzige Badewanne ein großer Sarkophag, während die Wände voller Bilder hingen.

Sogleich fiel mein Blick auf das Bildnis eines Mannes, das zwischen zwei unsäglichen Landschaften (mit Rindvieh und «Atmosphäre») hing. Ich trat näher und entdeckte zu meiner nicht geringen Verwunderung genau den Gegenstand, dessen Existenz ich bis dahin für die Ausgeburt eines nicht ganz gefestigten Geistes gehalten hatte. Der Mann, der in erbärmlichen Ölfarben dargestellt war, trug einen Frack, einen Schnurrbart und ein großes Pincenez an einer Schnur; er sah Offenbach ein wenig ähnlich, doch trotz der elenden, konventionellen Gewöhnlichkeit des Werkes hatte ich das Gefühl, daß man in seinen Zügen sozusagen den Horizont einer Ähnlichkeit mit meinem Bekannten ausmachen konnte. In einer Ecke aufs sorgfältigste in Karminrot auf einen schwarzen Hintergrund gesetzt, stand die Signatur «Leroy», in einer Handschrift, die genauso gewöhnlich war wie das Werk selbst.

Ich spürte einen essigsauren Atem neben meiner Schulter und wandte mich um, um den freundlichen Blick des Wärters aufzufangen. «Sagen Sie», fragte ich, «mit wem müßte man sprechen, wenn man eins dieser Gemälde kaufen wollte?»

«Die Schätze des Museums sind der Stolz der Stadt», erwiderte der Alte, «und Stolz ist nicht verkäuflich.»

Aus Furcht vor seiner Beredsamkeit stimmte ich ihm eilig zu, erkundigte mich aber dennoch nach dem Namen des Museumsdirektors. Er versuchte, mich mit der Geschichte des Sarkophags abzulenken, aber ich blieb hartnäckig. Endlich gab er mir den Namen eines gewissen Monsieur Godard und erklärte mir, wo ich ihn finden würde.

Offen gesagt, der Gedanke, daß das Porträt doch existierte, erfüllte mich mit Freude. Es macht Spaß, zu erleben, wie ein Traum Wahrheit wird, selbst wenn es kein eigener ist. Ich beschloß, die Sache unverzüglich zu erledigen. Wenn ich in die richtige Stimmung komme, hält niemand mich zurück. Schnellen, hallenden Schritts verließ ich das Museum und stellte fest, daß der Regen aufgehört hatte; Bläue hatte sich über den Himmel gebreitet, eine Frau mit bespritzten Strümpfen fuhr auf einem silbrig glänzenden Fahrrad vorbei, und nur über den umliegenden Hügeln hing noch Gewölk. Wieder einmal begann die Kathedrale, mit mir Versteck zu spielen, aber ich überlistete sie. Als ich die asphaltierte Hauptstraße überquerte, entging ich mit Not den ungestümen Reifen eines wütenden roten Busses, der voller singender Jungen war, und eine Minute später läutete ich am Gartentor M. Godards. Er entpuppte sich als ein dünner Mann mittleren Alters mit Stehkragen und gestärktem Hemdeinsatz, einer Perle im Knoten seiner Krawatte und einem Gesicht, das einem russischen Wolfshund sehr ähnlich sah; als wäre das noch nicht genug, leckte er sich die Lippen auf höchst hundemäßige Manier, während er eine Briefmarke auf einen Umschlag klebte, als ich in sein kleines, jedoch reichlich möbliertes Zimmer trat; auf dem Tisch stand ein Tintenfaß aus Malachit und auf dem Kaminsims eine mir seltsam bekannt vorkommende chinesische Vase. Zwei Florette hingen gekreuzt über dem Spiegel, in dem sein schmaler grauer Hinterkopf zu sehen war. Hier und da lockerten fotografische Aufnahmen eines Kriegsschiffs die blaue Flora der Tapete auf angenehme Weise auf.

«Womit kann ich Ihnen dienen?» fragte er und warf den Brief, den er soeben zugeklebt hatte, in den Papierkorb. Dies zwar schien mir ungewöhnlich, doch hielt ich es nicht für angebracht, mich einzumischen. In aller Kürze erklärte ich den Grund meines Kommens und nannte sogar die beträchtliche Summe, die mein Freund auszugeben bereit war, obwohl er mich gebeten hatte, sie nicht zu erwähnen, sondern statt dessen die Bedingungen des Museums abzuwarten.

«Das ist ja alles reizend», sagte M. Godard. «Die Sache ist nur die, daß Sie sich irren – in unserem Museum gibt es kein solches Bild.»

«Was soll das heißen: gibt es kein solches Bild?» rief ich. «Ich habe es doch eben gesehen! Bildnis eines russischen Adligen, von Gustave Leroy.»

«Wir haben allerdings einen Leroy», sagte M. Godard, nachdem er ein schwarzes, in Wachstuch gebundenes Notizbuch durchgeblättert hatte und sein schwarzer Fingernagel bei der fraglichen Eintragung stehengeblieben war. «Es ist jedoch kein Porträt, sondern eine Landschaft: Die Rückkehr der Herde.»

Ich wiederholte, daß ich das Bild vor fünf Minuten noch mit eigenen Augen gesehen hätte und daß nichts auf Erden mich veranlassen könnte, an seinem Vorhandensein zu zweifeln.

«Einverstanden», sagte Godard, «aber auch ich bin nicht verrückt. Fast zwanzig Jahre lang bin ich jetzt Kurator unseres

Museums und kenne diesen Katalog so genau wie das Vaterunser. Hier steht Rückkehr der Herde, und das heißt, die Herde kehrt zurück, und wenn der Großvater Ihres Bekannten nicht gerade als Schafhirt dargestellt ist, kann sich sein Porträt unmöglich in unserem Museum befinden.»

«Er hat einen Frack an», rief ich. «Ich schwöre, er trägt einen Frack.»

«Und wie hat Ihnen unser Museum so im allgemeinen gefallen?» fragte M. Godard mißtrauisch. «Haben Sie den Sarkophag zu würdigen gewußt?»

«Hören Sie», sagte ich (und ich glaube, meine Stimme zitterte bereits), «tun Sie mir einen Gefallen – wir gehen sofort hinüber und machen zwischen uns aus, daß Sie mir das Porträt verkaufen, wenn es da ist.»

«Und wenn nicht?» erkundigte sich M. Godard.

«Dann zahle ich Ihnen den Betrag trotzdem.»

«Na gut», sagte er. «Hier, nehmen Sie diesen roten und blauen Stift und geben Sie es mir schriftlich, aber in rot, in rot, bitte.»

In meiner Erregung tat ich wie geheißen. Er warf einen kurzen Blick auf meine Unterschrift und beklagte die schwierige Aussprache russischer Eigennamen. Dann setzte er seine eigene Unterschrift dazu, faltete das Blatt hastig und steckte es in seine Westentasche.

«Gehen wir», sagte er und befreite eine Manschette.

Auf dem Weg trat er in einen Laden und kaufte eine Tüte klebrig aussehender Bonbons, die er mir hartnäckig aufzunötigen versuchte; als ich rundheraus ablehnte, versuchte er, mir einige davon in die Hand zu schütten. Ich zog meine Hand fort. Mehrere Bonbons fielen auf den Gehsteig; er blieb stehen, um sie aufzuheben, und holte mich laufend wieder ein. Als wir uns dem Museum näherten, sahen wir, daß der rote Reisebus (leer jetzt) davor parkte.

«Aha», sagte M. Godard erfreut. «Offenbar haben wir heute viele Besucher.»

Er nahm seinen Hut ab, hielt ihn vor sich und schritt würdig die Treppe hinan.

Etwas stimmte nicht im Museum. Aus dem Innern drangen

Rowdyrufe, dreckiges Lachen und anscheinend sogar die Geräusche eines Handgemenges. Wir betraten den ersten Saal; hier hielt der ältliche Pedell zwei Frevler zurück, die irgendwelche festlichen Embleme in ihren Jackenaufschlägen trugen und mit violett angelaufenen Gesichtern und sehr tatkräftig versuchten, die Exkremente des Stadtrats unter dem Glas hervorzuholen. Die übrigen Jungen, Mitglieder irgendeiner dörflichen Sportorganisation, vergnügten sich geräuschvoll – einige mit dem Wurm im Alkohol, andere mit dem Totenschädel. Ein Witzbold bewunderte verzückt die Rohre der Dampfheizung, als handele es sich um einen Ausstellungsgegenstand; ein anderer zielte mit Faust und Zeigefinger auf eine der Eulen. Alles in allem waren etwa dreißig da, die hin und her liefen und redeten, so daß Gedränge und großer Lärm herrschten.

M. Godard klatschte in die Hände und deutete auf ein Schild, auf dem zu lesen war: «Von den Museumsbesuchern wird erwartet, daß sie anständig gekleidet sind.» Dann bahnte er sich den Weg in den zweiten Saal, und ich folgte ihm. Die ganze Gesellschaft schwärmte sofort hinterdrein. Ich lenkte M. Godard zu dem Porträt; er blieb davor wie erstarrt stehen, die Brust geschwellt, trat dann einen Schritt zurück, als betrachte er es bewundernd, und sein femininer Schuhabsatz trat jemandem auf den Fuß.

«Ein hervorragendes Gemälde», rief er mit ungekünstelter Aufrichtigkeit. «Na, da wollen wir nicht kleinlich sein. Sie hatten recht, es muß sich um einen Fehler im Katalog handeln.»

Während er redete, rissen seine Finger, die sich gleichsam selbständig gemacht hatten, unser Abkommen in kleine Fetzen, die wie Schneeflocken in einen massiven Spucknapf fielen.

«Wer ist der alte Affe?» fragte ein Individuum in einem gestreiften Jersey, und da der Großvater meines Bekannten mit einer brennenden Zigarre in der Hand abgebildet war, nahm ein anderer Spaßvogel eine Zigarette und schickte sich an, das Porträt um Feuer anzugehen.

«Also gut, einigen wir uns über den Preis», sagte ich, «und machen wir auf jeden Fall, daß wir hier wegkommen.»

«Platz da, bitte!» rief M. Godard und schob die Neugierigen zur Seite.

Am Ende des Saales gab es einen Ausgang, den ich vorher nicht bemerkt hatte, und wir drängten uns zu ihm durch.

«Ich kann hier keine Entscheidung treffen», brüllte M. Godard über den Lärm hinweg. «Entschiedenheit ist nur dann von Wert, wenn sie das Recht auf ihrer Seite hat. Ich muß die Sache erst mit dem Bürgermeister durchsprechen, der gerade gestorben und noch nicht gewählt ist. Ich bezweifle, daß es Ihnen möglich sein wird, das Bild zu kaufen, aber dessenungeachtet würde ich Ihnen gerne andere Schätze unseres Museums zeigen.»

Wir befanden uns in einem Saal von beträchtlichen Ausmaßen. Braune Bücher mit rauhen, stockfleckigen Seiten, die halb gebacken aussahen, lagen geöffnet unter Glas auf einem langen Tisch. An den Wänden standen Soldatenfiguren mit Stulpenstiefeln.

«Ich bitte Sie, wir wollen darüber reden», rief ich verzweifelt und versuchte, M. Godards Evolutionen auf ein Plüschsofa in einer Ecke hinzulenken. Der Wärter hinderte mich daran. Seinen einen Arm wie einen Dreschflegel schwingend, kam er uns nachgelaufen, verfolgt von einer Schar fröhlicher Jungen, von denen sich einer einen rembrandtisch leuchtenden Kupferhelm auf den Kopf gesetzt hatte.

«Nehmen Sie das doch ab, nehmen Sie es ab!» rief M. Godard, und jemand stieß den Helm klappernd vom Kopf des Lümmels.

«Gehen wir weiter», sagte M. Godard und zog mich am Ärmel, und wir gelangten in die Abteilung antiker Skulpturen.

Für einen Augenblick verirrte ich mich zwischen enormen Marmorfüßen, und zweimal rannte ich um ein riesiges Knie, bis ich M. Godards wieder ansichtig wurde, der hinter dem weißen Fußgelenk einer benachbarten Riesin nach mir suchte. Hier fiel ein Mensch mit steifem Hut, der auf sie hinaufgeklettert sein mußte, plötzlich aus großer Höhe auf den Steinfußboden. Einer seiner Kameraden begann, ihm aufzuhelfen, doch sie waren beide betrunken, und sie mit einer Handbewegung fortscheuchend, stürzte M. Godard in den nächsten Raum, wo orientalische Gewebe prunkten; Hunde liefen hier über Azurteppiche, und auf einem Tigerfell lagen Bogen und Köcher.

Seltsamerweise jedoch vermittelte mir die Weite und das bunte Durcheinander nur ein Gefühl von Bedrückung und Ungenauigkeit, und vielleicht, weil neue Besucher vorüberstürzten oder weil es mich drängte, das sich unnötigerweise weitende Museum zu verlassen und meine Geschäftsverhandlungen mit M. Godard in Ruhe und Freiheit zu Ende zu bringen, begann ich mich auf undeutliche Weise beunruhigt zu fühlen. Inzwischen hatten wir uns wiederum in einen anderen Saal begeben, der nun wirklich riesig sein mußte, denn er beherbergte das vollständige Gerippe eines Wals, das aussah wie das Spantenwerk einer Fregatte; dahinter waren weitere Säle zu erkennen, der schräge Glanz großer Gemälde, die voll waren von Sturmwolken, zwischen denen die zarten Idole frommer Kunst in blauen und rosaroten Gewändern schwebten; und all das ging in die jähe Turbulenz nebelhafter Vorhänge über, und Kronleuchter glitzerten auf, und Fische mit Flossen wie aus Gaze mäanderten durch beleuchtete Aquarien. Als wir eine Treppe hinaufstürmten, sahen wir von der Galerie oben eine Schar grauhaariger Leute mit Regenschirmen, die eine gigantische Nachbildung des Universums betrachteten.

Zuletzt, in einem düsteren, aber großartigen Raum, welcher der Geschichte der Dampfmaschine gewidmet war, gelang es mir, meinen sorglosen Führer einen Augenblick lang anzuhalten.

«Genug!» rief ich. «Ich gehe. Wir sprechen uns morgen noch.»

Er war bereits verschwunden. Ich drehte mich um und erblickte, kaum drei Zentimeter entfernt, die hohen Räder einer schwitzenden Lokomotive. Lange bemühte ich mich, zwischen Bahnhofsmodellen den Weg zurückzufinden. Wie seltsam glühten die violetten Signale in der Dunkelheit hinter dem Fächer nasser Geleise, wie krampfte sich mein armes Herz zusammen! Plötzlich änderte sich alles von neuem: Vor mir dehnte sich ein unendlich langer Gang, der zahlreiche Büroräume und scheue, hastende Menschen enthielt. Ich bog um eine Ecke und fand mich inmitten von tausend Musikinstrumenten; die Wände, Spiegel alle, reflektierten eine Kolonne von Konzertflügeln, während sich in der Mitte ein Teich mit einem bronzenen Orpheus auf einem grünen Felsen befand. Das Thema Wasser war damit noch nicht zu Ende, denn als ich zurücklief, landete ich in der Abteilung Brunnen und Bäche, und es war gar nicht leicht, an den gewundenen, schlüpfrigen Rändern jener Gewässer entlangzugehen.

Hin und wieder stiegen auf der einen oder anderen Seite steinerne Treppen mit Pfützen auf den Stufen, die mir eine seltsame Furcht einflößten, in nebelige Abgründe hinab, aus denen Pfiffe, Geschirr- und Schreibmaschinengeklapper, Hammerschläge und viele andere Geräusche heraufdrangen, als befänden sich dort unten irgendwelche Ausstellungshallen, die bereits schlossen oder noch nicht fertig waren. Dann fand ich mich im Dunkeln und rannte gegen unbekannte Möbelstücke, bis ich endlich ein rotes Licht erblickte und auf eine Plattform hinaustrat, die unter mir erdröhnte – und auf der anderen Seite lag unerwartet ein heller Salon mit geschmackvollem Empire-Mobiliar, aber es gab keine lebende Seele, keine lebende Seele ... Mittlerweile erfüllte mich unbeschreibliche Angst, doch jedes Mal, wenn ich mich umwandte und meinen Weg durch die Gänge, die ich gekommen war, zurückfinden wollte, fand ich mich an bislang unbekannten Orten – einem Treibhaus mit Hortensien und zerbrochenen Fensterscheiben, hinter denen eine künstliche Nacht zu sehen war; oder einem verlassenen Laboratorium mit verstaubten Destillierkolben auf den Tischen. Endlich rannte ich in irgendeinen Raum mit Kleiderhaken, die auf ungeheuerliche Weise mit schwarzen Mänteln und Astrachanpelzen überladen waren; hinter einer Tür brauste Beifall auf, aber als ich sie aufstieß, war da kein Theater, sondern nur ein weiches, milchiges Licht und ein hervorragend gefälschter Nebel mit völlig überzeugenden Flecken undeutlicher Straßenlaternen. Mehr als überzeugend! Ich trat näher, und sofort ersetzte ein freudiges und unmißverständliches Gefühl der Wirklichkeit endlich den Spuk, zwischen dem ich hin und her geeilt war. Der Stein unter meinen Füßen war richtiger Gehsteig, der mit wunderbar duftendem neuen Schnee bedeckt war, und seltene Fußgänger hatten darin bereits frische schwarze Spuren zurückgelassen. Nach meinen fiebrigen Wanderungen war mir die stille und schneeige, irgendwie sehr bekannt vorkommende

Kühle der Nacht zunächst angenehm. Vertrauensvoll begann ich zu mutmaßen, wo genau ich herausgekommen war, warum Schnee lag und was diese Lichter waren, die übertrieben groß, aber undeutlich hier und dort durch die braune Dunkelheit strichen. Ich betrachtete einen runden Steinpoller an der Bordsteinkante, bückte mich, berührte ihn sogar und sah dann auf meine Handfläche, die voll war von nasser, körniger Kälte, als hoffte ich, dort eine Erklärung zu lesen. Ich fühlte, wie leicht, wie naiv ich gekleidet war, aber der deutliche Gedanke, dem Labyrinth des Museums entronnen zu sein, war immer noch so stark, daß ich in den ersten zwei oder drei Minuten weder Überraschung noch Furcht empfand. Ich setzte meine gelassene Untersuchung fort und blickte an dem Haus hinauf, neben dem ich stand, und sofort fielen mir die eisernen Stufen und Geländer ins Auge, die auf ihrem Weg zum Keller in den Schnee hinabstiegen. Mein Herz krampfte sich zusammen, und mit neuer, erschreckter Neugier blickte ich auf das Straßenpflaster, auf seine weiße Decke, über die sich schwarze Linien zogen, auf den braunen Himmel, über den immer noch ein geheimnisvolles Licht strich, und auf die massive Brüstung in einiger Entfernung. Ich fühlte, daß es dahinter abwärts ging; etwas krachte und gurgelte dort. Noch weiter weg, jenseits der trüben Mulde, erstreckte sich eine Kette verschwommener Lichter. Ich machte in meinen durchweichten Schuhen ein paar Schritte durch den Schnee und behielt die ganze Zeit über das dunkle Haus zu meiner Rechten im Auge; nur in einem einzigen Fenster leuchtete eine Lampe sanft unter ihrem grünen Glasschirm. Hier ein verriegeltes Holztor... Dort offenbar die Fensterläden eines kleinen schlafenden Geschäfts... Und im Licht der Straßenlaterne, deren Form mir schon lange ihre unmögliche Botschaft zugerufen hatte, entzifferte ich den hinteren Teil eines Schildes: *«...inka sapog»* («...uhreparatur») – aber nein, der Schnee war es nicht, der das Härtezeichen am Ende ausgelöscht hatte. (Nach der Revolution wurde das Härtezeichen, das nach Konsonanten am Ende eines Wortes stand, aus dem Alphabet gestrichen.) «Nein, nein, gleich wache ich auf», sagte ich laut, und zitternd, klopfenden Herzens wandte ich mich um, ging weiter, blieb stehen. Irgendwoher kam der sich entfernende

Klang von Hufen, gedämpft, träge und gleichmäßig; der Schnee saß wie eine Schlafmütze auf einem leicht geneigten Steinpoller, zeigte sich undeutlich weiß auf dem Holzstapel jenseits des Zaunes, und schon wußte ich auch unwiderruflich, wo ich war. Ach, es war nicht das Rußland meiner Erinnerung, sondern das tatsächliche heutige Rußland, das mir verboten war, hoffnungslos unterwürfig und hoffnungslos meine Heimat. Ein Semiphantom in einem leichten ausländischen Anzug, so stand ich in einer Oktobernacht auf dem teilnahmslosen Schnee an dem Moika- oder dem Fontanka-, vielleicht auch am Obwodnyj-Kanal, und ich mußte etwas tun, mußte irgendwohin gehen, rennen, verzweifelt mein gefährdetes, ungesetzliches Leben schützen. Oh, wie oft hatte ich im Schlaf ein ähnliches Gefühl erlebt! Jetzt jedoch war es Wirklichkeit. Alles war wirklich – die Luft, die sich mit verstreuten Schneeflocken zu vermischen schien, der noch nicht zugefrorene Kanal, das schwimmende Fischhaus und jene eigentümliche Viereckigkeit der dunklen und der gelben Fenster. Ein Mann mit einer Pelzmütze und einer Aktentasche unter dem Arm kam mir aus dem Nebel entgegen, warf mir einen verwunderten Blick zu und drehte sich noch einmal nach mir um. Ich wartete, bis er verschwunden war, und begann dann in ungeheurer Eile meine Taschen auszuleeren, Papiere zu zerreißen, sie in den Schnee zu werfen und hineinzutreten. Einige Dokumente waren dabei, ein Brief meiner Schwester in Paris, fünfhundert Franken, ein Taschentuch, Zigaretten; um jedoch die ganze Hülle des Exils abzustreifen, mußte ich mir die Kleider vom Leibe reißen und sie vernichten, meine Unterwäsche, meine Schuhe, alles, bis ich splitternackt war; und obwohl ich bereits vor Qual und Kälte zitterte, tat ich das Mögliche.

Doch genug. Ich werde nicht erzählen, wie ich verhaftet wurde, noch will ich berichten, was ich im folgenden erduldete. Es muß genügen, wenn ich sage, daß es mich unglaubliche Geduld und Anstrengung kostete, wieder ins Ausland zu gelangen, und daß ich mir seither geschworen habe, nie wieder Aufträge auszuführen, mit denen einen die Tollheit anderer betraut hat.

*(1938)*

# DIE SCHWESTERN VANE

## I

Möglicherweise hätte ich nie von Dianas Tod erfahren, wäre ich an jenem Abend nicht D. in die Arme gelaufen, den ich seit etwa vier Jahren ebenfalls aus den Augen verloren hatte; und D. wäre ich möglicherweise niemals in die Arme gelaufen, wenn ich mich nicht in einer Reihe trivialer Untersuchungen verwikkelt hätte.

Der Tag, ein reumütiger Sonntag nach einer Woche von Schneestürmen, war halb Juwel, halb Matsch gewesen. Mitten während meines üblichen Nachmittagsspazierganges durch die kleine hügelige Stadt, die zu dem Mädchen-College gehört, an dem ich französische Literatur unterrichtete, war ich stehengeblieben, um eine Familie glänzender Eiszapfen zu beobachten, die an der Dachtraufe einer Holzvilla hingen und fortgesetzt tropften. So scharf umrissen waren ihre zugespitzten Schatten auf den weißen Brettern hinter ihnen, daß ich sicher war, auch die Schatten der fallenden Tropfen müßten zu sehen sein. Doch sie waren es nicht. Vielleicht sprang das Dach zu weit vor, oder mein Blickwinkel war der falsche, oder ich beobachtete nicht den richtigen Eiszapfen, wenn der richtige Tropfen fiel. Es gab einen Rhythmus, eine bestimmte Abfolge in dem Getropfe, die ich so rätselhaft fand wie ein Münzenkunststück. Das veranlaßte mich, die Ecken mehrerer Häuserblocks in Augenschein zu nehmen, und dies wiederum führte mich zur Kelly Road und genau zu dem Haus, das D. bewohnt hatte, als er hier Dozent war. Und als ich zu der Dachrinne der benachbarten Garage aufsah, die ihre transparenten Stalaktiten samt ihren blauen Silhouetten im Rücken voll und reichlich zur Schau stellte, wurde ich endlich, als ich mir einen von ihnen aussuchte, durch den

Anblick dessen entlohnt, was man als den Punkt eines Ausrufezeichens beschreiben könnte, der seine normale Position verläßt, um sehr rasch abwärts zu gleiten – eine Winzigkeit rascher als der Tauwassertropfen, mit dem er um die Wette lief. Dieses geminierte Gehusche war wohl reizvoll, jedoch nicht völlig zufriedenstellend; oder vielmehr, es verschärfte nur noch meinen Appetit auf andere Licht- und Schattenleckerbissen, und ich ging in einem Zustand wunder Empfänglichkeit weiter, der mein ganzes Wesen in einen einzigen großen Augapfel zu verwandeln schien, welcher sich in der Augenhöhle der Welt bewegte.

Durch irisierende Wimpern hindurch erblickte ich die blendende diamantene Spiegelung der niedrig stehenden Sonne auf dem runden Rücken eines geparkten Autos. Dingen aller Art hatte der Schwamm des Tauwetters einen lebendigen bildlichen Sinn zurückgegeben. In übergreifenden Festons floß Wasser eine leicht abschüssige Straße hinunter und bog zierlich in eine andere ein. Mit einem winzigen Anflug verführerischer Suggestivität entblößten schmale Durchgänge zwischen Gebäuden ihre Ziegel- und Purpurschätze. Zum ersten Mal bemerkte ich die bescheidene Kannelierung – letzte Echos der Säulenschaftkannelüren –, die einen Abfalleimer zierte, und ich sah gleichfalls die Riffelung seines Deckels – Kreise, die von einem phantastisch alten Mittelpunkt ausgingen. Aufrechte, dunkelhäutige Gestalten aus totem Schnee (am vergangenen Freitag von den Pflugscharen eines Bulldozers zurückgelassen) standen aufgereiht wie rudimentäre Pinguine an den Bordschwellen über der glänzenden Vibration lebendiger Rinnsteine.

Ich ging hin, ich ging her, und ich ging geradewegs in einen zart dahinsterbenden Himmel hinein, und die Folge der beobachteten und beobachtenden Dinge führte mich schließlich zu meiner üblichen Essenszeit in eine Straße, die so weit von meiner üblichen Gaststätte entfernt war, daß ich mich entschloß, es mit einem Restaurant am Stadtrand zu versuchen. Die Nacht war laut- und zeremonielos hereingebrochen, als ich wieder heraustrat. Der hagere Geist, der verlängerte Schatten, den eine Parkuhr auf einen Rest feuchten Schnees warf, war seltsam rötlich getönt; das, so stellte ich fest, war auf die gelbbraun-rote

Restaurant-Leuchtschrift über dem Bürgersteig zurückzuführen; und in diesem Augenblick – als ich fortschlenderte und mich einigermaßen ermattet fragte, ob ich wohl das Glück hätte, auf meinem Rückweg das gleiche in Neonblau zu finden – in diesem Augenblick geschah es, daß neben mir ein Auto knirschend zum Stillstand kam und D. mit einem Ausruf geheuchelter Freude ausstieg.

Auf dem Wege von Albany nach Boston kam er durch die Stadt, in der er vormals gewohnt hatte, und mehr als einmal in meinem Leben habe ich jenen Stich stellvertretenden Gefühls empfunden, gefolgt von einer Aufwallung persönlicher Gereiztheit gegenüber Reisenden, die allem Anschein nach überhaupt nichts fühlen, wenn sie Orte wiederaufsuchen, die sie bei jedem Schritt mit klagenden und kummervollen Erinnerungen peinigen sollten. Er führte mich zurück in die Bar, die ich gerade verlassen hatte, und nach dem üblichen Austausch heiterer Platitüden kam das unvermeidliche Vakuum, das er mit den zufälligen Worten ausfüllte: «Hören Sie, ich dachte nie, daß mit Diana Vanes Herz irgend etwas nicht in Ordnung sei. Mein Rechtsanwalt berichtete mir, daß sie vorige Woche starb.»

## 2

Er war noch jung, noch übermütig, noch unstet, noch verheiratet mit der sanften, ausnehmend hübschen Frau, die niemals etwas erfahren oder geahnt hatte von seiner unheilvollen Affäre mit Dianas hysterischer junger Schwester, welchselbe ihrerseits nichts von meiner Unterredung mit Diana gewußt hatte, als diese mich plötzlich nach Boston rief, um mir den Schwur abzunehmen, daß ich mit D. reden und für seinen «Hinauswurf» sorgen würde, falls er seine Beziehungen zu Sybil nicht sofort abbräche – oder aber sich von seiner Frau scheiden ließe (die sie übrigens durch das Prisma von Sybils wildem Gerede hindurch als eine übellaunige und häßliche Person sah). Ich hatte ihn unverzüglich gestellt. Er hatte gesagt, es gäbe keinen Grund, sich Sorgen zu machen – er hätte sich sowieso entschlossen, seine Stellung am College aufzugeben und mit seiner Frau nach Albany zu ziehen, wo er in der Firma seines Vaters arbeiten würde; und die ganze Angelegenheit, aus der eine jener hoffnungslos verwickelten Situationen zu werden gedroht hatte, die sich über Jahre hinschleppen und die endlos von peripheren Grüppchen wohlmeinender Freunde in universaler Heimlichkeit besprochen werden – von Freunden, die untereinander sogar neue Intimitäten auf eine fremde Not gründen – die ganze Angelegenheit fand ein abruptes Ende.

Ich erinnere mich, wie ich am Tag darauf an meinem erhöhten Pult in dem großen Klassenzimmer saß, wo am Vorabend von Sybils Selbstmord eine Semesterprüfung in französischer Literatur stattfand. Sie kam auf hohen Absätzen mit einem Koffer herein, warf ihn in eine Ecke, wo mehrere andere Taschen gestapelt waren, ließ mit einem einzigen Achselzucken ihren Pelzmantel von ihren schmalen Schultern gleiten, legte ihn auf ihrem Köfferchen zusammen und blieb mit zwei oder drei anderen Mädchen vor meinem Tisch stehen, um zu fragen, wann ich ihnen ihre Zensuren zuschicken würde. Ich würde eine Woche brauchen, von morgen an gerechnet, sagte ich, das Zeug durchzulesen. Ich erinnere mich auch, daß ich mich fragte, ob D. ihr seinen Entschluß bereits mitgeteilt hätte – und ich bedauerte meine pflichteifrige kleine Studentin aufs heftigste, als mein Blick während einhundertundfünfzig Minuten immer wieder zu ihr zurückkehrte, die so kindlich schmächtig war in ihrem enganliegenden Grau, und als ich jenes sorgfältig gewellte dunkle Haar beobachtete, jenen kleinen, kleingeblümten Hut mit einem kleinen hyalinen Schleier, wie er in jener Saison getragen wurde, und darunter ihr kleines Gesicht, das eine Hautkrankheit in ein kubistisches Narbenmuster aufgebrochen hatte; es war rührend von einem Höhensonnenteint verdeckt, welcher ihre Züge härter wirken ließ, deren Charme weiterhin darunter litt, daß sie alles angemalt hatte, was angemalt werden konnte, so daß das bleiche Zahnfleisch zwischen ihren kirschroten rissigen Lippen und die verdünnte blaue Tinte ihrer Augen unter schattierten Lidern die einzigen Öffnungen zu ihrer Schönheit waren.

Als ich am Tag darauf die häßlichen Kolleghefte alphabetisch sortiert hatte, stürzte ich mich in ihr Chaos von Schriftzügen und gelangte vorzeitig zu Valevsky und Vane, deren Hefte ich irgendwie falsch eingeordnet hatte. Das erste hatte sich für den

Anlaß mit einem Anschein von Leserlichkeit herausstaffiert, Sybils Arbeit indessen wies ihre übliche Kombination mehrerer Dämonenhandschriften auf. Sie hatte mit einem sehr blassen, sehr harten Bleistift angefangen, der die freie Rückseite mit einer auffälligen Prägeschrift versehen, auf der Vorderseite jedoch wenig von bleibendem Wert hinterlassen hatte. Glücklicherweise war die Spitze bald abgebrochen, und Sybil war mit einer anderen, dunkleren Mine fortgefahren, die allmählich in eine unscharfe Breite überging, welche fast wie Holzkohle aussah und zu der Sybil durch Lutschen an der stumpfen Spitze einige Spuren von Lippenstift beigetragen hatte. Obwohl noch schlechter, als ich ohnehin erwartet hatte, trug ihre Arbeit alle Anzeichen einer verzweifelten Gewissenhaftigkeit, mit Unterstreichungen, Umstellungen, überflüssigen Fußnoten, als wäre sie darauf bedacht gewesen, alles in der denkbar anständigsten Weise zum Abschluß zu bringen. Dann hatte sie sich Mary Valevskys Füllfederhalter geliehen und hinzugefügt: *«Cette examain est finie ainsi que ma vie. Adieu, jeunes filles!* Bitte, *Monsieur le Professeur*, setzen Sie sich mit *ma sœur* in Verbindung und sagen Sie ihr, daß der Tod nicht besser war als die Note D minus, aber entschieden besser als das Leben minus D.»

Ich verlor keine Zeit mit meinem Anruf bei Diana, die mir sagte, daß alles vorbei sei – vorbei schon seit acht Uhr früh –, und mich bat, ihr jenes Heft zu bringen; und die, als ich es ihr brachte, durch ihre Tränen hindurch vor stolzer Bewunderung («das sieht ihr ähnlich!») für den launigen Gebrauch strahlte, den Sybil von einer Prüfung in französischer Literatur gemacht hatte. In kürzester Zeit hatte sie zwei Highballs bereitet, ohne sich dabei auch nur für einen Augenblick von Sybils Heft zu trennen – das inzwischen fleckig war von Sodawasser und Tränen –, und fuhr fort, die Todesbotschaft zu studieren, woraufhin ich mich veranlaßt sah, sie auf die darin enthaltenen grammatischen Fehler hinzuweisen und zu erklären, wie das Wort «Mädchen» an amerikanischen Colleges übersetzt wird, damit die Studentinnen nicht unschuldig mit dem französischen Äquivalent für «Dirne» oder Schlimmerem um sich werfen. Diese ziemlich geschmacklosen Trivialitäten gefielen Diana enorm, als sie keuchend über die wogende Oberfläche ihres Schmerzes emportauchte. Und jenes schlaffe Heft in der Hand haltend, als wäre es eine Art Paß für ein zwangloses Elysium (wo Bleistiftspitzen nicht abbrechen und eine verträumte junge Schönheit mit makellosem Teint eine Locke ihres Haars um einen verträumten Zeigefinger wickelt, während sie über eine himmlische Prüfungsaufgabe nachdenkt), führte mich Diana hinauf in ein kühles kleines Schlafzimmer, nur um mir – als wäre ich die Polizei oder ein mitfühlender irischer Nachbar – zwei Tablettenfläschchen und das zerwühlte Bett zu zeigen, aus dem ein zarter, unwesentlicher Körper, den D. einschließlich seines letzten samtenen Details gekannt haben mußte, bereits entfernt worden war.

3

Es war vier oder fünf Monate nach dem Tod ihrer Schwester, als ich Diana recht häufig zu sehen begann. Während ich nach New York gekommen war, um in den Ferien einige Forschungsarbeit in der *Public Library* zu erledigen, war auch sie in diese Stadt umgezogen, wo sie aus irgendeinem wunderlichen Grund (der, wie ich vermute, vage mit künstlerischen Absichten zusammenhing) eine «Kaltwasser»-Wohnung gemietet hatte, wie Leute, die immun gegen Gänsehaut sind, das nennen, weit unten in der Skala der Querstraßen von Manhattan. Was mich anzog, war weder ihre Art, die ich abstoßend lebhaft fand, noch ihr Aussehen, das anderen Männern aufsehenerregend vorkam. Sie hatte weit auseinanderliegende Augen, denen ihrer Schwester sehr ähnlich, von einem offenen, ängstlichen Blau mit strahlig angeordneten dunklen Punkten. Der Raum zwischen ihren dichten schwarzen Augenbrauen glänzte immer, und ebenso glänzten die fleischigen Voluten ihrer Nasenflügel. Die grobe Textur ihrer Epidermis wirkte fast männlich, und in dem nackten Lampenlicht ihres Studios war es, als starrten einen die Poren ihres zweiunddreißigjährigen Gesichts an wie etwas in einem Aquarium. Kosmetika verwendete sie ebenso gerne und reichlich wie einst ihre jüngere Schwester, jedoch mit einer zusätzlichen Schlampigkeit, die dazu führte, daß auch ihre großen Vorderzähne etwas von dem Rouge abbekamen. Sie war hübsch in ihrer Dunkelheit, trug eine nicht zu geschmacklose Mischung einigermaßen schicker heterogener Kleidungsstücke und hatte eine sogenannte gute Figur; aber alles an ihr war seltsam liederlich, in einer Weise, die ich dunkel mit linken Begeisterungen in der Politik und «avancierten» Banalitäten in der Kunst in Zusammenhang brachte, obwohl sie in Wirklichkeit weder für das eine noch das andere etwas übrig hatte. Ihre lockige Frisur auf einer Basis von Scheitel und Haarknoten hätte wild und bizarr wirken können, wäre sie nicht von ihrer eigenen sanften Ungepflegtheit am verletzlichen Nacken gründlich gezähmt worden. Ihre Fingernägel waren knallig lackiert, aber merklich angeknabbert und nicht sauber. Ihre Liebhaber waren ein schweigsamer junger Fotograf, der plötzlich aufzulachen pflegte, und zwei ältere Männer, Brüder, die eine kleine Druckerei gegenüber besaßen. Ich wunderte mich über ihren Geschmack, wenn ich mit einem geheimen Schauder das Kreuz und Quer der schwarzen Haare erblickte, das an ihren bleichen Schienbeinen unter dem Nylon mit der wissenschaftlichen Deutlichkeit eines unter Glas gepreßten Präparats sichtbar war; oder wenn ich bei jeder ihrer Bewegungen die stumpfe, abgestandene, nicht besonders auffällige, aber alles durchdringende und deprimierende Emanation spürte, die ihr selten gebadetes Fleisch unter müden Parfums und Cremes verbreitete.

Ihr Vater hatte den größeren Teil eines bequemen Vermögens verspielt, und der erste Mann ihrer Mutter war slawischer Abkunft gewesen, aber sonst gehörte Diana Vane zu einer guten, respektablen Familie. Was wissen wir – vielleicht ging sie zurück auf Könige und Wahrsager in den Nebeln entlegenster Inseln. In eine neuere Welt versetzt, in eine Landschaft zum Tode verurteilter, herrlicher Laubbäume, bot ihre Ahnenschaft in einer ihrer ersten Phasen eine weiße Kirche voller Farmer vor einer schwarzen Gewitterwolke und dann eine imponierende Schar von Städtern in verschiedenen kaufmännischen Tätigkeiten sowie eine Anzahl Gelehrter, Leute wie Dr. Jonathan Vane, den hageren Langweiler (1780–1839), der in der Feuersbrunst auf dem Dampfschiff «Lexington» ums Leben kam, um später ein Habitué an Dianas rückendem Tisch zu werden. Ich habe mir immer gewünscht, die Genealogie auf den Kopf zu stellen, und hier habe ich eine Gelegenheit dazu, denn es ist der letzte Nachkomme, Diana, und Diana ganz allein, der in der Dynastie der Vanes von irgendeiner Bedeutung bleiben wird. Natürlich meine ich ihre künstlerische Begabung, ihre entzükkenden, frohen, allerdings nicht sehr populären Gemälde, die die Freunde ihrer Freunde in langen Zeitabständen ankauften – und ich wüßte sehr gern, wohin sie nach ihrem Tode wanderten, diese ehrlichen und poetischen Bilder, die ihr Wohnzimmer illuminierten – die wundervoll detaillierten Bilder metallischer Dinge und mein Lieblingsstück «Durch eine Windschutzscheibe gesehen» – eine teilweise mit Reif bedeckte Windschutzscheibe mit einem glitzernden Rinnsal (von einem imaginären Wagendach herkommend) über ihrem durchsichtigen Teil und, durch alles dies hindurch, die Saphirflamme des Himmels und eine grüne und weiße Tanne.

4

Diana hatte das Gefühl, daß ihre tote Schwester nicht ganz mit ihr zufrieden wäre – daß sie inzwischen herausbekommen hätte, wie sie und ich uns verschworen hatten, ihrer Affäre ein Ende zu bereiten; und um ihren Schatten freundlich zu stimmen, ging Diana zu einer ziemlich primitiven Art ritueller Opferung über (die indessen eine Spur von Sybils Humor enthielt) und begann, an D.s Geschäftsadresse zu absichtsvoll unbestimmten Terminen diverse Kleinigkeiten zu schicken: Aufnahmen von Sybils Grabstein in dürftiger Beleuchtung; Strähnen ihres eigenen Haares, das von dem Sybils nicht zu unterscheiden war; eine Teilkarte von Neu-England mit einem Tintenkreuz, auf halbem Wege zwischen zwei keuschen Städten, um den Ort zu bezeichnen, wo D. und Sybil am dreiundzwanzigsten Oktober bei hellem Tageslicht in einem nachsichtigen Motel inmitten eines rötlichen und braunen Waldes haltgemacht hatten; und zweimal ein ausgestopftes Stinktier.

Da sie in der Unterhaltung eher geschwätzig als deutlich war, vermochte sie niemals gänzlich die Theorie der intervenierenden Aurae zu beschreiben, die sie irgendwie entwickelt hatte. Grundsätzlich stellte ihr privates Credo nichts besonders Neues dar, denn es setzte ein einigermaßen konventionelles Jenseits voraus, ein stilles Solarium unsterblicher Seelen (vermischt mit sterblichen Antezedentien), deren Haupterholung darin bestand, daß sie periodisch die lieben Lebenden umschwebten. Der interessante Punkt war ein kurioser praktischer Dreh, den Diana ihrer zahmen Metaphysik gab. Sie war sicher, daß ihre Existenz von verstorbenen Freunden aller Art beeinflußt wurde, die sich darin abwechselten, ihr Schicksal zu lenken, ganz als wäre sie eine verlaufene junge Katze, die ein Schulmädchen im Vorübergehen aufhebt, an die Wange drückt und sorgsam wieder neben einer vorstädtischen Hecke niedersetzt – um sogleich von einer anderen vorüberkommenden Hand gestreichelt oder von einer gastfreundlichen Dame in eine Welt von Türen davongetragen zu werden.

Einige Stunden lang oder mehrere Tage hintereinander und manchmal in unregelmäßiger Folge wiederholt über Monate und Jahre hinweg sei alles, was Diana nach dem Ableben einer bestimmten Person zustieß, so sagte sie, bestimmt von der Art und Weise dieser Person. Das Ereignis könne außerordentlich sein und den Lauf des eigenen Lebens ändern; oder aber es könne sich um eine Kette winziger Vorfälle handeln, gerade klar genug, um sich im Relief von «einem gewöhnlichen Tag» abzuheben und sich dann, wenn die Aura langsam weiterschwand, in noch vagere Bagatellen zu verlieren. Der Einfluß könne gut sein oder schlecht; die Hauptsache war, daß sich seine Quelle ausmachen ließ. Es sei, als ginge man quer durch die Seele eines Menschen, sagte sie. Ich versuchte nachzuweisen, daß sie die genaue Quelle nicht immer bestimmen könne, da nicht jeder eine erkennbare Seele habe; daß es anonyme Briefe und Weihnachtsgeschenke gebe, die jedermann schicken könne; und daß in Wahrheit das, was Diana «einen gewöhnlichen Tag» nenne, selber eine schwache Lösung vermischter Aurae oder einfach die Routineschicht eines ganz gewöhnlichen Schutzengels sein könne. Und was wäre mit Gott? War es so, oder war es nicht so, daß Leute, die einen allmächtigen Diktator auf Erden empört ablehnen würden, sich auf einen im Himmel freuten? Und Kriege? Was für eine gräßliche Vorstellung – tote Soldaten, die immer noch gegen lebende kämpfen, oder Geisterarmeen, die versuchen, durch die Leben verkrüppelter Greise hindurch aufeinander loszugehen.

Aber Diana war über Allgemeinheiten genauso erhaben wie über Logik. «Ach, das ist Paul», sagte sie, wenn die Suppe trotzig überkochte, oder: «Ich glaube, die gute Betty Brown ist tot» – als sie in einer Wohltätigkeitslotterie einen wunderschönen und sehr willkommenen Staubsauger gewann. Und mit einem Jamesschen Mäandern, das meinen französischen Geist aufbrachte, kehrte sie zu einer Zeit zurück, da Betty und Paul noch unter den Lebenden weilten, und erzählte mir von wohlgemeinten, aber absonderlichen und völlig unannehmbaren Gaben, mit denen sie überschüttet wurde – angefangen mit einer alten Handtasche, die einen Drei-Dollar-Scheck enthielt und die sie auf der Straße aufgelesen und natürlich zurückgegeben hatte (und zwar der bereits erwähnten Betty Brown, einer altersschwachen Negerin, die kaum noch gehen konnte), und schließend mit dem beleidigenden Vorschlag eines ihrer alten Beaus, Paul, gegen ein passables Entgelt «normale» Bilder von seinem Haus und seiner Familie zu malen – alles dies nach dem Ableben einer gewissen Mrs. Page, einer gütigen, aber kleinlichen alten Person, die Diana seit ihrer Kindheit mit diesem oder jenem nüchternen Ratschlag zugesetzt hatte.

Sybils Persönlichkeit, sagte sie, habe einen Regenbogenrand, als sei sie etwas unscharf. Sie sagte, daß ich, hätte ich Sybil besser gekannt, sogleich begriffen hätte, wie sybilinisch die Aura unbedeutender Vorfälle war, die ihre, Dianas, Existenz nach Sybils Selbstmord zeitweise überflutet habe. Seit dem Tode ihrer Mutter wäre es ihre Absicht gewesen, ihr Haus in Boston aufzugeben und nach New York zu ziehen, wo, wie sie meinten, Dianas Gemälde eher eine Chance hätten, eine breitere Bewunderung zu finden; aber das alte Haus hätte sich mit all seinen plüschernen Fangarmen an sie geklammert. Die tote Sybil hingegen habe sich darangemacht, das Haus von seinem Anblick zu trennen – etwas, das sich verhängnisvoll auf das Heimatgefühl auswirkt. In der engen Straße war genau gegenüber ein Bauvorhaben zu lautem, häßlichem, gerüstverkleidetem Leben gekommen. Ein Paar vertrauter Pappeln starb in jenem Frühling und verwandelte sich in blonde Skelette. Arbeiter kamen und brachen den warmgetönten, schönen, alten Bürgersteig auf, dem an nassen Apriltagen ein ganz besonderer violetter Schimmer eigen gewesen war und der die morgendlichen Schritte des auf dem Weg zum Museum befindlichen Mr. Lever so denkwürdig widerhallen gelassen hatte, jenes Mr. Lever, der sich mit sechzig vom Geschäft zurückgezogen und sodann ein volles Vierteljahrhundert ausschließlich auf das Studium von Schnecken verwandt hatte.

Da die Rede von alten Männern ist, sollte hinzugefügt werden, daß diese postumen Auspizien und Interventionen zuweilen parodistischen Charakter trugen. Diana hatte mit einem exzentrischen Bibliothekar namens Porlock auf guten Fuße gestanden, der während der letzten Jahre seines staubigen Lebens damit beschäftigt gewesen war, alte Bücher auf mirakulöse Druckfehler hin zu untersuchen, wie die Ersetzung des zweiten «h» im Worte *«hither»* durch ein «l». Im Gegensatz zu Diana hatte er nichts übrig für die freudigen Schauer obskurer Prophezeiungen; er suchte nur die Mißbildung selbst, das zufällige Pech, das sich für Plan ausgibt, den Lapsus, der wie ein Lapislazuli aussieht; und Diana, eine sehr viel perversere Liebhaberin mißgebildeter oder illegitim verbundener Wörter, Wortspiele, Logogriphe und so weiter, hatte dem armen Spinner bei einer Suche geholfen, die mir angesichts des von ihr angeführten Beispiels als statistisch irrsinnig erschien. Jedenfalls, sagte sie, habe sie am dritten Tag nach seinem Tod eine Zeitschrift gelesen und war gerade einem Zitat aus einem unvergänglichen Gedicht begegnet (von dem sie zusammen mit anderen leichtgläubigen Lesern annahm, daß es tatsächlich in einem Traum entstanden war), als ihr dämmerte, daß «Alph» eine prophetische Sequenz der Anfangsbuchstaben von Anna Livia Plurabelle sei (noch so ein heiliger Fluß, der durch – oder vielmehr um – noch so einen falschen Traum strömte), während das zusätzliche «h» bescheiden als private Wegmarke für jenes Wort stand, das Mr. Porlock so hypnotisiert hatte. Und ich wünschte, ich könnte mich an den Roman oder die Kurzgeschichte (irgendeines zeitgenössischen Schriftstellers, glaube ich) erinnern, in dem die Anfangsbuchstaben der Worte des letzten Absatzes, wie Diana sie entzifferte, ihrem Autor unbewußt eine Botschaft von seiner toten Mutter bildeten.

5

Ich bedaure sagen zu müssen, daß Diana, nicht zufrieden mit diesen ingeniösen Phantastereien, eine lächerliche Vorliebe für Spiritismus an den Tag legte. Ich weigerte mich, sie zu Sitzungen zu begleiten, an denen bezahlte Medien teilnahmen: Aus anderen Quellen wußte ich zuviel darüber. Jedoch willigte ich ein, kleinen Farcen beizuwohnen, die Diana und ihre beiden Gentlemen-Freunde von der Druckerei arrangierten. Es waren rundliche, höfliche und ziemlich unheimliche alte Knaben, aber ich überzeugte mich mit Befriedigung davon, daß sie nicht wenig Geist und Bildung besaßen. Wir setzten uns um einen leichten kleinen Tisch, und ein knackendes Zittern begann fast schon in dem Augenblick, wenn wir unsere Fingerspitzen darauf legten. Man wartete mir mit einer Kollektion von Geistern auf, die ihre Berichte höchst bereitwillig daherklopften, obwohl sie sich weigerten, irgend etwas zu erläutern, was ich nicht ganz mitgekriegt hatte. Oscar Wilde kam herbei und bezichtigte in schnellem, entstelltem Französisch mit den üblichen Anglizismen Dianas tote Eltern dunkel dessen, was in meiner Mitschrift als *plagiatisme* erscheint. Ein forscher Klopfgeist steuerte die unverlangte Auskunft bei, daß er, John Moore, und sein Bruder Bill Kohlengrubenarbeiter in Colorado gewesen und im Januar 1883 in «Crested Beauty» durch eine Lawine ums Leben gekommen wären. Frederic Myers, ein alter Fachmann bei diesem Spiel, hämmerte ein Poem heraus (es ähnelte Dianas eigenen ephemerischen Hervorbringungen auf seltsame Weise), welches in meinen Notizen zu einem Teil so lautet:

Was ist das – ein Hokuspokus
Oder ein echtes, doch dürftiges Licht,
Ein Ende dieses gefährlichen Jokus,
Welches den schmerzvollen Traum unterbricht?

Schließlich besuchte mit großem Krach und allen Arten von schütternden und rüttelnden Bewegungen seitens des Tisches Leo Tolstoi unsere kleine Gruppe, und als er gebeten wurde, sich durch spezifische Merkmale seines einstigen irdischen Aufenthaltes selber zu identifizieren, machte er sich an die komplizierte Beschreibung anscheinend irgendeiner russischen Art architektonischer Holzarbeit («Figuren auf Brettern – Mann, Pferd, Hahn, Mann, Pferd, Hahn»), was alles sehr schwierig mitzuschreiben, schwer zu verstehen und unmöglich nachzuprüfen war.

Ich nahm an zwei oder drei anderen Sitzungen teil, die noch alberner waren, aber ich muß gestehen, daß ich die kindliche Unterhaltung, die sie gewährten, und den Apfelsaft, den wir tranken (Fett und Feist waren Abstinenzler), Dianas schrecklichen Hauspartys vorzog.

Sie gab sie in der netten Wohnung der Wheelers nebenan – ein Arrangement, wie es ihrer zentrifugalen Natur lieb war, aber allerdings sah ihr eigenes Wohnzimmer auch immer wie eine schmutzige alte Palette aus. Einer barbarischen, unhygienischen und ehebrecherischen Sitte gemäß wurden die innen noch warmen Mäntel der Gäste vom ruhigen, ziemlich kahlen Bob Wheeler in das Heiligtum eines reinlichen Schlafzimmers getragen und auf das Ehebett gehäuft. Er war es auch, der die Drinks einschenkte, die der junge Fotograf herumreichte, während Diana und Mrs. Wheeler sich um die Canapés kümmerten.

Einem späten Ankömmling bot sich der Eindruck, eine Menge lauter Leute sei unnötigerweise in dem rauchblauen Raum zwischen zwei Spiegeln gruppiert, die vollgestopft waren mit Spiegelbildern. Vermutlich, weil Diana die jüngste im Zimmer zu sein wünschte, befanden sich die Frauen, die sie gewöhnlich einlud, ob verheiratet, ob ledig, bestenfalls in ihren – dahinschwindenden – Vierzigern; einige von ihnen brachten von zu Hause in dunklen Taxis intakte Spuren guten Aussehens mit, die sie indessen einbüßten, als die Party ihren Fortgang nahm. Immer hat mich das in Erstaunen gesetzt – die Fähigkeit geselliger Wochenendfeierer, fast sofort und durch eine rein empirische, aber sehr genaue Methode einen gemeinsamen Nenner der Betrunkenheit zu finden, an den sich ein jeder loyal hält, bis sie alle zusammen sich auf den nächst tieferen Pegelstand hinabbegeben. Die üppige Freundlichkeit der Matronen war durch Obertöne von Ausgelassenheit gekennzeichnet, während der feste, nach innen gerichtete Blick liebenswürdiger beschwipster

Männer einer blasphemischen Schwangerschaftsparodie gleichkam. Obwohl einige der Gäste in irgendeiner Weise mit den Künsten zu tun hatten, gab es keine geistvollen Gespräche, keine blumenbekränzten, auf die Ellbogen gestützten Köpfe und selbstverständlich keine flötenspielenden Mädchen. Von irgendeinem Beobachtungsposten aus, wo sie in der Pose einer gestrandeten Nixe mit ein oder zwei jüngeren Männern auf dem bleichen Teppich gesessen hatte, kroch Diana auf die Knie, das Gesicht lackiert von einer Schicht glänzenden Schweißes, einen Teller mit Nüssen zum Zugreifen einladend in der einen Hand, und klopfte mit der anderen energisch gegen das athletische Bein von Cochran oder Corcoran, einem Kunsthändler, der es sich auf einem perlgrauen Sofa zwischen zwei geröteten, sich wohlig auflösenden Damen bequem gemacht hatte.

In einem späteren Stadium gab es Ausbrüche eines ausschweifenderen Frohsinns. Corcoran oder Coransky packte Diana oder eine andere umherwandernde Frau bei der Schulter und entführte sie in eine Ecke, um sie mit einem grinsenden Durcheinander privater Witze und privaten Tratsches zu konfrontieren, woraufhin sie sich lachend und den Kopf zurückwerfend von ihm losmachte. Und später noch gab es die leichten Gestöber intersexueller Vertraulichkeiten, spaßhafter Versöhnungen, einen bloßen fleischigen Arm, der sich um den Gatten einer anderen Frau legte (während dieser sehr aufrecht inmitten eines schwankenden Raumes stand), einen plötzlichen Anflug koketter Verärgerung, unbeholfener Verfolgung – und dann das stille halbe Lächeln von Bob Wheeler, der die Gläser aufhob, welche wie Pilze im Schatten der Stühle wuchsen.

Nach einer letzten Party dieser Art schrieb ich Diana einen völlig harmlosen und im großen und ganzen gutgemeinten kleinen Brief, in dem ich ein paar gallische Witze über einige ihrer Gäste anbrachte. Ich entschuldigte mich auch dafür, ihren Whisky nicht angerührt zu haben, da ich als Franzose die Traube dem Getreide vorzöge. Ein paar Tage später begegnete ich ihr auf der Treppe der *Public Library*; im gebrochenen Sonnenlicht unter einem schwachen Wolkenbruch spannte sie ihren bernsteinfarbenen Regenschirm auf und kämpfte mit ein paar in die Achselhöhle geklemmten Büchern (von denen ich sie einen Augenblick lang befreite). «Schritte an der Grenze einer anderen Welt» von Robert Dale Owen und etwas über «Spiritismus und Christentum»; als sie plötzlich, ohne daß ich sie irgend provoziert hätte, mit vulgärer Heftigkeit auf mich einzuschimpfen begann, giftige Worte gebrauchte, mir – durch die birnenförmigen Tropfen des spärlichen Regens hindurch – sagte, ich sei ein Tugendbold und Snob; ich sähe nur die Gesten und Verkleidungen der Leute; sagte, daß Corcoran auf zwei verschiedenen Ozeanen zwei Männer vor dem Ertrinken gerettet hätte – ein irrelevanter Zufall wollte, daß sie beide Corcoran hießen; daß die fidele und kreischende Joan Winter ein kleines Mädchen hätte, welches dazu verurteilt war, in ein paar Monaten völlig zu erblinden; und daß die Frau in Grün mit dem sommersprossigen Busen, die ich in irgendeiner Form verächtlich behandelt hatte, im Jahre 1932 einen nationalen Bestseller geschrieben hätte. Sonderbare Diana! Man hatte mir gesagt, daß sie gewaltig rüde zu Leuten sein konnte, die sie eigentlich gerne mochte und achtete; irgendwo mußte man jedoch einen Strich ziehen, und da ich ihre interessanten Aurae und anderes seelisches Drüber und Drunter zur Genüge studiert hatte, beschloß ich, sie gar nicht mehr zu besuchen.

## 6

An dem Abend, da mich D. von Dianas Tod unterrichtet hatte, kehrte ich nach elf in das zweigeschossige Haus zurück, das ich in horizontalem Schnitt mit der Witwe eines emeritierten Professors teilte. Als ich die Haustür erreichte, blickte ich in einer Vorahnung von Einsamkeit auf die zwei Arten von Dunkelheit in den beiden Fensterreihen: die Dunkelheit der Abwesenheit und die Dunkelheit des Schlafes.

Der ersten konnte ich abhelfen, die zweite duplizieren konnte ich nicht. Mein Bett gab mir kein Gefühl der Sicherheit; seine Federn ließen nur meine Nerven hochschnellen. Ich vertiefte mich in Shakespeares Sonette – und ertappte mich dabei, daß ich wahnwitzigerweise die Anfangsbuchstaben der Zeilen durchging, um zu sehen, welche sakramentalen Wörter sie ergäben. Ich fand FATE (LXX), ATOM (CXX) und zweimal TAFT (LXXXVIII, CXXXI). Hin und wieder schaute ich mich um, um festzustellen, wie sich die Gegenstände in meinem Zimmer benahmen. Es war seltsam, sich vorzustellen, daß ich, wenn Bomben zu fallen begännen, kaum mehr als die Erregung eines Gücksspielers (und eine Menge prosaischer Erleichterung) verspüren würde, während mir das Herz zerspringen müßte, wenn sich eine gewisse, verdächtig angespannt aussehende kleine Flasche auf dem Bord dort drüben auch nur den Bruchteil eines Zentimeters seitwärts bewegte. Auch die Stille war verdächtig kompakt, als bilde sie absichtlich einen schwarzen Hintergrund für den Nervenblitz, den jedes leise Geräusch unbekannten Ursprungs hervorrufen würde. Aller Verkehr war tot. Vergebens betete ich darum, daß ein Lastwagen die Perkins Street hinaufächzte. Die Frau über mir, die mich durch ein dumpfes Stapfen wie von monströsen steinernen Füßen sonst wahnsinnig zu machen pflegte (in Wahrheit war sie am hellichten Tag ein kleines, rundliches Wesen, das einem mumifizierten Meerschweinchen glich), hätte sich meinen Segen verdient, wenn sie sich jetzt in ihr Badezimmer geschleppt hätte. Ich löschte mein Licht und räusperte mich mehrmals, um wenigstens für *dieses* Geräusch verantwortlich zu sein. Im Geiste fuhr ich per Anhalter mit einem sehr fernen Auto, aber es setzte mich ab, bevor ich eine Chance hatte, einzuschlafen. Dann hob ein Knistern im Papierkorb an (ich hoffte, es rühre von einem weggeworfenen und zerknitterten Bogen Papier her, der sich wie eine boshafte, starrsinnige Nachtblüte öffnete), hörte wieder auf, und mein Nachttisch antwortete mit einem leisen Klicken. Es hätte Diana ähnlich gesehen, gerade in diesem Moment einen billigen Poltergeistspektakel zu veranstalten.

Ich beschloß, gegen Diana anzukämpfen. In Gedanken ließ ich die moderne Ära der Klopfgeräusche und Geistererscheinungen Revue passieren, angefangen mit dem Gepolter von 1848 in dem kleinen Flecken Hydesville im Staate New York, endend mit den grotesken Phänomenen von Cambridge, Massachusetts; ich beschwor die Sprungbeine und andere anatomische Kastagnetten der Schwestern Fox (wie sie von den Weisen der Universität von Buffalo beschrieben wurden); den geheimnisvoll gleichförmigen zarten Jünglingstyp im trübseligen Epworth oder Tedworth, von dem ebendieselben Poltergeistphänomene ausgingen wie im alten Peru; feierliche viktorianische Orgien mit fallenden Rosen und in den Klängen sakraler Musik schwebenden Akkordeons; berufsmäßige Hochstapler, die feuchten Mull erbrachen; Mr. Duncan, den würdevollen Gatten eines weiblichen Mediums, der gebeten wurde, sich einer Leibesvisitation unterziehen zu lassen, und sich damit entschuldigte, daß seine Unterwäsche schmutzig sei; den alten Alfred Russel Wallace, den naiven Naturwissenschaftler, der sich weigerte, zu glauben, daß es sich bei der weißen Form mit bloßen Füßen und undurchstochenen Ohrläppchen, die er auf einem privaten Pandämonium in Boston vor sich sah, um die spröde Miss Cook handelte, die er gerade hinter Vorhängen in einer Ecke mit geschnürten Stiefeln und Ohrringen schlafen gesehen hatte; zwei andere Investigatoren, kleine, schwächliche, aber ziemlich intelligente und tatkräftige Männer, die sich mit Armen und Beinen eng an Eusapia klammerten, eine große, dralle, ältliche Weibsperson, die nach Knoblauch stank und der es dennoch gelang, sie hinters Licht zu führen; und den skeptischen und peinlich angerührten Zauberer, den der «Kontrollgeist» der reizenden jungen Margery anwies, sich nicht im Futter des Morgenrockes zu verirren, sondern am linken Strumpf entlangzutasten, bis er den bloßen Schenkel erreiche – auf dessen warmer Haut er eine «teleplastische» Masse erspürte, die sich ungemein wie kalte, rohe Leber anfühlte.

## 7

Ich appellierte an das Fleisch und an den Verfall des Fleisches, das mögliche Fortdauern eines entkörperten Lebens zu widerlegen und zu entkräften. Ach, diese Beschwörungen verstärkten nur noch meine Furcht vor Dianas Geist. Wie die fernen Vorfahren des Menschen fand ich erst mit dem Morgengrauen atavistischen Frieden, und als ich einschlummerte, drang die Sonne durch die teegelben Fenstervorhänge in einen Traum ein, der auf unbestimmte Weise voll war von Diana.

Es war enttäuschend. Sicher in der Festung des Tageslichts, sagte ich mir, daß ich mehr erwartet hätte. Sie, eine Malerin glasklarer minuziöser Einzelheiten – und jetzt so vag! Ich lag im Bett, dachte über meinen Traum nach und lauschte den Sperlingen draußen: Wer weiß, ob diese Vogellaute, wenn man sie auf Band aufnähme und rückwärts spielte, nicht zu menschlicher Rede, zu klaren Worten würden, genau wie diese sich in ein Zwitschern verwandeln, wenn man sie rückwärts abspielt? Ich machte mich daran, meinen Traum noch einmal zu lesen – rückwärts, diagonal, senkrecht, waagerecht –, ich mühte mich ab, etwas in ihm aufzuspüren, was Diana ähnlich sähe, etwas Seltsames, Suggestives, das doch vorhanden sein mußte.

Eine irrsinnige, schmerzvolle, zwecklose Anstrengung. Pedantischstes Forschen ergab nur verschwommenen, obstinaten, nicht entzifferbaren Dämmer. Ihre albernen, närrischen Akrostichen, phantastischen Aurae, rührenden Klopfgeistauftritte, unverifizierbaren hellseherischen Räsonnements versprachen Offenbarungen, neckten mit ihrem rätselhaften Sinn. Yerbagelbe Beleuchtungseffekte, intrikate Lügengewebe. *(1951)*

# ZEIT UND EBBE

## 1

In den ersten blumenreichen Tagen der Genesung von einer schweren Krankheit, die zu überstehen niemand, am allerwenigsten der Patient selber, einem neunzig Jahre alten Organismus zugetraut hatte, wurde ich von meinen guten Freunden Norman und Nura Stone ermahnt, die Ruhepause in meinen wissenschaftlichen Arbeiten auszudehnen und mir bei irgendeiner harmlosen Beschäftigung wie Brasseln oder Solitär Ruhe zu gönnen.

Das erstere kommt nicht in Frage, denn den Namen einer asiatischen Stadt oder den Titel eines spanischen Romans in einem Labyrinth durcheinandergeschüttelter Silben auf der letzten Seite des Abendnachrichtenbuchs aufzuspüren (ein Kunststück, das meine jüngste Urenkelin mit der größten Begeisterung fertigbringt), erscheint mir bei weitem mühsamer als der Umgang mit lebendem Gewebe. Solitär hingegen ist es wert, in Erwägung gezogen zu werden, vor allem, wenn man für sein geistiges Pendant empfänglich ist; denn ist nicht die Niederschrift der eigenen Erinnerungen ein ähnliches Spiel, bei dem man sich selbst in geruhsamer Rückschau Ereignisse und Gefühle wie Karten gibt?

Arthur Freeman soll von Memoirenschreibern gesagt haben, sie seien Leute, die zuwenig Phantasie für Romane haben und ein zu schlechtes Gedächtnis für die Wahrheit. In diesem Zwielicht der Selbstdarstellung muß auch ich mich bewegen. Wie andere alte Männer vor mir habe ich festgestellt, daß das zeitlich Nahe ärgerlich konfus ist, wohingegen am Ende des Tunnels sich Farbe und Licht finden. Ich vermag die Züge jedes einzelnen Monats in den Jahren 1944 oder 1945 zu erkennen, doch nehme ich etwa 1997 oder 2012, so sind die Jahreszeiten völlig verwischt. Ich kann mich nicht an den Namen des bedeutenden Wissenschaftlers erinnern, der meine letzte Arbeit angriff, wie ich auch vergessen habe, welche Schimpfnamen meine ebenso bedeutenden Verteidiger ihm beilegten. Ich bin außerstande, auf Anhieb zu sagen, in welchem Jahr die Embryologische Sektion der Vereinigung der Naturfreunde von Reykjavik mich zum korrespondierenden Mitglied wählte oder wann genau mir die amerikanische Akademie der Wissenschaften ihren exquisitesten Preis zusprach. (Obwohl ich mich allerdings der großen Freude entsinne, die mir beide diese Ehrungen bereiteten.) So sieht ein Mann, der durch ein mächtiges Teleskop blickt, nicht die spätsommerlichen Zirruswolken über seinem verzauberten Obstgarten; aber er sieht, was mein leider verstorbener Kollege, der Professor Alexander Iwantschenko, zweimal sah – das Schwärmen der Hesperozoen in einem feuchten Tal des Planeten Venus.

Zweifellos übertreiben die «zahllosen nebelhaften Bilder», die uns die graue, flache und seltsam melancholische Fotografie des vergangenen Jahrhunderts hinterließ, jenen Eindruck der Unwirklichkeit, den dieses Säkulum auf alle macht, die keine eigenen Erinnerungen daran haben; das ändert nichts an der Tatsache, daß die Wesen, welche die Welt in den Tagen meiner Kindheit bevölkerten, der heutigen Generation entfernter erscheinen, als das neunzehnte Jahrhundert jenen vorkam. Sie standen noch bis zu den Hüften in dessen Prüderie und Vorurteil. Sie klammerten sich an die Tradition, wie sich die Ranke an den toten Baumstamm klammert. Sie nahmen die Mahlzeiten an großen Tischen ein, um die sie sich in steifer Sitzhaltung auf harten hölzernen Stühlen gruppierten. Die Kleidung bestand aus mehreren Teilen, von denen auch noch jedes die verkümmerten und nutzlosen Überbleibsel dieser oder jener älteren Mode enthielt (ein Städter hatte beim morgendlichen Ankleiden nicht nur drei Knoten zu binden und den Inhalt von fünfzehn Taschen zu überprüfen, er mußte auch an die dreißig Knöpfe in ebenso viele Knopflöcher zwängen).

In ihren Briefen redeten sie völlig unbekannte Leute mit einer Wendung an, die – sofern Worte eine Sinn haben –

soviel wie «hehrer Mensch, dem hohe Ehre zuteil wird» besagte, und einer theoretisch unsterblichen Unterschrift schickten sie ein Gemurmel voraus, das idiotische Ergebenheit für eine Person ausdrückte, deren Existenz dem Schreiber vollkommen gleichgültig war. Sie hatten die atavistische Neigung, die Gesellschaft mit Tugenden und Rechten auszustatten, die sie dem Einzelnen verweigerten. Von ökonomischen Fragen waren sie fast so besessen wie ihre Vorfahren von den verschiedenen Theologien. Sie waren oberflächlich, nachlässig und kurzsichtig. Mehr als andere Generationen neigten sie dazu, hervorragende Menschen zu verkennen, so daß sie uns die Ehre überließen, ihre Klassiker zu entdecken (so blieb Richard Sinatra zu seinen Lebzeiten ein anonymer *ranger*, der unter einer Kiefer in Telluride träumte oder seine genialen Verse den Eichhörnchen des San Isabel-Forstes vorlas, während jedermann einen anderen Sinatra kannte, einen unbedeutenderen Schriftsteller gleichfalls orientalischer Abstammung).

Elementare allobiotische Phänomene verführten ihre sogenannten Spiritisten zu den albernsten transzendentalen Mutmaßungen und ließen den sogenannten gesunden Menschenverstand in ebenso alberner Unwissenheit seine breiten Achseln zucken. Unsere Zeiteinteilungen wären ihnen wie «Telefon»-Nummern vorgekommen. Sie spielten auf mancherlei Weise mit der Elektrizität, ohne auch nur die leiseste Ahnung zu haben, was sie in Wirklichkeit war – und es ist kein Wunder, daß die zufällige Enthüllung ihres wahren Wesens ihnen eine höchst fürchterliche Überraschung bescherte (ich war damals schon erwachsen und entsinne mich genau, wie der alte Professor Andrews auf dem Universitätsgelände inmitten einer verblüfften Menge schluchzend sein Herz ausschüttete).

Doch all den lächerlichen Gepflogenheiten und Komplikationen zum Trotz, in denen sie befangen war, war die Welt meiner Jugend eine tapfere und ausdauernde kleine Welt, die dem Unglück mit einem trockenen Scherz begegnete und sich bereitwillig auf entlegene Schlachtfelder begab, um die wüste Vulgarität eines Hitler oder Alamillo zu beseitigen. Und ließe ich mich gehen, so fände das erregte Gedächtnis gar manches Helle, Freundliche, Verträumte und Liebenswerte in der Vergangenheit – und dann wehe der Gegenwart, denn man kann nicht wissen, wozu ein noch rüstiger alter Mann imstande wäre, streifte er die Ärmel hoch. Doch genug davon. Geschichte ist mein Fach nicht, also komme ich lieber zum Privaten, damit man mir nicht entgegenhält, was sich Mr. Saskatchewanov von der reizvollsten Figur der heutigen Romanliteratur sagen lassen muß (und was mir von meiner Urenkelin bestätigt wurde, die mehr liest als ich), nämlich daß «jeder Heuschreck an seinem Fleck» bleiben sollte – anstatt einzudringen in die rechtmäßige Domäne anderer «Bremsen und Sommerschmiede».

2

Ich wurde in Paris geboren. Meine Mutter starb, als ich noch ein Kind war, so daß ich mich ihrer nur noch als eines verschwommenen Fleckens köstlicher tränenreicher Wärme gerade jenseits der Grenze ikonografischer Erinnerung entsinne. Mein Vater lehrte Musik und war selber Komponist (ich bewahre noch immer ein altes Programm auf, auf dem sein Name neben dem eines großen Russen steht); er erlebte, daß ich mein Studium beendete, und starb zur Zeit des Südamerikanischen Krieges an einer obskuren Bluterkrankung.

Ich war im siebenten Lebensjahr, als er und ich und die beste Großmutter, mit der ein Kind je gesegnet war, Europa verließen, wo ein degeneriertes Volk der Rasse, der ich angehöre, unsägliche Leiden bereitete. Eine Frau in Portugal gab mir die riesigste Apfelsine, die ich je zu Gesicht bekommen hatte. Vom Heck des Linienschiffes aus bewachten zwei kleine Kanonen seine unheildrohend gewundene Kielspur. Eine Delphinentruppe vollführte feierliche Saltos. Meine Großmutter las mir die Geschichte von einer Seejungfrau vor, der ein Paar Beine gewachsen waren. Die neugierige Brise pflegte an der Lektüre teilzunehmen und die Seiten unsanft umzublättern, um herauszufinden, wie es weiterging. Das ist so ungefähr alles, was ich von der Reise behalten habe.

Bei der Ankunft in New York waren die Reisenden im Raum gewöhnlich von den altmodischen «Wolkenkratzern» ebenso beeindruckt, wie Reisende in der Zeit es gewesen wären. «Wolkenkratzer» war das falsche Wort, denn ihr Verhältnis zum

Himmel war – besonders gegen das ätherische Ende eines Treibhaustages hin – weit entfernt von einer kratzenden Berührung, vielmehr war es unbeschreiblich zart und heiter: Meinen Kinderaugen, die über die weite Parkfläche blickten, welche damals das Stadtzentrum zierte, schienen sie fern und fliederfarben und seltsam unterwasserartig, wenn sie ihre ersten vorsichtigen Lichter unter die Farbe des Sonnenuntergangs mischten und dem Auge mit einer Art träumerischer Freimütigkeit das pulsierende Innere ihres halbdurchsichtigen Baues darboten.

Negerkinder saßen still auf den künstlichen Felsen. Auf den Stämmen der Bäume standen deren lateinische Doppelnamen, genau wie die Fahrer der gedrungenen, prunkvollen, skarabäusartigen Autodroschken (die von mir generisch mit gewissen ebenso prunkvollen automatischen Apparaten in Verbindung gebracht werden, auf deren musikalische Verstopfung der Einwurf einer kleinen Münze wie ein wundertätiges Abführmittel wirkte) auf dem Rücken ihre verjährten Fotografien trugen; denn wir lebten im Zeitalter der Identifizierung und Tabellarisierung; wir begriffen die Persönlichkeiten der Menschen und Dinge in Form von Namen und Spitznamen und glaubten nicht an die Existenz von irgend etwas Namenlosem.

In einem immer noch beliebten Stück neueren Datums über das sonderbare Amerika der Fliegenden Vierziger Jahre wird die Rolle des Mixers hinter der Sodabar mit etlichem Glanz und Flitter ausgestattet, aber die Favoris und die gestärkte Hemdenbrust sind absurd anachronistisch, und auch ein so unentwegtes und heftiges Gedrehe der hohen Pilzstühle, wie die Darsteller es vollführen, gab es zu meiner Zeit nicht. Wir nahmen unsere bescheidenen Mixturen (durch Strohhalme, die in Wahrheit viel kürzer waren als die auf der Bühne benutzten) in einer Atmosphäre düsterer Gier zu uns. Ich entsinne mich des seichten Zaubers und der zweitrangigen Poesie der Prozedur; des reichlichen Schaums, der über dem eingesunkenen Klumpen synthetischen Eiskrems entstand, oder des flüssigen braunen Schlamms der Fudge-Sauce, die dem Eis über den polaren Schädel gegossen wurde. Messing- und Glasoberflächen, die sterilen Spiegelungen elektrischer Lampen, das Surren und Schimmern eines Ventilators in einem Drahtkäfig, ein Weltkriegsplakat, auf dem Onkel Sam und seine Rooseveltschen müden blauen Augen oder ein schmuckes uniformiertes Mädchen mit einer übergroßen Unterlippe zu sehen waren (dieser Schmollmund, diese mürrische Kußfalle, weiblicher Reize vergängliche Mode, 1939 bis 1950), und die unvergeßliche Tonart sich mischender Verkehrsgeräusche, die von der Straße hereindrangen – diese Muster und melodischen Figuren, für deren bewußte Analyse ganz allein die Zeit verantwortlich ist, brachten den *drugstore* irgendwie mit einer Welt in Beziehung, wo Menschen Metalle quälten und die Metalle sich revanchierten.

Ich besuchte eine Schule in New York; dann zogen wir nach Boston; und dann zogen wir noch einmal um. Wir scheinen unseren Wohnsitz dauernd gewechselt zu haben – und einige waren langweiliger als andere; doch wie klein die Stadt auch war, ich konnte sicher sein, eine Werkstatt zu finden, wo Fahrradreifen repariert wurden, einen Laden, wo es Eis gab, und einen Saal, wo man kinematografische Bilder vorführte.

Bergschluchten schienen der Echos beraubt worden zu sein; diese wurden solange einer Spezialbehandlung auf der Grundlage von Honig und Gummi unterzogen, bis ihre kondensierte Sprache mit den Lippenbewegungen der Filmbilder auf der mondweißen Leinwand in einem samtdunklen Saal synchronisiert werden konnte. Mit einem Fausthieb schickte jemand einen Mitmenschen krachend in einen Kistenstapel. Ein Mädchen mit unglaublich glattem Teint hob eine strichförmige Augenbraue an. Eine Tür schlug mit jenem schlecht sitzenden dumpfen Laut zu, der von dem anderen Ufer des Flusses zu uns kommt, wo Holzfäller bei der Arbeit sind.

## 3

Ich bin auch alt genug, um mich noch an die Personenzüge zu erinnern: Als kleines Kind liebte ich sie heiß; als Knabe wandte ich mich verbesserten Ausgaben der Geschwindigkeit zu. Mit ihren hageren Fenstern und trüben Lichtern poltern sie noch heute manches Mal durch meine Träume. Ihre Farben hätte als die Reife der Entfernung gelten können, als die verschmelzende Folge besiegter Meilen, hätte sie nicht ihren Pflaumenreif an den Kohlenstaub verloren und sich dadurch den Mauern der Fabriken und Elendsquartiere angepaßt, die einer Stadt so sicher vorausgingen wie eine grammatische Regel und ein Tintenklecks dem Erwerb konventionellen Wissens. Zwergenhafte Narrenkappen waren an einem Ende des Wagens aufgestapelt und konnten schwappend das Grottenwasser einer gehorsamen kleinen Fontäne aufnehmen, die bei der Berührung ihr Haupt erhob (und eine durchschneidende Kälte teilte sich den Fingern mit).

Alte Männer, den grauhaarigen Fährleuten noch älterer Märchen gleichend, stimmten periodisch ihre jeweilige «nächste Station» an und kontrollierten die Fahrkarten der Reisenden, unter denen sich, falls die Fahrt von einiger Dauer war, mit Sicherheit eine große Zahl hingefläzter, todmüder Soldaten befand, sowie ein lebendiger, betrunkener Soldat, ungeheuer mobil, den lediglich seine bleiche Gesichtsfarbe mit dem Tod in Beziehung brachte. Er trat immer nur einzeln auf, aber er fehlte nie, eine Kuriosität, ein junges Wesen aus Ton inmitten einer Zeit, die manche hochmodernen Geschichtslehrbücher oberflächlich als die Hamiltonsche Ära bezeichnen – nach dem unbedeutenden Gelehrten, der jener Epoche zu Nutz und Frommen der Gedankenlosen Fasson gab.

Irgendwie brachte es mein brillanter, jedoch unpraktischer Vater nie fertig, sich den akademischen Lebensbedingungen gut genug anzupassen, um längere Zeit an dem oder jenem Ort zu verweilen. Ich sehe sie alle noch vor mir, aber eine Universitätsstadt haftet besonders lebendig in meiner Erinnerung: Ich brauche sie nicht beim Namen zu nennen, wenn ich sage, daß drei Rasenflächen von uns entfernt, in einer kleinen Straße voller Laub, das Haus stand, das heute das Mekka der Nation ist. Ich entsinne mich der sonnenübergossenen Gartenstühle unter dem Apfelbaum, eines hell kupferfarbenen Setters, eines dikken, sommersprossigen Jungen mit einem Buch auf dem Schoß und eines handlich aussehenden Apfels, den ich im Schatten einer Hecke aufgelesen hatte.

Und ich bezweifle, ob die Touristen, die heutzutage die Geburtsstätte des größten Mannes seiner Zeit besuchen und das Stilmobiliar in Augenschein nehmen, welches sich jenseits der

Plüschseile geweihter Unsterblichkeit verlegen zusammendrängt, ob diese Leute etwas von dem stolzen Kontakt zur Vergangenheit empfinden, den ich einem Zufall verdanke. Denn was auch geschieht und wie viele Katalogkarten mit den Titeln meiner veröffentlichten Arbeiten von Bibliothekaren auch ausgefüllt werden, für die Nachwelt werde ich der Mann bleiben, der einmal einen Apfel nach Barrett warf.

Jenen, die seit den erschütternden Entdeckungen der siebziger Jahre zur Welt gekommen sind und also keine Flugkörper gesehen haben außer vielleicht einem Drachen oder einem Luftballon (beides ist in verschiedenen Staaten trotz der Artikel, die Dr. de Sutton unlängst darüber veröffentlicht hat, noch erlaubt, soviel ich weiß), ihnen dürfte es nicht leicht fallen, sich Flugzeuge vorzustellen, zumal alte Fotografien, die jene wunderbaren Maschinen der Luft zeigen, jenes Lebens entbehren, das zu erhalten nur die Kunst imstande gewesen wäre – und seltsamerweise hat kein großer Maler sie je zu einem Gegenstand gemacht, dem er sein Genie mitgeteilt hätte, um so ihr Bild vor dem Verblassen zu bewahren.

Vielen Seiten des Lebens gegenüber, die außerhalb meines wissenschaftlichen Spezialgebietes liegen, nehme ich vermutlich eine altmodische Haltung ein; und möglicherweise erscheint die Persönlichkeit des betagten Mannes, der ich bin, geteilt, wie jene europäischen Städtchen, von denen sich die eine Hälfte in Frankreich und die andere in Rußland befindet. Ich bin mir klar darüber und fahre darum vorsichtig fort. Denn fern liegt mir die Absicht, irgendwelchen Gefühlen der Sehnsucht oder des krankhaften Bedauerns in bezug auf Flugkörper Vorschub zu leisten, auch wenn ich gleichzeitig den romantischen Unterton nicht unterdrücken kann, der in der symphonischen Ganzheit der Vergangenheit, wie ich sie empfinde, enthalten ist.

In jenen fernen Tagen, als kein Fleck auf der Erde weiter als sechzig Flugstunden vom nächstgelegenen Flugplatz entfernt war, kannte ein Junge die Flugzeuge von der Propellerhaube bis zur Trimmklappe am Seitenleitwerk und wußte die einzelnen Arten nicht nur an der Form der Flügelspitze oder dem Vorsprung des Cockpits zu unterscheiden, sondern selbst an der Gestalt der Auspuffflammen in der Dunkelheit, in der Bestimmung der Merkmale solchermaßen mit jenen verrückten Naturdetektiven wetteifernd, den nach-Linnéschen Systematikern. Beim Anblick eines Querschnitts durch Flügel und Rumpf durchzuckte ihn ein schöpferisches Vergnügen, und die Modelle, die er aus Balsa- und Kiefernholz und Heftklammern zusammenbastelte, versetzten ihn bei der Arbeit in eine derartige zunehmende Erregung, daß ihre Vollendung nahezu fade wirkte, als sei der Geist der Sache in dem Augenblick, da sie Gestalt annahm, davongeflogen.

Vollbringung und Wissenschaft, Verhaltung und Kunst – die beiden Paare verkehren nicht miteinander, doch wenn sie sich einmal treffen, wird alles andere auf der Welt gleichgültig. Und so will ich mich denn auf Zehenspitzen hinwegstehlen, indem ich von meiner Kindheit an ihrem charakteristischsten Punkt, in ihrer plastischsten Haltung Abschied nehme: zum Stillstand gebracht von dem tiefen Gebrumm, das in der Höhe vibriert und immer lauter wird, reglos, des bescheidenen Fahrrads nicht achtend, auf dem ich sitze, einen Fuß auf der Pedale, die Zehen des anderen leicht auf den asphaltierten Boden setzend, Augen, Kinn und Rippen dem entblößten Himmel zugewandt, wo ein Kriegsflugzeug sich mit unirdischer Geschwindigkeit nähert, welche nur die Weite seines Mediums gemächlich wirken läßt, als nach der Unterseite nun die Heckpartie sichtbar wird und Flügel und Brummen sich in der Ferne verlieren. Herrliche Ungeheuer, grandiose Flugmaschinen, sie sind verschwunden, verschwunden wie jener Flug wilder Schwäne, der in einer Frühlingsnacht mit dem mächtigen Rauschen seiner vielen Schwingen über den Knights-See in Maine zog, aus dem Unbekannten ins Unbekannte: Schwäne von einer Art, welche die Wissenschaft niemals bestimmte, niemals zuvor gesehen, niemals seitdem – und nur ein einsamer Stern blieb am Himmel, wie ein Asteriskus, der auf eine unauffindbare Fußnote verweist.

*(1945)*

# LANCE

## I

Der Name des Planeten, falls er schon einen erhalten hat, tut nichts zur Sache. In seiner günstigsten Opposition mag er von der Erde gerade so viele Meilen entfernt sein, wie Jahre zwischen dem letzten Freitag und der Entstehung des Himalajas liegen – ein Millionenfaches vom Durchschnittsalter des Lesers. Im teleskopischen Bereich der Phantasie, durch das Prisma der Tränen würden alle Besonderheiten, die er etwa aufzuweisen hat, nicht auffälliger erscheinen als jene tatsächlich existierender Planeten. Eine rosige, mit schattigen Flecken gesprenkelte Kugel, ist er eins von unzähligen Objekten, die geschäftig in der unendlichen und sinnlosen Schrecklichkeit des fließenden Raumes rotieren.

Meines Planeten *maria* (die keine Meere sind) und seine *lacus* (sie sind keine Seen) haben, so wollen wir annehmen, auch Namen erhalten; einige davon sind möglicherweise weniger albern als die Namen von Zuchtrosen, andere nichtssagender als die Nachnamen ihrer Entdecker (denn daß – um tatsächliche Fälle herauszugreifen – ein Astronom Lampland heißen sollte, ist ein ebenso großes Wunder wie ein Entomologe namens Krautwurm); die meisten indes sind von so altertümlicher Art, daß sie es an klangvollem und ruchlosem Zauber mit den Ortsnamen in Ritterromanen aufnehmen können.

Genau wie unsere «Fichtenaus» hienieden oft wenig mehr zu bieten haben als eine Schuhfabrik auf der einen Seite der Geleise und das rostige Inferno eines Autofriedhofs auf der anderen, so mögen auch diese verführerischen Arkadien und Ikarien und Zephyrien auf Himmelsatlanten sich leicht als tote Wüsten erweisen, denen selbst die Schwalbenwurz fehlt, die unsere

Schuttabladeplätze ziert. Selenographen werden das bestätigen, denn ihre Linsen leisten ihnen bessere Dienste als uns die unseren. Im vorliegenden Fall erscheint die Sprenkelung der Oberfläche des Planeten mit zunehmender Vergrößerung immer mehr wie von einem tauchenden Schwimmer gesehen, der durch halbdurchsichtiges Wasser nach oben späht. Und wenn manche untereinander verbundenen Markierungen undeutlich dem gelochten Linienmuster eines chinesischen Damebretts ähneln, so wollen wir sie als geometrische Halluzinationen gelten lassen.

Nicht nur jedem allzu bestimmten Gestirn versage ich es, in meiner Geschichte irgendeine Rolle zu spielen – eine Rolle, wie sie jedes Pünktchen in dieser Geschichte zu spielen hat (die ich als eine Art Himmelsatlas sehe) –, ich weigere mich auch, mich mit jenen technischen Prophezeiungen zu befassen, die Wissenschaftler Berichten zufolge Reportern gegenüber zum besten geben. Der Raketen-Racket ist meine Sache nicht. Ebensowenig die kleinen künstlichen Satelliten, die der Erde verheißen sind; sternene Landebahnen für Raumschiffe – eins, zwei, drei, vier, und dann Tausende von Luftburgen, eine jede komplett mit Palas und Bergfried, von irdischen Nationen in einem Taumel wetteifernder Wirrsal, künstlicher Schwerkraft und wild flatternder Fahnen zusammengebaut.

Ein anderes, für das ich keinerlei Verwendung habe, ist die Sache mit den Spezialausrüstungen – der luftdichte Anzug, der Sauerstoffapparat – Gerätschaften dieser Art. Wie der alte Mr. Boke, von dem wir gleich noch hören werden, bin ich auf hervorragende Weise imstande, mich über diese praktischen Dinge hinwegzusetzen (die ohnehin verurteilt sind, künftigen Raumfahrern, wie etwa dem einzigen Sohn des alten Boke, absurd unpraktisch vorzukommen), denn die Gefühle, die technische Apparaturen in mir erwecken, reichen von dumpfem Mißtrauen zu krankhafter Angst. Nur unter heroischer Anstrengung kann ich mich dazu aufraffen, eine Glühbirne, die eines unerklärlichen Todes gestorben ist, gegen eine andere auszuwechseln, die mir dann ins Gesicht blendet, so gräßlich und plötzlich wie ein Drache, der einem in der nackten Hand aus dem Ei schlupft.

Schließlich habe ich für die sogenannte *«science-fiction»* nur Ablehnung und Verachtung. Ich habe hineingeschaut und sie genauso langweilig gefunden wie Detektivgeschichten-Hefte – dieselbe Art öder Trivialliteratur mit endlosen Dialogen und Berufsverkehrshumor in Mengen. Die Klischees sind natürlich verkleidet; im wesentlichen aber bleiben sie sich bei allem billigen Lesestoff gleich, ob dieser nun das Universum umspannt oder das Wohnzimmer. Sie sind wie jene Keks-Mischungen, deren Bestandteile nur in Form und Farbe verschieden sind; ihre raffinierten Hersteller verstricken damit den Konsumenten, dem das Wasser im Munde zusammenläuft, in eine verrückte Pawlowsche Welt, in der simple visuelle Variationen, die keine weiteren Kosten verursachen, den Geschmack beeinflussen und langsam ersetzen, so daß er alsbald den Weg aller Begabung und Wahrheit geht.

So grinst denn der brave Kerl, der Schurke hohnlächelt, und ein edles Gemüt führt Slangreden im Munde. Sternzaren und Direktoren von Galaktischen Gewerkschaften sind praktisch Abbilder jener forschen, rothaarigen Manager in höchst irdischen Erdenstellungen, die mit ihren kleinen Runzeln die zu Herzen gehenden Geschichten der abgegriffenen Illustrierten in Frisiersalons illustrieren. Eroberer von Denebola und Spica, die Polizisten der Virgo, haben Namen mit Mac am Anfang; kalte Wissenschaftler findet man gewöhnlich unter den -steins; einige von ihnen teilen mit den supergalaktischen Girls so abstrakte Etikette wie Biola oder Vala. Bewohner anderer Planeten, «vernunftbegabte» Wesen, humanoid oder des einen oder anderen mythischen Fabrikats, haben einen bemerkenswerten Zug gemeinsam: Ihre intime Struktur wird niemals enthüllt. In einem äußersten Zugeständnis an die Sittsamkeit der Zweifüßler tragen Kentauren nicht einfach nur einen Lendenschurz; sie tragen ihn um die Vorderbeine.

Damit scheint die Eliminierung abgeschlossen – falls nicht irgend jemand die Zeitfrage zu erörtern wünscht? Auch hier wieder überlasse ich es gern den fähigen Pranken eines Starzan und anderen Helden von Comic- oder Atomic-Streifen, die ehrliche «1» in unserem «1900» gegen eine anmaßende «2» oder «3» zu vertauschen, um den jungen Emery L. Boke deutlich zu sehen, meinen mehr oder minder entfernten Nachfahren, der ein Mitglied der ersten interplanetarischen Expedition sein soll (welche schließlich das einzige, bescheidene Postulat meiner Erzählung ist). Mag es nun A.D. 2145 sein oder A.A. 200, darauf kommt es nicht an. Ich habe nicht die Absicht, irgendwelchen begründeten Ansprüchen ins Gehege zu kommen. Dies ist eine reine Laienvorstellung, mit recht beiläufigen Requisiten, einem Minimum an Kulissen und den borstigen Überresten eines toten Stachelschweins in einer Ecke der alten Scheune. Wir sind hier unter Freunden, den Browns und den Bensons, den Whites und den Wilsons, und wenn jemand hinausgeht, um zu rauchen, so hört er die Grillen und in der Ferne einen Hofhund (der sein Gebell zuweilen unterbricht, um auf etwas zu horchen, was wir nicht hören können). Der Sommernachtshimmel ist ein Durcheinander von Sternen. Emery Lancelot Boke mit einundzwanzig weiß unendlich viel mehr über sie als ich, der ich fünfzig bin und gepackt von Entsetzen.

2

Lance ist groß und dünn, hat kräftige Sehnen und grünliche Venen auf seinen sonnengebräunten Unterarmen und eine Narbe auf der Stirn. Wenn er nichts tut, nur unruhig dasitzt wie eben, auf der Kante eines niedrigen Sessels, vorgebeugt, die Schultern angezogen, die Ellbogen auf die großen Knie gestützt, dann hat er die Angewohnheit, die schönen Hände langsam zu falten und wieder zu öffnen – eine Geste, die ich für ihn von einem seiner Vorfahren ausleihe. Sein gewöhnlicher Ausdruck ist der des Ernstes, der unbehaglichen Konzentration (alles Denken ist unbehaglich, und insbesondere junges Denken); im Augenblick jedoch ist es eine Art Maske, die seinen wilden Wunsch verbirgt, sich einer langanhaltenden Spannung zu entledigen. In der Regel lächelt er nicht oft, und außerdem ist «lächeln» ein zu glattes Wort für die abrupte, strahlende Verzerrung, die nun plötzlich seinen Mund und seine Augen erhellt, während die Schultern noch höher gezogen werden, die unruhigen Hände gefaltet bleiben und er leicht mit dem Zeh des einen Fußes auftippt. Seine Eltern sind mit im Zimmer und ebenfalls ein zufälliger Besucher, ein Dummkopf und Langweiler, der nicht merkt, was hier vor sich geht – denn dies ist ein Augenblick der Verlegenheit in einem düsteren Haus am Vorabend eines ungeheuerlichen Aufbruchs.

Eine Stunde verstreicht. Endlich hebt der Besucher seinen Zylinderhut vom Teppich auf und geht. Lance bleibt allein mit seinen Eltern, was die Spannung nur noch erhöht. Mr. Boke sehe ich deutlich genug vor mir. Aber Mrs. Boke kann ich mir in keiner Weise klar vorstellen, wie tief ich mich auch in meine schwierige Trance versenke. Ich weiß, daß sie ihre Fröhlichkeit – Geplauder, rascher Augenaufschlag – weniger ihres Sohnes wegen als vielmehr für ihren Mann und sein alterndes Herz aufrechterhält, und der alte Boke merkt das nur zu gut; neben seiner eigenen ungeheuren Beklommenheit muß er es nun auch noch mit ihrer gespielten Munterkeit aufnehmen, die ihm stärker zusetzt als ein gänzlicher und bedingungsloser Zusammenbruch. Ich bin etwas enttäuscht, daß ich ihre Züge nicht ausmachen kann. Das einzige, was ich flüchtig zu erkennen vermag, ist ein zerfließender Schimmer Lichts auf der einen Seite ihres verschwommenen Haars; vermutlich bin ich darin auf heimtückische Weise von den Standardeffekten der modernen Fotografie beeinflußt, und ich spüre, wieviel leichter das Schreiben in früheren Tagen gewesen sein muß, als unsere Vorstellungskraft noch nicht von all diesem Anschauungsmaterial eingeengt war und ein Pionier, der seinen ersten Riesenkaktus oder den ersten Gebirgsschnee betrachtete, nicht zwangsläufig an die Bildreklame einer Reifenfirma erinnert wurde.

Im Falle von Mr. Boke ertappe ich mich dabei, daß ich mit den Gesichtszügen eines alten Geschichtsprofessors operiere, eines hervorragenden Fachmanns fürs Mittelalter, dessen weißer Backenbart, rosa Schädel und schwarzer Anzug auf einem gewissen sonnigen Universitätsgelände im tiefen Süden berühmt sind, aber deren ganzer Vorteil im Zusammenhang mit dieser Geschichte (außer einer leichten Ähnlichkeit mit einem lange verstorbenen Großonkel von mir) darin besteht, daß seine Erscheinung etwas Unzeitgemäßes hat. Wer sich selbst gegenüber ganz ehrlich ist, wird zugeben, daß nichts Außergewöhnliches in der Neigung liegt, den Sitten und Kleidern einer fernen Zeit (die zufällig in der Zukunft liegt) etwas Altmodisches zu geben, ein schlechtgebügeltes, ungepflegtes, staubiges Etwas – sind doch Begriffe wie «unzeitgemäß», «anachronistisch» und so weiter auf die Dauer die einzigen, mit denen wir uns eine Fremdartigkeit vorstellen und ihr Ausdruck verleihen können, die keine Forschung vorherzusehen vermag. Das Zukünftige ist nur die Umkehrung des Veralteten.

In jenem armseligen Zimmer, in gelblichem Lampenlicht, spricht Lance noch über ein paar letzte Dinge. Unlängst hat er von einem wüsten Fleck in den Anden, wo er irgendeinen noch namenlosen Gipfel bestieg, ein junges Chinchilla-Pärchen mitgebracht – aschgraue, kaninchengroße Nagetiere (*Hystricomorpha*) mit erstaunlich viel Fell, langen Schnurrhaaren, rundem Hinterteil und Ohren wie Blütenblätter. Er hält sie im Haus, in einem Stall mit einer Drahtgitterwand, und gibt ihnen Erdnüsse, Puffreis und Rosinen zu fressen und als besonderen Leckerbissen ein Veilchen oder eine Aster. Er hofft, daß sie im Herbst Junge werfen. Jetzt wiederholt er seiner Mutter ein paar nachdrückliche Anweisungen – das Futter seiner Lieblinge knusprig, den Stall trocken zu halten und ihr tägliches Staubbad nicht zu vergessen (feiner Sand mit zerstoßener Kreide gemischt), in dem sie höchst munter zappeln und sich wälzen. Während dies besprochen wird, zündet Mr. Boke immer wieder seine Pfeife an und legt sie schließlich weg. Mit einem Ausdruck gespielter, wohlwollender Geistesabwesenheit beginnt der alte Mann hin und wieder mit einer Reihe von Lauten und Bewegungen, die niemanden täuschen; er räuspert sich und tritt, die Hände auf dem Rücken verschränkt, wie zufällig ans Fenster; oder er summt mit geschlossenen Lippen und ohne Melodie vor sich hin; und scheinbar von diesem kleinen nasalen Motor angetrieben, schreitet er aus dem Zimmer. Aber kaum hat er die Bühne verlassen, schüttelt er sich und wirft den komplizierten Bau seiner gütigen, brummelnden Rolle ab. In einem Schlafzimmer oder Badezimmer hält er ein, als wolle er in elender Verlassenheit aus irgendeiner versteckten Flasche tief und krampfhaft trinken, und schwankt sogleich wieder hinaus, trunken vor Kummer.

Die Bühne ist unverändert, als er still zurückkehrt, seine Jacke zuknöpft und das leise Summen wieder aufnimmt. Es handelt sich jetzt nur noch um Minuten. Lance schaut in den Stall, bevor er geht, und läßt Chin und Chilla, jedes mit einer Blume in den Vorderpfoten, auf ihren Hinterbeinen sitzend zurück. Das einzige, was ich sonst von diesen letzten Augenblikken weiß, ist, daß Redensarten wie «hast du auch das frischgewaschene Seidenhemd nicht vergessen?» oder «weißt du, wo du die neuen Pantoffeln hingetan hast?» unterblieben. Alles, was Lance mitnimmt, ist bereits an dem geheimnisvollen, unnennbaren und entsetzlichen Ort seiner Abreise zur Stunde Null beisammen; von dem, was wir brauchen, braucht er nichts; mit leeren Händen und ohne Hut geht er aus dem Haus, lässig und unbeschwert wie einer, der zum Zeitungsstand geht – oder auf ein ruhmreiches Schafott.

3

Irdischer Raum liebt Verborgenheit. Das Äußerste, was er dem Auge bietet, ist ein Panorama. Der Horizont schließt sich vor dem sich entfernenden Reisenden wie eine in Zeitlupentempo bewegte Falltür. Für die Zurückbleibenden ist jede auch nur eine Tagesreise entfernte Stadt unsichtbar, während man solche Transzendenzen wie beispielsweise ein lunares Amphitheater und den von seinem kreisförmigen Gebirgskamm geworfenen Schatten ohne weiteres erkennen kann. Der Zauberer, der das Firmament zur Schau stellt, hat die Ärmel hochgerollt und gibt seine Vorstellung direkt vor den Augen seiner kleinen Zuschauer. Planeten mögen der Sicht entschwinden (genau wie Gegenstände von der verschwommen wahrnehmbaren Rundung der eigenen Wange ausgelöscht werden); doch sie sind wieder da, wenn die Erde den Kopf wendet. Die Nacktheit der Nacht ist grauenhaft. Lance ist gegangen; die Zerbrechlichkeit seiner jungen Glieder wächst in demselben Maß wie die Entfernung, die er zurücklegt. Von ihrem Balkon schauen die alten Bokes in den unendlich gefährlichen Nachthimmel und beneiden glühend das Los von Fischersfrauen.

Wenn Bokes Quellen stimmen, taucht der Name «Lanceloz del Lac» zuerst in Vers 3676 des «Roman de la Charrete» aus dem zwölften Jahrhundert auf. Lance, Lancelin, Lancelotik – Diminutive, zu den überflutenden, salzigen, feuchten Sternen emporgeflüstert. Ritter, die in jungen Jahren das Harfenspiel, die Falkenbeize und die Jagd erlernen; der Wald der Gefahren und die Burg der Schmerzen; Aldebaran, Beteigeuze – der Donner sarazenischer Schlachtrufe. Wunderbare Waffentaten, wunderbare Krieger funkeln in den furchtbaren Sternbildern über dem Balkon der Bokes: Herr Percard, der Schwarze Ritter, und Herr Perimones, der Rote Ritter, und Herr Pertelope, der Grüne Ritter, und Herr Persant, der Blaue Ritter, und jener barsche alte Herr Grummore Grummursum, der nordische Flüche vor sich hin murmelt. Der Feldstecher nützt wenig, die Karte ist ganz zerknittert und feucht, und «du hältst die Taschenlampe nicht richtig» – dies zu Mrs. Boke.

Tief Luft holen. Noch einmal hinsehen.

Lancelot ist fort; die Aussicht, ihn im Leben wiederzusehen, ist etwa so groß wie die auf ein Wiedersehen in der Ewigkeit. Lancelot ist aus dem Land der *Eau Grise* (wie wir die Großen Seen nennen könnten) verbannt und fährt nun auf in den Staub des Nachthimmels, fast so schnell, wie unser hiesiges Universum (mit dem Balkon und dem pechschwarzen, optisch gesprenkelten Garten) auf König Artus' Leier zueilt, wo die Wega brennt und winkt – eines der wenigen Objekte, die mit Hilfe dieser verdammten Karte identifiziert werden können. Der Sternendunst verursacht den Bokes Schwindel – grauer Weihrauch, Wahnsinn, Unendlichkeitsübelkeit. Doch sie können sich nicht losreißen von diesem Albdruck des Raums, können nicht zurückkehren in das erleuchtete Schlafzimmer, von dem eine Ecke in der Glastür zu sehen ist. Und dann geht *er* auf, der Planet, wie ein winziges Freudenfeuer.

Da, zur Rechten, ist die Schwertbrücke, die ins Jenseits führt (*«dont nus estranges ne retorne»*). Lancelot kriecht über sie unter großen Schmerzen, unter unsäglicher Qual hinweg. «Du sollst den Paß nicht passieren, der Paß der Gefahren genannt ist.» Doch ein anderer Zauberer befiehlt: «Du sollst. Es soll dir sogar Humor eigen werden, der dir hinweghilft über den Ort der Prüfung.» Die tapferen alten Bokes glauben, Lancelot zu erkennen, wie er mit Steigeisen den vereisten Fels des Himmels erklimmt oder still eine Spur durch den weichen Schnee der Spiralnebel zieht. Bootes, irgendwo zwischen Camp X und XI, ist ein großer Gletscher ganz aus Schutt und Eisfällen. Wir versuchen, die Serpentinen seines Aufstiegs zu verfolgen; scheinen Lances leichte Schlankheit zwischen den verschiedenen aneinandergeseilten Silhouetten unterscheiden zu können. Fort! War er es oder Denny (ein junger Biologe, Lances bester Freund)? Während wir im dunklen Tal zu Füßen des senkrechten Himmels warten, erinnern wir uns (Mrs. Boke deutlicher als ihr Mann) an jene besonderen Namen für Gletscherspalten und gotische Eisgebäude, die Lance in seiner alpinen Knabenzeit mit soviel professionellem Gusto im Mund führte (inzwischen ist er um mehrere Lichtjahre älter); Eisnadeln und Schründe; Lawinen und ihr dumpfer Donner; französische Echos und germanisches Zauberwesen in enger Nagelschuhgemeinschaft dort oben, wie in mittelalterlichen Romanzen.

Ah, da ist er wieder! Überquert eine Scharte zwischen zwei Sternen; versucht dann, sehr langsam, eine Traversierung an einer so steilen, so glatten, so wenig Halt bietenden Felswand, daß es schon Höhenschwindel hervorruft, an seine tastenden Fingerspitzen und schabenden Stiefel auch nur zu denken. Und durch fließende Tränen hindurch erblicken die alten Bokes nun Lance hilflos auf einem Felsgesims und dann wieder kletternd und jetzt, in schrecklicher Sicherheit, mit Eispickel und Rucksack auf dem höchsten aller Gipfel, sein zielstrebiges Profil lichtumrandet.

Oder ist er etwa schon beim Abstieg? Ich nehme an, daß keine Nachricht von den Entdeckungsreisenden kommt und die Bokes ihre herzergreifenden Nachtwachen fortsetzen. Während sie auf die Rückkehr ihres Sohnes warten, scheint jeder Weg seines Abstiegs in den Abgrund ihrer Verzweiflung zu führen. Aber vielleicht hat er sich über diese stark geneigten nassen Schieferplatten, die senkrecht in die Tiefe abfallen, hinweggeschwungen, hat er den Überhang bezwungen und gleitet nun glücklich steile himmlische Schneefelder hinab?

Da indessen die Türklingel der Bokes an der logischen Kulmination einer imaginären Reihe von Schritten nicht ertönt (wie geduldig wir auch einen auf den anderen folgen lassen, wenn sie in unserer Vorstellung näher und näher kommen), müssen wir ihn zurückversetzen und seinen Anstieg von vorn beginnen lassen und ihn dann noch weiter zurückversetzen, so daß er sich immer noch im Hauptquartier befindet (wo die Zelte sind und die offenen Latrinen und die bettelnden Kinder mit Füßen, die schwarz sind von Schmutz), lange nachdem wir uns vorgestellt hatten, wie er gebückt unter der Magnolie hindurch über den Rasen zur Tür und zur Türglocke heraufkommt. Als wäre er müde von seinen vielen Auftritten im Geist seiner Eltern, müht Lance sich jetzt beschwerlich durch schlammige Pfützen und dann einen Hügel hinauf, bald rutschend, bald kriechend auf dem welken Gras des Hangs, in der trostlosen Landschaft eines fernen Krieges. Vor ihm liegt noch ein Stück bergsteigerischer Routinearbeit, und dann der Gipfel. Der Hügelkamm ist bezwungen. Unsere Verluste sind groß. Wie wird man benachrichtigt? Telegrafisch? Durch Einschreibebrief? Und wer ist der Scharfrichter – ein Sonderkurier oder der gewöhnliche Briefträger mit dem schleppenden Gang und der roten Nase, der immer ein wenig angeheitert ist (er hat selber so seine Sorgen)? Hier unterschreiben. Großer Daumen. Kleines Kreuz. Schwacher Bleistift. Sein Holz ein dunkles Violett. Ihn zurückgeben. Die unleserliche Unterschrift wankend nahenden Unglücks.

Doch nichts kommt. Ein Monat vergeht. Chin und Chilla sind in bester Verfassung und scheinen einander sehr gewogen – zu einem wolligen Knäuel zusammengekuschelt, schlafen sie zusammen in der Nistecke. Nach vielen Versuchen hatte Lance einen Ton entdeckt, der den Chinchillas eindeutig zusagte und zustande gebracht wurde, indem man mit gespitztem Mund in rascher Folge mehrere leise, feuchte Schlürflaute ausstieß, so wie man mit einem Strohhalm trinkt, wenn das Getränk zur Neige geht und nur noch ein Rest aufzusaugen ist. Aber seine Eltern bringen ihn nicht zustande – die Tonhöhe ist falsch oder sonst etwas. Und es herrscht unerträgliche Stille in Lances Zimmer mit seinen zerlesenen Büchern, den fleckigen weißen Regalen, den alten Schuhen, dem verhältnismäßig neuen Tennisschläger in seinem absurd sicheren Spannrahmen und einem Penny auf dem Boden des Kleiderschranks – und all das erfährt eine prismatische Auflösung, bis man die Schraube anzieht und alles wieder scharf und klar wird. Und schon kehren die Bokes auf ihren Balkon zurück. Hat er sein Ziel erreicht – und wenn ja, kann er uns sehen?

4

Der klassische Ex-Sterbliche betrachtet, auf einen Ellbogen gestützt, von einem blumenreichen Bergvorsprung aus diese Erde, dieses Spielzeug, diesen Kinderkreisel, der sich vor den Augen der Schaulustigen langsam in seinem Modellfirmament dreht, jeder Umriß so fröhlich und klar – die aufgemalten Ozeane, die Ostsee eine betende Frau, ein Standfoto der eleganten Amerikas bei ihrem Trapezkunststück und Australien wie ein auf der Seite liegendes Baby-Afrika. Unter meinen Zeitgenossen mag es Leute geben, die von ihrem Geist halb und halb erwarten, daß er mit Schaudern und einem Seufzer vom Himmel auf seinen heimatlichen Planeten herabschaut und ihn von Breitengraden umgürtet, von Längengraden umspannt und vielleicht von den fetten, schwarzen, teuflisch gekrümmten Pfeilen globaler Kriege gezeichnet sieht; oder, erfreulicherer Anblick, wie eine jener Bilderkarten von Ferienparadiesen ausgebreitet, mit einem trommelschlagenden Reservationsindianer hier und dort einem Mädchen in Shorts, mit konischen Koniferen an konischen Bergen und Anglern allerenden.

In Wahrheit, nehme ich an, würde mein junger Nachfahr in seiner ersten Nacht draußen, in der vorgestellten Stille einer unvorstellbaren Welt, die Oberfläche unserer Erdkugel durch die Tiefen ihrer Atmosphäre hindurch zu betrachten haben; das aber bedeutete: Staub, vereinzelte Lichtreflexe, Dunst und alle möglichen optischen Täuschungen, so daß Kontinente, falls sie überhaupt durch die wechselnde Bewölkung hindurchschienen, in seltsamen Verkleidungen vorüberzögen, mit unerklärlichen Farbschimmern und unkenntlichen Umrissen.

Aber all das ist nebensächlich. Das Hauptproblem ist dies: Wird der Geist des Weltraumfahrers den Schock überstehen? Man versucht, sich die Natur dieses Schocks so genau auszumalen, wie es die eigene geistige Sicherheit zuläßt. Und wenn so schreckliche Risiken bereits die bloße Vorstellung belasten, wie dann wird die wirkliche Qual zu ertragen und zu bewältigen sein?

Zunächst und vor allem wird es Lance mit dem atavistischen Moment aufzunehmen haben. So fest haben sich Mythen in den strahlenden Himmel verschanzt, daß der gewöhnliche Menschenverstand sich gerne um die Aufgabe drückt, an den hinter ihnen liegenden ungewöhnlichen Sinn heranzukommen. Die Unsterblichkeit braucht einen Stern, auf dem sie bestehen kann, wenn sie sprießen und blühen und Tausende blaugefiederter Engelsvöglein tragen will, die alle so lieblich singen wie kleine Eunuchen. Tief im Geist des Menschen ist Sterben gleichbedeutend mit einem Verlassen der Erde. Ihrer Schwerkraft entrinnen heißt das Grab überwinden, und ein Mensch, der sich auf einem anderen Planeten wiederfindet, hat tatsächlich keine Möglichkeit, sich zu beweisen, daß er nicht tot ist – daß der naive alte Mythos sich nicht doch erfüllt hat.

Ich denke nicht an den Schwachkopf, den ordinären haarlosen Affen, der über gar nichts staunt; seine einzige Kindheitserinnerung ist die an ein Maultier, das ihn gebissen hat; sein einziges Bewußtsein von der Zukunft ein Wunschbild von Tisch und Bett. Woran ich denke, das ist der Mann von Phantasie und Wissen, dessen Mut ohne Grenzen ist, weil seine Neugier größer ist als sein Mut. Nichts hält ihn zurück. Er ist der *curieux* früherer Zeiten, aber von kräftigerer Statur und mit frischerem Herzen. Wenn es darum geht, einen Himmelskörper zu erforschen, so wird ihm die Befriedigung des leidenschaftlichen Wunsches zuteil, den nie zuvor berührten Stoff, aus dem der Sternleib besteht, mit eigenen Händen zu berühren, ihn zu streicheln, zu betrachten, einzuatmen und wieder zu streicheln – mit eben dem Lächeln namenloser, stöhnender, wehmütiger Lust. Jeder wahre Wissenschaftler (natürlich nicht der talentlose Scharlatan, dessen einziger Schatz die Unwissenheit ist, die er wie einen Knochen versteckt) sollte imstande sein, dieses sinnliche Vergnügen unmittelbarer und göttlicher Erkenntnis zu erfahren. Er mag zwanzig sein oder fünfundachtzig, ohne dieses Prickeln gibt es keine Wissenschaft. Und aus solchem Stoff ist Lance gemacht.

Wenn ich meine Phantasie aufs äußerste anspanne, sehe ich ihn die Panik überwinden, die der Affe vielleicht nie gefühlt hätte. Ohne Zweifel, Lance könnte in einer orangefarbenen

Staubwolke gelandet sein, irgendwo mitten in der Wüste Tharsis (wenn das eine Wüste ist) oder nahe einem violetten Gewässer – Phoenicis oder Oti (wenn es doch Seen sein sollten). Andererseits... Wie das nämlich so geht in solchen Fällen, manches wird bestimmt sofort geklärt, auf schreckliche und unwiderrufliche Weise, während andere Dinge eins nach dem anderen auftauchen und nach und nach enträtselt werden. Als ich ein Junge war...

Als ich ein Junge war, sieben oder acht Jahre alt, pflegte ich einen ungefähr auf gleiche Weise wiederkehrenden Traum zu träumen, der in einer bestimmten Umgebung spielte, die ich rational niemals wiederzuerkennen oder zu identifizieren vermochte, obwohl ich manches fremde Land gesehen habe. Ich bin geneigt, sie jetzt zu verwenden, um ein klaffendes Loch, eine offene Wunde in meiner Geschichte zu verdecken. Es war nichts Besonderes an jener Umgebung, nichts Monströses oder auch nur Seltsames: nur ein Stück unverbindlicher Festigkeit, von einem Stück ebener Erde vorgestellt und von etwas neutralem Nebel überzogen; mit anderen Worten, mehr die belanglose Kehrseite einer Ansicht als diese selbst. Das Störende an diesem Traum war, daß ich aus irgendeinem Grunde nicht um diese Ansicht herumgehen konnte, um ihr von gleich zu gleich gegenüberzutreten. Im Nebel dort lauerte ein massives Etwas – eine Gesteinsmasse oder ähnliches – von bedrückender und gänzlich sinnloser Gestalt, und im Verlauf meines Traumes füllte ich unaufhörlich irgendeinen Behälter (in die Sprache des Traums übersetzt: einen «Eimer») mit kleinerer Masse (übersetzt: «Kiesel»), und meine Nase blutete, doch ich war zu ungeduldig und zu aufgeregt, um etwas dagegen zu tun. Und jedesmal, wenn ich diesen Traum hatte, begann hinter mir plötzlich jemand zu schreien, und ich erwachte gleichfalls schreiend, so daß ich den ersten, anonymen Schrei mit seinem anfänglichen ansteigenden Jubelton fortsetzte, ohne daß ihm jetzt noch irgendein Sinn zukam – wenn je ein Sinn darin gewesen war. Um auf Lance zurückzukommen, so möchte ich meinen, daß etwas in der Art meines Traumes... Doch komisch, wenn ich überlese, was ich niedergeschrieben habe, so schwindet sein Hintergrund, die tatsächliche Erinnerung – ist mittlerweile völlig entschwunden –, und ich habe keine Möglichkeit, mir zu beweisen, daß hinter ihrer Beschreibung überhaupt irgendeine persönliche Erfahrung steht. Was ich sagen wollte, war, daß vielleicht Lance und seine Gefährten, als sie ihren Planeten erreichten, etwas empfanden, was meinem Traum verwandt ist – dem Traum, der mir nun nicht mehr gehört.

## 5

Und sie waren zurück! Ein Reiter, klippertiklapp, galoppiert durch den strömenden Regen über die Kopfsteinpflasterstraße zum Haus der Bokes, hält am Gartentor nahe der triefenden Magnolie und ruft die ungeheure Nachricht aus, indes die Bokes wie zwei hystricomorphe Nagetiere aus dem Haus gestürzt kommen. Sie sind zurück! Die Piloten sind zurück und die Astrophysiker und einer der Naturforscher (der andere, Denny, ist tot und wurde im Himmel zurückgelassen, womit der alte Mythos einen kuriosen Punkt für sich verbuchte).

Im sechsten Stock eines Provinzkrankenhauses, sorgfältig vor den Journalisten verborgen, befinde sich ihr Junge, so wird Mr. und Mrs. Boke gesagt, in einem kleinen Wartezimmer, zweite Tür rechts, bereit, sie zu empfangen; im Ton dieser Auskunft liegt etwas von scheuer Ehrerbietung, als bezöge sie sich auf einen Märchenkönig. Sie mögen leise eintreten; eine Krankenschwester, Mrs. Coover, wird ständig anwesend sein. Doch, es gehe ihm gut, sagt man ihnen – in einer Woche könne er sicherlich nach Hause. Dennoch sollten sie nicht länger als ein paar Minuten bleiben, und bitte keine Fragen – reden Sie über dies und das. Sie wissen schon. Und dann sagen Sie, daß Sie morgen oder übermorgen wiederkommen.

Lance, in grauem Morgenrock, kurzgeschoren, Sonnenbräune abgeblaßt, verändert, unverändert, verändert, dünn, Saugwatte in den Nasenlöchern, sitzt auf der Kante einer Couch, die Hände gefaltet, ein wenig verlegen. Steht schwankend und mit einer strahlenden Grimasse auf und setzt sich wieder. Mrs. Coover, die Krankenschwester, hat blaue Augen und kein Kinn.

Anhaltendes Schweigen. Dann Lance: «Es war wunderbar. Einfach wunderbar. Im November fahre ich wieder.»

Pause.

«Ich glaube», sagt Mr. Boke, «Chilla kriegt Junge.»

Rasches Lächeln, kleine Verneigung, zum Zeichen befriedigten Verständnisses. Dann, im Erzählerton: *«Je vais dire ça en français! Nous venions d'arriver ...»*

«Zeigen Sie ihnen doch den Brief vom Präsidenten», sagt Mrs. Coover.

«Wir waren gerade angekommen», fährt Lance fort, «und Denny war noch am Leben, und das erste, was er und ich sahen ...»

Plötzlich aufgescheucht, unterbricht Schwester Coover: «Nein, Lance, nein. Bitte nicht, gnädige Frau. Keine Berührungen. So hat es der Arzt angeordnet, *bitte.*»

Warme Schläfe, kaltes Ohr.

Mr. und Mrs. Boke werden hinausgeleitet. Sie gehen rasch – obwohl keine Eile ist, überhaupt keine Eile, gehen den Korridor hinunter, an seiner schäbigen, oliv- und ockerfarbenen Wand entlang, deren unteres Olivgrün von dem oberen Ockergelb durch eine fortlaufende braune Linie getrennt ist, die zu den ehrwürdigen Aufzügen führt. Aufwärts (flüchtiger Anblick eines Greises im Rollstuhl). Im November wieder (Lancelin). Abwärts (die alten Bokes). In jenem Fahrstuhl befinden sich zwei lächelnde Frauen und, Gegenstand ihrer freudigen Sympathie, ein junges Mädchen mit einem Säugling und außerdem der grauhaarige, gebeugte, mürrische Fahrstuhlführer, der allen den Rücken kehrt. *(1952)*

# NACHWORT

Kunst, sagte Vladimir Nabokov in einem Interview, das ironischerweise die amerikanische Zeitschrift *Playboy* druckte, im Januar 1964, neben solchem *entertainment for men* wie einer Sammlung der «Weisheit Picassos» und dem synthetischen Fondantrosa einer entkleideten Dame – Kunst sei eins am wenigsten, nämlich schlicht und wahrhaftig: «Eines Tages muß ich die Quelle dieser vulgären Absurdität ausfindig machen. Eine Lehrerin in Ohio? Ein fortschrittlicher Esel in New York? Denn natürlich ist Kunst dort, wo sie am größten ist, phantastisch trügerisch und komplex.»

Es versteht sich, daß sich sein eigenes Werk in dem Maße, in dem es ein derartiges Postulat selbst verwirklicht, der bequemen Klassifizierung entzieht. Links oder rechts, progressiv oder retrograd, bürgerlich oder antibürgerlich, realistisch oder phantastisch, experimentell oder konventionell, natürlich oder manieristisch, gesund oder neurotisch – derlei beliebte Positionsbestimmungen nehmen sich einfältig aus vor ihm. Und die viel zu kommoden modischen Begriffe, auf welche die Substanz zeitgenössischer Prosa gerne festgelegt wird – Kommunikationslosigkeit, Selbstentfremdung, Existenzangst, Vermassung, Unbehaustheit und so fort: Nabokov würde sich vor ihnen hüten. Auch wenn einige von ihnen in einem ungefähren Sinn nicht eigentlich unzutreffend sind, insbesondere jene, die sich auf die Heimatlosigkeit und die «Einzelhaft» eines jeden in seiner Seele beziehen (das ist ein Wort, welches Nabokov gelten läßt), müssen sie zu einer Beschreibung seiner Eigenart verletzend, grob erscheinen. Ein noch so intensiv erlebtes Kommunikationsproblem macht schließlich noch kein Kunstwerk.

Denn Nabokov ist ein Feind des Allgemeinen und dem Besonderen mit Leidenschaft zugetan; die allgemeinen Ideen, ob sie nun das Wohl der Menschheit im Auge haben oder das Heil der Seele, sind seine Sache nicht; die ist die konkrete, die sinnfällige Einzelheit.

Eine aufschlußreiche Stelle findet sich in seinem Erinnerungsbuch «Andere Ufer». Die Rede ist von seinen Gymnasialjahren in Petersburg, von seinem Vater, einem Rechtswissenschaftler und Staatsmann, dessen Beispiel ihm in der Schule unentwegt vorgehalten wurde: «Mein Vater war in der Tat sehr aktiv, aber ich sah seine Tätigkeit durch mein eigenes Prisma, welches das ziemlich strenge Licht, das meine Lehrer wahrnahmen, in viele bezaubernde Farben zerlegte...» Und in der Folge ist wohl von den politischen Zusammenkünften im Elternhaus die Rede, aber nicht etwa von den Problemen, die dabei zur Debatte standen, sondern von dem Geräusch des Bleistiftanspitzers, das sie ankündigte, von dem insgeheim verbitterten Alten, der den Anspitzer drehte, von den Schlägen der Standuhr, die die Versammlung begleiteten, von den rätselvollen Tiefen hinter dem Konferenzraum, in denen eines Tages ein Polizeispitzel gefaßt wurde...

Nicht also die Arithmetik der Argumente und Beweisführungen, nicht die Geometrie der Abstraktionen: Nabokovs Intelligenz ist prismatischer Natur. Sie zerlegt in die bunte Farbigkeit einmaliger Erscheinungen, was andere vorzugsweise generalisierend begreifen. Bleistifte, Standuhr, Räume, Gesichter – einem Zeitgenossen, der aus ist auf «Identifizierung und Tabellarisierung» («Zeit und Ebbe»), mag das als Rückzug ins Nebensächliche erscheinen. Für Nabokov steckt im Gegenteil die Wahrheit in diesen Details; jenseits droht die lügenhafte Verzeichnung.

Schon eins seiner allerfrühesten Prosastücke überhaupt, das früheste dieses Bandes («Stadtführer durch Berlin», 1925), hat diese seine besondere Sensibilität als solche zum Gegenstand – und konfrontiert sie mit jener gröberen Sehweise, die auf Wichtigeres bedacht ist, nämlich auf die handfesten Nützlichkeiten, und darum gar nichts wahrnimmt und unterscheiden kann.

Das wirkt sich selbstverständlich auch in der Art aus, wie

Nabokov Literarischem begegnet. Ob er in einem Artikel über Sartres «La Nausée» (1949) schrieb: «... unglücklicherweise bleibt das alles auf rein geistiger Ebene... Man ist nicht weiter uneins mit Roquentin, wenn er zu dem Schluß kommt, daß die Welt existiere; aber die Welt als Kunstwerk existieren zu lassen, ging über Sartres Kräfte»; ob er, wie berichtet wird, als Professor für Europäische Literaturen an der Universität Cornell seine Schüler mit Fragen wie der nach der Farbe von Anna Karenins Handtasche in Verlegenheit brachte; ob er viele kostbare Jahre auf eine erste peinlich genaue englische Übersetzung und Kommentierung des «Eugen Onegin» verwandte, ein vierbändiges Werk, von dem hundert Seiten sich ausschließlich höchst spezieller metrischer Fragen annehmen; ob er fahrlässige Übersetzungen seiner Werke verbrennen läßt und seine «Lolita» selber ins Russische überträgt, obwohl ihre Veröffentlichung in russischer Sprache nicht abzusehen ist; ob er seine Übersetzer zu größter Akribie anhält und ihnen kein bloßes Ungefähr durchgehen läßt; ob er sein Buch über Gogol (1944) mit einer Studie von Gogols Nase und der Nase im Gogolschen Werke eröffnete – immer läuft es auf dies hinaus: «In der Kunst wie in der Wissenschaft gibt es keine Freude ohne das Detail... Solange man (dieses) nicht gründlich begreift und im Gedächtnis behält, müssen alle ‹allgemeinen Ideen› (so leicht erworben, so gewinnbringend weiter veräußert) notwendigerweise abgegriffene Pässe bleiben, die ihren Inhabern den abgekürzten Weg von einem Bezirk der Unwissenheit in den anderen erlauben» («Eugen Onegin», Band 1, Seite 8). In einem – übrigens gründlich kritischen – Artikel über diese Übersetzung, erschienen im Juli 1965 in der *New York Review of Books*, definierte Edmund Wilson, der Nabokovs Werke, wie er selber schrieb, «mit warmer, aber gelegentlich von Verärgerung abgekühlter Zuneigung» verfolgt, dies so: «In der letzten Zeit ist die Literatur so sehr nach maskierten Symbolen und bedeutenden Bildern durchkämmt worden, in ihren Textinterpretationen haben die Kritiker so ausschließlich die Diagramme philosophischer, theologischer oder politischer Ideen aufgezeichnet, die dem Autor niemals in den Kopf gekommen sein können, daß man der Textur und dem Rhythmus des Geschriebenen, der Geschicklichkeit in der Behandlung der Sprache zur Erreichung verschiedener Wirkungen bemerkenswert verständnislos gegenüberstand ... Dieses Verständnis ist bei Nabokov hochentwickelt. Er selber ist ein Meister in solchen Effekten ...»

«Besonders lebhaft habe ich vor Augen ...»: es ist ein wiederkehrender Satz in Nabokovs Werk, und wenige sind so bezeichnend für ihn. Er deutet auf Konzentration, auf Anspannung der Imagination, auf das Ankämpfen gegen das Vergessen. Vor allem aber bestätigt er formelhaft, was seine Prosa bis in alle Verästelungen hinein bestimmt, so daß er ihr fast vorangesetzt werden könnte, wie Max Frisch den «Gantenbein»-Episoden sein «ich stelle mir vor» voransetzte: ihre Anschaulichkeit im buchstäblichsten Sinne des Wortes. Nabokov ist ganz vom Gesichtssinn bestimmt, ganz Auge. (Mit Musik weiß er, nach eigenem Geständnis, wenig anzufangen; sie quält ihn.) Blindheit ist das alles andere verdrängende Thema eines seiner frühen Romane («Gelächter im Dunkel»); ihre Möglichkeit muß traumatischen Schrecken für ihn besitzen. Auf Schritt und Tritt stößt man in seinen Romanen und Erzählungen auf Beschreibungen von differenzierten Netzhauterlebnissen: von Lichtreflexen, Schattenspielen, Konturen, Farbschattierungen, Bewegungen, Texturen, Formationen, Mustern, Gebärden – die Welt wird durch das Auge eingefangen, die Fiktionen unterbreiten sich zunächst dem Auge des Lesers.

Doch es handelt sich nicht allein darum, die Sinne weit zu öffnen, genau zu beobachten und das Beobachtete durch Kenntnisse zu ergänzen und zu kontrollieren; es handelt sich nicht allein darum, durch die Auswahl und Kombination von Einzelheiten die größten suggestiven Wirkungen zu erreichen, damit sich Stimmigkeit und Harmonie einstellen – eine Harmonie, die natürlich nichts mit irgendeiner Harmonisierung zu tun hat. Vor allem handelt es sich darum, den Schleier zu zerreißen, in den die Klischees der Wahrnehmung und der Sprache die Welt der Phänomene hüllen, und hinter ihm die subjektive Authentizität der Erlebnisse ständig neu zu entdecken.

In den Erinnerungen an seine ersten poetischen Versuche, im Garten des elterlichen Landbesitzes bei Petersburg, erwähnt

Nabokov ein noch ganz von präfabrizierten literarischen Vorbildern bestimmtes Gedicht, in dem unter anderem vom «Stachel der Erinnerung» die Rede war. Er fährt fort: «... in Wirklichkeit hatte ich ihn (diesen Stachel der Erinnerung) als den Legstachel einer Schlupfwespe gesehen, die rittlings auf einer Kohlraupe sitzt, doch hatte ich nicht gewagt, es zu sagen.» Die Anstrengung, das zu sagen, was er «in Wirklichkeit» sieht, diese Enttrübung des Blickes, der Mut zu den eigenen Wahrnehmungen und zu den eigenen Assoziationen, die Befreiung von dem, was sich als Vorgegebenes und vor allem Vorgeschriebenes aufdrängen will – dieser Weg zu der persönlichen Wahrheit unter dem Gerümpel fremder oder abgelegter Vorstellungen bildet, im Kleinsten wie im Großen, die Substanz des Nabokovschen Werkes.

Proust (neben Joyce und Borges und Robbe-Grillet) – das ist ein Dichter nach Nabokovs Geschmack. Es gibt immer wieder Passagen in seinem Werk, die in ihrer nuancierten Detailfreudigkeit, in ihrem Widerspiel von Beobachtung, Erinnerung und beglückter Assoziation (beglückt, weil sich in der Art der assoziativen Verknüpfung noch am ehesten die innerste Struktur der kreativen Seele zeigen kann) an Proust denken lassen; nur daß Nabokov immer auch ungleich robuster ist.

Von Werkspionage hält Nabokov nichts. Welche Phasen der Unfertigkeit ein Werk durchmacht, meint er, gehe niemanden etwas an: Die tastenden Ungewißheiten seines Ursprungs sind zu beseitigen. So sind von ihm keine Vorstudien, Skizzen, Revisionen, Torsos, Werkstattgespräche oder Rechenschaftsberichte in die Öffentlichkeit gelangt. Wer dennoch einen indiskreten Blick in diese Werkstatt werfen möchte, könnte etwa den ursprünglichen russischen Text der frühen Erzählung «Pilgram» (1930) mit seiner englischen Neufassung («The Aurelian», 1941; deutsch: «Pilgram») vergleichen. «An einem Tisch am Fenster saßen fast allabendlich der Obsthändler, der Bäcker, ein Monteur und ein Vetter des Wirts beisammen und spielten Karten ... Jeden Sonnabend ließ sich am Tisch nebenan ein schwerfälliger, massiger Mann mit gerötetem Gesicht und unregelmäßig gestutztem Schnurrbart nieder, bestellte Rum, stopfte seine

Pfeife und schaute mit gleichgültigem, verschwommenem Blick auf die Spielenden.» So wurde Paul Pilgram 1930 eingeführt. 1941 dann hieß dieselbe Stelle: «Allabendlich spielten hier der Obsthändler, der Bäcker, ein Arbeitsloser und der Vetter des Kneipwirts an einem runden Tisch nahe beim Fenster mit großer Hingebung Karten... Sonnabends pflegte an einem der Nebentische ein abgekämpfter älterer Mann mit gerötetem Gesicht, glatt anliegendem Haar und einem nachlässig gestutzten, angegrauten Schnurrbart zu sitzen... Unweigerlich bestellte er Rum, stopfte seine Pfeife und sah dem Spiel mit rötlich gerandeten, wässerigen Augen zu. Das linke Augenlid hing leicht herab.»

Diese zweite Fassung tut durchweg nur eins: Sie präzisiert die Einzelheiten. Der Tisch wird rund, Pilgram erhält glatt anliegendes Haar, seine Augen werden wässerig gemacht, und seinem Porträt wird ein letzter, abschließender Zug hinzugefügt: Das eine Lid hängt leicht herab.

Sieht man sich solche deskriptiven Passagen genauer an, so fällt allerdings noch eins auf: ihr Überschuß an Genauigkeit. Für den Gang der Geschichte ist es belanglos, wer die Mitglieder der Kartenrunde sind, ob der Vetter des Wirts oder überhaupt ein Verwandter dabei ist. Ebenso belanglos ist die Reihenfolge der Läden in Pilgrams Straße, ist der Inhalt ihrer Schaufenster, ist die Nationalität der Ärzte, die Liks Herzkrankheit diagnostizieren, sind die Namen der Damen, die dem beredten Dr. Shoe zuhören. Nun könnte man sich damit begnügen, festzustellen, daß für Nabokov ein solches Zuviel, ein solcher Überschuß über das rein Zweckmäßige, schlechthin eins der Kennzeichen des Ästhetischen sei: Teil jenes «ästhetischen Plus», das heute, in einer Zeit rigoroser Kargheit, hier und da in Verruf steht. Das aber ist nicht alles. Es genügte auch nicht, zu sagen, daß die Ausleuchtung der Nischen einer Erzählung eben die Illusion besonderer Deutlichkeit erzeuge. Vielmehr weisen solche Stellen über die erzählten Geschichten selbst hinaus; oder genauer, sie bewirken, daß sich die Grenzen der Geschichten auflösen, daß sich das, was erzählt wird, als Teil einer größeren, einer labyrinthischen, einer unendlich beziehungsvollen Wirklichkeit darstellt, die unabsehbar bleibt.

Der Künstler als eine Art Illusionist: Gegenstände, Häuser, Mülltonnen, Grabkreuze – Szenerien und Menschen werden von der Einbildungskraft aus verschiedenen Orten und Zeiten herbeigerufen, formieren sich, etwas spielt sich ab, dann werden die Dinge wieder entlassen, und der Sinn zerfällt. Einmal, in der Erzählung «Der neue Nachbar», wird dieser Vorgang an sich, im Modell, vorgeführt. Der Schriftsteller: derjenige, der die bedrückende «bunte Leere» der Welt für Augenblicke zu scheinbar sinnvollen Arrangements zu versammeln vermag. Absurdität: eine Frage nachlassender Anstrengung.

Wie sein Geschöpf Diana Vane ein «Maler glasklarer minuziöser Einzelheiten» – und dennoch ist Nabokov nicht etwa aus auf eine getreue Abbildung («Widerspiegelung») der Realität im Sinne der Theorien des Realismus, nicht auf die Anfertigung einer übersichtlichen Modellwelt, die zwecks pädagogischer Demonstration «Wesen» und «Erscheinung» schön vereint. Das Wort Realität verwendet Nabokov nur in Anführungszeichen – wohl darum, weil er nicht besonders real findet, was allgemeiner Consensus unter Realität versteht; und weil der einzelne bestenfalls seine private Realität entwickeln und darstellen kann. Vor die Wahl gestellt, sich zwischen einer «realistischen» und einer «phantastischen» Literatur zu entscheiden, würde Nabokov zunächst die Dummheit solcher Alternativen beklagen und dann gewiß ohne Zögern die phantastische Literatur wählen, die nicht auf irgendeine brave Zeugenschaft gerichtet ist, die weder informieren noch erziehen will, sondern exzentrischer Imagination Raum gibt. Nur daß seine eigene Phantasie nicht mit dem Aufbau eines eigenen souveränen Reichs beschäftigt ist, sondern mit der Neuerfindung der erfahrenen Welt. Er selber hat das auf die sehr Nabokovsche Formel gebracht: «Der schöpferische Schriftsteller muß die Werke seiner Kollegen genau studieren, eingeschlossen die des Allmächtigen.» Ein Satz, der nicht nur den Schriftsteller zum allgewaltigen Herrn seiner Schöpfung erklärt, sondern auch den Urheber dieser Welt zu einem vertrackten Dichter.

Wenn schon Spiegel, dann wäre nicht der plane Hausspiegel Nabokovs Instrument, sondern der Trickspiegel. Der Leser tut besser daran, seinen Augen nicht zu zuversichtlich zu trauen. Diese Prosa geht darauf aus, Schwindelgefühle zu erzeugen, mit Kunst und Bedacht (und nicht etwa aus Gefühlsschlamperei) in die Irre zu führen, zum Beispiel an den Rand einer Erkenntnis, die zum Greifen nahe scheint und doch unausgesprochen und ungreifbar bleibt. Manche Erzählungen, manche Romane scheinen vor allem komplizierte Vorrichtungen zur Erzeugung und Ratlosigkeit und Beunruhigung.

Vermutlich hat Nabokov seine Freude daran, wenn seine Leser in alle Richtungen ausschwärmen, um Erklärungen zu suchen: was? woher? warum? wozu? Streifzüge übrigens, die zumeist damit enden, daß der Betreffende aus seiner imaginären Bibliothek den einen oder anderen Schriftstellernamen hervorholt und ihn Nabokov als eine Art Kennmarke umzuhängen versucht, ohne daß das in Frage stehende Werk davon merklich faßlicher würde. In der Tat gibt es wenige russische, englische, amerikanische oder französische Schriftsteller, zu denen Nabokov noch nicht in irgendein Verwandtschafts- oder Abhängigkeitsverhältnis gebracht wurde; und wer seine schroffen, provokanten Abneigungen gegen verschiedene große Ruhme ein wenig kennt, kann darunter zu seiner Erheiterung immer auch solche finden, von denen er weiß, wie wenig Nabokov von ihnen hält: Dostojewskij, Turgenjew, Balzac – und natürlich der unvermeidliche Joseph Conrad, weil der angeblich ein ähnliches Abenteuer wie Nabokov hinter sich hat, den Sprung von einer slawischen in die englische Sprache (wobei allerdings meist übersehen wird, daß Nabokov dreisprachig aufgewachsen ist und, so schwer ihm der Abschied von der russischen Sprache auch wurde, das Englische für ihn niemals eine eigentliche Fremdsprache war). Ein Name allerdings fehlt immer, obwohl ihn Nabokov doch mehrfach selber zitiert und seinen Träger ausdrücklich als seinen Lieblingsautor bezeichnet hat: der französische Denker Pierre Delalande (1768–1849), Verfasser eines «Discours sur les ombres» voller witziger und melancholischer Aphorismen über den Tod. Kein Wunder, denn Delalande ist Nabokovs Erfindung. Im Vorwort zur englischen Ausgabe des Romans «Einladung zur Hinrichtung» wurde es schließlich zugegeben.

Irritierend ist zunächst, daß jegliche Vertraulichkeit zwischen Autor und Leser unterbleibt. Der Autor, er ist im Stil überall gegenwärtig und entzieht sich als Person immer. «Überall anwesend und nirgends sichtbar» – das war schon ein Postulat Flauberts. Das Schöne sähe uns nicht, heißt es einmal («Die Nadel der Admiralität»); es redet uns auch nicht an. Selbst wenn «ich» dasteht und dieses Ich Schriftsteller ist und Exilrusse und Universitätslehrer in Amerika und gar noch V. mit Vornamen heißt: dem Leser ist es niemals erlaubt, sich in der beruhigenden Gewißheit zu wiegen, es mit dem Autor zu tun zu haben. Der ist vielleicht ganz woanders und schaut an unvermuteter Stelle aus dem Text. Vor Identifizierungen irgendwelcher Figuren mit ihrem Urheber hat man sich hier ganz besonders in acht zu nehmen. Was der Leser zunächst für die unverstellte Stimme des Autors zu halten geneigt war, erweist sich meist rasch als eine täuschende Materialisation: eine Person, die in früheren Tagen Priester gewesen sein will («Der Regieassistent»), die glücklich mit einer Dame namens Ines verheiratet, Vater von Zwillingen und Flechtenforscher ist («‹... daß in Aleppo einst...›»), die über Vertreter verfügt («Wolke, Burg, See») oder von Doppelgängern verfolgt wird («Genrebild 1945»).

Von einem ganz anders Gearteten geschrieben, einem ganz anderen geltend, treffen folgende Sätze doch auch genau auf Nabokov zu; gegen Schluß seines Essays über Robert Walser schreibt Martin Walser dies: «Die Mißverständnisse, die diesem Dichter gegenüber möglich sind, wirken oft wie von ihm selbst eingefädelt... Will man über den Autor selber sprechen, so wirkt alles, was einem einfällt, wie eine kinohafte Vergröberung... Soll er also den Schlußsatz besser selber beisteuern. Es ist ein Satz, den man erlebt haben muß, bevor man ihn hinschreiben kann. Er legt ihn übrigens einer seiner Kinderrollen in den Mund, diesen strengen Satz: ‹Niemand ist berechtigt, sich mir gegenüber so zu benehmen, als kennte er mich.›»

Dieser vorsätzlich vexatorische Charakter der Nabokovschen Prosa gebietet es dem Leser – nun, nicht immer gleich nach Akrostichen zu fahnden wie am Ende der «Schwestern Vane», aber doch seinen Blick zu schärfen für die geheimeren Bezüge innerhalb dieser Prosa, für ihre verborgeneren Fährten, für die Details ihres feinen Gewebes.

«Lance» etwa – das ist nicht eine Abart von Science Fiction, wie der oberflächliche Leser dennoch meinen könnte. Es ist nicht der Bericht von irgendeiner wahrscheinlichen Weltraumexpedition. Es geht überhaupt nicht um die technische Seite der Raumfahrt. Es ist vielmehr eine Erzählung, deren wahren Gegenstand die Bewegung des menschlichen Geistes ins Unvorstellbare hinaus bildet, in Erlebniswelten, die nur in verschwimmenden, annähernden, aus irdischen Erinnerungen (hier: Lancelot-Sage, Bergsteigen, Schlachtfelder, einer Zukunft als «Umkehrung des Veralteten») geformten Bildern faßbar werden – oder vielmehr gerade in ihrer Unfaßbarkeit belassen.

Oder «Lik». Wer das einfach als eine Theateranekdote läse, auch als die Geschichte von dem unverhofften, unbegriffenen Sieg eines Schwachen über einen Starken, dem entginge das Eigentliche: daß es sich nämlich um ein ernstes Spiel um die Erwartung handelt. Am Anfang steht die Beschreibung eines Dramas, das den Schemata hergebrachter Dramaturgie gehorcht. Alles kommt da wie erwartet, so unwahrscheinlich es auch an sich ist, gemessen an den Manieren des Lebens. Der Leser seinerseits, konditioniert von seinen eigenen Leseerfahrungen, rechnet natürlich damit, daß in der Erzählung selbst nun ein ähnliches Gesetz walten werde, daß das stupide Drama in irgendeiner Weise in die Geschichte Liks eingreift, zumindest indem es diesem zum Durchbruch zur Wirklichkeit verhilft (Lik träumt ausgiebig davon). Nichts dergleichen geschieht. Ein lange totgeglaubter Jugendfeind taucht statt dessen auf: unerwartet und unvorbereitet. Und immer wieder werden Erwartungen geweckt, die sich nicht erfüllen: Des einstigen Schulkameraden angebliche Ehefrau entpuppt sich als Wildfremde («ein Witz»); der Herzanfall, den Lik kommen fühlt und den zu überleben er nicht hoffen kann, geht glimpflich vorüber; nichts wird aus der erwarteten Umsetzung des Theaterstücks in Leben, dafür stellt sich heraus, daß der robuste Grobian Koldunow doch nicht Theater gespielt hatte, als er Lik auseinandersetzte, er sei am Ende. Er behält, auch das wider Erwarten, nicht die Oberhand. Eine Geschichte also über die Unverläßlichkeit von zweitklassiger Kunst, eine Geschichte über die Unverläßlichkeit des Lebens. Gerade dadurch aber, daß sie Erwartungen und Ereignisse zu einem Kreuzmuster der Widersprüche fügt, stellt sie ihre eigene Verläßlichkeit her. Außerdem reflektiert diese ihre Anlage auf subtile Weise das Schicksal Liks: seine Bedrücktheit, diese Verklemmtheit, dieses chronisch Unerfüllte, das ständig am Rand irgendeines drastischen Ereignisses scheint, welches Befreiung bringen könnte, aber es geschieht dann doch nicht, es bleibt bei der gewohnten Misere. Und am Ende hat sich Liks Bühnenrolle im Leben noch einmal bestätigt: Er war wieder einmal nichts als der unbedeutende Katalysator eines fremden Dramas.

Ein früheres Vexierspiel ist die Erzählung «Terra incognita». Auf den ersten Blick handelt es sich um ein Stück Abenteuerliteratur, den Bericht von einer scheiternden Expedition. Das Gebiet, in das sie vordringt, ist zwar erfunden, dafür aber samt Fauna und Flora um so intensiver gegenwärtig. Indessen, der das erzählt, stirbt ja am Ende selber? Das Heft, in das er seine Erlebnisse hätte eintragen können, entglitt doch seiner entkräfteten Hand? Dann wäre das Ganze demnach ein Bericht aus dem Jenseits und dieses die eigentliche «terra incognita», die der Titel meint? Vielleicht, daß das Bewußtsein – wie in dem etwa gleichzeitig entstandenen Kurzroman «Sogljadataj» – durch seinen eigenen «Schwung» noch ein Stück über den Tod hinausgetragen wurde? Wem diese Möglichkeit zu verwirrend ist, dem ist auch noch eine andere, eine rationale Auslegung in die Hand gegeben. Durch das Delirium des Erzählers versucht ja etwas «durchzukommen», ein Krankenzimmer irgendwo in Europa – es könnte also auch sein, Indizien gibt es genug, daß diese überdeutliche Realität um ihn herum, das tropische Moor, die schwertartigen Gräser, die Begleiter, daß alles dies nur Schein ist, die Ausgeburt eines Fiebers, welches der Erzähler in seinem mitteleuropäischen Krankenzimmer glücklich auskuriert.

Von hier aus ist es nicht weit zu der Erzählung vom «Museumsbesuch», in der sich Sein und Schein auf noch intrikatere Weise ineinanderschieben. Ein Traum wird Wahrheit: Ein Gemälde wird entgegen aller Vermutung gefunden, obwohl es anfangs nur in der Phantasie eines sonderbaren Träumers zu existieren schien. Dann aber wird aus dieser Wahrheit wieder ein Traum, und was für ein Albtraum! Über seinen monströsen Verwandlungen und Perspektiven wird das Gemälde, dessen unsichere Existenz ihn ausgelöst hat, bald unwesentlich. Und dann, als letzte Steigerung der Traumhaftigkeit des Traums, schlägt dieser in nackte und bedrohliche Wahrheit um. In ein belangloses französisches Museum war der Erzähler eingetreten, innen hatte es sich zu einem Wahnlabyrinth erweitert, hinaus tritt er in die beängstigend reale Leningrader Nacht. Der Traum in der Wirklichkeit, die Wirklichkeit im Traum, der Traum im Traum – diese Erzählung läßt dem Leser keinen rationalen Ausgang offen, es sei denn den, alles für einen Traum zu nehmen oder, was wohl auf das gleiche hinausläuft, für eine Demonstration der Freiheit des Erzählers der sogenannten Realität gegenüber. Und die Beunruhigung ist um so heftiger, als sich alles in nüchternem Bericht nur allzu deutlich und folgerichtig vollzieht. Auf ähnliche Weise verliert der Leser in Borges' Bibliothek von Babel oder in Robbe-Grillets «Maison de rendez-vous» den Boden unter den Füßen.

Angesichts solcher Täuschungsmanöver haben auch noch die Arbeiten der scharfsinnigsten und gelehrtesten Nabokov-Exegeten einen Zug von echauffierter Vergeblichkeit – die luzide Analyse, die Mary McCarthy dem letzten Roman, «Pale Fire», gewidmet hat, oder Edmond Bernhards Studie über die Schachthematik von «Lolita», veröffentlicht im Nabokov-Heft der französischen Zeitschrift *L'Arc*. Liest man mehrere Arbeiten über Nabokov hintereinander, so kommen einem Zweifel, ob sie überhaupt vom gleichen Autor reden. Und nie wird man den Verdacht los, daß jede zu eindeutige Feststellung den eigentlichen, den zarten und auf keinerlei Allgemeinheiten und Allgemeinplätze reduzierbaren Sinn beeinträchtigt, unkenntlich macht oder zerstört.

In «Andere Ufer» heißt es einmal: «... thematische Muster das Leben hindurch zu verfolgen, sollte, so meine ich, der wahre Zweck einer Autobiographie sein.» Thematische Muster zu entwerfen und zu verfolgen, ist einer der wahren Zwecke des Erzählers Nabokov. Man muß sich im klaren sein, daß es sich dabei um eine Art höherer Mathematik handelt, wie sie wenige Erzähler beherrschen.

Es ist bekannt, welche Rolle die Schachthematik in seinem Werk spielt (so im Roman «Lushins Verteidigung»). Leser seiner Autobiographie wissen, wie intensiv er sich in früheren Jahren selber mit der Komposition von Schachaufgaben befaßt hat. Nabokov der Erzähler, Nabokov der Problemschachkonstrukteur, sie treiben eine in vielem verwandte, ebenso weit- wie umsichtige Kombinatorik.

Man sehe sich etwa die Erzählung «Lik» daraufhin an, wie bestimmte «Züge» eingeführt werden, die erst viel später, und zwar oft auf die unverhoffteste Weise, ihre Wirksamkeit entfalten. Lik versucht, seine Hinfälligkeit und Schwächlichkeit durch eine Neigung zu kostbaren, erlesenen Gegenständen zu kompensieren, eine Neigung, die ihm wenig nützt, da alles, was in seinen Bereich gerät, sofort infiziert wird von seinem Versagen – die Dinge gehen ihm sämtlich verloren oder entzwei oder bringen ihm nur Unglück. Außerdem ist er herzkrank und verträgt keinen Alkohol – auch das wird sich später als wichtig erweisen. Solch ein «Zug» nun zeitigt Konsequenzen, die Kombination beginnt. Liks Schwäche für Erlesenes führt dazu, daß er eines Abends überflüssigerweise ein Paar feiner weißer Schuhe ersteht; und dieser Schuhkauf führt ihn geradewegs dem Feind und Unterdrücker seiner Albträume in den Weg, dem er zu entkommen trachtete – wieder zeigt es sich, daß ihm seine Neigung zu extravaganten Dingen kein Glück bringt. Sie bringt ihm in diesem Fall sogar noch einen weiteren Nachteil: Der Feind hält ihn für vermögend und ausbeutbar. Jenes Paar weißer Schuhe ist es aber auch, das seinem Willen später, als der Herzanfall droht, eine Richtung gibt und somit unvermutet fürs erste seine Rettung wird. Und die Schuhe liefern schließlich den Anlaß zu der Schlußbemerkung, die ein kompliziertes menschliches Verhältnis in einem einzigen Satz resümiert. So ist eins aufs andere bezogen, die Teile passen zueinander, die Erzählung scheint sich in raffiniertem Kalkül nur aus sich selber heraus zu entwickeln. Um so aber erzählen zu können, muß ein Schriftsteller die Fähigkeit haben, lange Ereignisketten synoptisch zu überschauen, beim Entwurf komplizierter Gebilde die Einzelheiten aufeinander und auf das Ganze abzustimmen. «Die besten seiner Kurzgeschichten und Romane sind Meisterstücke der Behendigkeit, des Witzes und einer schön versteckten Kalkulation. Jedes Detail ist sowohl für sich reizvoll als auch relevant – und alles paßt zusammen», schrieb Edmund Wilson.

Oder das Othello-Thema in «‹... daß in Aleppo einst...›», ohne daß Shakespeares Drama in der Erzählung auch nur ein einziges Mal erwähnt wird. Cassio wird einmal beiläufig genannt, ein paar Versfragmente aus «Othello» werden heimlich eingeschoben. Die Shakespeare-Echos aber versehen die Geschehnisse der Erzählung mit einer Bedeutung, deren ihr Erzähler selber scheinbar nicht inne ist und gegen die er sich zur Wehr setzt. In dem Titel, gleichsam jenseits der Erzählung erst, hat sich dieser Unterstrom dann durchgesetzt. Der Leser muß sich allerdings aus eigenen Kräften daran erinnern, mit welchen Worten Shakespeares Mohr seinem Leben ein Ende setzte: «Und fügt hinzu: daß in Aleppo einst, / Als voller Arg ein Türk im Turban einen / Mann aus Venedig staatsverräterisch schlug, / Ich den beschnittnen Hund am Halse packte / Und ihm den Garaus machte – so!» Eine sicher sehr patriotisch gemeinte, aber auch höchst sonderbare Tat Othellos, die seiner Zurechnungsfähigkeit nicht eben das beste Zeugnis ausstellt und erhellt, wieso er es zu seinem Desaster mit Desdemona kommen lassen konnte. (Nabokov hat ein Faible für diskrete Scholien dieses Schlags.) Das nun auf den modernen Othello dieser Erzählung angewandt: ihm wird durch den Titel, den ein anderer über seinen Bericht setzt, bestätigt, daß auch er sein «Aleppo» hinter sich und somit das Schlimmste zu befürchten habe, eine Einsicht, über die er sich bislang noch hinwegzutäuschen vermochte.

Oder, um ein letztes Beispiel zu nennen, das Zirkusthema in «Frühling in Fialta». Es ist von Anfang an da, immer wieder begegnen die Zirkusplakate an den Mauern Fialtas, bunt und leichtfertig und absurd, so absurd wie Ninas Tod, als ihr Wagen dann mit einem der Vehikel dieses Zirkus zusammenstößt.

Ein geringerer Schriftsteller hätte andere Todesboten in Fialtas Gassen postiert, Plakate von Bestattungsinstituten oder wer weiß welche Knochenmänner. Nabokov tut nichts dergleichen. Er, kein Freund von Symbolismen und Allegorien, unterdrückt jede trivial-symbolische Beziehung. Der schließliche Unfall kommt sinnlos und unerwartet; unvorbereitet kommt er nicht: Vom Beginn der Geschichte an hatten sich die verhängnisvollen Zirkuswagen genähert.

Das wahre Leben dieser Prosa, so stellte einer ihrer frühen Kritiker fest (oder vielleicht war es auch Nabokov selber, der es feststellte und sich dann diesen Kritiker erfand, um ihm dieses Wort in den Mund zu legen) – ihr wahres Leben ströme in ihren Redefiguren. Sie seien «Fenster, die sich auf eine benachbarte Welt öffnen ... ein rollendes Korollar, der Schatten einer Gedankenreihe» («Andere Ufer»). Das steht an einer Stelle, wo Nabokov über seinen Lieblingsschriftsteller während der europäischen Exiljahre spricht, über V. Sirin. «Sirin» war Nabokovs Pseudonym in jener Zeit.

Die Wolkenkratzer in der sinkenden New Yorker Dämmerung, «die dem Auge mit träumerischer Freimütigkeit das pulsierende Innere ihres halbdurchsichtigen Baues» darbieten («Zeit und Ebbe»); die Nähe des Meeres, die Lik bedrückte, «als wäre dieser weite, zähflüssige glänzende Körper, über den sich nichts als eine straffe Membrane aus Mondschein spannte, dem ebenso straffgespannten Gefäß seines klopfenden Herzens verwandt und wie dieses entblößt» («Lik»); der einsam übriggebliebene Stern am Himmel, «wie ein Asteriskus, der auf eine unauffindbare Fußnote verweist» («Zeit und Ebbe») – solche Sätze sind es, in denen sich Nabokovs Eigenart am unverwechselbarsten und augenfälligsten ausspricht. Es sind subjektive bildhafte Analogien, abrupte Erhellungen, Gedankensprünge in eine Nebenwelt, die die Welt der Phänomene mit ihrem Kommentar begleitet.

Es ist wahr, alles dieses will sich schlecht zu den Präokkupationen der Literatur unserer Tage fügen. Individueller Stil gilt unserer Zeit nicht sehr viel; sie besteht auf Reduktionen; sie hat einen Hang zur «objektiven» oder «dokumentarischen» Literatur, zu einer Mischung aus Erfindung und Protokoll, in der die zufällige Person des Erzählers möglichst ausgelöscht wäre (eine Fiktion in zweiter Potenz vielleicht: die der nichtfiktiven Fiktion); sie mißtraut vielfach jedem Erzählen überhaupt oder sieht in der Selbstzerstörung des Romans dessen einzige noch vertretbare Aufgabe. Andererseits liebt sie das Primitive, die gepflegten oder die rohen Urlaute.

Dagegen nun Nabokov. Er besteht darauf, in seiner Eigenart so lebendig wie möglich gegenwärtig zu sein in seinem Werk. Er zählt sich zu keiner Avantgarde und ließ manche Avantgarden bereits über sich hinwegschäumen und sich in der Ferne verlieren. Er gehört keiner Schule oder Gruppe an, unterschreibt keine Aufrufe und wohl – wie eine seiner Figuren, der Professor Krug in dem Roman «Das Bastardzeichen» – – überhaupt keine Schriftstücke, die er nicht selber aufgesetzt hat; an Podiumsdiskussionen nimmt er nicht teil, im Fernsehen tritt er nicht auf. Die meisten Probleme der Epoche sind ihm zu öde, um Worte darüber zu verlieren. Jede didaktische («publizistische»), irgend moralisierende Kunst ist ihm ein Greuel. Niemandem räumt er aufgrund irgendwelcher löblichen Gesinnungen künstlerischen Rabatt ein. Die beiden mächtigsten Gedankensysteme der Epoche, den Marxismus und die Psychoanalyse, verfolgt er mit beharrlichem Spott. Dieser zivilisierte Schriftsteller, der nur lieben will, was «phantasievoll und selten» ist (so steht es in dem Roman «Dar»), der in so vieler Hinsicht wider den Strich der Zeit schreibt, der keine Philosopheme vorträgt, keine erzieherischen Vorsätze plakatiert, Schmetterlinge («ausgerechnet Schmetterlinge!») sammelt, niemandem verfügbar, keiner Obrigkeit, keiner Bewegung, keiner Klasse, keiner Fraktion, erst von Land zu Land gejagt und nun in Hotels oder für kurze Zeit gemieteten Wohnungen zu Hause – ein solcher Außenseiter und Eigenbrötler muß bestenfalls als Anachronist, schlimmstenfalls als verantwortungsloser Spieler gelten.

Aber Vorsicht ist geboten, ehe derartige Verdikte gefällt werden. Wenn Nabokov sich dagegen sträubt, seine Literatur in den Dienst irgendwelcher öffentlichen Programme zu stellen, weil jede solche Berührung unvermeidlich trivialisierend wirke, so kann ihm doch nicht nachgesagt werden, daß er ein hochmütig abgewandter Ästhet sei: Es gibt Nabokov-Interpreten wie Alan Pryce-Jones, die ihn, sicher sehr zu seinem Mißvergnügen, sogar rundheraus einen Moralisten nennen; und das nicht ganz ohne Grund.

«Ein Kunstwerk ist ohne jede Bedeutung für die Gesellschaft. Von Bedeutung ist es nur für den einzelnen, und nur der einzelne Leser ist mir wichtig. Die Gruppe, die Gemeinschaft, die Massen und so weiter sind mir völlig egal. Obwohl ich nichts übrig habe für das Schlagwort ‹l'art pour l'art› – weil unglückseligerweise viele seiner Propagandisten, etwa Oscar Wilde und verschiedene andere zierliche Poeten, in Wahrheit grobe Moralisten und Didaktiker waren –, steht es außer Frage, daß nicht etwa seine gesellschaftliche Bedeutsamkeit ein Werk der Imagination vor Larven und Rost schützt, sondern ganz allein seine Kunst», heißt es in jenem *Playboy*-Interview. Und etwas weiter: «... meine politische Anschauung ist so kahl und unverändert wie ein alter grauer Fels. Sie ist klassisch bis zur Banalität. Freiheit der Rede, Freiheit der Gedanken, Freiheit der Kunst. Die soziale oder wirtschaftliche Struktur des Idealstaates kümmert mich wenig. Meine Wünsche sind bescheiden. Porträts des Staatsoberhauptes sollten höchstens Briefmarkengröße haben. Keine Folterungen, keine Hinrichtungen.»

Diese Überzeugungen eines störrischen Liberalen haben Nabokov mit einem scharfen Auge für das Zeug, aus dem Diktaturen gemacht werden, ausgerüstet. Oder umgekehrt vielleicht: daß er das Temperament, das dem Terrorstaat förderlich ist, so genau durchschaute, hat verhindert, daß er sich um irgendeiner noch so gutgemeinten Utopie willen Kompromisse abhandeln ließ.

Der moderne Polizeistaat, die unentrinnbaren Ansprüche seiner administrativen Vulgarität, Gleichgültigkeit und Grausamkeit bilden den Stoff mehrerer seiner Werke, bis hin zu dem Roman «Das Bastardzeichen» (1947), in dem ein widerborstiger, aber über einer Hamlet-Übersetzung wie Hamlet zögernder Intellektueller von einem totalitären, auf eine unmögliche Gleichheit versessenen («ekwilistischen»), kommu-faschistischen Regime zuschanden gemacht wird. Die Erzählung «Die Vernichtung der Tyrannen», ein Jahrzehnt davor geschrieben, nimmt sich wie eine Art Vorstudie dazu aus. Statt der ekwilistischen Ideologie führt die Diktatur hier eine ebenso vulgäre Gemüse-Ideologie im Schilde, der ihr führender Dichter in folgender Manier huldigt:

Auf Bürger! Denkt es immer wieder:
das Land war vaterlos und wüst.
Der stärkste Durst zeugt weder Lieder
noch Bier, wenn nicht der Hopfen sprießt.

Stellt euch nur vor, es fehlten Schoten,
Tomaten, Rüben, Wirsingkohl:
An all den Zwiebelknolln der Noten
erstickten unsre Lieder wohl.

Wir gingen der Geschichte Wege,
und bittre Pilze aßen wir,
bis durch gewaltige Hammerschläge
erdröhnte der Geschichte Tür.

Bis er zu uns, den treuen Söhnen,
in strahlend weißer Jacke trat,
uns unser Leben zu verschönen –
der Herrliche, der Chef vom Staat.

Diese Konstellation kehrt wieder: ein Einsamer, ein feiner Strukturierter wird von einer vulgären Mehrheit erdrückt. Die Gesellschaft entledigt sich dessen, der sich weigert, sich ihren Usancen anzupassen. Nabokovs Sympathie gehört den Sonderlingen, den Pnins, die nirgends hinpassen, den Vertretern ausgefallener Wissenschaften, den unerhörten Talenten, den Schmetterlingsjägern, den Entdeckungsreisenden, Menschen, für die keine Verwendung besteht und die der allgemeinen Kumpanei nicht zugehören. Es ist eine eigentümliche Aristokratie: die der Sensibilität und Verletzlichkeit, gefährdet bis hin zum Wahnsinn.

Den entschiedensten Ausdruck fand dieses Thema außer im «Bastardzeichen» in der Erzählung «Wolke, Burg, See» (1937: ein Andenken an Hitler-Deutschland!). Eine Bande gefährlich jovialer Spießer fällt über den her, dessen Andersartigkeit sie wittert. Kurz nach dem Ende des Zweiten Weltkriegs, acht Jahre später, findet diese Erzählung ein Echo in «Genrebild 1945»: Wurde dort die verkappte Brutalität des Spießertums bloßgestellt, so legt sich hier der Wolf den Schafspelz wieder um, stellt das Air der Harmlosigkeit in einer apologetischen Suada wieder her. Ein feines Ohr registrierte hier sehr früh die heimtückischen Verharmlosungen, die uns in den Jahren darauf nur zu geläufig wurden.

Lange bevor sie durch Hannah Arendts Eichmann-Buch als Schlagwort in vieler Leute Mund gelangte, hat Nabokov die «Banalität des Bösen» durchschaut und ihr Ausdruck gegeben. Oder vielmehr ist es nicht nur die Banalität des Bösen, sondern, sowohl realistischer wie trostloser, das Böse der Banalität. Und Banalität – das ist hier nicht nur eine vage Mangelerscheinung, das Fehlen von Intelligenz und Vorstellungskraft, es ist ein sich in unbegrenzt vielfältiger Weise geltend machender Defekt, der Intelligenz und Vorstellungskraft nicht unbedingt entbehrt, bald lächerlich, bald grauenvoll, meist beides zugleich. In «Der schwere Rauch» ist es die lähmende Enge und Unausgesprochenheit eines kleinbürgerlichen Haushalts, über den sich die dichterische Inspiration nur so mühsam zu erheben vermag wie ein «schwerer Rauch»; in der «Nadel der Admiralität» eine schablonisierte Denkweise, die ein kostbares Erlebnis entstellt und vernichtet hat; in «Pilgram» die Stickigkeit der Verhältnisse, die den Träumen keinen Fluchtweg lassen; im «Regieassistenten» eine Verbindung von Skrupellosigkeit und schlechtem Geschmack; und immer wieder die irrepressable Gewalttätigkeit, das kaltherzige zerstörungswütige Weltspießertum, die Internationale des Terrors.

Ein «Engagement», um das Wort denn doch noch fallen und zerscherben zu lassen – ein Engagement im landläufigen Sinne ist dies nicht, so wenig es an Entschiedenheit fehlt. Nabokov hat sich die – problematische – Reinheit dessen bewahrt, der sich auf die Umsetzung seiner Anschauungen in die Wirklichkeit nicht einläßt. Die Zone der Verwirklichungen, in der die Irrtümer, die oft genug blutigen, gedeihen, hat er immer gemieden. Sein Impuls ist defensiv, nicht offensiv, nicht auf verändernde Taten gerichtet. Die russische Revolution war für ihn nur ein leidiger Deus ex machina (und das nicht etwa, weil er durch sie ein beträchtliches Vermögen einbüßte). «Er schüttet das Kind mit dem Blutbad aus», schrieb Edmund Wilson 1944 (und parodierte damit zugleich Nabokovs Schwäche, zuweilen mit Wortspielen zu argumentieren). Es gibt hier eine vielleicht etwas weit hergeholte, aber frappierende Übereinstimmung zwischen Nabokov und dem nicht weniger störrischen und rabiaten Arnold Schönberg: «Trotzky und Lenin haben Ströme von Blut vergossen», schrieb dieser 1923 an Kandinsky, «um eine, selbstverständlich falsche, Theorie (die aber, wie die der meisten Weltbeglücker auch früherer Revolutionen, gut gemeint war) in Wirklichkeit umzuwandeln. Es ist fluchwürdig und soll gestraft werden, denn wer an solche Dinge rührt, darf nicht irren.» Das – abzüglich des biblischen Pathos – könnte von Nabokov sein.

Nabokov wurde oft ein Humorist genannt – ein Titel, der in unserem Land als einigermaßen schmählich gilt, weil am liebsten ein professioneller Vertreter immerwährender seichter guter Laune darunter verstanden wird. Seine Neigung zu sarkastischen Aperçus, zu harscher Satire, von vielen Idiosynkrasien genährt; sein Sinn für falsche Zungenschläge und für die Ironie der Situation (falsche Fährten, die zu richtigen Zielen führen, und umgekehrt; richtige Worte, von den falschen Leuten im falschen Augenblick zum falschen Gegenüber gesprochen, in der Art der Tirade, mit der Oleg Koldunow den armen überforderten Lik bedrängt) – alles dies, verweist es ihn in das Fach des Jokulators, der nichts ernst nimmt und also auch selber nicht ernst genommen werden müßte? Man täusche sich nicht.

In seinem Roman «Dar» (1937) ist an einer Stelle von der dreiteiligen Formel der Existenz die Rede: Unwiderruflichkeit, Unerreichbarkeit, Unabwendbarkeit. Das ist: Nichts macht das Geschehene rückgängig; auf das Erwünschte wird vergebens gehofft; der einzelne ist wehrlos. Es ist dies die Wunde, die

Nabokov in seinem Werk so oft abtastet, um einen Schmerz zu spüren, der erträglicher ist als demütiges stilles Dulden (um einen seiner eigenen Vergleiche zu gebrauchen). Er liefert ihm Stoff auf Stoff: die unmögliche Liebe – unmöglich nicht etwa nur, weil ihr irgendwelche äußerlichen Hindernisse im Wege stehen, sondern in einem tieferen, auch gar nicht romantisierenden Sinn, weil sie in dem Maße, in dem sie sich Erfüllung verschafft, ihren Gegenstand korrumpieren und zerstören muß («Lolita») oder weil sie sich in dem Augenblick aufhebt, in dem sie sich noch so schüchtern über sich selbst klarwird und sich äußert («Frühling in Fialta»); die unterdrückten Träume und Leidenschaften, die den Menschen von innen verzehren («Pilgram»); der Wahnsinn, den der immerwährende Abschied von allem und jedem und der Tod bedeuten; alles, was Freundlichkeit, Liebe, Wahrheit und Talent bedroht und zunichte macht. «Sie dachte ... an das unabschätzbare Maß von Zärtlichkeit, das in der Welt enthalten ist; an das Schicksal dieser Zärtlichkeit, die entweder zerdrückt oder verschwendet oder in Wahnsinn verwandelt wird; an vernachlässigte Kinder, die in schmutzigen Winkeln vor sich hin summen, an schöne wilde Pflanzen, die sich vor dem Bauern nicht verstecken können und hilflos zusehen müssen, wie sein Schatten, affenartig vornübergebeugt, verstümmelte Pflanzen in den Fußstapfen zurückläßt, da die ungeheuerliche Dunkelheit naht» («Zeichen und Symbole»). Solches ist der schwarze Grund dieses Werkes. Dies ist sein charakteristisches Clairobscure: die Gefährdung, die Durchkreuzung des individuellen Glücks, das für Nabokov keine bloße Chimäre ist (in der Erinnerung an seine «vollkommene Kindheit» etwa ist es gegenwärtig und das Maß vieler Dinge).

Helmut Heißenbüttel konnte in seinem Essay über «Andere Ufer» mit Recht sagen: «Am Grunde des Erinnerungsbuches ... wird eine hoffnungslose Melancholie sichtbar, der die Widerwärtigkeiten der Trennung von heimatlicher Landschaft und gewohntem Lebensstil, der politische Zwischenfälle und sinnlose kriegerische Verwicklungen, der Ausweispapiere und Verluste zur Äußerlichkeit werden ... Es ist eine Verlorenheit, die bis an den Kern der Existenz reicht. Sie fühlt sich heimatlos in einer Welt, die in allem anders ist, als es die Imagination einst erwartete, und ist erfüllt von Heimweh nach einer Epoche, die selbst das Gedächtnis nur unzureichend zu rekonstruieren vermag.»

Also ein Melancholiker – aber ein witziger Melancholiker? Ein Übergenauer – im Namen der Phantasie? Ein Spieler mit Worten und Motiven – dessen Spiel tödlicher Ernst eigen ist? Ein Schriftsteller, der nicht aufgelöst hat in einer Lösung von Zweifeln und Horror, was sich hinter den plumpen Worten Liebe oder Güte verbirgt – und der sein Werk dennoch freigemacht hat von Sentiments? Wie Robbe-Grillet, Ionesco, Borges unter den Zeitgenossen ein Verfechter der Autonomie der Künste – der dennoch in keiner Diktatur geduldet werden kann? Ein Romancier, der sich nie verleugnet – und sich trotzdem zu keinen seelenklammen Konfessionen versteht?

Daß sich lauter Paradoxe einstellen, wo er festgelegt werden soll, zeigt vor allem, daß etwas nicht stimmt mit diesen Kategorien – vielleicht, daß er ihnen überlegen ist.

An Selbstbewußtsein fehlt es ihm nicht (wenngleich auch dies sich nur ironisch gebrochen äußert). So meinte er auch sein eigenes Werk mit, als er einem Interviewer erklärte: «Der Grund, warum man bei einem besonderen Schriftsteller keine allgemeingültigen Ideen findet, könnte ja der sein, daß die besonderen Ideen dieses Mannes noch nicht Allgemeingut geworden sind.»

*Dieter E. Zimmer*

# BIBLIOGRAPHISCHE HINWEISE

Neben seinen vierzehn Romanen, den Gedichten und Dramen, den Essays und lepidopterologischen Schriften hat Vladimir Nabokov über sechzig Erzählungen veröffentlicht – bis 1940, also vor seiner Übersiedlung in die Vereinigten Staaten, in russischer Sprache, danach auf englisch. Die russischen Erzählungen (sie sind bei weitem in der Überzahl) wurden zumeist in den exilrussischen Tageszeitungen «Rulj» (Berlin) und «Poslednija Nowosti» (Paris) sowie in den literarischen Zeitschriften «Sowremennyja Ṣapiski» und «Russkija Sapiski» (beide Paris) gedruckt, die englischen in verschiedenen amerikanischen Zeitschriften, vor allem in «The New Yorker».

Drei Sammlungen der russischen Erzählungen sind erschienen: «Woswraschtschenije Tschorba – Rasskasy i stichi» (Berlin 1930) mit fünfzehn Erzählungen, «Sogljadataj» (Paris 1938) mit dreizehn und «Wesna w Fialte i drugije rasskaṣy» (New York 1956) mit vierzehn. Nur der letzte dieser Bände befindet sich in einer Restauflage noch im Buchhandel; die beiden ersten sind auch in den Bibliotheken sehr selten.

Die englischen Erzählungen wurden zunächst zu einem Buch mit dem Titel «Nine Stories» zusammengefaßt (Norfolk, Conn., 1947) und gingen dann, um weitere vier vermehrt, in dem Band «Nabokov's Dozen» (New York 1958) auf: Nabokovs Dutzend ist reichlich bemessen. Bei drei dieser Erzählungen handelt es sich um Übersetzungen älterer russischer Texte, nämlich bei «The Aurelian» sowie bei «Spring in Fialta» und «Cloud, Castle, Lake».

Mit ihren dreiundzwanzig Erzählungen aus den Jahren 1925 bis 1959 ist die vorliegende Auswahl, die im Einverständnis mit dem Autor getroffen wurde, die umfassendste Sammlung, die in irgendeiner Sprache und irgendeinem Land bisher erschienen ist. Sie enthält zunächst die Erzählungen aus «Nabokov's Dozen», mit zwei Ausnahmen: «Mademoiselle O» und «First Love» stehen als Kapitel V und VII ebenfalls in dem Memoirenband «Speak, Memory», der, unter dem Titel «Andere Ufer», 1964 auch in deutscher Sprache erschienen ist; auf ihren neuerlichen Abdruck wurde deshalb hier verzichtet. Von den übrigen zwölf Erzählungen dieser Auswahl wurden sieben aus dem Russischen übersetzt. Überall dort, wo eine vom Autor selber besorgte oder durchgesehene englische oder französische Übersetzung vorlag, diente diese als Vorlage.

Die folgenden bibliographischen Angaben geben nähere Auskunft über Entstehungszeit, Druckgeschichte und über die benutzten Textvorlagen; sie in allen Fällen mit gleicher Vollständigkeit zu erstellen, hat sich bedauerlicherweise als unmöglich erwiesen. Bei den Transkriptionen aus dem Russischen bezeichnet ein ș das stimmhafte, ein s das stimmlose s.

Frühling in Fialta

Geschrieben 1936 (?) in Paris. Titel des russischen Originals «Wesna w Fialte». Erstveröffentlichung in «Sowremennyja Șapiski» (Paris), 61/1936. Aufgenommen in «Wesna w Fialte i drugije rasskașy». – Englische Übersetzung von Vladimir Nabokov und Peter Pertzov unter dem Titel «Spring in Fialta» in «Harper's Bazaar» (New York), Mai 1947. Aufgenommen in «Nine Stories» und «Nabokov's Dozen». Aus dem Englischen von Dieter E. Zimmer. («Wesna w Fialte» Copyright by Vladimir Nabokov, 1936; «Spring in Fialta» Copyright by The Hearst Corporation, 1947, © Vladimir Nabokov, 1958)

«... daß in Aleppo einst ...»

Geschrieben 1943 in Boston. Titel des englischen Originals «‹That in Aleppo Once ...›». Erstveröffentlichung in «The Atlantic Monthly» (Boston), 172/November 1943. Aufgenommen in «Nine Stories» und «Nabokov's Dozen». Deutsch in «Die Zeit» (Hamburg), 49/1965. Aus dem Englischen von

Dieter E. Zimmer. («‹That in Aleppo Once...›» Copyright by The Atlantic Monthly Co., 1943, © Vladimir Nabokov, 1958)

Musik

Titel des russischen Originals «Muṣyka». Erstveröffentlichung in «Poslednija Nowosti» (Paris), 27.3.1932. Aufgenommen in «Sogljadataj». – Französische Übersetzung von Vladimir Nabokov unter dem Titel «Musique» in «Les Nouvelles Littéraires» (Paris), 14.5.1959. Aus dem Französischen von Dieter E. Zimmer. («Muṣyka» Copyright by Vladimir Nabokov, 1932; «Musique» © Vladimir Nabokov, 1959)

Die Nadel der Admiralität

Geschrieben 1933 in Berlin. Titel des russischen Originals «Admiraltejskaja igla». Erstveröffentlichung in «Poslednija Nowosti» (Paris), 4.6.1933. Aufgenommen in «Wesna w Fialte i drugije rasskaṣy». Aus dem Russischen von Wassili Berger. («Admiraltejskaja igla» Copyright by Vladimir Nabokov, 1933)

Ein vergessener Dichter

Geschrieben 1944 in Boston. Titel des englischen Originals «A Forgotten Poet». Erstveröffentlichung in «The Atlantic Monthly» (Boston), 174/Oktober 1944. Aufgenommen in «Nine Stories» und «Nabokov's Dozen». Aus dem Englischen von Dieter E. Zimmer. («A Forgotten Poet» Copyright by The Atlantic Monthly Co., 1944, © Vladimir Nabokov, 1958)

Der Schuft

Geschrieben 1928/29 (?) in Berlin (?). Titel des russischen Originals «Podlez». Erstveröffentlichung in «Rulj» (Berlin). Aufgenommen in «Woswraschtschenije Tschorba». Aus dem Russischen von Wassili Berger. («Podlez» Copyright by Vladimir Nabokov, 1929)

Szenen aus dem Leben eines Doppelungeheuers

Geschrieben 1950 in Ithaca, N.Y. Titel des englischen Originals «Scenes from the Life of a Double Monster». Erstveröffentlichung in «The Reporter» (New York), 20.3.1958. Aufgenommen in «Nabokov's Dozen». Aus dem Englischen von Dieter E. Zimmer. («Scenes from the Life of a Double Monster» © Vladimir Nabokov, 1958)

Pilgram

Geschrieben 1930 in Berlin. Titel des russischen Originals «Piljgram». Erstveröffentlichung in «Sowremennyja Ṣapiski» (Paris), 43/1930. Aufgenommen in «Sogljadataj». – Englische Neufassung von Vladimir Nabokov und Peter Pertzov unter dem Titel «The Aurelian» in «The Atlantic Monthly» (Boston), 169/November 1941. Aufgenommen in «Nine Stories» und «Nabokov's Dozen». Deutsch in «Frankfurter Allgemeine Zeitung», 2./3.10.1965. Aus dem Englischen von Dieter E. Zimmer. («Piljgram» Copyright by Vladimir Nabokov, 1930; «The Aurelian» Copyright by The Atlantic Monthly Co., 1941, © Vladimir Nabokov, 1958)

Der schwere Rauch

Geschrieben 1935 in Berlin. Titel des russischen Originals «Tjashjolyj dym». Erstveröffentlichung in «Poslednija Nowosti» (Paris), 22.9.1935. Aufgenommen in «Wesna w Fialte i drugije rasskaṣy». Aus dem Russischen von Wassili Berger. («Tjashjolyj dym» Copyright by Vladimir Nabokov, 1935)

Dem Andenken L. I. Schigajews

Geschrieben 1934 in Berlin. Titel des russischen Originals «Pamjati L. I. Schigajewa». Aufgenommen in «Wesna w Fialte i drugije rasskaṣy». Aus dem Russischen von René Drommert. («Pamjati L. I. Schigajewa» Copyright by Vladimir Nabokov, 1934)

Zeichen und Symbole

Geschrieben 1948 in Boston. Titel des englischen Originals «Signs and Symbols». Erstveröffentlichung in «The New Yorker», 15.5.1948. Aufgenommen in «Nabokov's Dozen». Deutsch in «Die Zeit» (Hamburg), 16/1960. Aus dem Englischen von Renate Gerhardt. («Signs and Symbols» Copyright by Vladimir Nabokov, 1948, © Vladimir Nabokov, 1958)

Lik

Geschrieben 1938 in Menton. Titel des russischen Originals «Lik». Erstveröffentlichung in «Russkija Ṣapiski» (Paris), Februar 1939. Aufgenommen in «Wesna w Fialte i drugije rasskasy». – Englische Übersetzung von Dmitri Nabokov unter dem Titel «Lik» in «The New Yorker», 10. 10. 1964. Aus dem Englischen von Dieter E. Zimmer. («Lik» Copyright by Vladimir Nabokov, 1939, © Vladimir Nabokov, 1964)

Der Regieassistent

Geschrieben 1943 in Boston. Titel des englischen Originals «The Assistant Producer». Erstveröffentlichung in «The Atlantic Monthly» (Boston), 171/Mai 1943. Aufgenommen in «Nine Stories» und «Nabokov's Dozen». Aus dem Englischen von Dieter E. Zimmer. («The Assistant Producer» Copyright by The Atlantic Monthly Co., 1943, © Vladimir Nabokov, 1958)

Märchen

Titel des russischen Originals «Skaṣka». Erstveröffentlichung in «Rulj» (Berlin), 27./29. 6. 1926. Aufgenommen in «Woswraschtschenije Tschorba». Aus dem Russischen von Wassili Berger. («Skaṣka» Copyright by Vladimir Nabokov, 1926)

Der neue Nachbar

Geschrieben 1933 in Berlin. Titel des russischen Originals «Koroljok». Erstveröffentlichung in «Poslednija Nowosti» (Paris), 23./24. 7. 1933. Aufgenommen in «Wesna w Fialte i drugije rasskaṣy». Aus dem Russischen von Wassili Berger. («Koroljok» Copyright by Vladimir Nabokov, 1933)

Wolke, Burg, See

Geschrieben 1937 in Marienbad. Titel des russischen Originals «Oblako, oṣero, baschnja». Erstveröffentlichung in «Russkija Ṣapiski» (Paris), 2/1937. Aufgenommen in «Wesna w Fialte i drugije rasskaṣy». – Englische Übersetzung von Vladimir Nabokov und Peter Pertzov unter dem Titel «Cloud, Castle, Lake» in «The Atlantic Monthly» (Boston), 167/Juni 1941. Aufgenommen in «Nine Stories» und «Nabokov's Dozen». Deutsch in «Die Zeit» (Hamburg), 21/1961. Aus dem Englischen von Renate Gerhardt. («Oblako, oṣero, baschnja» Copyright by Vladimir Nabokov, 1937; «Cloud, Castle, Lake», Copyright by The Atlantic Monthly Co., 1941, © Vladimir Nabokov, 1958)

Genrebild 1945

Geschrieben 1945 in Boston. Titel des englischen Originals «Double Talk». Erstveröffentlichung in «The New Yorker», 23.6.1945. Aufgenommen in «Nine Stories» und (unter dem Titel «Conversation Piece, 1945») in «Nabokov's Dozen». Aus dem Englischen von Dieter E. Zimmer. («Double Talk» Copyright by Vladimir Nabokov, 1945, © Vladimir Nabokov, 1958)

Stadtführer durch Berlin

Titel des russischen Originals «Putewoditelj po Berlinu». Erstveröffentlichung in «Rulj» (Berlin), 24.12.1925. Aufgenommen in «Woswraschtschenije Tschorba». Aus dem Russischen von Wassili Berger. («Putewoditelj po Berlinu» Copyright by Vladimir Nabokov, 1925)

Terra incognita

Titel des russischen Originals «Terra incognita». Erstveröffentlichung in «Poslednija Nowosti» (Paris), 22.11.1931. Aufgenommen in «Sogljadataj». – Englische Übersetzung von Dmitri Nabokov in «The New Yorker», 18.5.1963. Aus dem Englischen von Dieter E. Zimmer. («Terra incognita» Copyright by Vladimir Nabokov, 1931, © Vladimir Nabokov, 1963)

Der Museumsbesuch

Geschrieben 1938 in Paris. Titel des russischen Originals «Poseschtschenije muṣeja». Erstveröffentlichung in «Sowremennyja Ṣapiski» (Paris), 68/1939. – Englische Übersetzung von Dmitri Nabokov unter dem Titel «The Visit to the Museum» in «Esquire» (New York), März 1963. Deutsch in «Die Zeit» (Hamburg), 12/1964. Aus dem Englischen von Dieter E. Zimmer. («Poseschtschenije muṣeja» Copyright by Vladimir Nabokov, 1939; «The Visit to the Museum» © Vladimir Nabokov, 1963)

Die Schwestern Vane

Geschrieben 1951 in Ithaca, N.Y. Titel des englischen Originals «The Vane Sisters». Erstveröffentlichung in «Hudson Review» (New York), Winter 1959, und «Encounter» (London), März 1959. Aus dem Englischen von Dieter E. Zimmer. («The Vane Sisters» © Vladimir Nabokov, 1959)

Zeit und Ebbe

Geschrieben 1945 in Boston. Titel des englischen Originals «Time and Ebb». Erstveröffentlichung in «The Atlantic Monthly» (Boston), 175/Januar 1945. Aufgenommen in «Nine Stories» und «Nabokov's Dozen». Aus dem Englischen von Dieter E. Zimmer. («Time and Ebb» Copyright by The Atlantic Monthly Co., 1945, © Vladimir Nabokov, 1958)

Lance

Geschrieben 1952 in Ithaca, N.Y. Titel des englischen Originals «Lance». Erstveröffentlichung in «The New Yorker», 2.2.1952. Aufgenommen in «Nabokov's Dozen». Deutsch (in einer Übersetzung von Renate Gerhardt) in «Merkur» (München), 171/Mai 1962. Aus dem Englischen von Dieter E. Zimmer. («Lance» Copyright by Vladimir Nabokov, 1952, © Vladimir Nabokov, 1958)

Alle Verse in diesem Band wurden vom Herausgeber übertragen. Sämtliche Übersetzungen wurden vom Autor und von seiner Frau Véra Nabokov hilfreicherweise sorgfältig durchgesehen.
D.E.Z.

VLADIMIR NABOKOV

*Maschenka*
Roman.
Aus dem Englischen von
Klaus Birkenhauer

*König Dame Bube*
Ein Spiel mit dem
Schicksal
Aus dem Russischen von
Friedrich von Vegesack

*Lushins Verteidigung*
Roman.
Aus dem Russischen von
Dietmar Schulte

*Die Mutprobe*
Roman.
Aus dem Englischen von
Susanna Rademacher

*Verzweiflung*
Roman.
Aus dem Englischen von
Klaus Birkenhauer

*Einladung zur Enthauptung*
Roman.
Aus dem Englischen von
Dieter E. Zimmer

*Das wahre Leben des*
*Sebastian Knight*
Roman.
Aus dem Englischen von
Dieter E. Zimmer

*Das Bastardzeichen*
Roman.
Aus dem Englischen von
Dieter E. Zimmer

*Lolita*
Roman.
Aus dem Englischen von
Helen Hessel

*Professor Pnin*
Roman.
Aus dem Englischen von
Curt Meyer-Clason

*Fahles Feuer*
Roman.
Aus dem Englischen von
Uwe Friesel

*Ada oder Das Verlangen*
Roman.
Aus dem Englischen von
Uwe Friesel

*Durchsichtige Dinge*
Roman.
Deutsch von Dieter E. Zimmer

*Sieh doch die Harlekins!*
Roman.
Aus dem Englischen von
Uwe Friesel

*Der schwere Rauch*
Gesammelte Erzählungen
Herausgegeben von
Dieter E. Zimmer

ROWOHLT